BESTSELLER

Elena Montagud (Valencia, 1986) es filóloga y escritora. Ha cultivado sobre todo los géneros erótico y fantástico, y sus relatos han sido premiados en varios certámenes y publicados en algunas antologías. En el año 2014 Montagud autopublicó en internet las novelas *Trazos de placer* y *Palabras de placer*, que cosecharon grandes elogios, situándose rápidamente en el top de ventas de Amazon; ambos títulos, junto con *Secretos de placer*, conforman la Trilogía del placer. Ese mismo año, una editorial independiente lanzó su trilogía de romance erótico Tiéntame. Es también autora de la Trilogía Corazón, compuesta por *Corazón elástico*, *Corazón indomable* y *Corazón desnudo*, así como de las novelas *Tu mirada en mi piel* y *El desván de los sueños*.

Puedes seguir a Elena Montagud en Facebook y Twitter:

 ElenaMontagud.Oficial

 @ElenaMontagud

Biblioteca
ELENA MONTAGUD

Tu mirada en mi piel

DEBOLS!LLO

Papel certificado por el Forest Stewardship Council®

Penguin
Random House
Grupo Editorial

Primera edición en Debolsillo: febrero de 2022

© 2019, Elena Montagud
Publicado por acuerdo con MJR Agencia Literaria
© 2019, 2022, Penguin Random House Grupo Editorial, S. A. U.
Travessera de Gràcia, 47-49. 08021 Barcelona
Diseño de la cubierta: Sophie Guët
Imagen de la cubierta: © Alexander Krivitskiy / Unsplash

Printed in Spain – Impreso en España

ISBN: 978-84-663-5181-2
Depósito legal: B-17.748-2021

Compuesto en Fotoletra
Impreso en Novoprint
Sant Andreu de la Barca (Barcelona)

P 3 5 1 8 1 2

PRIMERA PARTE

1

Te vas ya?

Aparté la mirada de la pantalla del ordenador, que estaba apagándose, para prestar atención a la persona que me hablaba.

Se trataba de Cristina, una de mis compañeras de oficina y amiga. Años antes habíamos coincidido en la entrevista de trabajo y me había parecido una arrogante. De hecho, ofrecía ese aspecto a primera vista: una estiradilla con gafas de pasta, corte de pelo impecable —con tinte de color caramelo también perfecto— a lo Rachel de *Friends* y ropa costosa lavada con Perlan. Ese día no cruzamos palabra más que para desearnos suerte; aunque por educación, claro. La sorpresa fue que nos contrataran a las dos y que nos sentaran en cubículos contiguos. Las primeras semanas Cristina tan solo me daba los buenos días y se despedía con un «Buenas tardes» desabrido. Acostumbraba a largarse con los otros compañeros durante la pausa. Casi todos eran mayores que yo y al principio sentía que no encajaba.

Sospechaba que a Cristina no le caía bien por mi torpe maquillaje y porque no me vestía con elegancia. En una ocasión me puse la camiseta del revés sin darme cuenta y me miró horrorizada por encima de las gafas. Yo envidiaba su estilazo y su apariencia de tía fría, pero disimulaba. También intuía que mis maldiciones cuando una traducción se me atascaba la asustaban. Sin embargo, una mañana se quedó durante la pausa para finalizar una traducción. Yo solía echar el rato allí sola cotilleando en internet o avanzando en las tareas con unas galletas Oreo y una Coca-Cola. Esa vez aproveché para curiosear los estrenos de cine de la semana y puse el tráiler de la primera peli de Superman. Al ver a Henry Cavill con ese traje se me escapó un «Joder, qué potente está». Entonces Cristina estiró el cuello para averiguar de quién hablaba y, para mi sorpresa, soltó un rotundo «Amén, hermana» y luego añadió: «Iré al cine solo para ver cómo se le marcan los atributos». Me partí de risa en su cara mientras me miraba con su aspecto de mujer seria. A continuación, me espetó: «¿Qué pasa? ¿Es que una señora como yo no puede admirar paquetes?». Y continué riéndome hasta que me invitó a tomar un café rápido en los diez minutos de descanso que nos quedaban.

Desde ese día nos habíamos hecho inseparables en la oficina. Cristina era ocurrente, madura, inteligente, seria cuando debía y, al mismo tiempo, divertida. Aunque quedábamos poco fuera del trabajo por nuestras obligaciones respectivas, la consideraba una buena amiga con la que desahogarme y charlar de cualquier tema, y sabía que ella también me veía de esa forma.

—Hoy me he puesto las pilas y he avanzado muchísimo —contesté, girando la silla en su dirección.

—Por eso no has aparecido en la cafetería a la hora de comer...

—Me he traído un táper.

—Te he visto tecleando como una posesa, y me preguntaba qué te ocurría —replicó con gesto risueño.

—¡Oye! —exclamé soltando una risita—. ¿Insinúas que de normal no doy todo de mí?

—No, guapa, sé que te dejas la piel en el trabajo. —Se inclinó hacia delante, acercando su rostro al mío—. Además, tú eres la niña de los ojos del jefe.

—¡Eso no es verdad! —objeté fingiendo molestia, aunque sin borrar la sonrisa. En realidad, Pedro, nuestro jefe, siempre se había comportado muy bien conmigo. Cuando entré a trabajar le expliqué la situación de mi tía, que estaba enferma y vivía en otra ciudad.

—¿Y no vas a contarme por qué tienes tanta prisa por largarte?

Eché un vistazo a mi reloj de pulsera. Pasaban diez minutos de mi hora de salida, pero era normal que Cristina sintiera curiosidad, ya que solíamos quedarnos unos cuantos más debido al volumen de trabajo que acostumbrábamos a tener. Le indiqué con un dedo que se acercara un poco más, y se echó hacia delante hasta que nuestras frentes casi se rozaron.

—¿Recuerdas que te conté que Samuel actuaba de lo más soso en la cama últimamente? —le pregunté en un susurro.

—Sí, eso de que ya solo lo hacíais dos veces por semana, como mucho. —Torció la boca al tiempo que sacudía la cabeza—. Carol, si mi marido y yo hubiéramos mantenido ese ritmo durante todo nuestro matrimonio, seguramente acudiría aquí cada mañana con una sonrisa de oreja a oreja y la piel como un bebé. Sería como la Elisabeth Bathory esa, la que creía que se mantendría joven toda la vida con sangre de doncellas. Aunque yo... con otras cosas.

Chasqué la lengua y estuve a punto de llamarla exagerada, pero me contuve. Había mentido a Cris en lo de dos veces por semana. La verdad era que Samuel —mi pareja— y yo habíamos tenido relaciones sexuales en muy pocas ocasiones durante los últimos meses. No me había preocupado en exceso porque los dos trabajábamos muchas horas y cuando llegábamos a casa nos sentíamos cansados, pero al final me había propuesto animar el asunto a raíz de una conversación con su grupo de amigos. En una cena todos habían comentado que gozaban de una vida sexual activa y satisfactoria, que probaban numerosas nuevas posturas —aunque algunas de ellas se me antojaban hechas para contorsionistas del Circo del Sol— y que la falta de intimidad podía provocar problemas en la pareja. Hasta Mila, la melliza de Samuel, se había mostrado de acuerdo, y eso que era una de las personas más anodinas del universo. Nos habíamos llevado bastante bien hasta que empecé a salir con su hermano, y entonces la relación había pasado de amable a cordial y luego a tensa tras ver que la relación entre Samuel y yo duraba. A Mila le gustaba tener todo bajo control, y con «todo» me refiero también a las personas.

Conocí a Samuel en el segundo año de universidad, aunque en esa época yo estaba con otro tipo que cortó conmigo para irse a hacer un máster al otro extremo del mundo, y él parecía enamoradísimo de su novia de entonces. Sin embargo, nos llevábamos muy bien. Estudiábamos juntos para los exámenes, compartíamos charlas y confidencias, nos reíamos, y acabamos enrollándonos en cuanto dejó a la otra chica. Me introdujo en su pandilla y, unos cuantos años después, llegamos a la conclusión de que no era una mala idea intentar una relación. Como pareja y no rollo llevábamos tres años —dos viviendo juntos—, pero me parecían muchos más.

Samuel y yo no éramos la pareja perfecta, para ser sincera. Él no era especialmente cariñoso ni atento, y mucho menos romántico o detallista. Eso nunca me había resultado un inconveniente, aunque cuando alguna de sus amigas comentaba que su pareja le había llevado un ramo de flores por sorpresa o la había invitado a una cena romántica, sentía ciertas cosquillitas en el estómago, que suponía debían de ser un poquitín de envidia. Le aburría salir de fiesta y detestaba bailar. Yo nunca había sido una asidua a las discotecas, pero el baile me encantaba, y los pies se me movían solos en cuanto oía una canción pegadiza. Samuel adoraba la rutina y yo había dejado atrás una vida más caótica por él. Samuel era muy tranquilo para todo y yo prefería la impulsividad, a pesar de que desde que empezamos a salir me había vuelto más serena.

De un tiempo a esa parte me había dado cuenta de que no hacíamos cosas muy divertidas —de hecho, ni hacíamos cosas ni conversábamos de casi nada, y cuando le proponía algo lo rechazaba, ¡leches!—, que no viajábamos —aunque fuera tan solo un fin de semana de escapada rural, tampoco pedía tanto, y más cuando yo durante los años de universidad me había dedicado a viajar porque me gustaba mucho—, que los viernes él empezaba a roncar a las once de la noche y que los sábados quedábamos con su grupo de amigos y, en cuanto terminábamos de cenar, regresábamos a casa o, a lo sumo, tomábamos una cerveza después y, si él estaba de humor, teníamos sexo... pero siempre en la postura del misionero y durante no más de cinco minutos. Últimamente, en muchas ocasiones iba sola a los sitios porque a él nunca le apetecía salir y, además, no quería quedarme sin hacer nada, aunque al final claudicaba algunas veces porque me sabía mal no compartir tiempo con él. En cambio, la mayoría de las ocasiones en que yo regresaba antes a casa descubría que Samuel se había ido a la de su hermana. Todo eso no significaba que yo no reconociera mis fallos, que los tengo, pero es que siempre cedía yo, y ya lo había hecho bastante y quería que él me diera un poco más. Deseaba recuperar la chispa de las primeras veces, aunque en nuestro caso la chispa hubiera sido más bien como intentar encender un cigarro y que el viento te lo impidiera. Así las cosas, se me había ocurrido dar esos primeros pasos en la cama, suponiendo que después el resto quizá sería más sencillo.

—¿Carol? —Cristina me tomó del brazo y me zarandeó con muy poco cuidado, arrancándome de mis pensamientos—. ¿Acabas de explicarme eso o qué? Que yo no he terminado, y como Pedro me vea aquí medio agachada cuchicheando como una adolescente...

—Este verano Samuel y yo no hemos podido pasar juntos mucho tiempo... Él ha tenido sus dos meses de vacaciones y yo solo la primera semana de agosto, y como esos días fuimos a visitar a mi tía tampoco resultó especial, así como pareja... ¿Me entiendes? Siento que este verano nuestra relación no ha sido muy buena. Él se marchó en julio durante diez días al pueblo de sus padres y yo tuve que quedarme aquí trabajando. A ver, entiendo que necesitara vacaciones, todos las necesitamos, pero... No sé. —Me encogí de hombros, como restándole importancia—. He decidido darle una sorpresa, a ver si animamos la situación —susurré, sin poder contener la emoción.

Cristina esbozó una sonrisilla pícara y luego soltó una especie de ronroneo.

—¿Te propones esperarlo tumbada en la mesa completamente desnuda?

—Desnuda me ha visto ya demasiadas veces. Voy a pasar por Intimissimi... A comprarme un modelito.

—Uno de esos guarrindongos.

—Exacto. Muy guarrindongo.

—¡Pues venga! ¿A qué estás esperando?

Comprobé que todo estuviera ordenado en mi escritorio antes de levantarme. Cuando lo hice, mi compañera me asestó un cachete juguetón en el trasero. Me volví hacia ella y la miré con la boca abierta, tratando de aguantar la risa.

—Tranquila, que no nos ha visto nadie. Era para que fueras acostumbrándote, por si acaso…

Me coloqué bien el bolso en el hombro y me despedí de Cristina con una sonrisa. Antes de que se abrieran las puertas del ascensor, ya me había llegado un mensaje suyo.

Mañana me cuentas todo con pelos y señales, a ver si pongo yo algo en práctica también

Me mordí el labio inferior, divertida, y luego me metí en el ascensor y envié un whatsapp a Samuel para disimular, diciéndole que llegaría tarde.

En la calle Gran de Gràcia había un Intimissimi que exhibía unos cuantos conjuntos de lo más sugerentes. La ropa interior nunca me había preocupado en exceso y Samuel jamás había hecho comentarios acerca de que le gustara esto o aquello. Aun así, me dije que a nadie le amargaba un dulce y que, en cuanto atravesara la puerta de casa y me viera con algo bonito y sensual querría hacerme el amor.

—¿Puedo ayudarte en algo? —Una dependienta me interceptó en cuanto atravesé la puerta de la tienda.

Sonreí y me sequé el sudor de la frente. Ese agosto hacía muchísimo calor.

—Estaba buscando algo sugerente —dije, y añadí a mi explicación una mirada cargada de intenciones.

La chica me mostró unos cuantos conjuntos de diversos colores y al final me decanté por uno negro. Cristina me había dicho que comprara algo guarrindongo, pero tampoco pretendía asustar a Samuel.

—Me lo llevaré puesto —le indiqué a la dependienta tras la

cortinilla del probador, cuando vino a preguntarme qué tal me quedaba.

Cuando salí me dedicó una sonrisa cómplice, y no pude evitar regocijarme por dentro al imaginar que esa situación escandalizaría a Mila, por mucho que asegurara que ella era también una mujer de lo más activa.

Poco después me encontraba en el portal del piso que yo había alquilado años atrás y que compartía con Samuel desde hacía dos, echando un vistazo al móvil por si me había contestado. No tenía ningún mensaje suyo, así que supuse que continuaría en casa de su madre o en la de su hermana. Mientras subía en el ascensor, noté que empezaba a emocionarme y me permití pensar alguna escena tórrida que me provocó unas agradables cosquillas en la entrepierna. Desde luego, aquello era lo que necesitábamos: dar vidilla a nuestra relación para que no se quedara estancada.

Abrí la puerta emocionada, dejé caer el bolso en el suelo, me deshice de las manoletinas y me desabroché el pantalón a toda prisa, por si Samuel llegaba de improviso, me pillaba y se estropeaba la sorpresa. Solo a mitad de pasillo, cuando tenía la blusa colgando de los brazos, me di cuenta de que algo fallaba. Me detuve y oí un ruido extraño. Unos murmullos y unas risas, una masculina y otra femenina. Un desagradable peso se instaló en mi estómago cuando lo siguiente que oí fueron unos gemidos. No me paré a pensar que iba vestida con tan solo la ropa interior y una blusa mal puesta. Lo único que quería era confirmar con mis propios ojos que en casa no había nadie y que eran los vecinos los que estaban copulando tan felizmente. O, mostrándome positiva, que Samuel también había decidido que iba a dedicar esa tarde a nuestra vida sexual y estaba calentando motores con una peli porno.

No supe o, quizá, no pude reaccionar nada más abrir la puerta porque lo único que vi en ese instante fue un perfecto trasero femenino rebotando sobre unas piernas masculinas. Los copuladores todavía tenían la cara oculta, por lo que mi mente intentó convencerse de que Samuel le había dejado la casa a uno de sus amigos para que disfrutara de una maravillosa sesión de sexo. Pero habría resultado demasiada casualidad que justo uno de ellos también tuviera un par de dedos de los pies montados, y encima los mismos que Samuel. Él siempre se había sentido muy acomplejado por ello y, aunque yo al principio me reía, después había intentado convencerlo de que ese defectillo lo hacía especial.

Cabía la posibilidad, me dije, de que Samuel recordara tan solo los malos momentos de nuestra relación y por eso estaba acostándose con otra. En nuestro dormitorio, en nuestra cama, esa donde habíamos dormido la noche anterior cada uno en una esquina, como si no tuviéramos nada en común. Y... ¿era cierto? ¿Habíamos ido perdiendo por el camino lo poco que nos unía?

En ese momento Samuel se incorporó para meterse en la boca uno de los pechos de la amazona y, al hacerlo, reparó en mi presencia. Abrió mucho los ojos y soltó una maldición. Me di la vuelta para escapar de aquella situación vergonzosa, pero a tiempo de ver cómo empujaba a la chica y se la quitaba de encima. Corrí por el pasillo con las lágrimas escociéndome en los ojos y un nudo en la garganta. Observé mis piernas desnudas y subí la mirada por mis muslos hasta toparme con las minúsculas braguitas negras. Me sentí ridícula.

—¡Carol, espera! —gritó Samuel a mi espalda.

De repente se me acumuló toda la impulsividad y la mala leche que había dejado atrás: me agaché, recogí una de las manoletinas que me había quitado, me volví y se la lancé a Samuel con todas mis fuerzas, soltando un gemido cual tenista profesional. Él la esquivó a duras penas y se detuvo en medio del salón en calzoncillos. Bueno, al menos había tenido la decencia de ponérselos. No habría soportado que hubiera ido en mi busca con los atributos al aire.

—No es lo que parece —musitó muy serio, como si estuviera molesto conmigo. Solté un bufido de exasperación y noté que la rabia me bullía en el estómago. Ni siquiera era original para eso. Justo entonces reparó en mi atuendo y preguntó—: ¿Qué haces vestida así?

Le dediqué un gruñido y me abotoné la blusa a toda prisa.

A continuación, cogí mis pantalones y me los puse con toda la dignidad posible, a pesar de que por el camino se me enganchó un pie y por poco no caí de bruces en el suelo. Una vez vestida, me encaré a él con labios temblorosos.

—¡¿Estás follándote a otra y lo único que se te ocurre es decirme que no es lo que parece y preguntar por mi ropa?! —le chillé, notando que mi rostro se congestionaba.

—Carol, esto hay que hablarlo. Pero tranquilos, no así de estresados...

Me agaché y cogí la otra manoletina, dispuesta a lanzársela también, pero esa vez con mejor puntería. Samuel se protegió con ambos brazos, y sentí que la energía me abandonaba y que, en realidad, no era eso lo que quería hacer. No, lo único que me apetecía era llorar.

—No necesito que me expliques nada porque con... con esa imagen... —Estiré un brazo y señalé el pasillo.

En el dormitorio todavía se encontraba la mujer con la que había estado follando unos minutos antes. ¿Por qué leches no se marchaba? Aunque, bien mirado, no deseaba verle la cara y descubrir que era alguien a quien conocía.

—Carol, ¿qué tal si vuelves dentro de un rato y lo hablamos?

Su tono conciliador me provocó más ira. Encima se atrevía a proponerme que me marchara. ¡Yo! Que vale, pagábamos los dos el piso, pero el contrato de alquiler estaba a mi nombre y yo ya vivía allí mucho antes de que él se instalara conmigo.

Sin ganas de discutir y para que no me viera llorar, me calcé la manoletina que sostenía en la mano y corrí hacia Samuel para recoger la que le había tirado, procurando no rozarlo. Trató de tocarme, pero me aparté como si quemara. En esos momentos lo detestaba y quise gritarle que era él quien tenía que irse, no yo. Al final tragué saliva y callé, como solía hacer durante los últimos tiempos. Menuda estúpida.

Salí del apartamento con una rabia sorda latiendo en mis venas, con la dignidad por los suelos y con sesenta euros menos en la cuenta bancaria por la compra del maldito conjunto, que ya no tendría con quién usar. Estuve vagando por el barrio hasta que anocheció y Samuel me envió el décimo mensaje, preguntándome por dónde andaba, ¡como si le importara!, y asegurando que debíamos hablar, cuando no lo habíamos hecho en serio en tanto tiempo, lo que seguramente nos había pasado factura.

Cuando aparecí, se encontraba sentado en el sofá observándose las manos. Me planté ante él, deseando por unos segundos que me dijera que había sido un error de una única vez y que estaba arrepentido. No lo hizo, por suerte, porque de lo contrario habría tenido tiempo para pensar y lo habría perdonado, y habríamos continuado en una relación que se había desgastado ya.

—Lo siento, Carol —murmuró sin apartar la vista de sus dedos.

—Al menos ten la decencia de mirarme, ¿no? —le pedí.

Alzó el mentón con ese gesto orgulloso y altanero suyo que al principio me encantaba y que en ese momento solo me ponía nerviosa y me cabreaba. Nos miramos durante lo que me pareció una eternidad, hasta que él rompió el incómodo silencio.

—No pretendía hacerte daño, pero estas cosas pasan...

—¿Estás enamorado de ella?

—No lo sé, caray. Es que... me hace sentir vivo.

Se me escapó una risa sarcástica y me froté el rostro un par de veces para calmarme. ¡Que lo hacía sentir vivo...! El hombre que huía de cualquier emoción mínimamente fuerte, ese para quien tomarse un Red Bull un viernes por la noche era su sinónimo de aventuras. Podía hacer lo que quisiera, y no lo criticaba... Era, tan solo, que me sentía traicionada y dolida. En fin, que ahí estaba el asunto: esa mujer de trasero perfecto lo hacía sentir vivo. Lo mismo que me había dicho a mí cuando habíamos empezado a salir: «Lo que me atrajo de ti fue tu seguridad. Recuerdo que pensé que no eras una de esas mujeres que necesitan ser salvadas, sino de las que pisan fuerte y con chasquear los dedos lo consiguen todo. Deseo estar cerca de alguien con tanto aplomo y aprecio por la vida. Tú me haces sentir vivo, y eso me gusta». Supuse que se había cansado de la forma en que yo lo hacía sentir vivo y necesitaba otro modo. Porque era eso: requería de una persona para despertar, de una nueva.

—¿La conozco?

—Carol... ¿Qué más da?

—¿Sí o no?

—No. No la conoces.

—¿Cuánto tiempo llevas tirándotela?

—Lo dices como si fuera algo sucio y...

—O sea, que sí estás enamorado de ella.

—Mira, solo quiero que estés bien.

Me mordí el labio inferior con tal de no insultarlo. Me dejé caer en una de las sillas, bien alejada de él, y escondí el rostro entre el hueco de mis manos. Oí que Samuel se levantaba del sofá y se acercaba.

—No vengas. —Mi voz sonó tan cortante que me sorprendió a mí misma.

Él guardó silencio unos segundos hasta que aparté la cara de las manos y lo miré. No parecía arrepentido, no, y eso me dolió todavía más. Sus palabras no encajaban con su modo de actuar, porque si hubiera sentido al menos un poco de cariño hacia mí, si todavía hubiera sentido algo, lo habría visto en su rostro. Pero no había nada en él.

—¿Qué pasa, que ella no tiene casa o qué? ¡¿Por qué coño la has traído aquí?! —Se me escapó un sollozo que intenté contener. No quería que Samuel me viera llorar. Cuando se marchara... entonces daría rienda suelta a lo que estaba doliéndome—. Me siento tan humillada...

—Iba a decírtelo. Te lo juro, iba a hacerlo.

—¿Pensabas preparar una cenita para presentarme a esa tía en cuanto yo llegara? ¡Habérmelo dicho y habría buscado a alguien! Así como dice el Maluma ese: «Felices los cuatro...» —solté con cinismo.

—Necesitaba encontrar el momento.

—Vale, pues ya está. Ya ha llegado. —Eché la cabeza hacia atrás y cerré los ojos—. Ahora Mila estará contenta.

—No metas a Mila en esto.

—A tu hermana no le gustaba que saliéramos juntos. Aunque a lo mejor esta nueva tampoco le gusta si no permite que seas su perrito faldero. El de Mila, quiero decir —continué atacándolo porque sabía que mencionar a su hermana era una de las cosas que más le molestaban. Y deseaba hacerle daño de algún modo, como el que él me había hecho a mí.

—¡Basta! —exclamó, empezando a enfadarse.

Se dio la vuelta y se quedó así un buen rato. Yo me dediqué a contemplar la noche que se extendía fuera del amplio ventanal. Ese era uno de los motivos por los que adoraba aquel apartamento, aunque en ese instante no sabía si podría continuar viéndolo igual.

—Vete —le pedí.

—Carol, quizá podamos solucionar las cosas... —Pero no lo decía en serio, y yo no pretendía ser la futura esposa cornuda o la novia que siempre se sentiría inquieta pensando que iba a engañarme.

—Tienes que irte, y lo sabes. Los dos lo sabemos.

Samuel se arrimó a mí y observé la puntera de sus zapatos. Se los había regalado en su último cumpleaños. ¿Por qué tenía que llevarlos precisamente ese día? Las ganas de llorar volvieron y me clavé las uñas en las palmas de las manos para refrenarlas. Se acuclilló ante mí y me miró de una manera que no me hizo sentir mejor, como si me tuviera pena. ¡Qué maldito cabrón!

—Ya no estábamos bien juntos. No hacíamos nada... Éramos como unos compañeros de piso más que como una pareja.

Esa noche Samuel no durmió en casa. No quise pensar que quizá se había marchado a la de esa mujer que iba a ocupar mi lugar en su vida. En cuanto cerró la puerta, corrí al dormitorio y, entre lágrimas, sollozos y gruñidos, arranqué las sábanas y las metí en una bolsa de basura. Ni siquiera pensaba lavarlas. Con agua y detergente no se borraría lo que se había tatuado en ellas. No me acosté en la cama, sino que me hice un ovillo en el sofá y lloré hasta que el pecho me dolió. Entonces llamé a

Cristina, la única amiga con la que podía hablar a esa hora. La otra vivía bien lejos y estaría ocupada; en cuanto a los del grupo, eran los amigos de Samuel más que los míos e imaginaba que se quedarían con él. Tal vez, si contaba la historia a alguno de ellos, me diría que era un capullo o algo así, pero no lo pensaría de verdad. Y si iniciaba una relación con esa chica, ¿adónde iba a ir yo? No habría espacio para mí.

A pesar de las horas, Cristina me cogió el teléfono y me acompañó un buen rato, aguantando todos los insultos dirigidos a Samuel.

—¡Que lo hace sentir vivo! —sollocé mientras sostenía un pañuelo arrugado lleno de lágrimas y mocos—. Normal, con los brincos que daba la tía, como para no hacerlo...

Cristina soltó una carcajada al otro lado de la línea y, como tenía una risa de lo más contagiosa, me uní a ella hasta que volví a romper en llanto.

—¡Eh, eh! Carol, guapa, no merece la pena que llores por un pichafloja como ese tipo. Ya sé que es fácil de decir, pero dentro de un tiempo lo verás así también.

—Supongo. Pero hace tanto que lo conozco... Toda mi vida estaba marcada por la suya. Compartíamos la misma rutina y...

—Tú misma lo has dicho: rutina —recalcó la última palabra, y la imaginé tirándose del lóbulo de la oreja como acostumbraba a hacer cuando se ponía seria—. La magia del amor se acaba cuando te pierdes en la rutina.

—No tiene por qué significar que el amor haya muerto. A lo mejor solo está en pausa y hay que luchar para revivirlo o...

—Pero, guapa, ¿tú lo amabas como antes?

Callé porque llegó una enorme revelación: no había sentido nunca ese torrente de emociones del que la gente hablaba. Con Samuel el amor había simbolizado una palabra, solo eso, y él no había sido la persona que le diera sentido. Habíamos empezado a salir porque era lo que parecía que teníamos que hacer y luego la relación había ido enfriándose cada vez más. Pero dolía, joder. Igualmente dolía porque lo había querido, aunque fuera de otra forma.

Dos días después Samuel recogió sus cosas y dejó el piso vacío de su presencia y de su aroma. No aparecí por el apartamento hasta saber que se había marchado, porque sabía que no soportaría una despedida. Creo que pasé unos días en un estado de hibernación extraño, en los que me levantaba para ir al trabajo, comía (poco) y dormía (apenas nada). Me sentía hueca y sola y, al mismo tiempo, aliviada de algún modo extraño. Durante unas semanas quise culparlo de haber llegado a esa situación, pero me di cuenta de que la culpa era de ambos y llegué a la conclusión de que, en realidad, éramos dos personas destinadas a no ser.

2

Matilde era la hermana mayor de mi madre y una de las personas más importantes de mi vida, la que se hizo cargo de mí desde que yo era muy pequeña y me quiso con todo su corazón. A través de sus relatos, pude hacerme una idea de que mi madre y ella, a pesar de llevarse quince años, se adoraban. La tía había cuidado de mamá desde que era un bebé y mamá la seguía a todas partes cuando Matilde ya era una veinteañera. Hasta que mi madre eligió otra vida. Cuando fui lo suficientemente mayor para entender, la tía me confesó que a mi madre le fascinaba el peligro, la vida al límite, todo aquello a lo que no deberíamos arrimarnos. A los veinte años conoció a mi padre y se enamoró loca e irremediablemente de él. Por lo que Matilde me explicó años después, ninguna clínica de desintoxicación había ayudado a ese hombre. Mis abuelos maternos pusieron el grito en el cielo y mi madre los desafió. Cuando mis padres decidieron casarse, hacía ya dos años que habían cortado la comunicación con las familias. Sin embargo, la tía no era capaz de mantenerse alejada de mi madre, así que aceptó la invitación a la boda. Asistió, y en cuanto descubrió el tipo de vida de mis padres, el mundo se le desplomó. Apenas disponían de dinero y era mi madre la que trabajaba muchísimas horas en lo que le salía para mantener a mi padre y así satisfacer todos sus caprichos. La tía intentó abrirle los ojos, pero no funcionó. Mi madre sentía un amor enfermizo hacia ese hombre que estaba destrozándola. Al quedarse embarazada de mí, Matilde quiso ayudarla. Le prestó dinero a escondidas de mis abuelos, pero acabaron enterándose de todo y se enfadaron con ella. Cuando nací, los problemas económicos de mis padres se agrandaron. La tía se molestó tanto con mamá que también cortó la relación. Pero yo sabía que Matilde se arrepintió de no haber solucionado los problemas antes de que mis padres sufrieran un accidente con la moto y murieran. No pudo despedirse de su hermana, tampoco confesarle que siempre la había querido. Quizá por ello solía susurrármelo cada noche antes de que me durmiese, y de ella aprendí que hay que decir todo lo que sientes antes de que el tiempo se acabe, decirlo antes de que sea demasiado tarde.

Como no había nadie más que pudiera acogerme —mis abuelos paternos jamás habían estado ahí y rechazaron mi custodia; los maternos ya eran demasiado mayores para hacerse cargo de una niña—, fue mi tía quien me recibió. Ella fue todo para mí: padre y madre. Me entregó cuanto tenía. Trató de ofrecerme una bonita vida y procurarme una buena educación, a pesar de no contar con demasiado dinero. Matilde se dedicó a mí por completo desde que me acogiera, pero pasados unos años tuvo que trabajar más horas porque los ahorros menguaban. Era la dueña de la floristería del pueblo, y todos la adoraban y apreciaban sus conocimientos, su dedicación al negocio y su amabilidad. A mí me parecía que siempre olía a flores y, de muy niña, fantaseaba con la idea de que su piel estaba hecha de margaritas y de rosas. Por eso, no me importaba pasarme las horas en la floristería después del colegio. Me encantaba merendar un bocadillo rodeada del aroma de las flores mientras la escuchaba encandilar a las clientas. En esos momentos me parecía tan sabia, tan feliz, que ansiaba llegar a ser como ella.

No obstante, a quien me asemejaba mucho era a mi madre, tanto en el físico como en el carácter. No recordaba a mamá, aunque la tía me había regalado una foto de mis padres cuando yo era muy pequeña, y la guardaba en el cajón, a pesar de que era incapaz de sentir nada por aquel par de desconocidos. En la fotografía aparecían mi padre, un hombre muy serio, con unos cuantos tatuajes y ropa oscura, y a su lado, apoyada en una enorme moto, estaba mi madre. Era una joven sonriente de cabello muy negro, largo y rebelde —como ella— y unos ojos oscuros y redondos. Tenía también una nariz y una boca grandes, y aquellos labios de gran tamaño le otorgaban personalidad. Su figura era espigada y desgarbada. No era la típica chica guapa, pero su sonrisa transmitía felicidad y luz, y eso la convertía, en la foto, en una persona bonita. Cuando tenía trece años cambié físicamente, y contemplaba, no sin cierta sorpresa, a esa muchacha de la fotografía a la que tanto comenzaba a parecerme.

Respecto al carácter, desde pequeña lo tuve un poco indomable, como mi madre, hecho que en ocasiones sacaba de quicio a la tía, en especial si me salía la vena peleona y me enfrentaba a los chicos del pueblo por algo que consideraba una injusticia. O como aquella vez que me colgué del macarra de turno del pueblo de al lado que me llevaba tres años —él tenía diecisiete y yo catorce— y me ofreció darme una vuelta con «su» moto... No era de él, por supuesto. Es más, ni siquiera tenía el carnet todavía. A la tía casi le dio un jamacuco cuando las alcahuetas del pueblo se lo contaron. Cerró la floristería y me buscó por todas las calles, hasta que me encontró en una de las placitas llorando. El chaval había querido tocarme un pecho y al negarme me había dejado plantada. La tía estaba tan enfadada que me gritó y me amenazó con castigarme hasta que cumpliera la mayoría de edad. Nunca la había visto así, porque Matilde era todo bondad y corazón y, en cuanto me acercaba con mi mejor cara de niña buena, ella abandonaba el enfado y me dedicaba una de sus sonrisas mágicas. Pero esa tarde estaba desquiciada, y una vez en casa acabamos llorando las dos, cada una en su cuarto. Después del berrinche vino a mi dormitorio a disculparse, me estrechó entre sus brazos y me explicó por qué se había puesto de esa forma. Y luego me dijo algo que llevé grabado a fuego durante mucho tiempo.

—Me recuerdas tanto a tu madre, Carolina... Cuando me enteré de dónde estabas, te vi en mi cabeza subida a esa moto y el corazón se me salió del pecho. Yo sé que es un problema mío, no eres tú. Es verdad que te pareces mucho a ella, con toda esa impulsividad, las sonrisas, la rebeldía. Pero eso es lo que más me gusta de ti: todas las ganas de vivir que tienes, que siempre me las has traspasado a mí. Brillas y me haces brillar, tesoro.

Y en esas estaba, recordando las bonitas y especiales palabras de mi tía ante Cristina, que me miraba emocionada durante una pausa pequeñita que habíamos decidido hacer.

—Y el capullo de Samuel como que me las había quitado, ¿sabes? Yo ya no brillaba, no tenía las mismas ganas de vivir. Quiero decir, que me había vuelto sosa. Mi vida era aburrida, ¿verdad, Cris? Puedes decirlo sin miedo, que no me enfadaré.

—La que se enfadará soy yo si vuelves a mencionarlo. Con lo bonito que era lo de tu tía y metes al pringado ese por en medio.

—Dios… Lo siento, lo siento. Tienes razón.

Había pasado más de un mes y yo, de cuando en cuando, despotricaba contra Samuel delante de Cristina. Me había propuesto olvidarme de él del todo. No había dado ninguna señal, y Cris me aseguraba que aquello era lo mejor para pasar página. Seguía doliendo un poco, aunque cada vez menos. En ocasiones me angustiaba pensar que podía toparme por la calle con él agarrado de la mano de su nueva novia, pues me había enterado de que estaban saliendo. Algún amigo en común se había puesto en contacto conmigo para interesarse por cómo me encontraba. Quedé con Verónica, una de las chicas con las que me llevaba mejor, para tomar unas cañas, y se apuntaron un par más, incluida Mila. Todos se mostraron atentos y preocupados, incluso ella, pero me sentía rara porque en realidad no eran mis amigos, sino los de Samuel de toda la vida. Quizá su melliza lo notó porque en un momento dado me marché al aseo y al salir del retrete me la encontré lavándose las manos. Ella no era nada disimulada, así que enseguida supe que me había seguido. «Carol —me soltó—, no quiero que te sientas mal por decirte esto… ¿No te resulta violento continuar viniendo a nuestro grupo ahora que mi hermano y tú habéis roto? ¿Qué harás cuando él aparezca? Porque hoy no ha venido, pero…» Me la quedé mirando con un nudo en la garganta y con el silencio retumbando en las paredes del aseo, hasta que ella rompió la incómoda situación esbozando una pequeña sonrisa y saliendo de allí. Pensé que Mila me había dicho eso para molestarme, y no tardé en marcharme del bar debido al cabreo. Sin embargo, esa noche caí en la cuenta de que tenía razón; es más, yo misma lo había notado ya en la quedada. Entonces llegué a la conclusión de que lo que debía hacer era romper con todo lo que me había atado a Samuel, aunque doliera. Y me prometí hacerlo.

En cuanto a mi tía, no se lo había explicado todavía, ni siquiera durante la última visita que le hice, pero más por no preocuparla a ella que porque a mí me resultara difícil contárselo. Yo no sabía mentir bien y ella habría acabado sonsacándome cómo habíamos roto. No deseaba que la tía conociera los detalles vergonzosos, pues su salud era delicada. Cuando ese día me preguntó por él me quedé en blanco unos segundos, a pesar de haber ensayado mi respuesta, y no supe si mi excusa «Tiene mucho trabajo por el inicio del curso» había sonado convincente o no. La tía simplemente adelantó una mano y cogió la mía ofreciéndome una cálida sonrisa. Me sentí un poco mal por no contarle la verdad, pero lo que menos necesitaba ella eran tristezas.

—No pienso hablar más de él —aseguré, devolviendo mi pensamiento a la oficina—. Lo que voy a hacer es vivir, ¿sabes, Cris? Quiero hacer muchas cosas, como antes. Viajar, por ejemplo. Antes de empezar a salir con él lo hacía. ¡Me gustaba tanto...! A él no: lo más lejos que llegaba era al pueblo de sus padres, que está a veinte kilómetros de aquí. Y volveré a hacer toples en la playa. Cuando íbamos Mila venía con nosotros casi siempre y a ella eso le parecía de mal gusto. Pobre de su novio, ¡a lo mejor tiene que tirársela con un cinturón de castidad! También volveré a salir de copas y a lo mejor me apunto a un curso de salsa. —Alcé la vista de la taza de café y la miré con los labios apretados—. ¿Sabes que Samuel y su melliza me miraban mal porque a veces se me iban los pies con alguna canción del verano? Que no digo yo que sean la *Novena Sinfonía* de Beethoven, pero para bailar un rato y pasártelo bien no están tan mal.

—¿Y qué me dices de los actos íntimos? —me preguntó Cris, interrumpiéndome.

—¿De... qué? —Pestañeé porque continuaba absorta en mi lista de cosas por hacer.

—De acostarte con alguien, ¡coño! —Lo dijo tan alto que hasta Claudio, el camarero, nos miró con asombro.

Le guiñé un ojo, y él carraspeó y se puso a limpiar la barra con la bayeta.

—Eso no lo he pensado todavía.

—Pues ve apuntándotelo. Debería estar en uno de los primeros puestos.

—¡Cristina, acabo de salir de una relación! A mí eso de que un clavo quite a otro clavo no me va mucho...

—Porque no has encontrado al clavo adecuado. Bien duro, resistente y...

—Estás convenciéndome.

Ambas estallamos en carcajadas, y Claudio detuvo de nuevo su labor para observarnos con el ceño fruncido. Imaginaba que al hombre le resultaba extraño que esa mujer con media melena lisa, gafas y un traje chaqueta cuya camisa llevaba abrochada hasta el cuello soltara unas burradas semejantes. Pero era lo que más me gustaba de Cristina: su adaptabilidad y espontaneidad. Solía comentarme que en su entorno no contaba con oportunidades de sacar la camionera que llevaba dentro.

Terminamos nuestros cafés y regresamos a la oficina, donde nos esperaban nuestros cubículos. El de Cris era sobrio. El mío estaba lleno de pegatinas con frases positivas, un marco con una foto de la tía y un bote lleno de lapiceros de colores. Ah, y siempre una caja de galletas Oreo, por si acaso me entraba el antojo. Cuando Cristina cogió confianza, alguna mañana que otra me dejaba un posit con frases que eran todo lo contrario de las que yo usaba en mi cubículo, si bien, en el fondo, me hacían reír. A veces, cuando se me acababan las galletas, me traía otro paquete.

Eché un vistazo alrededor y me di cuenta de que apenas había nadie. No sabía qué haría Cristina, pero yo no iba a quedarme mucho más. En todo caso, acabaría la traducción en mi apartamento, si me apetecía adelantar. Acababa de posar el trasero en la silla cuando mi móvil empezó a sonar. Comprobé, con cierta sorpresa, que se trataba del teléfono de la residencia de la tía. Éramos los familiares los que llamábamos a los residentes, no ellos a nosotros, a no ser que se tratara de una urgencia. Antes de responder, el estómago comenzó a molestarme.

—¿Diga?

—Carolina Merino, ¿verdad?

—Sí, soy yo. —Ladeé la silla en dirección a Cristina, que no se había puesto en la tarea todavía y me miraba con seriedad—. ¿Ocurre algo?

—Mire, es difícil decirle esto, pero es que Matilde ha empeorado.

—¿Cómo? ¿Qué quiere decir con eso de que «ha empeorado»? La vi hace unos diez días, y no estaba tan mal y... —Me vino a la cabeza esa última visita a la tía. No abrió mucho la boca, a pesar de ser parlanchina, pero no pensé que fuera porque se había puesto peor sino simplemente porque unas veces se sentía más cansada que otras.

—El doctor la ha visitado hace un ratito y nos ha dicho que avisáramos a sus familiares.

Y claro, tenían que telefonearme a mí porque no había nadie más. Porque a la tía solo le quedaba yo y, en realidad, a mí solo me quedaba ella. Tras unas cuantas explicaciones más por parte de la enfermera, colgué con una sensación de angustia al entender lo que sucedía y me quedé mirando la pantalla del ordenador. Hacía unos años que Matilde había empezado a sufrir de párkinson y, tras muchas discusiones, se fue a una residencia, pese a que no era tan mayor. Durante un tiempo le rogué una y otra vez que se viniera conmigo a Barcelona, donde me había asentado, pero se negó siempre. La tía nunca había querido ser una carga para nadie. Aunque era consciente de que la cuidaban bien, en ocasiones me sentía culpable por no poder hacerlo yo. Sabía que ella lo entendía, que la vida adulta no nos permite atender a nuestros seres queridos como nos gustaría. Si yo hubiera tenido suficiente dinero, habría dejado mi trabajo y me habría dedicado a cuidarla, a pesar de que ella se habría negado. No me habría importado abandonar todo por ella. Pero fue Matilde también la que me animó a alcanzar lo que quería, a continuar con mi vida. Desde que había enfermado, yo aprovechaba cada momento libre para visitarla, algo que alguna vez Samuel me reprochó. Aun así, yo necesitaba verla, saber que continuaba sonriendo. Por eso, aunque al principio él me acompañaba en casi todas las ocasiones, dejó de hacerlo poco a poco. Acabé acostumbrándome, y hasta me gustaba el hecho de poder pasear por mi pueblo, el que había sido mi hogar de niña y adolescente, en soledad.

—¿Qué pasa, Carol?

—Mi tía.

—¿Qué le sucede?

—Dicen que ha empeorado. —Me tembló la voz.

De inmediato Cristina se levantó de su silla y se acercó a mí para abrazarme. No solía ser de esas personas que ofrecen muestras de cariño todo el rato. No le gustaba dar dos besos al conocer o al saludar a alguien. El contacto físico la incomodaba en ocasiones. Y, sin embargo, era capaz de hacerte sentir bien con un abrazo cuando lo necesitabas.

Me aferré a la tela de su chaqueta y apoyé el rostro en su hombro, aunque enseguida me aparté para no mancharle la impoluta camisa. No obstante, me atrapó de la nuca, me apretó contra ella y me acarició la espalda mientras yo sollozaba.

—Vale, guapa. Tranquila... —Se separó un poquito y me dedicó una mirada preocupada—. Te ayudaré a hacer las cosas. Creo que Pedro está todavía en su despacho, así que ve a hablar con él. Mientras, te buscaré un tren a Madrid y otro a Toledo, ¿vale? Todo va a ir bien —añadió, y volvió a frotarme, esa vez los hombros—. Acércate al cuarto de baño a asearte y corre a explicárselo a Pedro. Lo entenderá.

Asentí y rebusqué en mi bolso hasta encontrar el paquete de clínex. Saqué uno y me levanté para ir a los aseos. Una vez allí, sin la protección de Cristina, sentí deseos de romper a llorar de nuevo. Sin embargo, sabía que el tiempo corría en mi contra y que en esos momentos necesitaba marcharme para llegar a tiempo al pueblo. Así que me lavé la cara, me la sequé, inspiré con fuerza y luego salí en dirección al despacho de mi jefe.

Pedro me invitó a entrar con un gesto de la mano. Siempre se había portado bien conmigo y me había dado una oportunidad cuando quise comenzar un nuevo camino. Sabía de la enfermedad de mi tía, pues yo había querido ser sincera con él y, además, me preocupaba que en alguna ocasión tuviera que ausentarme del trabajo, como en ese momento. Ya habíamos pactado que mis días de permiso podían ampliarse por causa de la enfermedad de Matilde. Pedro era un jefe demasiado generoso, y yo siempre había tratado de devolverle todo. Quizá se mostraba tan comprensivo y se ponía en mi lugar porque su madre había padecido también una enfermedad complicada.

—Tú dirás, Carol. —Me dedicó una sonrisa afable.

—Mi tía ha empeorado. Sé que es demasiado precipitado que me marche, siendo martes, y que debería pedirle el permiso con tiempo, pero ha ocurrido de sopetón, y como la tengo tan lejos estoy preocupada y... —Se me escapó un sollozo que acallé tapándome la boca con la mano.

—¿Puedo ayudarte en algo? —Estiró el brazo por encima de la mesa y yo hice lo mismo. Me apretó la mano con vigor. Yo tenía la mía sudada.

—No, no. —Moví la cabeza—. Si a lo mejor después es una falsa alarma y... —Yo misma asentí con rotundidad para creerme mis propias palabras que, sin saber por qué, me parecían falsas—. Pero lo que pasa es que, como estoy lejos, suelen avisarme de estas cosas.

Él asintió y se pasó dos dedos por los labios, sopesando mi propuesta. A decir verdad, mi presencia en persona en las oficinas nunca había sido imprescindible. Todos los clientes se comunicaban conmigo mediante correos electrónicos o por teléfono. Había conseguido ese empleo unos años antes como un milagro, cuando ya no esperaba nada tan bueno. Siempre fui reacia a estudiar, pero gracias a la tía me reconduje e ingresé en la universidad para hacer Traducción e Interpretación, pues lo cierto era que los idiomas me fascinaban. Tras muchos esfuerzos por su parte y con trabajos precarios por parte de la mía conseguí acabarla y, pocos meses después, empecé a trabajar como secretaria en una pequeña oficina. Pronto fui consciente de que no me llenaba. Al cabo de un tiempo, un amigo de Samuel —él tomó el camino de la educación, que a mí jamás me atrajo— me ofreció realizar una traducción para su empresa. Y ahí estaba: a pesar de que le dediqué muchísimo tiempo pues se trataba de un texto especializado, me di cuenta de que no había escogido mal la carrera. Esa era mi vocación. Con los escasos ahorros de los que disponía y traduciendo textos hice un posgrado que, por suerte, fue bastante práctico y me orientó un poco más. Samuel, que ya había logrado una plaza tras las oposiciones, me recordaba casi a diario lo precaria que era nuestra profesión y que las agencias se dedicaban a explotar a los traductores. Sin embargo, echando la vista atrás, estoy convencida de que era una de esas personas que se creen todo lo que piensan, aunque estén equivocadas.

Decidí hacer caso omiso de sus charlas y me uní a la Asetrad —la Asociación Española de Traductores, Correctores e Intérpretes—, y allí todavía aprendí más. Por aquel entonces aceptaba muchísimos proyectos y, aun así, llegar a final de mes en Barcelona se tornaba una tarea difícil. Cuando ya me veía preparando unas oposiciones, apareció el empleo: en una multinacional de telecomunicaciones. Fui la tercera traductora en plantilla que contrataron en el departamento de Soporte, y se convirtió en uno de mis mayores logros porque no se trataba de un trabajo precario y ofrecía unas condiciones laborales muy buenas. Siempre recordaré el abrazo que me dio la tía al enterarse.

—¿Carol? —Pedro me observaba con cautela. Si había añadido algo más, no me había enterado—. Cógete unos días de permiso por familiar directo grave. Eso sí, hazme saber cualquier contratiempo. Pero no te preocupes, ¿de acuerdo?

Asentí y, aguantando las ganas de llorar, se lo agradecí una vez más. Esos días formaban parte de mis derechos como trabajadora; aun así, mi jefe era un buen hombre. Cuando llegué a mi puesto, Cristina ya había hecho todas las gestiones.

—Tienes en tu buzón de correo electrónico los billetes de los trenes. El de Madrid sale dentro de una hora y media. —Miró en dirección al despacho del jefe—. ¿Todo bien?

—Gracias, Cristina. Muchas gracias, de verdad. —Me incliné y la abracé con todas mis fuerzas.

—Venga, vete y haz la maleta. Mándame las traducciones en cuanto puedas y te ayudo con ellas en el plazo de entrega, ¿vale?

—No, no hace falta, en serio…

—En serio lo digo yo. —Me dio un pequeño empujón para que me marchara.

Una vez en casa, mientras guardaba un par de prendas en la pequeña maleta, pensé en la tía y en su hermosa sonrisa, en su magnífico olor, en el amor que desprendía. Un nudo me atenazó la garganta. Había asumido tiempo atrás que las personas que amamos acaban marchándose algún día, y más conociendo su enfermedad, pero me daba miedo no llegar a tiempo y decirle un último «Te quiero».

3

Desperté desorientada, con el corazón brincándome como un loco en el pecho. El estómago me molestó, y lo aché a los nervios y al bocadillo que me había comprado antes de subir al tren para cenar y que tanto me había costado tragar. En el viaje de Barcelona a Madrid había logrado mantenerme más o menos serena, pero una vez que subí en el que iba a Toledo, me desmoroné y empecé a llorar. Un par de viajeros se volvieron disimuladamente para mirarme y me encogí en el asiento porque me sentía impotente y pequeña. Al parecer, luego había caído rendida sin darme cuenta, ya que en ese momento una mujer de mediana edad con una bolsa de basura me observaba con curiosidad.

—¿Se encuentra usted bien?

Me sobresalté ante su pregunta y la miré aturdida debido a los restos del sueño que quedaban en mi cuerpo y en mi cabeza. Había soñado con la tía, y era un sueño bonito y feliz. ¿Cómo había cambiado tanto todo en tan poco tiempo? Primero, lo de Samuel. Después, eso. ¡Si unas horas antes Cristina y yo habíamos estado bromeando y riéndonos! Sin duda, la vida puede trastocarse de la noche a la mañana sin previo aviso y romperte el corazón en miles de pedazos. Vamos cerrando ciclos, vamos transformándonos. Nunca permanecemos en el mismo lugar durante mucho tiempo. Amamos las llegadas y nos horrorizan las despedidas. Pero, precisamente por ello, debemos adaptarnos. Porque hay que aprender a vivir con la idea de que la persona con la que has compartido todo y está en tu presente puede desaparecer al día siguiente. La tía me había dicho en más de una ocasión que disfrutara de cada instante, que exprimiera los minutos y los segundos porque serían esos momentos los que compondrían mis recuerdos. Y tenía claro que a Matilde no le habría gustado que me sintiera tan triste. Aun así, no podía evitarlo.

—Sí, estoy bien. Disculpe. —Me apresuré a abandonar el asiento. Bajé la maleta y la mujer se hizo a un lado para cederme el paso—. Gracias.

Una vez en el andén, eché un vistazo a mi reloj y comprobé que el tren había llegado con unos veinte minutos de retraso. En todos los años que llevaba yendo y viniendo, no era la primera vez que ocurría, pero nunca había tenido que ir de improviso porque la tía estuviera mal, de modo que en las ocasiones anteriores no me había resultado un gran inconveniente. Durante el trayecto en el tren había estado pensando en que era arriesgado, por lo que había llamado a la empresa de taxis que ya había usado alguna que otra vez para que me recogiera en la estación, por si no llegaba a tiempo para subirme al último autobús que iba al pueblo.

La Puebla de Montalbán era una población pequeña y no contaba con un buen sistema de transporte. Caí en la cuenta también de que el horario de visitas de la residencia ya había concluido y no acostumbraban a permitir que los familiares vieran a los ancianos fuera de hora, a no ser que se tratara de algo muy grave. Como se suponía que era lo de la tía... De repente un enorme temor se apoderó de mí y me apresuré a llamar a la residencia para preguntar cómo se encontraba.

—El médico ha vuelto a visitarla... No va mejorando —me anunció la enfermera que me había llamado unas horas antes—. Lo siento mucho, Carolina. ¿Está de camino?

—Estoy en Toledo ya, sí. Mientras iba en el tren he pedido un taxi, así que llegaré ahí en breve. Dígaselo a mi tía, por favor.

Salí de la estación con la maleta a rastras porque una rueda no funcionaba muy bien. Siempre me repetía a mí misma que tenía que comprarme una nueva, pero como en realidad tan solo viajaba al pueblo para ver a la tía, no lo había hecho todavía. Barrí con la mirada el exterior, y no divisé ningún taxi. Durante el día solía haber un par esperando posibles clientes, pero a esa hora ya se habían retirado. Menos mal que había sido precavida en ese sentido y seguro que, de un momento a otro, llegaría el que había pedido. Apoyé la espalda en la pared del edificio y solté un suspiro. Debería haberme comprado un coche cuando podía, pues habría resultado más fácil. Antes de conocer a Samuel iba siempre en el tren, como ahora, y luego era él quien conducía en el suyo. Me había sacado el carnet a los veintipocos años, pero, en cierto modo, me daba un poco de miedo coger un coche. Quizá por todas las advertencias de la tía y porque me recordaba a lo que le había sucedido a mi madre. Me dediqué a contemplar de manera distraída a los escasos viajeros que iban marchándose de la estación, una vez que los recogían.

Saqué el móvil para mirar la hora de nuevo. Fruncí el ceño. Diez minutos desde que había bajado del tren. ¿Y el taxi? Yo le había dado la hora de llegada sin el retraso, así que era extraño que todavía no hubiera aparecido. Y justo en ese instante el teléfono vibró en mi mano haciendo que brincara del susto. Se me pasó por la cabeza que una enfermera me llamaba para decirme que la tía… No, ni siquiera podía pensar en eso. No obstante, el número no era el de la residencia. Extrañada, descolgué y con voz algo temblorosa pregunté:

—¿Sí?

—Hola, la llamo desde TaxiToledo —me saludó un hombre, muy serio—. Había pedido usted un taxi a la estación de Toledo, ¿cierto?

—Así es —respondí asintiendo yo sola, como si alguien pudiera verme.

—Es que tenemos un problema. El taxista nos ha informado de que ha habido un accidente grave en la carretera y todos los coches están allí parados por retención. No sabe cuándo les permitirán circular, pero nos ha avisado de que va para largo.

—¿Y no pueden enviarme otro taxista? —inquirí con un tono más agudo del pretendido.

—Tengo a los otros dos compañeros ocupados. Uno ha ido a recoger un cliente a Talavera de la Reina y el otro se dirige en este instante a Torrijos. Seguramente en un par de horas estarán libres. ¿Le interesa?

—No puedo esperar tanto —susurré sin aliento—. ¿No sabe de nadie más?

El hombre me dio un par de números que intenté memorizar, pero solo me acordé de uno y cuando me respondieron me informaron de que no trabajaban en Toledo y alrededores por la noche.

—¡Joder! ¡Maldita sea! —chillé una y otra vez, dando vueltas sobre mí misma y golpeando el suelo con el tacón de uno de mis botines.

Creí que el taxista habría colgado, pero me espetó de malas formas:

—Es un martes casi a medianoche, ¿qué esperaba?

Colgué con un tremendo mal humor, y todos los nervios, la tristeza y la rabia que llevaba dentro me asaltaron y continuaron saliendo en forma de gritos y palabrotas. Toledo era preciosa, amaba esa ciudad porque sus calles desprendían magia, pero también tenía claro que no era tan grande y activa como Barcelona, y menos una vez que había anochecido y entre semana. No obstante, mantuve la esperanza de pillar un taxi que me llevara a La Puebla. Intenté conectarme a internet, pero los datos se me habían agotado unos días antes y ni siquiera la página de Google se cargaba. Me regañé por haber optado por ahorrar y no haber aceptado la oferta con la que me ofrecían más megas porque me había parecido cara.

Me senté en uno de los bancos del exterior de la estación con tal de tranquilizarme y pensar en las opciones. Conocía Toledo, en algún sitio encontraría un transporte. Me acordé entonces de que justo por la entrada de la ciudad, donde se hallaban las altísimas escaleras mecánicas que tanto me gustaban, a veces pasaban taxis. Siempre los había visto de día, pero ¡quién sabía! A lo mejor el destino se apiadaba de mí. Pero... no. Porque mientras arrastraba la maleta por las estrechas y empinadas callejuelas, empecé a sentir frío y descubrí que me había dejado la maldita rebeca en el tren. ¿Le había hecho yo algo al puñetero karma para que todo se pusiera en mi contra?

Para cuando llegué a la entrada, la coleta se me había deshecho y los mechones se me metían en la boca por culpa del vientecillo y la rueda de la maleta estaba a punto de morir. Me situé cerca de la carretera, dispuesta a parar el primer taxi que pasara. Esperé durante quince minutos sin que apareciera ni un maldito coche. Lo de la tostada y la mantequilla de Murphy no era nada comparado con lo que estaba sucediéndome esa noche. Saqué el móvil del bolso y volví a telefonear a la empresa de taxis, por si caía la breva. No me lo cogieron la primera vez y la segunda me informaron de que continuaban ocupados. No me molesté en maldecir para mis adentros, sino que tras colgar y sola tal como estaba allí, solté todos los improperios que se me ocurrieron como si los pobres taxistas tuvieran la culpa. Entonces un automóvil se acercó a toda velocidad y yo, sin pararme a pensar, extendí el brazo como una autostopista. No se detuvo. Me mordí el labio inferior y me froté los ojos, tratando de refrenar las ganas de lloriquear.

Rememoré la historia de un amigo de mi expareja al que le dio por hacer autostop durante un tiempo. Incluso se leyó guías, y nos explicó que uno de los lugares más frecuentados por los autostopistas eran las gasolineras. Nunca en mi vida había hecho autostop porque jamás lo había necesitado y porque me traía a la cabeza películas de locos. No obstante, ya me daba igual. Lo único que quería era llegar a tiempo a la residencia. De modo que, haciendo uso de las pocas esperanzas que me quedaban, me dirigí a la gasolinera más cercana, que, si la memoria no me fallaba, se encontraba a unos quince minutos caminando.

Cuando divisé el inconfundible color naranja de una Cepsa, solté una exclamación de júbilo. Y la maleta no se me había roto aún, con lo que quizá mi increíble mala suerte de esa noche estaba esfumándose. A medida que me acercaba, descubrí un par de vehículos repostando. Uno de ellos se marchó antes de que yo llegara, pero el otro, un monovolumen rojo, se mantuvo allí, parado al lado de un surtidor.

Cogí aire y me armé de valor para interceptar al conductor. Con mi cara de sufrimiento, puede que no lo tuviera muy difícil. Me arrimé al monovolumen, ocupado por una mujer de unos cuarenta y pico años. Estaba trasteando en su móvil y, al darse cuenta de que alguien la observaba desde fuera, alzó la cabeza y dio un brinco. Antes de que pudiera indicarle que bajara la ventanilla, soltó el teléfono y arrancó. Joder, debía de tener la misma pinta que la Chica de la Curva para que se hubiera largado de esa forma. En ese momento oí el inconfundible sonido de otro motor y el pecho se me hinchó de ilusión al ver que otro coche entraba en la gasolinera. Yo no era el personaje de una película esperanzadora, tan solo una chica con el pelo revuelto y cara de estúpida, pero alguien tenía que apiadarse de mí.

Esperé a que la persona que ocupaba el automóvil saliera. Era un hombre bastante alto, pero apenas le vi el rostro porque enseguida se puso de espaldas a mí, dispuesto a entrar en la tienda. Cogí la maleta y corrí hacia él.

—Disculpe... —dije intentando controlar los nervios.

Me echó un vistazo rapidísimo y casi sin volver la cabeza, y acto seguido murmuró con una voz muy ronca:

—No quiero nada.

—¿Qué? —Abrí la boca, sin entender.

—Que te busques a otro cliente.

Comprendí entonces lo que ese desconocido estaba pensando. ¡Que yo era una prostituta! Me quedé completamente desconcertada, hasta que atiné a reaccionar y lo seguí al trote.

—No, se equivoca... Solo necesito un favor.

—No.

Su respuesta cortante antes de que pudiera explicarle nada me provocó cierto enfado. ¡Menudo tío antipático! Me detuve de golpe y permití que entrara en la tienda. Sentí unas tremendas ganas de llorar, pero me contuve. Otro vehículo llegaría, me dije, y a lo mejor su conductor se ofrecía a llevarme. Solo me había topado con una mujer que se había asustado, lo cual me parecía normal, y con un borde.

Me di la vuelta y observé el coche de aquel hombre pensando en que eso de la bondad de los desconocidos era un cuento chino. Me acerqué un poco más al automóvil, sopesando qué hacer para convencer a su conductor, cuando oí que la puerta de la tienda se abría. Una figura masculina caminó hacia mí y comprobé que se trataba del dueño del vehículo. Estaba dispuesta a tirarme al suelo y suplicar, si hacía falta. Así de desesperada estaba por ir a la residencia. No obstante, él se detuvo a pocos metros de mí, me miró con el semblante ceñudo y luego dirigió la vista al automóvil. A ver si se pensaba que yo era una ladrona de coches.

—¿Qué quieres? Ya te he dicho que no me interesa.

No atiné a contestar nada porque en ese instante pude ver bien sus ojos gracias a la luz de la luna. Se clavaron en mí y algo en el pecho me crujió, hasta que caí en la cuenta de que era mi corazón. Esos ojos me trajeron a la mente otros en los que había tratado de no pensar durante mucho tiempo. ¿Qué derecho tenía ese desconocido a rescatar viejos recuerdos que yo no quería ya en mi vida? No pude evitarlo, me enfadé más y volví el rostro, decidida a ignorar a aquel hombre por mucho que necesitara su ayuda.

—No te irá muy bien vestida de esa forma.

—¿Perdone? —Reparé en cómo me recorría de arriba abajo con la mirada—. ¿Por qué cojones sigue con eso? Que, oiga, es una profesión de lo más respetable, y si yo lo fuera no pasaría nada, ¿no? Pero no lo soy. —Apoyé las manos en las caderas y solté una risa sarcástica, a la que él respondió arqueando una ceja—. Y, en todo caso, usted ha llegado a esa conclusión muy rápido. ¿Qué pasa, que es un experto?

El desconocido entrecerró los ojos, esos que me habían causado tanto impacto, y me observó con algo parecido al hastío. Pero ¿de qué iba ese tipo? Lo único que me faltaba era aguantar a alguien como él.

—¿Piensas que necesito contratar ese tipo de servicios?

Se echó a reír, no por diversión, claro. Estaba riéndose de mí, a decir verdad. Ladeó la cabeza, contemplando algún punto de la carretera, al tiempo que se apoyaba en el lateral del coche. Descubrí que era más joven de lo que me había parecido en un principio. Le eché unos treinta y pocos, puede que menos. Era muy alto. Llevaba una chaqueta de cuero marrón y unos pantalones oscuros. En esos momentos yo no era capaz de pensar con serenidad, pero no me pareció feo, sino todo lo contrario. Aunque, bien mirado, seguro que había tíos apuestos que contrataban «ese tipo de servicios», como él había dicho. Me caía mal, desde luego que sí. Debía de considerarse un ser superior, como Mila.

—¿Y por qué crees tú que soy una prostituta? —Pasé a tutearlo, tal como él se había dirigido a mí desde el principio—. ¿Es que acaso no has visto mi maleta? —Se la señalé, como si aquello confirmara que no me dedicaba a la profesión más antigua del mundo.

—¿Y yo qué sé? —me espetó de malas maneras—. A lo mejor llevas ahí tus modelitos o algún juguete. No estoy metido en ese mundo.

Creo que le regalé algún que otro insulto y él me mostró el dedo corazón, dejándome anonadada y muda con ese gesto. Luego se dio la vuelta y me ignoró. Por unos segundos no atiné a reaccionar, hasta que vi que se metía en el coche y que, de un momento a otro, se marcharía y volvería a quedarme sola. No estaba siendo la mujer más precavida del mundo, pero sentía la necesidad de llegar al pueblo para ver a mi tía, intentar hablar con ella, besarla mientras ella lo notara.

El desconocido cerró la puerta, y fue ese sonido el que me hizo espabilar.

—¡Espera! ¡Por favor, espera! —grité agarrando la maleta y corriendo hacia la ventanilla. Antes de que la bajara, yo ya había empezado a explicarme—. Necesito ir a La Puebla, por eso estaba aquí esperando, a ver si un alma caritativa me lleva.

—¿Y qué te hace pensar que yo soy esa alma caritativa? —inquirió él al tiempo que me examinaba con un gesto de desprecio—. Has insinuado que soy un putero.

Me dieron ganas de mandarlo a la mierda, pero no era la mejor opción. Le supliqué con la mirada y él pareció pensárselo, aunque sin apartar esos ojos tan fríos y serios de los míos.

—¿Quién me dice a mí que no eres una loca?

Su pregunta estuvo a punto de hacerme reír. ¿Qué le pasaba a ese tipo? Desde luego debía de tener algún problema para ser tan antipático y estúpido.

—¿Y quién me dice a mí que tú no eres un psicópata que busca mujeres solas y vulnerables por las carreteras para matarlas y después meterlas en su maletero?

Me miró con una expresión parecida a la sorpresa, y luego dijo algo entre dientes que no alcancé a entender y vi que adelantaba la mano hacia la llave de contacto para arrancar el coche.

—¡Lo siento! ¡Siento haberte llamado psicópata! ¿Vale? Por favor... —Me di cuenta de que había empezado a lloriquear, y él frunció el ceño y abrió la boca, aunque no dijo nada—. De verdad, necesito ir. Mi tía, la persona más importante para mí, se está muriendo y tengo que verla. —Me limpié las lágrimas con la manga de la camisa y él titubeó.

Mi llanto parecía incomodarlo, pero yo ya no podía controlarme. Aguardé unos segundos, temiendo que subiera la ventanilla y se largara sin más. Él apretó los labios con fuerza, me estudió con fijeza y luego apartó la mirada y soltó un suspiro.

—Está bien. Sube. De todos modos, yo también voy a La Puebla. —Hizo amago de abrir la puerta y yo me separé para que saliera—. Ven a guardar el bulto. —Se dirigió hacia la parte trasera del coche, pero me quedé donde estaba, sorprendida de que al final hubiera accedido. Se dio la vuelta y me miró con impaciencia—. Vamos, no tengo ningún puñetero cadáver.

Cogió mi maleta como si no pesara nada. Era pequeña, sí, y yo no llevaba mucho en ella, pero a mí esa noche me parecía pesadísima. Tras guardarla, lo noté confundido. Recuerdo que se me pasó por la cabeza que tenía un rostro triste, aunque no lo pensé demasiado debido a la situación. Tiempo después confirmaría que la gravedad era una de sus características y que la tristeza lo acompañaba a cada instante, aunque tratara de disimularlo.

Mientras él regresaba a la parte delantera, me quedé unos

segundos fuera para hacer una foto a la matrícula y enviársela a Cristina. Por si acaso, que nunca venía mal ser precavida. Un bocinazo me arrancó un grito y maldije entre dientes, dirigiéndome a toda prisa al lado del copiloto. El interior del coche olía a hierba fresca, pero no vi ningún ambientador.

—Gracias, de verdad —murmuré. Me pregunté de dónde venía. Quizá de fiesta, o de alguna cita. Me había dicho que se dirigía también a La Puebla, pero su cara no me sonaba. Tal vez habría llegado cuando yo ya no vivía allí—. Siento que no hayamos empezado con buen pie y haberte hablado mal. Estaba muy nerviosa y...

Sin querer, chafé algo que había en el suelo y, al levantarlo, descubrí que se trataba de una gruesa libreta de tapas duras a la que se le había dado mucho uso. Él estiró el brazo para cogerla y, sin pretenderlo, sus dedos rozaron el dorso de mi mano. Noté una especie de calambre, y se me quedó mirando con gesto indescifrable durante unos segundos. Sus ojos me alteraban de algún modo incomprensible para mí. Entonces, para mi sorpresa, me arrebató la libreta de malas maneras y se inclinó hacia atrás para colocarla en el asiento trasero. Su cabello revuelto se encontraba muy cerca de mi rostro, y me sorprendí al pensar en lo bien que olía. Necesitaba cosas como esa, que me ayudaran a no derrumbarme en ese instante. Porque lo único que golpeaba en mi cabeza como un martillo era la certeza de que la persona que más me había querido se moría.

—Lo siento. No la había visto —murmuré, tratando de disculparme.

—Quédate quietecita, que al final vas a estropearme algo —me espetó con su voz ronca y huraña—. Y deja de disculparte, me pone nervioso.

Deseé soltarle alguna impertinencia por ser tan gilipollas, pero entonces alzó el rostro, me pilló observándolo y me dedicó otra de sus duras miradas. Sus ojos se habían oscurecido y había abandonado cualquier rastro de simpatía. Me pregunté qué podía haber en esa libreta para que se comportara de esa forma. Llegué a la conclusión de que meterme en un coche con un extraño no había sido mi decisión más acertada. No era que yo fuera bonita, pero, al fin y al cabo, era una mujer. Sola. Y él era un hombre en apariencia fuerte. Un desconocido del que no sabía nada. Aun así, no sentí miedo sino una gran curiosidad. Cuando rompió el contacto visual, solté el aire que había estado reteniendo. Arrancó el motor y, segundos después, salimos a toda velocidad. Me arrellané en el asiento y traté de no pensar en la tía.

—Lamento lo de antes —dijo de repente con un tono de voz conciliador.

—Da igual. Supongo que yo también he sido un poco impertinente.

—Te pareceré un capullo antipático —murmuró sin apartar los ojos de la carretera.

—No. Bueno, un poco. Bastante —respondí con sinceridad.

Creí que le haría gracia, pero su boca se mantuvo cerrada y apretada. Encendió el reproductor de música del coche y una canción country que hablaba sobre un hombre que no tenía una tumba donde su cuerpo cayera resonó en el coche. Se dio cuenta de que no era el momento apropiado para escuchar algo así y pasó a la siguiente pista. Con esa ya reconocí al cantante: Johnny Cash y su *I Walk The Line*. Al menos era más animada. Se sumió en un profundo silencio que tan solo alteraba con golpecitos de sus pulgares en el volante. Pronto dejé de concentrarme en la canción y caí hasta el lugar más recóndito de mi mente, donde me acechaba la inminente muerte de mi tía, la culpabilidad de no haberla tenido cerca, de no haberle dedicado más «te quiero», a pesar de decírselo a menudo, o no haberle prodigado más besos y abrazos.

—Por favor, di algo —rogué tras habernos pasado un rato callados, atravesando campos yermos—. Háblame. Cuéntame cualquier tontería. No puedo dejar de pensar en mi tía, en que lo que va a ocurrir ya no está bajo mi control. Tengo miedo de no llegar a tiempo.

—Todo irá…

—No, eso no lo digas —lo corté.

—¿Cómo te llamas? —me preguntó, y bajó un poco el volumen de la música.

Le agradecí que cambiara de tema.

—Carol.

Ladeé el rostro al reparar en su mutismo y me pareció que titubeaba. Apretó el volante con fuerza. Desvió la vista de la carretera para mirarme con los ojos entornados y, a continuación, volvió a apartarlos. Una vez más, pensé que era un tipo extraño. Pero no me importó. Necesitaba que alguien me quitara de la cabeza la ansiedad y el temor que me mordían.

—¿Y tú? —quise saber.

—Isaac. ¿Eres de por aquí? —continuó, accediendo a mi petición de darme conversación.

—Hace mucho que no. ¿Tú?

—No —musitó con desdén, como si le enfadara mi pregunta.

—¿Del norte? —inquirí, porque había apreciado un ligero acento.

—He vivido durante muchos años por allí, sí.

—Debe de ser bonito.

—Lo es. Aquí todo es demasiado árido.

—También tiene su encanto. —Me encogí de hombros, un poco molesta. De pequeña adoraba mi pueblo y todos los de alrededor. Estaba orgullosa de vivir cerca de una de las ciudades más hermosas de España—. ¿Y qué te trae por estos parajes baldíos? ¿Te has mudado? —Traté de hacerme la simpática con tal de disipar el incómodo ambiente, pero él se había cerrado de nuevo, y tan solo negó con la cabeza y murmuró que estaba quedándose unos días.

Un silencio tan profundo como el anterior inundó el coche, aunque al menos no duró mucho porque al cabo de unos minutos llegamos al pueblo. Indiqué a Isaac qué dirección debía tomar, pero me pareció que ya lo sabía.

—¿Conoces esto?

—Un poco.

Su gesto adusto me convenció de que era un tipo parco en palabras y de esos a quienes no les gustaba hablar de sí mismos ni de sus asuntos. Me di cuenta de que, a pesar de que había intentado distraerme, no era lo que le apetecía, así que decidí no importunarle más. Bastante había hecho ya con llevarme después del encontronazo que habíamos tenido.

En cuanto me apeé del vehículo y divisé la fachada de la residencia, me eché a temblar. Noté algo cálido en mis hombros, y mi sorpresa fue mayúscula al comprobar que era la chaqueta de Isaac. Ese gesto me confundió. Había pasado poquísimo tiempo con él y ya se me antojaba impredecible. Tan serio, hosco, y en cambio me dejaba su chaqueta. Me siguió hasta la verja de la entrada y, una vez allí, hice amago de devolvérsela, a lo que él se negó.

—Entonces dime dónde te quedas, para dártela en cuanto pueda.

—Me marcharé mañana por la tarde —me comunicó.

No supe por qué algo en mí brincó. Tal vez el corazón. Quizá era una estúpida, una que primero había pensado que era un loco peligroso y un capullo y, en cambio, un rato después, de modo increíble, deseaba verlo de nuevo. Me convencí de que tan solo se trataba del hecho de tener a alguien cerca que me consolara.

—Pues… aquí tienes. —Sacó mi equipaje del maletero y me lo entregó.

Realmente me habría gustado que se ofreciera a quedarse a mi lado, que ocupara el hueco que mi expareja había dejado, aunque fuera una mentira. Quería mostrar a Matilde que alguien se preocupaba por mí y podía marcharse tranquila. Sin embargo, llegué a la conclusión de que se trataba de una idea estúpida. Era mucho mejor hacer ver a la tía que podía cuidar de mí misma.

—Muchas gracias por traerme. —Abrí el bolso y saqué el monedero—. Déjame pagarte la gasolina.

—No digas tonterías.

«La tía siempre me ha dicho que la recompensa de una buena acción es haberla hecho», pensé.

El ambiente se enrareció en el preciso instante en que ambos callamos y nuestras miradas se encontraron. Me observó con atención y un poco de descaro. El estómago me dio un vuelco extraño. Quizá Isaac no lo supiera, pero con sus ojos transmitía ciertas cicatrices, y me dije que, en otro momento, me habría gustado conocerlas. Aparté la mirada y tragué saliva. Me dolía la garganta de aguantarme las ganas de llorar. Me quité una vez más la chaqueta y se la tendí.

—Toma, no puedo quedármela.

—A lo mejor luego tienes frío, y no querrás coger un resfriado, ¿no? Tu tía te necesita.

Se pasó dos dedos por la barbilla. Me pareció que se había quedado pensativo, como si algo lo inquietara.

—¿Cómo se llama tu tía? —preguntó de repente.

—Matilde.

—Bonito nombre.

—Ella también lo es. Debo entrar. —Señalé la verja a mis espaldas.

—Claro —asintió—. Adiós, Carol.

Mi nombre en su boca tomó la forma de un lugar cálido, a pesar de lo arisco y huraño que aparentaba ser. Temblé de nuevo, aunque no hacía tanto frío, y me envolví con la prenda mientras él se metía en el coche y desaparecía calle arriba.

Antes de adentrarme en la residencia, movida por un impulso, me acerqué la chaqueta a la nariz y aspiré. Aprecié un ligero perfume a hierbabuena, a naturaleza salvaje. Y, para mi sorpresa, fue ese aroma el que me dio fuerzas.

4

La tía siempre me había pedido que cuando muriera no llorara por ella. Que le contara chistes o le pusiera música mientras se iba poco a poco y que luego, una vez terminado todo, me tomara a su salud un vasito de vino dulce, que tanto le gustaba. Sabía que no iba a poder hacer ninguna de las tres cosas, aunque lo habría deseado porque ella era todo sonrisas y buen humor. Era color en la negrura. Incluso bromeaba sobre su enfermedad, a pesar de que yo supiera que por dentro lo pasaba mal. Se había ganado el cariño y la admiración de todos los empleados de la residencia. Imagino que después de lo de mi madre y de lo que había sufrido durante un tiempo, Matilde se había propuesto normalizar la muerte y que yo tampoco la viera como algo triste. Tan solo quería que la recordara por todas las veces que nos habíamos reído juntas. En una ocasión me dijo: «Carolina, la tristeza enferma a los vivos». Mi intención era seguir ese deseo suyo para que no me viera desconsolada y se llevara ese mal recuerdo allá adonde se marchara.

Pasé la noche con ella, sujetándole la mano, acariciando sus brazos delgados y su rostro en el que apenas había arrugas, admirando lo bonita que había sido y continuaba siendo. El médico me explicó que había contraído una neumonía que, debido al párkinson, se había complicado. Aguanté las ganas de llorar por si podía escucharme. Matilde había sido todo mi mundo, uno repleto de luces, que ahora se apagaba. Murió con el nuevo amanecer de un día de septiembre, que pronto se extinguiría también.

Cuando me sacaron de la habitación, se me encogió el corazón al pensar que ya nunca volvería a ver su sonrisa, a no ser que fuera en una foto o en mi mente. Me quedé sentada en una de las incómodas sillas de la salita de espera, con la mirada perdida, hasta que una amable enfermera se ofreció a ayudarme con los trámites de la funeraria. La noticia de su muerte recorrió los pasillos de la residencia y unos cuantos ancianos vinieron para expresarme sus condolencias. Todos parloteaban sobre lo buena que había sido y acerca de cuánto la echarían de menos.

Un comercial del tanatorio apareció de la nada y se sentó a mi lado para explicarme las gestiones. Apenas fui consciente de lo que me decía, y la solícita enfermera de antes se acercó para preguntarme si necesitaba algo. No quería hacer todo lo que el comercial me aconsejaba, aunque sabía que debía encargarme de ello porque era la única familia que le quedaba a la tía. No quería escoger el ataúd. Ni el nicho. Y mucho menos la ropa que Matilde llevaría para la eternidad porque aquello significaba que su ausencia era dolorosamente real. La enfermera me acompañó hasta el dormitorio, donde descubrí una cama vacía que me provocó una sensación de desamparo. Me di cuenta de que, desde que había llegado a la residencia, no había podido soltar ni una lágrima, y me sentí mal. Miré en el armario de la habitación con el corazón encogido y al final elegí uno de los vestidos favoritos de mi tía, lleno de flores y color. La enfermera lo observó durante unos segundos sin decir palabra.

—A la tía le encantaba —murmuré, a la defensiva.

Tras la inscripción de la defunción en el Registro Civil por parte del centro, me encontré en la puerta del tanatorio, tratando de coger fuerzas para aguantar el día que me esperaba. Me quedé un buen rato sola, hasta que empezó a llegar gente y me dediqué a susurrar «gracias» y a abrazar a personas, algunas conocidas, otras que me sonaban, algunas que se me antojaban desconocidas.

—¡Alhaja! —exclamó una voz masculina.

Me di la vuelta y me topé con uno de los lugareños a los

que guardaba un gran cariño. Se llamaba César, era el dueño del antiguo ultramarinos del pueblo, convertido ahora en una tienda de todo a cien, y uno de los viejos amigos de la tía, si bien yo siempre había imaginado un sentimiento más fuerte entre ellos. Esa palabra, «alhaja», era bastante típica en la zona, pero César siempre la había usado únicamente para dirigirse a mí.

—¿Cómo está? —lo saludé esbozando una apretada sonrisa.

Me estrechó entre sus brazos y me dedicó palabras tranquilizadoras. Siempre había sido así, amable y cariñoso. Olía a loción para después del afeitado y a dentífrico. Me sentí niña otra vez y rememoré las chocolatinas que me regalaba. Al decírselo sonrió, y en su brillante mirada descubrí con gran pena lo mucho que había querido a la tía.

—No te preocupes, que yo te ayudo con todo esto. Ya he hablado con el párroco.

Justo en ese instante asomó también una cabeza femenina. Se trataba de Tere, la mujer de César. Se habían casado hacía ya unos cuantos años. No sabía si a la tía le había dolido porque nunca me comentó nada y tampoco solíamos hablar de ella. Tere era más joven que César y se habían conocido en Talavera de la Reina. Luego ella se había mudado a La Puebla. A mí me parecía una buena mujer. Tenía un hijo joven con el que yo había cruzado un par de palabras. Tere se acercó a mí, estiró los brazos y me estrechó entre ellos.

—Lo siento mucho —susurró con una voz teñida de emoción—. Acabo de verla en la sala y está tan bonita... —Noté que se sorbía. Yo sabía que mi tía y Tere mantenían una relación simplemente cordial, por eso me sorprendió que se mostrara tan afectada.

Por la tarde la cosa se calmó y agradecí quedarme sola para no tener que fingir. Me sentía rara y continuaba sin poder soltar una sola lágrima. De repente, con aquel ambiente silencioso y rodeada de muerte —aunque sonara macabro decirlo— me acordé de alguien sin poder evitarlo, y eso que había tratado de eludirlo durante muchísimos años. Pero ahora me resultaba imposible no pensar en Gabriel.

César apareció de nuevo con un envoltorio de plata entre las manos y me arrancó de golpe de esos lúgubres pensamientos. Eché un vistazo a la hora y comprobé que ya daban las nueve de la noche.

—Te he traído un bocadillo de chorizo. No sé si seguirá gustándote, pero cuando eras pequeña era uno de tus favoritos. ¡Que estás muy *delgaílla*, hija! Debes comer.

—Como bien, de verdad. —Cogí las manos que me tendía y se las estreché, asintiendo con la cabeza—. No sabe cómo le agradezco todo esto. No tenía claro si estaba preparada para enfrentarme yo sola.

—Van a cerrar ya —me advirtió.

—No importa. Me quedaré aquí. Alguien tiene que velarla, César.

—Ella querría que descansaras para mañana. Será un día duro —me aseguró—. En el tanatorio no podrás dormir bien. Venga, te acompaño a casa, ¿vale?

En realidad, me asustaba ir allí porque la tía ya no estaría, porque todo sería silencio. Sin embargo, al final acepté ya que César insistió e insistió, y ya no me quedaban fuerzas.

—Voy a verla otra vez —murmuró antes de marcharnos, y se dirigió al cristal desde donde podía contemplarse a la tía. Me arrimé también y comprobé que estaba emocionado. Se sacó un pañuelo de tela del bolsillo y se lo llevó a los ojos—. Qué guapa era tu tía, ¿eh?

Asentí y la observé a través del vidrio. Sí que estaba bonita con ese vestido y el leve maquillaje que le habían puesto, que le aportaba un poco de color a los labios y las mejillas. Con el rabillo del ojo vi que César susurraba algo en voz tan baja que no entendí nada. ¿Qué sería? Me pregunté si continuaba enamorado de Matilde en cierto modo. La tía nunca me había dicho que ella sintiera nada por él. A decir verdad, se había dedicado en cuerpo y alma a la floristería y a mí, y siempre había afirmado que éramos sus únicos amores. El matrimonio le quedaba lejano, algo que algunas personas del pueblo —las que le tenían tirria, o quizá envidia, y las más anticuadas— veían reprobable. Sin embargo, cuando fui lo suficientemente mayor para adivinar ciertos asuntos, llegué a pensar que César y ella habían tenido algo. A veces, cuando yo era niña, Matilde quedaba con él y regresaba con las mejillas encendidas y un extraño brillo en los ojos.

—¿Cómo te sientes tú, Carol? —César interrumpió mis pensamientos.

—No lo sé. Si le digo la verdad, me siento rara. Cuando me telefonearon y me enteré, me puse a llorar. Pero aquí no he podido. Tengo un nudo que... —Me llevé una mano a la garganta.

—Eso es porque son muchas emociones y estás saturada.

—¿Sabe lo que me susurraba la tía cuando lloraba? «Tesoro, una vez leí que una gran escritora afirmaba que llorar no es síntoma de ser débiles, sino de estar vivos. Hay que llorarlo todo, Carolina, desde la alegría y el amor hasta la tristeza, pero llorarlo bien.» Me lo decía porque yo no quería llorar nunca, como si las lágrimas fueran un signo de blandos.

César me miró con emoción y soltó un largo suspiro. Unos minutos después abandonamos el tanatorio y nos dirigimos a la casa de mi tía. Me eché a temblar en cuanto divisé la esquina, y esa vez no se debió al frío. El viejo amigo de Matilde reparó en ello y se ofreció a quedarse conmigo.

—No, no se preocupe. Váyase usted a descansar, ¿vale? Que ya ha hecho bastante.

No aceptó marcharse hasta verme entrar en la casa y, antes de que cerrara la puerta, me prometió que al día siguiente volvería temprano para acompañarme en todo lo que pudiera.

Contemplé la puerta a mi derecha, que daba al local de la antigua floristería y que ahora era una tienda de ropa arrendada por una pareja china. Un vacío horrible me asaltó el pecho y subí la escalera a la carrera. Esa noche no quería mirar nada, no podía. Todo me recordaba a la tía, me parecía que las paredes olían a ella, a pesar de que no vivía allí desde hacía años. Una vez que llegué a la casa propiamente dicha, ni siquiera encendí las luces. A tientas, pues me sabía de memoria cada rincón, me dirigí a mi antiguo dormitorio mientras me quitaba la chaqueta y la dejaba caer al suelo, y luego me lancé sobre la cama sin siquiera arroparme. Justo en ese instante me di cuenta de que todavía llevaba entre las manos el bocadillo que César me había dado. Lo deposité en la mesilla de noche porque no tenía hambre, tan solo un nudo en la garganta y un terrible peso en el estómago. Me coloqué de lado y me hice un ovillo. Cerré los ojos y apreté los párpados con fuerza. Debería haberme quedado en el tanatorio, cerca de la tía.

Sabía que ella moriría; al fin y al cabo, es una de esas cosas de la existencia que no pueden cambiarse. No obstante, no esperaba que sucediera así, tan de sopetón. Habíamos hecho planes para Navidad. Le aseguré que iría a La Puebla a pasar las fiestas y que cenaría en Nochebuena con ella en la residencia. No se había mostrado muy entusiasmada porque no pretendía ser una molestia. Pero quizá lo que pasaba era que ya se encontraba mal. De un tiempo a esa parte el párkinson había ido a peor y yo notaba en su mirada que, a pesar del buen humor que intentaba mostrar, la afectaba. Matilde siempre había sido demasiado activa, resuelta, vital. Que no pudiera valerse por sí misma la ponía muy triste. Así que, mirándolo por esa parte, no le habría gustado que la cosa hubiera ido más allá.

Cristina me envió un mensaje en el que me decía que si necesitaba algo la llamara, pero no quise molestarla siendo tan tarde. Entré en la galería de fotos y me dediqué a mirar algunas imágenes con la tía que me hicieron sonreír. Me escocían los ojos, pero las lágrimas seguían sin llegar. ¿Qué me ocurría? Cuando me cansé, suspiré y dejé el teléfono en la mesilla, al lado del bocadillo. Samuel me vino a la cabeza y, para mi sorpresa, me di cuenta de que me parecía mejor que no me acompañara en esos momentos. Tal vez aquello significaba que empezaba a olvidarlo.

Desperté con los músculos entumecidos y el cuerpo helado. Al final había caído rendida por el cúmulo de emociones y no me había arropado en toda la noche. Me medio incorporé y noté un calambre en los riñones. Había dormido en una mala postura. Ladeé la cabeza y me fijé en el bocadillo. El estómago me rugió. No había tomado nada desde la tarde anterior, y tan solo había sido un café con leche. Sin pensarlo dos veces, me levanté, cogí el bocadillo y dejé atrás el dormitorio. Los recuerdos empezaban a apretarme en la garganta y en el pecho con más fuerza. No pasé ni por el cuarto de baño. Recogí la chaqueta del suelo y me encaminé hacia la puerta. En ese momento lo único que ansiaba era regresar al tanatorio y ver a la tía. Di un mordisco al bocadillo mientras bajaba la escalera y, nada más salir a la calle, me encontré con César a punto de llamar al timbre. Me dedicó una sonrisa que trataba de animarme, pero que resultó triste. A continuación, me tendió un brazo, y me agarré a él y nos fuimos hacia el tanatorio en silencio.

Cuando quise darme cuenta unos empleados entraban para llevarse a la tía a la iglesia. Me preguntaron si deseaba volver a verla, y me encaminé a la sala de velatorio para despedirme por última vez. Cuando me incliné y besé su frente, el estómago se me encogió. Parecía dormida y se me ocurrió que, en cualquier momento, abriría los ojos y me diría algo como: «¿Qué haces con esa cara tan seria, Ratón?». Me había dedicado ese apelativo desde bien pequeña, ya que decía que era tan escurridiza como un roedor. Y a mí me encantaba, se me antojaba que esa palabra pronunciada por ella adquiría un matiz brillante.

Hacía frío en la iglesia, a pesar de que tan solo estábamos a finales de septiembre. Me volví en unas cuantas ocasiones para ver a las personas que se unían a la misa. Esbocé una sonrisa triste al descubrir que mucha gente apreciaba a la tía. Al terminar, cuando trasladaban el féretro por el pasillo de la nave central, César se acercó a mí y me pasó el brazo por los hombros. Se lo agradecí en silencio y caminamos tras los encargados de la funeraria. De nuevo, durante al menos diez minutos, estuve estrechando manos y besando mejillas de cuantos se me arrimaron a darme el pésame. Después nos dirigimos hasta el cementerio, seguidos de unas cuantas personas más que querían mantenerse con nosotros hasta el final del funeral. No me sentí tan sola. Allí estaban los dueños del hostal El Dorado, que siempre se habían llevado muy bien con la tía. Toño, el del bar de la plaza del centro del pueblo. Fátima, la costurera, cuya tienda ya estaba cerrada como consecuencia de la crisis. Nuestra antigua vecina la panadera... Me emocionó saber que, en el fondo, la tía tenía a gente que la quería. Hubo un tiempo en que algunas personas del pueblo lanzaron sobre mí unas acusaciones muy feas y dijeron que la tía no me había educado bien... Pero esa era otra historia que ya no merecía la pena recordar en esos momentos porque pronto se olvidó y todo regresó a la normalidad.

Introdujeron el féretro en el nicho y entonces fue cuando todo lo que llevaba dentro se desbordó. Me eché a llorar y recibí unas cuantas miradas apenadas. César volvió a estrecharme entre sus brazos e intenté consolarme pensando en recuerdos bonitos. Juro que lo intenté, pero en esos momentos, sabiendo que la tía se encontraba en aquel lugar para no volver nunca, notaba que el pecho se me abría y no lograba contener las lágrimas que no habían salido el día anterior.

Cuando me calmé un poco alcé la vista y, a lo lejos, divisé una figura que miraba hacia nosotros. El sol me daba de cara y me impedía ver bien, pero me pareció que era un hombre alto y fuerte y, sin saber por qué, se me antojó familiar. ¿Se trataba del desconocido que me había acercado hasta La Puebla? Me dije que no podía ser. ¿A qué santo iría al funeral de mi tía si no la había conocido? Aunque quizá era un curioso. De cualquier modo, bajé la vista y me centré en lo que ocurría en ese momento.

César me invitó a comer a su casa. Hacía quizá un año que no la pisaba en realidad. Las últimas veces que había ido a La Puebla solía tener prisa y solo iba a saludarlo en la tienda que tenían. En ese instante me acordé de cuando la tía y yo íbamos para celebrar el cumpleaños de César. Yo sabía que algunas mujeres chismosas cuchicheaban cuando la tía iba a su casa o él se acercaba a la nuestra. Les parecía muy raro que un hombre y una mujer solteros mantuvieran una amistad como esa. A mí se me antojaba maravilloso. La tía siempre se mostraba muy feliz cuando estaba con César. Él la hacía reír contándole chistes malos y le tatareaba canciones de Camilo Sesto, uno de los cantantes favoritos de la tía.

—Tere ya habrá preparado la comida —me informó César, parados ante la puerta de su tienda. Siempre me entraba nostalgia al pensar que ya no era aquel ultramarinos en el que habíamos comprado tantos artículos—. Te habrás preguntado por qué no ha ido al entierro... Lo lamentamos, pero su madre murió hace unos meses y todavía no se sentía con fuerzas. Hemos pensado que era mejor que se quedara en casa.

—Oh, lo siento mucho. —Pensé entonces en lo emocionada que Tere me había parecido la tarde anterior. Quizá se debía a eso—. No se preocupe, está bien.

—Ya sabes que no puedo darte chocolatinas como cuando eras una chiquilla, pero luego vemos alguna cosita que puedas llevarte para que te acuerdes de mí.

Sonreí. Solía regalarme algo en cada una de mis visitas. Un pintaúñas, una colonia de esas de imitación, un espejito... Y, en el fondo, yo guardaba todos aquellos obsequios como tesoros porque me recordaban a mi infancia.

—La última vez que visité a Matilde me dijo que las cosas te van muy bien con tu noviete. ¿Cuándo os casaréis? —Me cogió una mano y me la palmeó.

—Ya no estamos juntos —le confesé—. Es que... no me atreví a contárselo a la tía. Ya sabe usted que ella lo sentía todo mucho. Y ahora se ha ido sin saber la verdad... —La última palabra se me quedó medio estrangulada en la garganta.

César chascó la lengua y movió la cabeza como si de verdad lo entristeciera.

—Bueno, si es mejor así... No hay que seguir con lo que no nos beneficia.

—Lleva usted mucha razón.

Abrió la puerta y me invitó a entrar. Un agradable aroma a comida hizo que mi estómago despertara. Divisé a una mujer delgada en lo alto de la escalera, con un vestido suelto de andar por casa y un delantal en el que se limpiaba las manos. Llevaba el cabello recogido en un moño. Por unos segundos la mente me jugó una mala pasada y creí que era mi tía la que me esperaba, que yo era una niña otra vez y podría refugiarme en sus brazos. El corazón se me quebró un poquito más con cada escalón al entender que, por supuesto, no era mi tía. Una vez que llegué arriba, Tere me saludó con una gran sonrisa.

—Hola de nuevo, Carol. —Se inclinó y me abrazó como el día anterior. Lo hizo durante bastante rato y yo, en un principio, noté todos mis músculos en tensión, hasta que la calidez de los suyos me envolvió y me permití relajarme—. Me alegra que comas con nosotros.

Me hizo un ademán para que la acompañara hasta el pequeño salón en el que ya habían dispuesto la mesa. Desde que Teresa vivía con César, la casa lucía mucho más bonita.

—Discúlpame por no haber ido al entierro —dijo ella poniéndose seria.

—No se preocupe, César me ha explicado la situación —la tranquilicé.

—Visité a tu tía en la residencia unas cuantas veces. Era una mujer muy especial.

Su rostro se iluminó de nuevo con una sonrisa pilla. Me indicó con dos dedos que la acompañara y me guio hasta un balcón decorado con numerosas macetas. El perfume de las flores me transportó, una vez más, a un espacio y una época en los que mi tía y yo nos reíamos rodeadas de margaritas, jazmines y rosas.

—Mira cómo están de bonitas. Todo lo que sé de estas preciosidades se lo debo a ella.

Yo sabía que César visitaba a la tía a menudo, pero no tenía constancia de que Tere también lo hiciera porque Matilde nunca me lo había contado. Quizá le doliera, en cierta manera, hablar de ella. Sentí un pinchazo en el pecho. La mujer cerró la puerta del balcón y me animó a tomar una silla. Me ofrecí a ayudarla a sacar los platos y se negó. César se quedó conmigo, mirándome con atención.

—Creo que hoy Emilio no vendrá —comentó.

—No pasa nada. Ya nos veremos otro día, tendré que volver por aquí.

—Que sepas que quería mucho a tu tía.

—Lo sé, y ella a usted también. Usted siempre ha sido una magnífica persona.

—Eso me lo dices porque te acuerdas de mis regalitos.

Logró que me echara a reír y se unió a mí. Tere nos encontró así y esbozó también una sonrisa, a pesar de no comprender lo que ocurría. Depositó ante mí un plato a rebosar de caldo bien calentito que olía de maravilla. Desapareció unos segundos y regresó con otro para César. De segundo había preparado pisto manchego con unos huevos. Se me hizo la boca agua en cuanto me puso una buena ración en el plato.

La comida transcurrió en un ambiente agradable. Tere me habló de lo disgustada que estaba con Emilio, su hijo, ya que a sus veintitrés años no había querido terminar la carrera.

—Mujer, que quizá la retoma más adelante —la animó César.

Ninguno mencionó más a Matilde y yo, durante el poco tiempo que pasé en esa casa, me permití sentirme mejor. A media tarde me disculpé porque quería acudir a casa de la tía y, de paso, hacer a Cristina una trasferencia con el dinero de los billetes de tren, que había pagado ella. Además, deseaba pasar un tiempo más cerca de Matilde, a pesar de que la noche anterior estar en la casa se me había hecho un mundo. César se ofreció a acompañarme, pero le dije que no hacía falta y que los visitaría de nuevo.

Antes de ir a casa de la tía me acerqué al cementerio una vez más. Contemplé el nicho durante un buen rato, hasta que las letras que se habían grabado se tornaron borrosas. Al final las leí canturreando, pues eran versos de una de sus canciones favoritas.

—«Matilde mi vida, Matilde mi estrella...» —Me detuve para susurrar la fecha de su nacimiento y de su muerte y, a continuación, terminé el verso que no se encontraba en la lápida—: «Abrázame fuerte que no pueda respirar». —Deposité un beso en mi índice y luego rocé el frío mármol para dejárselo a mi tía.

Estaba a punto de marcharme cuando sentí una irrefrenable pulsión. Traté de contenerme porque pensé que probablemente no fuera bueno para mí. Pero... no pude evitarlo. Di media vuelta y me interné de nuevo en las calles del cementerio. No sabía si me acordaría de cómo llegar porque hacía demasiado tiempo que no iba por allí. No obstante, mis piernas tomaron el mando y me llevaron hasta un nicho que me provocó un ligero temblor. Me detuve a unos cuantos pasos, nerviosa, hasta que tragué saliva y me acerqué más. Leí la inscripción: «Esperamos que bailes allá donde estés. Tus seres queridos nunca te olvidarán». A continuación, mis ojos se deslizaron hasta el nombre y las fechas. «Gabriel Álvarez. 1987-2003.»

Me froté las manos y cerré los ojos unos instantes. En el tanatorio ya había pensado en él y, en realidad, durante el entierro lo había vuelto a hacer sin apenas ser consciente. Se me había colado por una rendijilla de la mente, así de improviso, a pesar de tanto tiempo y de tantos esfuerzos por olvidar. No había pensado en él durante todos esos años. Sin embargo, la nueva situación había provocado que empezara a recordar mi infancia en el pueblo y que las dos personas que más me habían marcado habían muerto ya. Sola y triste por el fallecimiento de la tía, me resultaba imposible no acordarme de la sincera y especial amistad que Gabriel y yo habíamos tenido. Quise decirle algo, como que sentía no haberme pasado por allí en todo ese tiempo, pero que había sido lo que necesitaba para continuar. Las palabras se me quedaron atascadas en la garganta.

Noté un poco de frío, a pesar de que el sol despuntaba en lo más alto. Aparté la vista del nicho y me miré la chaqueta que llevaba colgando de uno de los brazos, la que me había dejado el tal Isaac. Pensé en la figura que había visto en el cementerio horas antes. En mi cabeza se dibujó su mirada intensa, que me había recordado a la de mi fallecido amigo Gabriel. Me puse la chaqueta, me envolví con ella y luego cerré los ojos. Ese ligero aroma a hierba fresca volvió a inundarme y, de nuevo, hizo que me sintiera más serena. Visualicé el extraño encuentro con aquel hombre y un suave cosquilleo se propagó por mi estómago. ¿Por qué su olor en la chaqueta me tranquilizaba y me empujaba a querer verlo de nuevo?

Sacudí la cabeza y eché un último vistazo al nicho de mi viejo amigo. Me di la vuelta y, cuando traspasé la verja del cementerio, me obligué a no pensar más en recuerdos que, aunque eran bonitos, también estaban impregnados de tristeza.

5

E sa tarde, al traspasar el umbral de la casa de Matilde, toda mi mente se llenó de sabores, aromas, colores, palabras. De todo lo que no me había permitido la noche anterior por miedo a no ser capaz de aguantarlo. Deambulé por las habitaciones y rocé los muebles, cubiertos por una fina capa de polvo. Los recuerdos se sucedían a toda velocidad en mi cabeza, como una película. Telefoneé a Cristina y me propuso que pasara esos días en un hostal, pero prefería quedarme en casa de la tía, donde todavía podía sentirla cerca. Cristina, que no se callaba nada, me soltó que a ella le daría yuyu. Me resultaba incomprensible que alguien como mi amiga creyera en temas esotéricos y del más allá, pero así era. Por la noche me acosté sin cenar, ya que tenía el estómago lleno de la tardía comida con César y Tere. Creí que no conciliaría el sueño, pues cerraba los ojos y veía a Matilde, pero al final conseguí dormir y, a diferencia de la noche anterior, descansé un poco más.

Desperté con la sensación de que nada había cambiado, de que había ido a La Puebla para visitar a la tía y reírnos juntas un ratito. Pero en cuanto fui consciente de la verdad, volví a entristecerme. Era increíble que, en tan solo veinticuatro horas, extrañara tanto a Matilde. Sabía que seguiría doliéndome durante un tiempo, pero ella me había dicho que amaba mis ganas de vivir y eso era lo que yo pretendía hacer: seguir viviendo, al igual que había hecho tantísimos años atrás cuando Gabriel murió. También lo rememoré a él y me sentí un poco triste. La tía aún guardaba una vieja caja de galletas donde había algunas fotos, entre ellas varias de mi amigo con nosotras. Las miré un rato, con un pinchazo de nostalgia en el pecho, pero luego las guardé y me puse a limpiar la casa para entretenerme.

Me había dado cuenta de que, en cierto modo, añoraba mi infancia. Los calurosos días de verano en los que la tía y yo sacábamos dos sillas a la calle y comíamos pistachos o pipas. Las divertidas cenas en los señalados días de fiesta, a pesar de estar solas. Las historias, los aromas de sus comidas y dulces, porque era una maravillosa cocinera también; sus consejos; los fines de semana de canciones y bailes junto a Gabriel. Las tardes después de la escuela ayudando a la tía en la floristería con un enorme bocadillo de chorizo o mortadela. Los juegos en la plaza. La tía cantando un villancico en casa de César mientras yo tocaba la pandereta. Todos esos recuerdos eran bonitos, luminosos. Y, en cuanto noté que querían aproximarse los tristes y oscuros, cogí la escoba y me puse en faena. Me convencí de que era normal sentir nostalgia por tiempos pasados en los que había sido feliz junto a dos de las personas que más había querido y que tanto me querían a mí. No obstante, me dije que ahora tenía también una buena vida. Trabajaba en una empresa excelente y mi empleo me gustaba, contaba con amigas sinceras, y había empezado a recuperar mi independencia y libertad tras la ruptura con mi exnovio. Era una mujer adulta que sabía cómo seguir adelante y podía hacerlo, aunque la tía ya no estuviera.

Tras la limpieza decidí ir a comprarme algo para comer. Resolví ir a algún bar a por un bocadillo, ya que no me apetecía ponerme a cocinar en casa de la tía. Ella había mantenido dados de alta los servicios de luz y agua, aunque a mí me pareció siempre un gasto tonto. Matilde pensaba que era mejor así para cuando yo la visitaba o por si decidía alquilarla.

El bar de Toño ya no lo regentaba él, sino un sobrino al que se lo había vendido y quien le había puesto el nombre de La Taberna de Rafita. Toño se había jubilado un par de años antes, pero en ocasiones iba por allí a ayudar a su sobrino, pues este no lo hacía funcionar muy bien. En cuanto me vio entrar, el hombre salió de detrás de la barra y me dio un abrazo y unas cuantas palmadas en la espalda que por poco me tiraron al suelo. Un par de ancianos que jugaban al dominó alzaron la vista y me miraron, pero enseguida continuaron a lo suyo.

—Carol, ¿cómo va? Todo bien, ¿eh?

Me asestó unos toquecitos en la mejilla. En mi infancia, los niños aborrecíamos a Toño cuando hacía eso. Nos daba mucha rabia sobre todo porque tenía unas manos enormes y callosas. Con el tiempo, sin embargo, aprendí que era un hombre con un corazón bien grande y ese gesto dejó de molestarme.

—Sí, ahí va. Echando de menos a la tía.

—Es normal, claro que sí. Oye, estás muy *curra*, ¿eh? —me dijo mirándome con una ancha sonrisa bajo su enorme bigote.

Yo también sonreí. Me gustaba la lengua coloquial y propia de La Mancha más profunda. Su léxico y sus expresiones enriquecían la cultura popular. *Curra* significaba «guapa», así que agradecí el halago a Toño y después le pedí un bocadillo.

—¿De qué lo quieres?

—De jamón mismo.

Toño soltó un grito, y la cortinilla que daba a la cocina se agitó y apareció un chico un poco más joven que yo, de aspecto hastiado y con un exceso de acné en el rostro, a pesar de que ya habría pasado la adolescencia. Supuse que sería el tal Rafita.

—¿Qué quieres con esos gritos, *bolo*?

Oculté una nueva sonrisa, ya que aquella palabra significaba «tonto», aunque allí la gente la usaba muchas veces sin el sentido negativo, como una coletilla más. Toño lo mandó a que me preparara el bocadillo y luego nos quedamos charlando, poniéndonos al día de nuestras vidas y de la del pueblo.

Con el bocadillo en la mano, paseé por las calles del pueblo empapándome de memorias de antaño. De las bonitas, que conste. Tenía claro que, ahora que la tía ya no estaba, ya no me pasaría tanto por allí y quería grabar en mi cabeza lo máximo posible. Cuando quise darme cuenta el imponente perfil del caserón en el que mi viejo amigo Gabriel y su familia habían vivido se alzaba ante mí. Tan solo una calle empinada me separaba de su casa. Cuántos años habían pasado desde que había puesto mis pies en ese jardín. Después de que él muriera no me había acercado, particularmente porque la tía no me lo había permitido: le daba miedo que me pusiera mal. No obstante, ya lo había asumido hacía muchísimo tiempo y sabía que arrimarme un poco no supondría un obstáculo. A decir verdad, sentía curiosidad por saber si la casa se había vendido, ya que la tía y yo acordamos que no se hablaría de Gabriel ni de nada concerniente a él.

Mientras me acercaba no pude evitar preguntarme cómo estaría su familia. Tras su muerte, se habían marchado a Madrid, y no habíamos vuelto a saber nada de ellos. Lo prefería así... aunque la madre de Gabriel me apenaba.

Aprecié que el corazón me latía un poco más rápido con la cercanía de la casa. Por unos instantes se me antojó que cobraba vida, que en su balcón había macetas con flores coloridas, que la puerta se abría y aparecía Gabriel y que se lanzaba hacia mí para abrazarme. Esbocé una sonrisa nostálgica al recordar su cabello pelirrojo, las pecas y esas sonrisas que le salían muy de vez en cuando y que lucían tristes. Por esa época no comprendía cómo se podía sonreír así, pero entonces no entendía ni sabía nada. Era demasiado joven, inexperta e inocente para comprender que la vida puede ser, con algunas personas, una auténtica cabrona.

No había señales de que hubieran alquilado o comprado el caserón. El jardín, otrora bello y verde, se distinguía apagado y descuidado, muy diferente del resto de las lujosas casas de por allí. De repente, una poderosa imagen llenó mis retinas. Una imagen dolorosa acerca de la muerte de mi amigo que no me había asaltado desde hacía muchísimos años y que había desterrado con todas mis fuerzas. Me dije que ya era suficiente, que realmente no necesitaba estar allí y que era mejor pasear por otra parte. De modo que, enfadada conmigo misma, me di la vuelta para marcharme a toda prisa y, de repente, choqué con algo. Mi mano se topó con algo duro y oí un crujido. Solté un grito de sorpresa más que de dolor, y luego alguien me aferró del brazo para que no me cayera. Fue el bocadillo el que acabó en el suelo.

—No me equivocaba al pensar que eres bien torpe —dijo una voz ronca que me resultaba conocida.

Alcé el rostro y, de inmediato, nuestras miradas se cruzaron. La suya tan seria como en la ocasión anterior; la mía probablemente soltando chispas porque el que no había tenido cuidado era él.

—¿Qué haces aquí? —le pregunté, a la defensiva.

Isaac arqueó una ceja y se me quedó mirando con esa expresión indescifrable que, sin apenas conocerlo, me molestaba y al mismo tiempo me producía curiosidad. Y en el fondo no quería, leches. No quería sentir curiosidad por un tipo tan antipático como él. Porque a pesar de que el día anterior había creído que me apetecía verlo, ahora volvía a provocarme enfado con su actitud de sobrado.

—¿No puedo? ¿No es este un país libre? —replicó con molestia.

—Si te he preguntado eso es porque dijiste que te marchabas.

—La gente cambia de opinión, ¿sabes?

Me fijé en que llevaba en una mano la libreta que yo había chafado. Por unos instantes ardí en ganas de arrebatársela, tirarla al suelo y pisotearla. Solo por molestarlo un poquitín, para darle una lección por ser tan asquerosillo. Al momento me reprendí por mi pensamiento infantil. Yo no era así, pero ese hombre parecía sacarme de quicio en tan solo unos segundos. Eso y que también me enfadaba el hecho de que su cercanía me pusiera nerviosa.

Pasé de responderle y me agaché para recoger mi bocadillo. Al hacerlo, la muñeca se me resintió y se me escapó un quejido. Intenté mover la mano, pero me dolió todavía más. Isaac reparó en ello y me estudió con el ceño fruncido.

—¿Te has hecho daño?

—Me lo has hecho tú. No sé con qué, pero tienes algo duro guardado por ahí, joder.

Me di cuenta muy rápido de que mi comentario no había

sido muy atinado. Sentí que se me subían los colores a la cara e intenté cambiar de tema.

—Me duele un poco, pero enseguida se me pasará.

Para mi sorpresa, Isaac adelantó el brazo libre y me tomó del mío. Me subió la manga del jersey y contempló mi muñeca en completo silencio. Me quedé callada, sin saber bien qué decir. Me apretó la carne, pero lo hizo con tanto tiento que el estómago me dio un vuelco y no de dolor precisamente.

—¿Te hace daño?

—Eh... No...

Oprimió con más fuerza y solté una palabrota. Luego me tocó con lentitud y más delicadeza y me movió la muñeca, de modo que sus dedos rozaron los míos. Tenía las manos grandes, muy masculinas, y los dedos largos. Pero su tacto era más suave de lo que habría imaginado.

Alzó la barbilla y me dedicó una mirada —menudos ojos— que aceleró mi corazón y otras cosas. Como la sangre. Mis palpitaciones. Deseé que no reparara en lo inquieta que ese simple contacto me había puesto. Un hombre medio atractivo —vale, medio no, atractivo al completo; lo que pasaba era que no quería pensar en ello con el fallecimiento tan reciente de la tía— me tocaba la muñeca y yo me turbaba y me ponía roja. «Qué mal, Carol, qué mal.» Lo achaqué a la falta de contacto masculino desde hacía tantos meses y a la vulnerabilidad del momento. En ese instante Isaac paró de tocarme la muñeca y me quedé con ganas de que me acariciara más, de que me diera un masaje o lo que se terciara. Comprobé que me estudiaba con una sonrisilla petulante —¿había notado lo que provocaba en mí?— y me obligué a poner mi mejor cara de póquer.

—A lo mejor deberías acercarte al médico.

—Tan solo ha sido una torcedura.

Sus dedos continuaban en mi piel, un roce que para cualquier otra persona habría pasado desapercibido, pero que a mí me causó un nuevo acelerón de corazón. Pero ¿qué me pasaba con ese desconocido? Lo miré con menos prisa para estudiarlo mejor. A pesar de las circunstancias y de que la mayoría del tiempo se comportaba de manera desagradable, no podía negarse el hecho de que era atractivo. No atractivo de esos que piensas «Oh, qué belleza, qué dios del Olimpo» a lo Chris Hemsworth en *Thor*, sino atractivo de los que desprenden algo, cierta aura, que te arrastra hacia ellos sin remedio. Tenía el cabello rubio oscuro o castaño claro, según le diese la luz, un poco revuelto, ni largo ni corto, y una nariz respingona que otorgaba a ese rostro serio algo de gracia. Sus rasgos eran un poco duros y contaba con unos pómulos altos que me resultaron de lo más curiosos. Unas pocas pecas los adornaban, al igual que la nariz. Recuerdo que pensé que esa misma mañana se habría afeitado, a juzgar por el aspecto de su piel. Llevaba una chaqueta similar a la del otro día, aunque esta vez de color negro, y caí en la cuenta de que todavía tenía en mi habitación la que me había prestado.

Él tampoco se perdió detalle de mí mientras le hacía el examen. Me recorrió con los ojos desde el cabello hasta la barbilla, curioseando mi nariz y mis labios, en los que se detuvo más de lo requerido. «Sí, son grandes, ¿y qué? Me dan personalidad. ¿Tienes algo que decir? Los tuyos son también bastante gruesos», pensé. Después desplazó la mirada hasta mi cuello y la deslizó hacia mi pecho. El hormigueo que sentía en el estómago fue bajándome al cerciorarme de dónde se encontraban sus ojos. Y, de repente, la sonrisa vanidosa se le borró y se puso muy serio, como enfadado. Levantó la mirada a toda prisa y la clavó en la mía, atravesándome con ella, como si quisiera decirme algo que no entendí. Me pregunté qué sucedía, si tenía problemas mentales o si se cabreaba consigo mismo por mirarle el pecho a una chica que seguramente no le caía muy bien. «Tranquilo, me pasa lo mismo», me dije en silencio.

—A la próxima mira por dónde andas —me espetó de repente con toda su mala leche.

Abrí la boca, completamente alucinada, y solté una risa despectiva. Isaac me miró mal y, a continuación, se dio la vuelta, aunque no sin antes echar un último vistazo a la casa. Al menos era peor que los que me lanzaba a mí, como si odiara a muerte el caserón. En los últimos tiempos necesitaba algunos arreglos, pero tampoco era para tanto. Sin saber muy bien por qué, lo seguí. Quizá se trataba de mi vena impulsiva que afloraba al estar en La Puebla. O que me había cabreado y quería devolverle el golpe.

—Eres tú quien debería mirar mejor porque confundes las cosas —le dije haciendo referencia a lo que se había imaginado de mí la noche en que me había recogido en la gasolinera.

Hizo caso omiso de mis palabras y continuó andando con la libreta apretada entre las manos.

—¡Podrías pedirme perdón, al menos! —exclamé.

—¿Por qué tendría que pedírtelo? —replicó sin mirarme.

—Me hallo en una situación complicada y tú te comportas conmigo como un hombre de las cavernas que ha perdido la caza del día. Sé que no me conoces de nada, y tampoco te pido que seas *Tereso* de Calcuta, pero... —Sentí un nudo en la garganta y un cosquilleo, así que callé. Quería recordar a la tía con un sentimiento bonito, debía lograrlo porque ella me lo había pedido.

Se detuvo de súbito y estuve a unos centímetros de chocar de nuevo con él, esa vez con su espalda. Se la miré y descubrí con regocijo que era bien ancha. Se dio la vuelta y me observó con los huesos de la mandíbula contraídos. Hasta ese gesto era sexy, leches. ¿Había heredado de verdad los genes irresponsables de mi madre y me atraían los raros y difíciles? Por el amor de Dios, a mi edad esperaba que no.

—Lo sé —murmuró.

—¿Lo sabes? ¿Qué es lo que sabes? —inquirí frunciendo el ceño.

—Lo de tu tía.

—Ya, te dije el otro día que estaba bastante mal... —Y entonces recordé la figura del cementerio—. Oye, ¿tú...? —Me interrumpí antes de formular la pregunta completa. Era muy estúpido preguntárselo, así que callé.

—Lo siento mucho.

—Ya. Vale. Gracias.

Me llevé las manos a las caderas y aparté la mirada, posándola en el suelo de piedra de la calle. El ambiente se había enrarecido y me parecía que Isaac sentía pena por mí, cuando eso era lo último que yo quería. Sus ojos indagaban en mi rostro sin que lograra descifrar nada de lo que se le pasaba por la mente. Por ese entonces ya me parecía una persona inescrutable, y tiempo después continuaría pensando lo mismo. En ese instante dijo algo que, en un primer momento, no entendí.

—Una tregua.

—¿Cómo?

—Deberíamos establecer una tregua. Luego no quiero sentirme como un cabrón por haberme comportado mal con alguien que está pasando un momento difícil.

Fruncí el ceño y arrugué la nariz como cuando algo me parecía extraño. Lo había dicho como si tuviésemos que compartir mucho tiempo juntos, en plan encerrados en la casa de *Gran Hermano*. Él frunció el ceño también, imitándome. Le otorgaba un aspecto gracioso. Contuve una sonrisa y, al fin, asentí. Aunque no me hubiera pedido perdón a mí, había lamentado lo de la tía, ¡y hasta me había parecido sincero!, y ahora me pedía una tregua. Alargué un brazo e Isaac lo miró como si perteneciera a un horrible monstruo. Chasqué la lengua, le cogí la mano y se la estreché. A continuación, sin reflexionar mucho (no quería pensar en ello porque conocía la respuesta: era un borde, pero quería pasar un ratito más con él y conocerlo más), le pregunté:

—¿Te apetece dar un paseo?

—¿Qué?

—Que si te gustaría dar una vuelta —repetí. Sus facciones se destensaron poco a poco—. Para distraerme. Puedo enseñarte un poco de La Puebla, aunque quizá te parezca aburrida.

—Está bien —dijo, tras meditar unos segundos, con un tono más amable de lo acostumbrado—. Puedes contarme cosas sobre el pueblo también.

No había muchas cosas que contar sobre el pueblo, pero acepté y echamos a andar. Antes de abandonar aquella zona, le expliqué que todas esas casas pertenecían a la gente más adinerada de La Puebla. Le enseñé las calles más antiguas, que ni el ayuntamiento se había preocupado en modernizar, y subimos por las cuestas. Isaac comentó que todo estaba bastante solitario y le aseguré que en verano todavía lo estaba más. Lo informé de las fiestas que se celebraban a finales de julio. Pasamos por un túnel donde algunas personas mayores tomaban algo en un bar. Después lo dirigí hasta la plaza Mayor y le hablé de ella, contemplamos los soportales y nos acercamos al edificio del Ayuntamiento. Me pareció que se mostraba muy atento e interesado, escuchándome muy serio. A mí me gustaba hablar, y la nostalgia hacía que las palabras sobre La Puebla me salieran bastante rápido. Además, en un par de ocasiones me interrumpió para preguntarme cuestiones sobre el pueblo: cómo eran sus lugareños, si había cambiado mucho y cosas así. A continuación, bajamos por una calle hasta llegar a otra de las plazas, muy pequeña y de forma cuadrada. Isaac se acercó a curiosear la estatua enrejada que había allí.

—Fernando de Rojas —comentó—. Autor de *La Celestina*. ¿La has leído?

—Tuve que hacerlo en el instituto, ya sabes —respondí poniendo cara de hastío. Sin embargo, él se me quedó mirando como si mi comentario le molestara. Pensé que tal vez fuera un fan de la obra de teatro o un erudito, aunque no tenía mucho aspecto de ello, sino más bien de gángster ceñudo (y sexy, para qué mentir) de los años veinte en Chicago.

Un ridículo gañido rompió el silencio. Me llevé la mano al estómago y pregunté, entre risas:

—¿Ha sido el mío?

—Creo que más bien el mío.

—¿Tienes hambre? —Le mostré el bocadillo—. Podemos compartirlo.

—Si es de queso no, le tengo mucha manía.

—¿En serio? —Lo miré de hito en hito—. Nunca he conocido a nadie a quien no le gustara el queso. Para mí eso es como un sacrilegio. —Me encogí de hombros—. Pero no, es de jamón.

—Entonces hoy soy un tipo afortunado.

Comprendí que había tratado de hacer una broma y esbocé

una sonrisa. Tomamos asiento en uno de los bancos, desenvolví el bocadillo y lo partí por la mitad. Contemplé a Isaac mientras masticaba, apreciando medio atontada el movimiento de su mandíbula con cada bocado. Al final ladeó la cabeza y acabó pillándome. Disimulé dando un buen mordisco al pan. Nos lo terminamos en absoluto silencio y luego él adelantó una mano. Tardé unos segundos en entender que quería que le diera la bolita de aluminio. Sus dedos apenas me rozaron, pero volví a sentir aquella especie de corriente que había notado en el coche. Me miró unos instantes antes de levantarse y dirigirse a la papelera.

—¿Qué te parece La Puebla? —le pregunté cuando se sentó de nuevo a mi lado. Más cerca que antes.

Separó las piernas y rozó con su rodilla uno de mis muslos sin querer. Ambos llevábamos vaqueros y me pregunté cómo sería notar su piel. Me regañé a mí misma por permitirme esas elucubraciones de adolescente.

—Tiene su encanto. —No sonó sincero, y el hueso de su mandíbula se tensó—. Pero nunca he vivido en un pueblo tan pequeño —confesó con la mirada posada en el frente—. Me gusta la libertad, ¿sabes? En realidad, la adoro. Me gusta ir de aquí para allá, no tener un lugar fijo. —Era la primera vez que hablaba tanto, y me sorprendió.

—Entonces supongo que habrás viajado mucho.

—Todo lo que he podido, aunque me gustaría más. —Se quedó pensativo unos segundos, como dudando si contarme algo, y al final añadió—: De pequeño no gocé de mucha libertad, así que imagino que por eso la ansío tanto.

—¿De dónde eres tú? —indagué, pues todavía no me lo había dicho. Cuando me acercó a La Puebla en su coche y le pregunté si era del norte por su ligero acento, no contestó de manera precisa.

—Soy de muchas partes —replicó, y solté un bufido irónico al que respondió entornando los ojos—. Vivo en el País Vasco.

Se palpó el bolsillo de los vaqueros y sacó un paquete de tabaco de liar.

—¿Te importa si fumo?

Negué con la cabeza. Contemplé en silencio los movimientos rápidos y expertos de sus dedos, y cuando sacó la lengua para lamer el papel no supe qué hacer conmigo misma. Había vuelto a alterarme al contemplar ese lametón que mi cabeza había interpretado como sensual. ¿Qué leches me pasaba? Yo nunca había sido así. Maldita abstinencia. Él reparó en mi insistente mirada y me ofreció el cigarrillo.

—¿Quieres?

—No fumo.

Un recuerdo se deslizó por mi mente. Yo, a los quince o dieciséis años, fumando mi primer pitillo con la que creía que se convertiría en una buena amiga. Poco después dejé de fumar y jamás había vuelto a hacerlo.

Isaac se sacó un Zippo del bolsillo de la cazadora y encendió el pitillo. La manera tan lenta en que soltó el humo me provocó un escalofrío. Me fijé en que llevaba un anillo de acero en el pulgar izquierdo. No me agradaba que los hombres los portaran, pero en él me pareció sumamente sexy porque tenía unas manos y unos dedos muy bonitos. Fumó unos pocos minutos en absoluto silencio, que decidí no romper. Se estaba bien de esa forma, observando la solitud de la plaza, el movimiento en el cielo de las nubes, que habían ido oscureciéndose; amenazaba tormenta. Cuando apenas le quedaba cigarro, Isaac murmuró, quizá pensando que mi mutismo y mis miradas disimuladas se debían a que no veía bien una de sus aficiones:

—Si sí que te molesta, deberías haberlo dicho.

Su voz volvía a sonar a la defensiva. Me enfadé un poco porque hasta entonces habíamos estado bien e incluso me había sentido a gusto con él, a pesar de todo. Negué con la cabeza y crucé los pies. Dio la última calada y tiró la colilla al suelo. La chafó hasta apagarla y, a continuación, la recogió y se dirigió a la papelera. Ese gesto me sorprendió: su aspecto se me antojaba duro, arisco, y en ocasiones sus rasgos, actitudes y palabras también lo eran y, sin embargo, por esa acción, parecía una persona que se preocupaba por el entorno. Y tal vez también por los demás, porque me había ayudado en dos ocasiones de manera desinteresada, aunque lo más seguro era que fuera de esos que no quieren demostrarlo.

—¿Por qué me has preguntado antes sobre los habitantes de La Puebla o si había cambiado mucho todo esto? Este lugar no es muy interesante, comparado con todo lo que habrás conocido por ahí... ¿Tienes un blog o un Instagram de viajes o algo así?

—De todos los lugares puede sacarse algo, hasta de aquellos rincones que a primera vista parecen los más insulsos —replicó, ignorando mi pregunta. Le di la razón con un leve asentimiento de la cabeza, y luego inquirió de repente, sin venir a cuento—: ¿Y tú por qué mirabas con tanta atención aquel enorme y viejo caserón? Me has hablado de todos los sitios menos de ese.

Alcé el rostro, sorprendida. ¿Cuánto tiempo me había observado? Me humedecí el labio inferior y me encogí de hombros.

—Es una historia muy larga.

Se subió la manga y una muñeca masculina cubierta por un bonito reloj apareció ante mí.

—Creo que tengo tiempo.

—Oye, que yo ya he hablado muchísimo.

—En serio, parecías absorta ante esa casa y me ha resultado curioso. ¿Viviste allí con tu tía? —insistió.

Lo miré con cierto recelo. ¿Por qué sentía tanta curiosidad? No tenía aspecto de ser un cotilla y el tono de su voz se me antojaba extraño. Recordé que hacía muchísimo tiempo que no hablaba de Gabriel con nadie, y me había prometido no hacerlo, así que... ¿Para qué romper esa promesa con alguien a quien apenas conocía? Pero había algo en los ojos de Isaac que me instaba a hablar... a rememorar a aquel chico pecoso al que tanto había querido.

—No, mi tía no vivía allí. No gozábamos de tantos lujos. —Cogí aire y lo dejé escapar despacio—. La verdad es que pertenecía a la familia de un viejo amigo... Gabriel. —Su nombre me dolió en la garganta—. Y... no sé. Me acerqué y me acordé de muchas cosas —solté casi de carrerilla.

Isaac asintió, muy serio, como si comprendiera todo, a pesar de que no le había contado casi nada. Ni una mínima parte. En ese momento apoyó la mano en el banquito en el que estábamos sentados y sus dedos me rozaron. Sabía que no lo había hecho a propósito, pero a mí me entraron ganas de acercar más los míos a los suyos y comprobar qué sentía, si de verdad ese simple roce volvía a alterarme y me hacía pensar en que quería sus manos en mi piel.

Alcé el rostro y descubrí que Isaac continuaba observándome de una manera que me provocó un cosquilleo en los dedos de las manos. Nos quedamos así unos segundos en los que me pareció que el ambiente cambiaba, que se hacía más cálido. Había algo en sus ojos que tiraba de mí... Como si me desnudara, y no hablo físicamente...

—Era un chico maravilloso —me oí decir, sin poder evitarlo. Isaac volvió a asentir, muy serio—. Lo conocí cuando éramos muy pequeños. —Titubeé y luego le pregunté—: ¿Has tenido alguna vez un amigo al que veías casi como un hermano?

—Sí.

Su mirada continuaba atenta a la mía, provocando que el cosquilleo de los dedos se extendiera por toda mi piel. Me causaba un ansia de hablar que no entendía de dónde provenía.

—Eso era Gabriel para mí. Un amigo, pero también un hermano. Un hermano pequeño. Crecimos juntos y descubrimos el mundo juntos. Pero... él murió muy pronto... Demasiado.

Y, casi sin ser consciente, arrastrada por todos aquellos recuerdos, empecé a hablarle sobre mi infancia y la bonita amistad entre aquel chico larguirucho y pecoso y yo.

6

Me parecía que había conocido a Gabriel hacía un mundo. Él era un año y pico menor que yo y, además, tenía un aspecto sumamente frágil. Si había algo que recordaba a la perfección era el color de su cabello, como la explosión anaranjada de un atardecer en el horizonte, y el de sus ojos, tan similar al del mar. Podía parecer tonto o extraño, pero era la primera vez en mi corta vida que veía a alguien pelirrojo y con tantas pecas en el afilado y diminuto rostro. Yo tenía siete años y me pasaba las horas muertas del verano jugando sola en la calle —a veces al fútbol con los niños, ya que detestaba los juegos de niñas— o revoloteando por la floristería de la tía. Fue ella la que me habló de la nueva familia. Más de veinte años atrás aquello era una gran noticia. No llegaban apenas forasteros al pueblo, y mucho menos para establecerse en él.

Le pregunté emocionada, pero ella casi no sabía nada porque solo los había visto de lejos. Me propuso llevarles una torta de anís para darles la bienvenida. Al día siguiente nos levantamos bien temprano para prepararla y nos encaminamos a aquella casa tan grande. Era muy blanca, con amplios ventanales y un balcón alargado que se extendía por casi toda la casa. La rodeaba un jardín descuidado pues, según me explicó la tía, llevaba abandonada bastante tiempo. Muchas veces, a lo largo de su vida, me confesó que le habría gustado trabajar en ese jardín para decorarlo con las flores y plantas más bonitas.

—Creo que son ricos —dije muy seria, y la tía se echó a reír ante mi ocurrencia.

—Toma. Dásela tú. —Me entregó la bolsa que llevaba, donde habíamos puesto la torta de anís envuelta en papel de aluminio—. Que no se te caiga —me advirtió al reparar en mis torpes movimientos.

Llamó al timbre y esperó con los brazos entrelazados a la espalda. Se había ataviado con un sencillo y bonito vestido veraniego con un estampado de flores. Su cabello castaño recogido en un moño alto le otorgaba un aspecto elegante, y hasta se había puesto pendientes. Tenía en ese entonces cincuenta años y conservaba intacta su serena belleza.

—No contestan —murmuré pasados unos segundos.

La tía pulsó el timbre una vez más y aguardamos en silencio. Minutos después, al comprender que nadie iba a abrirnos, me quitó la torta de las manos y se alejó de la entrada. Yo me quedé allí un poco más, desilusionada. Nos marchábamos ya cuando me di la vuelta a tiempo para atisbar un aleteo en una de las ventanas del piso superior. Me pareció ver algo anaranjado y se lo comuniqué a la tía.

—Lo más seguro es que no estén en casa —opinó ella.

—No —negué poniendo morros—. Hay alguien allí arriba. —Señalé la ventana.

Llegué a casa muy seria. La tía dejó la torta en un plato y propuso comérnosla de postre. Sin embargo, yo estaba muy enfadada y el carácter impetuoso que empezaba a aflorar en mí me dominó en ese momento. Matilde salió de la cocina para ir al cuarto de baño y me quedé observando la torta con cierta rabia. ¡Cuánto nos había costado prepararla, y los nuevos la habían rechazado! Cuando quise darme cuenta mi mano golpeaba el plato y este se estrellaba contra el suelo. La tía acudió corriendo al oír el estrépito y, al ver que me encogía, entendió enseguida lo que había pasado. Me miró muy seria y se puso a recoger los pedazos. Me mandó al dormitorio hasta que la comida estuviera lista. No obstante, apareció por allí antes y me pilló llorando. Le pedí perdón, y me dijo que con el plato y la torta no me había disculpado. La miré como si estuviera loca, sin entender absolutamente nada. Le solté entre sollozos que el plato y el dulce no estaban vivos ni tenían orejas, así que no podían escucharme.

—Pero imagina que las tuvieran y pudieran oírte. ¿Cambiaría algo?

Arrugué los morros al tiempo que suspiraba. Los mocos me corrían nariz abajo y, como no había ningún pañuelo a mano, Matilde se incorporó y con la falda de su bonito vestido me los limpió. Fue una prueba más de su amor hacia mí. Luego se sentó de nuevo y me cogió una mano.

—Quiero decir que si la torta y el plato volverían a estar como antes, sin romper.

Negué con la cabeza, aturdida.

—Ratoncito —murmuró, con su serena voz—, a veces ni un perdón a tiempo puede cambiar lo que ya se ha hecho. Antes de romper algo, piénsalo bien. La próxima vez quizá no sea un objeto y, entonces, el daño será irreparable.

En ese instante era demasiado pequeña para entender, pero casi diez años después lo comprendería con exactitud...

Volviendo a mi historia, hasta el verano siguiente no vi al niño nuevo porque habían estado haciendo obras en el caserón. Iba yo hacia la plaza Mayor en busca de aventuras cuando lo vi a lo lejos, agarrado de la mano de una mujer que caminaba encorvada. Ella se metió en la tienda de César y él se quedó solo en la plazuela. Estaban allí también unos del pueblo dando patadas a un balón. Sabía que no eran muy buenos chicos, pero a veces me dejaban jugar al fútbol con ellos. No me sorprendió del todo que empezaran a meterse con Gabriel. «¡Zanahoria!», «¡Panocho!», gritaron. Siempre había intentado proteger a los que me parecían más débiles, y ese niño se me antojó el más indefenso del mundo, tan pequeño y delgado. Uno de los matones le manoseó la cara burlándose de sus pecas. No aguanté más, y me acerqué a toda prisa y les grité que lo dejaran. También recibí unos cuantos insultos, pero lo único que me importaba eran los ojos de aquel niño pelirrojo suplicándome ayuda en silencio.

La cosa fue a más y, al final, el chico más grandote le lanzó la pelota a la cara. Gabriel se echó a llorar y yo, presa de una enorme rabia, me abalancé sobre su atacante y lo derribé. Forcejeamos. Le arañé la cara. Él me tiró del pelo. Ambos jadeábamos mientras sus amigos lo jaleaban. Unos cuantos ancianos se arrimaron a curiosear. Yo podía oír el llanto de Gabriel. Y, de repente, unas manos suaves me apartaron del matón y me levantaron en vilo. Era la tía, murmurando cosas que yo no acertaba a entender. Me cogió de la mano y me arrastró literalmente mientras yo buscaba a Gabriel, hasta que lo vi con la mujer que había entrado en la tienda de ultramarinos de César. Incluso en el lío del momento, aprecié que era bonita, aunque tenía unos ojos tremendamente tristes y apagados y lucía muy delgada.

La tía no me castigó, pero se mostró muy decepcionada conmigo. No era la primera vez que llegaban hasta sus oídos las broncas en las que me metía, a pesar de ser tan pequeña. Esa noche la vi tan apenada que intenté explicarle mi reacción.

—Me dio rabia, tía. Mucha. ¡Le tiraron el balón a la cara y todo!

—Pues antes tú habías jugado con ellos alguna vez —me recordó.

Me sorbí la nariz mientras ella continuaba curándome los rasguños de la cara y de la rodilla.

—Sí, pero ya me he dado cuenta de que no son buenos. Siempre se meten con los niños más débiles y eso está muy mal. Son unos cobardicas. Y si vuelven a burlarse de alguien, les plantaré cara.

—Carolina, no eres tú quien tiene que hacer eso. Son sus padres los que deben educar mejor a sus hijos.

—Y si no lo hacen, ¿qué? —Miré a la tía con los ojos muy abiertos, sintiéndome un poco triste, y ella suspiró.

—Sé que lo haces con toda tu buena fe. Y por eso te admiro. Eres una niña muy buena y justa. ¡Como una superheroína! —Esbozó una sonrisa—. Pero… algún día pueden hacerte mucho daño. —Sus dedos me acariciaron la frente y las mejillas con cariño—. Nunca me perdonaría que te ocurriera algo, tesoro.

Más tarde, ese mismo día, salí para tirar la basura y me encontré en el escalón de la entrada de la floristería un cochecito de color amarillo. Me agaché y lo recogí con emoción infantil. Miré a un lado y a otro de la calle, pero no vi a nadie. Supuse que había sido el niño pelirrojo quien lo había dejado allí, que era su forma de darme las gracias. Me convencí de que lo que yo había hecho no estaba mal y deseé, más que nunca, conocerlo y convertirme en su amiga.

La ocasión se presentó el primer día del nuevo curso. Aunque la tía no era especialmente religiosa, por no decir nada, se dejó convencer por mis abuelos, que sí lo eran, y mucho, de los que van a misa todos los domingos, y fueron ellos los que pagaron mi educación primaria y secundaria hasta que murieron, para apuntarme al colegio de los Franciscanos, que gozaba de una excelentísima reputación en La Puebla. A mí no me gustaba demasiado, especialmente durante la adolescencia. Había aspectos de un colegio de ese tipo que no congeniaban conmigo, como llevar uniforme o tener que acudir a la capilla todos los viernes y confesarnos.

Mientras me preparaba el bocadillo del almuerzo, la tía me comunicó que Gabriel asistiría a la misma escuela que yo. No había podido mantener contacto con él desde el incidente. Siempre iba con su madre por el pueblo, como si no tuvieran destino alguno o no supieran adónde ir, y la gente los seguía con ojos curiosos y, a veces, reprochadores. En ocasiones entraban en la tienda de ultramarinos de César, en otras acudían a la panadería de Jacinta y yo los acechaba medio escondida a través del escaparate de la floristería, a la que nunca habían accedido. Pensé que quizá a su madre no le gustaban las flores o que era alérgica a ellas. No quería imaginar que el motivo era que yo no le agradaba por ser una bruta. La cuestión fue que me alentó sobremanera saber que por fin estaría cerca de aquel niño, de modo que me marché al cole mucho más contenta de lo habitual. Sin embargo, ese día lo busqué por todas partes y no lo encontré, y mi mente infantil se preocupó por si se había perdido, tan pequeño como era.

Al día siguiente acudí con menos ganas, pero mientras formaba fila para entrar a la clase lo divisé en otra de un curso inferior. Destacaba con su cabello fulgurante, y unos chiquillos que se encontraban detrás cuchicheaban y lo señalaban. Sentí el mismo enfado que en la plaza y a punto estuve de romper la fila. De repente, su mirada temerosa se cruzó con la mía. Lo saludé con la mano y justo en ese momento la señorita me regañó por no avanzar.

No fue hasta la semana siguiente cuando por fin hablé con él. Me había quedado rezagada porque no había terminado un ejercicio de matemáticas y el maestro me obligó a permanecer en el aula hasta tenerlo hecho. Cuando bajaba la escalera para ir al recreo, atisbé un destello anaranjado en una esquina del pasillo, donde se ubicaban los aseos. La curiosidad me pudo y troté hacia allí. Lo encontré sentado en el suelo, muy pálido, apretujándose el estómago.

—¿Estás enfermo? —le pregunté, y me acuclillé a su lado. No respondió y continué interrogándolo, presa de la curiosidad—. ¿Te has olvidado el almuerzo? ¿Quieres?

Desenvolví el bocadillo y se lo mostré. Ese día era de mortadela y queso, uno de mis preferidos, pero no me importaba compartirlo con el que quería que fuera mi nuevo y mejor amigo. No obstante, él negó con la cabeza y contrajo el rostro como si estuviera a punto de vomitar.

—No tengo hambre —respondió con una voz muy fina que me sorprendió.

—Pero estás muy flaco —observé, pues hasta el uniforme le venía grande, y él me dedicó una mirada triste. En aquella época todavía no sabía que nadie cuidaba de Gabriel como debería.

A pesar de su negativa, le entregué el bocadillo.

—Es mi regalo porque tú me diste el coche. Si no lo quieres ahora, te lo guardas para la merienda.

Le tendí la mano y él cogió la mía. La tenía muy fría y le temblaba. Pero a partir de entonces podría decirse que empezó nuestra amistad. Sentí un pálpito que me indicaba que seríamos los mejores amigos del mundo, y se cumplió. Desde esa mañana Gabriel no se despegó de mí y, si alguien se acercaba para decirle alguna estupidez, yo lo defendía. Al principio era callado e increíblemente serio para su edad. Me sorprendía sobremanera, ya que a mí me encantaba hablar y porque me parecía distinto a todos los chiquillos que había conocido hasta entonces. Con el paso del tiempo me daría cuenta de que se lo guardaba todo. Llegaría a abrirse un poco a mí, pero nunca demasiado.

Lo que sí me contó Gabriel era que antes vivían en Madrid y que su mamá estaba enferma porque se sentía muy triste. Por aquel entonces no comprendía que la tristeza pudiera ser una enfermedad. Por eso al principio de nuestra amistad yo no acudía a su casa ni él a la mía. Parecía que éramos amigos solo en el cole, y eso me molestaba un poco porque yo quería invitarlo a merendar a mi casa o que él me propusiera ir a la suya, como hacían los otros críos.

El siguiente curso, después de un verano solitario y tedioso porque Gabriel y su familia se habían marchado de vacaciones, nos reencontramos y nos acercamos un poco más. Me dijo que me había echado de menos y yo lo abracé, aunque a él no pareció agradarle el contacto. Volvieron nuestros juegos en los recreos. Regresé a la rutina de compartir mi bocadillo, aunque él no solía comérselo o solo le daba unos pocos bocados. Olvidaba el suyo en casa, o eso me contaba. Cuando nos separábamos al final del recreo, parecía mucho más triste. Y al fin, a mitad de ese curso, la tía me propuso invitarlo a merendar a casa.

—Dile que cocinaré unos bollitos de manteca. Seguro que el dulce le gusta. Y prepararé un ramo para su madre. De esa forma les daremos la bienvenida, que ya va siendo hora. ¿No crees, Ratoncito?

Yo no era como las otras niñas del pueblo que hacían espléndidos dibujos para sus invitaciones de cumpleaños. Ni siquiera era el mío, pero decidí que quería crear una invitación merecedora de mi nuevo amigo. Así que pedí dinero a la tía, compré cartulina azul en el quiosco y me dediqué toda la tarde a hacer una tarjeta perfecta. Con muchas florituras y un dibujo de una niñita sonriente con el pelo largo y negro, que era yo.

«Matilde Jiménez y Carolina Merino te invitan a su fiesta», escribí con mi mejor letra en la cartulina. No había ninguna fiesta en especial, pero estaba segura de que la tía la haría. Al día siguiente se la di a Gabriel en el colegio, pero no dijo nada. Me enfadé un poco. Creí que no acudiría. El viernes a media tarde, sin embargo, llamaron al timbre, y salté de la silla emocionada. La tía me había recogido el cabello en una coleta alta con un lazo rojo y me había puesto un vestido que me picaba.

La cogí de la mano para llevarla hasta la puerta y me sorprendió que la tuviera sudada. Por ese entonces no entendía que para una mujer sencilla de pueblo fuera importante mostrar una buena presencia ante una familia acaudalada de la capital. A pesar de que los años de distinciones sociales habían quedado muy atrás, en realidad en el mundo había cosas que nunca cambiaban.

Cuando abrió, me topé con un hombre altísimo que nos observaba muy serio. Yo había visto a su madre, pero no a él. Los dos iban muy bien vestidos, y a Gabriel le habían peinado el cabello rebelde hacia atrás. La madre, a pesar de su opulenta ropa, ofrecía un aspecto triste, como de costumbre. Se presentaron, y la tía los invitó a pasar y entregó a la mujer el precioso ramo de margaritas que había preparado para ella. Fue de las pocas veces en que vi que su rostro mostraba alguna reacción. Gabriel estuvo taciturno toda la velada y no comió nada. El hombre nos explicó que era cirujano pero que había pedido una excedencia para cuidar de la madre de Gabriel.

—Gracias —susurró mi amigo cuando estaban a punto de irse—. Me lo he pasado muy bien —añadió, aunque su actitud durante toda la tarde parecía indicar lo contrario.

Esa noche apenas dormí de la emoción y de la incertidumbre de saber si les habíamos gustado. A la mañana siguiente, bien temprano, oí un golpeteo en la ventana de mi dormitorio y me acerqué para ver de qué se trataba. Era Gabriel, tirando piedrecitas. Me tapé la boca para no reírme y, a toda prisa, me quité el pijama y me vestí con lo primero que encontré. La tía ya estaba en la cocina preparándose un café y, al descubrirme corriendo, me preguntó:

—¿Adónde vas, Ratón?

—¡Gabriel está ahí fuera!

—¿Y por qué no ha llamado al timbre?

—¡Porque eso es aburrido! —exclamé, divertida.

No pude ver a la tía, pero sabía que mi comentario le había parecido gracioso.

Abrí la puerta con ilusión y mi nuevo amigo se acercó con una sonrisa tímida que, a pesar de lo pequeña que era, iluminaba.

—Julio dice que cerca de aquí hay un río y que tu madre y tú podéis enseñármelo si queréis. —Bajó la mirada unos segundos—. Es que él tiene que cuidar de mamá y no pueden llevarme.

—¡Tía! —chillé hacia el interior de la casa—. ¡Hagamos una excursión!

Cuando miré de nuevo la cara de Gabriel, me contempló confundido. Esbocé una sonrisilla traviesa.

—Matilde no es mi mamá, es mi tía. Mis papás se murieron.

Sus labios temblaron y, de improviso, me abrazó con una fuerza imprevisible de sus delgados brazos. La tía salió en ese instante, con su taza de café humeante entre las manos, y nos preguntó:

—¿Cómo que una excursión?

—Gabriel quiere ver el río. Sus padres nos dan permiso para ir. Porfa, porfa —supliqué juntando las manos.

Preparamos juntos unos sándwiches para la comida y añadimos unas patatas fritas y los bollitos que habían sobrado del día anterior. Cuando salimos de casa, me sentí más llena de luz que el sol. Recuerdo ese día como uno de los más perfectos de mi vida. Gabriel no estaba tan serio como de costumbre y hasta se metió en el río conmigo para mojarnos los pies mientras Matilde leía sentada en la orilla uno de los libros románticos que tanto le gustaban.

A partir de ahí fuimos inseparables. Los demás niños aprendieron a aceptarlo también, aunque él prefería estar a solas conmigo. Yo pensaba que se debía a su timidez, nunca me planteé que pudiera significar otra cosa hasta que me enteré de todo... Pero esa era una larga y triste historia que ya no merecía la pena recordar.

Yo solía parlotear, y Gabriel a veces me escuchaba y otras se perdía en sus pensamientos. Mirábamos los dibujos de la tele y escuchábamos música en la radio de la tía. Otras jugábamos a los juegos de mesa de la época: el Monopoly, el Cluedo, el Uva Ploff. Me enseñó una de sus aficiones: los tebeos de superhéroes. Una tarde, mientras me mostraba uno de Spiderman, saqué un tema que me rondaba la cabeza desde que me había enterado de que Julio era su tío y no su padre. Eso me hacía creer que éramos iguales y, por lo tanto, debíamos ser amigos.

—¿Dónde está tu papá?

—También se fue al cielo, como los tuyos. Julio nos cuida.

—¿Por eso tu mamá está enferma? ¿Porque lo echa de menos?

—Sí —asintió, un tanto afligido.

—No te preocupes, Gabriel. Ahora yo también te cuidaré —le dije sacando mi vena de heroína.

—Gracias —contestó con la mirada perdida—. Pero en poco tiempo Linterna Verde vendrá a por nosotros. Cuando sepa volar.

—¿Linterna Verde? —Arrugué los labios, confundida. Me acordé de que me había prestado un cómic sobre ese personaje, aunque no me había gustado nada.

De repente Gabriel se tapó la boca con la mano y abrió mucho los ojos, como si hubiera hecho o dicho algo malo. Miró a un lado y a otro, y luego murmuró:

—Sí, lo conozco mucho. Pero no puedo hablarte de él porque es un secreto.

Me reí de mi amigo y le dije que eso no era verdad porque Linterna Verde no era real, no como el Ratoncito Pérez, en quien yo creía todavía por aquel entonces. Me chilló que claro que existía, que pertenecía a su familia pero que no lo veía porque vivía muy lejos en una escuela especial para superhéroes, y yo continué diciéndole que no, que era un mentiroso, y

Gabriel me llamó tonta, hasta que nos marchamos cada uno por su lado y estuvimos unos días enfurruñados. Cuando expliqué a la tía lo que Gabriel me había contado, me dijo: «Será un amigo imaginario, tesoro. Se sentiría muy triste y solo por lo de su padre y su mamá, y necesitaría a alguien, aunque no fuera real, pero ahora que tú eres su amiga quizá ese amigo imaginario desaparecerá. Ratón, lo que debes hacer es disculparte. Te burlaste de algo que quizá es importante para él». Intenté hacerlo y también preguntar a Gabriel más cosas de ese amigo que residía en su cabeza. No obstante, no me dio la oportunidad durante toda su infancia.

Luego me enteraría de muchas cosas… Pero eso no era importante. No al menos ahora, cuando ya no podía cambiarse el pasado.

Lo único realmente importante fueron todos esos años en los que Gabriel estuvo a mi lado y yo al suyo. Lo bonito fue esa amistad sincera, tan intensa que, para mí, ese chiquillo pelirrojo fue como el hermano que nunca tuve.

7

Le conté muchas cosas a Isaac acerca de mi niñez, de la tía y... de Gabriel. Aunque, a decir verdad, no conformaban ni una pequeña parte de todo lo que había ocurrido y que, después de tantísimos años, de repente se agolpaba en mi mente. Había cosas que, por supuesto, no iba a contarle. No solo porque fuera una persona a la que apenas conocía, sino porque hay ciertas historias de uno mismo de las que no estamos muy orgullosos o porque nos traen malos recuerdos. O simplemente porque ya bastaba de traer a la cabeza a mi viejo amigo. Se había ido, y punto. Ya me había hecho a la idea. No me gustaba pensar en él. Y si lo hacía, deseaba que fuera de una manera bonita.

En un momento dado, caí en la cuenta de que había estado hablando bastante tiempo y me callé de golpe. Durante mi narración Isaac se había encendido otro cigarrillo al que dio la última calada justo en el instante en que yo decidía no parlotear más. Me miró a través de la cortina de humo con esos increíbles ojos entornados. Me puse nerviosa, no solo por haberle relatado todas esas cosas que formaban parte de mí, sino también por su mirada. Despertaba algo en mi interior que no alcanzaba a entender de qué se trataba. Pensé en que se había mostrado muy atento a todas mis palabras, en silencio casi todo el rato, a excepción de alguna que otra interrupción para preguntarme algo, como por ejemplo los motivos por los que había deseado ser tan amiga de Gabriel o cómo se llevaba con otros niños de la escuela. Quise saber por qué le interesaba aquello, pero de mi boca tan solo salía mi historia, así que cuando terminé y me propuse interrogarlo, ya fue demasiado tarde. Isaac se levantó de improviso y se excusó aduciendo que tenía que continuar con unos asuntos. Ya había abandonado la plazuela cuando caí en la cuenta de que debía devolverle la chaqueta.

—¡Oye! ¿Dónde te alojas?

Pero no respondió. Tan solo alzó un brazo, de espaldas a mí, y se despidió. Me pareció bastante obvio que no quería revelarme su paradero y me pregunté por qué. Me molestó un poco, ya que en la charla —o el monólogo, mejor dicho— yo me había abierto bastante, sobre todo teniendo en cuenta que era casi un desconocido, y él nada. Me quedé sentada un rato más, perdida en mis pensamientos, hasta que el cielo encapotado rugió con un estruendoso trueno y decidió descargar. Alcé el rostro y una gota me cayó justo en la punta de la nariz. La lluvia se intensificó en pocos minutos y corrí hacia casa, no sin empaparme del olor a lluvia, a suelo húmedo, a otoño. Uno que ya no compartiría con la tía.

Cuando alcancé la casa estaba empapada y me apresuré a quitarme la ropa y a secarme. Se había hecho ya media tarde y opté por comprar otro bocadillo para la cena. Habría podido cocinar, sí, como en ocasiones anteriores, pero se me antojaba que sería difícil para mí porque acabaría recordando todas esas veces en que la tía me preparaba estupendas comidas o postres deliciosos. Aguardé a que escampara y, en cuanto lo hizo, me dirigí al bar, aunque provista de un paraguas. Toño ya no estaba, y su sobrino me preparó con alegría y esmero —nótese la ironía— un bocata de lomo con patatas congeladas. Un par de horas más tarde, mientras me lo comía, me prometí que al día siguiente iría al supermercado y cocinaría.

Esa noche soñé con la tía y con Gabriel. Era un sueño tierno y bonito en el que nos hallábamos en la cocina preparando una torta de anís. Me desperté con la sensación de que en el dormitorio flotaba un aroma delicioso. Bien entrada la madrugada volví a dormirme y, entonces, con quien soñé fue con Isaac. ¡Con Isaac! Y se trataba de un sueño bastante curioso, por no usar otra palabra. En él, Isaac no era un tipo arisco y contestón, sino uno de lo más provocativo. Sí, me provocaba. Y aunque al levantarme no recordaba con precisión sus palabras, sí me acordaba de que era una provocación excitante en la que yo acababa cayendo. Y en esa ensoñación onírica había un lío de manos y labios carnosos y húmedos. Labios que me besaban con ganas y manos que me acariciaban por todas partes.

Desperté por la mañana confundida, sudorosa y con un agradable cosquilleo en el bajo vientre. Me di una ducha larga y salí a la calle para tomar un café bien cargado. A media mañana conseguí acabar una de las traducciones para las que Cristina se había ofrecido y después fui al supermercado y compré patatas, huevos, unos cogollos, un par de cebollas y un tomate bien lustroso. Me preparé una ensalada, y dejé las patatas y los huevos para la cena.

Al caer esa noche de sábado, la tía y Gabriel empezaron a revolotear de nuevo por mi cabeza. Traté de espantarlos como moscas. Me dirigí a toda prisa a la cocina para preparar la tortilla de patatas y así entretenerme con algo. Me sentí muy sola cuando la contemplé una vez terminada y comprendí que no tenía a nadie con quien compartirla. Así que una absurda idea cruzó mi mente y me vi arrastrando los pies hasta la plazuela del día anterior, pues cerca había descubierto una de esas tiendas que abren casi las veinticuatro horas. No era muy dada a beber, por lo que mi elección del vino (dos botellas, no supe por qué, ya que no pretendía cogerme una cogorza) no fue la más acertada y al probarlo me supo a rayos.

Aun así, me había bebido más de la mitad, acompañándolo de unas patatas fritas con sabor a queso —también me había hecho con una lata de aceitunas, pero no la había abierto, y la tortilla se había quedado en la cocina, solitaria— cuando me llegó la videollamada de Daniela. Fruncí el ceño. ¡Pero si donde ella vivía debían de ser las cuatro y pico de la madrugada! ¿Regresaría de alguna fiesta? Bien mirado, era más probable que hubiera estado trabajando hasta tarde en su casa. Yo le había informado sobre Samuel y me había escrito de inmediato, pero no habíamos tenido la oportunidad de charlar más, y después había sucedido lo de la tía.

Ya había comentado anteriormente que tenía una amiga, aparte de Cris, que se encontraba muy lejos. Nada más y nada menos que en Australia. ¿Que cómo había llegado hasta allí? Por amor. Así era Dani, una auténtica enamorada del amor. Sentía las emociones de una manera que me impactaba, y la admiraba por ello. Nos conocimos el primer día de universidad, aunque no estudiábamos lo mismo. Ella empezaba Filología Hispánica, pero estaba igual de perdida por los pasillos que yo. Me pareció muy pequeña entre toda esa gente, y tal vez la tía llevaba razón en que yo ansiaba proteger a los demás y «salvarlos» de alguna forma. Daniela y yo nos hicimos inseparables durante los cinco años de carrera. Hacíamos todo juntas, e incluso traté de incluirla en el grupo de amigos de Samuel, pero la cosa no cuajó. Ni ella les caía bien a ellos ni ellos le agradaban a ella. Dani era demasiado intensa, supongo. Podía pasarse horas hablando de poetas malditos o analizando el mensaje oculto de una película. Había sido una empollona en el instituto y quería romper con esa imagen, pero prefería quedarse estudiando un sábado antes que salir.

Soñaba con un príncipe azul de los que te suben en su corcel y te llevan al País de las Maravillas. ¿Quién iba a decirle que de verdad un príncipe, aunque debemos cambiar el corcel por una tabla de surf y la sangre azul por una piel bronceadísima, vendría de tierras muy lejanas para llevársela? En el penúltimo año de carrera, Dani empezó a trabajar en una escuela de idiomas y allí conoció a Oliver, un pedazo de australiano que quitaba el hipo y que chapurreaba el español con un acentaco que tiraba para atrás, pero que a ella le parecía de lo más sexy. El tipo se enganchó a la forma de enseñar español de mi amiga y también a otras cosas. Daniela no se dejó cegar por el aspecto de surfero de Oliver, que conste. Una de las cosas que encandiló a mi amiga fue que el australiano era un intelectual al que no le importaba hablar sobre poetas malditos o analizar mensajes de películas, más bien todo lo contrario. El día que ambas supimos que nos habíamos sacado la carrera —Dani con matrícula de honor— me confesó, con cierta timidez, que quizá al terminar el máster se marcharía.

—¿De vacaciones? —pregunté, toda inocente.

—No, a Australia con Oliver. Intentaré obtener una beca para una investigación. Lo siento, Carol. Sé que debería habértelo dicho antes, pero no me había sentido tan segura hasta ahora.

Completó su máster también con matrícula y, por supuesto, le concedieron la beca. Hasta ella pensó que sería algo transitorio, porque era sumamente difícil conseguir un visado permanente. Al principio tuvo uno temporal, pero hacía ya un año y pico que me había dado la noticia de que iba a obtener uno permanente gracias a un empleo en la universidad. Y así había quedado cerrado que Daniela posiblemente no volvería a vivir en España, porque en Australia era muy feliz y tenía un magnífico trabajo. El fin de semana anterior a que se marchara, ambas lloramos mucho, aunque ella también lucía emocionada.

—Dios, es una locura, Dani —le dije.

—¿Tú no harías algo así por amor? —me preguntó con curiosidad.

—No lo sé... No lo creo.

Ahí yo ya estaba liada con Samuel, pero claro, yo no era como Daniela. A mí el amor no me sacudía tanto como para eso.

—También se trata de una buena oportunidad para mí —añadió, como explicándose—. Pero es que en realidad quiero estar con él. Me daría igual aquí que allí o que en la Conchinchina. Pero con él. Hacer locuras a veces está bien... Pueden ayudarte a madurar, incluso. Yo no he hecho muchas, pero esta me muero por hacerla.

Mientras pensaba en todo eso acepté la videollamada y la carita de mi querida amiga apareció en la pantalla. Era muy bonita. De cabello castaño y rizado, piel muy pálida y un montón de pecas en la nariz. Se la veía más mayor, madura. Hacía casi dos años que no venía a España, pero me había comentado que quizá ese año acudiría por Navidad, aunque yo no quería hacerme ilusiones.

—Pretendía llamarte antes, *neni*, pero entre la diferencia horaria y que no paro en el trabajo… Oye, como te dije por Messenger, que le parta un rayo a tu exnovio. Ya sabes que no me caía especialmente bien. Lo siento, pero era un mameluco.

Echaba de menos la forma de expresarse de Dani. Solía sustituir un montón de palabras por otras más antiguas o literarias. La gente que no la conocía tanto como yo pensaba que era una prepotente o una tarada, pero yo la entendía, sabía que no lo hacía por creerse superior ni nada por el estilo, y siempre me había divertido.

—No lo sientas, porque tienes razón.

—¿Cómo estás?

—Ahora mismo un poco contentilla.

—¿Y eso? —Abrió mucho los ojos, sorprendida.

—Tengo esto y me he bebido más de la mitad. —Alcé la botella de vino para que la viera—. Ya sabes que lo nuestro no es aguantar mucho alcohol.

—Menuda fiesta tienes montada —se mofó riéndose.

—Ya ves. ¿Y tú qué haces despierta a estas horas? Bueno, a estas horas allí.

—He estado retocando uno de los proyectos de una investigación que me traía por el camino de la amargura. Y como Oliver me ha enviado un mensaje para decirme que en breve llegará, he decidido esperarlo.

—¡Es verdad! Tu último proyecto. Perdona que no te haya preguntado por él. Las cosas han sido un poco difíciles…

—No tienes que disculparte, Carol. —Daniela sonrió para tranquilizarme—. Yo también querría estar más disponible para ti, sobre todo en momentos como este.

—Entonces ¿has terminado ya ese dichoso proyecto?

—Sí, parece ser que sí. De momento, porque pronto llegarán más. Pero este lo he finalizado. He tenido que darle un par de vueltas en unas cuantas ocasiones. Es imprescindible para continuar manteniendo la financiación.

—Ya verás como todo está bien —la animé. En ocasiones, Dani se preocupaba en exceso, pero en ese caso era normal. Estaba participando en una investigación muy importante con un equipo y no podía fallar. Decidí cambiar de tema para que se distrajera y porque también me apetecía una conversación más amena—. ¿Qué tal con Oliver?

—¡Muy bien, Carol! Seguramente el próximo año se presente al DELE C2. Es muy difícil, incluso para los nativos, pero creo que puede conseguirlo.

A través de la pantalla me pareció ver ese brillo que iluminaba sus ojos cuando hablaba de Oliver y el orgullo que sus palabras desprendían.

—Me alegro muchísimo por él. Te cuida, ¿no? Porque si no, me cojo un vuelo y le parto las piernas —bromeé.

Mi amiga se echó a reír con una sacudida de la cabeza. Le había prometido que iría a verla en alguna ocasión, pero todavía no había podido hacerlo por cuestiones monetarias y otras, como el hecho de ir a cuidar de la tía cuando tenía vacaciones. También me había preocupado siempre irme tan lejos y que le pasara algo mientras yo andaba fuera.

—¿Y cómo llevas lo de tu tía? —me preguntó poniéndose seria.

—Pues así, así. A ratos estoy bien. Otros, fatal. Me siento triste. A veces me entran muchas ganas de llorar.

—Es normal, necesitas tu etapa de duelo. Pero eres fuerte, no durará mucho.

—También ir al cementerio, estar por aquí sola... Pues no sé, ha hecho que me acuerde mucho de ella y... de él. De mi viejo amigo.

Daniela titubeó unos segundos y, tras caer en la cuenta de a quién me refería, chascó la lengua y murmuró un «Oh, cielo...».

—No, no pasa nada. Estoy bien, pero ya sabes que hacía muchísimo tiempo que no pensaba en él, y me ha sorprendido.

Daniela conocía nuestra historia. La de Gabriel y yo. No toda... Sabía que había sido mi mejor amigo desde niños, que se había convertido en parte de mi familia, y que había muerto y me había dejado hecha un trapo durante un tiempo. Pero las causas de la muerte nunca se las conté. Yo no era de reabrir viejas heridas.

—¿Por qué no sales a dar una vuelta? —propuso mi amiga.

—¿Y adónde voy yo sola?

Dani era de esas a las que no les importa ir sola al cine. A mí tampoco, en realidad, pero en La Puebla no había cine. Los fines de semana la gente cenaba en los bares y los jóvenes hacían botellón y luego iban a algún pub. O, en su defecto, se largaban a otro pueblo con más entretenimiento.

—¿No puedes quedar con nadie? Alguien habrá de tu época.

—Ni idea... No he mantenido el contacto, ya sabes.

Y entonces vino a mi mente Isaac. La forma tan atenta en que me había mirado y escuchado cuando le había hablado de mi infancia, como si de verdad le importara una de mis historias. Su muslo y su mano rozando mi piel con descuido. La manera que tenía de fumar. La sensación de su chaqueta sobre mis hombros y el aroma que desprendía y que me había serenado en los momentos difíciles de los últimos días. El sueño. ¡Maldito sueño! Era pensar en él apenas una milésima de segundo y mi cuerpo se activaba y mi estómago sentía unas cosquillitas de excitación... Caí en la cuenta, contra todo pronóstico, de que si había alguien a quien me apetecía ver esa noche era a él. Volver a verlo, aunque solo había pasado un día y a pesar de ser un puñetero borde. Pero también había sido amable con el tema de la tía y de mi muñeca. Aun así... me convencí de que se trataba de la soledad, que en ocasiones podía ser muy mala.

—¿Qué te ocurre? Te has quedado muy callada —observó Daniela, y me arrancó de mis pensamientos.

—No, nada. Estaba recordando algunas cosas.

—¿Cuáles?

Tuve que improvisar a toda prisa. Siempre nos habíamos reído mucho con las confusiones lingüísticas que Oliver había tenido al principio. Él nunca se había molestado; más bien al contrario: se unía a nuestras risas y bromeaba sobre sí mismo. De modo que opté por salir del paso con eso. No veía que fuera el momento de hablar a Daniela sobre Isaac.

—Pues de cuando Oliver se equivocaba con algo del español. Como aquella vez que fuimos a Alicante de puente y en un barecito de esos de playa gritó: «¡Estoy caliente!». Quería decir que tenía calor, pero tú todavía no le habías enseñado eso. Había a nuestro lado unas mujeres que lo miraron escandalizadas y él se volvió hacia ellas y les dijo: «¿Ustedes no?». ¿Te acuerdas, Dani?

Mi amiga se había empezado a reír al principio de la anécdota, en cuanto había oído que había ocurrido en Alicante.

—En ese puente también nos desplazamos hasta Valencia para comernos una paella y pidió una que no tuviera cojones, en lugar de conejo.

Solté una carcajada al recordar la cara de susto que la camarera había puesto. Después lo entendió, y se unió a nuestras risas y hasta ayudó a Oliver en la corrección y la pronunciación.

—Nos divertíamos con él, ¿eh? Seguro que vosotros nunca os aburrís.

—La verdad es que no, Carol. Y no te creas, que yo a veces cometo también unos errores en inglés... Ya te contaré, ya.

—Me muero de ganas.

Sonreí. Cada vez que charlaba con ella a través de una videoconferencia, me daba cuenta de lo muchísimo que la echaba de menos y lo poco que necesitábamos para pasarlo bien.

Daniela y yo hablamos un ratito más hasta que apareció por detrás un cuerpo cincelado y supe que Oliver había llegado. El novio de mi amiga me saludó con un acento y un español muy, muy buenos y luego nos despedimos con muchos besos. Segundos después, sintiéndome entre contenta por haber sabido de Daniela, pero también un poquito tristona por lo lejos que se encontraba, me levanté llevando en la mano la botella de vino, a la que había seguido dando traguitos mientras charlaba con Dani, y me dirigí a la cocina. Contemplé la tortilla con una sensación de pérdida y, al mismo tiempo, de anhelo. De ganas de compartirla con alguien. Estaba claro quién era ese alguien. Me había notado así desde que había pensado en él durante la charla.

¿Qué habría hecho Daniela? Pues lo que pugnaba dentro

de mí. ¿Y Cristina? Seguramente lo mismo. Hasta la tía, leches, se habría dejado llevar por sus impulsos en esos instantes. Dentro de mí empujaba la Carol niña, la joven, aquella que vivía como deseaba, sin hacer daño a nadie. Cruzaron por mi mente aquellas palabras de Dani de años atrás en su despedida: «Hacer locuras a veces está bien». Tampoco se trataba de que esa fuera la máxima locura de mi vida. Al final, las ganas me vencieron y rebusqué en los cajones hasta dar con un viejo rollo de papel de aluminio del que quedaba un poquito. Envolví la tortilla con él, saqué una bolsa de otro de los cajones y metí el plato, regresé al salón y alcancé la lata de aceitunas. Cuando salí de la casa de la tía llevaba puesta la chaqueta de Isaac y el pulso me latía apresurado como si fuera una niña a punto de hacer una travesura. Me pasé por la tienda de antes y compré otra botella de vino, con la esperanza de que fuera mejor.

Luego me detuve en la calle. En La Puebla solo había dos hostales, y yo tan solo tenía relación aún con los dueños de El Dorado. Crucé los dedos para que Isaac se hospedara en él o que estuviera todavía allí.

Me dijeron el número de la habitación sin tener que insistir mucho. Esa pareja de ancianos se había llevado muy bien con la tía y supuse que, en esos momentos, yo les daba un poquito de pena. Les mentí diciéndoles que Isaac era un amigo y necesitaba devolverle una cosa, pero que se me había olvidado el número de la habitación con todo el ajetreo.

Había tenido suerte, sí. Aunque, en realidad, ese hostal estaba mucho mejor que el otro y, sobre todo, situado dentro del pueblo. Al plantarme ante la puerta de su habitación oí una leve música procedente del interior. Las notas transferían un ritmo suave y sensual. No supe si fue el vino barato o qué, pero se me pasó por la cabeza que Isaac estaba con una mujer al otro lado de la puerta. Una mujer sexy, de curvas exuberantes y piernas larguísimas. Y que retozaban al son de la música. Tampoco supe si fue el vino otra vez, pero una deliciosa cosquilla se abrió paso por mi entrepierna al imaginar a Isaac desnudo. O con ropa, qué más daba, pero balanceando las caderas y ofreciendo todo el placer del mundo a esa mujer suertuda. Me regañé a mí misma. «Mala, Carol. Chica mala. Deja de pensar en cosas así, por favor. Y más en este momento de tu vida, joder.»

Titubeé sobre si debía llamar o no. ¿Y si de verdad se encontraba con alguien? No me había dicho los motivos por los que había ido a La Puebla ni había querido decirme dónde se alojaba. Tal vez mantenía en secreto una relación con una mujer casada. Sí, una relación clandestina. Tenía que ser eso, con tanto misterio y tantas preguntas sobre el pueblo. Esbocé una sonrisa al darme cuenta de que mi imaginación se desbordaba como consecuencia de todas las películas de sobremesa que habían conformado mi educación de niña. A la tía le encantaban, al igual que los musicales y las novelas románticas.

En ese instante la música dejó de sonar y agucé el oído. No se oía nada. Ni gemidos, ni «Más, por favor, más» ni nada por el estilo. A lo mejor no estaba acompañado, sino solo y aburrido, como yo. Por eso había ido hasta allí, ¿no? Y para decirle que mi muñeca estaba mejor, aunque quizá le importara un comino… Pensé en todas las mujeres de mi vida —Dani, Cris, la tía— para que me infundieran ánimos en la distancia. Cogí aire y llamé a la puerta entre malabarismos, sosteniendo la botella de vino con una mano y la bolsa con el plato de tortilla y las aceitunas en la otra. Pasaron unos segundos y nadie abrió, así que toqué de nuevo. Otros segundos más y nada. Qué tío, le daba igual todo. ¿Y si en lugar de ser yo hubieran sido los dueños para informarle de que había un incendio en el hostal o algo peor?

Me volví con desgana, con la certeza de que tendría que comerme la tortilla de patatas sola, y había dado ya unos pasos cuando oí que la puerta se abría. El corazón me trastabilló en el pecho. Por favor, qué tonta. Me di la vuelta, emocionada, y descubrí la cabeza de Isaac asomada por el quicio. Al comprobar de quién se trataba, frunció el ceño. Pasé por alto ese gesto y regresé hacia la puerta esbozando una sonrisa amable.

—Hola —lo saludé.

—Eh —respondió únicamente, con esa cara que no supe si transmitía sorpresa, hastío o qué.

—He venido a devolverte la chaqueta.

Me lanzó una de sus extrañas miradas y ensanché mi sonrisa.

—¿Y por qué la llevas puesta? —preguntó con un tono irónico.

—Porque no tenía más manos —repliqué con malas pulgas—. Si quieres, me sostienes esto y me la quito.

Arrugó la nariz, como si algo oliera mal, pero al final recibió lo que le daba. Me despojé de la chaqueta y se la tendí, al tiempo que me acercaba para cogerle la bolsa. No sabía cómo habíamos acabado tan cerca, pero lo estábamos, tanto que aprecié el calor que su cuerpo desprendía. Me llegó su respiración y las piernas me flaquearon un poco. Isaac me miró con una expresión extrañada y, finalmente, acabamos de intercambiar los trastos.

—Gracias y buenas noches —musitó. ¡Y el tío me dio la espalda e hizo amago de cerrar la puerta!

Antes de que comprendiera lo que estaba ocurriendo, me vi a mí misma estirando una pierna y parando la puerta. Isaac se volvió y me contempló con el ceño fruncido.

—¿Y ahora qué quieres?

—He traído esto también. —Levanté la bolsa y la botella—. Una tortilla, aceitunas y vino.

Me contempló como si estuviera loca. El pulso se me aceleró al creer que me despacharía de manera definitiva y me daría con la puerta en las narices. Sin embargo, se adentró en la habitación sin añadir palabra y me dejó allí, en el quicio, aunque con la puerta abierta. Me pregunté si aquello era una invitación, pero no me lo pensé más y di unos cuantos pasos. Justo entonces, mientras Isaac se encontraba de espaldas a mí, reparé en su atuendo. Una sencilla camiseta oscura de manga corta y unos pantalones de pijama color camel que le quedaban la mar de bien. La vista se me fue a su trasero. Él se volvió en ese momento y me pilló con los ojos en la masa. Alcé la barbilla, en un gesto orgulloso.

—¿Cómo has sabido dónde estaba?

—Una tiene sus secretos —contesté enigmática.

Y entonces sonrió. Una sonrisa bonita, sin ninguna ironía o prepotencia, no como las que me había lanzado anteriormente. Le relajaba los rasgos y lo dotaba de un aspecto menos duro y más juvenil. Y me dije que, solo por verla, había valido la pena ir hasta allí.

—¿Has cenado?

Negó con la cabeza. Eché un vistazo disimulado por la pequeña habitación. En la mesita había un portátil encendido. Sentí curiosidad por saber qué había estado haciendo.

—Pues, si te apetece, podemos cenar juntos. La he preparado yo... la tortilla. —Aguardé unos segundos en los que él no dijo ni mu—. A ver, a lo mejor te parece raro que esté aquí proponiéndote esto. Pero es que, como tenía que devolverte la chaqueta y te preocupaste por mi mano y además me trajiste a La Puebla... Quería devolverte el favor de algún modo, y pensé que quizá estarías solo y que te apetecería charlar, como el otro día, que estuvo bien... —Me frené en seco al ver su ceja arqueada—. ¿He dado por supuesto demasiado? —pregunté en tono inocente.

Se acercó a mí y me contempló desde su altura. Yo soy alta, pero él me sacaba unos cuantos centímetros. Se hallaba muy cerca de mí, de nuevo. Una de sus manos cogió la botella, rozándome apenas. La miró con seriedad.

—No entiendes mucho de vinos, ¿no? —musitó.

Ni siquiera me molestó su comentario porque estaba absorta en los rasgos de su cara, en las pecas de su nariz, en sus largas pestañas medio rizadas. Alzó la vista de la botella y estudió mi rostro. Aprecié que sus ojos se deslizaban hasta mis labios y los entreabrí, de manera inconsciente. Si hubiera bebido más, quizá me habría lanzado a ellos, pero me quedé quieta, volviendo a sentir el calor que su piel desprendía.

—No soy muy experta en eso, no —susurré.

Nos miramos fijamente durante unos segundos, casi como retándonos. Entonces dijo:

—De acuerdo. Vamos a probarlo. Y esa tortilla también.

Cerré la puerta mientras él se acercaba a su portátil y ponía algo de música. Sonreí con disimulo y me anoté un tanto en silencio. Me sorprendía a mí misma, pero... Tenía ganas, maldita sea. Tenía ganas de pasar un rato con él.

8

En un principio Isaac, como en las otras dos ocasiones, se mostró un poco seco. Se quejó del sabor horrendo del vino, y nos vimos inmersos en un silencio raro durante unos minutos. Yo no podía dejar de mirar de reojo sus manos y sus dedos largos, y también el abdomen que se le marcaba a través de la camiseta. No era que estuviera muy fuerte, pero sí se lo notaba en forma.

—¿Qué música es esta? Me gusta. También la voz del cantante —comenté, rompiendo el silencio.

—Se llama Jake Bugg. Es muy joven, tiene veintipocos años. Hace música indie, folk, country rock. Cuando me pierdo en sus canciones, oigo a un genio. Espera. —Se acercó de nuevo al portátil, buscó algo y después empezó a sonar una canción country muy pegadiza—. Esta es una de mis favoritas. *Trouble Town.*

Me sorprendió porque, a pesar del ritmo que tenía, la letra era seria. Hablaba de un chico que deseaba huir de una ciudad conflictiva. Me pregunté si a Isaac le gustaba solo por el estilo o también por lo que el cantante quería transmitir con su letra. Me fijé en que se había quedado callado, contemplando un punto fijo en la pared. Le acerqué el plato con la tortilla y volví a servirle vino mientras cogía un trozo. No había caído en la cuenta de llevar vasos, de modo que Isaac estaba bebiendo del de plástico del hostal y yo directamente a morro de la botella.

No supe si fue el vino o la música, que lo relajaba, pero

poco a poco el ambiente fue distendiéndose y él se interesó por el estado de mi mano y por cómo me sentía tras lo de la tía. Admití que estaba triste y que notaba un vacío en el pecho, pero que me encontraba más serena de lo que había supuesto y eso me provocaba cierta culpabilidad. Él alegó que no podía hacer más porque era algo que escapaba a mi control y que debía continuar. De ahí empezamos a charlar de todo y de nada a la vez. Le confesé que no hacía mucho que había terminado una relación, si bien me callé el motivo porque lo último que me apetecía era que se apiadara de mí, y le conté cosas sobre mi trabajo. Isaac, por fin, se abrió un poco más y me explicó a qué se dedicaba.

—¿Escritor? ¿Escritor de verdad? —inquirí sorprendida.

—¿Acaso existen escritores de mentira? —replicó mordaz.

—No, me refiero a que… Vamos, que si te ganas la vida con ello.

—Lo intento. Es difícil, pero me da para vivir y también tengo ahorros. No necesito mucho.

—¿Y qué escribes?

—No me gustan las etiquetas —respondió con ese tono cortante que empezaba a conocer.

—No, no, a mí tampoco.

—Ficción.

Tal vez se debió a que yo había bebido bastante vino y se me había subido a la cabeza, pero de repente me levanté y me arrimé al portátil que descansaba en la mesita con la pantalla inclinada.

—¿Es aquí donde guardas tus historias?

Apenas había rozado el ordenador cuando noté una presencia a mi espalda y aprecié en mi nuca la respiración profunda de Isaac. Bajó la pantalla con un rápido movimiento desde atrás, con lo que su torso chocó con mi espalda y me provocó confusión. Tras hacerlo, no se apartó. No sé si trataba de intimidarme, pero en realidad consiguió otro efecto. Una pulsión en mi estómago me instó a darme la vuelta, agarrarme a su cuello y engancharme a sus labios. Estuve a punto de hacerlo, pero algo me retuvo en el último segundo. El corazón me palpitaba frenético. Me aparté con suavidad y ladeé el rostro, intentando mostrarme tranquila y afable.

—No iba a mirarlo. Tengo claro que es algo privado.

Isaac no respondió. Se limitó a observarme con la mandíbula rígida y ojos fríos. Me puse nerviosa por tenerlo tan cerca. El alcohol empezaba a darme calor y en aquella habitación el ambiente se había caldeado. O tal vez era que Isaac me alteraba. Y me pareció, en una milésima de segundo, entrever algo en su mirada, a pesar de su intento por parecer enfadado. Seguramente lo estaba, sí, pero había más. La manera en que me observaba, con las pupilas un poco dilatadas, abarcando todo mi rostro. Su pecho subiendo y bajando. La tensión de los músculos de sus antebrazos. Yo no había tenido muchas relaciones y estaba desentrenada por la última, pero no era tonta. Podía reconocer ciertas señales en su lenguaje corporal y en la atmósfera que nos rodeaba. A pesar de todo, me dirigí a la cama y volví a sentarme en ella, donde reposaban el plato con la tortilla y la lata de aceitunas. Quedaba una y me la llevé a la boca para distraerme. La saboreé mientras contemplaba cómo Isaac apagaba el portátil, y no logré evitar que mis ojos nadaran en su ancha espalda.

—¿Todos los escritores sois así... tan vuestros? —se me escapó.

—Los demás no sé. Yo sí —admitió con un leve toque de molestia.

—Bueno, tú aparte eres sieso. —Otra vez. El alcohol me había soltado la lengua.

—¿Qué?

—Ya sabes... antipático. Un poquito. —Junté dos dedos.

—Ah, ya. Pues sí, eso dicen. —Se dio la vuelta y me dedicó una mirada fugaz antes de tomar asiento en la cama, frente a mí. Alcanzó el último trozo de tortilla y se lo metió entero en la boca. Por un momento me pareció que masticaba cabreado, pero cuando tragó dijo—: Hacía tiempo que no comía una tortilla de patatas en condiciones.

—Solo es una tortilla. No necesitas un doctorado.

—Créeme, yo sí. No tengo mano en la cocina. Se me da fatal eso de darle la vuelta.

—De todos modos, no necesitas dotes culinarias. —Lo miré con la cabeza ladeada y una sonrisita—. Seguro que las chicas se mueren por cocinar para ti —se me escapó, aunque sonó con un deje irónico.

Isaac arqueó una ceja y me observó con algo cercano a la curiosidad.

—Me refiero a que tendrás fácil lo de conquistar. Eso de comportarte como un borde sí se te da bien. Seguro que llamas «nena» a las chicas, con tu aspecto de malote —añadí bromeando, sorprendiéndome a mí misma. Isaac entornó los ojos cuando pronuncié la última palabra—. Hay a quien le gusta. A mí misma, por ejemplo. Pero de adolescente, eso sí. Ahora prefiero otras cosas.

Di un buen trago al vino para detenerme. Joder, en el fondo lo que estaba diciéndole era cierto. Isaac no me atraía por su comportamiento de chico borde, sino más bien por otro que entreveía debajo de esa fachada... Uno misterioso, libre, salvaje.

Se quedó callado unos segundos, jugueteando con el vasito de vino, y luego preguntó con un tono distinto, con una voz más ronca:

—¿Qué cosas prefieres ahora?

Lo miré atónita. Él estudiaba mi rostro al completo, y se le había formado una diminuta sonrisa ladeada. ¿De verdad estaba coqueteando conmigo? Esperaba una respuesta, y realmente yo sabía cómo la quería. Podría haberle seguido el juego, y seguro que él pensaba que iba a hacerlo, pero opté por confundirlo un poco y chincharlo.

—Prefiero que me cocinen una buena tortilla de patatas, tanto como la mía.

Isaac se echó hacia atrás y sacudió la cabeza con esa sonrisilla de lado. Le daba un aspecto de lo más atractivo y travieso.

—Para tu información, no me comporto como un borde con la intención de seducir.

—Tampoco iba a servirte conmigo, ya te digo —lo fastidié un poco más, y a él se le borró la sonrisa.

—¿Por qué crees que querría que me sirviera? —me atacó también, y me molestó su insinuación. Vale, yo me lo había buscado.

Guardamos silencio unos segundos, hasta que volvió a romperlo.

—Así que eso es lo que piensas de mí… —Su voz sonaba ronca de nuevo y detuve a medio camino la botella que estaba acercándome a la boca—. Que soy un borde.

—Sí. Bueno, eso y, también, que eres un tipo atractivo dentro de tu mala leche.

Me miró con los ojos muy abiertos. Bien, había conseguido sorprenderlo y dejarlo sin palabras. En cualquier caso, me regañé a mí misma. ¿A qué venía aquello? Dios, si hacía un montón que no tonteaba con ningún tío. Sin embargo, me sentía ligera y desinhibida, y me gustaba, en cierto modo, ese juego entre Isaac y yo.

—¿Y tú qué piensas de mí? —me aventuré a preguntarle.

Dudó unos instantes al tiempo que se rascaba la barbilla. No me avergüenza confesar que me habría encantado pasar los dedos por ella para, a continuación, rozarle los labios y comprobar si eran tan mullidos como parecían.

—Que no te callas ni bajo el agua y eres un poco pesada. —Volvió a quedarse pensativo—. Pero en el fondo no está mal.

—Ah, ¿no?

—Me divierte tu locuacidad.

—¿Te divierte? —Fruncí el ceño algo molesta.

—Quizá también tiene su parte sexy. —Clavó su mirada en mí, y el estómago me dio un vuelco—. Me gustan las personas que hablan sin necesidad de que tenga que preguntarles. Así también llenan el silencio que yo, en ocasiones, creo.

La boca se me quedó seca y le pegué otro trago al vino. Ya estaba un poco mareada. No habíamos cenado mucho porque la tortilla no era muy grande y tampoco se me había ocurrido comprar pan. Eso y que, sin lugar a duda, Isaac estaba tonteando conmigo. Y me apetecía, desde luego, pero al mismo tiempo no me atrevía a meterme de lleno en el juego. Agaché la cabeza y toqueteé el cuello de la botella.

—¿Has venido a La Puebla a buscar algo de inspiración? —le pregunté para cambiar de tema.

Con el rabillo del ojo comprobé que Isaac esbozaba un gesto como de desilusión. Pero como apenas duró nada, no le di más vueltas. Alcé la cabeza del todo para mirarlo y él asintió.

—Podría decirse que sí.

—Me comentaste que te gusta mucho viajar. ¿Dónde has estado?

Me explicó que había visitado diversos países europeos y también hispanoamericanos. Cuba lo fascinaba en especial.

—La última vez pasé una buena temporada allí, inspirándome. Trabajé en un chiringuito y fue una experiencia única.

Aprecié que también se le había soltado la lengua, y eso me encantaba. Me gustaba escucharlo, saber sobre su forma de ver y sentir la vida.

—Eres un alma libre —bromeé, y él se encogió de hombros—. Tendrás un amor en cada puerto, como los marineros.

Se le escapó una risotada que me fascinó por lo bien que sonaba. Aun así, sus ojos parecían tristes y eso me llamaba la atención de un modo peligroso. Me apetecía saber toda la historia que latía detrás de ellos. Me pregunté si esa ansia de viajar se debía a ella también.

—Uno de mis sueños es dar la vuelta al mundo. De momento no puedo hacerlo por el trabajo, pero ando planificándolo. Me gustaría escribir cada experiencia que viviera en el camino.

—Ese sería un viaje muy, muy largo —observé. Y sentí como un ligero vacío en el pecho. Menuda gilipollez. Pero si estaba claro que una vez que regresara a Barcelona después de esos días, no volvería a verlo nunca más. Así que... ¿qué más me daba?

—¿Qué sueño tienes tú? —inquirió.

Se había inclinado hacia delante con la intención de escucharme. Los ojos se me fueron a su marcada clavícula y me visualicé deslizando mis dedos por ella. Y los labios. Y... Me asesté una manotada mental.

Reflexioné durante un instante. Nunca había tenido un gran sueño como Daniela o incluso Gabriel. Él sí había soñado con algo muy especial y no había podido conseguirlo. Me sentí triste y sacudí la cabeza para ahuyentar esa emoción.

—No tengo uno a largo plazo. Vivir, ya está. Ir cada día a gusto a mi trabajo. Disfrutar con la gente que me quiere y quererla yo. —Me mordisqueé la yema del dedo índice y se me ocurrió una cosa al haber pensado en Gabriel—. Aunque, ¿sabes? Así a corto plazo un enorme deseo sería bailar. Bailar mucho, durante todo el día y la noche, hasta que los pies y las piernas me dolieran horrores y cayera rendida. Pero daría igual porque me habría olvidado de todo y habría sido feliz.

Ladeé el rostro hacia Isaac para comprobar su reacción. Temí que se riera de ella. A Samuel siempre le había parecido una tontería porque detestaba bailar. No obstante, Isaac estaba mirándome con el vasito de plástico a medio camino de su boca. Me miraba de manera límpida, sin juzgarme, como si lo que le había dicho se le antojara algo con auténtico sentido e importante. Como si yo también lo fuera. Me dije que era una estúpida por pensar tonterías como esa. Lo único que sucedía era que Isaac tenía unos ojos muy penetrantes.

—A mi tía le encantaba bailar —le expliqué. Por unos instantes los ojos se me llenaron de lágrimas, pero después sonreí al recordarla de esa manera tan bonita—. Lo hacía siempre que podía. Se ponía la radio mientras cocinaba, y bailaba. Planchaba y tarareaba. Sonaba una canción que le encantaba, me cogía de la mano y me sacaba a bailar allí donde estuviéramos. Era verdaderamente feliz cuando danzaba.

—La gente que disfruta con las cosas sencillas es la más feliz —apuntó Isaac.

Lo contemplé sin ningún disimulo. No sabía si estaba tan achispado como yo, pero llevaba un buen rato sin soltar ninguna bordería, y me sentía muy relajada y cómoda.

—Así era la tía. —Dejé la botella de vino en el suelo con un suspiro.

—¿Y nunca te apuntó a ningún curso de danza o algo, cuando eras pequeña?

—No. Ya iba apretada cuidándome, no nos sobraba el dinero para actividades extraescolares.

—¿Y en la escuela?

—No había nada de eso. Bueno, en clase de gimnasia a veces hacíamos coreografías, pero yo no bailaba tan bien como para eso y más bien se trataba de una diversión. —Desvié la mirada cuando un recuerdo volvió a asaltarme en la mente—. Aunque para mi amigo no lo era. Para él era su pasión y su sueño. Quería dedicarse a ello.

Maldita sea, volvía a hablar de él. Yo había sido siempre de hablar mucho, sí, pero no de eso... de eso no. Sin embargo, Isaac tampoco necesitaba preguntarme nada acerca de él porque lograba que me saliera solo. Ni yo misma entendía los motivos.

—¿Lo consiguió? —me preguntó de repente.

Callé, dubitativa.

—Él... no...

Las palabras se me atascaron en la garganta. La primera vez que le hablé de mi viejo amigo salió todo como en un torrente de emociones. Hasta le había mencionado que había muerto muy pronto, aunque no le había dicho cuándo, así que era normal que me hiciera esa pregunta. No obstante, no me veía con ánimos de repetir que nunca más estaría a mi lado.

—¿Carol? —me llamó Isaac, con una mirada que se me antojó extraña, muy penetrante... ¿Por qué me parecía que había cierto reproche en ella?

Negué con la cabeza, aturdida. Quería cambiar de tema, a pesar de haberlo sacado yo, pero Isaac parecía interesado de nuevo.

—No sé si te acuerdas de lo que te dije... —susurré, con un incómodo vacío en el pecho—. Él jamás podrá bailar...

Antes de apartar la mirada atisbé que Isaac asentía, dándome a entender que recordaba lo que le había contado.

El ambiente se había enrarecido. Si lo recordaba, ¿por qué insistía en ello? ¿Es que no tenía empatía o qué? ¿No entendía que no me sentía cómoda mencionando eso? Yo no quería hablar más de muerte. Esos días había estado rodeada de ella y, si volvía a pensar en Gabriel, acabaría acordándome de nuevo de la tía y entraría una vez más en una espiral de tristeza. Hasta entonces la noche había estado bien, me había divertido incluso, y no deseaba pensar en más cosas tristes. Me incorporé de golpe e Isaac me observó con recelo.

—Creo que debería irme. Estoy un poco mareada. —Señalé la botella vacía—. Gracias por el rato.

Al dar unos cuantos pasos trastabillé y a punto estuve de caerme. Isaac se levantó y de inmediato se situó a mi lado, sujetándome. Agaché la cabeza, un poco avergonzada.

—Espera. Me cambio y voy contigo.

—¿Qué? —Lo miré confundida—. No, no hace falta que me acompañes.

No me hizo caso. Se acuclilló y sacó de debajo de la cama una maleta. Extrajo de ella unos vaqueros desgastados y un jersey de color rojo vino. Me instó a que me sentara y se metió en el cuarto de baño. Me froté los ojos, sin comprender por qué Isaac tenía un carácter tan cambiante. Parecía molesto y, segundos después, se mostraba atento. Quizá le daba pena. Por lo de la tía, lo de mi ex... Pensé en que debería haberme callado eso último. Él no necesitaba saberlo. Dirigí la mirada al cuarto de baño y descubrí que había dejado la puerta entornada. Entreví unos movimientos en el interior. Algo de piel... piel desnuda. El abdomen y el vientre de Isaac, contraídos los músculos mientras se ponía el jersey. Se cubrió enseguida con él, pero esos segundos me habían bastado para confirmar que, aunque sus abdominales no estaban muy marcados, sí eran fuertes. Cuando salió, la boca se me había quedado seca de nuevo y ni siquiera me dio tiempo a pedirle un vasito de agua porque me indicó con un gesto que me levantara.

Una vez en la calle, los restos del vientecillo que seguía a la lluvia se colaron por las rendijas de mi ropa otorgándome algo de tranquilidad. No obstante, el contraste entre el calor de la habitación del hostal y el soplo de aire hizo que temblara. Isaac se había liado un cigarrillo de manera rápida y experta y estaba encendiéndolo. Le dio una calada sin apartar su mirada de mí. Verlo fumar, de esa manera descuidada, me sacudió una vez más. ¿Desde cuándo me gustaba ver a un tío fumando?

—¿Otra vez sin chaqueta? —me preguntó señalando mi jersey.

De nuevo allí estaba yo, sí, sin una jodida chaqueta. Con la emoción del momento solo había cogido la suya al salir de casa de la tía.

Sujetó el cigarro entre los labios y, tal como había hecho unos días antes, me puso su cazadora por encima de los hombros. Su aroma me envolvió y deseé despertar embadurnada de él.

—Al final voy a cogerles cariño —dije, para apartar de mi cabeza lo que había pensado sobre él.

—Bueno, ahora que me fijo... tampoco te quedan tan mal —musitó al tiempo que recorría mi cuerpo de arriba abajo.

Esa mirada... Ahí estaba otra vez, desafiándome, provocándome...

—Oye, de verdad, no hace falta que me acompañes. No necesito un caballero andante.

—Los caballeros andantes resultan insulsos, prefiero los villanos. —Terminó el cigarrillo y lo apagó—. Vamos a dar una vuelta —propuso—. Así se me pasa a mí el mareo de ese vino terrible.

Caminamos durante un rato hasta que nos topamos con unos chicos que llevaban unas cuantas botellas de alcohol y refrescos en las manos. Entre nosotros se había impuesto el silencio una vez más, pero no era incómodo. No supe cómo, pero acabamos en la puerta de un club que ni Isaac ni yo conocíamos. Ladeó el rostro y me miró con las cejas arqueadas, en una proposición. Me apetecía pasar más rato con él, por supuesto. Pero ¿estaba bien que me pusiera a bailar en unos días como esos? Pareció reconocer en mis ojos lo que me retenía porque dijo:

—Crees que no deberías divertirte un poco, que una ruptura sentimental conlleva un tiempo de sufrimiento y asentamiento, y que una muerte necesita de un duelo. —Me miró de una forma que no supe descifrar.

—No, yo...

—Espera —me cortó, posando su mano derecha en mi antebrazo. De nuevo, esa electricidad—. Vas a sentir dolor hagas lo que hagas, pero es mejor si tiene su propio espacio y no afecta tus actividades diarias. ¿Sabes, Carol? Puedes sentir alegría incluso con el dolor. Y puedes proseguir con tu vida teniéndolo ahí. Es la moral de la sociedad la que dicta lo que está bien o mal, pero no debería ser así.

Cogí aire, aunque no dije nada porque no tenía nada que decir.

—Podemos regresar si es eso lo que prefieres, si de verdad vas a sentirte mejor. Pero tu tía no se enfadaría al saber que vas a sonreír, aunque sea unos instantes. Es lo que me has dicho antes, que deseabas bailar, ¿no? Recuérdala de esa forma, como en un homenaje. Baila pensando en ella, en esos momentos tan felices.

Dudé unos instantes más. Isaac me confundía. Hosco, amable. Impertinente, comprensivo. ¿Cuál era el auténtico? ¿Los dos, acaso? Me mordí el labio inferior y, al fin, asentí. No me dio tiempo a pensármelo una vez más. Me tomó del brazo y me arrastró, con suavidad, adentro del club.

La música sonaba a todo volumen y hacía calor. Me quité la chaqueta y seguí a Isaac. Había muchísima gente moviéndose al ritmo de la canción, tomando unas copas, riendo. Hacía demasiado que yo no frecuentaba un lugar como aquel y, enseguida, sentí esa emoción de tiempo atrás que me embargaba con la música. Al fin Isaac encontró un hueco libre en un rincón y nos plantamos allí.

—¿Y ahora qué? —pregunté entre gritos.

Se encogió de hombros y me miró con fingida inocencia. Sí, estaba un poco ilusionada y el alcohol corría por mis venas, pero algo me detenía. Entonces empezó a sonar una de las canciones de moda de esa temporada, el nuevo sencillo de Miley Cyrus llamado *Malibu*. Pensé en que Samuel, en cuanto la hubiera escuchado, habría soltado algo como «Ya está sonando la zorra esa». Y en que me miró mal una vez que le dije que algunas de sus canciones me gustaban. En cambio, a Isaac parecía no importarle quién cantara.

—¡Me encanta esta canción! —exclamé esbozando una

sonrisa mientras la gente se movía a nuestro alrededor, empujándonos.

Isaac se inclinó y me habló al oído, haciéndome cosquillas:

—Baila un poco, solo un poco. Esta canción, y ya está. O durante una milésima de segundo.

Creí que únicamente lo haría yo y que él se quedaría tieso como un palo, pero lo observé moverse trazando pasos divertidos. Me tapé la boca con una mano para ocultar la risa. Unos cuantos jóvenes posaron sus miradas en nosotros, aunque me dio igual. Y de repente Isaac ya no bailaba bromeando, sino con un ritmo que jamás habría imaginado en él. Desprendía un magnetismo especial. Y, al fin, me dejé llevar. Y no pensé en nada. En absolutamente nada. Isaac esbozó una sonrisa satisfecha y, poco a poco, fui soltándome más y más hasta agitar la cabeza y dar saltitos al ritmo de la música. Me eché a reír cuando él se apresuró a imitarme. «*You brought me here and I'm happy that you did it, 'cause now I'm as free as birds catching the wind.*» («Tú me trajiste aquí, y estoy contenta de que lo hicieras porque ahora soy tan libre como los pájaros atrapando el viento.») Me sentí al igual que Miley en su canción, aunque no estuviera en Malibú, aunque no hubiera una playa cerca. Qué más daba, si los ojos de Isaac, concentrados en los míos, me mostraban un mar embravecido por la música. Parecía feliz viéndome bailar, aunque fuese una tontería.

En un momento dado alguien me dio un tremendo empujón que me hizo chocar contra él. Me tomó de la cintura y nos quedamos muy quietos, observándonos, hasta que ambos estallamos en carcajadas. Me gustaba esa forma de reírse despreocupada que apenas me había mostrado y que le dibujaba un hoyuelo en la mejilla. Pensé en que me soltaría enseguida, pero, para mi sorpresa, mantuvo su mano en mi cintura. Empezó otra canción y él continuó en esa postura, y aguanté porque lo último que me apetecía era separarme. Aprecié su respiración agitada por el baile y nos devoramos con la mirada. Porque justo era eso lo que estábamos haciendo: comernos con los ojos, puesto que tenía claro que a él también se le antojaba algo más que contacto visual. Me fijé en que sus ojos bajaban hasta mis labios e hice lo mismo. Me pregunté cómo sería besarlos, a qué sabrían y qué sentiría mi piel con su contacto. Reflexioné acerca de lo grande que me parecía su mano en mi cintura y en que sus dedos apretaban más contra mis vaqueros.

Los dos estábamos rígidos debido a la tensión sexual que desprendíamos. Yo iba perdiendo la poca lucidez que me quedaba y me visualicé lanzándome hacia su boca y lamiéndola. Justo en ese momento su otra mano me agarró de la cadera y fue subiendo lentamente por mi costado. Decidí jugármela, porque ya no aguantaba más. Me pareció que todo se ralentizaba mientras me ponía de puntillas sin apartar la mirada de la suya. Su respiración se aceleró y eso me dio el último empujón. Apoyé las manos en sus antebrazos y me acerqué hasta que nuestras narices se rozaron, pues él también había ido arrimando su rostro al mío poco a poco. Nuestros labios se juntaron al mismo tiempo. Lo besé primero con suavidad, tanteando sus labios, intentando descubrir su forma. Luego sentí ganas de más y traté de separárselos, de averiguar su sabor. Los dedos de Isaac se hincaron en mis caderas para empujarme hacia él con una fuerza ligera que provocó que nuestros cuerpos chocaran. Se me escapó un suspiro y alcé los brazos hasta posarlos en su cuello. Le acaricié la nuca mientras notaba que sus labios se abrían, al fin.

Y entonces se apartó. Me miró como si no entendiera nada durante unos segundos y, después, su expresión se tornó de fastidio. Para mi sorpresa, se escabulló y me dejó allí con el corazón latiéndome y la sangre palpitándome en cada pliegue de mi cuerpo.

9

Y también, para qué mentir, me dejó excitada. Completamente excitada. Apreté los muslos mientras echaba un vistazo alrededor. No lo vi por ninguna parte y supuse que había salido del local. Me sentí avergonzada y el enfado empezó a apoderarse de mí, aunque intenté calmarme. Cogí la chaqueta que había apoyado en una pequeña cornisa en un rincón y atravesé el club a toda prisa. Al salir lo distinguí calle abajo, caminando a grandes zancadas. Podría haberlo dejado ir, pero para ser sincera estaba enfadada y quería una explicación. Eché a correr, llamándolo. Isaac no me oyó o fingió no hacerlo. Me decanté por lo segundo.

—¿Qué ha sido eso de ahí dentro? —le pregunté cuando lo alcancé.

No respondió, y apretó el paso. Solté un bufido.

—¡Eh! ¡Contéstame al menos! ¿Por qué te has largado así? ¿He hecho algo mal? —Alargué un brazo y traté de coger el suyo, pero me apartó con un brusco movimiento—. ¡Oye! ¿De qué vas? ¿Por qué me ignoras?

Se detuvo de golpe, ladeó el rostro y me lanzó una ruda mirada. Me encogí unos segundos, pero de inmediato me recompuse. ¿A qué venía que él estuviera enfadado?

—¿Qué te pasa? No entiendo nada. Yo...

—¿Por qué cojones me has besado? —me espetó con malas maneras.

—¿Perdona? —Solté una risa incrédula—. ¿De verdad estás preguntándome eso? ¿Dices que yo te he besado a ti? ¿Y qué es lo que tú has hecho? ¡Nos hemos besado los dos! Tú también te has acercado, no me he lanzado a tu boca como una posesa. Ha sido como... simultáneo. Y luego no has frenado, has continuado devolviéndome el beso.

—No he hecho tal cosa —negó, sorprendiéndome y cabreándome más.

—¡Por supuesto que sí!

Sacudí la cabeza e inspiré un par de veces para que no se me escapara ningún insulto. Me apetecía mandarlo a la mierda y dejarlo allí como él me había dejado en el local.

—Pues no me pareció eso ahí dentro —proseguí, un poco herida en el orgullo—. A lo mejor es que solo se debe a que eres un tío y simplemente piensas con la polla, pero me pareció que te gustaba hasta que, de repente, te ha dado un aire.

Isaac apretó los labios y recordé su contacto con los míos. Joder, a pesar de todo me apetecía volver a besarlos.

—No ha estado bien hacer eso —musitó, pero ya no parecía tan enfadado como segundos antes. Lo observé con incomprensión—. No tenías que besarme solo porque te sientas mal, o sola o... lo que sea.

—¡¿Qué?! —Posé los puños en la cintura y sacudí la cabeza—. ¡No te he besado por eso! No necesito morrearme con un tío para sentirme menos sola.

—Entonces habrá sido por la mierda esa de vino...

Alcé un dedo en señal de advertencia. Quería que dejara de decir tonterías.

—Has bebido mucho, y cuando eso pasa a algunos se os va la cabeza...

Le solté un bufido casi rabioso y por fin se calló. Sí, había bebido bastante. Sí, el alcohol había logrado que me desinhibiera. Quizá sin el vino no habría dado ese paso. Pero la verdad residía en que no era solo el alcohol lo que me provocaba ese deseo, esas ganas de sentir a Isaac por todas partes, de despojarme de cordura y de sonreír. En otro momento habría pensado más en la situación, en lo de mi tía... Sí, el vino había ayudado a mitigar que no me sintiera tan mal, pero había sucedido. Simplemente, el beso había sucedido porque tenía que suceder.

—Mira, ¿sabes qué? —Guardé un silencio teatral y él me miró con el rabillo del ojo con gesto antipático—. Que da igual. Estaba pasándomelo bien, estaba siendo una buena noche. Pero, en realidad, me he dado cuenta de que no merece la pena.

Me volví, dispuesta a marcharme y olvidarme de una vez por todas de ese tipo borde e imprevisible. Sin embargo, no pude dar ni un paso porque algo me retenía. Por unos instantes, embargada por el cabreo, no entendí qué estaba ocurriendo. Cuando Isaac me atrajo hacia él y choqué contra su cuerpo el corazón me brincó en el pecho. Me dio la vuelta con brusquedad y me sujetó de la cintura de nuevo, aunque esa vez con mucha más fuerza que en el local. Sus ojos echaban chispas y, al mismo tiempo, me estudiaban con un deseo que inspiró en mi entrepierna unas agradables cosquillas. En un principio lo miré con cara de estupefacción. Ninguno de los dos pestañeó. Nuestros cuerpos se pegaron aun más de manera inconsciente, de modo que mis pechos rozaron el suyo. Nuestras respiraciones volvieron a agitarse y abrimos la boca casi al unísono, en espera de un nuevo beso.

Las manos de Isaac se deslizaron lentas por mi cintura hasta alcanzar mi trasero. Me lo manoseó sin ningún disimulo, en mitad de la calle. Por suerte, no había ni un alma. No aparté la mirada de la suya, retándolo. Acercó el rostro al mío y su respiración me acarició.

—¿Es esto lo que quieres? —me preguntó con una voz sumamente ronca, sin cesar en sus caricias en mi trasero.

—Sí —susurré en una especie de gemido cuando, de un empellón, me situó contra sus caderas—. ¿Y tú?

Estudié su rostro en busca de la verdad y no tardé ni un segundo en hallarla. Yo también lo atraía. Como yo, quería romper con aquello que lo frenaba —quizá él mismo— y continuar con lo que habíamos empezado en el club. Y entonces murmuró, con voz temblorosa:

—Sí.

—Hazlo. ¿Por qué no lo haces? —lo provoqué.

Emitió un gruñido que me pareció de lo más sensual y se

lanzó a mi labio inferior, mordiéndolo. No dudé más tampoco. Enredé las manos en su pelo rebelde y tiré de él. Isaac gimió, causándome un calambre en el bajo vientre. Su lengua se introdujo en mi boca arrancándome un jadeo. Me empujó con sus caderas hasta apoyarme en un muro, donde nuestras bocas se devoraron tal como había deseado en el club. El sonido de nuestros besos casi rabiosos y desesperados atronó en la quietud de la noche.

Isaac se detuvo, y pensé que la cosa iba a fastidiarse una vez más. Su rostro estaba a solo unos centímetros del mío, con lo que su respiración impactaba en mi barbilla y mis labios. ¿Por qué me parecía que estaba luchando consigo mismo? No lo entendía. ¿Acaso tenía pareja y se sentía mal? ¿Pensaba que se aprovechaba de mí? ¿O simplemente se debía a su imprevisible carácter? De cualquier modo, no quería dejarle pensar. Lo que quería era sentirme como no lo había hecho en muchos años. Quería notar las manos de Isaac en mi cuerpo. Apreciar sus labios en mi piel. Que empujara entre mis piernas. Sudar. Gemir. Rendirme. Lo tomé de las mejillas y lo atraje a mí, buscando sus labios. Resopló y enseguida volvió a engancharse a los míos. Noté que sus manos se aferraban a mis nalgas y me las estrujaban con ganas.

—¿Quieres que vayamos a tu habitación? —pregunté entre jadeos, aunque temía su respuesta.

Ni siquiera respondió. Se limitó a separarse a regañadientes y me cogió de la mano para echar a andar. Tardamos bastante más de lo que requería el corto trayecto que nos separaba de su hostal debido a que nos detuvimos varias veces para besarnos y tocarnos como dos adolescentes en plena revolución hormonal. Las manos de Isaac eran enormes, y me excitaba sobremanera notarlas en mi pequeña cintura, en mi espalda o en el cuello. Cuando llegamos a la puerta de entrada del hostal ya tenía las bragas muy húmedas.

En el ascensor, la cosa fue a más. Las manos de Isaac se internaron bajo mi jersey, y mi vientre se encogió en cuanto sus dedos me rozaron. Me atreví a hacer lo mismo. Su piel ardía al contacto de mis yemas frías. Me deleité en las contracciones de sus músculos. Nos separamos a duras penas cuando las puertas del ascensor se abrieron y nos dirigimos hacia la habitación trastabillando.

Isaac sacó la llave y abrió a toda prisa, para luego cogerme de inmediato de la cintura y hacerme entrar. Cerró la puerta con el pie mientras tomaba de nuevo mis labios y se apresuraba a quitarme la chaqueta. Caminamos a tientas, sin encender la luz, hasta que mis pantorrillas chocaron contra la cama y a punto estuve de caer hacia atrás. Isaac me sujetó, y mordisqueó mi labio inferior y después lo lamió. Un gemido placentero brotó de mi garganta. Por mi cabeza cruzó la idea de que nunca me había besado de esa manera tan salvaje con un hombre. Y qué bien sentaba. Quería más, muchísimo más. Deseaba pasarme la madrugada paladeando sus labios, que eran tan mullidos y sabrosos como había imaginado, o quizá incluso más. Isaac jugueteaba con mi lengua de una forma que despertaba un calambre tras otro en mi bajo vientre.

Empezamos a desnudarnos sin detener los besos. Isaac me subió el jersey y me lo quitó sin más miramientos, como si hubiera estado conteniéndose y ya no fuera capaz de parar. Yo no llevaba sujetador, así que en cuanto descubrió mis pechos desnudos los observó con deseo. Mis pezones estaban tan duros que me dolían, ansiosos de que les dedicara algún mimo.

Se lanzó a mi cuello y lo recorrió de abajo arriba con la lengua hasta llegar al lóbulo de mi oreja. Lo enganchó con los dientes delanteros y tiró de él con más suavidad de la que habría esperado. A continuación, se inclinó y besó la parte de arriba de mis pechos. Volví a meter las manos por debajo de su jersey para notar su piel caliente. Arqueé la espalda, apuntándolo con los pezones. Al fin tomó uno con los labios y lo chupó. Trazó círculos en él con la lengua y después cambió al otro e hizo lo mismo. Se pasó un buen rato en ellos mientras sus manos me acariciaban el trasero, las piernas y las caderas, enfundadas todavía en los vaqueros. Me pegó a su cuerpo, y su abultada y dura erección presionó contra mi vientre.

Cuando se detuvo aprovechó para deshacerse de su jersey. Aunque nos encontrábamos a oscuras, el tenue brillo de una farola se filtró por la ventana de la habitación y me permitió ver su pecho desnudo. No tenía apenas vello, y el poco que tenía era bastante claro, pero al deslizar la vista por su abdomen descubrí esa línea que parecía indicarme el lugar exacto donde me apetecía perderme. Como si me leyera el pensamiento, sus manos abandonaron mi cuerpo y procedieron a desabrocharse el botón de los vaqueros y a bajarse la cremallera. Mi respiración se aceleró al saber que tan solo una fina tela cubría su erección. Aproveché mientras se bajaba los pantalones y se quitaba las botas para hacer lo mismo con la poca ropa que me quedaba. En cuestión de segundos ambos nos encontrábamos cubiertos solo por unas braguitas y un bóxer.

Nos quedamos mirándonos expectantes. Su pecho hinchándose y deshinchándose, la respiración agitada que escapaba de sus labios, esos ojos que me observaban con un anhelo y una lujuria que me excitaban sobremanera. Como si se tratara de una coreografía bien ensayada, nos lanzamos de nuevo a nuestras bocas. Nuestros cuerpos chocaron con tanta fuerza que jadeé. Me aferré a su espalda mientras su lengua escarbaba en mi boca. Le cubrí las mejillas con las manos y me envolvió con sus brazos, permitiendo que me rozara con su erección. Aprecié su corazón brincando frenético en el pecho. Le lamí el labio superior y le mordisqueé el inferior mientras se afanaba de nuevo en mis pechos.

Después me alzó en volandas y me tumbó en la cama. Se situó sobre mí, colocando una rodilla entre mis piernas. Mi sexo palpitó con tan solo pensar que se introduciría en mí. Me besó en el cuello y bajó por mi pecho hasta llegar al ombligo. Arqueé la espalda, me retorcí bajo su peso. Isaac me había atraído desde casi el primer encuentro, pero hasta ese momento no había sido consciente de cuánto, de cómo sus labios me quemaban la piel allá por donde pasaban. Se separó unos instantes y me observó con los ojos empañados de apetito, formulando en silencio la pregunta que lo preocupaba: «¿Esto está bien? ¿Debemos continuar o es una locura?». Se la contesté sin palabras, agarrándolo de la nuca y atrayéndolo hacia mi boca. Nos besamos una vez más, sedientos, hambrientos. El sonido de sus labios en los míos, el de la saliva, el chocar de nuestros dientes estaba volviéndome loca. Abrí las piernas más sin apenas ser consciente, e Isaac se recolocó entre ellas y se frotó de tal manera que pensé que me correría de un instante a otro. Cerré los ojos, perdida en todas las sensaciones que despertaba en mí.

—No pares, Isaac. Por Dios, no te detengas —me oí suplicar.

Siguió rozándose contra mis bragas, arrancándome un gemido tras otro. Levanté las piernas y mis pies se apoyaron en la parte baja de su espalda. Sus manos recorrieron mi vientre contraído hacia mi pubis. Jugueteó con el elástico de mis bragas y me acarició por encima, con lo que la humedad impregnó la fina tela, que enseguida apartó a un lado.

—Estás... muy mojada... —gruñó cerca de mi oído.

Alcé el trasero, instándolo a que prosiguiera. Gimoteé cuando extendió la humedad por mis labios. La habitación se llenó de besos empapados en saliva, de jadeos y suspiros y de pieles que deseaban mucho más. Isaac me deslizó las bragas por las piernas y vi que las lanzaba por el aire. Después un dedo se internó en mí, y de inmediato otro más, haciéndome arquear la espalda y cerrar los ojos. Los movió en círculos, los metió y sacó aumentando la velocidad poco a poco. Estiré una mano para atrapar su sexo duro. Incluso a través del bóxer noté cómo palpitaba. Se lo bajé un poco, y él gruñó en mi boca y me mordió el labio inferior con fiereza.

Dejó de masturbarme para colocarse encima de mí de manera que la punta de su pene rozara mi entrada. Sin ni siquiera penetrarme, se me escapó un entrecortado gemido. Hacía muchísimo tiempo que no me sentía tan excitada, tanto que hasta me dolía la vagina. Le clavé las uñas en la espalda al tiempo que él frotaba su sexo en el mío.

—Espera... —murmuré, con voz temblorosa—. ¿Tienes condones?

Se detuvo de golpe y me observó unos segundos que se me antojaron eternos.

—No tomo nada. Y, además, no creo que sea muy prudente...

—Puede practicarse sexo de muchas formas, Carol —me cortó, y se inclinó para darme un lametón en la boca que anunciaba lo que estaba por venir.

Tiempo después comprendería que, de verdad, podía tenerse sexo de cualquier manera posible. Porque Isaac lo tenía con la boca, y también con la mente, con su cuerpo y sus manos.

Me descubrí con las piernas completamente abiertas y, justo en el centro, Isaac, agarrándome las nalgas para auparme. Me miró unos instantes a los ojos y murmuró:

—Quiero que te olvides de todo. De todo, Carol. Incluso de quién eres.

Cuando alcanzó mis pliegues con la lengua, me pareció que el techo daba vueltas. Recordé que a Samuel le encantaba que le practicara sexo oral pero él casi nunca me lo hacía porque, además de que no le gustaba mucho, a mí me hacía sentir incómoda. Sin embargo, en ese momento, tal como Isaac me había pedido, yo ya empezaba a olvidar quién era, por qué me encontraba allí y qué estaba ocurriendo.

Arqueé la espalda al notar su lengua explorando cada rincón de mi vulnerable sexo. Se deslizó primero de manera serena, humedeciéndome poco a poco con su saliva, que empezaba a mezclarse con mis propios fluidos. Luego llegó hasta mi clítoris, y lo lamió una y otra vez hasta que se me escapó un prolongado gemido. Clavó la yema de los dedos en mis muslos, aupándome más, y me aferré a la almohada y ladeé el rostro para acallar los jadeos en ella.

Se dio cuenta de que no me quedaba mucho, de modo que me soltó y, sorprendiéndome, me movió de manera que quedé sentada a horcajadas sobre él. Su erección chocó contra mi sexo desnudo, e Isaac se rozó contra él. Se frotó de tal modo que lancé la cabeza hacia atrás y exhalé un suspiro. Me moví hacia delante y hacia atrás, deseosa de que se apartara el bóxer para notar su pene invadiéndome. No lo hizo, aunque no fue necesario.

—Dios... Carol —gruñó con expresión concentrada—. Carolina...

Solo me habían llamado así dos personas. Y me gustó que él también me llamara por mi nombre completo.

Me incliné hacia delante y sus labios se pegaron a mi cuello. Aceleró las falsas acometidas y temblé, presa de un agonizante placer. Su duro miembro presionó arriba y abajo. Me arqueé y él jadeó. Me apoyé en su abdomen para frotarme con más fuerza, de manera rítmica. Y entonces llegó. Estallé, pero no pude gemir. El grito se me atascó en la garganta, y lo único que hice fue moverme más, hasta que Isaac me besó de nuevo y se tragó mi gemido. Aprecié que él también se corría y la imagen de su bóxer con una mancha me provocó una sonrisa.

Caímos en la cama exhaustos, sudorosos, jadeantes. Por unos instantes pensé que, tal vez, Isaac me abrazaría o me acariciaría mientras me miraba. No lo hizo, por supuesto. Él no era de esos, y yo ya debería haberlo sabido desde el principio. De inmediato se levantó y se fue al cuarto de baño. Oí el agua corriendo y ese sonido me relajó. Me coloqué en posición fetal, soltando un profundo suspiro de placer. Me sentía mareada, no sabía si por el alcohol, por el sexo frenético o por todo junto. Pero también me sentía bien. Cerré los ojos unos instantes. No quería dormirme, sino esperar a que Isaac regresara a la cama. Sin embargo, una agradable somnolencia empezó a envolverme y aprecié que una sonrisa me relajaba la cara. Luego, en cambio, me entró el susto de que siendo como era me echara de la habitación. Me sentía demasiado cansada y quería dormir.

Antes de que Isaac saliera del cuarto de baño, sin embargo, caí en la inconsciencia. En un momento dado, me medio desperté y descubrí en la penumbra que no se encontraba en la cama, sino en un diminuto sofá que había en un rincón de la habitación. Me molestó un poco, a qué negarlo. Aunque no me había invitado a marcharme, había preferido dormir incómodo antes que conmigo. Se me pasó por la mente que Isaac debía de ser de esos que creían que dormir con otra persona denotaba intimidad. Y lo cierto era que con él eso siempre resultaría cierto. Pero tiempo después llegaría a entender que lo que también le ocurría era que no soportaba algo así, que le costaba demasiado aceptar la compañía de alguien durante más de un rato después de haber estado mucho tiempo solo, a pesar de que en sus viajes lo rodeara mucha gente. Pero solo eran eso: personas que iban y venían y que nunca se quedaban.

Desperté con un incipiente dolor de cabeza, causado por el vino barato, y con cierta desorientación. Entreabrí los ojos y, de inmediato, volví a cerrarlos porque la luz que entraba por la ventana me provocaba más pinchazos en las sienes. Por unos momentos no atiné a adivinar dónde me encontraba, pero tenía claro que aquella no era mi cama en casa de la tía. Entonces unas tórridas imágenes colmaron mi mente y tuve que apretar los muslos a causa del cosquilleo. Abrí los ojos de golpe y descubrí que, aparte de mí, la cama estaba vacía. Me incorporé con lentitud, apoyando el codo en el colchón, y barrí la pequeña habitación con la mirada. Agucé el oído para comprobar si Isaac se encontraba en el cuarto de baño, pero no me llegó ningún sonido. Una leve sensación de nerviosismo me atenazó el estómago. ¿Se había marchado dejándome allí, sin despedirse? Bueno, ¿y qué podía esperar? Isaac era casi un desconocido con el que había tenido sexo. Un sexo salvaje, primitivo, maravilloso, pero solo eso, al fin y al cabo. Placer con un hombre que, aunque me atraía de manera increíble, no parecía contar con exquisitos modales. ¿Acaso esperaba despertarme al lado de Isaac? ¿Pensaba que habría contemplado su excitante pecho desnudo, que luego él habría abierto los ojos y, entonces, habríamos hecho algo más? No lo supe con exactitud, pero estaba claro que no debía esperar nada de él porque seguramente estaba acostumbrado a ligar con mujeres una noche y escabullirse a la mañana siguiente. ¡Si ni siquiera había dormido junto a mí!

Salí de la cama con ganas de darme una ducha. Mi piel olía a sexo y a sudor. Eché un último vistazo a las sábanas revueltas y me dirigí al cuarto de baño completamente desnuda. Tampoco allí había señal alguna de que Isaac continuara en el hostal. Se me escapó un suspiro mientras buscaba una toalla para secarme. Estaba a punto de meterme en la ducha cuando oí una puerta que se abría y se cerraba. Por unos segundos creí que se trataría del servicio de limpieza del hostal.

—¡Vengan dentro de un rato, por favor! —exclamé.

Como nadie me contestó y me pareció percibir movimiento fuera del cuarto de baño, me envolví con la toalla y asomé la cabeza. En cuanto vi la espalda y el trasero de Isaac —con ropa, claro— el corazón me dio un vuelco. Salí del cuarto de baño, y él se volvió hacia mí y me miró como si fuera una completa desconocida. Me molestó un poco, debo reconocerlo.

—Pensaba que te habías ido —le confesé.

Isaac se puso muy serio y arqueó una ceja, como si mis palabras lo molestaran. Era tan voluble… Me acordé de que la tía me había dicho en una ocasión que del lado seductor, agradable y brillante de una persona cualquiera se enamoraba, pero que lo verdaderamente difícil era hacerlo del lado oscuro de alguien, ese que no es perfecto. Por supuesto, yo no estaba enamorada de Isaac y, sin embargo, esa mañana, contemplándolo frente a mí bañado por la luz del sol que me mostraba unos ojos increíblemente claros, fui consciente de que a la larga podría ocurrir, que no me resultaría difícil caer enamorada de un hombre como él. Y no tenía claro si era una buena o una mala opción.

—Había ido a fumar —contestó con sequedad.

Me quedé en silencio unos segundos, sin saber qué decir. Como no añadió nada más me sentí un poco incómoda.

—¿Puedo darme una ducha?

Asintió con la cabeza, y me apresuré a cerrar la puerta y meterme en el pequeño habitáculo. Mientras el agua resbalaba por mi piel, reflexioné sobre la noche anterior. Dios, había ido a La Puebla debido al fallecimiento de la tía y pocos días después acababa teniendo una madrugada tórrida con un hombre al que apenas conocía. Casi no me reconocía, y me sentí un poco culpable. No quería pensar mucho en ello, porque lo hecho hecho estaba. Y me lo había pasado bien, después de la traición de Samuel y de todo el dolor y la tristeza que me habían embargado desde que supe que la tía se marchaba. Me lo merecía, ¿no?

No tardé más que unos minutos en terminar de ducharme. No sabía qué hora era y me preocupaba perder el autobús en dirección a Toledo. Debía coger un tren y regresar a Barcelona. Y olvidarme de lo ocurrido. Me froté el cabello a conciencia y luego busqué un secador, pero no encontré ninguno. Quizá Isaac se había traído uno, pero no me apetecía pedírselo. Volví a envolverme con la toalla y abrí la puerta.

—¿Podrías pasarme la ropa? —le pedí.

Isaac fue recogiéndola del suelo y me la entregó con rapidez. Me pareció que no quería rozarme, y eso me molestó. ¿Se arrepentía de lo que habíamos hecho? Opté por no pensar tampoco en ello y me apresuré a vestirme. Cuando salí del cuarto de baño, Isaac esperaba sentado en la cama con un libro entre las manos. Esa imagen, no supe bien por qué, me provocó un ligero pinchazo en el pecho.

—Pues… yo me voy —susurré. Alzó la barbilla y me observó con el libro abierto todavía—. ¿Qué hora es, por cierto?

Justo en ese momento sonó la alarma de mi móvil, avisándome de que tenía que ponerme en marcha.

—¡Mierda! —maldije.

—¿Qué ocurre?

—Perderé mi tren si no me voy a la de ya.

Isaac no dijo nada, tan solo observó cómo me dirigía hacia la puerta de la habitación y la abría. Antes de salir, carraspeé.

—Bueno, adiós.

Aquello era demasiado extraño. Ni siquiera me contestó, y cerré la puerta. Una vez fuera, dejé escapar un prolongado suspiro. Me mordí el labio inferior, presa de cierto enfado y decepción. Joder, en serio, ¿qué esperaba? Sacudí la cabeza y me dirigí corriendo a la escalera. Todavía debía pasar por casa de la tía para recoger la maleta. Una vez en la calle, oí unos pasos a mi espalda. Mi sorpresa fue mayúscula al toparme con un Isaac que me miraba con expresión imperturbable.

—¿Pasa algo? Creo que no me he dejado nada…

—Te llevo hasta Toledo.

—No hace falta, de verdad…

Tampoco quería darle a entender que me sentía incómoda,

aunque un poco sí. Pero contaba también el hecho de que, contra mi voluntad, ardía en deseos de pasar más tiempo con él, aunque fuesen solo unos minutos. Y eso me hacía sentir un poco vulnerable, ya que por cómo se había comportado no parecía querer lo mismo que yo. No obstante, me lanzó una última mirada y echó a andar. Le dije que debíamos ir en la dirección contraria porque necesitaba coger la maleta.

—Vamos en el coche hasta la casa de tu tía.

En un par de minutos llegamos, y abandoné el vehículo a toda prisa y me adentré en la casa. Recorrí cada una de las habitaciones una vez más y deposité un beso en una de las fotos en la que ambas salíamos.

—Te quiero, tía. Intentaré volver a visitarte pronto —susurré, como si continuara viva.

El trayecto hasta Toledo fue bastante incómodo. Isaac se mostró taciturno, muy callado, y a mí tampoco me apetecía hablar mucho. Me puse tensa al contemplar el edificio de la estación ante nosotros. Isaac detuvo el coche justo al lado de un taxi cuyo conductor nos echó una mirada hosca.

Esperé a que dijera algo, pero, como estaba muy callado, me volví hacia él y lo descubrí mirándome. Se me antojó que había algo en sus ojos… algo similar a lo que me había mostrado durante la madrugada, cuando nos habíamos comido a besos. Me había prometido que no hablaría sobre ello, pero mi voz salió sola.

—Lo de anoche…

Oímos el aviso de que mi tren llegaría de un momento a otro. Y no añadí más porque su rostro no mostraba absolutamente nada, como si lo de la noche anterior hubiera sido un sueño. Pero entonces se inclinó, y el corazón se me aceleró porque pensé que iba a besarme. Sin embargo, tan solo dijo, aunque muy cerca de mi rostro:

—Perderás el tren.

Dudé unos segundos mientras mis ojos se perdían en sus labios. Ansié besarlos una vez más, llevarme su sabor conmigo durante el viaje. Había habido algo, ambos lo habíamos sentido… Un deseo brutal, una atracción física, incluso mental, demoledora. No obstante, me aparté el cabello de la cara y asentí. Bajé del coche en silencio y me dirigí hacia el maletero para sacar mi equipaje. Isaac se me adelantó para ayudarme y ese gesto fue el que me animó a actuar como lo hice. Rebusqué en mi bolso y saqué un pequeño bloc de notas que siempre llevaba conmigo junto con un bolígrafo. Anoté mi número de teléfono en una hoja, la arranqué y se la tendí. Él la observó unos segundos como si no entendiera lo que estaba haciendo.

—Nos hemos conocido de un modo extraño y tal vez no te apetezca, pero… por si quieres mantener el contacto… —Agité el papel.

Al fin lo cogió. Esperé unos segundos. Sin embargo, Isaac no hizo amago de darme el suyo. Maldito imbécil. Me disponía a guardar el bloc en el bolso cuando casi me lo arrancó de las manos. Mirándolo con sorpresa, le entregué el boli. Garabateó unos números y me devolvió la libreta cerrada. Quizá me había dado un teléfono falso, ya no sabía qué pensar de él.

—Buen viaje —me deseó.

—Gracias —susurré.

Aún hoy me recuerdo dirigiéndome a toda prisa a la estación con una extraña sensación en el pecho. Me veo dándome la vuelta apenas unos segundos para descubrir a un Isaac apoyado en el lateral del coche. De nuevo, muy serio, casi enfadado. ¿Enfadado con qué? Rememoro su rostro empañado de unas emociones que no entendía en esos momentos.

SEGUNDA PARTE

1

Reincorporarme al trabajo fue mejor de lo que había esperado. Las horas ante el ordenador, rodeada de otras personas, pasaban más amenas y rápidas, sobre todo porque a mi lado se hallaba Cristina, claro. Creí que al pisar Barcelona y ser consciente de que no podría llamar a la tía y oír su voz lo pasaría muy mal. Y, en efecto, los primeros días se hicieron duros, en especial cuando por las noches regresaba a mi piso y lo hallaba vacío. Era en esas horas cuando más pensaba en la tía. Sin embargo, me había prometido que no iba a dejarme vencer por la tristeza y que continuaría sonriendo tal como ella me había pedido.

Durante las dos primeras semanas me afané en las traducciones y Pedro se mostró de lo más satisfecho. Yo era una de sus traductoras más productivas y sabía, aunque no me lo hubiera manifestado claramente, que le preocupaba que mi rendimiento no fuera el de antes. En cuanto el lunes posterior a mi regreso puse el pie en las oficinas, me llamó a su despacho. Me preguntó cómo me encontraba y me dejó claro que, si en algún momento necesitaba ausentarme, me ayudaría.

Uno de esos días Verónica me escribió para preguntarme cómo me iba. Le conté que mi tía había fallecido y que, por favor, no se lo dijera a Samuel. No me apetecía que me llamara. Tal vez, más adelante, las aguas volverían a su cauce, pero yo sabía que en esos momentos todavía no iba a sentirme cómoda oyendo su voz, y además me acordaría de lo que me había hecho.

Empecé también a cambiar cosas en mi piso. Durante el puente de octubre reorganicé la colocación de los muebles en el salón, y me deshice de un par de cuadros que detestaba. Los habíamos comprado Samuel y yo porque a él le gustaron. A mí no.

El viernes después del puente Cristina me preguntó si tenía algún plan. No habíamos podido charlar mucho antes porque ambas nos habíamos enfrascado de lleno en nuestros respectivos trabajos y luego habían llegado los días festivos y ella se había marchado al campo con su marido. Sí, le había explicado por encima cómo me encontraba y le había hablado un poco del funeral, pero nada más. Vamos, que no había visto el momento para mencionarle a Isaac. Lo cierto es que en un principio pensé en no hacerlo, pero me picaba por dentro y... Así que me pareció bien quedar después del trabajo.

En cuanto a él... No, no me había telefoneado. Ni siquiera me había enviado un mensaje. No me pillaba por sorpresa, aunque me provocaba una sensación de molestia, debía reconocerlo. Había intentado convencerme de que había sido un encuentro esporádico, que esas cosas a veces le sucedían a la gente, y que no había ninguna necesidad de ponerse en contacto. Pero... a mí me apetecía saber de él. Tenía ganas de oír su voz, ¡y hasta sus impertinencias! Isaac era ese tipo de hombre del que quieres saber más, del que no es difícil empezar a engancharte hasta que, quizá, llega un momento en que es demasiado tarde. Y no, yo tampoco lo había llamado porque era un pelín orgullosa. Me dije que por qué debía hacerlo yo, que si le había caído bien o si le gustaba de alguna manera sería él quien se pondría en contacto conmigo. Y por eso quería quedar con Cristina, para plasmar en voz alta mis pensamientos.

—¿Me acompañas al Deko Palace? —le pedí en cuanto empezamos a recoger.

—¿Qué vas a comprar? —se interesó ella mientras se colgaba el bolso del hombro.

—Todavía no lo tengo claro, pero me apetece redecorar el piso.

—Haces bien —coincidió mi amiga, sonriente—. Esas cosas ayudan, es como un cambio de aires.

Decidimos coger el metro para ir al Deko. Cristina parloteó acerca de que la vida íntima con su marido había renacido, de modo que no quise interrumpirla con lo mío.

—Desde que te compraste aquel conjunto, me diste tantas ideas...

—¿Yo? ¡Pero si no hice nada! Y me salió el tiro por la culata... ¡Menos mal que a ti no!

—Es que no sabes cómo estamos últimamente. No me creía capaz de aguantar tanto, y mucho menos que él lo hiciera. Pero oye, que donde menos te lo esperas... —Me lanzó una mirada cargada de intenciones y me eché a reír.

Estábamos atravesando las puertas de la tienda cuando decidí sacar el tema.

—Me pasó algo en La Puebla —dije con la boquita pequeña.

Cristina estaba mirando una coqueta alfombra de yute azul y no apartó la vista de ella para preguntarme:

—¿En casa de tu tía? Ya te dije que tú allí sola...

—¡No fue ninguna experiencia paranormal! —exclamé divertida. «O sí», pensé luego, al recordar lo extraño que había sido todo.

—¿Entonces? No sé si comprarla. Es bonita, ¿no? —Me puso la alfombra ante las narices.

—Conocí a alguien.

Cristina alzó la cabeza y me miró con el ceño fruncido.

—¿«Conocer» en qué sentido?

—Espera, no te adelantes. Y sí, es bonita. Yo la cogería.

—No me seas así y dime a quién conociste, cómo, cuándo, por qué... Parezco Perales.

Mientras atravesábamos los pasillos del Deko Palace —sin prestar ya atención a ningún objeto, aunque de vez en cuando fingía que alguno me interesaba— le relaté todo lo ocurrido desde que Isaac había detenido su coche y había insinuado que era una prostituta hasta que nos habíamos... acostado. Cristina había mostrado su interés con algún que otro «¡oh!», «mmm» y un «¡ah!» en la parte final. Para cuando terminé, la alfombra que le gustaba estaba olvidada en el suelo y me observaba con una cara que jamás le había visto.

—Crees que hice mal, ¿verdad?

—¿Mal? ¿Por qué?

—Porque no era momento para todo lo que pasó. Lo de Samuel, lo de mi tía...

—¿Usas eso como excusa porque te arrepientes o por qué?

—¡Claro que no! —me quejé—. Es solo que... No sé, fue como un impulso que me nació de muy dentro y no sé qué pensaría la gente si...

—Pero ¿qué gente? A la gente tiene que darle igual lo que hagas o dejes de hacer. Tampoco va a saberlo nadie, por tanto ¿qué más da?

—Entonces ¿por qué me mirabas así?

—Porque me encanta.

—¿Qué?

—Todo, Carol, todo. Toda la historia. Desde el principio hasta el final. —Esbozó una sonrisa pícara—. Debe de contar con un poder de seducción muy grande ese tipo. Lo único que no me gusta es eso de que sea un alma libre. Guapa, esos en cuanto menos te lo esperas alzan el vuelo como una paloma asustada.

Como no me agradó lo que había dicho, me di la vuelta para que no viera mi cara de fastidio y fingí que miraba un cojín de lo más feo. Cris llevaba razón, tal vez por eso Isaac no se había molestado en llamarme. Porque había abierto las alas y se había esfumado.

—Aunque... qué más da, ¿no? Una noche fantástica que te llevaste para el cuerpo —continuó mientras se situaba a mi lado. Cristina no solía decir nada porque sí, de modo que estaba más que claro que intentaba sonsacarme información.

—Me gustaría saber más sobre él —le confesé en voz baja toqueteando el cojín.

Mi amiga me lo arrancó de las manos y lo dejó en el montón con malas maneras. La observé con incredulidad.

—Oye, que era horrendo —se excusó. Y después añadió—: ¿Y qué es lo que te impide saber más sobre él?

—Una parte de mí piensa que debería ser él quien se pusiera en contacto conmigo.

—Pues con eso a veces vamos muy mal, porque nos ponemos a esperar y así pueden llegarnos los ochenta y nada.

—¡Cristina! —exclamé cogiéndola del brazo y zarandeándola en broma—. O sea, que tú opinas que ya no voy a saber nada más de él, ¿no?

—No he dicho eso, guapa. —Se agachó y recogió la alfombra—. Voy a quedármela. A ver si mi marido y yo le damos algún buen uso.

Me eché a reír y continuamos nuestro camino. Al final salí de la tienda con tan solo un kit de velas porque no podía concentrarme en nada. Cristina se disculpó, ya que tenía una cita con unos amigos de su marido para cenar y si se entretenía más llegaría tarde.

—Pero otro día tienes que acabar de contármelo. En el trabajo no, que no estoy tan receptiva. Quedamos para tomar algo. —Me dio un beso en el aire, como de costumbre cuando se despedía—. Y si te apetece, lo llamas. Aunque, en ocasiones, es mejor quedarse con el recuerdo de una buena noche. —Me guiñó un ojo.

Una vez en mi piso me preparé una ensalada de tomate y mozzarella y un poco de pan tostado, y me senté en mi sillón favorito. Era uno gris y con aspecto vintage del que me había enamorado nada más verlo. Había insistido en comprarlo, a pesar de que a Samuel le desagradaba, y, no sé por qué, lo había situado en el mejor rincón de la casa, frente al amplio ventanal que daba a la calle, desde donde podía ver el firmamento. También había puesto delante una mesita y allí cenaba a veces, hacía traducciones o, simplemente, tomaba un té y contemplaba el horizonte.

Mientras cenaba, volví a pensar en Isaac. Lo había hecho a ratos durante la primera semana y en la segunda quizá más de lo debido. Me regañaba a mí misma, pero no conseguía evitarlo. De repente se colaba en mi cabeza y no conseguía sacármelo. Me acordaba de sus ojos, de sus reacciones imprevistas —en ocasiones ariscas o impertinentes; en otras amables y atentas—, de que me había parecido un tipo interesante y misterioso. Recordaba su manera de mirarme en el hostal antes de lo que había pasado, y también después... Sobre todo después. Habíamos tenido química, ¿no? Atracción de esa que retuerce el ambiente. Mi cuerpo se tensaba solo de pensar cómo nos habíamos besado y tocado. Yo había tenido algún rollo de una noche. Solo un par, en la universidad. Pero al día siguiente, o como mucho al de después, me había olvidado de ellos. No despertaban en mí nada que me instara a querer conocerlos más. Ni siquiera con Samuel me había sentido de la misma manera que con Isaac. Con tanto deseo, hambre... No solo físico.

Me terminé el último bocado de pan tostado y posé la vista en el firmamento. En unas cuantas ventanas las luces se veían encendidas, y me pregunté qué estarían haciendo las personas que habitaban allí. Era algo que siempre me había gustado hacer, pero que a Samuel le parecía una chorrada. Pensé que, en cambio, a Isaac podría interesarle también debido a que era escritor. Chasqué la lengua, molesta por permitir que se colara otra vez en mi mente, y me levanté del sillón para llevar a la cocina los platos y los cubiertos. Cuando cerraba el grifo, oí el pitido de mi móvil avisándome de la llegada de un mensaje.

Reconozco que el corazón se me echó a correr desbocado al imaginar que, a lo mejor, era él. Y reconozco también que me desilusioné bastante al descubrir que se trataba de mi amiga Daniela. Eh, que yo la apreciaba mucho, y siempre me encantaba saber de ella, pero no era lo mismo. Supuse que me escribía para darme su opinión acerca de mis dudas. Porque sí, yo le había enviado un mensaje relatándole con pelos y señales todas las experiencias en La Puebla. Al fin y al cabo, Cristina no me había resuelto nada, más bien todo lo contrario: me había dejado más liada.

Escríbele!! Llámalo!! Mándale alguna señal telepática!! Pero haz algo, Carol. Y si es el hombre de tu vida?!

No pude evitar reírme ante las ocurrencias de Daniela. ¡El hombre de mi vida! Un tipo al que apenas conocía, que vivía lejos y que cada año se largaba de viaje durante largas temporadas. Sin embargo... ¿por qué el mensaje de Dani me tranquilizaba más que las respuestas de Cristina? Suspiré y miré si mi amiga continuaba en línea. Se había desconectado. La pobre, con todo el trabajo que tenía, que apenas dormía cinco horas al día... Se habría conectado solo para responderme.

Me di golpecitos en la barbilla con el móvil, sopesando qué hacer. Había aguantado doce míseros días. Eso era muy poco. Pero la tía me habría dicho que hiciera lo que quisiese hacer, antes de que se convirtiera en lo que me gustaría haber hecho. Y ella era muy sabia. Se equivocaba, como todos, pero solía darme los que a mí me parecían los mejores consejos del mundo. Contemplé el móvil sin pestañear hasta que se emborronó ante mis ojos. Y al fin, pensando en lo feliz que había sido mi vida junto a la tía y con los ánimos de Dani, llegó un impulso como el de aquel sábado en La Puebla. Con Isaac había experimentado sensaciones que se habían mantenido dormidas en mí durante mucho tiempo. Y me apetecía revivirlas, y sentirlas y disfrutarlas de nuevo, qué leches.

Nunca había sido de usar mucho las redes sociales y tampoco me gustaba hablar por WhatsApp u otras aplicaciones. Prefería ver la cara de la otra persona, por eso Daniela y yo hacíamos videollamadas y solo me wasapeaba con Cris si ella me escribía. Así que, en lugar de mandar un mensaje a Isaac, opté por llamarlo. Era más directo, también. Del otro modo podía esperar días y días hasta que se decidiera a contestar un puñetero whatsapp o, a lo peor, podría suceder que jamás lo hiciera.

Eché un vistazo al reloj: casi las once de la noche de un viernes. No era demasiado tarde. Corrí hacia el mueble de la entrada, donde dejaba mi bolso. Saqué el bloc de notas a toda prisa y marqué las cifras que Isaac había escrito. Por un instante me entraron ganas de colgar, de los nervios. Me dije que estaba comportándome como una colegiala tontita. Tan solo llamaba a una persona para preguntarle qué tal le iba. Yo era alguien civilizado, amable... que se interesaba por los demás, solo eso... Y pensando en semejantes chorradas, oí de repente una voz familiar. No me había mentido, ese era su número real.

—¿Diga?

El saludo no me agradó tanto porque, por lo que parecía, no sabía quién era. Si hubiera guardado mi número habría sido más normal un «¡Qué sorpresa, Carol!» o algo así. O a lo mejor era su forma de saludar a todo el mundo y yo estaba exagerando. O tal vez sí había tirado el papelito a la basura en cuanto entré en la estación. O quizá solo se le había olvidado... Ay, por Dios, ¿por qué tenía que ponerme nerviosa?

—¿Dígame? —repitió. Su voz sonaba mucho más ronca por teléfono, con ese tono serio suyo.

—Eh... Hola. —Carraspeé—. Soy Carol, ¿te acuerdas? La chica de La Puebla.

Un profundo silencio me causó una molesta sensación en el estómago. No me recordaba, ¿no? Dos semanas y ya se le había ido de la cabeza. Bueno, estaba bien. Así ya sabía a qué atenerme. Tal como Cristina había dicho, una noche de sexo desenfrenado —aunque me había quedado sin una parte— y punto. Pero... ¿y las conversaciones? Habíamos hablado de infinidad de cosas. Él no se había abierto mucho, pero me había revelado algunos de sus sueños. Y yo había dado voz a ciertos recuerdos que no debía. Se me antojaba que había sido más que sexo. Me atraía como hombre, claro, pero también como un amigo. Me tentaba su mente. Y en las charlas de la plaza y en la del hostal me había parecido que a él también le interesaba yo. Pero bueno, tal vez me había equivocado en mis conclusiones. Estaba a punto de colgar, muerta de vergüenza, cuando Isaac rompió el silencio.

—Sí, me acuerdo —dijo con sequedad.

—Oh, vale. —Se me escapó una risita tonta. «¡Carol, por el amor de la Virgen!»—. Pues es que, bueno, te llamaba para agradecerte de nuevo lo que hiciste por mí. Porque sí, aunque creas que no, algo hiciste. Me entretuviste y no pensé tanto en lo que había ocurrido. Y gracias a ti no me resfrié. —Otra risa. Me di un manotazo en la frente—. Y encima me lo pasé genial bailando, y charlando... Y nada, que quería saber cómo te va.

Reparé en que había hablado demasiado, como de costumbre. Isaac no me había interrumpido en ningún momento y se había hecho el silencio al otro lado de la línea una vez más. Me pasé la lengua por el labio inferior, que tenía muy seco, y apreté el móvil con fuerza.

—Vaya, había olvidado tu verborrea —comentó de repente, aunque en esa ocasión no me molestó porque en su tono de voz había un matiz divertido, bromista.

—Pues yo no me había olvidado de que tienes una voz muy ronca. Y por teléfono más. Por teléfono pareces el Duque —me salió así del alma. Me pasaba al ponerme nerviosa, que mi cabeza no tenía filtro.

—¿Quién?

—¿Te he pillado en un mal momento? A lo mejor tendría que haberte enviado un whatsapp o algo...

—No suelo usarlo.

«¡Como yo! Otra cosa en común», pensé. Me había quedado plantada en la entradita, con lo que me reflejaba en el espejo que había allí. Al verme con una sonrisa tonta en la cara, sacudí la cabeza un tanto enfadada conmigo misma.

—¿Cómo ha ido tu vuelta a Barcelona? —dijo, y me sorprendió que fuera él quien formulara una pregunta.

—Bien. Trabajando, arreglando la casa. Quiero redecorarla un poquito, ponerla más a mi estilo. ¿Y a ti cómo te va?

—Bien también.

De nuevo regresaba a sus respuestas escuetas. Costaba sacarle las palabras. A lo mejor prefería ponerlas en papel.

—¿Y ahora? ¿Andas viajando?

—No, ahora estoy en mi cama.

Se me antojó que su tono había cambiado. Como aquellos momentos en el hostal en los que se puso a coquetear conmigo. Me dirigí al salón y me dejé caer en el sillón, tratando de fijar la vista en la noche. Sin embargo, ante mis ojos tan solo cruzaban imágenes de Isaac: de sus ojos, de sus labios, de sus manos, con vaqueros. En la cama. Desnudo. ¿Qué me pasaba con ese hombre?

—¿Sigues ahí?

—Sí, sí. Pero ¿te he pillado durmiendo?

—No, estaba intentando escribir algo.

—Entonces sí que te he interrumpido.

—Un poco.

Joder, qué sincero era. Quizá le molestaba que lo hubiera telefoneado en pleno proceso creativo. Me sentí un tanto decepcionada. ¿Acaso me había creído que mantendríamos una conversación larguísima, como en el hostal? ¡Jo, qué ilusa!

—Pues... lo siento —comenté, sin saber qué añadir ya que no parecía muy dispuesto a nada más. No obstante, oí una melodía y una voz que me llamó la atención—. ¡Eh! ¿Ese es Michael Jackson?

—Sí —respondió, y sonó confundido—. ¿Por?

—Me sorprende que te guste.

—¿Por qué?

—No sé, con tus chupas de cuero y la música que me mostraste el otro día, te hacía más escuchando country, rock...

—En realidad escucho un poco de todo, aunque el country y el indie rock son lo que más me gusta. Me ayuda a escribir.

—Entiendo. Yo también pongo música según me dé. Si hay un cantante que adoro ese es Bruno Mars. Y otro que me encanta desde hace años es Mika. ¿Te suena? El de... «Relax! Take it easy...» —tarareé.

—Sí, lo conozco.

—Pues es una coincidencia lo de Michael, porque de pequeña también lo escuchaba muchísimo.

Isaac se quedó en silencio. Y no pude evitar recordar quién me había mostrado al Rey del Pop y me había enseñado a disfrutarlo tanto. Me mordí el labio. Desde La Puebla no había pensado más en Gabriel. Porque sí, había sido él quien me había educado en todas sus canciones. Y las había bailado a su lado una y otra vez, una y otra. La melodía flotó hasta mis oídos a través del altavoz del teléfono. Michael Jackson y su archiconocida *The Way You Make Me Feel*. Pensé que, en ocasiones, existen demasiadas casualidades en el mundo. Aunque hoy en día creo que todas las cosas tienen su plan secreto, aunque sea incomprensible para nosotros.

—¿Oye? Tengo que colgar. —Isaac interrumpió mis pensamientos—. Voy a seguir con esto.

Lo imaginé en su cama con el portátil, tecleando a toda velocidad las ideas que llegaban a su mente. Me entraron unas increíbles ganas de verlo escribir, de observar sus largos dedos deslizándose por el teclado para crear historias que, posiblemente, hacían soñar a otras personas.

—Claro —murmuré—. Me ha gustado saber de ti.

—Cuídate, Carol.

Me agradaba cómo sonaba mi nombre en su voz. Pero parecía estar dejándome claro que a él yo no le interesaba, ni siquiera como amiga. Tal vez había sido un momento de puro deseo, de desfogue y ya está. Por eso no le pregunté si le apetecía charlar en otro momento. O a lo mejor de verdad solo se debía a que lo había interrumpido en la escritura y eso lo confundía o le creaba un conflicto. Yo no conocía en persona a ningún escritor o escritora más que a él.

—Adiós —susurré.

El silencio al otro lado de la línea me indicó que Isaac había colgado. Me quedé sentada en el sillón, haciendo rodar el móvil entre las manos y contemplando la oscura noche, cubierta por unos cuantos nubarrones. Pues nada, ya estaba hecho. Lo había intentado y no había salido bien. A otra cosa, pues. Pero... me sentía un poco desilusionada. Decidí animarme de alguna manera. Me levanté y me dirigí hasta el dormitorio, donde había dejado el portátil. Lo encendí y regresé al salón con él. Esperé a que apareciera el escritorio y entré en Spotify. Tenía ganas de oír la canción de Michael Jackson. Recordar un poquito a Gabriel, recordarnos a nosotros, pero con todos nuestros momentos buenos, aquellos en los que bailábamos. En cuanto el inconfundible gritito del Rey del Pop atravesó el altavoz, vi a Gabriel. Su cabello pelirrojo y sus divertidas pecas. Esbocé una sonrisa. No me acordaba de los pasos que me había enseñado, pero me puse a bailar sola por el salón. Bailar siempre nos había ayudado a olvidarnos de lo que nos ponía tristes. Imaginé que la tía y él me acompañaban de algún modo.

Y también Isaac... sujetándome de la cintura como había hecho en aquel club de La Puebla, cuando me había mirado de tal forma que me había sentido sumamente deseada, bonita, libre... Y feliz.

2

A los trece años Gabriel nos mostró abiertamente que la música y la danza eran sus pasiones. Tiempo después se estrenó la película *Billy Elliot*, la historia de un niño que deseaba bailar por encima de todo, rompiendo con los estereotipos y luchando contra lo que la sociedad le imponía. A mí Billy me recordaba a Gabriel, como si el director del filme hubiera visto por un agujerito la vida de mi amigo. ¡Si es que hasta el chaval de la película era medio pelirrojo! Pero Gabriel tenía más pecas, y me gustaba cómo contrastaban sobre su pálida piel.

Mi viejo amigo era desde pequeño un adicto a los musicales. A través de la tía Matilde y de él, yo también me eduqué en ellos. *Fama* —la versión de 1980— formaba parte de sus favoritos. Cuando me hablaba de él, un adorable rubor empañaba sus mejillas. Le encantaba la escena en la que los estudiantes bailaban en la cafetería de la escuela de arte de Nueva York mientras Irene Cara cantaba ante un piano. Y también aquella en la que los bailarines tomaban la calle para danzar en ella sin ningún reparo. Éramos unos chiquillos, pero yo ya podía entender que para Gabriel el baile era mucho más que una afición. Lo notaba en su mirada enfebrecida, en que hablaba mucho más de lo habitual y en que incluso sus pecas se encendían. Y yo también me emocionaba y le pedía que me enseñara algún paso de la película, si bien solía negarse con un gesto asustado.

Eso sí, en ocasiones no era capaz de controlarse. Me gustaba que acudiera a casa de la tía porque cuando los dos se juntaban y la música sonaba se creaba un ambiente especial. La cara triste de Gabriel se iluminaba al descubrir a Matilde bailando o cantando. Se ofrecía a ayudarla en alguna tarea y se unía a sus canturreos. Yo les observaba con disimulo mientras me dedicaba a lo mío y reparaba en que uno de los pies de Gabriel taconeaba en el suelo, que trazaba un golpe de cadera rápido o que su cabeza se movía de un lado a otro con los ojos cerrados. Pero en cuanto se daba cuenta de mi escrutinio, se detenía y disimulaba, y yo no podía evitar reírme por lo bajini. En esos instantes mi amigo tenía aspecto de soñador. De soñador que podía llegar a lograr todo lo que se propusiera. Tiempo después sería muy duro para mí entender que Gabriel no bailaría más.

En fin, por aquella época en la que empezaba nuestra adolescencia se instaló en nuestras vidas una agradable rutina. Los sábados por la tarde Gabriel llegaba con alguna cinta VHS entre las manos, y la tía y yo ya sabíamos cuáles eran porque las habíamos visto muchas veces, pero no nos importaba. *Cantando bajo la lluvia, Fama, Flashdance, Dirty Dancing, Grease, Fiebre del sábado noche, Footloose, West Side Story, All That Jazz*. De esta última había una escena en especial que me fascinaba, que me hacía pensar en grandes espectáculos de cabaré y nos imaginaba a mi amigo y a mí con unas mallas recreando esos sensuales movimientos, sin pudor alguno. La tía, por el contrario, era una romántica que adoraba *Dirty Dancing*, y yo me moría de risa cada vez que en el baile final susurraba con emoción contenida que le encantaría que Patrick Swayze la cogiera en brazos y la elevara como a la protagonista.

Cuando las películas terminaban, solíamos comentarlas. A veces Gabriel parloteaba sin parar y otras, en cambio, se quedaba en silencio durante un largo rato con la mirada perdida, y no me atrevía a sacarlo de su ensimismamiento. Yo pensaba que se imaginaba danzando en medio de un gran escenario, pero tal vez lo que sucedía era que perdiéndose en los mundos de aquellas películas se sentía libre de la cárcel en la que su hogar se había convertido. El tío de Gabriel era bastante estricto y ya por ese entonces empezaba a caerme mal. Tan solo le permitía acudir a casa de la tía los fines de semana, y no más de un par de horas. Entre semana salía de la escuela para dirigirse a clases de repaso y luego tenía que regresar al caserón para cuidar de su madre enferma. A mí me parecía una carga demasiado grande para alguien que todavía era un niño.

—¿De dónde sacas todas estas cintas? —le pregunté una tarde en la que trajo un montón de VHS en una bolsa negra de basura.

—Eran de mi padre.

Su rostro se ensombreció y me arrastré por la cama para darle un abrazo, aunque mi amigo se retiró. Durante un tiempo Gabriel había consentido más el contacto, pero después había vuelto a rechazarlo y yo daba por hecho que simplemente se debía a que era un chico muy tímido y reacio a las muestras de cariño.

—¿Y por qué las traes en esa bolsa?

—No tenemos espacio. ¿Puedo dejarlas aquí?

Supe que estaba mintiéndome porque en su casa sobraba sitio para ponerlas. Además, sus ojos habían perdido la luz que aparecía cuando hablaba de baile; estaba más triste que de costumbre. Como esperaba, la tía no se opuso y colocó las cintas en una estantería con sumo cuidado. Ambas sabíamos que, tratándose de recuerdos de su padre, eran como un tesoro para Gabriel.

El sábado siguiente mi amigo acudió a nuestra acostumbrada cita y, mientras la tía preparaba unas palomitas, me relató lo que realmente ocurría. Que Julio, su tío, no las quería en su casa. Que el fin de semana anterior lo había pillado bailando y le dijo que, si volvía a hacerlo, le quitaría las cintas. Por eso Gabriel las reunió todas, las metió en la bolsa y nos las trajo. Yo no podía entender por qué su tío le prohibía bailar, cuando estaba clarísimo que era lo que Gabriel adoraba. «Es que cree que es malo para mí», me susurró con cara de vergüenza y un ligero temblor en los labios. Y si antes Julio ya no me caía bien por los motivos ya citados, en ese momento empecé a cogerle rabia.

Esa semana decidí contar a la tía lo que Gabriel me había confesado. Matilde compuso un gesto de disgusto y se quedó pensativa.

—¿Por qué hace eso Julio? Es una mala persona —me quejé. Habría soltado alguna palabra peor, pero sabía que la tía me regañaría.

—No creo que sea eso. Es que hay gente un poco cerrada de mente —trató de explicarme ella, pero puse los ojos en blanco—. En serio, Carolina, hay decisiones que, por mucho que intentes entender, no lo lograrás porque cada uno tenemos una forma de ver la vida. A lo mejor Julio piensa que si Gabriel baila, no prestará atención a sus estudios o a su madre. Tal vez tiene miedo, tesoro. El miedo puede convertirnos en personas poco comprensivas o testarudas.

Le dije que teníamos que hacer algo para que Gabriel no abandonara su pasión. ¡Era lo que mejor se le daba, aquello que le sacaba alguna sonrisa de vez en cuando! La tía me tranquilizó asegurándome que ya se le ocurriría alguna solución. Pero durante unos fines de semana Gabriel no se pasó por casa y, aunque le interrogaba durante el descanso de la escuela, no conseguí sacarle nada en claro. Me decía que su madre se sentía peor o que tenía muchos deberes. Me preocupaba porque lo veía más pálido y ojeroso, y hasta caminaba encorvado, como si le doliera el estómago como alegaba cuando era pequeño.

Una tarde del siguiente mes, sin embargo, se presentó en casa de la tía con esa sonrisa que me confortaba tanto. Parecía más animado, y me convencí de que lo que le había ocurrido a Gabriel es que había tenido unos días malos, como hubiese podido tener cualquiera. Esa vez no acudió con una cinta de vídeo, sino con una cajita que contenía un CD. La zarandeó ante mi cara con una alegría inusitada.

—¿Qué es? —le pregunté llena de curiosidad. Traté de arrebatársela de las manos y, a modo de juego, Gabriel echó los brazos hacia atrás y la puso fuera de mi alcance—. ¡Qué es, Gabi! ¡Enséñamelo! —exclamé, medio enfadada, medio divertida.

Entonces echó a correr por la casa hasta que lo atrapé por la cintura. Soltó un grito. Me asusté y me aparté súbitamente, y vi que mi amigo se tocaba allí donde le había apretado.

—¿Te pasa algo? ¿Te duele? —le pregunté preocupada.

Retiró la mano e intentó disimular, pero me di cuenta de que se había puesto nervioso y de que sí, que algo lo lastimaba.

—Es que me has clavado las uñas —murmuró.

Me las miré. No era posible, yo siempre las tenía muy cortas porque me las mordía.

Sentí el impulso súbito de cogerle el jersey, subírselo y descubrir qué era lo que ocurría. Sin embargo, Gabriel no me lo permitió.

—¡¿Dónde está tu tía?! —inquirió de repente.

—Arriba, en la terraza. Tendiendo la ropa —respondí, todavía extrañada.

—Quiero que lo escuchemos los tres juntos. Trae la radio.

La ilusión le había vuelto, al igual que el rubor en las mejillas.

Y yo, embargada por la misma emoción que él y preguntándome qué sería, me olvidé de lo ocurrido con esa usual rapidez de los jóvenes y fui hasta el cuartito de planchar para coger el aparato de radio y reproductor de discos compactos. Subimos la escalera a trompicones y encontramos a la tía tendiendo unas sábanas que ondeaban al viento. Nos miró con sorpresa y detuvo la labor unos instantes.

—¿Qué pasa, niños?

Gabriel se acercó y le dio un beso en la mejilla como acostumbraba a hacer tiempo atrás. Matilde me miró con los ojos muy abiertos por la sorpresa y, a continuación, esbozó una sonrisa mientras mi amigo depositaba el aparato en el suelo. Abrió la cajita del CD con mucho cuidado, como si fuera a romperse.

—¿Qué nos traes hoy, Gabi? —le preguntó Matilde con los puños en las caderas.

—Mamá me dio el dinero para que me lo comprara.

La tía y yo nos arrimamos para ver la carátula, en la que

Michael Jackson aparecía como una estatua con unas nubes rojas y negras de fondo. Gabriel llevaba pidiendo un CD del Rey del Pop desde hacía un par de años y por fin lo tenía.

—¡Eso es estupendo! —exclamé emocionada.

—Hay una canción que me encanta.

—La de los muertos vivientes —apunté, sin recordar el título.

—No, la de *Thriller* no. Esta. —Pasó hasta el número dos y pulsó la tecla de reproducción. Un ritmo pegadizo sonó de inmediato, acompañado de uno de los inconfundibles gritos de Michael Jackson. Gabriel se dio la vuelta y nos dedicó una mirada cargada de emoción—. ¿No es genial?

La tía y yo observamos cómo chasqueaba los dedos y se mordía el labio inferior. Quería bailar, y había algo dentro de él que lo frenaba, tal vez lo que Julio le había dicho. Lancé una mirada suplicante a la tía, en busca de un poco de ayuda.

—Esperad un momento —soltó de repente, y desapareció por la puerta de la terraza.

Mientras la esperábamos me puse a bailar haciendo la tonta y conseguí arrancar a Gabriel algunas risas. Esos éramos nosotros: yo siempre deseaba que sonriera, y él intentaba seguirme la corriente. Unos minutos después la tía apareció de nuevo con las manos a la espalda. Mi amigo y yo nos miramos con las cejas arqueadas, preguntándonos en silencio qué se proponía.

—¡Tachán! —Nos mostró un sombrero blanco de mujer con una cinta negra que se asemejaba muchísimo al que Michael usaba.

De inmediato volví el rostro hacia Gabriel y descubrí en sus ojos una ilusión nueva. Dudó mientras la tía le tendía el sombrero.

—Cógelo, Gabi, y póntelo.

Las manos de mi amigo lo rozaron y, unos segundos después, estaba colocado en su cabeza. Matilde era así, con sus sonrisas y su alegría conseguía animarnos a hacer aquellas cosas que más deseábamos y que por diferentes motivos no nos atrevíamos.

—Y ahora voy a reproducir la canción otra vez y vamos a bailar.

Más que una proposición, era una orden. Comprendí entonces lo que Matilde se proponía y se lo agradecí en silencio con una mirada. Se acuclilló y volvió a poner la canción. Cuando se irguió nos miró y, para nuestra sorpresa, se cogió los bordes de la falda y los movió al ritmo de la música, intentando imitar los pasos de Michael Jackson. Se me escapó una risa que ahogué con las manos.

—¡Vamos, chicos! —exclamó sacudiendo las caderas.

Me indicó con un gesto que me uniera a ella. Lancé una exclamación, y me puse a dar saltitos y a moverme al ritmo de la música. Gabriel nos miraba a la una y a la otra con asombro, abriendo y cerrando los puños.

—¡Venga, Gabi! —le gritó la tía. Se acercó, lo cogió de las manos y lo sacudió para que bailara—. ¡Muévete como solo tú sabes!

Me hizo tanta gracia que solté una carcajada y me meneé con más ganas. Y entonces Gabriel también se rio y empezó a bailar con la tía. Los dos dieron vueltas una y otra vez, alrededor de las sábanas que ondeaban al viento, y cuando una los tapó Matilde soltó las manos de mi amigo y corrió a mi lado. Nos quedamos quietas, con la respiración agitada por el baile, y esperamos con cierto temor. Cuando él apareció, apartando un poco una sábana como si fuera el telón de un escenario, era un nuevo Gabriel, con el fuego de la danza devorando todas las partes de su cuerpo.

Nos miró casi sin vernos y con movimientos gráciles y expertos nos mostró su baile. Uno que era una mezcla de los pasos de Michael Jackson y de los suyos propios. Nunca supe describir bien lo que Gabriel hacía, y no solo porque no tuviera ni idea de teoría sobre baile, sino porque explicar sus movimientos con palabras se me antojaba lo más complicado del mundo. Después de aquello, la tía solía decir que Gabriel tenía nombre de ángel y que bailaba como uno de ellos.

Matilde me cogió una mano y me la sujetó con fuerza mientras mi amigo se movía por la terraza convirtiéndola en su terreno, conquistándola con sus pies, sus brazos, sus caderas y sus piernas. Era verano y hacía mucho calor. Llevaba una camiseta de tirantes y todos sus músculos en tensión se mostraron en su esplendor. El sudor empapó la tela y mojó su cabello de fuego, pero no le importó. Continuó saltando por la terraza, dotando a su cuerpo de una elegancia inigualable y de un ritmo que jamás había visto en él. Me pregunté dónde, cuándo y cómo había aprendido a bailar de esa manera porque no era posible que se debiera solo a las películas.

Un segundo antes de que la canción terminara, lanzó el sombrero por los aires y este aterrizó en el suelo ante nuestros pies. Lo miré un segundo y después alcé la vista hacia mi amigo: la timidez lo había invadido de nuevo. Temí que saliera corriendo o que se echara a llorar como hacía de pequeño, pero entonces Matilde aplaudió con tantas ganas que no pude hacer otra cosa que imitarla. Ella gritó «bravo» y yo fui corriendo hasta Gabriel y lo abracé. Me envolvió con sus brazos, empapado en sudor, y me dio todo igual porque por fin mi amigo había sido quien quería ser. Aprecié que su cuerpo se tensaba con mi abrazo y que entornaba los ojos, tan solo un instante, en un gesto que parecía de dolor. Pero con todo lo ocurrido, ya me había olvidado de lo que había sucedido un rato antes. Esa fue la primera señal, que no la última. Y con ninguna de ellas fui capaz de adivinar lo que estaba ocurriendo entre las paredes de la casa de mi amigo.

No obstante, lo que guardo en mis recuerdos no es la cara de tristeza o de dolor de Gabriel, sino su sonrisa brillante, orgullosa y emocionada cuando la tía lo cogió de la mano y, mirándolo a los ojos, murmuró:

—No te escondas, Gabriel. Lo que has hecho hoy es asombroso. Has creado magia, y vida. Todos podemos bailar con los pies, pero poca gente sabe hacerlo con el corazón como tú. —Y apoyó una mano en su pecho.

Cuando Gabriel y yo salimos a la calle, bajo el abrasador sol del estío, bailoteamos camino de su casa, como si no le importara que alguien pudiera mirarlo. Pero fue la única vez. El resto siempre en secreto en casa de la tía. Nunca pregunté a

Gabriel por qué no se animaba a hacerlo en público, ya que conocía la respuesta: no quería que su tío lo supiera. A pesar de todo, me prometí que conseguiría que los demás sí. Era muy testaruda por aquel entonces. También impulsiva. Y, en ocasiones, aunque nos digan que no, hay que pensar más con la cabeza que con el corazón. En especial cuando están implicadas las personas que más quieres. A los dieciséis años el corazón es como una tormenta que no puede detenerse e intenta arrasarlo todo. De eso se trataba, y de que Gabriel lo era todo para mí: mi confidente, mi mejor amigo, mi hermano.

Y sé que, de cualquier modo, yo también lo fui para él. Su cariño y su amistad hacia mí fueron tan reales que todavía hoy puedo sentirlos.

3

El miércoles de la semana siguiente, en vez de quedarme tecleando en mi cubículo durante la pausa para almorzar, fui a tomar un segundo desayuno con Cristina y decidí contarle que había telefoneado a Isaac. Mi amiga estaba a punto de dar un bocado a su habitual tostada con tomate, pero se detuvo.

—¿Y qué? ¿Qué tal estuvo la conversación? —me preguntó.

—Cortita.

Me encogí de hombros y metí los dedos en la bolsa de patatas fritas que me había comprado. Ya no quedaban. Cogí el vaso con Coca-Cola y le di un trago. Cristina me miraba con curiosidad.

—Guapa, con eso no me aclaras nada. —Mordió el pan casi con rabia. Se limpió los labios embadurnados de aceite de oliva y añadió—: Antes era yo la que te contaba menos cosas. ¿Han cambiado las tornas?

—Es que con eso de que te has vuelto una amazona, lo mío ya no es tan interesante —repliqué.

—¡Oye! Y antes tampoco, que lo más emocionante que me relatabas era que habíais ido a comer a casa de los padres de tu... de ese *cagadubtes*.

—Pues mira, ya había más que contar —me quejé. Golpeé la mesa con el vaso, y Cristina dio un brinco de sorpresa—. Perdón, es que estoy un poco enfadada. Conmigo misma, ¿eh?

—¿Por qué?

—Me dijiste que hablaríamos de esto fuera del trabajo.

Habría sido mejor tomando un copazo o algo. —Fingí un puchero.

—Lo sé, guapa, lo sé. Pero es que Damián se va pasado mañana a una conferencia en Cáceres y estaremos sin vernos casi cinco días. Quiero aprovechar el tiempo con él. —Esbozó una sonrisa gigantesca.

El marido de Cristina era historiador, especializado en Carlos V. Trabajaba en la Universidad de Barcelona, pero debido a sus continuas investigaciones viajaba bastante. De pequeña y de adolescente, solía imaginar a los profesores de Historia como ancianos aburridos, vestidos a la antigua, con peinados pasados de moda y aspecto de haber salido de un cuadro de Velázquez. Sí, era un pensamiento un poco tonto, pero se debía a que durante toda mi infancia había tenido un profe así. Damián era todo lo contrario, y también sumamente distinto a mi amiga: un poco hippy, bastante atractivo y muy sonriente. Habíamos cenado una vez los tres, y nos había relatado anécdotas históricas de manera divertida.

—Vale, vale. Pero a su vuelta, vamos a algún sitio de esos molones de los que siempre hablas y a los que nunca me has llevado.

—Trato hecho.

Cristina se besó el dedo índice en señal de promesa, y me recoloqué en mi asiento con la espalda bien recta para relatarle la llamada y simular que no me importaba en absoluto.

Una pequeña mentira. Una mentirijilla de nada. Esa noche me había invadido la euforia y había bailoteado por el salón a ritmo de Michael Jackson, recordando los buenos momentos con mi tía y con mi viejo amigo, hasta que descubrí que el vecino de enfrente —un adolescente que a veces se asomaba al balcón y me miraba mientras hacía mis cosas— estaba riéndose de mí. Le hice un corte de mangas y apagué la música. Estaba sudada, con el cabello revuelto y el pijama mal colocado, y me dejé caer tal cual en la cama. Entonces me dio la risa tonta. Y luego se me cortó de golpe y me quedé pensando en Isaac. Y me puse furiosa, le dediqué unos cuantos insultos —tampoco muy graves, que conste— y después volví a imaginarlo escribiendo, con un cigarro entre los dedos y su ceño fruncido a causa de la concentración, y se apoderó de mí un deseo incontrolable. Me acaricié pensando en él, en sus besos, en sus dedos largos, sus manos grandes cubriendo mi cuerpo. Al final me detuve, cabreada también conmigo misma. Me costó dormirme, claro, porque estaba bastante excitada. Y había continuado pensando en él el domingo, el lunes y el martes. A veces, molesta. Otras, defraudada. La mayor parte del tiempo con cosquilleos en la entrepierna.

—La llamada fue muy sosa, creo que ni siquiera tenía mi número ya —expliqué a Cristina, quien se terminó la tostada y me pidió con un gesto que esperara a que tragara.

—Eso no lo sabes. A lo mejor es blandito, pero le va hacerse el duro. Hay hombres así, que piensan que de esa forma conseguirán más atención. —Me miró con la cara ladeada—. La cuestión es si está consiguiéndolo.

Hice caso omiso a su indirecta y pedí al camarero otra Coca-Cola. Solo nos quedaban cinco minutos de pausa, pero tenía la boca seca.

—Tal vez lo molesté al llamarlo de repente porque estaba haciendo cosas y tal.

—¿Qué cosas?

—Escribiendo.

Recibí el refresco con alegría y di un buen trago directamente del botellín.

—¿Es escritor? —Abrió mucho los ojos y esbozó una sonrisilla—. Oye, que también está despertando mi curiosidad. ¿Y qué escribe?

—No lo sé seguro. No me lo dejó claro, y no he tenido la oportunidad de preguntárselo otra vez.

—Si lo llamaste es porque te apetecía, y ya está. ¡No pasa nada, Carol!

—Ese tío me gusta, aunque apenas lo conozca —confesé a Cristina de sopetón—. No quiero tenerlo en mi cabeza, pero no consigo evitarlo.

Mi amiga se quedó pensativa mientras removía el café una y otra vez, sin apartar su mirada de la mía.

—¿Has probado a mandarle algún whatsapp con algo subidito de tono? —me preguntó al fin.

—¡Cristina! —exclamé soltando una carcajada.

—¿Qué? —Me dio un repaso de arriba abajo—. Tú no tienes pinta de mojigata. Voy a contarte un secreto. —Bajó la voz casi a un susurro y tuve que acercarme para poder oírla—. Últimamente, en el trabajo, envío cosillas de esas a mi marido.

—¡Dios mío, Cris! Deja ya de contarme tus escarceos, que al final me sabré todas tus intimidades.

Se levantó de la mesa dándose unos toquecitos en la esfera acristalada de su reloj de muñeca para avisarme de que era hora de volver a nuestros puestos. Una vez en la oficina me puse de nuevo con una traducción que estaba costándome bastante. En un momento dado, descubrí que Cris me observaba con una sonrisilla.

—¿Qué ocurre? —le pregunté arqueando una ceja.

—Vamos a buscar a ese escritor en Google.

—Ni siquiera sé sus apellidos.

—Ponemos solo su nombre, a ver. Con suerte no hay muchos y damos con él.

Arrimé la cabeza para mirar en su pantalla. El pulso me latía en las venas sin entender muy bien por qué, como si el hecho de encontrar su obra me revelara más de él.

—Está claro que Asimov no es —bromeó Cristina deslizando la página hacia arriba. Se subió las gafas y, a continuación, entró en una nueva y me señaló la foto de un hombre que se llamaba Isaac Rosa—. ¿Es este?

Chasqué la lengua y me dediqué de nuevo a lo mío. Un par de minutos más tarde, mi amiga cerraba internet y se ponía con lo suyo.

—Pregúntaselo —regresó al tema poco después, y me detuve para mirarla con una sonrisa de impaciencia—. Así hablas otra vez con él. —Se encogió de hombros—. Es como una excusa y, con eso de interesarte por su obra literaria, alimentarás su ego de escritor.

—Sabes que hace bastante que no leo más que los textos para traducir.

—Eso es porque no has encontrado el libro adecuado. ¡Quién sabe si lo serán los de tu nuevo amigo! —Había conferido un deje pícaro a la última palabra, y sacudí la cabeza—. Y de paso, le mandas el mensajito subido de tono —agregó.

Traduje un par de frases, aunque mi mente andaba en otra parte. Lo cierto era que sí me llamaba la atención descubrir alguno de los libros de Isaac y tenerlo entre mis manos.

—Quizá lo haga —comenté distraída. Con el rabillo del ojo vi que Cristina pegaba un salto en su silla, emocionada—. Lo de preguntarle por sus novelas —aclaré.

—Claro, guapa, ya lo había entendido —se defendió en broma—. ¿Quién te has pensado que soy? Pero déjame decirte una cosa… Cerca de la crisis de los cincuenta, y estoy reinventándome.

—Por favor, todavía te quedan seis años para esa crisis. —Sacudí la cabeza, divertida.

—A algunas se nos adelanta… ¡Y ahora, a trabajar! —exclamó, con una palmada que me sacó de mi ensimismamiento.

Se me escapó una risita. Desde luego, compartir tantas horas con Cris era una gran suerte.

El viernes de esa semana, al finalizar el trabajo, decidí otorgarme un capricho. Como ese día solíamos salir antes, tenía tiempo de sobra para disfrutar de una tarde para mí. Cris me había hablado de una tienda llamada Rollitoasí que vendía ropa, bolsos y accesorios con encanto, todos hechos a mano por su diseñadora. Era un local de dimensiones modestas, pero contaba con numerosas cositas, y tan monas que me pasé un buen rato curioseando cada una de ellas. Al final me decanté por la impresión digital de una pequeña acuarela en la que aparecían un coral y un caballito de mar coloridos. Ya imaginaba dónde iba a colocarlo: justo encima del cabecero de mi cama.

En el paseo me topé con un horno tradicional y me compré un par de cocas de crema, canela y pasas. Me senté en un banco para comérmelas con tranquilidad y saqué el móvil del bolso para comprobar si había recibido alguna llamada o algún mensaje. No había tratado de comunicarme con Isaac, a pesar de las continuas pullitas de Cristina, e incluso de Daniela, que desde que sabía de esa historia me había escrito casi a diario para preguntarme si había novedades. Isaac tenía mi número, de modo que, si le apetecía, ya me llamaría. Yo no pretendía ser pesada, y menos con una persona como él, que iba a la suya.

Y en esas estaba, saboreando una de las cocas y pensando en él (qué raro, ¿no?) con el teléfono todavía en la mano, cuando sonó la melodía *Do You Love Me?* de The Contours. Era una de las canciones favoritas de mi tía y no había querido cambiarla porque era una forma de recordarla. Di un brinco al leer el nombre en la pantalla: Isaac. ¿De verdad estaba telefoneándome? ¿Le había enviado señales telepáticas tal como Daniela me había dicho bromeando? ¿Qué querría? ¿Se habría equivocado al pulsar la tecla? ¿Me había dejado algo en su coche y lo había visto justo en ese momento? Pero no echaba nada en falta, en realidad. Dejé sonar el móvil un par de tonos, para no parecer muy ansiosa, y luego descolgué. Tragué lo que me quedaba de la coca y cogí aire antes de responder.

—¿Sí? —Reparé en que estaba nerviosa, tanto que el corazón se me había acelerado.

—¿Cómo te va? —preguntó con desenfado.

Por poco no me atraganté con las miguitas que me quedaban en la boca. ¿En serio me saludaba de esa forma? O a lo mejor era típico en él. Apenas lo conocía.

—Me pillas comiendo dulce —le confesé, y me limpié la comisura de los labios con un dedo como si él estuviera por allí.

—Haces bien. Estás muy delgada.

—No tanto —me quejé. Solía ser un tema entre la gente que apenas me conocía. Siempre se da por sentado lo que haces o dejas de hacer por tu apariencia, seas como seas—. Y que conste que siempre he sido así. Como bien, no creas. Me gustaría engordar un poco, pero no hay manera.

—En realidad eres delgadita pero matona, ¿no?

Las palabras se me atascaron en la garganta. No me había ocurrido eso jamás con un hombre. Siempre supe qué decir con Samuel, quizá porque habíamos sido amigos en un principio. O porque solía ser previsible. Pero Isaac saltaba con réplicas que no me esperaba. ¿Por qué me daba, en cierto modo, algo de miedo comportarme de esa forma con él? Una parte de mí ya lo sabía por aquel entonces, aunque no quisiera darme cuenta, y estaba relacionado con ese temor a llegar a sentir por alguien como él algo más intenso.

—Pues sí, las canijas también somos capaces de mucho —repliqué, tratando de mostrarme segura—. Pero como todas las mujeres, ¡a ver qué te crees! En el futuro, dominaremos el mundo. Ya hemos empezado a hacerlo, así que tened cuidado.

Me sorprendió que soltara una risita. Con tan solo un intercambio de frases, me pareció que estaba mucho más animado que en la anterior llamada. ¿Qué había ocurrido para que cambiara de repente? Me recordé que Isaac era así, que ya me lo había demostrado durante las horas que habíamos pasado juntos en La Puebla.

—No te pillaré trabajando, ¿no? —inquirió.

—He salido hace un rato y me he ido a dar una vuelta y a mimarme un ratito. Por eso lo del dulce. ¿Y tú? ¿Cómo estás?

—Un poco liado y agobiado.

—¿Por qué? —le pregunté, ya que se había callado.

—Cosas de la escritura. Llevo dos días de reuniones con mis editores, de ahí que haya tenido que ir a Madrid. Pero al final todo ha concluido bien.

—¿Es de ahí la editorial?

—Sí, y tienen también otra sede en Barcelona, pero esa no la he pisado nunca.

Me pasé la lengua por los labios resecos, apreciando que el pulso se me había acelerado otra vez con tan solo la mención a mi ciudad. Lo imaginé paseando por sus calles, perdiéndose en lugares con encanto en busca de inspiración.

—Quería pedirte algo —dijo de repente.

—Ya me preguntaba yo el motivo de tu llamada… —bromeé, aunque por dentro sentí esa especie de desilusión.

Isaac no intentó convencerme de lo contrario, sino que guardó silencio una vez más.

—Venga, dime de qué se trata.

—Me preguntaba si te apetecería quedar.

Esa vez fui yo quien no encontró ninguna palabra. Alcé la vista, contrariada, y luego traté de concentrarme en la llamada.

—¿Quedar? ¿Cuándo?

—Esta noche, si no tienes ningún otro plan —soltó sin rodeos.

—Pero ¿no estabas en Madrid?

—La verdad es que, ahora mismo, estoy en tu ciudad. En la estación de Sants, concretamente.

Por poco no se me cayó el móvil al suelo. Se me resbaló e hice unos cuantos malabarismos con él hasta que logré atraparlo. Volví a pegármelo a la oreja en la creencia de que no había escuchado bien.

—¿Dónde dices que estás?

—En Sants. Hay mucha gente por aquí. Es un auténtico caos.

—¿Y qué haces ahí?

—Buscar la inspiración. A mis musas.

Se me ocurrió decirle que en la Sagrada Familia, en las Ramblas o en el Parc Güell las hallaría a buen seguro. No obstante, logré sujetar las palabras y no quedar como una auténtica estúpida.

—Bueno, y también porque quería pasarme por mi antigua editorial. Mi primera editora trabaja aquí y quería comentarle algunas cosas sobre mi nueva novela.

Asentí con la cabeza, aunque él no podía verme. Me hallaba patidifusa por su proposición y por toda la información que estaba dándome. ¡Y sin necesidad de unos tragos de vino del malo!

—Pues... es que, así de sopetón...

—Entiendo que ya tengas planes. Estoy avisándote con muy poco tiempo de antelación.

—¡No! —exclamé, y de inmediato me tapé la boca con una mano. En realidad, no tenía ningún plan y lo único que intentaba era hacerme la interesante. Aun así, ese «no» había sonado un poquito ávido—. Quiero decir... que me parece bien. Había quedado con una amiga, pero seguro que no le importa pasar la cita a otro momento —mentí, muy descarada yo—. Ya que estás aquí y que te has molestado en llamarme... —Ahí me salió la venilla rencorosa que llevaba cultivando desde la llamada «seca», y por todos los pensamientos que había tenido con él y que me enfadaban un poco.

—Vale. ¿Te parece que cenemos?

—Sí —susurré todavía sorprendida—. ¿Dónde y a qué hora?

—Pues a eso de las nueve porque antes he quedado con mi antigua editora. Y donde tú quieras, donde te pille bien.

Joder, sonaba muy simpático. Como en el hostal mientras charlábamos sobre nuestras vidas y como cuando me había llevado a bailar. Pero luego la cosa se había torcido. Aunque, eso sí, después se había arreglado —y de qué forma— para terminar en una extraña despedida.

—Conozco un sitio bastante bueno en mi barrio.

—Perfecto. Con que no me des un bocadillo de queso... —bromeó, y me eché a reír como una auténtica tontaca hasta que me di un manotazo en la frente.

—Te paso la dirección por WhatsApp. ¿Te parece bien?

—Claro. Nos vemos luego.

Cuando colgué todavía me quedé un ratito sentada en el banco, sin creerme lo que había ocurrido. No solo que me hubiera llamado, cuando ya había desechado cualquier posibilidad, sino por lo amable y majo que había estado. De cualquier modo, me encogí de hombros y me apresuré hacia una boca de metro para dirigirme a casa y acicalarme al menos un poco. En el metro entré en la aplicación de WhatsApp para enviarle la dirección. No le había echado un vistazo antes, pero en ese momento me venció la curiosidad y cliqué en su contacto para agrandar la imagen de perfil. Se trataba de un paraje natural, un bosque de pinos con un atardecer de fondo que teñía en el cielo un lienzo anaranjado. En una esquina aparecía él, acuclillado y de espaldas, contemplando el horizonte. Era un marco natural precioso y me pregunté cuándo y dónde se habría hecho esa foto y quién la habría tomado. ¿Algún desconocido al que le había pedido el favor? ¿Una mujer a la que había conocido en uno de sus viajes, que iba sola como él y con la que había compartido algo más que una afición?

Salí de la imagen y le escribí la dirección. Había decidido llevarlo al bar Casi que se hallaba al final de mi calle y que era un lugar tradicional, con camareros muy simpáticos y buena comida casera a un precio estupendo.

Nunca me había preocupado mucho por mi aspecto. De hecho, de pequeña prefería llevar pantalones sucios y camisetas viejas, y la tía perdía la paciencia conmigo. De adolescente seguí así, vistiendo con pantalones anchos y recogiéndome el larguísimo cabello en una cola hecha de cualquier manera. Al mudarme a Barcelona cambié un poco. Me relacioné con chicas más femeninas que yo y, al principio, traté de adaptarme a ellas y a sus estilos. Pero me cansé enseguida. No era yo. Los tacones me dolían horrores cada vez que me los ponía y no me veía con una minifalda. Casi siempre acudía al trabajo con una blusa, unos vaqueros y unos zapatos o botines cómodos. En verano los sustituía por sandalias simples. No soy muy dada a maquillarme. A decir verdad, soy nula para ello. Tardé muchísimo en aprender a pintarme bien la raya de los ojos y, todavía a día de hoy, me sale desigual cuando tengo mucha prisa.

Sin embargo, esa tarde, en cuanto llegué a casa me pasé un buen rato rumiando qué debía ponerme para el inminente encuentro con Isaac. Rebusqué en el armario como una posesa, hasta que me sentí una completa estúpida. ¿Por qué tenía que cambiar mi habitual estilo de vestir? Así que volví a guardar toda la ropa que había sacado, y me decanté por unos pantalones negros y una blusa blanca. Me calcé unas manoletinas con apenas tacón y me recogí el pelo en una coleta alta. En el cuarto de baño me puse un poco de rímel y algo de colorete en las mejillas. En el neceser encontré un pintalabios rojo que no recordaba haber comprado. No tenía ni idea de si el maquillaje caducaba, pero me pinté con él y, al contemplarme en el espejo, me dije que tenía buen aspecto. La tía lo habría aprobado. Informal, cómoda, pero al mismo tiempo con cierta elegancia.

Nada más traspasar la puerta de mi piso, les había escrito a Cristina y a Daniela para informarlas. Sentía que había vuelto a los dieciséis años, cuando quedar con el chico molón del pueblo de al lado era lo más guay que podía pasarme. Me regañé, y me dije que era un simple plan para cenar y charlar con alguien que me caía bien. ¡Menuda mentira! Mientras me había maquillado ya se me habían colado por la mente algunas posibles escenas en lugares de mi piso. Escenas erótico-festivas, para ser más clara. Y tampoco quería ser de ese modo... Pero al parecer Isaac despertaba a una Carol salvaje y apasionada.

Estaba metiendo unas cuantas cosas en el bolso —pañuelos de papel, el monedero, mi inseparable bloc de notas y el boli, el pintalabios— cuando el móvil pitó. Se trataba de Daniela.

Querida Carol, a ese hombre le interesas por mucho que tú seas una escéptica! Por qué si no iba a quedar contigo? Dices que tal vez porque esté aburrido, pero no opino lo mismo. Hay docenas de cosas interesantes que pueden hacerse en Barcelona a solas, y más con lo que me contaste, al asegurarme que es un espíritu libre, como los románticos al más puro estilo de Espronceda o Lord Byron. Y aun así ha preferido llamarte y cenar contigo! Ya me pondrás al corriente de cómo transcurre tu cita. Ponte hermosa, aunque ya lo eres de cualquier forma! Muchos besos

Esbocé una sonrisa al tiempo que reflexionaba sobre lo que mi amiga me decía. A lo mejor llevaba razón y a Isaac le apetecía verme. Quizá como Cristina había insinuado era uno de esos tipos a los que no les gustaba dar mucho de sí pero que al final ocultaban en su interior una maravillosa persona.

Eché un vistazo a la hora y metí el móvil en el bolso a toda prisa. Eran las nueve menos diez y solo tardaría un par de minutos hasta el restaurante. Sopesé si debía llegar antes, o en punto, o un poquito más tarde. Al final, como estaba inquieta, decidí salir sin esperar más. Cuando alcancé la puerta del bar Casi el reloj daba las nueve menos cuatro minutos. Oteé el interior de manera disimulada, pero no me pareció verlo. Miré a un lado y a otro de la calle, por la que paseaban algunos transeúntes sonrientes y despreocupados. Se notaba que era viernes, y cuando entré en el bar todavía lo aprecié más porque ya se encontraba bastante lleno. Temí que no hubiera ningún sitio libre, pero justo en ese momento un camarero se me acercó.

—Buenas —saludé—. ¿Tenéis una mesa para dos?

El chico barrió el local con la mirada y luego me señaló una pequeñita en un rincón. La gente charlaba de manera animada y a un alto volumen, pero ese lugar me pareció perfecto, casi íntimo. «Que esto no es una cita, Carol», me recordé. Pedí al camarero una cerveza mientras hacía tiempo. Nada más marcharse, escribí a Isaac para informarlo de que lo esperaba dentro y que, si tenía algún problema para encontrar el bar, me avisara.

Reconozco que nunca fui una persona muy paciente, de modo que cuando mi reloj marcó las nueve y diez empecé a sentirme un poco inquieta. A las nueve y cuarto me había terminado la cerveza y pedía otra al camarero.

—¿Quieres que te traiga alguna tapa también? —me preguntó amable.

—No, tranquilo. Esperaré. —Esbocé una sonrisa tirante.

Mi pierna ya se movía sola cuando dieron las nueve y veinticinco e Isaac seguía sin aparecer. Cogí el móvil, que había dejado sobre la mesa, y entré en la aplicación de WhatsApp para preguntarle. A las nueve y media continuaba sola, aunque con una tapa de ensaladilla rusa que no me sabía nada bien. Porque, además, me marcaba que Isaac había leído el mensaje y, sin embargo, no se había molestado en contestar. Empecé a notarme enfadada, y me llevé a la boca un tenedor con ensaladilla. Aprecié, con cierta incomodidad, que el camarero que me había atendido me lanzaba miradas de reojo. Cuando se acercó una tercera vez para preguntarme si quería algo más, le contesté un poco mal y luego me arrepentí. Él no tenía la culpa de que el tipo con el que había quedado fuera un impresentable que ni se dignaba decirme que se lo había pensado mejor y no le apetecía quedar conmigo. Porque seguro que se trataba de eso. O tal vez fuera una broma de mal gusto o… ¡qué sabía yo! Mi mente maquiavélica no cesaba en recrearse en posibles motivos, a cada cual más vergonzoso y cruel.

—A tomar por culo —dije entre dientes cuando comprobé que eran las diez menos veinte e Isaac no daba señales de vida.

Me levanté toda digna, con el estómago un poco revuelto —más por el cabreo que por la ensaladilla— y me arrimé a la barra para pagar. Advertí que el camarero me observaba con lo que me pareció algo de pena. O a lo mejor me lo imaginaba. Salí del bar soltando improperios en voz bajita.

Jamás me habían dado plantón y no atinaba a entender por qué Isaac había hecho algo semejante. Se me antojaba una persona brusca, cerrada e imprevisible, pero no había creído que fuera un maleducado. Daniela se habría preocupado por si le había ocurrido algo, pero había leído el whatsapp, de modo que… Me dirigí a mi piso con una decisión tomada: ignorarlo de una vez por todas.

4

Estaba a punto de alcanzar mi portal cuando oí que me llamaban. Por unos segundos pensé que era el camarero del bar. Entonces caí en la cuenta de que ese chico no sabía mi nombre y no se habría dirigido a mí de esa forma. Además, conocía esa voz ronca. Pertenecía a un caradura al que me apetecía soltarle un sopapo y quedarme la mar de a gusto. Sopesé pasar de él, tal como me había propuesto, pero cuando me llamó por segunda vez no logré evitar volverme.

Y allí se encontraba el causante de mi cabreo, corriendo hacia mí con una mano en alto. Titubeé y tragué saliva con tal de serenarme. Tampoco era plan de ponerme a chillarle o hacerle reproches porque no éramos nada, ¿no? Ni siquiera amigos. Y todo el mundo merece la oportunidad de explicarse, sí, pero tampoco me apetecía porque me sentía avergonzada, desilusionada y muy molesta.

Se detuvo a un par de pasos, con la respiración agitada. Mis ojos decidieron por mí y le dieron un buen repaso: una cazadora de cuero —claro—, unos vaqueros desgastados y un suéter que se le ajustaba al cuerpo de una forma encantadora, por no usar otra palabra. El cabello castaño claro un poco revuelto. Ese aire melancólico que me atraía. Me regañé en silencio. No debía pensar en que estaba de lo más atractivo, sino en que, aunque había llegado, lo había hecho casi cuarenta y cinco minutos tarde y ni siquiera me había llamado o enviado un mensaje.

—Se me ha ido el santo al cielo. He leído el mensaje y creía que te había contestado, pero...

Supuse que mi rostro serio le mandaba señales de advertencia para no continuar.

—Vale, no pasa nada —le contesté, aunque soné fastidiada.

¡Menudo gilipuertas! Ladeó el rostro, con una ceja arqueada.

—¿Estás enfadada? —preguntó, y me pareció que le molestaba.

Me coloqué la tira del bolso al hombro y lo miré con gravedad. Él me devolvió la mirada. La sangre me ardía. Ni una mísera disculpa.

—No, por supuesto que no —repliqué burlona. Estiré el brazo, como mostrándole un reloj invisible—. Solo es que habíamos quedado a las nueve, a lo mejor se te ha olvidado.

Isaac se mantuvo en silencio, con las manos en los bolsillos. Ese gesto indiferente me cabreó más y cogí aire para no iniciar una discusión, pero no lo logré.

—Podrías haberme llamado, o enviado un simple whatsapp. Así al menos no habría esperado sola como una tonta.

—Estar sola en un bar no es nada vergonzoso —respondió, y dio un paso hacia mí.

Me quedé quieta en el sitio mirándolo con incredulidad.

—Claro que no, pero la cuestión es que no tenía que estar sola. Había quedado con alguien —le reproché con ironía.

Isaac se arrimó un poco más, y tuve que alzar la barbilla para mirarlo. El corazón se me aceleró, no supe bien si por el enfado o por tenerlo cerca una vez más.

—Tenía una charla pendiente con mi editora y no conseguí terminar antes.

Esa era la única explicación que me daba y no me sonaba convincente. A mí me sonaba a que había querido darme plantón, pero luego se había arrepentido, por lo visto. Me rasqué la barbilla con nerviosismo.

—Ah, vale. Muy bien.

Durante unos segundos me sentí celosa de la editora. Menuda tontería. Pero se me había ocurrido que quizá habían tenido —o tenían— una relación más allá de lo profesional.

Me dije que no era de mi incumbencia y que lo único que debía molestarme era el retraso y la ausencia de una disculpa. Porque, como en otras ocasiones, Isaac se mostraba un poco prepotente.

—¿Cenamos? —preguntó con inocencia, con los hombros encogidos.

Se me escapó una risa incrédula y negué con la cabeza, a lo que él frunció el ceño.

—No, bonico, no. Yo ya he cenado mientras esperaba como una gilipollas. Algo tenía que hacer, ¿no? Ya me rugían las tripas —repliqué entre dientes—. Pero si tú quieres, a lo mejor todavía tienen la mesa libre.

—¿Qué te ocurre? He venido, ¿no? Podría haberme quedado allí —respondió con un tono desagradable.

¿Perdón? ¿Haberse quedado allí? ¿Pues entonces para qué me llamaba a mí y me proponía cenar? ¿Estaba mal de la cabeza o qué?

Con un golpe de la melena, lo que me permitía la coleta, me di la vuelta —para chulita yo— y me apresuré a alcanzar el portal. Ya tenía las llaves en la mano, de modo que no tardé nada en abrir. Oí un movimiento a mi espalda y, cuando traté de cerrar, no lo conseguí porque Isaac estaba reteniendo la puerta.

—Apártate —le pedí, tratando de ser paciente.

—No estás comportándote de una manera demasiado educada.

—¡Será posible! ¡Mira quién fue a hablar! —exclamé, y empujé la puerta. Pero claro, Isaac contaba con más fuerza que yo. Desistí y, nada más hacerlo, terminó de abrir y entró también en el portal. Solté un bufido—. Sal de aquí.

—Carol, me parece que estás exagerando.

—¡Pues yo no lo veo así! ¿Te burlas de mí o qué? —Mi voz subió de volumen y me sonrojé—. ¡Al menos una disculpa, hombre!

—¿Es eso lo que quieres? ¿Solo eso? ¿Unas palabras van a borrar tu cabreo?

Levanté el rostro, orgullosa, y clavé mi mirada en la suya.

A lo mejor con otras mujeres le servía esa actitud, pero a mí que me torearan no me gustaba ni un pelo. Bastante había aguantado con Samuel para que otro hombre viniera con sus jueguecitos.

—No sé en qué mundo vives, pero sí, ayudaría.

Se mordió el labio inferior, tan sonrosado y carnoso, de una manera que me provocó un pálpito en el pecho. Me obligué a no recrearme en ese gesto más de la cuenta. No, no merecía la pena. Isaac alzó los brazos.

—De acuerdo —murmuró—. Pues lo siento, Carol. Y ahora, ¿podríamos hacer lo que habíamos planeado?

Lo miré durante unos segundos, dudando. No quería sucumbir ni hacerle creer que me rendía fácilmente porque no deseaba que fuera así. Pensaba en ello cuando, tirando por los suelos la ilusión que se me había creado con su llamada y su propuesta de cena, agregó:

—Me gustaría que nos tomáramos una buena copa de vino mientras me cuentas algunas cosas sobre La Puebla. Mis editores creen que sería mejor que añadiera un poco más…

No le hice un corte de mangas porque era una señorita. Conteniendo un gruñido, me di la vuelta y me abalancé hacia el ascensor. Se hallaba en el penúltimo piso, así que decidí no esperar y opté por subir por la escalera, pero Isaac me lo impidió. Esa vez sí que dejé salir una exclamación de enfado.

—¡Así que era eso! —prorrumpí, sin ser capaz de evitarlo—. Me llamas por interés, que oye, me parece genial, pero podrías habérmelo dicho. Y luego me haces esperar casi una hora porque seguramente estabas pasándotelo de puta madre y te habías olvidado de esto, o incluso era tu plan inicial, el de darme plantón… Pero de pronto has recordado que necesitas información sobre La Puebla y para aquí que te has venido. Pretendes que todo esté bien y que conteste todas las dudas que el señorito tenga. ¡Pues te vas a La Puebla y preguntas por allí, que seguro que alguien se mostrará bien contento en ayudarte!

—Carol… —Su tono sonó a advertencia. Le lancé una mirada furibunda y traté de apartarlo para subir, pero no se movió ni un pelo—. Eso me ha fastidiado. No he quedado contigo solo por ese motivo y no pretendía darte plantón...

No supe si se debía a mi enfado o qué, pero no me sonó sincero.

—Lárgate. Estoy cansada y cabreada. Quiero acostarme. O echarme al sofá y ver una serie. O lo que me dé la puñetera gana, pero sin ti.

Apoyé una mano en su pecho, intentando que se moviera. Lo único que conseguí fue notar su corazón, latiendo a un ritmo apresurado. Eso y que estaba bastante duro. Duro de fuerte, ¿eh? Por unos momentos me entraron ganas de deslizar la mano hacia abajo, donde se hallaba ese abdomen apetecible. Me contuve recordándome que estaba cabreada y que mi orgullo era más poderoso.

—No eres el centro del mundo, ¿lo sabes?

Había arrimado su rostro al mío de una manera un tanto peligrosa. Olía a cerveza —las que se habría tomado con su editora, claro, mientras yo aguardaba, y me enfadé más—, a ese perfume que olía a naturaleza y a... algo más. Olía como cuando tu cuerpo se enciende por el deseo. Ardí en ganas de hundir la nariz en su cuello y aspirar ese aroma. Quise darme de bofetadas por un sentimiento como ese.

—Y tú no eres un tío por el que todas caen rendidas, ¿lo sabes? —le repliqué.

Sus labios se entreabrieron y mis ojos cayeron en picado hacia ellos. Mi mano todavía reposaba en su pecho y aprecié que no solo su corazón se aceleraba más, sino también su respiración, y que de su piel comenzaba a emanar calor. ¿Acaso le ponía discutir con alguien o qué? ¿Y por qué yo no era capaz de apartar la vista de esa maldita boca jugosa? Mantenerse cuerda con unos labios como esos, unos que te atraen demasiado, es sumamente complicado. El ambiente volvía a estar tan cargado como cuando se situó detrás de mí en el hostal, y como cuando me atrapó de la cintura en el club de La Puebla.

—No pretendo que caigan rendidas todas —dijo en un susurro, remarcando la última palabra y mirándome de tal forma que noté que las manos me cosquilleaban. Las escenas que se me habían ocurrido en mi piso antes de quedar con él regresaron a mi mente y volví a sentir que me ponía roja—. Joder —maldijo.

—¿Qué? —susurré, aunque más bien sonó como un jadeo.

—Tus mejillas.

—¿Qué les pasa a mis mejillas? —insistí con voz chillona.

Fui a apartar la mano, pero me la atrapó a medio camino. La suya estaba muy caliente, y nos imaginé sudando a los dos en otro lugar más íntimo.

—No entiendo por qué, pero me altera que te sonrojes.

—¿Te altera en qué sentido? —inquirí, y reparé en que empezaba a pasarme lo mismo.

—¿De verdad necesito explicártelo, a tu edad? —replicó con voz grave—. ¿Tú qué crees, Carolina?

La forma en que pronunció mi nombre activó algún punto por debajo de mi vientre. Isaac acercó más su rostro, con lo que su respiración me llegó y se mezcló con la mía, ambas entrecortadas.

—Estoy roja por el enfado, que conste —aclaré, pero la última palabra salió más bien como un jadeo y me delató.

—Me sirve de cualquier modo —respondió mientras me devoraba los labios con sus ojos.

«Devóramelos también de otra forma», dijo una vocecilla en mi cabeza. ¡Maldición, que yo estaba cabreada! Sí, me sentía así todavía, pero había más. Una electricidad imperiosa que me recorría todo el cuerpo.

—Venga, lárgate. Deja de decir chorradas que no cuelan.

Todavía intentaba fingir que nada había cambiado, cuando sucedía todo lo contrario: que nuestras pieles comenzaban a reconocerse, que buscábamos la forma de juntarnos más.

—Créeme que si pudiera lo haría, pero… —No supe bien cómo, pero de repente Isaac se acercó más aún, y me eché hacia atrás, chocando con la pared. Su abdomen se apretujaba contra el mío. De manera instintiva eché las caderas hacia delante, y su tremendo bulto presionó en uno de mis huesos—. ¿Ves? —gruñó.

A la siguiente milésima de segundo sus labios se pegaban a

los míos con brutalidad. De inmediato los entreabrí, impulsada por una fuerza incontrolable. Alcé los brazos y los enlacé al cuello de Isaac, quien me había tomado de la cintura. Ni un milímetro entre nuestros cuerpos para que corriera el aire. Me deleité en lo mullidos que eran sus labios, en cómo se humedecían los míos al contacto de su saliva, porque en eso nos habíamos convertido en apenas nada: lenguas enroscándose, suspiros entrecortados, carne que anhelaba muchísimo más.

Sus manos bajaron por mi cintura hasta alcanzar mi trasero. Me lo agarró con anhelo y me atrajo hacia sus caderas. Profirió un gruñido cuando le mordí el labio inferior y se lo succioné, y me lo devolvió de manera juguetona al tiempo que me daba un pellizco en una de las nalgas. Como respuesta, tiré de su pelo revuelto y le arranqué un gemido. Sonreí en su boca, orgullosa de provocar todo eso en él. En un momento dado oímos que alguien llamaba el ascensor, pero ni siquiera nos importó. Estábamos devorándonos con la misma hambre que semanas atrás.

Isaac intentaba introducir las manos en mi pantalón cuando la puerta del ascensor se abrió y fuimos conscientes de que, si continuábamos, un vecino nos descubriría. Me aparté de golpe y traté de disimular, aunque imaginé que mis mejillas, encendidas ya no solo por el cabreo, mis labios hinchados y el cabello desgreñado de Isaac junto con nuestras respiraciones aceleradas nos delataban. Por suerte, se trataba de la vecina del tercero, una joven de unos veinte años que se nos quedó mirando con asombro al principio y con complicidad después.

—Buenas noches —dije.

—Hola —respondió ella, aunque su mirada estaba posada en Isaac. No era nada disimulada, la muchacha.

Isaac la saludó sacudiendo la cabeza, y la chica esbozó una sonrisita y batió las largas pestañas. Todo eso, hasta que salió del portal, duró unos segundos, pero a mí me parecieron minutos interminables. Creí que lo que se había despertado entre Isaac y yo terminaría justo en ese instante, pero en cuanto la chica desapareció me vi de nuevo rodeada por sus brazos. Posó una vez más las manos en mi trasero, aupándome un poco.

Apoyé las mías en su pecho y traté de mostrarme enfadada, o al menos seria. Isaac me miró con ojos burlones y con una seguridad que me molestaba y, al mismo tiempo, me atraía.

—Eh... ¿qué crees que haces?

—Retomar el asunto por donde estaba antes de que tu vecina me pillara haciendo esto...

Me manoseó el trasero y lo empujé, aunque sin demasiada convicción.

Nos observamos en silencio unos segundos hasta que ambos prorrumpimos en risas al recordar el suceso. Y entonces nuestras bocas reanudaron lo que se había quedado en pausa. Nuestras lenguas planearon como exploradores hambrientos y nos palpamos por encima de la ropa hasta que anhelé más y le metí las manos por debajo del jersey. Dios, me encantaba cómo se contraían sus músculos al contacto de mis dedos. Y lo caliente que estaba su piel, casi quemándome. Isaac hizo lo propio, introduciendo sus manos por mi blusa para acariciarme la espalda.

—Creo que deberíamos tomar una decisión, porque soy capaz de follarte ahora, aquí mismo —jadeó en mi boca, causándome una gran sorpresa y una excitación creciente.

—Sube —susurré con voz temblorosa.

No necesitó más, y yo ya no me hallaba en la labor de pensar en lo sucedido un rato antes ni de querer arrepentirme. Lo único que sabía era que Isaac me excitaba hasta límites insospechados y que deseaba experimentar lo que era tenerlo dentro de mí. Porque aquella noche iba a ocurrir, estaba claro.

Me tomó de la mano y empezó a subir la escalera a toda prisa, conmigo detrás. Le indiqué el piso y, en cuanto abrí la puerta, ya lo tenía otra vez enganchado a mí. Las chaquetas cayeron al suelo casi al mismo tiempo. Me sujetó de la cintura con fuerza, levantándome en vilo, y enrollé las piernas en torno a la suya. Me llevó en volandas por la entradita, y luego avanzamos a trompicones hasta que me depositó en el suelo para poder desnudarnos y mi trasero topó con la mesa del comedor. Y ahí nos detuvimos, en la penumbra. Me desabotonó la blusa y me la deslizó por los brazos, sin dejar de besarme, de azotarme con su lengua, de apretar sus labios esponjosos contra los míos. Había algo tremendamente excitante y erótico en el sonido de sus labios luchando con los míos, en el experto ritmo que su lengua marcaba recorriendo mi boca. Se me pasó por la cabeza que nunca me habían besado de esa forma: tan necesitada, tan sabia, tan inocente como pícara. Si el mundo terminaba en ese instante, merecía la pena por un beso como ese. Se separó de repente y me quedé con los ojos cerrados y los labios entreabiertos, el corazón palpitante y el cuerpo tembloroso. Creí que de nuevo se arrepentía, pero tiempo después comprendí que cuando Isaac se apartaba tras un beso lo hacía para observarme.

Me sujetó de la cara y noté el anillo de su pulgar en mi mejilla, algo que me excitó más sin saber por qué. Suspiró en mi boca y volvió a empañarme con su aliento. Lo atraje más a mi cuerpo, y bajó las manos hasta mi cuello y me lo acarició con desesperación. Me dije que no era un chico atractivo el que me tocaba, ni un tipo rebelde, no era un escritor del que apenas sabía nada, no era el Isaac de aspecto huraño, ni el Isaac bromista ni siquiera el misterioso o el borde. En ese momento me pareció que eran el mundo y el cielo los que me rozaban. Eso me hacía sentir Isaac con sus manos llenas de tanto, de todo.

Se quitó el jersey con mi ayuda y no dudé en recorrer con mis dedos toda su piel, desde los hombros hasta el vientre. Luego se inclinó un poco y besó la carne de mis pechos que sobresalía del sujetador. Me lo desabroché a toda prisa y dejé que cayera al suelo. Se lanzó y me los besó, dirigiéndose poco a poco hacia un pezón. Lo chupó, sopló en él arrancándome gemidos y provocando que mi entrepierna palpitara. Mientras hacía lo mismo con el otro, le desabotoné los vaqueros y metí la mano buscando su erección. Se la acaricié con todas mis ganas, deleitándome en cómo vibraba gracias a mis tocamientos.

—¿Condones? —preguntó apartándose un poco.

Tenía los labios hinchados, brillantes por la saliva, y los ojos empañados por el deseo. Esa imagen me excitó muchísimo más.

—En el cuarto de baño...

Hice amago de ir a por ellos, pero me detuvo. Le expliqué dónde estaban y se perdió por el pasillo.

Cuando regresó, con un sobrecito entre las manos, ya me había deshecho de mis pantalones negros y lo esperaba en braguitas, apoyada en la mesa. Isaac se quedó plantado a mitad del salón, observándome.

—Dios... —susurró únicamente, con la voz impregnada de deseo—. Esto no es sano —añadió mientras se acercaba a mí a toda prisa, sin dejar de recorrer mi cuerpo con la mirada. Entonces la posó en algún punto de mi vientre y supe que había descubierto uno de mis tatuajes, debajo del ombligo, situado un poco a la derecha. Un diente de león desintegrándose que representaba lo efímera que era la vida. Por sus ojos entornados y la nuez bailando en su garganta, adiviné que le excitaba—. ¿Tienes solo este? —preguntó.

Negué con la cabeza y, sin decir palabra alguna, me di la vuelta y le señalé la nuca. Me aparté el cabello con suma lentitud, impacientándole, y temblé de arriba abajo cuando perfiló ese segundo tatuaje. Un punto y coma que me había impreso en la piel sin dudar al descubrir su significado. No me preguntó por qué me los había hecho o qué historia escondían. Lo único que hizo fue besarlos. Primero el de la nuca. Un beso suave, lento, que aumentó mi expectación y mis ganas de darme la vuelta para engancharme a su boca hasta que el pecho me doliera de no respirar. A continuación, me volvió hacia él de nuevo, se agachó y lamió el contorno de mi ombligo hasta llegar al diente de león.

—Madre mía... —murmuré, porque mis braguitas se habían humedecido con tan solo ese gesto y la erótica imagen de Isaac acuclillado ante mí.

Bajó un poco más, hasta que su nariz rozó mi pubis por encima de la ropa interior. Posé una mano en su cabeza al tiempo que levantaba una pierna. Depositó un beso en la parte interna de mi muslo y, a continuación, se incorporó y me dedicó una pequeña sonrisa antes de lanzarse a mis labios con salvajismo. Sí, fue otro beso brutal que duró tanto que, cuando se apartó, sentí que me faltaba el aire, pero que quería más. Me uní a sus intentos por quitarse el pantalón con manos temblorosas. Se desembarazó de una bota ayudándose de un pie; luego de la otra. Fui yo quien le bajó el bóxer mientras le lamía y mordía el cuello. No entendía cómo Isaac sacaba a esa Carol tan atrevida, desinhibida y juguetona, pero ahí estaba. Y me gustaba. También me encantaba ese otro Isaac que abandonaba el talante serio para dejar paso a uno que no parecía tener reparos en mostrar que el sexo lo apasionaba y que disfrutaba de él sin prejuicios.

Me tomó de las caderas y me alzó, sentándome en la mesa. Cogió los bordes de las braguitas y tiró de ellas. Oí un extraño sonido y al bajar la vista descubrí que las había rasgado. Terminó de quitármelas y luego, muy cerca de mi boca, susurró:

—Espero que no fueran muy caras.

No permití que continuara hablando, sino que volví a besarlo con fiereza. Me había puesto más todavía con ese gesto tan salvaje. Era sucio, excitante. Samuel siempre dejaba la ropa interior bien colocadita antes de pasar a la acción, algo que me sacaba de mis casillas. Me gustaba que Isaac actuara movido por impulsos, pues era justo eso lo que yo estaba haciendo.

Abrió el sobrecito y me observó mientras se ponía el condón. Apenas le sostuve la mirada; prefería no perder de vista sus dedos mientras desenrollaba el preservativo. Hacía tiempo que no me sentía de esa manera: tan expectante, muerta de ganas y, a la vez, un poco preocupada, porque estaba segura de que con Isaac el sexo sería distinto.

Me separó las piernas con una mano y con la otra se apoyó en la mesa. Noté dos de sus dedos indagando entre mis pliegues, y la espalda se me arqueó. Abandonó mi sexo y cogió el suyo. Tanteó en mi entrada, rozándose un poco más, hasta que a ambos nos vencieron las ganas y lo apreté contra mi cuerpo para que se introdujera. Los músculos se me tensaron con su lento avance. Muy lento, casi como una agonía. Y gemí y cerré los ojos, y cuando los abrí ya se encontraba dentro de mí.

Isaac me miró con los labios húmedos. Moví las caderas para animarlo y con las suyas dibujó en el aire un círculo. La siguiente penetración fue más rápida y dura, acompañada de un gruñido por su parte. La piel se me puso de gallina cuando se inclinó para frotar su nariz en mi mejilla, un gesto que me pareció sumamente íntimo. Un nuevo gemido escapó de mi garganta y aprecié que él sonreía en mi piel.

En esa primera vez con Isaac comprendí que en realidad yo no sabía nada sobre el lenguaje del sexo, a pesar de haberlo hecho en numerosas ocasiones. Porque jamás me había permitido disfrutar de cada sensación ni de concentrarme en ellas. Pero en esos instantes fui consciente de todas: de las gotas que empezaban a formarse en nuestra piel y de cómo se pegaban a la del otro; del pulso retumbando en partes del cuerpo en las que nunca había pensado; de que las paredes se empapaban de nuestros gemidos; de que los sentidos se amplificaban e incluso cambiaban, pues Isaac me besaba con la vista, me tocaba con los ojos, me hablaba con sus manos. Y tuve miedo. Y también paz. Y con él el sexo siempre sería así: contradictorio, pero necesario. Como una droga que, en lugar de aturdirme, me revivía.

Intenté cogerlo de la nuca, pero me atrapó de las muñecas, me las juntó con sus manos y luego las dirigió a mi espalda. La siguiente embestida fue tan fuerte que la mesa se deslizó hacia atrás y me arrancó un grito mezcla de dolor y placer. Me penetró unas cuantas veces más en esa postura: con las manos a la espalda apresadas por la suya, enorme. La otra la había colocado en mi cintura para ayudarse en los movimientos. Abrí más las piernas, muriéndome de placer al notar sus avances. Mi trasero chocaba en la mesa una y otra vez, y mis gemidos aumentaron hasta que Isaac los ahogó con sus hambrientos besos. Nunca me habían follado de esa forma: tan estremecedora, intensa, rápida, dura, primitiva, placentera, ruda. Y en el fondo sabía que desearía repetirlo muchas más veces.

Cuando ya casi estaba al borde del orgasmo, Isaac me soltó las manos y se aferró con las suyas a mis nalgas. Me eché hacia atrás, completamente desbocada. Sus labios mordisquearon mis pezones hasta que me dolieron. Luego los lamió y subió por mi pecho hasta alcanzar el cuello, donde hundió la nariz y aprecié su respiración entrecortada. Sus gruñidos hicieron eco en mi piel.

—Sigue. Más, joder —le pedí, sin poder pronunciar bien las palabras.

—Me iré —respondió con un bufido.

Adelanté las caderas, provocándolo, y me contestó con un golpe seco con el que llegó hasta lo más profundo de mí. Me enganché a sus hombros y me dejé llevar, sin preocuparme por que los vecinos oyeran mis escandalosos gemidos.

Me corrí como no lo había hecho jamás, ni siquiera cuando yo misma me tocaba, conociendo lo que me gustaba... porque era como si Isaac también lo supiera. Y deseé que eso ya no cambiara nunca, que cada uno de mis días me ofreciera ese cielo que casi había rozado con los dedos. Isaac se derramó en el preservativo mientras mascullaba algo que no entendí. Cuando terminó, agachó la cabeza y, sin poderlo evitar, le acaricié el cabello sudado de la nuca. Su corazón parecía a punto de explotar, golpeando en mi pecho. El mío llevaba el mismo camino.

Durante unos largos minutos no dijimos nada, y me pregunté si él también pensaba que aquello había sido demasiado... brutal. Intenso. Increíble. Desconcertante. Eran los únicos adjetivos que se me ocurrían para definirlo.

Después se apartó y me quedé encima de la mesa, completamente desnuda, húmeda por el sudor y más... y me deleité contemplando su hermosa figura. Isaac también me miró, muy serio, y algo me pinchó en el pecho. No sabía qué decirle tras ese demoledor polvo y él parecía haber cambiado de nuevo. Dio unos pasos hacia atrás y, sin soltar palabra, desapareció por el pasillo. Me mordí el labio inferior y, confundida, me bajé de la mesa y recogí mis bragas. Estaba colocándome la blusa cuando Isaac regresó, sin el preservativo ya pero completamente desnudo. Seguía excitada. Y extraña. El ambiente lo era. Guardamos silencio mientras se ponía el bóxer y se enfundaba los vaqueros. Pensé que me diría que se marchaba y me pregunté de nuevo si por eso había venido a buscarme, si eso era yo para él: alguien con quien desfogarse. Pero entonces alzó la vista y me miró con algo que no supe descifrar, como debatiéndose... ¿en qué?

—¿Puedo fumarme un cigarro?

El corazón me brincó. Asentí, con una sensación en el pecho que me gustaba y, al mismo tiempo, de manera contradictoria, me asustaba.

5

Isaac se había quedado en el salón —ya vestido— fumando mientras yo iba al cuarto de baño y me aseaba un poco. Tardé más de la cuenta en salir porque no era capaz de explicarme cómo me sentía. Un poco defraudada conmigo misma, sí, por haber dejado atrás el enfado y haber caído en esa especie de tentación... Pero también satisfecha y contenta al saber que estaba sentado en mi sillón favorito. Menuda estúpida colegiala.

—Desde aquí las vistas son muy buenas —comentó cuando me oyó entrar al salón.

Había terminado de fumar y se hallaba de pie frente al ventanal. Salía música desde el altavoz de su móvil, un ritmo y una voz que enseguida reconocí por lo especial que era: el cantante del que me habló aquella noche en La Puebla.

—Gracias. Elegí este piso por ellas, más que por otros motivos —le expliqué acercándome con tiento, ya que todavía no atinaba a adivinar sus reacciones—. Y porque la casera es una anciana adorable. Me lo dejó a muy buen precio para ser esta zona. Me permitió decorarlo a mi gusto.

—Parece un barrio interesante, distinto a otras partes de Barcelona —opinó, y acercó la cara al ventanal.

—¿Conoces mucho esta ciudad?

—He venido unas cuantas veces, sobre todo por cuestiones de trabajo.

—Gràcia fue un pueblo independiente hasta finales del siglo XIX y, debido a ello, los locales se sienten muy orgullosos de vivir aquí. Meses antes de mudarme investigué mucho sobre la ciudad. No quería sorpresas ni imprevistos. Fue la mezcla de tradición y modernidad lo que me atrajo de este barrio.

—¿Y por qué Barcelona? —inquirió de repente dándose la vuelta.

—¿Cómo?

—Si querías una ciudad grande, Madrid está mucho más cerca de La Puebla.

—La capital me gusta, pero ya la conocía, y quise descubrir una ciudad distinta. Barcelona me pareció una buena opción.

—¿Desde cuándo vives aquí?

—Desde que empecé la carrera. Mi tía me ayudó al principio. Mis abuelos habían muerto, casi a la par, y dejaron una pequeña herencia, que Matilde empleó en mí. —Un desagradable pinchazo de nostalgia me apretó el pecho. Cuántas cosas había hecho por mí la tía. Cuánto tiempo había desperdiciado. Ella podría haber vivido mucho mejor si no hubiera sido por mí—. Pero, por suerte, pronto encontré trabajo en un Burger King. —Dibujé una sonrisa—. Estudiaba por la mañana, y por las tardes y algunas noches también iba a trabajar. A veces me dormía durante las clases.

—Te había tomado por una empollona.

—¿Yo? —Me reí—. De adolescente ni siquiera quería seguir con los estudios. Menos mal que la tía me quitó esa idea de la cabeza. ¿Qué estudiaste tú?

—Económicas. Estuve un tiempo en una empresa, pero me aburrí. Dedicaba más horas a la escritura, aunque fuera en secreto, que a lo otro. Trabajé en muchas cosas, hasta que he llegado a este punto en el que, aunque no me sobra el dinero, voy bien. No soy un escritor forrado, si es lo que piensas. En cualquier caso, nunca he necesitado mucho. Y me gusta gastarlo en viajar, por ejemplo.

Había pensado que Isaac iba a cerrarse o que se mostraría antipático. Sin embargo, me alegró que estuviera más parlanchín y relajado. Sí, su talante misterioso me atraía como una polilla se ve atraída por la luz… pero también me interesaba de una manera increíble saber más cosas sobre él.

—¿Y tú desde cuándo vives en el País Vasco? ¿Y de dónde eres en realidad?

—Hace unos cuantos años ya que vivo en Irún. Y soy un poco de allí, otro poco de allá, como te dije... —Sonrió, enigmático.

—Nunca he estado en esa zona del norte. —Traté de ignorar el hecho de que volviera a omitir su lugar de origen. ¿Por qué lo hacía? Aprecié que, aunque me miraba, sus ojos parecían perdidos en otra parte. Carraspeé y le pregunté—: ¿Quieres comer algo? Tendrás hambre.

—No te preocupes. Ya he tenido un buen banquete —respondió, aludiendo a lo que había ocurrido un rato antes, y volví a sonrojarme y a sentir un cosquilleo en el vientre—. Aunque no te rechazaría algo de beber.

—No sé si tengo vino. Voy a mirar.

Me dirigí a la cocina casi corriendo. Me inquietaba un poco tener a Isaac en mi piso, después de haber tenido un sexo tan salvaje, brusco e imprevisto. Rebusqué en la alacena, pero no encontré ninguna botella de vino. Abrí la nevera, y saqué dos latas de cerveza y un paquete de jamón. Lo puse en un plato y volví al salón con la bebida y la comida. Isaac me lo agradeció con una inclinación de la cabeza, abrió su lata y le dio un buen trago. Lo contemplé en un profundo silencio. Maldita sea, hasta me atraía ver cómo su nuez subía y bajaba con cada trago.

—Me encanta —expuse señalando su teléfono, de donde continuaba saliendo música.

—Espero que no te haya molestado. Casi siempre ando escuchando algo, en especial cuando escribo o fumo.

—No, no. Si me acuerdo de él. Su voz es única. Jake... —Lo miré, en espera de que terminara por mí ya que no recordaba su apellido. Sin embargo, no dijo nada y proseguí—. Tengo que ponerme canciones suyas en el móvil.

—¿Se te ha pasado el enfado? —inquirió de repente, rompiendo un poco el ambiente agradable.

Recordé lo rápido que había caído y me cabreé conmigo misma, de modo que le contesté de manera un poco arisca.

—Un polvo maravilloso no lo soluciona todo.

—¿Maravilloso? —Arqueó mucho las cejas, con lo que su rostro adquirió un matiz gracioso.

—Era una forma de hablar —repliqué, y cogí un poco de jamón—. No ha estado mal.

—Yo no lo definiría así.

Paré de masticar y lo miré en silencio. La luz de la luna incidía en su rostro, aumentando ese aspecto enigmático. Era muy atractivo, al menos para mí. Tenía algo... algo que te hacía pensar que no le faltaba nada y que, en cambio, le sobraba toda la ropa.

—Discúlpame por haber llegado tarde —dijo tras unos segundos, sin romper el contacto visual. Tomé asiento en una silla y me removí, incómoda. Estaba disculpándose, aunque un poco tarde. ¿Por qué lo hacía en ese momento?—. Creí que la cita con mi editora no duraría tanto, pero se alargó y, si te soy sincero, tenías razón. —Se mordisqueó el labio superior al ver mi cara de estupefacción—. No iba a venir.

—Menudo gilipollas —se me escapó, aunque con total sinceridad.

—No es lo que piensas. —Me miró muy serio.

—Apuesto a que sí.

—Mantuve una conversación complicada con mi exeditora y no estaba de humor. Y créeme, no soy una persona muy agradable en momentos así.

—De eso doy fe —repliqué mientras lo observaba con mala leche.

Qué jeta tenía el tío. Me decía a la cara que había sopesado si venir o no y lo hacía tan tranquilamente y con excusas, como si estuviera ayudándome de alguna forma. Se había disculpado, pero ¿y qué? Empezaba a arrepentirme de haber tenido sexo con él. Aunque había sido bueno. Muy bueno. Joder, fantástico.

—Me ayudó mucho al principio de mi carrera como escritor y le debo un montón, incluso que ahora esté en un sello editorial mucho más grande, con proyección internacional.

Me sorprendió que me contara tanto. Me desconcertaba

que en ocasiones fuera tan escueto y en otras se le soltara la lengua. Y también había vuelto a molestarme un poquito que me hablara de su editora.

—Bueno, da igual —respondí encogiéndome de hombros. Quería cambiar de tema si iba a quedarse en mi piso un rato. La opción de echarlo se me antojaba un poco maleducada y, en el fondo, no me apetecía. Empezaba a hartarme de mis contradicciones con ese hombre—. Así que... ¿vas a escribir sobre La Puebla?

—No puedo decir mucho, pero... más o menos. La ambientación.

—¿Por qué te inspira un lugar como ese?

—Para lo que yo escribo, me parece interesante.

—Ilumíname un poquito. ¿Puedes decirme lo que escribes?

Isaac abandonó su puesto delante de la cristalera y se acercó. Cogió una silla y la colocó frente a mí. Antes de contestar, cogió una loncha de jamón, se la metió en la boca y masticó con lentitud.

—Novela de terror, de fantasía, algo de ciencia ficción. ¿Te gusta?

—La verdad es que no suelo leer mucho, por no decir casi nada. Cada día me dejo la vista en el ordenador. Y nunca me han atraído las series o las películas de crímenes. —Jugueteé con mi lata de cerveza e Isaac bebió de la suya, mirándome—. Pero... siento curiosidad por tus libros. Intenté buscarte en internet, aunque no di contigo. Como no sé tus apellidos...

—Tampoco me habrías encontrado. Escribo bajo pseudónimo.

—¿Por qué?

—Lo prefiero así, tampoco hay un motivo exacto.

Se levantó y depositó la lata vacía en la mesa.

—¿Te traigo otra?

Antes de que Isaac pudiera asentir, ya me había levantado y había ido a la nevera. Regresé con una nueva lata y se la entregué. Isaac comió un poco más de jamón y luego dijo:

—Si de verdad quieres leer algo mío, puedo pasarte algunos enlaces por WhatsApp.

—Claro, estaría bien —acepté, tratando de no mostrarme demasiado emocionada. Pero así era, porque se me ocurría que a través de sus libros podría averiguar más de él—. ¿Y cómo te apellidas en realidad?

—Salazar... Isaac Salazar.

—Suena a detective de películas o libros.

—¿Y cómo sabes tú eso si no son de tu agrado? —inquirió, aunque con un matiz de diversión en la voz.

—Carolina Merino —dije, ignorando su comentario.

—Encantado, Carolina.

—Lo mismo digo, señor Salazar, escritor de novela de terror, fantasía y algo de ciencia ficción —recité de carrerilla.

—Eres única —replicó, y luego se rio y me uní a él. Me gustaba su risa, aunque no solía sacarla a pasear. Le formaba ese hoyuelo en la mejilla que le daba un aspecto más relajado. Mientras bebía, pensé en que me gustaría besárselo, pasar mi lengua por él y luego toparme con sus labios. Él pareció darse cuenta de mi atenta mirada y ladeó la cabeza, curioso—. ¿Cómo te sientes?

—¿A qué te refieres? —pregunté poniéndome recta.

—Lo de tu tía.

—Los primeros días de la vuelta fueron duros. La he echado mucho de menos. Y todavía lo hago. Mi tía era como mi madre, ya te lo conté... Pero bueno, tengo que hacerme a la idea. Cuando su enfermedad comenzó los médicos me avisaron de que podía suceder.

—¿Y a tus padres los echas de menos alguna vez?

—¿Puede echarse de menos lo que no recuerdas o lo que nunca has tenido?

Isaac no respondió, tan solo se dedicó a observarme con sus ojos de tormenta eléctrica y una sombra intensa en ellos que me hizo apartar la mirada. Tiempo después me daría cuenta de que así era... porque tener lejos a Isaac, o incluso cerca, era como no tener nunca nada y, a pesar de todo, echarlo tanto de menos que el corazón podía explotar.

—Todo lo que yo conocía era la tía. Ella fue mi familia.

«Y Gabriel», se me pasó por la mente.

—Debe de ser bonito contar con alguien tan especial, al que quieres tanto y que te quiere tanto a ti —opinó Isaac con una extraña voz, y sonó como si él nunca hubiera tenido a alguien así.

—¿Qué me dices de tu familia? ¿Vivís en el mismo lugar?

—No —respondió con un matiz de enfado, y me sobresalté. Supe que no debía formular más preguntas, a pesar de que me muriera de ganas. No obstante, fue Isaac quien se abrió sin que lo instara a ello—. La verdad es que hace muchísimo tiempo que no tengo contacto con mis padres.

—¿Y sabes hablar euskera? —le pregunté de repente, porque tenía claro que era mejor cambiar de tema para que no se cerrara en banda.

—Un poco —musitó con pocas ganas.

—Cuéntame algo sobre tu ciudad —le pedí curiosa.

Le indiqué con un gesto que esperara y cogí el plato vacío. Fui a la cocina a por otra cerveza para mí y puse un poco más de jamón. Una vez que tomé asiento de nuevo, le hice un gesto con la cabeza para que hablara. No quería que callara ni que se cerrara. Ansiaba que la noche continuara escuchando su voz.

—Es muy distinto a esto. —Señaló el ventanal con la cabeza—. Aunque ahora es bastante moderno, cuando pones el pie allí todavía sientes ecos del pasado. En serio, tiene unos parajes espectaculares. Está rodeado de playas y montes, de marismas y bosques… Y no sabes lo fascinante que es la bahía del Txingudi, aunque para disfrutar mejor de ella hay que desplazarse hasta Hondarribia. El Camino de Santiago atraviesa las calles de Irún, así que a veces te encuentras a peregrinos. —Ladeó el rostro para mirarme, aunque sus ojos parecían ausentes, como si en ese momento justo hubiera abandonado Barcelona para volar hasta Irún—. Es mágico… y misterioso. Es difícil de explicar la sensación. Hasta que no pones el pie no lo entiendes. Y cuando vas conociendo su mitología, te enamoras todavía más.

—Me encantaría ir por allí —lo interrumpí, embobada y maravillada por la fuerza que imprimía a cada una de sus palabras.

—Tal vez puedas hacerlo algún día.

Sentí un cosquilleo nervioso en el estómago. Seguramente Isaac no quería decir con eso que fuera allí para visitarlo a él, sino solo para conocer la ciudad. Sí, sería eso. Que él me hubiera hablado de quedar en Barcelona no significaba nada —porque, aunque asegurara que no, lo más probable fuera que se debiera a que quería sacarme información de La Puebla para su novela—, que hubiéramos tenido sexo maravilloso tampoco, que estuviéramos charlando en mi piso como si nos conociéramos de toda la vida... Joder, ¿qué era aquello? ¿Por qué le había perdonado su medio plantón? ¿Y por qué me sentía tan bien con la charla?

—Sí, quizá vaya alguna vez —respondí en voz baja. Di un buen trago a la cerveza, lo paladeé y luego le pregunté—: Bueno, ¿y qué querías saber sobre La Puebla?

Isaac me miró durante unos segundos que me parecieron muy largos. En ocasiones como esa se me antojaba que me miraba como si intentara descubrir todo de mí, metérseme muy dentro, como si estuviera instalándome en su vida, encajándome de algún modo que le costaba. Mi piel empezaba a despertarse de nuevo, teniéndolo allí, tan cerca de mí... con su cabello todavía revuelto y ese aroma que desprendía y que se había unido al del sexo.

—Carol, no me gustaría que pensaras que te he propuesto quedar solo para eso —comentó con seriedad, casi molesto.

—Si así fuera... tampoco pasaría nada —manifesté seca, restando importancia.

Se sacó el tabaco de liar y me preguntó mediante gestos si le daba permiso. Asentí al tiempo que me levantaba para abrir un poco el ventanal a fin de que el olor a tabaco no se quedara en el piso. Estudié los rápidos y expertos dedos de Isaac mientras se preparaba el cigarrillo. Luego lo encendió, le dio una profunda calada y soltó el humo despacio.

—Tienes cara de antiguo —me salió, sin ningún filtro.

Me recordaba a alguna de aquellas estrellas de cine del pasado. Isaac me contempló con la sorpresa reflejada en el rostro.

—¿Qué?

—De actor de esos antiguos, sí. A veces una amiga y yo bromeábamos sobre eso cuando aparecían nuevas estrellas de Hollywood de nuestra época que, sin embargo, parecían haber nacido en otra por su aspecto. A ti te sucede. Te hago una foto con el cigarro en los labios mirando al infinito y la chupa, le pongo un filtro en blanco y negro y das el pego.

Isaac dibujó una sonrisa ladeada que le confirió más atractivo. Sacudió la cabeza.

—Es un poco tarde —apuntó después de echar un vistazo a su reloj—. Creo que es mejor que me termine el cigarro y me marche. Tal vez quieras descansar.

Mentiría si dijera que no me sentí desilusionada. Estaba claro: Isaac no iba a quedarse a pasar la noche en mi piso, ni charlando ni nada. Pero me molestó un poco que primero me propusiera hablar sobre mi pueblo y que luego, de repente, cambiara de opinión.

—Claro, como te apetezca —respondí, a pesar de todo.

Se terminó el cigarro y se inclinó hacia delante para apagarlo en la tacita con agua que le había dejado para ello. Después cogió el móvil, aunque no quitó la música. Me levanté y fui hacia el ventanal para cerrarlo, y me quedé unos segundos allí, contemplando la noche, sin pensar en nada y en todo a la vez.

De pronto noté la presencia de Isaac a mi espalda y, al darme la vuelta, lo descubrí muy cerca de mí. El pulso se me disparó al apreciar que su aroma me envolvía. Estaba mirándome como horas antes en la escalera. En ese momento no se trataba de la tensión sexual que había ido incrementándose a medida que discutíamos, sino de una atracción un poco más serena, pero igualmente fuerte.

Se acercó un poco más e hice lo propio, hasta encontrarnos casi pegados. Me gustaba eso de él: que no disimulaba lo que le apetecía. Y en ese instante ambos lo sabíamos bien: deseábamos desnudarnos una vez más, quizá de manera más pausada, con más tiempo para explorar nuestras pieles y nuestros cuerpos. Era cierto: no me había quedado saciada. Y, por lo visto, Isaac tampoco. A través del móvil seguía sonando una canción de Jake Bugg con una letra perfecta para lo que parecía estar a punto de suceder, pero que no llegaba del todo. «*I don't know right. I don't know wrong. I don't know where it's coming from. Never mind, I'll forget you somehow. It's happened once and it's happened twice and by the third I'm still not wise. Never you mind, I'll forget you somehow.*» («No sé qué está bien y qué está mal. No sé de dónde viene. No importa, te olvidaré de alguna manera. Pasó una vez y pasó una segunda, y para la tercera vez todavía no soy sabia. No te preocupes, te olvidaré de alguna manera.»)

—Me voy —masculló, aunque por su tono de voz supe que no quería hacerlo.

No se movió ni un centímetro, sino que se quedó plantado ante mí como una estatua.

—Vale —susurré sosteniéndole la mirada.

Su respiración escapaba más acelerada cada vez, y mi estómago se contrajo al deslizar los ojos a esos labios carnosos.

—Gracias por las birras.

—De nada.

Lo vi titubear, cuando por lo general aparentaba ser tan seguro. Recorrí su rostro, estudiando cada uno de sus rasgos. Cada vez que lo miraba, encontraba algo nuevo en él. Sin duda, Isaac contaba con un rostro muy particular, y esa mirada azul tan intensa me hacía pensar en alguien de algún país del norte. Tal vez tenía ascendencia irlandesa, o algo parecido. Cuando se ponía serio, esos ojos podían transmitir cierta inquietud. Pero, al mismo tiempo, reconocí que también eran capaces de seducir. Y sus pómulos altos le conferían un toque fascinante. Sin embargo, aparte de en sus ojos, era en sus labios donde siempre terminaba mi mirada.

No supe muy bien cómo, pero mi brazo se movió como impelido por un resorte y acerqué la mano a esa boca que, aun cerrada, parecía estar llamándome. Se la rocé, paseando dos de mis dedos muy suavemente por su labio inferior. Los entreabrió al tiempo que entornaba los ojos debido a la sorpresa. Quise creer que también por el deseo. Yo ya estaba muerta de ganas. De ganas de sentirlo sobre mí, de sentirme sobre él.

No obstante, Isaac no hizo nada más que apartarse, enfundando las manos en los bolsillos del pantalón como si temiera llevarlas a otro lugar. «Tendrías que estar metiéndolas bajo mi blusa una vez más», pensé con el pulso latiéndome a toda prisa. Era evidente todo lo que flotaba en el ambiente, tan pesado que podría haberse tocado.

Pasó por mi lado, haciendo lo posible por no rozarme. Me habría gustado atraparlo del brazo y preguntarle: «¿Qué te pasa? ¿Por qué disimulas si está clarísimo lo que quieres? No me decepciones». Su chaqueta colgaba del respaldo del sofá y la cogió, aunque no se la puso, se volvió y echó a andar. Lo seguí, pero me detuve a mitad del salón, un poco molesta. No me apetecía acompañarlo hasta la puerta porque no quería que se fuera.

—Buenas noches —se despidió. La música dejó de sonar, transmitiéndome una sensación de vacío.

Deseaba saber dónde iba a pasar la madrugada y por qué no prefería terminarla enredado entre mis sábanas, aunque solo fuera alargando la conversación de antes, incluso charlando de La Puebla o de lo que pretendiera. Pero no solté palabra, por supuesto. No iría detrás de un hombre del que apenas sabía nada, y mucho menos después de tanto tiempo con Samuel.

—Que vaya bien —susurré cuando ya desaparecía por la esquina que daba a la entradita.

Esperé a escuchar la puerta, pero no ocurrió. Transcurrió un segundo, luego otro... Contaba diez cuando aprecié un movimiento. El pulso se me aceleró de nuevo y, cuando Isaac reapareció por la esquina, el corazón ya se me había echado a la carrera. Vi cómo lanzaba la chaqueta por los aires y se abalanzaba hacia mí en una postura similar a la de un felino salvaje, con la mirada oscurecida y una seriedad apabullante. Recibí sus labios con anhelo y solté un prolongado gemido cuando empezamos a besarnos con la misma intensidad frenética que un par de horas antes. Le pasé los brazos por la espalda, apretando su jersey. Me tomó de las mejillas y me clavó los dedos en ellas. Su respiración se entrelazaba a la mía con cada nuevo beso, que poco a poco fueron calmándose.

Nos dirigimos en silencio a mi dormitorio sin dejar de besarnos y tocarnos. Pero ya me había dado cuenta de que esa vez todo sería más pausado, tal como me había imaginado y deseado. En la habitación nos desvestimos el uno al otro a oscuras, con suma lentitud, acariciando cada centímetro de carne que iba quedándose al descubierto. Una vez que mis ojos se acostumbraron a la penumbra, advertí que me miraba también. Y fue la primera vez que pensé que justo la mirada es lo único que puedes sentir en toda la piel.

Cuando ya estuvimos completamente desnudos, Isaac me cogió en brazos, se sentó en el borde de la cama y me situó encima de él. Me rocé hasta que mis gemidos pintaron las paredes del dormitorio y su sexo quedó tan húmedo como el mío. Y mientras Isaac me besaba por todas partes —en los labios, en la nariz, en las mejillas y en la frente—, sus manos se llenaron de mis curvas.

—Si sigues así, no respondo de mí —jadeó.

No contesté que me ocurría lo mismo, que tan solo la fricción me transportaba a un mundo paralelo en el que mi cuerpo ardía. Lo aparté, y supo lo que pretendía sin que abriera la boca. Salí del dormitorio y corrí al cuarto de baño en busca de la cajita de preservativos de la que ya habíamos usado uno. Saqué otro y regresé al dormitorio a toda prisa, con el anhelo empujando en cada uno de mis rincones. Me situé sobre él, a horcajadas, y yo misma le coloqué el condón. A continuación, me dejé caer poco a poco, apreciando cómo entraba en mí, hasta quedar completamente sentada sobre sus piernas. Nos miramos unos segundos, en los que acabé aturdida por sus ojos. Me moví sin saber muy bien cómo le gustaría, pero de inmediato Isaac me sujetó de las caderas y me ayudó con el ritmo. Levantó las suyas y se hundió en lo más profundo de mí, arrancándome un pequeño grito. Aceleré, pero me detuvo y negó con la cabeza.

—Quiero que dure más —susurró con esa voz ronca que le salía cuando estaba enfadado o, como en ese instante, excitado.

Me acerqué para besarlo, y abandonó mis caderas y me

cogió de la barbilla. Luego sus dedos subieron hasta mi boca y me la dibujó con ellos. Le mordí las yemas con suavidad y gruñó. Respiramos confundidos, los alientos uniéndose de nuevo, mordiéndonos con los labios. Su lengua apoyada en mis dientes durante unos segundos. Y ninguno de los dos pudo aguantar más, de modo que Isaac posó una mano en mi cintura otra vez y me instó a marcar el ritmo. Aceleré de nuevo, abandonada a la explosión inminente que se acercaba. Gemí con los ojos cerrados y ni siquiera me percaté de que mis movimientos ya no eran tan coordinados como segundos antes. Entonces Isaac asumió el mando y yo, sumida en la oscuridad de detrás de mis párpados, fui consciente de cómo entraba y salía, de cómo se acoplaba a mis paredes a la perfección.

—Eso es... —jadeó con voz temblorosa—. Disfruta, siénteme.

Uno de los hombres con los que me había acostado siempre fue silencioso en la cama. Samuel en ocasiones decía algo, pero nunca demasiado caliente. Él pensaba que solo las acciones debían ser las encargadas de dominar el sexo. Sin embargo, Isaac me demostró que había otras cosas que podían encender todavía más. Una frase. Una simple palabra pronunciada. No me sonó sucio ni desagradable, sino totalmente excitante. Unas maravillosas cosquillas en la planta de los pies me anunciaron la llegada del orgasmo.

—Muévete —gruñó, y le clavé las uñas en el pecho. Sacudí las caderas, y él pellizcó un pezón y tiró de él arrancándome un gritito. Noté que la humedad de mi sexo se deslizaba por sus muslos—. Quiero sentirte más. Quiero que te sientas repleta de mí... Carolina.

Me gustaba demasiado que me llamara así. Mi nombre al completo en su paladar, exhalándolo, rozando sus dientes. Mi nombre pronunciado por él tenía otro significado. El del sexo. El de los besos que nos habíamos dado. El de cada una de las caricias. Y si hubiera sido capaz de hablar en ese instante de placentera agonía, le habría dicho que ya nunca más me llamara Carol.

6

No supe en qué momento me dormí, pero no duré mucho con los ojos abiertos después de experimentar ese segundo orgasmo, increíble para mí, pues normalmente me costaba alcanzar hasta el primero. Recordé que, incluso entre sueños, mi mente había rumiado sobre esa noche tan impredecible, extraña y, al mismo tiempo, excitante y agradable.

Cuando desperté la luz de la mañana dibujaba un halo en la ropa de la cama. Tanteé ese lado, que se encontraba vacío, y noté un pequeño pinchazo en el pecho. Me incorporé un poco y descubrí en la mesilla de noche un papel. Me estiré entre las sábanas para cogerlo y, amodorrada, me lo acerqué a los ojos.

> Aunque quizá pienses lo contrario, no se me da bien hablar. Soy mucho mejor poniendo palabras en historias que no son las mías. Hacía tanto tiempo que no dormía con nadie que ni siquiera recordaba lo que era.
>
> ISAAC

Mi piel todavía olía a la de Isaac y, aunque había decidido marcharse —¿de madrugada o ya por la mañana?— porque al parecer no era de los que se quedaban para darte mimos y besos, no pude evitar componer una sonrisa satisfecha. Me permití cerrar los ojos una vez más y pensar en lo bien que había estado todo. Con eso debía quedarme. Tampoco era malo tener un amigo con derecho a roce, a pesar de lo lejos que vivíamos el uno del otro. Un amigo con ciertos derechos al que, a lo mejor, ya no volvía a ver. O a eso me sonaba esa nota tan contenida.

Permanecí acurrucada en la cama un ratito más hasta que mi estómago rugió y también me entraron ganas de ducharme. Salí de entre las sábanas, saqué del armario una bata y me la puse por encima. Luego me dirigí a la cocina para tomar un vaso de agua, pues estaba sedienta. Bebí a trompicones, con la mente un tanto anestesiada. Cómo pueden cambiar las cosas en tan solo unos minutos, o incluso segundos.

Decidí darme un baño, en lugar de una ducha, y reflexioné sobre lo que hacer ese sábado mientras la bañera se llenaba de agua humeante. Una vez dentro, estiré todo el cuerpo y solté un gemido de placer. Todavía era capaz de notar en mi piel los labios de Isaac, sus manos recorriéndome entera. Había dicho tras contemplarme desnuda que aquello no era sano, y tal vez tenía razón porque era increíble el hecho de que aún sintiera ganas de él. O a lo mejor eso era lo normal cuando alguien te atraía tanto. Con mis otras relaciones, incluso las cortas, todo había sido muchísimo más sereno. En cambio, con Isaac era como una marabunta de hormigas que correteaban por mi cuerpo sin otorgarme una pequeña tregua.

Poco después salí de la bañera mucho más fresca. No había pasado mucho tiempo dentro del agua, ya que me apetecía aprovechar el día. Tal vez podía desayunar en Lúkumas, un local del barrio que no quedaba lejos de mi piso en el que servían unos dulces muy especiales que se llamaban como el restaurante: la versión helénica de los donuts, aunque con rellenos sorprendentes, como mi favorito que tenía glaseado con esencia de retsina. A Samuel no le agradaba mucho porque decía que era «para gente hípster y modernillos», por eso hacía bastante que no acudía, a pesar de lo mucho que me había gustado desde que lo descubrí.

Me envolví en una toalla y me planté frente al espejo para secarme el pelo. Tenía una sonrisa en la cara. Una sonrisa de tonta. Que sí, que me habría gustado despertar y haberme encontrado a Isaac durmiendo plácidamente al otro lado de la cama, pero… Era mejor hacerse a la idea. Tener las cosas claras. Y quedarme con la sensación de lo mucho que había disfrutado.

Tras secarme la melena regresé al dormitorio y rebusqué en el armario ropa cómoda para ponerme. Cinco minutos después ya me había vestido con un suéter granate y unos sencillos vaqueros con unas deportivas. Me recogí el largo cabello en una cola y, estaba a punto de echarme un poquitín de mi colonia favorita —Dolce & Gabbana—, cuando sonó el timbre. Me miré en el espejo con gesto asombrado. No esperaba a nadie, por supuesto. Quizá se habían equivocado porque había sido un pitido muy corto y no insistían. De modo que me encogí de hombros y continué a lo mío, pero el timbre volvió a sonar cuando metía el móvil en el bolso. Miré el telefonillo como si pudiera avisarme de quién se encontraba abajo. Me preocupaba que fuera Samuel, así en una visita imprevista alegando que se había dejado algo en el piso. Y era cierto, pues unos días antes había descubierto en el fondo del armario una caja de Ikea con un montón de apuntes de sus oposiciones.

—¿Quién? —pregunté manteniéndome un poquitín alejada del interfono.

—¿Carolina?

Fruncí el ceño al oír aquella voz que, en tan poco tiempo, se había convertido en muy familiar para mí. Una voz que por nada del mundo esperaba escuchar esa mañana otra vez.

—Sí. ¿Quién es? —repetí, de todas formas.

—Pues… soy Isaac. ¿Me abres? —Sonaba como retraído o cauteloso.

—Eh… Sí, claro —respondí confusa.

Pulsé el botón y, a continuación, abrí la puerta. Me quedé contemplando la pared sin entender nada y luego me volví, di unos pasos hacia el interior del piso y barrí el salón con la mirada por si se había olvidado algo. Pero no, todo parecía en su sitio.

Oí en ese instante unos pasos acelerados que subían los escalones y alcanzaban el rellano. Me acerqué a la puerta de nuevo y me topé con un Isaac serio y un poco titubeante. Lo miré con los ojos muy abiertos, y me correspondió de la misma manera. Nos noté tímidos. Tal vez ambos pensábamos en la noche anterior. Me fijé en que ya no llevaba la misma ropa y que portaba consigo una bolsa blanca de plástico. Arqueé una ceja.

—¿Olvidaste algo o...?

Se rascó la barbilla, pensativo, y luego su pecho se hinchó con una profunda aspiración.

—Pensé que, como anoche te fallé con la cena, podríamos desayunar juntos. —Parecía que le costaba decirlo, pero, aun así, lo hizo.

Juro que el corazón se me puso a brincar como un maldito loco, sobre todo por la mirada que después me lanzó. Jamás le había visto esos ojos serios, pero, al mismo tiempo, tímidos. Cargados de algo que se asemejaba a la preocupación. Los ojos de Isaac podían transmitir diversas emociones casi a la vez, con lo que resultaba muy difícil descifrar a través de ellos lo que pretendía expresar de verdad.

—Desayunar juntos —repetí como una tonta.

Asintió, y levantó la bolsa de plástico.

—¿Te gustan los cruasanes y las magdalenas?

Sin poder evitarlo, me eché a reír. Ya me había hecho a la idea de que Isaac se había largado tras esa frenética y maravillosa noche. Sin embargo, regresaba con dulces para que los compartiéramos. Y, en realidad, aquello era lo que me había apetecido desde el primer momento, aunque me lo negara. No por nada romántico o especial, sino tan solo porque la compañía de Isaac me agradaba, me llenaba. Ese halo misterioso —en ocasiones triste— que lo rodeaba me atraía como atraen todas aquellas cosas que nos parecen tan distintas a nosotros.

Lo observé una vez más con tiento, sin comprender por qué había vuelto. ¿Le apetecía pasar más tiempo conmigo, como me ocurría a mí, y no quería demostrarlo? ¿O simplemente se sentía mal por el semiplantón de la noche anterior y buscaba resarcirme de alguna manera? Desistí en mis cavilaciones y le indiqué con un gesto que pasara. Una vez en el salón, me tendió la bolsa y se lo agradecí con una sacudida de cabeza. Me dirigí a la cocina para poner los dulces en un plato, pero antes bajé la cafetera de un armario y le pregunté, alzando la voz:

—¿Cómo te gusta el café?

De repente lo tenía asomado a la cocina con una extraña mirada que me causó un cosquilleo por la espalda.

—Fuerte, por supuesto. Las mejores sensaciones del mundo son fuertes e intensas.

Lo contemplé atónita, y me di cuenta de que su tono había adquirido ese matiz juguetón que a mí me secaba la boca. Asentí, sin musitar palabra, y rebusqué entre las cápsulas. Por suerte, me quedaba un par de café intenso. Lo noté a mi espalda, con su mirada clavada en mí.

—Estás poniéndome nerviosa —murmuré, tratando de dotar de naturalidad a mi voz.

—¿Me vuelvo al salón?

—No, no importa. Quédate, pero ayúdame. Pon los dulces en un plato.

Me resultaba un poco raro tenerlo a mi lado, preparando el desayuno. Como mi cocina era pequeña, nuestros brazos se rozaron en más de una ocasión. Mientras se llenaban las tazas, aproveché para lanzarle miradas disimuladas con el rabillo del ojo. Isaac me miraba directamente.

—Te has cambiado de ropa —le dije una vez que nos sentamos a la mesa con nuestras tazas y la bollería delante.

Alcancé un cruasán con una pinta estupenda. Me sentía hambrienta.

—Me he acercado al hotel que tenía reservado. Debía pagar y esas cosas, ya que ayer no lo hice —me informó.

Su actitud había mutado también: ya no mostraba esa cautela con la que había llegado, sino su habitual seguridad.

—Está muy bueno. —Me lamí el azúcar de un dedo pegajoso, y me fijé en que Isaac no había probado bocado y que no se perdía ni uno solo de mis movimientos. Esbocé una sonrisa nerviosa y di un trago apresurado al café—. Pero no era necesario que volvieras, en serio.

—Reservé dos noches: la de ayer y la de hoy.

—Ah, ya entiendo. —Asentí con la cabeza, en plan bromista—. No sabías qué hacer por aquí, y yo era tu única opción...

—En realidad, pensé que podríamos charlar un poco sobre La Puebla.

Su afirmación me cayó como una jarra de agua fría. La noche anterior sacar el tema le había sabido mal por la situación, claro, pero a la luz del día estaba empeñado en conseguir su propósito. En el fondo, lo entendía. Escribir era su trabajo.

—De acuerdo. —Me encogí de hombros y ladeé la cabeza con una sonrisa estirada—. Hablemos, pues.

—¿Por qué no lo hacemos dando una vuelta por Barcelona?

Yo tampoco tenía ningún plan y, en el fondo, la compañía de Isaac me resultaba apetecible, aunque para él se debiera a un objetivo. Quince minutos después caminábamos por la calle, sin un destino concreto.

—¿Paseamos por las Ramblas?

—Eres tú la que sabe de aquí. Me fío de tu criterio.

Me puse más nerviosa porque quería estar a la altura. ¿Qué podía ofrecer alguien como yo a alguien como él? No era que me sintiera inferior, sino simplemente el hecho de que Isaac habría vivido muchísimo más, o eso me había dado a entender a través de lo escaso que me había contado sobre él. De pequeña y de adolescente había pasado casi todo el tiempo en La Puebla y fue ya con casi veinte años que me abrí a un mundo más amplio. Había viajado por España y también a algunas ciudades europeas, pero con Samuel la cosa había decaído porque no le gustaba mucho viajar. Como si Isaac adivinara mis pensamientos, dijo:

—Cualquier cosa que propongas estará bien.

Nos dirigimos a las Ramblas, donde nos encontramos con una ingente cantidad de personas. Ese lugar siempre estaba lleno de vida a cualquier hora del día, tanto de gente local que paseaba con sus amigos o su familia, como de turistas entusiasmados.

Isaac se mostró interesado en el *teatre* del Liceu, sobre el que me lanzó una pregunta tras otra y de las que, por suerte, salí airosa. Le dio monedas a un par de estatuas vivientes y observó durante un buen rato las caricaturas de uno de los artistas que, en ese momento, retrataba a un niño extranjero. A diferencia de la mayoría de las personas que mostraban prisa o agitación, Isaac y yo caminamos despacio, permitiendo que él dedicara tiempo a todo aquello que le llamara la atención. Eran lugares que yo ya había visitado en numerosas ocasiones y que, sin embargo, ese día estaba viviéndolos de manera distinta junto a él. Porque si algo destacaba en Isaac era su capacidad para empaparse de todo. Del colorido de las Ramblas, de las conversaciones del gentío, de la historia de los edificios, incluso de los juegos de luz que el sol proyectaba. Se dedicó a hacer unas cuantas fotos al exterior del *palau* Güell cuando pasamos por delante, como un turista más. El mediodía nos alcanzó justo al final de la avenida, desde donde ya se divisaba la columna con la estatua de Colón.

—¿Tienes hambre? —Le señalé los numerosos bares y restaurantes de la zona—. Por aquí hay un italiano con buena fama.

—Como te he dicho antes, mandas tú. —Y, medio en broma, me hizo una reverencia.

Compartimos un plato de pasta y una pizza en Il Mercante di Venezia. Isaac se empeñó en pedir unas copas de vino para recordarme la elección chapucera que hice en el pueblo. Para mi sorpresa, en lugar de plantearme preguntas sobre La Puebla, me contó anécdotas de su viaje a Cuba, a México y a Argentina. Le entusiasmaba Latinoamérica y consiguió contagiarme esa pasión con tan solo unas cuantas frases. Pude ver, a través de sus descripciones, los parajes de aquellos lugares. Y saborear, gracias a sus palabras, la gastronomía. Me reí tanto con alguna de sus historietas que al final de la comida me dolía la mandíbula. Con lo serio que aparentaba ser, y luego era capaz de sacarme carcajadas, y sin casi esfuerzo, sin que se diera cuenta. A la hora de pedir los postres, ya volvía a sentirme completamente confundida. ¿Y si... y si había vuelto a mi casa por mí, con la excusa de la documentación de La Puebla? Noté una inusitada alegría, aunque de inmediato me obligué a reprimirla. Disimulé estudiando la carta y, de improviso, me vi confesándole que el primero de noviembre era mi cumpleaños y que, como no quedaba mucho, podíamos celebrarlo pidiendo un postre para compartir.

Después de comer regresamos a las Ramblas a fin de ir al *mercat* de La Boqueria. Apenas podía avanzarse cuando llegamos, de manera que en unas cuantas ocasiones tuve que arrimarme a Isaac para dejar pasar a la gente. Tan solo ese simple contacto me alteraba, me hacía pensar en todas las sensaciones que había experimentado la noche anterior. Él no parecía darse cuenta, ya que contemplaba cuanto nos rodeaba sin perderse detalle. En un momento dado, abrió la bandolera que llevaba colgada y sacó de ella un pequeño bloc de notas y un bolígrafo. Mientras paseábamos por el mercado, se dedicó a garabatear en él.

—¿Puedo preguntar qué haces? —inquirí, llena de curiosidad.

—Tomo notas del lugar.

—¿Vas a localizar una de tus novelas aquí también?

—¡Quién sabe! —Cerró el cuaderno para mirarme con un exagerado gesto misterioso.

—Siento muchísima curiosidad por averiguar qué escribes y cómo.

—Todos los escritores escribimos sobre la vida.

—¿Hasta los de terror o fantasía?

Asintió sin un ápice de duda, y fue en ese instante cuando comprendí, al mirarlo a los ojos, que para Isaac la escritura no era solo un pasatiempo ni una forma de ganar dinero, sino mucho más: una pasión, tal vez una necesidad.

Siempre había pensado que hay personas que tienen la capacidad de mutar lo que hay a su alrededor. Isaac era una de ellas, aunque también se añadía el hecho de que —si bien no quería pensar en ello por ese entonces— su presencia me cambiaba. El mercado me pareció mucho más brillante y colorido que en las ocasiones en las que lo había visitado sola, con amigos o con Samuel.

A media tarde deambulamos por el barrio Gótico y continuamos charlando sobre la ciudad. Me gustaba explicarle curiosidades sobre los lugares y ver la cara de atención que ponía mientras yo hablaba. De paso, nos dirigimos a lo que quedaba del *Call*, el barrio judío, porque pensé que le interesaría y le mostré la imponente catedral, de la que tomó unas cuantas fotos. Retomando el camino de vuelta, se me ocurrió llevarlo a la fuente de Canaletas y le expliqué su historia: si bebía de ella, volvería a Barcelona. Ante mi atenta y sorprendida mirada, se acercó y bebió. La manera en que se limpió el agua que le goteaba de la barbilla revolotearía por mi mente durante el resto de la noche. Por mi cabeza solo danzaban escenas subidas de tono con nosotros como únicos protagonistas, me acordaba de la desesperación con la que me había tocado y besado la noche anterior y me preocupaba que notara algo en mi cara.

Había caído el atardecer y, como estábamos un poco cansados a causa de todo lo que habíamos caminado, nos sentamos en un banquito con dos tés del Starbucks. Ninguno de los dos abrió la boca durante unos cuantos minutos, tan solo nos dedicamos a observar a la gente que pasaba, hasta que Isaac rompió el silencio.

—¿Cómo recuerdas a la gente de La Puebla en tu infancia? —me preguntó.

Titubeé porque aquella pregunta me parecía extraña, fuera de contexto. Pero pensé que quizá su novela estuviera ambientada en la época de los años noventa y, por tanto, necesitaba indagar.

—Pues… como en todos los lugares. Algunos más amables, otros antipáticos. Como la típica vida en un pueblo: todos saben de todos.

—Pero tu tía era una mujer querida, ¿no?

—Bueno, ¡quién sabe! —Me encogí de hombros y esbocé una sonrisa—. No puedes caer bien a todo el mundo. Ni siquiera aunque seas adorable. —Me reí.

—¿Y la mentalidad? —continuó interrogándome.

—¿Cómo? —Ladeé la cabeza para mirarlo.

—¿Crees que la gente de pueblo es más cerrada que la de la ciudad, ahora que has experimentado la vida en ambos lugares?

—No creo que se deba a haber nacido en un sitio o en otro. A ver, quizá las tradiciones y la cultura sean un pelín distintas. Pero gente cerrada de mente hay en todas partes.

—Recuerdo que me dijiste que, cuando eras pequeña, había unos chavales que se metían con los demás.

Me sorprendió que Isaac se acordara de tantas cosas. Me había prestado atención. O tal vez solo se debía a que guardaba en su cabeza cualquier comentario útil para sus novelas.

—Seguro que tú también conociste en tu escuela a alguno de esos que se creen más fuertes, más valientes, mejores…

—¿Se metían con todos los niños más pequeños del pueblo?

—No, solo con los que veían débiles. Eso siempre es así.

—Como con tu amigo.

Sentí un pinchazo en el pecho. Volví la cabeza y contemplé la calle, el vaivén de turistas y de gente local que regresaba a sus casas tras un largo día o que, por el contrario, decidía salir para disfrutar de la noche de sábado que empezaba a caer.

—Para ser sincera, él era el modelo de niño al que atacarían los matones. Suena mal, y triste, pero es así —respondí, y la molestia en el pecho aumentó.

—¿Eso ocurrió muchas veces?

Cada vez me sentía más incómoda con sus preguntas. No me agradaba hablar de ese asunto, de los malos momentos para Gabriel que, en el fondo, también convertí en míos. Y ese hombre no tenía derecho a saber nada de todo aquello. Me revolví en el banco antes de responder, en voz baja:

—Sobre todo cuando era más pequeño.

—¿Y no cuando creció?

—Al final hasta los matones se cansan, ¿no?

Esbocé una sonrisa nerviosa. Estaba mintiendo, pero no me apetecía que Isaac conociera la verdad.

No quería continuar con aquella conversación, de modo que hice amago de levantarme. Sin embargo, Isaac inquirió, con un tono algo duro que me dejó estaqueada en el banco:

—¿Qué sentías cuando veías que los demás lo atacaban?

Ladeé el rostro para volver a mirarlo. Estaba muy serio, su

cuerpo se había tensado. ¿A qué venía aquello? ¿Por qué me hacía preguntas tan raras? ¿Por qué parecía que le interesaba tanto el caso de mi viejo amigo? ¿Acaso él también había sufrido algún tipo de acoso y su novela era autobiográfica?

—Me sentía muy mal —le confesé al fin, notando que mi cuerpo temblaba—. Y enfadada. No, en realidad, rabiosa. Traté de defenderlo siempre que pude, pero no puedes estar ahí a cada momento —añadí como si tuviera que excusarme de algún modo.

Y entonces sí me levanté, e Isaac hizo lo propio y comenzó a seguirme. El ambiente distendido y ameno de todo el día se había evaporado a la velocidad de la luz. Cuando ya nos acercábamos a la esquina de la calle, me tomó del brazo y me detuvo.

—¿He hecho algo que te molestara?

—Es solo que no me gusta hablar de esos temas. No son agradables. Y tampoco me apetece conversar de mi amigo —le confesé—. Hace mucho que no pertenece a mi vida.

Reparé en que sus ojos se entornaban y se oscurecían. Apretó la mandíbula, ladeó el rostro apartando su mirada de la mía y se mantuvo así unos segundos que se me hicieron exageradamente largos.

—Es cierto, tal vez te he hecho preguntas demasiado personales —convino—. Perdona. Es que cuando necesito documentarme, me olvido de muchas cosas y me centro en la historia. Trato de pensar en personas reales para así hacer una historia más auténtica.

—No pasa nada. —Me encogí de hombros y fingí una sonrisa—. Podemos hablar de todo lo que quieras de La Puebla. De lugares de allí, de cómo ha cambiado...

—Claro —asintió, aunque no me pareció muy convencido.

Lo rechacé un par de veces, pero se empeñó en acompañarme a mi piso. No obstante, por el camino apenas hablamos, tan solo para comentar algo sobre Barcelona, y en ningún momento de La Puebla. Me dije que se había jodido un día que había sido demasiado bueno... Sí, demasiado. Y eso me preocupaba un poco, ya que hacía mucho tiempo —mejor dicho:

jamás— que no me había sentido de esa manera. Tan relajada, tan sonriente, tan interesada por la otra persona, tan... ¿Yo? ¿Era la Carolina auténtica la que Isaac sacaba?

Cuando llegamos a mi portal, el estómago me dio una sacudida. Esa noche no iba a suceder lo mismo que la anterior. Ni Isaac ni yo estábamos por la labor. Y, sin embargo, me sentí un poco decepcionada al comprenderlo.

—Bueno, pues que tengas un buen viaje de vuelta a Irún.

—Gracias. —Me dedicó una pequeña sonrisa que me despertó el corazón—. Ha sido... —Pero no terminó la frase, y mis latidos casi que se entrecortaron.

—Llámame si necesitas algo para lo de tu novela. O me escribes...

Callé y asentí un par de veces, empezando a notar esa atracción incontrolable de la noche anterior. Aprecié que él también movía las manos de manera inquieta dentro de los bolsillos.

—Claro, sí. Lo haré.

Dio un par de pasos hacia atrás, sin apartar su mirada de la mía.

—Hasta pronto.

—*Agur*.

Alzó una mano y, después, se dio la vuelta.

Me apresuré a entrar en el portal para que no pudiera ver que lo miraba mientras se alejaba. Me acurruqué a un lado de la puerta y observé sus andares despreocupados, su manera de observar a toda la gente que pasaba por su lado. El corazón me retumbaba en el pecho de tal modo que me ponía más nerviosa todavía. Cuando desapareció calle abajo, me lancé a la carrera a la escalera hasta llegar a mi piso, donde me sentí un poco resguardada de él. Me preocupaba todo lo que empezaba a experimentar por una persona como Isaac. Tan impredecible, tan lejana, tan insondable.

Esa noche apenas dormí, pensando. Pensando en él, en cómo me había sentido a su lado. En él en mi piso, en mi salón, en mi cocina, en mi cama. En cómo me había dejado llevar, en cómo nos habíamos arrasado ambos.

También reflexioné acerca de lo mucho que me había estancado como persona con Samuel. Mi vida se había hecho totalmente monótona. Yo también tenía la culpa, por supuesto, pues me había acomodado en lugar de seguir buscando lo que me apetecía. No sabía muy bien por qué, pero conocer a Isaac había empezado a cambiarme. Me avergonzaba de haberme convertido en otra persona con Samuel, pero gracias a volver a sentirme libre y a lo que Isaac me inspiraba ardía en ganas de retomar actividades. Tal vez fuera desde la noche en La Puebla en que hablamos de nosotros y declaré que no tenía grandes sueños. No obstante, me había dado cuenta de que sí los tenía, y que no importaba si eran inmensos o más bien pequeños porque, al fin y al cabo, eran propósitos, eran deseos de conseguir algo, de vivir. Serían mis pequeños sueños, perfectos para mí. De modo que esa noche, tras el estupendo —y al mismo tiempo extraño— finde con Isaac, cogí mi bloc y anoté todo aquello que ansiaba hacer, lo que sabía que me aportaría felicidad. Pensé en la tía y en lo contenta que se habría sentido ella también, pues en más de una ocasión me había manifestado con indirectas que le habría gustado que regresara la Carolina ansiosa de comerse el mundo.

Me dije también, al pensar en Samuel, que nunca más un hombre iba a hacerme pequeña. ¡Qué caray! Ni un hombre, ni una mujer ni nadie. Sentí que quería ser la persona más grande del mundo, grande por estar llena de todas esas ilusiones renovadas y por cumplirlas.

7

El martes Cristina no llegó hasta la hora de la pausa. Si ella no estaba en la oficina, yo no solía ir a la cafetería, pero esa mañana no había tenido tiempo de desayunar y me moría de hambre. Así que apagué la pantalla del ordenador tras revisar una vez más el fragmento de un texto y abandoné nuestra planta para dirigirme a la del café. Cuando me asomé, mi amiga se encontraba sentada a una mesa, aunque sin su habitual desayuno y con tan solo una taza entre las manos. Estaba cabizbaja, sumida en sus pensamientos, por lo que al plantarme ante ella tuve que hacer aspavientos con ambas manos para llamar su atención.

—¿Hay vida ahí? —bromeé.

Al fin los ojos de Cristina se posaron en mi rostro y le dediqué una sonrisa. Aprecié sus ojeras, más marcadas que nunca —a diferencia de mí, ella nunca tenía—, su media melena mal peinada y su atuendo menos arreglado de lo habitual. Se trataba de una Cris muy distinta a la que yo estaba acostumbrada, de modo que no pude evitar preocuparme.

—¿Estás bien? —le pregunté inclinándome hacia ella.

—He dormido fatal. —Se llevó una mano a la frente y se la frotó—. Como mucho, dos horas. Me he pasado la noche con el estómago revuelto y dolor de ovarios. La señora de rojo me viene en nada, seguro...

—¿No te has tomado algo? —Chasqué la lengua y apoyé las manos en las caderas. Eché un vistazo a su taza y sacudí la cabeza—. ¿Y por qué leches estás bebiendo café? Eso te revolverá el estómago aún más.

—Si no me bebo al menos uno, mi cara acabará chocando con el teclado en algún momento del día —replicó con gesto apenado.

—Voy a por una manzanilla, que te sentará mejor. —Casi tuve que arrancarle el café de entre las manos—. ¿Quieres también un ibuprofeno?

Negó con la cabeza, y me encogí de hombros.

Me pedí mi habitual Coca-Cola y un pequeño bocadillo de queso con tomate. Volví a la mesa a paso lento, notando un molesto dolor en los músculos. Cristina me observó con las cejas arqueadas y expresión divertida, a pesar de encontrarse mal.

—No me digas que esos andares de Lina Morgan se deben al escritor —comentó mordaz—. Ayer no estabas así. ¿Es que se teletransportó para darte un poco más de caña?

El día anterior, en cuanto atravesé las puertas de la oficina y comprobé que Cristina estaba sentada frente al ordenador, corrí hacia ella y le narré todo lo sucedido con pelos y señales. Omití, porque, en el fondo, no me parecía mal, que Isaac iba a lo que iba, a mi parecer. Cris habría insistido en que los hombres que alzaban el vuelo cual palomo aturullado no eran de fiar o no traían nada bueno. Pero yo ya había decidido que mi cuerpo se merecía disfrutar de todo aquello y que, si tenía claro lo que podía existir entre Isaac y yo, no pasaba nada. Aunque quizá ni se repetía, que también era posible. Había salido de una relación que se había desgastado y ahora me apetecía libertad. Cris habría contraatacado preguntándome si de verdad era capaz de llevar una relación de sexo sin compromiso. ¿Y por qué no le habría contestado a eso si se suponía que me sentía tan segura? Pues no sé… Quizá porque a veces es como si quisiéramos tendernos una trampa a nosotros mismos. Es increíble cómo, en ocasiones, hacemos o sentimos algo completamente distinto a lo que decimos.

—No se debe a eso, no —repliqué, fingiendo que me molestaba. Apoyó las manos en la taza de manzanilla que el camarero le había servido, y me lancé a mi Coca-Cola antes de proseguir. Solté un gemido de placer al notar que el azúcar inundaba mi organismo—. Es que me he apuntado a clases de salsa. Fui ayer, después del trabajo, y ya me propusieron quedarme a una clase. No sabes lo loco que está el instructor. Hoy me he levantado con unas agujetas terribles. ¡Nunca había sudado tanto!

—¿Ni siquiera con Isaac?

—Ni con él. —Le guiñé un ojo y di otro trago a la bebida. Cristina jugueteó con la bolsita de la infusión, poniéndose seria de nuevo. Realmente parecía estar enferma, con esa cara tan pálida y los violáceos surcos bajo los ojos—. ¿Por qué no vas al médico?

—Qué va, este mes estoy rara con la regla. De todos modos es normal a mi edad.

—Como quieras, pero si luego ves que te pones peor, te vas. Te cubro ante el jefe.

—¿Y ese arrebato de apuntarte a clases de salsa? —me preguntó Cristina con sincera curiosidad.

—Me apetecía. —Me encogí de hombros—. Tengo ganas de hacer muchas cosas. También me he comprado una hucha para ir metiendo dinero y así ahorrar y viajar. Mi primer destino largo será Australia, que quiero visitar a mi amiga Dani. Pero bueno, poco a poco. Ahora, aunque tengo más gastos, recibo más ingresos porque no hay que pagar la residencia y me llega a mí el alquiler del local...

Se me quebró un poco la voz al pensar en que todo eso significaba que la tía no volvería a estar a mi lado. Debido a lo de la idea de visitar a mi amiga Daniela, también se me habían pasado por la cabeza planes relacionados con la casa de la tía. Como ponerla en venta... Pero enseguida me había sentido mal y los había dejado de lado.

Justo en ese instante el camarero regresó y me eché un poco hacia atrás para que depositara mi bocadillo sobre la mesa. Alcé la mirada y reparé en que mi amiga Cris me observaba.

—Me parece muy bien, Carol. Trabajar y solo trabajar no es bueno.

—Veo como que mi vida está cambiando otra vez, y me siento bien. También voy a escuchar a todo volumen la música que me apetezca. Quien ya sabes detestaba a Miley Cyrus; en cambio, a mí me gustan sus canciones. Y por fin podré ponerme la discografía de Bruno Mars a toda paleta. Cuando lo hacía, se quejaba de que le provocaba dolores de cabeza y no conseguía corregir deberes o exámenes, pero luego él ponía la que le daba la santísima gana. ¡Imagínate! Bruno Mars, con lo bueno que es...

Cristina se echó a reír. Sin embargo, estaba yo dando un buen mordisco a mi bocadillo cuando vi que se ponía más blanca. Se llevó una mano al vientre y se levantó con tanta brusquedad que tiró la silla al suelo.

—¡Cris! —exclamé asustada.

Me dejé a medias el almuerzo y la bebida, y salí detrás de ella en dirección a los aseos. Nada más abrir la puerta, oí unos fuertes quejidos que salían de uno de los retretes. Esperé a que terminara y luego le pregunté:

—¿Necesitas ayuda?

Cristina no respondió, y tardó al menos cinco minutos en salir. La tomé de un brazo y la guie hacia el grifo, coloqué una mano bajo el chorro de agua y, a continuación, le mojé la nuca y la frente.

—Me había entrado una arcada... Pero nada, no he vomitado. Aunque me dolía mucho, eso sí. Ya me siento mejor —murmuró.

Sin embargo, no me lo parecía. Tenía los labios blanquísimos y aspecto de desvanecerse de un momento a otro.

Se inclinó ante el espejo y se lavó la cara. Esperé en silencio, con los brazos cruzados, a que terminara.

—Vete a urgencias, Cris.

—¡Venga, Carol! Que a todas nos ha dolido o molestado alguna vez la menstruación. Esto serán desarreglos. Ya verás cuando te toque a ti...

Suspiré, al tiempo que sacudía la cabeza. Desde luego, Cristina era muy testaruda en algunas cuestiones. Nos quedamos en los aseos un rato más hasta que, poco a poco, empezó a recuperarse. Ya pasaban unos minutos del final de la pausa, por lo que nos apresuramos a ocupar nuestro lugar de trabajo.

A mediodía Cris no comió nada, tan solo fue a la cafetería y regresó con otra manzanilla. Yo me había llevado un táper con una ensalada de arroz para no gastar, y me lo comí allí porque no quería dejarla sola. A media tarde me dijo que ya se le había pasado y que dejara de preguntarle por cómo se encontraba porque la ponía nerviosa.

—Este jueves es tu cumple —recordó cuando empezábamos a recoger para marcharnos.

—Treinta y un tacos ya. —Asentí con la cabeza.

—¿Has planeado algo?

—La verdad es que no. Ya sabes que los otros años me iba un fin de semana a La Puebla y lo celebraba con la tía.

Pensar en ello me entristeció: los aniversarios con Matilde eran especiales. Siempre me preparaba una tarta de merengue porque sabía que era mi preferida. Incluso en la residencia, engatusaba a las cuidadoras para que cocinaran una y nos la comíamos en el patio, a pesar del frío. Nos abrigábamos bien, ella con una mantita sobre las piernas y yo con una chaqueta gruesa, y disfrutábamos de la tarta y charlábamos de cualquier cosa. Con la tía siempre había un tema de conversación, y todos eran fascinantes.

—¿Por qué no lo celebramos juntas? ¿Te parece bien si se une Damián también? —planteó Cristina esbozando una sonrisa.

—Me parece genial —opiné, emocionándome. Era la primera vez que me lo proponía y me hacía ilusión—. ¿Os venís a mi piso? Así te lo enseño.

—Pero limpia la mesa a conciencia —me provocó en broma, aludiendo a lo que le había contado acerca de que Isaac y yo habíamos tenido sexo a lo loco justo allí.

Me eché a reír al tiempo que arrugaba una bolita de papel y se la lanzaba.

El día de mi cumpleaños amanecí más serena de lo que esperaba. Había creído que no acudir a La Puebla para reunirme con la tía acabaría por entristecerme más de lo que quería, porque además era una fecha muy señalada. Primero de noviembre.

No era que estuviera contenta, pero la tristeza y el dolor que había sentido por el fallecimiento iban asentándose, ocupando su lugar en mi vida. Yo no era una persona católica practicante, pero había comprado un cirio y, nada más levantarme, lo encendí y lo coloqué en la mesa del salón. Me pasé un buen rato recordando a Matilde. El día anterior había recibido al fin la copia de su testamento. Me había dejado los pocos ahorros que tenía y el local. En vida, por mucho que yo había insistido en que no lo hiciera, ya me había donado su casa. Había pensado en lo de venderla para disponer de más ingresos extra, sí, pero no sabía por qué se me pasaba por la cabeza que Matilde no habría querido que lo hiciera. Se me antojaba que la casa era su legado, y en ella residía su historia, nuestra historia.

Cuando los pensamientos empezaron a hacerse tristes y duros, decidí dar una vuelta para distraerme. Las calles se encontraban casi vacías y esa tranquilidad se me contagió. Paseé sin rumbo fijo, intentando contemplar la ciudad tal como lo había hecho con Isaac. No obstante, no fue igual. Aun así, el paseo y el aire fresco me sentaron bien.

A mediodía recibí un whatsapp de Cristina: me felicitaba, y me recordaba que ese sábado nos divertiríamos. Eso también ayudó a que no pensara tanto en la tía… Ni en Gabriel, que me venía a la mente más de lo deseado, sobre todo porque Isaac me lo había mencionado y porque el día de mi cumpleaños me traía lejanos recuerdos. Tampoco quería pensar en Isaac. Quizá pecaba de ilusa, pero el día anterior se me había ocurrido que, tal vez, me escribiría o me llamaría para felicitarme. Todavía no lo había hecho, y aún quedaban horas… No obstante, empezaba a creer que no lo haría. Me dije que a lo mejor estaba muy ocupado o que no se acordaba. Tampoco éramos nada. No tenía la obligación de recordar la fecha de mi cumpleaños. Yo ni siquiera sabía cuándo celebraba el suyo.

Después de comer me arrellané en el sofá dispuesta a mirar una película. Como no echaban nada bueno por televisión, opté por adelantar una traducción que una escuela de idiomas me había enviado. Había empezado a colaborar semanas atrás con ella de manera independiente. Daban las cinco de la tarde cuando mi móvil comenzó a vibrar. Eran un montón de whatsapp de Dani, quien me preguntaba si estaba disponible para hacer una videollamada. Fui yo la que se la envié y, en cuanto vi su carita risueña, sentí una alegría inmensa.

—¡Feliz cumpleaños, *neni*! —exclamó, y me enseñó un globo que flotaba detrás de ella en el que había escrito «Te quiero». Los ojos me picaron al llenárseme de lágrimas. Joder, qué tontita estaba—. ¿Te gusta? —Señaló el globo, y asentí una y otra vez.

—¿Cómo estás?

—¡Muy bien! En nada tengo que irme a dormir, pero no quería acostarme sin conversar un poco contigo en este día tan memorable para ti.

—Deja de hablar como una pedorra —le dije partiéndome de la risa.

—¿Te ha felicitado alguien antes que yo? Esta mañana he olvidado el móvil en casa, lo siento.

—Solo una persona, pero la felicitación no ha sido tan chula como la tuya.

—¿Y ha sido…?

—No —la corté—. Pero da igual. ¿Por qué tendría que felicitarme?

Traté de restarle importancia, a pesar de que me incomodaba que Dani lo sacara a relucir. Bueno, yo tenía algo de culpa ya que a ella también le había contado el fantástico fin de semana.

—No te desanimes, todavía quedan muchas horas —opinó con su tono jovial—. ¿Qué has planeado hacer?

—Como tú no estás aquí, nada. Hoy en casa, trabajando un poco.

—¿Trabajando en tu cumpleaños? —Agitó una mano, como una madre que regañara a su hija.

—Este finde haré una cena para una compañera de trabajo y su marido.

Charlamos un ratito más sobre cómo le iban las cosas por allí y la informé de que había empezado a ahorrar para visitarla próximamente.

—¡Ya era hora! —Dibujó una sonrisa enorme que me iluminó incluso a través de la pantalla—. Me muero de ganas de enseñarte cosas de aquí. Esto te encantaría, Carol.

Poco después finalizamos la videollamada, ya que Dani tenía que descansar porque se levantaba muy temprano.

Pasé el resto del día tirada en el sofá, zapeando y quejándome de las tonterías que daban por la tele, hasta que se me ocurrió una idea. Corrí al dormitorio cargada con una silla que situé ante el armario. Me subí en busca de una caja que tenía guardada arriba del todo. En ella había muchísimos recuerdos, uno de ellos oculto porque a Samuel le inquietaba (palabras textuales).

Me senté en la cama y abrí la caja para sumergirme en todas esas memorias. Es curioso cómo nuestro corazón, en más de una ocasión, es capaz de dominarnos con todas sus fuerzas y llevarnos a hacer aquello que más tememos y deseamos al mismo tiempo. Debajo de un Tamagotchi estropeado, unos tazos desgastados, un collar con el ying y el yang, un colgante con chupetes diminutos y pulseras de telas de colores tejidas por mí... había dos fotos y una cinta de vídeo. La primera era la de mis padres que la tía me había regalado. En la segunda salíamos ella, Gabriel y yo delante del escaparate de la floristería. Mi viejo amigo estaba entregándome una margarita y eso parecía hacerme mucha gracia, pues me reía con la boca abierta. La tía nos miraba con gesto risueño y cargado de cariño. No pude evitar esbozar una sonrisa, pero al mismo tiempo me sentí un poco culpable por haberla guardado de ese modo. Era esa foto la que a Samuel no le gustaba porque le daba «repelús que salga en ella un chico muerto», afirmaba. A él tampoco le había contado todos los detalles de la historia, no sabía cómo habría reaccionado y eso me asustaba.

Tras observar con nostalgia la foto un buen rato, la dejé sobre la cama y saqué el otro objeto: una cinta de vídeo de *Grease*. La apreté contra mi pecho, con los ojos cerrados, recordando el día en que Gabriel me la había regalado. Meses antes habíamos tenido una discusión por motivos que no venían al caso, pero luego nos reconciliamos y Gabriel me entregó ese VHS tan importante para él. Me acordé de lo que Isaac me había preguntado sobre cómo me sentía cuando se metían con él. Durante un tiempo pensé que no lo había defendido con la suficiente fuerza e insistencia, pero por suerte había madurado y entendido que no siempre puedes proteger a alguien, incluso ni de ti mismo.

Decidí terminar el día de mi aniversario visionando la película. Como ya no tenía un reproductor VHS, la busqué en internet. Mientras la miraba, recordé lo bien que Gabriel, la tía y yo nos lo pasábamos con la historia de Danny Zuko y de Sandy. En algún momento se me cruzaron por la mente memorias tristes, pero logré ahuyentarlas. Y acabé bailando en mi salón como aquella noche con Michael Jackson, imitando la coreografía final de la película, tal como Gabriel y yo habíamos hecho en alguna ocasión tantísimos años atrás mientras la tía aplaudía y se reía a carcajadas.

El sábado llegó sin haber recibido ni un mensaje ni una llamada de Isaac. No le di demasiada importancia, o al menos lo intenté, aunque una parte de mí tenía claro que me habría gustado un gesto como ese. Sin embargo, poco a poco iría descubriendo que Isaac era así: desapegado, reticente a mostrar lo que quizá sí era significativo para él.

Esa mañana me desperté emocionada porque por la noche iba a recibir a Cristina y a su marido. Tras desayunar bajé al supermercado para comprar unas gambas, jamón y queso para picar y un solomillo al que pretendía añadirle una salsa de queso azul. A media tarde me metí en la cocina con el propósito de empezar a prepararlo todo. Había dejado la carne en el horno cuando sonó el móvil. Vi en la pantalla el nombre de Cristina y me sobresalté por si ya se dirigían hacia mi piso, a pesar de haber quedado a las nueve.

—¿Carol? —La voz pertenecía a su marido.

—Sí, Damián, dime.

—Oye, que me sabe muy mal decirte esto, pero es que no podremos ir.

El mundo se me cayó a los pies y me derrumbé en una silla.

—¿Y eso?

—Cristina vuelve a sentirse pachucha y se ha acostado. Le duele bastante el vientre y ha empezado a tener náuseas.

—Vaya, lo siento mucho. ¿Habéis ido al médico? Ya se lo comenté el otro día...

—No quiere, pero si se pone peor, al final la llevaré. Está así desde anoche y no se le pasa.

—Espero que no sea nada —le deseé con total sinceridad.

—Gracias, Carol. Y ambos lo sentimos mucho.

—No, no. Lo importante es que Cristina se recupere. Dale un beso de mi parte. Y mantenedme informada, por favor.

Nos despedimos raudamente y colgamos. Y así me quedé, contemplando el móvil que sostenía en una mano, compuesta y sin amigos que se comieran todas aquellas gambas y cositas ricas para picar. Además del solomillo, que estaba haciéndose en el horno. Mentiría si dijera que me lo tomé a bien. En realidad, durante unos cuantos minutos me entró la vena rabiosa, no con la pobre Cris, que no tenía la culpa de nada, sino con el maldito destino cabroncete, y a punto estuve de correr a la cocina y tirar a la basura toda la comida cual desquiciada mental. Porque claro, también sentía un poco de enfado por la ausencia de mensajes de Isaac. Que sí, que no paraba de decirme a mí misma que había asumido cómo era él. Pero... bueno, enviarme un whatsapp cortito no costaba mucho, ¿no? Ya ni siquiera le pedía que se acordara de mi cumpleaños, tan solo que me saludara como de manera casual.

Al final acabé horneando el solomillo por completo, cociné tres gambas a la plancha y me puse en un platito dos lonchas de jamón y tres trozos de queso. Decoré la mesa como había planeado: servilleta roja, el vaso de flamencos rosa que adoraba y dos velas en el centro. Me serví un buen pedazo de solomillo y le eché una ingente cantidad de salsa. Saqué una foto de la decoración y se la envié a Daniela. A Cristina ya se la enseñaría el lunes, que esa noche tenía bastante, la pobre. También dudé sobre si mandársela a Isaac porque a lo mejor pensaba que era como una especie de reproche, de modo que finalmente deseché la idea. Quizá mucha gente pensaría que mi velada era un poco triste. Sin embargo, mientras disfrutaba de la cena recordé lo que la tía me había dicho en más de una ocasión: «Tesoro, estar solo en algún momento de la vida no es malo. Sentirse solo, en cambio, sí, porque eso significa que no consideras a nadie como un compañero o una compañera en el camino». Pero yo los tenía: a Cris, a Dani, tal vez también a Isaac. Y, en especial, me tenía a mí. Porque estaba aprendiendo a disfrutar de nuevo de mí misma, y eso me enorgullecía.

El lunes Cristina no se sentía mucho mejor. Se había pasado el resto del fin de semana alternando cama, sofá y cuarto de baño. Me dijo que todavía tenía muchas náuseas, que se notaba muy cansada y que al final había decidido que esa tarde iría al médico. La regañé un poco por no haberlo hecho antes, pero su rostro pálido y apenado me conmovió y durante casi todo el día le dediqué frases y palabras de ánimo.

Cuando llegué a casa a media tarde y abrí el buzón, me encontré con unos cuantos folletos de publicidad de supermercados, pero también un aviso de Correos. No esperaba nada y, al leer el nombre del remitente, por poco no se me salió el estómago por la boca. Era de Isaac. Y, aunque me moría de ganas por saber qué me había enviado, tendría que esperar porque para cuando hubiera llegado a la oficina de Correos ya la habrían cerrado.

A la mañana siguiente me marché al trabajo con una tremenda ilusión, que se desvaneció al descubrir que Cristina no había acudido. Pensé que tal vez entraría más tarde, como la anterior semana, pero no apareció en todo el día. Cuando ya me preparaba para salir, le envié un mensaje preguntándole si todo iba bien.

En Correos recogí un paquete bastante grande. No pude esperar hasta llegar a casa, de modo que lo abrí en el metro y me encontré con dos libros de Isaac. No llevaban dedicatoria, pero había añadido también una carta que, esa sí, decidí leer en mi piso con tranquilidad. En cuanto atravesé la puerta, me quité la chaqueta y el bolso y me lancé al sofá. Rasgué el sobre con impaciencia y desdoblé el folio. Era una nota bastante corta, pero bastó para despertar en mi estómago unas cosquillitas nerviosas.

Hola, Carolina:

Para serte franco, había olvidado tu cumpleaños a pesar de que lo mencionaste cuando estuve en Barcelona. No me lo tengas en cuenta, ya que soy una de esas personas terribles para las fechas. El jueves por la noche mi vecina me trajo un pedazo de una de sus tartas y entonces me acordé de la que habíamos compartido en el restaurante. Me dio un poco de cosa enviarte un mensaje porque internet es demasiado distante. Pensé en lo que me habías dicho acerca de que te apetecía conocer alguna de mis historias, de modo que el viernes por la mañana fui a Correos con estos dos libros que, espero, sean de tu agrado. Yo empezaría por *Buscando a Sam*, que es menos fuerte. El del inspector Sanabria es bastante duro. En fin, felicidades. Hasta la vista.

En cuanto terminé de leer la carta me quedé sin saber muy bien qué pensar ni cómo sentirme. Estaba extrañada. Nada le habría impedido llamarme por teléfono cuando había recordado el día de mi cumpleaños. Y luego me felicitaba con los libros y una nota. En ocasiones no entendía a Isaac. Y en cierto modo, me enfadaba un poco. Aun así, decidí comportarme de manera educada y le envié un mensaje de agradecimiento.

Dejé el móvil en la mesa y me dirigí al pasillo para darme una ducha. Cuando iba por la mitad, oí la inconfundible melodía de mi teléfono. Fruncí el ceño. ¿Sería Cris, que se había puesto peor? Di la vuelta a toda prisa y me abalancé sobre la mesa. Cuando descubrí el nombre en la pantalla, el estómago me brincó. ¡Isaac! ¿Por qué me llamaba en ese momento? Supuse que había leído mi mensaje, pero… ¡si ni siquiera lo había hecho para felicitarme cuando había podido! Qué tipo más raro... Cogí aire, y descolgué y lo saludé de la manera más jovial posible.

—¡Eh, hola!

—Carolina. —Su ronca voz inundó mis oídos.

El pulso me latió con violencia con tan solo oír mi nombre. No quería sentirme tan ilusionada, pero empezaba a no lograr contenerme.

—He recibido tu regalo. Gracias... —Al instante recordé que acababa de enviarle un mensaje diciéndole lo mismo. Me asesté una bofetada mental—. Bueno, ya lo sabes...

—De nada —respondió un tanto seco.

¿Seco? Pero ¡si me había llamado él! ¿O es que quería saber cosas de La Puebla otra vez?

—¿Cómo te va todo?

—Como siempre.

Isaac y sus escuetas respuestas. Sin embargo, no dejé que eso me quitara la emoción.

—¿Querías algo? —le pregunté con curiosidad.

—Al leer tu mensaje he pensado que debía felicitarte mejor. —Lo dijo con un tono de voz extraño, como si le costara soltar esas palabras.

—Nada, no te preocupes... Si recibir un regalo siempre está bien —bromeé, intentando restar importancia al asunto, aunque poco antes me había molestado un pelín.

A continuación, un silencio inundó la línea telefónica. Quizá no se le daba bien hablar por teléfono. A mí tampoco me gustaba mucho, pero con él no me importaba. Es más, me agradaba...

—¿Andas muy ocupado?

—No, ahora mismo no.

—¿Te apetece cenar tortilla? —se me ocurrió soltar de repente, sin pensarlo mucho. A lo mejor mi plan no le gustaba... Aun así, tenía que intentarlo.

—¿Qué?

—¿A las nueve estarás disponible?

8

A las nueve esperaba sentada a la mesa con un plato de tortilla de patatas y el portátil encendido frente a mí. Se me había ocurrido una idea curiosa y delirante, pero tenía ganas de volver a ver el rostro de Isaac. Le había propuesto hacer un Skype y charlar mientras cenábamos y él, para mi sorpresa y alegría, había aceptado. Había dudado unos segundos, eso estaba más que claro, pero lo importante era que al final había dicho que sí. Me sentía nerviosa, como si de un momento a otro fuera a llamar al timbre y pudiera lanzarme a sus brazos tras abrir la puerta. Cinco minutos después una llamada entrante me hizo dar un brinco en la silla. El corazón se me aceleró al ver la figura de Isaac ante mí, con una sombra de barba que le quedaba a las mil maravillas.

—Últimamente no he tenido tiempo para nada —comentó toqueteándosela, como si hubiera adivinado mis pensamientos.

—Bah, te queda bien.

—¿Qué me has preparado para cenar? —preguntó con inocencia, siguiéndome el juego.

Sonriente, levanté el plato de tortilla y se lo enseñé. Él me mostró también uno, con la misma comida. Me eché a reír, sin poder evitarlo.

—No parece estar mal.

—En realidad es una de esas tortillas preparadas del súper. He ido hace un momento. Pero como tengo mucha imaginación, conseguiré creerme que es tuya.

Me alegró que estuviera dispuesto a dejarse llevar por mi

proposición y que se mostrara afable y jovial, ya que por teléfono había sonado tan hosco como en otras ocasiones.

Cenamos poniéndonos al día sobre esa semana, como si estuviéramos sentados el uno frente al otro. Luego pasamos a charlar sobre nosotros de manera natural. Me habló de todos los trabajos que había hecho en su vida, desde camarero en un pub irlandés hasta cajero de un gran supermercado. Empezó Económicas un poco tarde y la terminó para tener algo seguro por si, en un futuro, no conseguía alcanzar aquello con lo que soñaba, que era escribir. Me contó que nunca había conocido a una mujer que lo marcara de verdad, que no lograba implicarse en las relaciones pues, aunque lo intentara, se cansaba demasiado pronto y, además, adoraba la libertad que experimentaba durante sus viajes. Tenía claro que aquello no era compatible con una relación de pareja y tampoco buscaba una. Cuando le oí decir eso, un molesto pinchazo me atravesó el pecho, pero me obligué a pasarlo por alto.

En Irún no tenía muchos amigos, más bien conocidos, aunque sí me confesó que había uno al que quería como un hermano. Debido a sus viajes, le resultaba difícil establecer lazos y tampoco se consideraba una persona demasiado cercana o cariñosa. Le fascinaban las historias de superhéroes y también las de terror. Desde muy pequeño, había empezado a leerlas o a ver películas. Joe Hill era uno de sus autores favoritos y ansiaba conocerlo, aunque creía que no sería capaz de pronunciar una sola palabra si alguna vez se encontraba ante él.

No solía desayunar y a media mañana se fumaba el primer cigarrillo del día. Desde que había empezado a publicar en serio, se obligaba a escribir casi a diario. En ocasiones, de lo sumergido que estaba en la escritura, se olvidaba de comer o cenar y por la madrugada abandonaba el portátil a fin de prepararse un sándwich con un café que lo mantuviera despierto para continuar tecleando. Por ello, se reprochaba no llevar una dieta más sana.

Prefería la ropa cómoda y no acostumbraba a ponerse trajes si no era estrictamente necesario. En su armario no había muchas prendas: unos cuantos vaqueros, camisetas y suéteres y, sobre todo, chaquetas de cuero, pues lo fascinaban. Me reveló que lo atraían las mujeres que vestían un poco informales, como él, que no se obsesionaban con su apariencia, y que lo primero en que se había fijado de mí era en mi cabello desordenado.

—¿Y tu cumpleaños cuándo es? —le pregunté cuando se calló de repente, como si se arrepintiera de haberme dado tanta información.

—En febrero.

—¡Pues a ver qué te regalaré! —contesté, sin pararme a pensar si por esas fechas continuaríamos en contacto o si, por el contrario, ya no formaría parte de mi vida.

En ese instante el silencio se adueñó de la comunicación y me disculpé con la excusa de que quería retirar la bandeja de la mesa. En la cocina me aferré a la encimera reflexionando sobre cómo me sentía con Isaac. Todas esas emociones me gustaban, pero, al mismo tiempo, me preocupaban. No quería sentir nada más allá de deseo físico y amistad por un hombre como él, ya que sería todo demasiado complicado y era lo que menos necesitaba después de una relación frustrada. No obstante... ¿acaso era posible controlar el corazón?

Al regresar a la mesa me notaba extraña, con la imperante necesidad de que me dijera que en realidad no se encontraba en su casa en Irún, sino en un hotel de Barcelona como la vez anterior. Era estupendo poder ver sus gestos a través de la pantalla, pero no suficiente. Mi cuerpo lo reclamaba.

—¿Quieres que te enseñe esto? —me preguntó, y sin esperar respuesta se levantó del sofá y apartó el ordenador de su cara.

Fue mostrándome cada una de las habitaciones, acompañándolas de una pequeña explicación. Isaac vivía en una planta baja bastante antigua en la que no había muchos muebles y, aun así, me pareció un lugar acogedor y con personalidad. La cocina era más reducida que la mía y ni siquiera disponía de un microondas. En el salón tan solo había un diminuto mueble con el televisor, una mesa con cuatro sillas y el sofá, de aspecto viejo. Unos interesantes cuadros bastante insinuantes colgaban de las paredes.

—Aquí estaría complicado hacer ciertas cosas —le oí decir al tiempo que enfocaba una cama muy pequeña.

Entendí a lo que se refería y, por suerte, no vio que me ponía rojísima, que únicamente esas palabras habían logrado que me excitara rememorando las caricias de sus manos en mi cuerpo.

Abrió un armario y me mostró la escasa ropa que poseía. Me asombraba lo poco que Isaac tenía, pero justo en ese instante en mi cabeza resonó la voz de la tía. Hubo una ocasión en la que me pasé días lloriqueando porque me había encaprichado de una videoconsola y ella no podía comprármela. «Ratón, las cosas materiales van y vienen. Y, en realidad, lo importante de la vida, lo que te otorga felicidad y bienestar, no son cosas. Son las lecciones, los momentos, las emociones... Tú no eres las cosas que posees, sino lo que sueñas, lo que hablas, lo que ríes, lo que cantas.» Por aquella época la miré con la nariz arrugada y luego volví a romper en llanto. Poco después Matilde me sorprendió con una consola más barata, que al principio me encantó y de la que, sin embargo, me cansé pronto. Me sucedió en un par de ocasiones más, con otros caprichos, y la tía siempre me repitió esas frases que, al fin, entendí y a las que ahora veía un gran sentido a través de Isaac. Sonreí al imaginar que Matilde y él se habrían llevado muy bien si hubieran tenido la oportunidad de conocerse.

Isaac dejó para el final una habitación en la que había una estantería enorme que se extendía de una pared a otra. Fue paseando el portátil por delante del mueble y yo, que era de las que no solía entrar en una librería o una biblioteca, deseé conocer cada uno de los secretos que esos libros guardaban, algunos de apariencia muy vieja. Ansié plantarme en esa estancia, con Isaac a mi lado, y que él tomara uno entre sus manos y me leyera durante horas y horas. Y supe, con cierto temor, que podría sentirme tranquila y feliz con tan solo el sonido de su voz y el de las hojas al deslizarse unas sobre las otras.

—¿Qué te parece? —inquirió, arrancándome de mi ensoñación.

—Es increíble.

—Creo que soy menos rico de lo que podría debido a todos los libros que he comprado en mi vida. Aunque la mayoría de ellos son de segunda mano. Su olor y sus hojas ajadas me transportan a otras épocas y otros mundos —me explicó mientras regresaba al salón. Se sentó en el sofá con un gruñido—. Pues aquí es donde vivo.

No dijo «Esta es mi casa», como cualquier otra persona habría hecho. Se me pasó por la cabeza que quizá tan solo consideraba hogar la habitación llena de libros y que posiblemente era lo único que echaba de menos cada vez que realizaba un largo viaje. Por unos segundos un inquietante vacío se adueñó de mí, al imaginar que llegaría el momento en que querría marcharse de nuevo, a un lugar lejano. A uno en el que lo más probable fuera que yo no tuviera un espacio.

—Estás pensativa —percibió.

—Qué va.

—¿Me has echado de menos?

—¿Cómo? —pestañeé, ya que no sabía si había oído bien.

—He de confesarte que he recordado el tacto de tu piel en más de una ocasión.

Su voz se había vuelto más ronca, con un matiz juguetón. Un punto entre mis piernas palpitó.

Se recostó un poco más en el sofá, y por mi mente camparon unas cuantas imágenes subidas de tono. Esbocé una sonrisa que despertó la curiosidad de Isaac.

—¿Y ahora en qué piensas?

—¿La verdad?

—Siempre la verdad —susurró mirándome fijamente a través de la pantalla. No obstante, no me salió ninguna palabra—. Pues empiezo yo, ya que estás un poco callada, algo inusual en ti —apuntó con una sonrisa sagaz—. Mientras te miro a través de la pantalla me acuerdo de la forma en que te besé en tu portal, y en cómo me lo devolviste.

Me pilló por sorpresa el hecho de que se sintiera excitado como yo y que, de repente, hubiera sacado ese tema de manera tan espontánea. Juro que jamás me lo habría planteado, a pesar de que ya había llegado a la conclusión de que el sexo le gustaba, y mucho. Pero yo nunca había hablado de esas cosas a través de un ordenador. Dani me confesó en una ocasión, durante una noche de chicas, que había practicado cibersexo con un desconocido por un chat y que la experiencia había sido estupenda. Yo jamás había sentido la necesidad y se me antojaba extraño. Y era Isaac... Pero al final, precisamente por ser Isaac, esa noche supe que con él podría hacerlo, que quería hacerlo.

—Y yo recuerdo cómo me tocan tus manos.

—¿Cómo lo hacen?

—De forma dulce, pero también salvaje. ¿Así eres tú, Isaac? —le pregunté con un tono travieso, asombrándome a mí misma. Reparé que, de manera inconsciente, una de mis manos se había posado en mi vientre para acariciármelo.

—Ve a la cama.

—Tú también.

No abrimos la boca en el corto camino hasta los dormitorios. Una vez que me acomodé sobre la colcha, coloqué el portátil de manera que Isaac pudiera verme. Se había quitado el jersey y su pecho desnudo me secó la boca. Me imaginé deslizando mi lengua y mi nariz por toda su piel para absorber su sabor y su aroma. No esperé a que me dijera que me deshiciera del suéter. Lo hice despacio, bajo su atenta mirada, hasta que el sujetador asomó. Tiré la ropa por la cama y devolví la mirada a la pantalla. Reparé en que las marcadas clavículas de Isaac se tensaban y que uno de sus brazos se movía.

—¿Qué haces?

—¿No lo ves? Jugar. —Su risa despreocupada, la que tanto me gustaba y aparecía en pocos momentos, me provocó calor—. Necesito tocarte. No puedo dejar de imaginarte desnuda. Estoy escribiendo, y te imagino. Estoy a punto de dormir, y también. Y me pongo durísimo y... Joder. No entiendo qué provocas en mí.

Cerró los ojos y esbozó un gesto de placer. Mi entrepierna se humedeció, y guie mi mano hasta mi pantalón y me lo desabroché. Lo bajé lo suficiente para introducirla y me toqueteé por encima de las bragas. Él susurró que le gustaba saber que estaba masturbándome. Una descarga eléctrica me recorrió de arriba abajo. El tono de su voz era tan erótico... Nunca me habían hablado así.

—¿Quieres verme?

—No —negué asustada. Pero luego asentí—. No lo sé. Dios, me da vergüenza.

—No necesitas enseñármelo tú a mí. Y si no quieres, no te lo muestro.

Pero en realidad ardía en deseos de ver su miembro duro, de poder imaginármelo rozando mis labios, sumergiéndose en mi boca, y luego deslizándose dentro de mí y llenándome. Mis dedos sortearon la ropa interior y gemí al descubrirme tan mojada. Su respiración se aceleró y su siguiente gruñido terminó por saltarse todas mis barreras.

—Quiero verte —jadeé.

La imagen se movió, bajando por su pecho desnudo, iluminando su ombligo. Y después apareció ese camino que me despojaba de cordura. No sabía cuándo se había quitado el pantalón, pero seguí el movimiento de su mano, que acariciaba su erección despacio y con firmeza, y presioné en mi clítoris y me retorcí sobre la colcha.

—Tenerte encima de mí es mucho mejor que esto, pero mientras tanto... Imagínate que soy yo quien te toca. Estoy acariciando tus pechos, mordisqueando tus pezones, lamiéndote... —La voz se le enronquecía más al excitarse—. ¿Qué haces? Cuéntamelo. No, mejor: muéstramelo ahora que puedes. Bendito sea el Skype —bromeó.

No podría haber abierto la boca aunque hubiera querido. Tenía las palabras atascadas en la garganta y se me había congelado la voz. De mí solo escapaban jadeos y gemidos que iban subiendo de volumen. Aparté un poco más el portátil para enseñarle lo que hacía. Vi mis propios pechos en la pantalla y me los toqué primero con suavidad, después abarcándolos con las dos manos para juntarlos y separarlos. La profunda respiración de Isaac, que me llegaba a través de la pantalla, llenó mi dormitorio dotándolo de un ambiente distinto. Me observaba concentrado, con los tendones del cuello en tensión, con el pecho subiendo y bajando. Gracias al movimiento de su brazo podía imaginar, aunque en ese momento no estuviera enseñándome nada.

Solté mis senos y deslicé una mano hacia abajo, deteniéndome en el ombligo. Isaac frunció los labios y entornó los ojos, como si estuviera recreando en su mente que era él quien se paraba ahí. Alcancé la ropa interior y decidí quitármela. Alcé el trasero para ayudarme y, una vez fuera, se la enseñé. Isaac arqueó una ceja, y después asintió con la cabeza y una ligera sonrisa provocativa en el rostro. No pude evitar prorrumpir en carcajadas, quizá por los nervios, ya que todavía no me creía que esa que sostenía las braguitas ante la cámara era yo. Las tiré por los aires y regresé a mi cuerpo. Tracé círculos en mi vientre mientras contemplaba el rostro encendido de Isaac, ese brazo que se movía con lentitud y, de repente, aceleraba. Mi sexo palpitaba unos centímetros más abajo, deseando ser mimado. No sería por Isaac, pero trataría de imaginar con todas mis fuerzas que era él. Caminé con los dedos hasta mis labios, los separé y me acaricié arriba y abajo durante unos segundos gloriosos que me hicieron entrecerrar los ojos.

—Estás húmeda, ¿verdad?

Su voz me sacó del trance y, al abrirlos, vi su expresión atenta y me excité más al pensar que me miraba de esa manera a mí y todo lo que hacía.

—Sí, aunque seguramente lo estaría más contigo aquí —me atreví a decirle.

Dejó escapar un resoplido, y su brazo se sacudió con rapidez.

—¿Qué te gustaría que te hiciera? Dímelo, vamos —pidió con impaciencia.

Sus jadeos volvieron a llenar el dormitorio, e introduje un dedo en mi sexo y arqueé la espalda.

—Esto.

Me subí un poco hacia el cabecero, ayudándome con el trasero, para que la cámara enfocara mis piernas abiertas. Recuerdo todavía la sensación que tuve al descubrirme así. Me sentía libre, poderosa, sexy. Me gustaba que Isaac sacara esa parte de mí.

—Madre mía, Carolina… —bufó él, provocándome una risa.

—Ahora tú. Enséñame lo que haces —le pedí entre gemidos.

Alargó el brazo libre y vi aparecer su pecho desnudo. Quería acariciárselo, nadar en él como una sirena. Continuó bajando la cámara para dar paso a la fina línea de vello que me guiaba hasta ese camino tan excitante. Después apareció su mano, rodeando la erección, y la abrió un poco para que pudiera contemplarla. Subió y bajó la piel, y entreví la punta brillante. Me abrí más de piernas mientras jadeaba de placer, intentando llegar a lo más profundo de mí y sentir explosiones.

—Es que recuerdo cómo te sentaste encima de mí... —gruñó, y se apretó el pene con tanta fuerza que creí que se habría hecho daño—. El sabor de tu sexo... Joder, tu sabor es gloria, Carolina.

Me perdí entre sus palabras y en el sonido de mi nombre en su voz. Gemí más fuerte, al tiempo que introducía otro dedo en mí y los movía de un lado a otro, dibujaba círculos y a continuación los sacaba. Intenté mantener los ojos abiertos para observar cómo se masturbaba Isaac, pero me costaba. Se había echado hacia atrás para que pudiera ver también su rostro. En un momento dado nuestras miradas se encontraron y esbozamos una sonrisa.

—Es increíble ver cómo te tocas... —gimió y la voz le tembló, avisándome de que no le quedaba mucho.

Isaac no necesitaba demasiado para llevarme al límite. Sus palabras me liberaban y me hacían arder. Gimoteé y me froté con más rapidez, humedeciendo todo mi sexo y mi clítoris. Apenas sabía lo que hacía, pero recuerdo que le rogué que subiera un poco más la cámara para no perderme su cara cuando se corriera. Quería observar de cerca todos sus gestos. Terminamos casi al mismo tiempo, yo unos segundos antes. Pronuncié su nombre en un susurro que él no escuchó, y luego su rostro se contrajo y su cuello se tensó.

Guardamos silencio un buen rato, yo recostada en la cama intentando retener entre mis piernas todo el placer que había sentido. Él en un momento dado desapareció de la pantalla, seguramente para limpiarse. Al regresar, se me escapó una risa.

—No había hecho esto nunca. ¿Tú sí? —le pregunté, movida por la curiosidad.

—Alguna vez.

Su respuesta me molestó un poco. ¡Ilusa de mí! Isaac no era un quinceañero virgen, era un hombre atractivo y liberal que había viajado por el mundo. Lo más probable debía de ser que su experiencia en el sexo fuera gracias a una ingente cantidad de mujeres bajo o encima de su cuerpo.

—Hummm… —murmuré, sin saber qué decir.

—Pero hay una diferencia entre esta ocasión y las otras. —Me pareció que su mirada de mar traspasaba la pantalla y me alcanzaba justo en el pecho—. Las otras veces no ardía en deseos de meterme en la cama con ellas y pasarme la noche follando, sudando, jadeando, mordiéndonos. Y eso es lo que me apetece contigo, Carolina. Liarme entre tus sábanas.

No le manifesté que sus palabras me asustaban, que el corazón me cabalgaba frenético en el pecho. Tampoco le dije que yo sentía lo mismo, pero probablemente de distinto modo, a pesar de conocernos desde hacía poco, y que me parecía que en mi almohada todavía perduraba la esencia de sus caricias. En realidad, era un auténtico mago de las palabras. Sabía cómo y cuándo decirlas, y eso era un punto a favor de él, pero no tenía claro si yo disponía de las armas correctas para defenderme. Me entraron ganas de reprocharle que no debería comportarse de esa manera si luego iba a ser, de nuevo, el Isaac frío y cerrado. No me importaba que en la cama fuera todo lo apasionado y cercano posible porque ahí yo sí que contaba con escudos. Pero fuera… ay, fuera. Ya no estaba tan segura.

El sueño empezó a apoderarse de mí minutos después y se me escapó un bostezo. Cuando finalizamos la videollamada, con su habitual «Hasta la vista» y luego un «*Agur*», yo ya había llegado a la conclusión de que quería repetir aquello en muchas más ocasiones. El sexo con Isaac era intenso, caótico, pero al mismo tiempo liberador.

Y debía reconocer que también era una agradable y bonita forma de sentirlo más cerca, aunque nos separara una pantalla y casi seiscientos kilómetros.

9

Al día siguiente me topé en el ascensor con una Cristina más extraña que nunca. Tenía peor aspecto, pero lo que me desconcertó fue el hecho de que tan solo me saludara y que, en cuanto se abrieran las puertas, saliera disparada a su cubículo. La seguí a toda prisa, aunque sospechaba que en esos instantes no debía importunarla con preguntas. Lo único que hice fue escribir una frase positiva en un posit de color verde (esperanza), y luego me acerqué a su espacio y lo pegué en la esquina de arriba de la pantalla de su ordenador. «El mejor maquillaje de una mujer es su sonrisa», le puse, intentando sacarle una. Lo miró fijamente durante unos segundos y, de repente, se le escapó un lastimero sollozo que me sobresaltó. Se levantó de la silla y abandonó la oficina tapándose la boca para que no la oyeran. No pude evitar sentirme fatal. ¿La había fastidiado con el mensaje? Entonces recordé que el día anterior me había dicho que acudiría al médico. ¡¿Y si estaba enferma de algo grave?!

Dije a un compañero que tenía que ir al cuarto de baño un minuto. Suponía que mi amiga habría ido allí. Nada más entrar, oí unos gimoteos provenientes de un retrete.

—¿Cris?

Guardó silencio. Había dejado de llorar en cuanto había notado la presencia de alguien más en los aseos, pero en ese momento prorrumpió en llanto de nuevo. Me acerqué a la puerta, apoyé el rostro y susurré:

—Soy Carol. ¿Va todo bien?

—Sí... No lo sé... —respondió entre hipidos—. En realidad, no.

—¿Te apetece salir o prefieres que hablemos de esta forma? No hay nadie aquí, aparte de nosotras, tranquila.

No pasó más de un minuto hasta que Cristina descorrió el pestillo y abrió la puerta muy despacio. Asomó la cabeza, y sus ojos empañados y su nariz roja me desarmaron. No se había maquillado apenas, pero el rímel manchaba sus mejillas con unos gruesos goterones. Antes de que pudiera abrir la boca, se lanzó a mis brazos con tanta fuerza que me echó hacia atrás. La rodeé en silencio, apreciando sus temblores, y le froté la espalda en un intento de reconfortarla.

—¿Qué pasa? —pregunté.

Se apartó con cautela y cerró los ojos al tiempo que cogía aire. Se sonó y negó con la cabeza.

—Estás asustándome.

Se llevó las manos a la barriga, se la frotó y soltó un nuevo gimoteo. El corazón me latió desbocado.

—¡¿Qué?! ¡¿Qué te ocurre?! —exclamé tomándola de los hombros—. ¿El médico te dijo algo malo?

Cris dudó, después asintió y, finalmente, negó. Yo cada vez estaba más aturdida, y cogí aire para calmarme e intentar tranquilizarla.

—Estoy embarazada —expresó, tan bajito que creí que no lo había oído bien.

—¿Embarazada? —repetí mirándola a los ojos, aunque ella los tenía posados en su vientre.

—Sí, eso —murmuró con un deje tembloroso en la voz.

No sabía muy bien qué decirle. No tenía constancia de su situación, de los motivos por los que lloraba. Yo adoraba a los niños, y me había imaginado formando una familia con Samuel, aunque a él no le agradaban, a pesar de compartir tanto tiempo con ellos. Pero, por el estado en que Cristina se encontraba, para ella no era una noticia muy feliz.

—No me mires así... —me pidió entre gimoteos.

—No lo hago de ningún modo —contesté nerviosa—. Solo me siento preocupada por ti.

—Seguro que te preguntas por qué lloro como una desquiciada cuando se supone que esto debe considerarse una buena noticia.

—No, no soy nadie para hacer juicios de valor.

—¿Podemos comer juntas y te cuento?

Por fin alzó la mirada, y lo que vi en ella me inquietó más todavía. Porque Cristina parecía asustada.

—Claro que sí. Nos acercamos a ese mexicano que han abierto al final de la calle y nos comemos unas fajitas o unos tacos, y verás qué bien.

Mi amiga no respondió. Supuse que le importaba un comino dónde comer, aunque yo había elegido ese sitio porque la gastronomía mexicana era una de sus favoritas y lo que más quería era animarla. Se sonó de manera estruendosa y después se situó ante el lavamanos para asearse. Antes de abrir el grifo me miró con el rabillo del ojo y entendí que era mejor que me fuera.

La mañana transcurrió con suma lentitud, en especial porque tenía a mi lado a una Cristina que no era capaz de concentrarse, sino tan solo de mirar al vacío, y me preocupaba que nuestro jefe la pillara y le largara una bronca. A mediodía abandonamos nuestros puestos y salimos a la calle, donde nos envolvió un vientecillo helado. Ese año el invierno se acercaba a pasos agigantados.

—Creo que a finales de este mes iré a visitar a mi tía. Meses antes de que falleciera me pedí un viernes libre porque era su cumpleaños y quería celebrarlo con ella. Iré de todos modos —le dije a Cris de camino al restaurante, ya que ella andaba tétricamente silenciosa.

—¿Visitar a tu tía?

Me miró sin comprender, y me di cuenta de lo ajena a todo que se encontraba.

—Me refiero a su nicho. Quiero arreglar las flores y llevarle unas nuevas a modo de regalo.

—Ah, sí, claro.

—Y además así también aprovecho para otros asuntos porque cuando volví tras su entierro pedí el certificado de defunciones y todo ese papeleo y al fin he recibido una copia de su testamento —le expliqué—. Me ha dejado el local. Y la casa ya estaba a mi nombre desde hace años. A ver, la tienda está alquilada...

—¿Y qué vas a hacer?

—Todavía no lo sé —respondí mientras empujaba la puerta del restaurante—. Si hubiera alguien más en la familia que me ayudara a decidir, sería menos difícil. Pero no lo hay.

—A veces es mejor así —opinó mi amiga—. Porque cuando alguien muere, empiezan a salir todas las rencillas y los secretos.

—Creo que el único secreto que la tía tenía era que estaba enamorada de Patrick Swayze —bromeé, y logré que Cristina dibujara una pequeña sonrisa—. Y ni eso, porque en el fondo lo sabíamos. Cada vez que lo veía en una película, le salían arcoíris de los ojos.

Una vez que el camarero nos tomó los pedidos, Cris se pasó la lengua por los labios en un gesto nervioso.

—Cuéntame cosas sobre Isaac Salazar —murmuró—. ¿Ves? Me acuerdo de su apellido. Es de esos potentes que no se olvidan —intentó bromear, aunque la sonrisa no subió a sus ojos.

Le había revelado el apellido de Isaac en cuanto él me lo había dicho, y a Cristina le había gustado mucho porque aseguraba que quedaba muy bien en un escritor y por eso no entendía por qué usaba un pseudónimo.

—¿No habíamos venido a hablar sobre ti? —le recordé apoyando los brazos cruzados sobre la mesa. Me dirigió una mirada suplicante y al final acepté con un suspiro—. ¿Qué quieres que te cuente?

—Lo que sea, así no pienso.

—Me ha regalado unos libros suyos por mi cumpleaños. Todavía no he leído ninguno, pero tengo ganas de hacerlo —le expliqué jugueteando con la servilleta—. Creo que intentaba disculparse de ese modo por no haberme felicitado a tiempo.

—Vaya, es un detallista.

—¿Tú crees? Para mí más bien es una de esas personas imprevisibles. Nunca sabes por dónde va a salir ni por qué.

Aparté las manos de la mesa para que depositaran las bebidas. Di un trago a la Coca-Cola y me supo de maravilla. Cristina había vuelto a quedarse callada y estiré una mano para acariciar la suya.

—Dime, Cris. Puedes contarme todo lo que quieras y necesites.

—Damián no quiso tener hijos —soltó de repente, tras unos segundos de absoluto silencio—. Yo sí, ¿sabes? Cuando nos conocimos, pensé que formaríamos una bonita familia con dos o tres críos. Pero unos meses antes de la boda me expresó sus ideas. Le gustaba la vida que tenía, libre, y no se veía como padre. Creí que tal vez cambiaría de opinión, pero no fue así. Tras casarnos, me atreví a manifestarle mi deseo de ser madre, y entonces discutimos y me recordó lo que me había dicho. Fue un tiempo difícil, puesto que nos alejamos bastante y él tuvo que marcharse a Latinoamérica durante un par de años por trabajo. Hablamos sobre divorciarnos. Sin embargo, a su regreso a España decidimos empezar de cero. Yo estaba enamorada, y sigo estándolo, y al final acepté la situación, por mucho que me doliera. Lo antepuse a los hijos, porque pensé que nosotros dos nos bastaríamos y, realmente, fue así. Conseguimos ser felices y me convencí de que no necesitaba ser madre. Pensaba, y lo mantengo, que Damián es el amor de mi vida.

—Cristina… Lo siento. Nunca me lo habías explicado.

—No es algo bonito de lo que hablar. Además, prefería no decir nada, como si nunca hubiéramos tenido problemas. Un matrimonio perfecto… —Compuso una mueca de disgusto—. Me sentí culpable durante muchísimo tiempo, ¿sabes?, ya que le había negado a mi cuerpo algo que me demandaba. Pero luego lo superé y me di cuenta de que no estaba mal sin hijos y, entonces, ya no me veía con ellos y pensé que había sido mi propia enemiga. —Sus ojos volvieron a empañarse, y arranqué un papel del servilletero y se lo tendí—. Al principio, cuando Damián se marchó a Latinoamérica, yo no era capaz de visitar a nuestros amigos con críos. Poco a poco, fui aceptando todo porque sabía que era yo quien iba a decidir, al fin y al cabo.

Hablamos largo y tendido y volvimos a estar juntos tan bien como al principio. Pero... poco después fue Damián el que empezó a mencionar la posibilidad de tener críos, aunque solo fuera uno. —Soltó una risa amarga—. ¡Imagínate cómo me sentí! Después de todo lo que había pasado yo... Y ya me había hecho a la idea. No me veía concibiendo una nueva vida, y tampoco era una buena situación. Trabajábamos mucho, nuestros padres empezaban a ser mayores... En fin, Damián aceptó mis deseos como yo lo hice en su tiempo. Volvimos a sufrir altibajos como pareja... Pasábamos meses sin apenas tocarnos en la cama. Así que decidí ponerle freno a eso porque quería conservar al hombre de mi vida a mi lado. Y luego la historia ya la conoces: reavivamos el fuego y... —Se llevó la servilleta a los ojos y se los tapó con ella—. Dios, Carol, la hemos cagado, pero bien. ¿Por qué no tomamos precauciones? ¿Por qué fui tan estúpida, después de haber sido tan precavida durante tanto tiempo? En mi familia ha habido casos de menopausia precoz, y hace unos años que ya me ronda. Aunque debería haber pensado en que en ese período de transición todavía puede suceder. Pero mira, eso que dices: «Bah, a mí no me ocurrirá y menos por un par de veces...». Y ha sucedido. ¡Menuda inconsciente! Tanta pasión, tanta pasión... ¿para qué?

—No es tu culpa, Cristina.

Le apreté la mano y negó con la cabeza.

—Todo está en mi contra. El trabajo de Damián, porque quizá tenga que marcharse a Latinoamérica otra vez unos meses para una colaboración en una investigación universitaria. Nuestra situación, que estamos acostumbrados a ser nosotros dos solos, que no hay nadie que pueda ayudarnos. Mi edad... —pronunció esta última palabra con más énfasis y se apartó la servilleta para dedicarme una mirada cargada de pena y preocupación—. ¿Qué voy a hacer?

—¿Y Damián? ¿Qué opina él?

—Pues... lo cierto es que parece ilusionado —respondió arrugando la nariz como si algo oliera mal.

—¿Y eso no es bueno? —le pregunté confundida.

—Me ha molestado un poco, ¿sabes? —Se frotó la nariz con el puño en un gesto nervioso—. Por lo que te he comentado antes de que primero nunca quisiera y más tarde cambiara de opinión y me dejara de lado por no aceptar su proposición. Y que ahora le parezca algo tan sencillo... —Cerró los ojos y cogió aire para luego soltarlo—. Todo esto deberíamos haberlo hecho antes. —Abrió los ojos y los clavó en mí.

—¿Y qué te ha dicho el médico?

—Me ha advertido de todos los riesgos. Son bastantes a mi edad, Carol. Él me parece demasiado optimista, pero soy una vieja.

—Pues quizá deberías hacerle caso... ¡Y no vuelvas a decir eso, que no es cierto! ¿Vieja? ¡Por favor!

—Lo soy para ser madre, ¿no crees? —Sacudió la cabeza, una y otra vez, de manera enérgica. Tenía los ojos hundidos y las mejillas muy pálidas—. Tengo miedo, ¿entiendes? Por muchos motivos. No tengo claro que sepa o sea capaz de ser madre ahora. Podrían ocurrirle... cosas al bebé. Y de verdad sería casi una vieja cuando alcanzara la adolescencia.

—No lo serías, Cris. Hay muchas mujeres, hoy en día, que tienen hijos pasados los cuarenta. Y todo sale bien. ¿Por qué no? Lo merecen como cualquiera. Pero te apoyaré en lo que decidas. En lo que Damián y tú decidáis —maticé, abandonando mi silla y sentándome en otra al lado de la suya. Abrí los brazos y mi amiga se acurrucó en ellos. Aprecié su corazón acelerado y el mío se arrugó como una bolita de papel—. Estaré aquí para lo que necesites. No te quedarás sola, ¿vale? —añadí, porque era como si Cris lo pensara, como si tuviera miedo de que su relación con Damián fracasara por completo.

Cristina asintió, aunque noté que no se sentía muy segura y que fuera cual fuese la decisión que tomara quizá acabara pensando que no era la correcta.

Esa noche me costó conciliar el sueño. No podía dejar de pensar en que, en muchas ocasiones, al mundo parece gustarle estrujarnos el corazón.

El resto del mes de noviembre transcurrió más o menos de manera apacible, a excepción de la situación de Cristina, que a mí también me preocupaba. No quería preguntarle constantemente sobre su embarazo, en especial porque tampoco parecía dispuesta a mencionarlo. Tan solo en una ocasión, desde que me lo había contado, me confesó que Damián y ella continuaban sopesando los pros y los contras, pero que debían tomar una decisión cuanto antes.

Respecto a Isaac, su actitud y su manera de relacionarse conmigo habían cambiado desde la videollamada, o al menos eso aparentaba. Empezó a escribirme y, aunque al principio únicamente me pedía información sobre La Puebla («Eh, hola. He encontrado esta página del pueblo, ¿podrías confirmarme si los datos que se mencionan son correctos?» O bien: «Hola, Carol, ¿qué tipos de tiendas había en el pueblo durante tu infancia?»), al cabo de unos días comenzó a hacerme preguntas más personales, ya no solo sobre mi relación con La Puebla, sino también acerca de cómo me había ido la jornada, qué tal llevaba el trabajo, cómo me sentía con lo de la tía. Y poco a poco los whatsapps escritos pasaron a convertirse en audios. Oír su voz, cuando llegaba agotada del trabajo y preocupada por Cris, llena de agujetas por culpa de la clase de salsa, me calmaba, como si se creara una especie de burbuja que me aislaba de todo.

En ocasiones me contaba alguna chorrada que le había ocurrido o me hablaba de un libro que andaba leyendo. Y acabábamos charlando de nuestros colores o comidas favoritos, de las series y películas que habían marcado nuestra vida, de algo sin lo que no podíamos vivir, en mi caso, la Coca-Cola y las vistas desde mi sillón predilecto; en el suyo, cómo no, escribir y la música. ¡Ah!, y en los últimos tiempos las historias de George R. R. Martin, el autor de la famosa saga *Juego de Tronos*. Los audios de diez segundos podían convertirse, en un abrir y cerrar de ojos, en otros de dos o tres minutos. Alguna vez me enviaba canciones que le gustaban y acabé aficionándome a LP —otra artista que le encantaba— y a Jake Bugg y, mientras cenaba en el sillón frente al ventanal me los ponía y los escuchaba imaginándome a Isaac escuchándolos también a la vez que escribía. Empecé a leer uno de sus libros y me sorprendí totalmente enganchada, con lo que casi cada día le enviaba audios planteándole dudas que luego comentábamos. Era algo que parecía complacerlo, a pesar de que al principio se había mostrado reacio, como si le costara hablar de sus propias historias. Toda esa situación me ilusionaba como una tonta porque recordaba que me había dicho que apenas si usaba el WhatsApp y, sin embargo, ahora lo hacía continuamente.

No volvió a suceder lo del Skype, a pesar de que en algunos momentos las conversaciones subían un poco de tono de manera irremediable, ya que acumulábamos tensión sexual incluso a distancia. Pero no traspasábamos el umbral del coqueteo medio en broma, aunque me habría encantado. No sabía si a él también. Por otra parte, sentía que esa nueva etapa de descubrimiento mutuo no sexual (así lo denominé) era buena. Tal vez incluso mejor. A veces me rallaba porque no alcanzaba a entender qué ocultaban las palabras de Isaac o qué latía bajo su piel. Porque la mía... la mía despertaba con tan solo un «Buenos días» o un «Descansa esta noche». Me resultaba un poco raro que, de un tiempo a esa parte, de un modo tan imprevisto y rápido, si bien en el fondo había sido paulatino, aunque con él todo se me antojaba a ritmo acelerado, hubiera surgido un nuevo Isaac tan atento, hablador, jovial. Dejé de pensar que era solo por su necesidad de saber cosas de La Puebla y me permití creer que existía algo más. Me dije que ninguno de los dos tenía la obligación de interesarse o preocuparse por el otro y, en cambio, lo hacíamos. Por tanto, para mí aquello era más. Algo como que estábamos creando un lazo de amistad, por ejemplo.

Pero lo que también sucedía era que, muy poquito a poco y sin gran ruido, ignorándolo completamente, Isaac iba metiéndose en mi piel, en mi carne, en mis pensamientos y en mi forma de ver la vida.

—Voy a interrumpirlo —me susurró Cristina en un rincón de la cafetería de las oficinas—. Lo he pensado mucho y me dan miedo tantas cosas... Al principio Damián no estaba muy de acuerdo, pero después de sopesarlo, lo ha aceptado también.

No sabía si me había puesto pálida o qué, pero noté que me quedaba sin palabras. Durante unos segundos no acerté a decir nada, tan solo estudié sus gestos. Aunque Cris fingía estar tranquila, era todo lo contrario, y lo advertí por la forma en que no paraba de toquetearse la barriga. Al final logré asentir y adelanté una mano, apoyándola palma arriba en la mesa. Dudó unos segundos, pero luego puso la suya encima.

—De acuerdo. ¿Cuándo?

—Tengo la cita este viernes —me informó.

—¡Mierda! Es justo cuando iba a ir a La Puebla. Tengo que visitar también al notario, que me ha hecho un hueco... Pero mira, puedo cancelarlo, Cris. Si quieres que te acompañe... ¿O va a ir tu...?

—No, no —me cortó, negando con la cabeza una y otra vez—. Lo haré sola.

—Pero será muy duro... Puedo quedarme de todos modos, aunque no vaya contigo. Por si acaso...

—Ve, Carol. Necesitas también estar cerca de tu tía de algún modo y solucionar lo del papeleo —añadió, y me estrechó la mano, tratando de infundirme una tranquilidad que ni ella misma tenía.

Esa noche fui yo quien escribió a Isaac porque necesitaba olvidarme un poco de la situación de mi amiga. No había podido dejar de pensar en ello durante todo el día. Y, aunque me entristecía, la entendía también. Tenía miedo de correr riesgos, pero seguro que más por la futura vida que crecía en su vientre que por ella misma.

Le dije a Isaac que ese finde me marchaba a La Puebla porque antes de que la tía falleciera ya había decidido ir por su cumpleaños. Y me sorprendió respondiendo que, quizá, él también iría. «Quiero corroborar unas cosas para la novela», añadió antes de que pudiera contestarle. «¿Querrás que nos veamos?», le pregunté con un ligero cosquilleo en la tripa. «¿Por qué no?», respondió. Discurrí que mi visita a La Puebla sería más agradable de ese modo, y me dormí con una incontrolable sonrisa en los labios.

Ese viernes, subida ya al tren, escribí a Cristina para animarla, aunque no sabía muy bien cómo. Le insistí en que podía llamarme si sucedía cualquier imprevisto, y agregué que intentaría regresar lo más rápido posible. No leyó el mensaje y supuse que estaría de camino a la clínica. Un ligero malestar se apoderó de mí y no me desapareció hasta que pisé La Puebla. Pasé un buen rato en la oficina del notario hablando sobre posibles futuras gestiones que me provocaron una leve jaqueca.

Una vez terminada la reunión, compré flores y me encaminé a toda prisa al cementerio antes de que cerraran. Hacía un día gris y unos nubarrones de aspecto pesado danzaban por el cielo. Las primeras gotas de lluvia me alcanzaron frente a la verja. Deambulé por entre las tumbas con una ligera opresión en el pecho, hasta que alcancé el nicho de la tía. El jarrón se encontraba tirado en el suelo, aunque por suerte no se había roto. Me acuclillé para recogerlo y recordé aquel breve tiempo en que la tía y yo lo pasamos mal por los rumores y los comentarios que corrieron sobre mí tras la muerte de mi amigo Gabriel. Por suerte, habían terminado pronto. Todos habían decidido considerar aquello como una tragedia y pasar página. Al fin y al cabo, la vida siempre acaba siguiendo su curso, y en eso no iba a ser distinto.

Noté que los ojos se me humedecían mientras colocaba los lirios frescos en el jarrón. Tras terminar, me aupé para ponerlo en el nicho. Contemplé su foto durante un buen rato, hasta que me di cuenta de que estaba llorando.

—Feliz no cumpleaños, tía —dije, aludiendo a *Alicia en el País de las Maravillas*, la historia que Matilde me había leído tantas veces durante mi niñez—. Espero que te hayas encontrado por ahí a Patrick Swayze y te haya felicitado también. —Me eché a reír yo sola al tiempo que sacaba un paquete de pañuelos del bolso para secarme las lágrimas—. Perdona que no haya podido venir antes, pero estoy de faena hasta arriba.

Alcé la mirada y la clavé en el retrato de la tía. Su sonrisa inmortal me apaciguó un poco. Me arrimé y la rocé con los dedos.

—Este cotilleo va a gustarte: he conocido a un hombre. Se llama Isaac y vive en Irún, en el País Vasco. Seguro que me dirías algo como: «¡Qué lejos!». Y luego me preguntarías si es guapo y, sobre todo, si es buena persona. Creo que sí lo es, aunque a veces también se comporta de manera extraña. —Reflexioné durante unos segundos, sintiendo como si la tía me mirara desde la foto—. Quiero decir... que es muy independiente. Y eso no es malo, no. Pero en ocasiones no sé a qué atenerme con él. No sé lo que tenemos... Supongo que una amistad que va forjándose poco a poco y, bueno, me parece que no podrá ser nada más. —Crucé las manos a la espalda—. Me gusta, si te soy sincera. Me siento muy bien con él. Es escritor y al parecer está escribiendo una novela ambientada aquí, ¿sabes?

Me pasé un rato más soltando un monólogo, hasta que decidí que la tía ya se habría cansado de tanto parloteo por mi parte. Deposité otro beso en la foto y me marché del cementerio a paso lento. Antes de ir a casa, la que ya era solo mía, me arrimé a la tienda de César. Tere, que ya estaba cerrando, me recibió con un cálido abrazo y me explicó que el viejo amigo de mi tía se había ido a Talavera a recoger un encargo y que no regresaría hasta el sábado por la noche porque su hijo lo había acompañado para pasar el día en el parque de atracciones de Madrid. Charlamos un ratito sobre cómo nos iba la vida y luego me fui al supermercado a por algo de comida para el resto del fin de semana. Confieso que, casi sin pensarlo, compré para más de una persona, como movida por mi subconsciente. No era que Isaac y yo hubiéramos quedado en nada en concreto, pero ya que iba a La Puebla, me apetecía invitarlo a comer o a cenar.

Sin embargo, aunque creía que algo había cambiado, poco después comprendí que me había equivocado. Isaac no dio señales de vida la noche del viernes y, cuando el sábado le escribí para preguntarle si al final se pasaría por La Puebla, no obtuve una respuesta. Tampoco contestó a la llamada que le hice por la tarde. Ni siquiera tenía el móvil encendido. Me enfadé un poco. Sabía que no me había prometido nada porque tampoco estaba en la obligación de hacerlo, y en realidad ni siquiera me había dicho que iba a ir a La Puebla con total seguridad... Se trataba de su silencio. Después de todo, los silencios dicen más que las palabras y pueden dañar más que un grito. Me ocurría lo mismo cuando de pequeña hacía alguna trastada y la tía, en lugar de castigarme, no me dirigía la palabra durante un rato, hasta que yo entendía. Y también con Gabriel... Sus silencios —junto con los de los demás y otras muchas cosas— le habían costado todo, lo habían asfixiado.

No significaba que me doliera muchísimo lo de Isaac. Era, sobre todo, que había sentido que durante ese mes nos habíamos acercado más, una conexión más allá de lo físico. Pensé que habíamos establecido una especie de amistad... Y recordé que yo tenía el defecto de dar siempre bastantes cosas por sentado y que también tenía que cambiar en ese aspecto.

Esa noche de sábado paseé por el pueblo y no pude evitar recordar a Gabriel. Por unos instantes deseé visitarlo en el cementerio y hablar sobre él con alguien... Con Isaac, en concreto, a pesar de que la última vez que me había preguntado por mi amigo me había enfadado y sentido incómoda. Pero cuando caminaba por La Puebla me veía invadida por todas las memorias que no se habían borrado y me ardían en el pecho, me quemaban la garganta en forma de palabras. Me fastidiaba que todos esos recuerdos que había intentado superar estuvieran regresando con tanta fuerza desde el fallecimiento de la tía. Debía ponerles freno para no volver a sentirme triste o culpable, ya que no podía cambiarse nada y a ninguno de los dos les habría gustado que retrocediera con todo lo que había avanzado. Traté de centrarme en otro tema y acabé liándome más con la posibilidad de vender la casa.

El domingo dejé La Puebla una vez más y tomé el tren en dirección a Toledo, sin ninguna señal de Isaac. Me preocupaba que le hubiera ocurrido algo, hasta que a mitad de trayecto eché un vistazo al WhatsApp y descubrí que había leído mi mensaje y que, por tanto, también debía de haber visto mi llamada. No entendí por qué no había contestado, y esperé a que lo hiciera en algún momento. No obstante, no sucedió.

Cuando entré en mi piso de Barcelona, ya había decidido que no me tomaría a pecho los silencios de Isaac y que no les daría vueltas. No quise hacer caso de la fastidiosa sensación que me oprimía el pecho.

El fin de semana terminó con un mensaje de Cristina: «No he podido hacerlo, Carol. Damián me ha asegurado que mi decisión es la correcta. Pero... sigo teniendo un poco de miedo». Y supe que a partir de ese momento mi amiga me necesitaría más que nunca, por lo que relegué a un segundo plano cómo me sentía yo.

10

La siguiente semana empezó con una Cristina nerviosa y dubitativa. No tenía claro si había obrado bien. Sin embargo, me contó que, una vez en la clínica, había notado algo extraño en su pecho. Una mezcla de culpabilidad, de miedo y... de cierta emoción. Se había imaginado con un bebé en brazos, acunándolo, acariciando su cabecita, olisqueando ese maravilloso aroma a recién nacido. La presión en el pecho creció, pero desprovista de oscuridad e iluminada por esperanza. Y, entonces, había salido corriendo sin mirar atrás.

—Tengo cita con el ginecólogo que llevó a mi cuñada. Es muy bueno y sé que me ayudará. Voy a arriesgarme, Carol —me dijo con ojos temerosos y, al mismo tiempo, optimistas—. Haré todo lo que me recomienden para que todo salga bien. Porque, al fin y al cabo, después de tanto tiempo ha sucedido, ¿no? Tiene que significar algo.

—Sí, Cris —respondí estrechándola entre mis brazos—. Todo pasa por algún motivo y, aunque a veces no le encontremos sentido, existe.

El martes me dejé la vida en la clase de salsa para dormir mejor esa noche. Había hecho buenas migas con unas chicas un poco más jóvenes que yo, y nos fuimos a tomar algo después de la clase. Intentaba prestar atención a lo que contaban, mostrarme interesada y animada porque realmente me caían genial. Pero, en realidad, lo único que hacía era lanzar miradas veladas al móvil, que reposaba en la mesa. Me regañé por mi actitud y me dije que, si tan inquieta estaba, descansara de una vez enviando un mensaje a Isaac. Y fue lo que hice cuando regresé a mi piso. Le escribí mientras cenaba un sándwich y esperé a que contestara, al menos, que todo marchaba bien.

No fue hasta el miércoles por la noche que se puso en contacto conmigo. Ya me había convencido de que pasaba de mí, que era el tipo de persona que a veces le apetecía charlar y otras, en cambio, se sumía en un profundo retraimiento. Dani, con su habitual optimismo, había opinado que seguramente andaría ocupado. «Los escritores son personas con muy poco tiempo libre, aunque no te lo parezca. Y, además, en ocasiones se deprimen, pasan por malas rachas de ausencia de inspiración o los domina el miedo a la hoja en blanco y necesitan su espacio», me había explicado. «Hija, lo dices como si hubieras conocido a todos esos novelistas o poetas de los que tanto has estudiado», le repliqué, con ironía. Se molestó un poco porque Daniela era todo amor, pero cuando le tocabas lo que más la apasionaba… se convertía en una bestia parda.

Estaba ya metida en la cama cuando sonó mi móvil. Di un brinco y me apresuré a cogerlo, ya que me preocupaba que fuera una llamada de Cristina con malas noticias. A esas horas, casi las doce de la noche, ¿quién si no? Por eso, ver el nombre de Isaac en la pantalla me paralizó. Inspiré antes de descolgar.

—Hola, Isaac. ¿Qué tal?

—¿Podrías describirme un poco el caserón de las afueras de La Puebla, ese donde vivía tu amigo? —me soltó a bocajarro, sin saludar ni nada, con un tono de voz apremiante. Pues sí, parecía que estaba en pleno fervor creativo.

—¿Cómo?

No atiné a reaccionar, ya que no entendía muy bien la pregunta. Él también lo había visto, así que… ¿por qué me preguntaba a mí?

—Por dentro. Antes.

—¿De verdad necesitas saberlo? —inquirí, y soné más antipática de lo que pretendía. Me traicionaba esa parte de mí a la que su silencio le había molestado. Había intentado contactar con él debido a la preocupación, y ni siquiera se había molestado en responder—. Mira, no quiero parecerte una borde, pero ahora es tarde y estaba ya metida en la cama.

Isaac suspiró, como dándome a entender que mi contestación no le agradaba.

—Si quieres, mañana te llamo cuando salga del trabajo y...

—Lo necesito ahora —me cortó, y se me antojó exigente. Cerré los ojos y me froté la frente—. No te cuesta nada, es un momento. Cuatro o cinco adjetivos. Qué te inspiraba el estar allí.

—Isaac... —Había pronunciado su nombre con cierta impaciencia, y cogí aire para no cabrearme a esas horas y a través del móvil—. ¿Para qué necesitas saber eso? ¿No puedes inventártelo o qué?

—Joder, ya te dije que necesitaba sentirlo como real. —Luego gruñó, y por unos instantes creí que había colgado, ya que no se oía nada al otro lado de la línea—. Estás enfadada, ¿no?

—¿Qué? —Me senté en el borde de la cama, confundida—. ¿A qué viene eso?

—Estás cabreada porque no fui a La Puebla y no contesté tus mensajes ni tu llamada.

Me mordí el labio inferior y volví a inspirar. Me sentía cansada, me dolía el cuerpo de las clases de salsa, me preocupaba Cris y lo único que me apetecía era dormir.

—La verdad es que no estuvo muy afinado por tu parte, pero, oye, que puedes hacer lo que quieras. No se trata de eso. —Me di cuenta de que me mentía a mí misma, pero no quería iniciar una discusión y, por el tono de voz de Isaac, parecía que él tenía ganas de marcha. Y no de la buena.

—¿Entonces? Te llamo porque necesito un favor y me contestas de esa forma. Me hallo estancado con la puta novela y...

—Y no tienes derecho a pagarlo conmigo ni a llamarme cuando te salga de las narices. ¿No has pensado que podría haber estado durmiendo porque mañana trabajo?

—Creía que éramos amigos —musitó, como un niño que se quejara, y esa afirmación velada de reproches sí que me enfadó, y me dolió.

—Parece que lo seamos cuando a ti te viene en gana.

—De acuerdo. Está bien, está bien...

—Pero ¿por qué te cabreas?

—Porque estamos soltando gilipolleces que no nos llevan a ningún sitio, en lugar de prestarme tu ayuda.

—Mira, mejor voy a colgar, ¿de acuerdo? Imagino que te sientes agobiado con la novela y...

—¿Qué es lo que ocurre? —volvió a interrumpirme, con un volumen más elevado que me sorprendió—. ¿Por qué no eres sincera y dices la verdad? Esto es una especie de venganza por lo del fin de semana.

—¿Quién coño te piensas que eres? —lo ataqué, alzando yo también la voz.

—No tengo que darte explicaciones, ¿lo entiendes? Ni siquiera era seguro. Te dije que quizá.

—Y me parece genial. No te las he pedido —anuncié con enfado. Empezaban a cansarme sus ataques y me veía colgándole el teléfono de un momento a otro—. Y eres tú quien me ha llamado. Por conveniencia, claro —maticé.

—Tú no parabas de escribirme y yo intentaba concentrarme en la novela.

—¿Perdona? Ah, lo siento, que he agobiado al ilustre señor escritor. Perdone usted, no volveré a hacerlo —solté, con tanto sarcasmo que ni me reconocí.

—Carol, hemos echado un par de polvos y han estado genial —dijo de repente, acelerándome el corazón—. Pero ¿qué esperas? ¿Qué es lo que quieres?

Sus crueles palabras y que me llamara Carol y no Carolina con ese tono tan brusco me dejaron sin palabras. Apreté el móvil con fuerza, clavando las uñas en el aparato y mordiéndome la lengua para no insultarlo, aunque sentí que se lo merecía.

—No quiero nada, ni siquiera lo necesito —atiné a responderle, con la voz entrecortada por la rabia—. Supongo que estás cabreado con la escritura, contigo mismo o qué sé yo, pero deja de pagarlo conmigo.

—No tienes ni idea de lo que...

—No te entiendo, Isaac. Tus cambios de humor y actitud son desconcertantes. No voy a permitirlos en mi vida. Así que, ve a dar la tabarra a otra persona.

Y le colgué antes de que pudiera replicar. Por unos segundos pensé que volvería a llamar y tuve claro que no descolgaría porque, de ningún modo, iba a consentir que nadie me tratara de esa manera por mucha mierda que hubiera en su vida. Y estaba clarísimo que en la de Isaac la había. Tal vez la arrastraba de tiempo atrás, o quizá la escritura sacaba sus peores demonios, pero que cargara él solito con ellos. Porque él había dicho que éramos amigos, y los amigos están en las buenas y en las malas... Pero con educación y respeto.

A pesar de convencerme de todo ello, esa noche dormí mal y no pude evitar recordar lo bien que me había sentido charlando con Isaac durante ese mes. Con qué rapidez había cambiado todo...

Lo que quedaba de semana laboral Cristina se lo pasó hablando de las náuseas que la invadían a cada momento, incluso con los medicamentos que tomaba, y de los peligros de su embarazo. En especial la preocupaba la posibilidad de que el futuro bebé sufriera alguna anomalía cromosómica o que tuviera síndrome de Down. En cierta manera, me producía ternura el hecho de que Cristina hubiera cambiado de pensamiento y actitud. Ya no le importaba que su vida fuera distinta, tan solo le preocupaba que su hijo o hija gozara de buena salud.

Traté de mostrarme atenta y positiva para que su ánimo no flaqueara, pero lo cierto era que el mío había decaído. Me enfadaba conmigo misma por permitir que Isaac controlara, aunque fuera mínimamente y de manera indirecta, mis emociones. Al final, el viernes Cristina se percató de mi parquedad en palabras, algo insólito en mí, y me sonsacó lo que ocurría. Tras contárselo, arrugó la nariz en una mueca de desagrado.

—Hiciste bien en mandarlo a la mierda. ¿Qué se habrá creído? No voy a comprar sus libros y no se los recomendaré a ninguno de mis amigos. Seguro que escribe mal y se cree fantástico. ¿A que sí, Carol? ¿A que escribe fatal? —dijo, casi más cabreada que yo.

Me sacó una carcajada.

—La verdad es que, aunque yo no sea una experta en literatura, no creo que lo haga mal.

—Déjale una estrella en Amazon y que se joda —concluyó, y tecleó la dirección en Google.

—¡Cris! —exclamé riéndome—. Eso sería caer muy bajo. A pesar de que Isaac sea un estúpido, él y su trabajo son dos cosas distintas. Además, no hay que jugar con el pan de nadie.

—Pues devuélvele los libros y que se los meta por donde ya sabes.

—En realidad ando muy enganchada.

Me encogí de hombros, y mi amiga me asestó un manotazo en el hombro, a modo de regañina.

—Entonces pasa de él, y si necesita que alguien le hable sobre La Puebla, que se busque la vida.

Daniela, por su parte, me había dicho que no se lo tuviera en cuenta, que ella también se obsesionaba y se ponía como una loca cuando no le salía bien el trabajo. Le recordé que ella vivía en el mundo de los unicornios, donde todas las personas eran maravillosas y los finales eran felices siempre, y que no todo podía excusarse. Era una broma entre nosotras dos, pues mi amiga en ocasiones se pasaba de soñadora. Siempre nos reíamos cuando se lo decía, pero esa vez no le hizo ninguna gracia, supongo que porque mi tono de voz no fue el más amable.

El sábado a media tarde se desencadenó una tormenta que me puso de peor humor. Ese año llovía más y, en general, la lluvia me gustaba, pero cuando estaba en casa acurrucadita en el sofá. Había salido a dar un paseo y me pilló de sopetón. Alcancé el portal empapada y, una vez dentro, me apoyé en la puerta y estornudé. Me dije que solo me faltaba pescar un resfriado. En ese momento sonó mi móvil y lo saqué a toda prisa, porque con el tema de Cristina andaba últimamente con el corazón en la garganta. Para mi sorpresa, no era ella, sino Isaac. Quien, claro, no había dicho ni mu desde la discusión. Metí el móvil en el bolso cuando la llamada se detuvo. No obstante, enseguida volvió a vibrar. Solté un bufido de exasperación. Pensé que no me telefoneaba para disculparse, sino para sonsacarme más información sobre La Puebla. ¡Pues iba listo! Entonces noté otra vibración, aunque esa vez era un whatsapp. De él. Sopesé no leerlo, pero me venció la curiosidad.

He visto en la tele que hay temporal en Barcelona

Puse los ojos en blanco al tiempo que sacudía la cabeza. ¿Qué clase de mensaje era ese? De inmediato, llegó otro.

Deberías cambiarte de ropa para no pillar una pulmonía

Por unos segundos no atiné a entender sus palabras. ¿Cómo sabía que estaba empapada?

Alargué un brazo con la intención de pulsar el interruptor de la luz, y entonces unos golpecitos en el cristal de la puerta, a mi espalda, me sobresaltaron, arrancándome un grito. Esperaba, al darme la vuelta, encontrarme a un vecino o a algún chaval que se las daba de gracioso, pero no a Isaac. Lo primero que vi fueron sus ojos, centelleando en la oscuridad, observándome con fijeza desde la calle. Atisbé en ellos unas emociones que no había visto antes: una mezcla de arrepentimiento, desolación, miedo... Luego deslicé la vista por su figura y reparé en que estaba tan calado como yo. Mi parte vengativa me dijo que no le abriera, que se lo merecía. Pero la otra, esa que yo trataba de ocultar, de no hacer caso, la que permitía que Isaac se colara por las rendijas de mi mente, esa me instó a que lo dejara pasar. Titubeé unos segundos más, con la cabeza gacha, notando la insistente mirada de Isaac clavada en mi nuca. Y, al final, mi brazo decidió por mí y abrió la puerta.

Isaac entró en el portal a toda prisa y, descolocándome, se acercó mucho sin abrir la boca. Su olor me envolvió: una mezcla de humedad y bosque. El pulso se me aceleró sin que pudiera controlarlo. Maldito Isaac. ¿Por qué cojones tenía que despertar esas emociones en mí, a pesar de todo?

—¿Qué haces aquí? —le pregunté de manera arisca al tiempo que me apartaba de él.

—Bebí de la fuente. Ella me ha traído —respondió con indiferencia, como si lo creyera de verdad.

—Pero ¿qué estupideces dices? Deja tus tonterías literarias para otra persona —lo ataqué, enfadada. Sí, enfadada porque se atrevía a invadir mi espacio de manera imprevista y, al mismo tiempo, tan jodidamente natural...

Nos miramos durante un rato que me pareció eterno. Se me antojaba que sus ojos querían decirme algo, algo que sus labios no se atrevían. Sacudí la cabeza y alargué un brazo, dispuesta a invitarlo a marcharse por donde había venido. No obstante, habló antes de que pudiera hacerlo.

—Fui un cabrón. Te dije cosas que no estaban bien, y lo siento. Hasta yo me doy cuenta de eso. De verdad que lo siento, Carolina. Llevo pensando en ello desde la otra noche, pero no me atrevía a confesártelo por WhatsApp ni por teléfono. Siempre hay malentendidos de esa forma.

—No creo que aquello fuera un malentendido... —musité, molesta por las reacciones de mi cuerpo y de mi piel cuando él se encontraba cerca.

—Pretendía ir a La Puebla, pero se me atascó la puñetera novela. Y eso me saca de mis casillas, me vuelve loco... —Alzó una mano al ver que yo abría la boca—. Espera, déjame explicarte, por favor. Aunque sé que no hay excusas. Mira, creo que tú ya lo sabes, pero debería decírtelo igualmente. Soy una persona difícil, quizá demasiado. A diferencia de lo que les ocurre a otros novelistas, la escritura saca lo peor de mí.

Tuve ganas de replicarle que eso no era del todo cierto, pues, aunque él se convirtiera en una persona testaruda, fría, borde e insensible, en sus novelas, en cambio, había sentimientos muy profundos que se te colaban en la mente y en el corazón. Y eso me parecía muy complicado y bonito al mismo tiempo. No obstante, callé y aguardé a que continuara.

—Y hay otras cosas que me han pasado en la vida, que supongo que me han dejado un poco jodido.

—Y gilipollas.

—Sí, y gilipollas.

Esbozó una pequeña sonrisa, esperanzada, que no le devolví. Me crucé de brazos y solté un largo suspiro. Isaac dio un paso hacia mí de nuevo, acortando un poco más la distancia que yo había dibujado. Me eché hacia atrás sacudiendo la cabeza.

—No puedes ir y venir de esa manera, ¿sabes? Todos tenemos problemas, pero es la forma de enfrentarnos a ellos lo que nos hace distintos. La tía me decía que las personas positivas y brillantes convertían sus problemas en retos, y no en obstáculos. Me hablaste muy mal, Isaac. Me reprochaste cosas que yo no te he pedido en ningún momento. Tan solo estaba intranquila. Porque sí, hay gente que se preocupa por los demás.

—No deberías preocuparte por mí —contestó, aunque esa vez no había ningún ataque en su tono.

Noté que me sonrojaba, y volvió a acercarse a mí. Aparté la mirada y chasqué la lengua.

—No tenías que venir. No era necesario.

—Sí lo era. Necesitaba venir. Quería venir —puntualizó.

Una de sus manos me rozó, y pegué un brinco al darme cuenta de lo poco que se precisaba para que toda mi piel se erizara.

—Las cosas no se hacen así. Pagando los platos rotos con otras personas...

Me callé de golpe porque Isaac me había atrapado de las mejillas y su rostro se hallaba peligrosamente cerca del mío. Me reflejé en sus ojos y noté que temblaba. No supe si debido al frío o a otro motivo que me asustaba.

—Nunca me había sentido así por ignorar a otra persona, por hablarle de malas maneras o por explotar de esa forma.

—¿Sentido... así cómo? —pregunté llena de curiosidad.

—Tan mal. Tan... culpable. No sé, Carolina, pero... necesitaba venir y decírtelo. Al menos eso. No pretendo excusarme. —Sus pulgares me acariciaron la cara y luché con todas mis fuerzas por apartarme, pero no lo logré, y no porque él no me lo permitiera—. Me he dado cuenta de que... me gusta la persona que soy cuando estoy contigo.

—Pues no es que sea muy agradable... —me burlé.

—No, no esa. El Isaac del club en La Puebla, el que vino a Barcelona la otra vez, el del Skype, el de las últimas conversaciones... Y... joder, es difícil explicar esto, pero no estoy acostumbrado. Ya te comenté que no tengo muchos amigos, por no decir casi ninguno, quizá porque se me dan mal las relaciones sociales. Pero... no sé qué haces que contigo me relajo, no pienso demasiado, me río. —Y lo dijo como si nunca lo hubiera hecho y algo se encogió en mi estómago.

—Es mejor que te vayas —susurré.

Isaac exhaló tan cerca de mi boca que el pulso se me aceleró todavía más. Maldito deseo, jodida química...

—No lo noto solo yo, ¿no? El ambiente... Lo sientes, ¿a que sí? Como si todo a nuestro alrededor se contrajera y nos aplastara. Como si el suelo se deslizara bajo nuestros pies —susurró, y sus labios se aproximaron a los míos, provocando que cerrara los ojos—. Lo mismo que la noche en el hostal, cuando nos tocamos por primera vez. Y cuando estuve aquí. Incluso en aquella ocasión por Skype. Esa vibración que sale del estómago y se extiende por cada una de las partes del cuerpo —añadió. Su boca se entreabrió y rozó mis labios, y todo lo que había descrito se hizo realidad.

Apartarlo, besarlo. Largarme escalera arriba corriendo. Aplastarme contra su cuerpo. Compartir la humedad de nuestras pieles... O mandarlo a la mierda de nuevo. Todas esas contradicciones llenaban mi cabeza, confundiéndome. Clavé mis ojos en el suyo, pues le veía solo uno, como si fuera un cíclope, de lo cerca que estábamos. Mi carne lo demandaba de manera hambrienta. Notaba su respiración chocando con mi cara. Y de repente, nos lanzamos el uno al otro con tanta ansia que nuestros dientes colisionaron, pero no nos detuvimos. Nuestras lenguas se enmarañaron en un lío bélico, luchando una, rindiéndose la otra, batallando las dos hasta que las manos también decidieron unirse. Le desabroché la chaqueta y metí las mías por debajo de su jersey y gemí en su boca al entrar en contacto con su piel, que ardía a pesar de haber permanecido bajo la lluvia.

Nos abalanzamos hacia el ascensor, que, por suerte, estaba allí. Isaac me deslizó la chaqueta por los hombros y me los masajeó sin dejar de besarme. Me empujó contra la pared y juntó sus caderas a las mías, haciéndome notar esa erección que me despojaba de cordura. El trayecto fue muy corto y salimos a trompicones del ascensor, sin detener los besos. Su lengua me azotaba casi con furia, con una necesidad que me trastocaba. Me aparté un momento para poder abrir la puerta y, a toda prisa, lancé la chaqueta por los aires, y el bolso... y empecé a quitarme los botines mientras caminaba hacia atrás, para observar a Isaac y no perderme ni un detalle. Él ya estaba desnudándose también, y la imagen de los músculos de su vientre en movimiento mientras se deshacía del jersey y su cabello húmedo por la lluvia me secó la boca y me animó a lanzarme a sus brazos. Ya no me preocupaba resfriarme. Mi cuerpo ardía.

—No sé si me creerás, pero te he deseado tanto durante este mes... Me pasaba ratos y ratos pensando en quitarte la ropa, tocarte, morderte, meterme en ti... —Lamió mi labio inferior y se dirigió a mi oreja—. Eso ha mermado también mi inspiración.

—Cállate —le ordené, en plan mandona, y lo besé con tanta fuerza y él me lo devolvió de tal manera que hasta nos hicimos daño.

Nos dirigimos al dormitorio en un enredo de manos, bocas, suspiros, gemidos. Mis dedos intentaban abarcar todos los rincones de su piel. Su boca trataba de descubrir nuevos recovecos en los que perderse. Nos detuvimos unos minutos en una pared del pasillo, incapaces de continuar avanzando. Isaac atrapó mis pechos y me los masajeó, los juntó, los separó. Los degustó con su boca lamiendo y succionando mis pezones. Yo le tiraba del pelo, se lo revolvía, gimoteaba en su oído, y eso parecía excitarlo más porque me llevó la mano a su sexo cubierto solo por el bóxer. Lo acaricié con ansia, apreciando una tibia humedad a través de la tela. Abandonó uno de mis pechos para tantear en mi entrepierna. Estaba tan mojada que las braguitas se pegaron a mi piel cuando deslizó un par de dedos por mi ropa interior. Eché las caderas hacia delante, impaciente por que prosiguiera, que se introdujera y me tocara, se internara en mí, lo que quisiera. No obstante, me cogió en brazos y continuó avanzando hacia el dormitorio.

Isaac se dejó caer en la cama y me sentó a horcajadas sobre él, balanceándome hacia delante y hacia atrás. Gruñó en mi boca y me besó con más ganas al tiempo que me acariciaba la espalda y bajaba hacia mi trasero. Me estrujó las nalgas con ahínco y susurró algo que no logré entender, si bien supuse que sería alguna de sus palabras o frases subidas de tono que tanto me excitaban. Luego me cogió de la cintura, me apartó de encima de él y me tumbó en la cama. Sus manos me acariciaron las rodillas y fueron subiendo por la parte interna de mis muslos, hasta abrirme de piernas. Me revolví, muerta de ganas. Me apartó un poco las braguitas, me separó los labios con una delicadeza inaudita y se coló de una manera sorprendentemente natural. Entorné los ojos, invadida por él, y solté un gemido cuando encontró el punto exacto de placer. Estiré los brazos, en un afán por tocarlo también.

Salió de mí, y me besó el ombligo y lamió mi tatuaje mientras me bajaba la ropa interior. De inmediato noté su respiración en mi sexo y tan solo eso hizo que me revolviera en la cama. Lo besó, arrancándome un jadeo. Me abrió y deslizó la lengua poco a poco, ofreciéndome una maravillosa tortura. Apoyé una mano en su cabeza y hundí los dedos en su cabello húmedo por la lluvia. Entonces introdujo la punta de la lengua en mi sexo, y arqueé la espalda y cerré los ojos.

—Me gusta tu sabor —susurró con un matiz tan erótico en la voz que empujé su cabeza hacia abajo para que continuara.

Sus dientes rozaron mi clítoris, provocándome un latigazo de placer. Me aferré a la almohada y acompasé los movimientos de mi cuerpo a los de su cabeza y a los de su boca. Me metió un dedo sin parar de juguetear con la lengua. Tiempo después comprendería que el sexo oral con Isaac —y el sexo en su aspecto más amplio— era un conjunto de explosiones en mi cuerpo, un mar embravecido como el de sus ojos, clavados en mí para observar todas y cada una de mis reacciones. Era convertirme en nada para dárselo todo, y sabía que él hacía lo mismo... Al menos en esos momentos sí.

Un estallido atenazó todos mis músculos y me convertí en piel empapada de lluvia y de placer. Isaac no se detuvo ante mi orgasmo, sino que lo saboreó y lo lamió hasta que las piernas me temblaron. Tuve que quedarme así unos segundos, contemplando el techo anonadada, intentando controlar la respiración que escapaba enloquecida. Junté los muslos y los apreté para retener el placer que había sentido. Isaac trepó por mi cuerpo, y luego se recostó a mi lado y me observó con esa gravedad que me confundía. Antes de que me ofreciera algún gesto de cariño —me inquietaba que me gustara demasiado—, me incorporé y tomé el mando. Me situé entre sus piernas y comprobé con regocijo que se mordía el labio inferior. Tenía las mejillas sonrosadas y estaba más atractivo que nunca. Me moría de ganas de probarlo. Sin embargo, a mi parte traviesa se le había ocurrido algo.

Le bajé el bóxer y apresé su miembro palpitante. Acerqué los labios a su glande y lo succioné con suavidad. No tenía claro cómo le gustaría, pero su ronco jadeo y su enorme mano sobre mi cabeza me confirmaron que iba por el buen camino. Me concentré en acariciárselo de arriba abajo con un movimiento lento, al tiempo que le besaba el ombligo e introducía la lengua en él.

—Dios... Carolina. No pares. No... No pares.

Su mano me revolvió el cabello húmedo y la mía se paseó por su abdomen. Con la otra aceleré el movimiento y deslicé la lengua por la punta. El sabor salado que impregnó mi garganta me enloqueció y desinhibió a tal punto que alcé el rostro para mirarlo. Isaac tenía los ojos cerrados y los labios entreabiertos. Su expresión concentrada y bañada de placer me animó a meterme su sexo hasta lo más hondo. Abrió los ojos y clavó la mirada, algo desenfocada, en mí. Aquella imagen me resultó sucia y, al mismo tiempo, excitante e íntima. No quería parar. Deseaba que su sabor me llenara porque estaba más que segura de que me volvería adicta a él. Pero... no iba a dejar que se saliera con la suya siempre, y quería probarlo, ver cómo reaccionaba a lo que iba a hacer.

—Me corro, Carolina. Si no paras...

Y me detuve. Isaac alzó la cabeza y me miró con confusión. Me limpié los labios y le dediqué una sonrisa orgullosa. Y, entonces, comprendió. Creí que se enfadaría, que saldría a la luz el Isaac borde... Sin embargo, se tapó los ojos con el antebrazo y su pecho empezó a moverse. ¡Estaba riéndose! Me atrapó del brazo y tiro de mí hasta tumbarme a su lado. Se dedicó a mirarme durante unos segundos en los que todo pareció detenerse, tal vez hasta mi corazón. Supe que sus ojos querían decirme todo lo que nunca había aprendido.

—Así que este es mi castigo. Vale, vale... Me lo merezco. —Y estalló en carcajadas.

Por unos instantes no supe qué hacer, ya que no esperaba precisamente eso. Pero entonces, al recordar lo que me había dicho de que estando conmigo cambiaba, que lo hacía reír, me asusté. Tuve miedo porque me habría grabado el sonido de sus carcajadas para el resto de mi vida, y eso significaba algo, algo como que me apetecía que durmiera conmigo, esa vez abrazándome por fin, haciendo que me sintiera serena entre sus brazos.

11

Isaac y yo nos quedamos en silencio durante un buen rato, completamente desnudos. Ambos nos encontrábamos bocarriba en mi cama. Para mi sorpresa, no me había soltado después de haberme cogido del brazo y haberme arrastrado a su lado. Es más, me había pasado el suyo por debajo del cuerpo, y su mano, en algún momento que otro, me acariciaba la piel desnuda de manera distraída. Yo miraba el danzar constante de las sombras en el techo, confundida; él también se había quedado muy callado. Me pregunté varias veces en qué estaría pensando, si por la cabeza se le pasaban las mismas ideas que a mí. Que el sexo entre nosotros era genial, por ejemplo. Que cuando se ponía estúpido me sacaba de quicio, y me convencía de que no necesitaba volver a hablar con él, verlo, en definitiva, saber de él. Que, en cambio, lo tenía delante y había algo en el aire, en la tierra... que atraía mi cuerpo hacia el suyo de manera incontrolable. Sin embargo, una parte de mí deseaba continuar experimentando todo lo que se me ofreciese.

Isaac se revolvió a mi lado y, al darme cuenta de que nos habíamos acercado más y que mi cabeza casi reposaba en su pecho, me sobresalté. Aquello quizá era demasiada cercanía para los dos. En especial para él, que aparentaba ser tan reacio a las muestras de cariño. De modo que me aparté un poco y me deshice del brazo que descansaba bajo mi espalda.

—¿Quieres que me marche? —preguntó.

Alcé la vista y lo encontré con sus ojos posados en mí. Un

delgado haz de luna incidía en ellos, otorgándoles un azul mucho más claro.

—¿Marcharte adónde?

—No sé, a un hotel. No he reservado ninguno porque lo de venir ha sido de sopetón, pero me acuerdo del de la otra vez y puedo...

—No hace falta que te vayas, Isaac.

Quise decirle que su compañía no me incomodaba, que tan solo me había apartado porque me preocupaba que le resultara extraño que reposara mi cabeza en su pecho.

—Pero si es lo que quieres... —titubeé.

—Realmente no quiero. —Lo había dicho con cierto tono de sorpresa, como si le costara asumirlo. Quizá de verdad le costaba—. Estoy bien aquí —añadió en voz baja.

—Vale. Entonces... quédate —murmuré con un cosquilleo en el pecho.

Guardamos silencio de nuevo y, en algún momento, empecé a amodorrarme porque de repente oí la voz de Isaac lejana. Estaba hablándome, pero no me había enterado de mucho.

—¿Dormías?

—Más o menos. —Me estiré en la cama para alcanzar el edredón. Mi cuerpo se había ido quedando frío y me apetecía envolverme en la calidez del nórdico—. ¿Qué me decías?

—La fecha límite de entrega de la novela se acerca, y el fin de semana estaba asqueado porque cada vez me cuestan más algunas escenas. A veces siento que nunca seré capaz de acabarla, que no hay verdad en ella. Por eso te pregunto tanto, para conseguir otorgarle verdad... Aunque quizá ni de esa forma pueda hacerlo. Y, si te soy sincero, Carolina, estaba tan angustiado conmigo mismo que no quise ir a La Puebla. Luego me di cuenta de que había sido lo correcto, porque no merecías encontrarte conmigo en esas circunstancias. Por eso tampoco te escribí. Todo lo que habría soltado habrían sido mierdas. Incluso me equivoqué al llamarte, pero me sentía desesperado por escribir unas puñeteras palabras más...

—Vale, vale, vale... —susurré incorporándome al tiempo que él también lo hacía—. Demasiada información de repente.

—Me froté los ojos y ladeé el rostro para observarlo. Él me devolvió una extraña mirada, cargada de un sentimiento que me pareció reconocer... ¿Culpa, quizá?—. ¿Por qué escribes si crees que te conviertes en algo peor?

—No es eso... Tampoco ha sido así siempre. Antes podía controlarme. Ahora no tanto... Pero quiero acabar con esto. Es la maldita novela que tengo entre manos.

—¿Tan complicada te resulta? ¿Es también de ciencia ficción? Aunque en La Puebla no me imagino nada así...

—Es una novela negra. Es la primera vez que me meto tan de lleno en ese género. En las otras solía introducir fantasía, como ya sabes. Pero en esta... es todo verdad.

—¿Te refieres a que está basada en hechos reales? —inquirí curiosa.

Isaac no contestó. Aprecié que estaba nervioso por la manera en que se frotaba los dedos, o se los estiraba o jugueteaba con ellos.

—Escribo porque no sé hacer nada más —concluyó.

—¡Venga ya! —solté, con jovialidad para intentar animarlo. Por ese entonces ya había llegado a la conclusión de que debajo de ese Isaac serio, gruñón y de ademanes seguros se escondía uno más real: el melancólico, el temeroso a abrirse. No obstante, esa noche estaba mostrándose más que nunca y yo no sabía a ciencia cierta cómo reaccionar—. También se te da bien comportarte como un capullo integral —bromeé.

Le asesté un golpecito juguetón en el hombro. No pareció notarlo. Se limitó a contemplar un punto fijo en el frente.

—Escribo porque, en el fondo, expulso mis fantasmas. Si no fuera por las palabras... creo que lo habría mandado todo a la mierda hace mucho tiempo.

Sentí un pellizco en el estómago al apreciar el enorme matiz de tristeza de su voz. Contemplé su perfil con atención. El cabello desordenado a causa del intenso sexo, esa nariz respingona que contrastaba con la mandíbula marcada, las largas y curvas pestañas que le otorgaban un curioso aspecto, sus pómulos acentuados, esos labios gruesos y deliciosamente mullidos.

—¿Quién te hizo daño, Isaac? —me atreví a preguntarle, espoleada por sus confesiones.

Isaac no solía hablar de él o de su vida de esa manera, y que estuviera haciéndolo quizá significaba algo. Algo como que necesitaba soltar lo que le dolía.

—¿Cómo?

Por fin ladeó el rostro hacia mí y me miró como si hubiera volado muy lejos de allí.

—Alguien te hizo daño, ¿verdad?

Titubeó. Yo había dado en el clavo. Lo vi en un pestañeo muy rápido, apenas perceptible. Pensé en que tal vez su personalidad se debía a que le habían roto el corazón. ¿Una mujer? ¿Su familia, de la que nunca mencionaba nada? Yo sabía que había gente estúpida, mala, cruel o gilipollas por el mundo de manera natural, pero notaba que Isaac había llegado a ser como era por un motivo. ¿Qué le había ocurrido para cerrarse al mundo, para pasar por la vida de puntillas? Alargué una mano y la apoyé en su antebrazo desnudo, que se tensó ante mi contacto. Yo intentaba dar un paso para alcanzarlo, pero él estaba echándose hacia atrás otra vez, consciente de que se había abierto más de lo que seguramente había pretendido. Y, por unos instantes, me enorgullecí de haberlo logrado, de haber hecho un pequeño agujerito en su perfecta e inquebrantable coraza.

—No pasa nada, Isaac. A todos nos han roto el corazón alguna vez, sea de la forma que sea. Algunos se convierten en personas positivas y cálidas tras eso. Otros en frías, ariscas, solitarias. Pero todos acabamos siendo diferentes de alguna forma como consecuencia de ese dolor, y no significa que seamos mejores o peores.

Se mantuvo callado, y luego echó la cabeza hacia atrás y la apoyó en el cabecero de la cama. La nuez se le marcó en la garganta, otorgándole un aspecto varonil y deseable, y me entraron unas ganas terribles de acariciársela y besársela. Y de ayudarlo de la forma que fuera.

—Hace un rato me has dicho que te hago reír. ¿Acaso antes no lo hacías o qué? No me lo creo, tienes la risa demasiado bonita para que no existiera nunca —le dije con un tono animado. No estaba segura de cómo confortarlo, pero quería demostrarle que lo que dibujaba en el interior de una persona una sonrisa, tan solo una, ya valía la pena.

—Lo hacía, Carolina, claro que sí. Pero no era de verdad. Para serte sincero, que tú me hagas reír también provoca que no sepa cómo sentirme conmigo mismo.

—Por eso lo pagas conmigo, ¿no? Porque te sientes raro y fuera de tu piel con esas nuevas sensaciones —contesté, y se mordió el labio inferior con preocupación, aunque a mí hasta eso se me antojó un gesto de lo más sensual—. No pasa nada, Isaac, acabarás acostumbrándote. Y si no, siempre puedo acostumbrarme yo a ser una malota. Así habrá un equilibrio y no serás el único que se sienta extraño. —Contemplé las reacciones de su rostro, aunque se le había convertido en esa máscara pétrea de costumbre—. La tía era igual, ¿sabes? Quiero decir... Ella era toda pureza y amor, me asombraba lo que le costaba enfadarse con los demás. Y cuando lo hacía, me decía que era como probarse unos zapatos demasiado grandes con los que no puedes andar de manera cómoda. Y eso te pasa a ti, solo que a la inversa.

—Curiosa comparación la de tu tía —dijo en voz baja y muy ronca—. Pero es buena.

—A lo mejor has estado serio durante mucho tiempo y ahora no conoces otra cosa.

—Quizá.

—Puedo entenderlo —concluí asintiendo con la cabeza—. Pero cuidado, ¿eh? Tampoco te pases. La próxima vez puedo ser muy mala.

—Ya lo he comprobado, ya —replicó, y entonces sí noté un leve matiz divertido en su tono.

—Oh... eso no es nada, *babe*.

Con un rápido movimiento que me dejó descolocada, Isaac se situó sobre mí apoyando ambas manos a cada lado de mi cabeza. Arqueé las cejas y lo miré con una sonrisa. Su cuerpo desnudo y cálido se rozó con el mío, despertando mi piel de inmediato.

—No me das miedo —susurró—. De hecho, me encantaría comprobar lo mala que puedes llegar a ser.

Apoyé las manos en sus hombros. Entendí que sacar a ese Isaac seductor era para él mucho más sencillo que el que me había mostrado apenas unos minutos antes. Tal vez se le daba mejor expresarse con el cuerpo y, en el fondo, acabaría entendiendo que así era, que, con su manera de tocarme, de besarme y de adentrarse en mí iba contándome retazos de historias. Suyas.

—¿Todos los escritores de ciencia ficción y demás son tan sexis como tú? —le seguí el juego mientras le acariciaba la espalda.

Isaac frotó su erección en la parte interna de mis muslos, arrancándome un leve jadeo.

—Bueno… Stephen King tiene algo, aunque sea mayor —bromeó.

Me eché a reír. Nunca había leído nada de ese escritor ni había despertado mi curiosidad hasta que Isaac lo mencionó en una de nuestras charlas.

—Ya te gustaría a ti ser como él —susurré, con sus labios muy cerca de los míos.

—La verdad es que sí. Y vender tanto —añadió. Su mano derecha abandonó la cama para tomar uno de mis pechos. Arqueé la espalda al notar dos de sus dedos acariciándome el pezón—. Pero por otra parte no. Soy yo el que está ahora encima de ti.

—Ve a por un condón —jadeé mientras rozaba mi entrada húmeda—. Te levanto el castigo por esta noche.

Apenas un minuto después volvía a tenerlo sobre mí, introduciéndose con lentitud pero sin pausa. Estirándome con su magnífico miembro, conociendo en todo momento lo que me gustaba. Se balanceó durante un buen rato, arrancándome un gemido tras otro, hasta que cerré los ojos y me sumergí en un millar de estrellas.

Estaba preparando el desayuno y escuchando música bajita cuando noté una presencia a mi espalda. Era increíble el modo en que mi piel se erizaba, cómo sabía reconocerlo incluso antes que yo. Puse una rebanada más de pan en la tostadora y me volví para encontrarme con un Isaac vestido con tan solo un bóxer. Sin poder evitarlo, mi mirada abarcó toda su piel desnuda, trayéndome a la memoria la noche anterior, que todavía se encontraba cercana.

—He tendido tu ropa, pero aún estará mojada —le avisé—. Si la hubiera colgado anoche...

Me encogí de hombros. Isaac se arrimó un poco más, y mi cuerpo se tensó ante la cercanía.

—Tengo algo de ropa en el coche, que está aparcado al final de esta calle.

—Si quieres bajo a por ella.

—Las llaves están en mi chaqueta.

Lo acompañé hasta el antiguo despacho de Samuel, donde mi ex se dedicaba a preparar clases o corregir exámenes. Todavía no había planeado qué hacer con ese espacio y, de momento, lo usaba para colocar el tendedero y planchar. Isaac metió la mano en el bolsillo de su cazadora y luego atrapó mi mano derecha y depositó las llaves en ella. Recorrí el pasillo con él a mi espalda y, una vez en la entrada, descolgué del perchero el abrigo que solía usar en invierno y me lo puse por encima del pijama. Era muy largo y, de cualquier modo, a aquellas horas de la mañana apenas habría gente en la calle.

—Ahora subo. Ponte cómodo o haz lo que te apetezca. En la tostadora hay una rebanada de pan. Sácala cuando salte.

—¿Recordarás qué coche es? Lo aparqué al final de...

Me di la vuelta y lo miré con una sonrisa coqueta, interrumpiendo su frase. Bajé por la escalera para no esperar el ascensor y, de paso, hacer ejercicio. Una vez fuera del edificio, caminé calle abajo y enseguida atisbé su coche. Verlo me trajo a la memoria la noche en que nos conocimos. Hacía poco tiempo, pero me parecía mucho más. Isaac me desconcertaba, provocaba sentimientos en mí tan extremos que, al final, no sabía ni reconocerlos bien. Me cabreaba, y después aparecía con su cabello revuelto, su cara de chico antiguo de películas en blanco y negro y sus chupas, sus disculpas y su maravilloso sexo... y me temblaba hasta el alma. A pesar de todo, de quejarme, también había una parte de mí a la que le gustaba que todo aquello fuera mucho más imprevisible que mi relación anterior. La gente solía decirlo, eso de la chispa, y no me lo creía. Sin embargo, empezaba a entenderlo. Esbocé una sonrisa mientras cogía sus cosas del maletero.

Cuando entré por la puerta, Isaac ya había preparado la mesa. Había sacado de la nevera una botella de zumo de piña y dispuesto las tostadas en platos.

—A estas horas estaría a punto de fumarme el primer cigarrillo del día, aunque fuera en ayunas.

—Fatal. Esos son los peores. Ya sé que no soy quién para regañarte, pero...

—¿Podría vestirme primero? Me siento raro aquí desayunando casi como vine al mundo...

—Ah, claro, claro.

Le tendí la bolsa de viaje, y a punto estuve de decirle que a mí me gustaba más con toda su carne desnuda. Pero la noche ya había sido suficiente. No podía pasarme el tiempo imaginando escenas tórridas con Isaac cada vez que lo tenía cerca.

Yo todavía llevaba el pijama puesto, aunque no me importó. No sabía muy bien por qué, pero me sentía cómoda en su presencia, como si fuera tremendamente natural que se paseara por mi casa en bóxer. Recordé entonces lo triste que me había parecido la noche anterior, y me sorprendió que esa mañana le hubiera vuelto el ánimo... Aunque en sus ojos se entreveía una pequeña sombra.

Desayunamos casi en silencio, roto en un par de ocasiones para comentar el día tan bueno que hacía en comparación con la tormenta del anterior. No sabía muy bien qué decirle ni proponerle. No tenía claro si después de desayunar se marcharía o si querría hacer algo más. Yo no había planeado nada para ese fin de semana, aparte de dedicarme a algunas traducciones. Isaac había regresado del dormitorio con tan solo un pantalón, supuse que porque no se había duchado, o tal vez conocía lo que despertaba en mí, el muy capullo, y yo había encendido la calefacción para que no se congelara. Pero, por otra parte, me recreé de lo lindo en su abdomen desnudo, en sus brazos fibrosos y en sus hombros, que me resultaban de lo más atrayentes.

—Si quieres, dúchate —lo animé una vez que terminamos.

Me ayudó a recoger y me dispuse a fregar los platos.

—¿Me pones otra vez la música en el portátil, Isaac?

Salió de la cocina y, segundos después, oí la música de LP, que yo misma había estado escuchando antes. Me dediqué a fregar los platos y luego a ordenar un poco, pues durante la semana no había contado con demasiado tiempo. Cogí una manzana del frutero, la lavé y le di un buen mordisco. Me gustaba tomarme una todos los fines de semana después del desayuno. Había adquirido esa costumbre de la tía y ya nunca se me había quitado. Tarareé la canción y moví con suavidad las caderas al tiempo que continuaba pasando una bayeta con una mano mientras con la otra me comía la fruta. Me di la vuelta para tirar los restos de la manzana a la basura y, entonces, descubrí a Isaac mirándome con mucha atención y sonriente, con una libretita entre las manos y un bolígrafo. Llevaba el cabello húmedo de la ducha y se había puesto un jersey que conjuntaba con el color de sus ojos.

—¡Coño, qué susto! —exclamé, y me llevé la mano libre al pecho—. ¿Qué escribes ahí?

—Las sensaciones que me produce verte bailar y comerte esa manzana mientras vas limpiando. Ajena a todo, incluso a mí.

—No suena muy interesante —bromeé, pero la voz me salió temblorosa. ¿Por qué me decía esas cosas? ¿Por qué, en ocasiones, me hacía pensar que había algo más enroscado a sus palabras si, en realidad, no lo había? Quizá era su alma de escritor, que le salía sin querer. Decidí obviar su comentario y tiré el corazón mordisqueado de la manzana a toda prisa, para, acto seguido, abandonar la cocina y pasar por su lado casi sin rozarlo, aunque resultó complicado por el escaso espacio—. Ahora soy yo quien va a ducharse, ¿vale?

Noté que su mirada me seguía hasta que desaparecí por el pasillo. El pulso me latía en las venas, a trompicones. Sus ojos me hacían arder por todas partes. Por suerte, el agua me calmó, aunque me apresuré a ducharme y a secarme el pelo para que Isaac no tuviera que esperar demasiado. Al volver al salón lo encontré leyendo algo en esa libretita que había portado consigo, con toda su atención puesta en ella. Serio, concentrado, lejos de allí. Esa imagen me provocó cierta ternura, un cosquilleo molesto y, al mismo tiempo, agradable en el estómago. Malditas contradicciones con Isaac. Él no reparó en mí y no quise interrumpirlo. Cuando por fin se dio cuenta, alzó la cabeza lentamente y me dedicó una mirada que duró bastante. Sentí que sus ojos recorrían mi cuerpo, y pensé en que me miraba como si yo fuera importante. Solo me había puesto unos vaqueros negros y una blusa blanca, pero mi atuendo parecía agradarle.

—¿Qué planes tenemos hoy? —preguntó con jovialidad, sorprendiéndome.

—Pues… —Dudé unos segundos. Pensé en ir al mercadillo dominical de Sant Antoni, pues había puestos de libros antiguos que seguramente le encantarían.

—¿Por qué no me llevas a algún sitio que te guste? —propuso Isaac—. Tu favorito de Barcelona.

No tuve que pensarlo mucho. Si había un lugar que me fascinaba, ese era el parque del Laberinto de Horta, el jardín histórico más antiguo conservado en la ciudad. No me gustaba solo por su estupendo emplazamiento, a los pies de la montaña de Collserola, sino porque se trataba de una maravillosa obra de arte y, sobre todo, porque en él se escondía un auténtico laberinto.

Cogimos su coche y lo guie por la ciudad. Una vez allí, caminamos en silencio por los senderos resguardados por muros de cipreses. Había bastante gente debido a la buena mañana que hacía. Las familias a nuestro alrededor se preguntaban si ya habían pasado por allí y los niños chillaban emocionados correteando por delante de los padres. Sin embargo, eso no impidió que me sintiera como si Isaac y yo nos encontráramos solos. Bromeó con que nosotros íbamos a perdernos también, pero me sabía el camino de memoria. Lo había recorrido muchísimas veces desde que me asenté en Barcelona. Dejamos atrás un estanque y subimos unas escalinatas para observar toda la extensión en el mirador, rodeado de unas cuantas estatuas neoclásicas de la mitología griega. Se nos escapó la risa al divisar a más de uno dando vueltas, en su deseo de encontrar la salida.

—Esto es increíble, Carolina —musitó con los ojos llenos de verde.

—A la tía le encantaba que se lo describiera —murmuré cuando ya nos acercábamos al centro del laberinto, presidido por una estatua de Eros—. Aunque me lo conozco como la palma de mi mano, seguro que tú podrías hablar de él mucho mejor que yo.

—Hay bellezas que son muy complicadas de representar.

—¿Te has dado cuenta de lo simétrico que es todo? Rezuma armonía —comenté emocionada, y extendí el brazo libre para abarcar el horizonte de escalinatas, vegetación y esculturas.

—¿Por eso te gusta?

Reparé en que su pregunta iba en serio. No me lo había planteado hasta ese instante, pero caí en la cuenta de que sí, que quizá ese era uno de los principales motivos por los que me apasionaba perderme allí. Cuando estaba ansiosa o triste, era mi destino favorito y siempre acababa saliendo mucho más serena.

—Sí —asentí, y me encaminé hacia una de las fuentes, en la que una familia con dos niños pequeños comía unos bocadillos. Los contemplé con nostalgia, rememorando momentos hermosos con la tía—. Y porque aquí me siento como una niña otra vez, con esa inocencia que al final todos terminamos perdiendo.

—Yo no creo que deba hacerse de la infancia un ideal —me contradijo Isaac, que se había puesto muy serio y evitaba mirarme—. ¿Acaso todos los niños son felices, Carolina? ¿Lo fuiste tú siempre? ¿Todos los que tú conociste en tu infancia lo eran? Los niños también pueden saber lo que es sufrir y dejar atrás su inocencia muy pronto de manera forzada —añadió, estudiando mi rostro con gravedad.

«Desde luego que Gabriel sufrió», se me pasó por la cabeza. Ladeé el rostro para no mirarlo y evitar que se diera cuenta de que algo había cambiado en mí. A veces sentía que Isaac conocía cosas de mí que ni yo misma sabía. Y eso me causaba temor. También me parecía claro que la infancia de Isaac no había sido buena, y deseé decirle que podía contar conmigo, que lo entendía. Sin embargo, su volubilidad hizo presencia justo en ese instante y pasó de la seriedad más profunda a una sonrisa tan luminosa como imprevista. Acercó el rostro y rozó de manera fugaz sus labios con los míos, y se me olvidó todo. Lo apresé de las mangas de la chaqueta y llevé sus manos a mi cintura. Me pareció que nuestros cuerpos encajaban a la perfección. Me besó primero con rapidez, después lenta y dulcemente, y otra vez con pasión, y se me antojó que con ese lenguaje pretendía decirme que no importaba quiénes habíamos sido o íbamos a ser, sino los que éramos en ese momento.

—A mis padres también les encantaba bailar —susurró, todavía en mis labios, por lo que no pude entenderlo bien. Lo miré con ojos interrogativos—. Lo he recordado mientras te observaba en la cocina. Cómo mi padre bailaba con mi madre. Yo era muy pequeño. Se reservaban los viernes por la noche, y cuando creían que ya dormía ponían la música bajita —continuó, esa vez con un toque de melancolía—. Yo ya tenía problemas para dormir, así que escuchaba tras la puerta de mi dormitorio. En ocasiones me levantaba y, descalzo, me acercaba hasta el salón. Mi padre se había comprado tiempo atrás un tocadiscos y siempre ponía el mismo vinilo.

—¿Cuál era? —le pregunté alzando la cabeza.

—Uno de Elvis Presley. —Esbozó una sonrisa nostálgica—. Su canción favorita era *Can't Help Falling in Love*. Mi padre cogía a mi madre de la cintura con una mano y entrelazaba la otra con la de ella. Poco a poco juntaban las mejillas y se movían muy despacio, al ritmo de la música. Mi madre siempre decía que se había enamorado de lo bien que él bailaba.

Se mordió el labio inferior y entreví en sus ojos oscurecidos que se había cerrado de nuevo, como la noche anterior. Reposé la cabeza en su pecho, emocionada por el hecho de que estuviera contándome tanto, porque se notaba que le resultaba complicado.

—Era muy pequeño, pero cuando los veía bailar, por aquel entonces, quería encontrar a una persona con la que vivir aquello tan bonito que tenían.

Su confesión me sobrecogió. Por mi cabeza revolotearon un sinfín de preguntas, de dudas, de por qué apenas tenía contacto con ellos si parecía que los quería tanto y los admiraba. Pero las relaciones familiares, en ocasiones, son de todo menos sencillas. Como sabía que no era el momento e ignoraba, además, cómo reaccionaría, salió mi lado más bromista:

—Podemos bailar tú y yo algún día. Como aquella noche en La Puebla, ¿recuerdas lo divertido que fue? No será lo mismo que lo de tus padres, pero... oye, ¡no se me da tan mal, y a ti tampoco! Puedes enseñarme, que ahora con las clases he mejorado. De pequeña bailaba bastante bien, ¿sabes? O si no, hacemos como en *Dirty Dancing*. Será como en la escena en la que Baby va a casa de Johnny, se le confiesa toda resuelta y luego bailan de lo más sensual. Siempre he querido hacerlo. La tía más, ¡con lo que le gustaba Patrick Swayze...!

Alcé el pecho ante el silencio de Isaac. Él me había apresado con más fuerza, y era increíblemente natural mantenernos de esa forma. Me miraba con una expresión indescifrable, y me encogí de hombros al darme cuenta de todo lo que había hablado y cuán rápido. Entonces, preguntó con total seriedad:

—Pero... ¿también habrá la parte final de esa escena?

Abrí mucho los ojos, me puse colorada y luego eché la cabeza hacia atrás y solté una carcajada. Baby y Johnny acababan haciendo el amor por primera vez tras su sexy baile.

—¿Qué? ¿Crees que eres la única que la ha visto? —inquirió en plan chulito.

—Lo que creo es que solo piensas en una cosa —lo acusé, juguetona. Sus manos se deslizaron hasta mi trasero y me abarcó con ellas al completo. Me subió al tiempo que su mirada se oscurecía—. Bueno, ya veremos si reproducimos esa escena o no.

Me hice la remolona y me aparté de él con suavidad.

—Si sabes hacer esos movimientos sensuales de la película, Isaac, entonces… quizá. Los golpes de cadera de Patrick Swayze son inigualables, bonico.

Y esa vez fue él quien se carcajeó, inundando el mágico ambiente del jardín con su risa, que, sin él saberlo, también se me antojaba mágica. Yo había perdido ese sentimiento de miedo de la noche anterior. Ahora, en cambio, deseaba que se riera mucho más… en especial gracias a mí.

12

Cuando el domingo por la tarde Isaac se fue, me quedé llena de desconcierto y, al mismo tiempo, de una sensación placentera. Sin lugar a duda, por mucho que él se empeñara en que no —vale, no era que hubiera dicho nada, pero me imaginaba lo que corría por su cabeza—, había sido distinto... incluso a la primera vez que había venido a Barcelona. Había dormido en mi casa. No realmente abrazados, pero sí en mi cama, y sabía que para él eso no era lo acostumbrado. Habíamos desayunado juntos; habíamos paseado por mi ciudad una vez más; me había explicado cosas sobre vinos, pues le interesaba mucho el tema; habíamos charlado sobre lo que nos inspiraban las películas que anunciaban en las carteleras del cine y habíamos compartido un paquete de pipas. Y ya no sabía qué esperar, a qué atenerme. De modo que, tras su marcha, me dediqué en cuerpo y alma al trabajo para no permitir que se paseara por mi pensamiento cada dos por tres, la mayoría de las veces desnudo, además. También me centré en Cristina, quien acudía al trabajo como un alma en pena. Estaba agotada, preocupada y de mal humor.

—He decidido que me someteré a todas las pruebas que deba. Necesito que todo salga bien, Carol. —Esa última frase la repetía casi a cada momento, como un mantra, incluso mientras trabajaba.

—Y saldrá —le respondía yo, sin saber qué más podía hacer para tranquilizarla.

—¿No me ves? —replicó un día señalándose las ojeras, que

268

se le habían pronunciado más. Luego abarcó todo su cuerpo, pues también había adelgazado debido a los vómitos—. El médico me ha dicho que irán remitiendo con el tratamiento. Pero, hija, qué asco le tengo a casi todo. No quiero imaginarme lo que me queda.

Cristina solo estaba embarazada de ocho semanas, pero yo ansiaba ya ver el crecimiento de su tripita y me imaginaba sosteniendo en brazos a ese futuro bebé. Se lo comenté a Isaac en un whatsapp, simplemente porque me apetecía, sin ninguna intención más allá... Y él me contestó que en febrero cumpliría treinta y cinco años y que no se veía, ni de lejos, siendo padre. Sabía que no lo decía a malas; aun así, no pude evitar fruncir el ceño. «Pero sí me veo con uno o dos perros. Te da puntos como escritor si lo mencionas en la biografía de la solapa de los libros: "En la actualidad vive con su pareja y su perro". Para ser un best seller necesitas tener uno, por eso quizá yo todavía no lo soy...», añadió, bromista. Y consiguió hacerme reír.

Por las noches retomamos la costumbre de mandarnos mensajes. En una de esas me contó que había estado planeando el viaje alrededor del mundo para emprenderlo en cuanto publicara su siguiente novela. No quise pensar en ello ni preguntarle cuánto tiempo duraría, así que le confesé que también me apetecía viajar como antes, pero que como quería hacerle una visita a mi amiga Daniela, debía centrar los ahorros en ese propósito. «Australia no la conozco», me dijo. Y estuve tentada de proponerle abandonar su plan de dar la vuelta al mundo y acompañarme en mi viaje.

La mayor parte del tiempo del puente de diciembre me lo pasé traduciendo textos de la academia para la que hacía algunos trabajillos extra. Necesitaba ese dinero como agua de mayo para visitar a Daniela al menos antes de cumplir los cuarenta. Pero dado que el día ocho cayó en sábado y vi que en el grupo de WhatsApp de salsa, en el que me habían incluido unos días antes, las tres chicas con las que me llevaba bien hacían planes, decidí aparcar un rato el trabajo y distraerme. Esa mañana Isaac me había preguntado por las escuelas de La

Puebla durante mi infancia y habíamos charlado un poco sobre ellas a través de audios, pero de repente se había callado y supuse que se había enfrascado en la escritura, por lo que opté por no molestarlo.

Las chicas eran muy simpáticas, si bien esa noche me di cuenta de que me costaba seguirles el ritmo. Tomamos un par de cervezas antes de ir de tapas y, para entonces, ya se me habían subido un poco los dos dobles. Durante la cena me pidieron otro, y una caña más, y yo bebía bastante y comía poco y a la una caminábamos por Barcelona en busca de un local donde terminar con alguna copa. A mí el alcohol ya no me sentaba igual que a ellas, sobre todo porque había perdido la costumbre, pero no tenía ganas de volver a casa, ya que estaba pasándomelo bien. Al final una de ellas escogió la Torre Rosa, una de las coctelerías de más renombre de Barcelona, en la zona de Sant Andreu. Era la primera vez que iba, pero Cristina ya me había hablado de ella y me había explicado que el edificio databa del siglo XX y que lo habían restaurado para recuperar su color original. A pesar de que el patio exterior era precioso con su abundante vegetación y su ambiente, hacía demasiado frío para quedarnos allí, así que buscamos un hueco en el interior. Ellas se pidieron unos gin-tonics, pero a mí nunca me habían gustado por su sabor amargo, por lo que me decanté por un cóctel llamado Trópico Punch a base de ron negro, naranja, granadina, limón y angostura. Aunque no era muy caro, el bolsillo me dolió y pensé en que ese dinero podría haberlo metido en la hucha para el viaje.

Mientras mordisqueaba mi pajita, Susana, que bailaba mejor y tenía un cuerpo de infarto y una melenaza castaña, se dirigió a mí:

—Carol, nunca hablas sobre tu vida privada. Cuéntanos, ¿tienes chico? Lo digo más que nada porque ese de ahí no te quita el ojo de encima. —Apuntó con el índice de manera nada disimulada a un tipo que se hallaba con otros amigos un par de mesas más allá de la nuestra.

Aparté el enorme vaso del cóctel y fruncí el ceño. El chico no estaba mal, pero no me parecía que estuviera interesado en mí.

—¿En serio? —repliqué incrédula—. Porque no he notado nada. ¿O es porque queréis sonsacarme algo? —bromeé.

—El que está sentado a su lado tiene algo... ¿Lo veis? —intervino otra. Se llamaba María y era muy bajita, mona y con el cabello corto y teñido de azul. Me encantaba su estilo.

—Yo me lo tiraba —se inmiscuyó la tercera, Olga. La que yo había pensado que era más calladita y, al final, no tenía filtro.

Esbocé una sonrisa al oírla.

—Todos para vosotras.

Me encogí de hombros y seguí con mi cóctel, que sabía mucho mejor que seguramente esos tipos. Que, por cierto, sí nos miraban.

—Continúas sin contarnos nada —insistió Susana, inclinada hacia mí, con lo que sus pechos casi se desbordaron del escote.

—No salgo con nadie —les informé. No les pregunté si ellas tenían pareja porque ya sabía que tampoco la tenían.

—Pero... ¿no hay nada por ahí? Algún maromo que te estampe contra la pared de vez en cuando...

Dos chicos de los que habíamos hablado se acercaron a la mesa y el que, según Susana, me miraba, se sentó a mi lado sin pedir permiso y se presentó con dos besos. Ni siquiera me enteré de su nombre. ¿Por qué? En mi mente tan solo había una imagen desde que Olga había dicho aquello: Isaac empotrándome contra la pared, el sofá, la ducha o lo que se terciara. Noté el efecto del alcohol en el calor que mi entrepierna irradiaba.

—¿Quieres tomar otra? —me preguntó el chico cuyo nombre ignoraba.

Era moreno y llevaba el cabello bastante corto, de ojos grandes y oscuros, cuerpo aparentemente correcto. Guapete. Sin embargo, tenía un punto negativo: no era Isaac. Sus palabras, su cercanía, su actitud no despertaban nada en mí en ese momento y sabía que nunca lo harían de la forma en que lo hacía ese tipo gruñón, peculiar y, en ocasiones, enigmático que se había enredado entre mis sábanas.

—No hace falta, gracias. —Le señalé el espacio a su espalda, antes de decirle—: ¿Me dejas pasar? Necesito ir al aseo.

Mis compañeras de fiesta me dedicaron una mirada asombrada. El chico arqueó las cejas, titubeó unos segundos y, al fin, se apartó. Fingí que iba de verdad al aseo, pero cuando me cercioré de que Olga y Susana habían vuelto a lo suyo —coquetear— y que María trasteaba en su móvil, di la vuelta y me dirigí a la salida del club a toda prisa. En realidad, lo que pretendía era hablar con Isaac. Iba un poco borracha, debía reconocerlo. Y me había excitado ante aquel impuro —y maravilloso— pensamiento. Me apetecía oír su voz e imaginarlo susurrándome frases obscenas al oído con esa voz ronca y erótica que le salía en la intimidad.

Rebusqué en la agenda y pulsé en la pantalla con un dedo tembloroso. Las letras me bailaban, y, debido al alcohol y a la excitación, no había cogido la chaqueta y allí fuera hacía un frío de mil demonios. Taconeé en el suelo mientras aguardaba a que Isaac cogiera la llamada.

—Vamos, vamos... No me seas gilipuer...

—¿Sí?

Me tragué la última sílaba de la palabra, con la esperanza de que no me hubiera oído.

—Hola —lo saludé, y me salió una risita tonta.

—¿Ocurre algo? —preguntó él, confundido.

—¿Tiene que pasar algo para que me apetezca llamarte? —Fui consciente de que arrastraba las palabras, pero no me importó.

—No, pero... —Se interrumpió y, a continuación, inquirió—. ¿Vas borracha?

—Un poco. Pero no mucho, ¿eh? Me oirás raro por la cobertura, que no es buena.

—¿Me llamas a estas horas estando borracha?

Empezaba a sonar como el Isaac molesto y, en lugar de achantarme, eso me instó a provocarlo.

—Te llamo como y cuando quiero, al igual que tú. ¿Dormías o qué? Si es así, perdona. —Se me escapó un hipido, e Isaac guardó silencio al otro lado de la línea—. Siempre hablamos por WhatsApp y a mí me gusta más esto, es más directo.

—No estaba durmiendo, sino escribiendo.

—Pues porque pares unos minutos no pasa nada... —Di unos cuantos pasos para no helarme—. ¿Sabes qué? No recordaba que el alcohol me subía la libido —le solté a bocajarro.

Isaac suspiró al otro lado de la línea y prosiguió con su silencio, aunque no parecía fastidiado. Casi me parecía que esperaba con curiosidad a ver por dónde salía yo. Me lo imaginé ante el portátil, con sus dedos largos rozando el teclado, y ansié que me tocaran, que escribieran palabras en mi cuerpo.

—He salido a tomar algo, que tenía la cabeza como un bombo —proseguí—. Y tú deberías hacer lo mismo: dar una vuelta, distraerte, dejar un poco esa novela que te pone de tan mal humor.

Esa vez resopló, y me tapé la boca para no reírme. Joder, me gustaba chincharlo, para qué mentir. Quería ver hasta dónde podía llegar.

—Debo terminar la novela en poco tiempo, y lo sabes. Y luego mi editor se la leerá y, si no le gusta algo, tendré que volver a ella y retocarla. Y eso es una puta mierda, con lo que preferiría que nadie me distrajera.

—¿No te gusta que sea yo tu distracción? —le pregunté poniendo la voz más seductora que sabía.

—Depende. Si estuvieras aquí... Quizá —me siguió el juego.

Me regocijé por dentro, pues por unos segundos había temido que se enfadara o insinuara que iba a colgar.

—Pues aquella vez por Skype me pareció que también te gustaba. —Me apoyé en la pared porque empezaba a marearme. Un grupo de jovencitas pasaron por delante de mí y me lanzaron unas cuantas miradas de soslayo—. Pero si te lo insinúo yo... ya te haces el remolón. Eso también te gusta, ¿eh? Hacer y deshacer...

—Carolina, cuando bebes te pones muy divertida... —replicó con un matiz retozón en la voz y, al mismo tiempo, irónico—. ¿Qué te crees? ¿Que no me gustaría practicar un poco de sexo, aunque fuera telefónico, ahora mismo? Sería tonto si no me apeteciera. Pero también tengo unas obligaciones...

—Uy, uy, uy... Más excusitas de la novela —lo interrumpí, medio canturreando.

—¿Qué? —La última letra sonó como una risa incrédula—. Bueno, ¿hay algo más que quieras decirme? ¿Algo realmente importante?

Y entonces se me pasó por la cabeza lo que había estado rumiando esos días. Porque me había asegurado que se comportaba de esa manera por la novela, y continuaba diciéndome eso, pero a mí me rondaba que tan solo la empleaba como excusa porque le venía bien. Lo que yo creía era que había algo más, algo estrechamente relacionado con su forma de haber vivido siempre. Su vida se basaba en escribir y viajar porque quizá le hacían olvidar asuntos dolorosos de su existencia, porque le otorgaba libertad y no había más espacio en ella para otros asuntos. Mi parte inocente pensaba que tal vez Isaac había empezado a darse cuenta de que disfrutaba conmigo más de lo debido, que le gustaba saber lo que hacía, pasar tiempo conmigo. Pero que, cuando era yo quien intentaba trazar un paso más, se echaba hacia atrás porque no atinaba a reaccionar. Y eso chocaba con sus ideales. Quizá había entendido que, algunas cosas, las más simples y, al mismo tiempo, más intensas, escapan a nuestro control. Le gustaba ser libre y, a la par, controlarlo todo para no perder esa libertad. Parecía incoherente en un primer momento, pero iba conociéndolo y podía entenderlo en cierta manera. El alcohol me empujó a decirle todo lo que se me había formado en la cabeza, sin pararme a pensar si le molestaría.

—Estos días, después del finde, he estado reflexionando sobre algunos asuntos y he llegado a una conclusión.

—Ajá. Cuéntame —me animó, y se me antojó que de verdad le interesaba lo que tenía que decirle.

—Que cuando ves que empezamos a avanzar otra vez, reculas. —Aguardé unos segundos para ver si decía algo, pero tan solo escuchaba, así que continué a lo mío—. Porque, mira, si lo único que buscaras fuera echar un polvo de vez en cuando, en

Irún tienes mujeres cerca. —Una vocecilla me advirtió que era mejor que parara para no exponerme demasiado, pero la Carolina impulsiva había hecho acto de presencia. Había decidido no pedirle explicaciones, no preguntarle nada, seguir disfrutando y punto pelota, pero…—. Y tú mismo me lo dijiste, que no estabas acostumbrado a sentir. Vale, suena mal y no usaste esas palabras exactamente, pero es eso, ¿no? Creo que siempre te has guardado lo que sientes, sea bueno o malo. A lo mejor es lo que te enseñaron. —Volví a callarme, aunque me moría de ganas de seguir.

—¿Qué más, Carolina? —preguntó Isaac. No supe si era el alcohol, mi imaginación o qué, pero era como si en su voz hubiera un toque de… ¿picardía? ¿Juego?

—Qué más, qué más… Pues lo que te he dicho antes, que te excusas con la novela, pero lo que en realidad te pasa es que para ti es raro que te llame una noche cualquiera, sin planearlo, sin un propósito concreto. Si tú lo haces, está bien, ya que todavía dominas la situación. Pero si lo hago yo, para ti eso es sinónimo de invasión de tu intimidad, o a saber. Me parece que te mueves por la vida con ideas preconcebidas. —Era consciente de todo lo que le decía, pero no conseguía detenerme. Pretendí achacarlo al alcohol y no a que aquel fin de semana fantástico había despertado algo en mí—. Pero no tienes que cambiar por mí, Isaac, ¿entiendes? Yo tampoco lo haré. No voy a pedirte nada. O sí, pero no será nada más allá de una buena noche. Yo también tengo mis necesidades, como tú. Así que si luego, al volver a casa, sigo cachonda y me apetece llamarte para practicar un poco de sexo telefónico, espero por tu bien que me respondas. Y te aseguro que valdrá la pena. Porque, y esta es la otra conclusión a la que he llegado, te gusto. Te gusto más de lo que querrías. Que sepas que esas cosas no se controlan. Mala suerte, chaval.

Y le colgué, a pesar de que había empezado a hablar. El pulso me latía a mil por hora cuando entré en el club. Al llegar al rincón donde nos habíamos situado, descubrí que Olga estaba liándose con uno de los tipos, que Susana había desaparecido y que María daba cabezadas. Alzó el mentón al advertir mi presencia y me contempló con gesto aburrido.

—Creo que me voy —dijo señalando con la barbilla a la otra, ajena por completo al resto.

—Y yo también —coincidí al tiempo que me acercaba a ella y me despedía con dos besos—. Me espera una gloriosa sesión de sexo telefónico —añadí. Me di la vuelta, no sin haber captado la sorprendida mirada que María me lanzaba.

Sin embargo, cuando llegué a mi piso todo giraba a mi alrededor. Me pesaban tanto los párpados y me sentía tan agotada que ni siquiera me quité la ropa. Me desplomé en la cama, con los brazos y las piernas abiertos, y caí en un profundo sueño. A la mañana siguiente me encontré con una llamada perdida de Isaac en el móvil y un whatsapp a las tantas que decía:

Dónde ha quedado ese plan tan sugerente? Ahora debería cabrearme yo por tu plantón, no?

Y, a pesar de la enorme resaca, esbocé una sonrisa victoriosa.

Isaac no me envió ningún mensaje durante la semana siguiente, y yo, enfadada conmigo misma un poquito por algunas cosas que le había dicho —otras me parecían bien, como la provocación con el sexo telefónico—, tampoco me comuniqué con él. Quería demostrarle que de verdad no le pedía nada. A él no le agradaban las etiquetas y yo no necesitaba ponernos una porque era consciente de nuestra situación.

Cristina faltó un par de días al trabajo. Uno de ellos porque se encontraba mal y el otro para someterse a una revisión. Nuestro jefe ignoraba a qué se debían esas ausencias y, aunque mi amiga opinaba que todavía era demasiado pronto para comunicárselo, también sabía que no podía dejarlo pasar mucho tiempo más.

En la clase de salsa Olga nos informó, completamente emocionada, de que el tipo con el que se había liado en el club le había pedido otra cita y añadió que sentía una conexión especial, que quizá era su media naranja. María y Susana, que la conocían desde hacía bastante más tiempo que yo, la miraron con incredulidad. Según me explicaron cuando Olga se metió en una ducha, siempre se había dedicado a proclamar a los cuatro vientos que los hombres eran para usar y tirar. Mientras nos secábamos, María se acercó y, con una sonrisa pilla, me preguntó:

—¿Qué tal la cita?

En un principio no entendí a lo que se refería porque no me acordaba de algunas cosas, de modo que no le respondí. Después, cuando regresaba a casa, un flash me cruzó por la cabeza y se me escapó una risotada en medio del metro que me valió unas cuantas miradas curiosas. Desde luego, Isaac sacaba una Carolina que me gustaba y me preocupaba al mismo tiempo.

El sábado de esa semana amanecí con una llamada de Cristina. Tan solo eran las ocho de la mañana, de modo que descolgué con el corazón a mil por hora y por poco no me caí de la cama.

—¿Qué? ¿Qué pasa?

—Necesito pedirte un favor —susurró ella, al otro lado de la línea, con una vocecita débil—. Damián está fuera este fin de semana por un congreso y… bueno, él quería cancelarlo, pero es importante y le insistí en que se marchara. Creía que me sentiría bien, pero…

—Dame media horita para que me duche y me vista, y voy para allí —le anuncié antes de que pudiera continuar. Salté de la cama y me dirigí corriendo al cuarto de baño—. ¿Te llevo algo?

—La película más romántica que conozcas —dijo, y aprecié una sonrisa en su tono—. Pero no triste, por favor. Nada de *El diario de Noah* o cosas así.

A las nueve y media de la mañana pulsaba el timbre del piso de Cristina con una mochila en la que portaba un pijama, una muda de ropa interior, unos vaqueros y un jersey. Además de la peli romántica, por supuesto. Me había decantado por *Pretty Woman*. Nunca fallaba.

Cristina me abrió la puerta, pero para cuando entré ya había tomado asiento en el sofá de nuevo. Había una palangana vacía en el suelo. Me miró con aspecto abatido.

—No va a ser un finde demasiado divertido, Carol... —me avisó.

—¿Que no? —Me dejé caer a su lado y le pasé un brazo por los hombros—. Náuseas, Richard Gere y una de mis canciones preferidas del mundo. ¡Ah! Y apoyarte la mano en la frente si te vienen las arcadas. No conozco mejor plan.

Cristina se echó a reír sin apartar las manos de su barriga. Me ofrecí a prepararle una infusión y me explicó dónde se encontraban todos los cacharros. Cuando volví al salón, me lanzó una mirada de agradecimiento.

—Eres una persona fantástica, Carol —susurró, y luego sopló la bebida caliente—. No todos harían esto...

—¡Venga ya! Cualquier amiga lo haría.

—No, todas me han dicho que no. Y de algunas lo entiendo porque están muy ocupadas, pero otras... No quería pedírtelo a ti porque tienes mucho trabajo y...

—Yo con que me dejes berrear la canción de *Pretty Woman*, me quedo aquí contigo todo el tiempo que haga falta —bromeé.

Cristina esbozó una pequeña sonrisa, pero, de inmediato, su rostro se ensombreció.

—¿Sabes lo que me dijo mi suegra el otro día? Que era una inconsciente y que, si las cosas salen mal, será por mi culpa.

—No me la has presentado nunca, pero me parece que no conoce muy bien el proceso de apareamiento... Porque su hijo puso la semillita.

—Aun así, tiene razón, ¿no? La tiene...

Agachó la cabeza y sus manos temblaron. Le quité la taza para que la infusión no se le derramara y la deposité en la mesita que había frente al sofá.

—Cristina, mírame. —La cogí de la barbilla y me miró con ojos apenados—. No la tiene. Tanto Damián como tú habéis tomado esta decisión. Y lo habéis hecho porque, en el fondo, seréis unos padres estupendos que ansían dar una oportunidad a ese garbancito que crece dentro de ti.

—¿Garbancito? —Se le escapó una risa.

—¿Demasiado cursi?

—No... Realmente es un garbancito —reconoció.

Se acarició la tripa y, por primera vez, puse también la mano sobre ella, notando dentro de mí una incontrolable emoción, como si fuera yo la que estuviera embarazada.

—Carol... Carol... ¡Carol!

Me desperté sobresaltada y me incorporé como impulsada por un resorte. Cristina se encontraba frente a mí, con las piernas estiradas y apoyadas en una silla. Debía de haberme quedado dormida en el sofá en una mala postura, ya que me dolía horrores el cuello. Miré el televisor y descubrí que *Pretty Woman* ya había terminado. Habíamos cenado algo ligero y después nos habíamos puesto a mirar la película.

—Mierda, me he perdido el estupendo final —me quejé—. ¿Qué pasa? ¿Estás bien?

—Es que no para de pitar —explicó, y me señaló mi móvil, que yo había dejado sobre la mesita.

Me incliné y lo atrapé, y entonces descubrí unos cuantos mensajes de Isaac. «¿Has estado ocupada esta semana?», «No quería molestarte, por si acaso», «Me acuerdo de lo que me dijiste una vez...». Y, en el último, me pedía mi correo electrónico. Fruncí el ceño sin entender, aunque se lo escribí y le pregunté para qué lo quería. No respondió, pero un par de minutos después recibí un email suyo. Al abrirlo y entender de lo que se trataba, el pulso se me aceleró. Ladeé el rostro hacia mi amiga, quien me observaba muy atenta.

—Escucha esto, Cris: «Me dijiste que querías volver a viajar, pero que preferías ahorrar para ir a Australia. No es que yo sea millonario y, aunque al principio iba a comprar un billete a Londres y un tour de *Harry Potter*...». —Interrumpí la lectura y expliqué a Cristina—: Es que le comenté que habían sido de los pocos libros que me habían enganchado.

Ella asintió y me indicó con aspavientos que continuara leyendo:

—«Pero luego pensé que no lo aceptarías. Y no quiero que pienses que estoy siendo condescendiente, solo que sé lo que es necesitar viajar, notar esa vibración que te recorre al pasear por lugares maravillosos, y me gustaría que volvieras a sentirla tú. Lo que sí he sido es un poco egoísta porque, la verdad, me gustaría que vieras algo mágico.» —Me detuve y alcé la cabeza como movida por un resorte otra vez.

—¿Y bien? ¿Qué leches es? —me preguntó Cris, impaciente.

—Un billete de tren para las fiestas de Navidad. A Irún, donde él vive.

Mi amiga abrió mucho los ojos y me lanzó una mirada cargada de intenciones. Yo no tenía mariposas en el estómago, sino una estampida de velociraptores.

—Habría preferido el tour de *Harry Potter* —dije, para disimular.

Cristina arqueó una ceja y esbozó una sonrisilla.

—Carol… —Había pronunciado mi nombre como en una advertencia—. Antes te he dicho que eres una persona fantástica, y es verdad. Tienes una gran virtud… que también puede convertirse en tu peor defecto.

La observé con incomprensión. Ella bajó las piernas de la silla y se arrimó un poco a mí, sin borrar la sonrisa.

—Tienes un gran corazón y, por ello, te abres a los demás con mucha rapidez. Los ayudas, les entregas una parte de ti. Me di cuenta enseguida de que eres una persona que siente muchísimo.

—A mí me gusta —me quejé, como una niña pequeña—. Me gusta sentir. No quiero perderme nada de la vida. La tía me enseñó a ser así, y sé que le parecería bien. Mira lo que me pasó con Samuel, que dejé de ser yo… Y eso nunca me lo perdonaré.

—No estoy diciendo lo contrario. —Me tomó de una mano—. Pero… ándate con cuidado.

—Oye, que soy mayor. —Me reí, y Cris se unió a mí.

—¿Vas a aceptar su invitación? —inquirió.

—Es una buena oportunidad para conocer algo del País

Vasco... —Me encogí de hombros, como restándole importancia.

—La aceptarás porque sientes algo por ese hombre, Carol.

—¡Claro que no! —exclamé soltando una risa nerviosa.

Cristina me miró seria unos segundos más y, después, se apartó y se incorporó, excusándose con que tenía sueño.

Me quedé un ratito más en el salón, leyendo el correo de Isaac y observando el billete electrónico. No había planeado hacer nada en Navidad porque la tía ya no estaba. Me había puesto triste al pensarlo y no me apetecía ir a La Puebla y acordarme de ella todo el rato en la soledad. Siempre había pasado esas fiestas con ella o, después, con Samuel y con ella. El primero no me importaba que se hubiera largado de mi vida, pero la tía... La tía me hacía falta en muchas ocasiones. No obstante, al imaginarme pisando Irún y conociéndolo con Isaac... Sentí una pequeña chispa de emoción.

13

La cercanía de la Navidad no solo me había traído a la memoria a la tía, sino también a otra persona que pertenecía al mismo lugar, y no me refiero solo a La Puebla, sino a mi corazón. En realidad, había pensado en esas fiestas relacionándolas con Gabriel desde el fallecimiento de Matilde.

Gabriel y yo siempre habíamos hecho todo juntos, al menos todo lo que podíamos o lo que su tío le permitía, pero durante la Navidad su familia y él nunca se quedaban en La Puebla porque se marchaban a Madrid, a visitar familiares de Julio. Hubo un año en que supuse que continuarían con la costumbre y, a decir verdad, Gabriel se había alejado un poco de mí. Se había excusado con que tenía que estudiar muchísimo y cuidar de su madre, que iba empeorando. Yo vertía mis quejas con la tía, y ella siempre me decía que fuera más comprensiva, pero a mí me sacaba de quicio que Julio depositara en mi amigo unas tareas demasiado grandes y pesadas para un chico de tan solo quince años.

Gabriel ya no bailaba, ni siquiera hablaba de ello. Y estaba segura de que no se trataba de que ya no le gustara, porque era su pasión. Gabriel sonreía menos. Aparentaba estar más triste. Rehuía mi contacto mucho más que antes. Se mostraba muchísimo más callado, taciturno, como si no tuviera ganas de nada. Realmente estaba apático. Yo lo achacaba a la situación de su casa, a la presión de su tío… porque no podía imaginar que existiera nada más allá, oculto en su corazón, impregnado en las paredes de su casa.

Esa Navidad, unos días antes de que nos dieran las vacaciones en la escuela, la tía me recibió con una sonrisa al llegar a la floristería.

—¿Por qué estás tan contenta? —le pregunté cogiendo la merienda que me tendía.

—Este veinticinco de diciembre no lo pasaremos solas, Ratón.

La miré con el bocadillo a medio camino hacia mi boca, y se inclinó hacia delante y bajó la voz para hablar.

—Julio nos ha invitado a comer en su casa.

—¿De verdad? —chillé emocionada—. ¡Pero si Gabi no me ha dicho nada!

—Porque no lo sabe. Es una sorpresa. No se lo cuentes, ¿vale? Julio querrá premiarlo por su buen comportamiento. Ha trabajado mucho estos meses y se ha dedicado tanto a su madre... Pero eso ya lo sabes. Y seguro que, a pesar de ello, ha sacado todo sobresalientes, como siempre.

Matilde me lanzó una mirada, ya que a mí me había costado muchísimo llegar al aprobado en la mayoría de las asignaturas, y en alguna, como Matemáticas, había suspendido.

Por unos instantes estuve a punto de decirle que a Gabriel no le iba tan bien como ella imaginaba, pues él mismo me lo había insinuado en nuestros regresos a casa. Me había confesado que creía que le suspenderían unas cuantas, y le aseguré que aquello no podía ocurrir, que él era Gabriel, el chico más inteligente y trabajador que conocía, pero ni con eso se había animado.

—¿Estás escuchándome, tesoro? —me preguntó la tía al ver que estaba callada—. He quedado con Julio en que prepararé yo la comida —añadió, y empezó a explicarme lo que había pensado cocinar.

Me costó mantener el secreto las veces en que compartí los recreos con Gabriel porque quería confortarlo, ya que estaba tan encerrado en sí mismo, con unos ojos tan tristes, que me daba muchísima pena. Lo quería tanto que lo único que deseaba era verlo feliz de alguna manera.

En Nochebuena me sentía tan pletórica que me la pasé casi en vela, creando en mi cabeza situaciones en las que le entregaba mi regalo y él se emocionaba, y se reía, y me abrazaba, y se enfrentaba a su tío y le decía todo lo que deseaba hacer y él no le permitía.

La mañana de Navidad envolví el regalo con mucho esmero. Llevaba ahorrando un par de meses, desde que había empezado *UPA Dance*, una serie que trataba de unos chicos que ingresaban en una escuela de baile para alcanzar la fama. En casa de Gabriel se acostaban a las diez, justo cuando empezaban los capítulos. A pesar de todo, tenía claro que Julio tampoco le habría dejado verla. Se habría quejado de que las chicas llevaban muy poca ropa o de que era una indecencia que mostraran por la tele escenas de sexo, a pesar de que no se veía nada. Durante los recreos, una vez por semana, le relataba a Gabriel lo que había sucedido en el capítulo de la noche anterior, y era de las pocas veces en que parecía reaccionar y distraerse un poco. Deseaba que mi amigo pudiera verla con sus propios ojos. Le daría la cinta, pero luego la guardaríamos en casa de la tía y los fines de semana nos sentaríamos en el sofá y la disfrutaríamos juntos mientras comíamos palomitas. Al menos esa era mi intención, y esperaba vencer la apatía de Gabriel con el regalo.

A la una en punto del día de Navidad, la tía y yo nos dirigimos a su casa con unos cuantos platos. Tuve que hacer malabares para que no se me cayera ninguno y se estropeara el día. Ambas ansiábamos que fuera un veinticinco de diciembre especial, uno en el que Gabriel, ese jovencito al que queríamos tanto, esbozara al menos una sonrisa.

No obstante, el alma se me cayó a los pies al descubrir el ambiente desolado de la casa. La tía y yo montábamos en la nuestra un pequeño árbol artificial que siempre me había parecido muy feo, pero al menos contábamos con uno, y ahí me di cuenta de que, en realidad, no podía quejarme de nada. Me pregunté si alguna vez habrían tenido uno, si su madre y él lo habrían decorado entre risas mientras ella todavía estaba sana.

—Gabriel está vistiendo a su madre —nos informó Julio con su semblante circunspecto al tiempo que ayudaba a la tía con los platos—. ¡Matilde, cuánta comida! Seguro que sobra.

—Pues se la guardan para otro día —respondió ella esbozando una sonrisa que me pareció que le temblaba. También se había dado cuenta, a pesar de su comprensión, de que aquel no era el lugar idóneo para un adolescente, y que no era Gabriel el que debía vestir a su madre cuando el tío podría haber contratado a una mujer que los ayudara.

Traté de olvidar la inexistente decoración navideña y la ausencia de villancicos que animaran la velada. Julio se puso a relatar la magnífica misa del Gallo de la noche anterior. Yo me moría de ganas de que Gabriel bajara ya, pero tardó lo que me pareció una eternidad. Llevaba a su madre agarrada del brazo y, como en otras ocasiones, ella ni siquiera pudo enfocar la mirada. Estaba totalmente ausente. Mi amigo me había explicado en más de una ocasión lo que le provocaban todas las pastillas que tomaba, pero por ese entonces yo no entendía nada de depresiones. Desconocía el auténtico dolor. Ese por el que te tragas un montón de píldoras para calmarlo, aunque solo sea durante un rato. Que, debido a ese daño, se puede perder la cabeza.

—Hola, Mercedes —la saludó la tía, y le cogió una mano para acariciársela.

La madre de Gabriel no respondió, pero yo todavía recordaba su voz. Muy fina, como la de una niña pequeña. Y era eso lo que asemejaba, una chiquilla, mientras Gabriel la acercaba a la mesa. La había vestido con una falda y una blusa que flotaban a su alrededor. Estaba mucho más delgada que la última vez que la había visto. Me daba tanta pena… No podía imaginar siquiera cómo se sentiría Gabriel cuando la miraba, al entender que iba apagándose cada vez más y que nadie era capaz de ayudarla.

Empezamos a comer en silencio, rompiéndolo únicamente para halagar la comida de la tía. Mi amigo se había sentado frente a mí, al lado de su madre. Mercedes solo probaba bocado cuando él le metía la cuchara en la boca. Reparé en que la tía trataba de disimular su angustia y se afanaba en prestar atención a todo lo que Julio le contaba. En más de una ocasión dediqué una sonrisa a Gabriel, que no me devolvió. Toda la alegría que había acumulado desde que me había enterado de la invitación se esfumó antes de llegar al postre.

—Julio, ¿le importa que vaya a la cocina a por los dulces? —preguntó Matilde.

El hombre asintió y me ofrecí a ayudarla. En realidad, lo que deseaba era alejarme del salón durante unos segundos. Una vez allí, como la tía sabía que quería decir algo, me dedicó una mirada de advertencia y me callé cuanto pensaba, aunque me carcomía por dentro.

Regresamos con una bandeja repleta de turrón, mazapán y peladillas. Gabriel alcanzó una y se la tendió a su madre, pero Mercedes tan solo abrió la boca y la miró con ojos desenfocados. Pude ver a la perfección el dolor en las pupilas de mi amigo, la derrota en sus hombros caídos. El corazón me palpitó sin freno porque yo tampoco sabía cómo ayudarlos.

—Es maravilloso que Gabriel saque tan buenas notas, ¿no? —comentó la tía, en un intento por animarlo.

Julio se detuvo en la tarea de masticar un pedazo de turrón y la observó con una ceja arqueada. Miré de manera disimulada a Gabriel para descubrir su reacción. Había agachado la cabeza y me fijé en que le temblaba la mano con la que sostenía un mazapán.

—La verdad es que ha suspendido un par, y eso no puede ser. Cuando entre en la facultad de Derecho, deberá pasarse las horas hincando los codos.

La tía no pudo evitarlo y me dedicó una mirada sorprendida, preguntándome con sus bonitos ojos si estaba al corriente de la situación de mi amigo. En ese instante él todavía tenía la cabeza más gacha, con lo que su cabello ensortijado le cubría los delicados rasgos del rostro. Había escondido también las manos bajo la mesa. Ardí en deseos de abrazarlo, pues me parecía un cachorrillo asustado e indefenso. Comprendí entonces que realmente Gabriel no tenía a nadie que le dijera cosas buenas más que la tía y yo. Sobre sus notas, sus trabajos, sobre que era hermoso y admirable que cuidara y se preocupara tanto por su madre a esa edad temprana, cuando deberían cuidarlo a él. No había nadie que le demostrara que estaba haciéndolo bien, que era un chico excelente. Años después entendí que era normal que mi amigo se hubiera sentido pequeño durante tanto tiempo.

—Bueno, Julio, es que con todo lo que hace… —se atrevió a decir la tía, pero calló en cuanto atisbó el semblante serio del hombre.

—Gasto y gastaré dinero en su educación. Al menos debería preocuparse en devolver un poco de lo que recibe.

Me di cuenta de que Matilde se aguantaba las ganas de soltarle alguna impertinencia. Yo también estuve a punto de gritarle que era un hombre sin sentimientos. No obstante, una vocecilla rompió el silencio. Era Gabriel, diminuto en su asiento.

—¿Puedo subir a mi dormitorio? —preguntó con cautela, sin atreverse a mirar a Julio a los ojos.

Yo detestaba que su propio tío le hiciera sentir de esa manera, como una bolsa de plástico tirada en la calle.

—Tenemos visita, Gabriel —lo reprendió, y vi que Gabi se encogía todavía más.

—No me encuentro muy bien.

Julio se quedó pensativo unos segundos, quizá sopesando si debía o no permitirle abandonar la mesa estando nosotras allí.

—Cuando te llame para que te despidas de ellas, baja.

Cinco minutos después me sentía tan preocupada por mi amigo que decidí romper mi silencio. Alcé la barbilla con orgullo y pregunté a Julio:

—¿Puedo ir a ver si está bien?

Tal vez fuera la presencia de Matilde la que lo instó a aceptar. Asintió de manera apenas perceptible, y me levanté y fui hacia la escalera despacio, fingiendo que no me moría de deseos por unirme a Gabriel. A mitad, cuando sabía que ya nadie podía verme, me puse a correr. La puerta del dormitorio de mi amigo se encontraba entornada y, cuando me detuve, oí sus sollozos y algo en mí se quebró. Abrí sin llamar, y Gabriel no reparó en mí hasta que me lancé sobre la cama y lo envolví con los brazos, intentando apaciguarlo. Esa vez no rechazó mi contacto; al contrario, se apretó contra mí y escondió el rostro en el hueco de mi cuello. Me pareció mucho más frágil que en otras ocasiones y sentí miedo por él por primera vez.

—A mí me da igual que hayas suspendido, y a la tía también. Todos alguna vez hemos cateado, hasta los más listos, de verdad —traté de animarlo, pensando que lloraba por ese motivo—. Tu tío es un imbécil —añadí.

Al cabo de un rato, Gabi se tendió en la cama un poco más tranquilo, y me coloqué a su lado. Alargué una mano para rozar la suya y, al enlazarse nuestros dedos, supe lo mucho que lo quería, lo importante que era para mí.

—Me iré, Carolina. Algún día me iré —me susurró de repente.

—¿Qué quieres decir?

—Vendrán a por mí, y entonces abandonaré todo esto y seré feliz. Y me llevaré a mamá.

—¿Quién vendrá a por ti? —Me incorporé, sin entender a qué se refería, y clavé la mirada en la suya; sin embargo, la desvió de inmediato.

—Creo que voy a bajar para ayudar a mamá.

Se levantó a toda prisa, pero yo deseaba compartir un rato más de soledad, ya que hacía tiempo que apenas estábamos juntos. Quería que me explicara adónde iría y con quién. Lo sujeté del brazo para impedir su marcha, y se volvió y me miró contrariado.

—Tu tío y mi tía están con ella. No le pasará nada. ¿Por qué tienes que ser tú el que cargue con todo?

Gabriel paseó la mirada por el dormitorio y luego se toqueteó el cabello anaranjado, se frotó los ojos y se echó a llorar otra vez. Le acaricié las mejillas, le limpié las lágrimas que amenazaban con no dejar de brotar.

—¿Qué pasa, Gabi? Dime qué pasa —le rogué, sollozando yo también.

—No me sueltes —susurró, tan bajito que apenas conseguí oírlo.

—No lo haré nunca. Te lo prometo. A mí siempre me tendrás.

Acerqué mi rostro al suyo, y lo besé en la frente y en las

mejillas. Noté el sabor salado de las lágrimas. En un principio se tensó bajo mi abrazo, como en otras ocasiones, pero luego sus músculos se relajaron. Me apoyé sin querer en su costado y emitió un quejido.

—Perdona, te he hecho daño —me disculpé.

El jersey se le había subido y descubrí algo que me pareció extraño. Fruncí el ceño, asustada. Gabriel se había dado cuenta de lo que estaba viendo y se apresuró a bajarse la prenda. Sin embargo, como había algo en su piel que me inquietaba, traté de introducir la mano por debajo de su jersey. Mi amigo reaccionó al instante cogiéndome de los brazos y apartándome con una fuerza inaudita en él.

—Para, por favor —me pidió con un hilo de voz.

—¿Cómo te has hecho eso? —le pregunté.

—No lo sé. Debí de caerme —susurró, y supe que estaba mintiéndome, pero no entendía por qué.

—¿Puedo verlo otra vez?

—¡No! —exclamó con las mejillas rojísimas. Tragué saliva y aparté la cara. Enseguida sus manos buscaron las mías—. Lo siento, lo siento…

—Vale, no pasa nada, Gabi.

Me encogí de hombros fingiendo indiferencia, pero entonces aproveché que había bajado la guardia para subirle el jersey de nuevo. Lo hice a toda prisa y él, de inmediato, volvió a empujarme. Aun así, ya lo había visto. Un enorme moratón violáceo en un costado.

Ambos nos miramos con los ojos muy abiertos, sin saber qué decir. Gabriel respiraba con dificultad y yo sentía ganas de llorar. Recientemente había visto una película en la que una chica se autolesionaba para combatir su dolor. ¿Y si Gabriel también…?

—¡¿Por qué has hecho eso?! —me reprochó con un tono violento que jamás le había oído.

—¿Qué es eso, Gabi? ¿Tú…? Déjame volver a verlo —le pedí, pero negó una y otra vez con la cabeza—. No estás bien. Te ayudaré, pero déjame verlo…

Me enfadé, y además siempre fui una cabezota. Estiré los

brazos e intenté subirle el jersey de nuevo. Forcejeamos, y caí sobre él en la cama. Logré alzarlo un poco, y en ese instante oímos un ruido y descubrimos a Julio en el umbral de la puerta. Su rostro enfurecido asustó tanto a Gabriel que oí que un gemido escapaba de sus labios. Para mi sorpresa, se acercó a toda prisa y cogió a su sobrino del brazo, sacándolo del dormitorio a rastras, no sin antes lanzarme una mirada de hastío. Corrí a tiempo de ver cómo obligaba a Gabriel a bajar la escalera, aunque él ni siquiera oponía resistencia. Me asomé a la barandilla, para hallar a la tía observándome con expresión preocupada.

—¿Qué ocurre? —le preguntó a Julio.

—Llévate a tu sobrina de mi casa —le espetó él con muy malas formas.

Me deslicé abajo a trompicones, a punto de echarme a llorar. La tía me pasó los brazos por los hombros y fui consciente de que temblaba. Julio llevó a Gabi hasta el salón, donde su madre dormitaba en un pequeño sillón. Y entonces, delante de nosotras, le dio tal bofetada que me estremecí y grité. Gabriel tan solo agachó la cabeza y apretó los puños mientras Julio le increpaba: «¡Mírame, mírame! ¿Es así como nos respetas a tu madre y a mí?». Matilde me rodeó con más fuerza y me susurró al oído que me marchara. No quería que ella se quedara allí, pero sabía que intentaría hacer entrar en razón a Julio. De modo que me fui, con el corazón martilleándome en el pecho y ganas de vomitar porque por mi cabeza se había cruzado algo verdaderamente terrorífico al presenciar ese golpe.

Corrí hasta mi casa con la sensación de que el pecho me explotaría de un momento a otro. No me detuve hasta entrar y, una vez allí, me senté en el suelo y me eché a llorar. Por Gabriel. Por mí. Porque me moría de miedo de que la tía no lograra solucionar las cosas y Julio nos alejara a su sobrino y a mí por completo sin ningún motivo, al hacerse una idea equivocada.

Me quedé apoyada en la puerta hasta que Matilde regresó casi una hora después. Al encontrarme en ese estado, me levantó y me guio hacia mi dormitorio. Me tumbó en la cama y me acarició el pelo hasta que el llanto se transformó en sollozos entrecortados.

—No te preocupes, tesoro, que se le pasará.

—¡Ese hombre es odioso! —exclamé, y Matilde me chistó porque no le gustaba que hablara mal de la gente. Me levanté y la miré atónita—. ¿Es que tú no lo ves? ¿No te das cuenta de cómo se porta con Gabi? Apenas le permite hacer nada, lo tiene como a un esclavo. Y encima le pega. Es su tío, ¡debería quererlo!

—Estoy segura de que así es, y seguramente solo lo habrá golpeado hoy, se habrá puesto muy nervioso... —murmuró la tía cogiéndome las manos—. Julio es un hombre con una mentalidad muy antigua, ¿entiendes?

—No —negué, sacudiendo una y otra vez la cabeza, llena de rabia.

—Algún día acabarás entendiéndolo. Yo no comparto su visión de la vida, pero la comprendo. Ahora Gabriel vive en su casa y tiene que obedecerlo, pero cuando sea mayor podrá vivir como quiera. Será libre.

Volví a tumbarme, con las manos apoyadas en el vientre, deseando por primera vez en mi vida que la tía se callara. Quería chillarle que no debería defender a alguien que pegaba a su sobrino, aunque hubiera sido solo una vez.

—He hablado con él. Le he asegurado que solo son cosas de niños, que no ocurría nada.

—¡Es que no ocurría, tía! —aullé, y volví el rostro hacia ella. Notaba que las mejillas me ardían—. Gabriel es mi mejor amigo, es mi hermano. ¡No estábamos haciendo nada! Yo solo intentaba animarlo, ¿sabes? Cuidar de él. Y su tío, en cambio, se habrá imaginado cosas que él piensa que son asquerosas. Está loco.

—Tesoro, por favor, no hables así... —susurró la tía con ojos angustiados.

—Ninguno os preocupáis por él de verdad, solo yo.

Matilde no añadió nada más. Se incorporó y salió del dormitorio en silencio. Un rato después regresó para preguntarme cómo me encontraba, pero le di la espalda y no le contesté.

Esa Navidad fue una de las peores de mi vida. Gabriel y yo la pasamos separados, cada uno encerrado en su casa. No sé si fue la preocupación, la tristeza o la culpabilidad lo que me hizo enfermar, pero cogí una gripe terrible al empezar el año y no pude acudir a clase el primer día tras las vacaciones. Cuando regresé una semana después, todo había cambiado, aunque no quise aceptarlo. Me dije que continuábamos siendo los mismos, que a Julio se le habría olvidado el incidente, que Gabriel se sentiría bien. En el patio nos juntábamos, pero él estaba todavía más distante, como si mi presencia le molestara. Me dolía tanto que un día lo seguí hasta su casa después de clase. Cuando me vio intentó entrar, pero lo intercepté a tiempo.

—¿Tu tío ya no quiere que vengas conmigo? ¿Es eso, Gabi? ¿O es por ti? ¿Porque no quieres que yo descubra la verdad de tus marcas? —le increpé, movida por la rabia y la incomprensión. Lo sujeté con fuerza del brazo, y mi amigo se quejó con un gemido de dolor. Movida por un pálpito, le subí el abrigo y descubrí otro moratón—. ¿Eso también te lo has hecho en una caída? ¿O ha sido Julio? —le pregunté de repente, poniendo voz a mis pensamientos.

—¡Claro que no! —me espetó, y se apartó de mí—. ¡Intentaba llevar a mi madre al dormitorio y nos caímos los dos! ¿No ves que cada vez está peor? —Calló unos segundos, con la cabeza gacha, tratando de serenar su respiración. Cuando levantó la cabeza, me miró con unos ojos muy tristes—. Carolina, ¿es que no lo entiendes?

—¡Todos me decís lo mismo! ¡La tía, tú! ¿Qué pasa, que me veis como una tonta?

—No es eso. Pero...

—¡Veo cómo te trata ese hombre!

—No hables tan alto, por favor. —Se acercó un poco y bajó la voz—. Tú tienes suerte con Matilde, pero mi tío no es así. Él...

—Ya, sus ideas anticuadas. ¿Y qué? ¡Hazle ver que hoy en día las cosas no son como él piensa! ¡Que no pasa nada porque quieras bailar, divertirte o no estudiar tanto! ¡Y que tú y yo no estábamos haciendo nada! Aunque si hubiera sido así,

¿qué? ¿Impedirá también que tengas novia algún día para que cuides siempre de tu madre? ¿Esa es la vida que pretende darte? Rebélate, Gabriel.

—No puedo.

—¿Por qué no? ¡Joder, que no es tu padre! —chillé, y sacudí la cabeza al darme cuenta de que aquella conversación no llegaría a buen puerto.

—¡¿Te crees que no lo sé?! —Su voz adquirió un tono rabioso que me sorprendió—. ¿Crees que no desearía que fuera mi padre el que estuviera aquí? Pero no es así, y debo aprender a vivir con ello y aguantar a mi tío. Es él quien nos mantiene, el que nos cui...

—¿Ibas a decir el que os «cuida»? —lo corté, y solté una risa despectiva—. ¡Pero si eres tú el que se pasa las horas con tu madre!

—Porque es eso. Es mi madre. ¿No cuidarías de tu tía?

Ambos guardamos silencio, con las respiraciones agitadas y la terrible certeza de que aquella era nuestra primera pelea fuerte en tantos años de amistad.

—¿Piensas que, a veces, no lo odio también? Claro que sí, Carolina. —Apartó sus ojos de los míos y titubeó. Juro que casi pude ver cómo su mente trabajaba a mil por hora, cómo luchaba con algo en su interior. En sus ojos se agolparon unas cuantas lágrimas que no llegaron a caer—. ¿Te acuerdas de aquel día en que nos enfadamos de pequeños? Cuando te dije que conocía a Linterna Verde... —Se echó a reír, como si le hiciera gracia, aunque su risa sonaba amarga.

Asentí con la cabeza, un tanto extrañada. ¿A qué venía ahora mencionarlo de nuevo tras tantos años? No lo había hecho desde aquella vez, ni siquiera cuando había intentado mostrarme interesada. Creía que Gabi lo había olvidado.

—Tendría que habértelo mencionado antes otra vez, debería haberte contado la verdad... —Parecía hablar más consigo mismo que conmigo, y empezaba a asustarme—. Pero no me sentía con fuerzas y me parecía que ya ni merecía la pena. Creía que me salvaría, pero me he dado cuenta de que no soy tan importante en su nuevo mundo y no sé, no sé... —murmuró con un tono de voz tan triste, tan desencantado, que el estómago se me encogió.

Por otra parte, sus palabras me resultaban incomprensibles, sin ningún sentido. Gabriel ya no era ningún chiquillo como para fantasear con superhéroes. Cierto que su imaginación era desbordante y que en ocasiones me hablaba de cosas extrañas, pero por lo general siempre habían ido asociadas al baile. Como que dentro de él habitaba una tormenta que no lograba contener y que, cuando le salía, era ella la que lo movía. O que a veces soñaba con que abría la ventana y se lanzaba a través de ella y bailaba en el aire, flotando grácil. Y lo contaba como si de verdad lo creyera. Pero... ¿y si en realidad todo eso significaba más, algo como que mi amigo se encontraba mucho peor de lo que yo pensaba? ¿Y si en ese ambiente, rodeado de la enfermedad de su madre y de la actitud de su tío, había empezado a enfermar también?

—Gabi... Explícamelo —lo animé esbozando una sonrisa cautelosa. No sabía cómo enfrentarme a lo que me había confesado, tan solo tenía dieciséis años—. ¿Qué intentas decirme? Sabes que puedes contarme todo —tanteé.

Gabriel me miró mientras se mordisqueaba el labio inferior de manera nerviosa. Fueron segundos, pero se me hicieron eternos. Y entonces, cuando empezaba a abrir la boca y susurraba algo que atiné a entender como «En realidad, cuando te hablé de Linterna Verde era...», unos pasos se oyeron cerca de la puerta. Mi amigo me suplicó en silencio que me marchara. Estuve tentada de quedarme, de plantar cara a su tío si abría. Me habría enfrentado al mundo por Gabriel sin pensar en las consecuencias. Y antes de que me fuera, me pareció que Gabriel susurraba algo. Algo como «Tengo miedo». Sin embargo, al mirarlo no hallé nada en su rostro que me confirmara que había sido real, tan solo una intensa mirada. Titubeé. «¿Has dicho que tienes miedo? —quise preguntarle—. ¿A qué? ¿A la enfermedad de tu madre? ¿A que yo deje de ser tu amiga? ¿A no poder bailar nunca? ¿A que tu tío te prohíba más cosas? ¿A que de verdad te trate peor de lo que yo imaginaba?» Pero los pasos se aproximaron más y, en lugar de interrogarlo y de sonsacarle lo que me había contado minutos antes, lo que hice fue dar media vuelta y echar a correr. Me escondí en una esquina, y vi que su tío aparecía, le decía algo que no alcancé a oír y luego se metían en la casa.

Me pasé el resto del curso luchando por recuperar al antiguo Gabriel, ese que esbozaba sonrisas en contadas ocasiones —pero lo hacía—, al que bailaba como los ángeles. Sin embargo, se había convertido de nuevo en la sombra de antaño. En un chiquillo de quince años asustadizo, encerrado en sí mismo, lúgubre, serio. Traté de interrogarlo sobre lo de Linterna Verde, porque se me pasaba por la cabeza en más de una ocasión, pero él cambiaba de tema en cuanto se lo mencionaba. Al final acabé desistiendo y llegué a la conclusión de que había sido una de esas cosas extrañas que mi amigo soltaba de vez en cuando. Siempre había sido un chico distinto, y precisamente por eso lo quería más, porque convertía mi mundo en algo especial también.

Por su parte, Julio nos volvía la cara cuando nos veía a la tía y a mí por la calle. Lo detesté, lo reconozco.

Tan solo unos días antes de las vacaciones de verano Gabriel se pasó por nuestra casa. Me encontraba en la floristería con la tía, castigada, porque había suspendido la mayoría de las asignaturas y tenía que recuperarlas en septiembre. Cuando Gabi apareció por la tienda con aire abatido y los ojos hundidos en unas oscuras ojeras, supe que se avecinaban noticias peores.

—Me voy —me dijo con el rostro ladeado.

—¿Cómo que te vas? —inquirí asustada. Lo cogí de la barbilla para que me mirara. La apartó bruscamente—. ¿Os mudáis?

—Vamos a pasar estos meses en Madrid para visitar una clínica. Mi madre lo necesita. Pero en septiembre volveremos.

Pensé que esa vez era distinto, la excusa perfecta para que Julio lo alejara de mí. Me mordí el labio inferior, luchando con todas mis fuerzas para aguantarme las lágrimas.

—Te escribiré una carta de vez en cuando, ¿vale? Como los otros veranos...

Asentí, más por inercia que porque lo aceptara. Guardamos silencio unos minutos eternos. Y entonces le susurré:

—¿Puedo abrazarte?

Lo hizo él. Me envolvió con sus delgados brazos y, en esos instantes, me permití pensar que todo iría bien. Que su tío me aceptaría, y también a él, con su pasión por el baile. Que su madre se recuperaría y Gabriel sería libre. Que seguiría considerándome su amiga. Que no me había mentido con respecto a esas magulladuras y no volverían a aparecer.

Gabriel me envió solo una carta. Le respondí, le mandé un par más que él no contestó y le escribí muchas otras que se quedaron en un cajón. Esa Navidad había sido la primera y la última que pasaríamos juntos. Ese sería su último verano. Porque, al año siguiente, Gabriel nos dejaría.

TERCERA PARTE

1

No di a Isaac una respuesta inmediata acerca de su propuesta de viajar hasta Irún porque sentí que, en el fondo, tenía que pensarlo. Y no era solo de puertas hacia fuera, sino que de verdad quería reflexionar sobre ello. Necesitaba sopesar si era una buena idea o si, por el contrario, acabaría convirtiéndose en una mala decisión.

Al principio, con la ausencia de la tía y los recuerdos de Gabriel que ese suceso me había ocasionado, me había puesto de los nervios pensar en la Navidad. Las primeras semanas de octubre había considerado que sería doloroso pasar una fiesta como esa sola. Sin embargo, con el transcurso de los meses me había dado cuenta de que no lo estaba: tenía a Cristina; a Daniela, aunque viviera tan lejos; a César y a Tere de alguna manera; también a las chicas de salsa... Pero no se trataba únicamente de soledad, ya que sabía que era capaz de enfrentarme a ella y no la concebía como algo negativo, al menos en mi caso. Lo que ocurría es que me hacía ilusión conocer Irún, en especial al lado de Isaac.

Junto con el billete no había una reserva de alojamiento. Quizá debía reservarlo yo. ¿O iba a pasar los días en casa de Isaac? ¿Y cuántos? Un montón de preguntas me rondaban la cabeza, pero quería ser yo quien me las respondiera. Empezar a controlar yo también, porque era lo que esperaba de una relación, ya fuera de sexo o amistad. Equilibrio. Decidir los dos. O ceder uno y luego el otro.

La cuestión era que, en cuanto conté a Daniela —quien,

por cierto, al final no podía venir a España por Navidad, con toda su pena— la invitación de Isaac, mi amiga me envió una videollamada y me gritó a través de la pantalla que tenía que ir, insistió, pues aquel hombre aparecido de la nada y de casualidad estaba destinado a mí. Y yo a él, claro. Me reí para quitar hierro al asunto, pero también recordé lo que Cris me había dicho: que sentía cosas por Isaac. Yo no lo veía así, pero sí era cierto que notaba algo en mí que iba evolucionando cada día que transcurría. Sentía cosas, eso seguro, pero lo que Cristina había insinuado con eso era que estaba empezando a enamorarme. Amor... No lo tenía claro. O me echaba para atrás tenerlo claro. Sentir amor por alguien como Isaac conllevaba un gran riesgo.

Al final, un par de días antes de las vacaciones, lo llamé para confirmarle que iría, pero agregué que no me quedaría mucho porque debía trabajar. Contaba con unos días libres que me había pedido al principio de año para visitar a la tía en las fiestas navideñas, al igual que por su cumple, pero, por otra parte, necesitaba avanzar correcciones extra que me llegaban de otras empresas.

Isaac no rechistó. No se mostró ni ilusionado ni nada. Solo musitó un «Perfecto» en tono neutro.

—Hoy me miraré hostales —mencioné de pasada.

—¿Qué?

—No sé, para no molestar. Y si no puedes estar conmigo, me pasearé sola por Irún.

—Carolina... —intervino él con tono divertido—. ¿Piensas que te he comprado el billete y que luego voy a desentenderme de ti? Te lo envié para enseñarte yo mismo Irún.

—Ah, vale, de acuerdo —contesté de manera mecánica. ¿Era lo que yo quería? ¿Quedarme en su casa? ¿Que me acompañara todos los días? Rebusqué en lo más profundo de mí y di con la respuesta: un rotundo sí—. Pero si sacas la vena capulla, te quedas solo —lo chinché.

—La novela va avanzando bien —me informó soltando una risita. «¿La novela, Isaac? ¿O tú...?», se me pasó por la cabeza, pero se quedó en la punta de mi lengua.

Así que el último día de trabajo rogué a Cristina que, si ocurría algo, me telefoneara y buscaría un vuelo, aunque me costara un riñón, para regresar a toda leche a Barcelona.

—Guapa, Damián está aquí. Vete a disfrutar por esas tierras preciosas. —Me dio un abrazo y la apretujé mucho. Tenía mejor aspecto y las náuseas iban remitiéndole; aun así, no me sentía tranquila—. A disfrutar en todos los sentidos. —Me guiñó un ojo y me posó la mano derecha en la parte izquierda del pecho—. Pero este… este ciérralo un poquito, ¿vale? Por si acaso.

Pasé por alto su comentario, decidí no pensar más en aquella última Navidad con Gabriel y dejar de rumiar sobre la casa y el local de la tía, y metí en la maleta las ganas de ser feliz durante las fiestas. Y también el otro libro de Isaac. Ese era de terror y fantasía y, como era un poco miedosa, prefería leerlo en lugares públicos y no sola en mi apartamento.

Quería disfrutar de aquel viaje sin remordimientos, sin temores, sin concesiones y con el corazón abierto, aunque Cris me hubiera aconsejado lo contrario. La tía solía decirme que hay que entender el valor de los momentos, y eso pretendía yo: acumular momentos que me dibujaran sonrisas y que continuaran sacándomelas al recordarlos tiempo después.

Llegué a la estación de Irún con las manos vacías, muerta de ganas de llenarlas de cualquier cosa que se me ofreciera en aquellas fiestas. Un rincón mágico, una lengua nueva, alguna costumbre curiosa, comida deliciosa. Aunque apenas bajó gente del tren, la estación se abarrotó de repente porque era muy pequeña. Había allí padres que esperaban a sus hijos con los brazos abiertos, una chica que se lanzó al cuello de quien debía de ser su novio, una pareja de ancianos que corrieron al encuentro de sus nietos. Yo barrí el lugar con la mirada, pero no divisé a Isaac. Solté la maleta y me crucé de brazos. ¿Acaso pretendía que fuera sola a su casa? ¡Si no me había dado su dirección! ¿Llegaba tarde? ¿Se había olvidado?

Me quedé unos minutos más en el mismo sitio, hasta que la gente fue abandonando la estación. Cogí la maleta y caminé hacia unos tablones para curiosear, decidida a aguardar un poquito antes de telefonear a Isaac. Me encontraba leyendo una publicidad sobre San Sebastián cuando noté un suave roce en la cintura. Di un brinco y, al volverme, me topé de cara con él. No esperaba que me recibiera de ese modo tan cercano y familiar, por lo que lo miré sorprendida.

—Hola… —lo saludé.

Isaac sonrió, y mi pulso se aceleró. Sin poder evitarlo y sin pensarlo mucho, me aferré en un abrazo a su abrigo —me resultaba extraño verlo sin su acostumbrada chaqueta de cuero— con ambas manos y aspiré su aroma, que ya iba conociendo bien. Pocos segundos después, al notar que estaba tenso y que no me lo había devuelto, fui consciente de lo que había hecho y me separé, un poco nerviosa.

—Déjame que te ayude con la maleta —se ofreció a toda prisa. Asentí y la solté para que la agarrara.

En el exterior, el asfalto todavía estaba húmedo por la lluvia del día anterior. Caminamos por calles rodeadas de arbustos y árboles que habían perdido las hojas, pero, a pesar de ello, aquella ciudad que para mí más bien era un pueblo en comparación con la enormidad y el bullicio de Barcelona ofrecía una encantadora estampa.

—Es una pena que no hayas podido estar aquí en la festividad de Santo Tomás. Habrías presenciado los bailes tradicionales y te habrías hartado a *txistorra*.

Me mostró la Casa Consistorial, un edificio barroco situado en el centro de Irún. Justo en esa plaza, San Juan Herria, se alzaba también la columna con el mismo nombre. Habían montado unas cuantas casetas que, debido a la hora que era, estaban cerradas. Supuse que se trataba de un mercadillo navideño. Con emoción, comenté a Isaac que me encantaban y prometió que esa misma tarde lo visitaríamos. Como yo no había comido todavía, no nos detuvimos en ningún lugar. Sin embargo, lo que más llamó mi atención fueron algunas de las casas, de fachadas blancas, que dotaban a Irún de una personalidad propia. Se respiraba un ambiente navideño distinto al de Barcelona: a diferencia de la Ciudad Condal, donde todo era ajetreo y compras de última hora esos días, en Irún la gente caminaba tranquila por sus calles respirando el aire limpio y fresco.

Isaac vivía en el barrio de Lapitze, en el que compartían espacio casas muy antiguas y otras mucho más modernas. Dejamos atrás la zona más cercana al casco urbano y nos acercamos a otra desde la que se veía, a lo lejos, una gran extensión rural repleta de prados y caseríos. Él estaba en lo cierto al decirme que cuando pisabas Irún el tiempo parecía detenerse. Aunque en la mayoría de los aspectos eran muy distintos, me recordaba a La Puebla. En ambos lugares podías sentirte parte del pasado.

En la casa de Isaac hacía más frío que en el exterior. Se disculpó nada más entrar y, a toda prisa, encendió una estufa eléctrica para que el salón se caldeara. Me quité la chaqueta, y él la cogió y la apoyó en el respaldo de una de las sillas. Había un pequeño árbol en un rincón, adornado con unas cuantas guirnaldas y bolas. Sonreí con disimulo, preguntándome si lo ponía cada año o lo había hecho con motivo de mi visita. Me enseñó cada una de las habitaciones y, aunque ya las había visto por Skype, fue muy distinto.

—Creo que en la cama estaremos muy apretados —comentó cuando pasamos a su dormitorio para dejar mi maleta—. Así que dormiré en el sofá.

—Eh… Como quieras —respondí.

En el fondo, ya era muchísimo que yo me encontrara allí. Con lo hermético que era, que me hubiera invitado a su casa se me antojaba un enorme avance, y me imaginaba que no solía recibir a mucha gente. Para ser sincera, toda aquella situación me parecía insólita. La familiaridad con la que estaba tratándome, lo amable que se mostraba, lo ilusionado que se lo veía, aunque se hubiera incomodado con mi abrazo al saludarlo.

No pude evitar lanzar una mirada nostálgica a la cama que, a pesar de que intenté que fuera fugaz, Isaac no pasó por alto. Esbozó una sonrisa ladeada que yo ya conocía y que transparentaba muchos pensamientos que también habían acudido a mi mente. Nos miramos en silencio, estudiando cada rincón de nuestros rostros, deteniéndonos ambos en nuestros labios. Entreabrí los míos incapaz de controlarme al tiempo que Isaac se humedecía los suyos. Las pupilas se le dilataron al deslizar los ojos por mi cuello. No había pretendido lanzarme a él nada más llegar, por mucho que despertara en mí tanta electricidad y tensión sexual. Sin embargo, fue Isaac quien borró el espacio que nos separaba y me agarró de la cintura con fuerza.

Su cálido aliento chocó con mi rostro y abrí más la boca. La suya se aproximó despacio, acelerando mi impaciencia. Jugueteó un poco, acercándose y alejándose, hasta que lo tomé de la nuca y lo atraje casi con violencia. Mis labios se apretaron contra los suyos, muertos de deseo. Reconocí el sabor de su lengua. Deslizó las manos hasta mi trasero y me lo estrujó de tal manera que se me escapó un gemido.

—Joder, es que… —susurró, y me acarició el cuello con la nariz. Subió hasta mi oreja y tiró del lóbulo con los dientes. Presionó en mi cadera con la suya y aprecié lo duro que estaba. Un ronco jadeo, proveniente de su garganta, retumbó en mi oído aumentando mis ganas de desnudarme para que hiciera conmigo lo que se le antojara—. Mira cómo estoy ya. —Me apartó una mano de su nuca y me la guio hasta su erección—. ¿Voy muy rápido si quiero lanzarte encima de la cama y lamer cada parte de tu cuerpo?

—En mi opinión, vas muy lento —le contesté juguetona.

Sus manos volvieron a acariciarme el trasero y, a continuación, fueron subiendo por mis costados hasta alcanzar mis pechos. Los rodeó a través de la ropa y pegó sus labios a los míos una vez más. Su lengua me transfirió el calor carente en el dormitorio. Justo en ese instante oí un sonido que me alarmó, como un chiquillo llorando. Dejé de besar a Isaac al notar un suave roce en el tobillo. Lo que descubrí en el suelo, junto a mí, me provocó una risa. Era un minino de pelaje anaranjado que me recordó a Garfield. Tenía unos ojazos verdes que me miraban con curiosidad.

—No me habías dicho que tenías un gato. ¿Dónde lo dejas cuando viajas?

—Joder... —protestó sin soltarme de su abrazo—. Es una chica, Ágata. No es mía, sino de mi vecina. Está muchas veces por aquí. Creo que le gusta verme escribir y oír la música. No me acordaba de que se metió anoche cuando fui a tirar la basura. —Se inclinó y le acarició las orejas. La gata emitió un maullido de placer, con los ojos entornados—. Qué aguafiestas eres, Ágata.

—No digas eso, es muy cariñosa.

Me solté del agarre de Isaac e hice unas carantoñas a la preciosa minina.

Isaac ignoró a la gata y volvió a tomarme por la cintura. Me hice la remolona y ladeé el rostro cuando acercó sus labios. Posó un beso húmedo en mi mejilla que me causó un pinchazo en la entrepierna. Unos golpeteos en la puerta de entrada nos interrumpieron de nuevo.

—Pero ¿ahora qué? —Soltó un suspiro resignado—. Lo siento.

—No pasa nada. Anda, ve.

Me acerqué al salón y lo oí charlar con alguien en vasco. Disimulé una sonrisa al darme cuenta de que su voz adquiría otro matiz que cuando hablaba en castellano. Isaac se dio la vuelta y llamó a Ágata. Ante él se encontraba una anciana vestida toda de negro. Tenía la cara llena de arrugas, pero sus rasgos transmitían dulzura. Me vio, y una sonrisa pilla se le dibujó. Alcé una mano a modo de saludo y me lo devolvió con la cabeza.

—*Zure neska-laguna al da?* —le preguntó la mujer sin dejar de observarme.

Isaac cruzó el salón y apareció segundos después con la gata en brazos. Se la tendió a la anciana y le respondió:

—*Norbait berezia da.*

No entendí ni una palabra, por supuesto. Esperé a que se despidieran para interrogar a Isaac, movida por la curiosidad.

—¿Te ha dicho algo sobre mí?

—Me ha preguntado si eras mi novia.

—¿Y qué le has contestado?

—Que eres alguien especial.

Me mordí el labio inferior, apreciando una tonta emoción que me recorría el pecho. ¿De verdad le había dicho eso? Me di cuenta de que, en lo más profundo de mí y por mucho empeño que pusiera en ignorarlo, era de esa forma como me sentía cada vez que Isaac me tocaba o me miraba. Incluso cuando me llamaba y se interesaba por mi jornada. Lo que esa palabra significaba para él, eso sí que ya no lo sabía.

—¿Por qué no me la has presentado? Parecía muy amable.

—Por si no te apetecía después del largo viaje. No sabes cómo habla Izaskun.

—No importaba, hombre. ¿No vive con alguien?

—Su marido murió hace cinco años, que fue cuando adoptó a Ágata. Creo que a veces se siente sola.

—¿No tiene hijos?

—Sí, pero ya sabes: cada uno sigue su vida.

—¿Quieres que...? —Lo miré dubitativa. Arqueó una ceja—. ¿La invitamos a cenar con nosotros en Nochebuena?

Isaac soltó una risa y volvió a acortar el espacio que nos separaba. Mi cuerpo se llenó de electricidad.

—Tranquila, sus hijos vendrán a pasar la noche con ella.

Me tomó de la nuca y me miró durante unos segundos que se me antojaron eternos. Lo hacía recorriendo cada milímetro de mi piel, y el estómago se me encogió. Me miraba como si dudara, como debatiéndose con intensidad. Me pregunté en qué estaría pensando, hasta que me lo desveló con voz ronca.

—Eres una buena persona —murmuró con un tono de sorpresa.

Fruncí el ceño, sin entender muy bien. ¿Acaso desconfiaba tanto de las personas que eso le parecía algo extraño?

Comimos una sopa de hortalizas que Izaskun le había llevado la noche anterior. Lo cierto era que, a pesar de la estufa, tenía frío, y el caldo me sentó fenomenal. Isaac me contó que consideraba a la anciana una buena amiga y que ambos cuidaban el uno del otro. Ella solía prepararle comidas porque sabía que cuando escribía se olvidaba de todo. Él se preocupaba si caía enferma y le llevaba medicinas. A Izaskun le encantaba escuchar los relatos de los viajes de Isaac. Y a él le fascinaban las historias de los antepasados de la mujer. El anillo que llevaba en el pulgar se lo había regalado ella para que le diera suerte en la escritura, y nunca se lo quitaba. Ese mediodía se desnudó un poco más al contarme todas esas cosas sobre Izaskun. Y acabaría dándome cuenta de que la anciana era de las pocas personas que lograba sacar el lado más cálido y luminoso de Isaac. Porque lo tenía, desde luego que sí, por mucho que intentara fingir que era un témpano.

Por la tarde, tal como me había prometido, nos dirigimos al centro para visitar uno de los mercadillos. Anocheció muy pronto y las calles se iluminaron con el alumbrado navideño, dotándolas de una belleza especial. Me sorprendió divisar muchos grupos de chiquillos que iban en la misma dirección; algunos solos, los más pequeños acompañados de sus padres. Llevaban ropas regionales, semejantes a las de los pastores.

—Van a entregar sus cartas al Olentzero —me informó Isaac.

—¿A quién? —pestañeé confundida.

—Es como Papá Noel o los Reyes Magos. Tiene una larga historia a sus espaldas. Se representa como un hombre gordo manchado de carbón porque lo fabrica en el bosque, donde vive solo. Cada invierno baja de las montañas a los pueblos.

Seguimos a las familias y a los chiquillos hasta llegar a otro barrio llamado Meaka. Al parecer, el Olentzero recibiría a los niños en el local de la asociación de vecinos. Como la entrada era gratuita, me venció la curiosidad y pedí a Isaac que nos quedáramos un rato. Hacía muchos años que no vivía la Navidad con la misma emoción por la enfermedad de la tía, y la ilusión de todos esos chiquillos se me contagió. Había diversos puestos diseminados por el lugar, desde una protectora de animales hasta un mercadillo benéfico. Una canción tradicional, similar a un villancico, salía de unos altavoces. Isaac me explicó que hablaba sobre el Olentzero.

Nos quedamos hasta que este hizo acto de presencia, ante la emoción de los allí presentes. Algunos pequeños se pusieron a llorar y otros, llenos de nerviosismo, tiraban de las mangas de sus padres. Me acordé de mí de cría cuando escribía mi carta y se la entregaba a la tía para que se la llevara a los Reyes. Esa noche dejábamos pan y leche en unos platos sobre la mesa. Al despertarme por la mañana creía que se lo habían comido. Cierta nostalgia se apoderó de mí y, como si Isaac se diera cuenta, me rozó los dedos de la mano.

Regresamos a su casa un rato después. Nada más cerrar la puerta, me atrapó de las mejillas con ambas manos y, durante unos segundos, me miró con ese semblante grave que me hacía creer que seguramente había muchas cosas de él que desconocía. Me besó entonces de manera casi desesperada, traspasándome una auténtica necesidad, sin dejarme apenas respirar. Reparé en que el corazón me latía muy deprisa al pensar que existía algo oscuro y secreto dentro de Isaac. Me dije que con ese extraño beso parecía transmitirme muchas cosas: que ansiaba ayuda, que le despertaba sentimientos contradictorios, que me deseaba sobremanera y, al mismo tiempo, eso lo inquietaba.

Habíamos tomado una chocolatada antes de volver y en nuestras bocas todavía quedaba el dulce sabor. Su lengua me exploró a conciencia, paseó por mis dientes y lamió mis labios. Me quitó la chaqueta a toda prisa y después hizo lo mismo con su abrigo. Antes de caer en el sofá, nuestros jerséis ya descansaban en el suelo. Isaac juntó y separó mis pechos, observándolos con deleite. Ahuecó el sujetador para lamer el pezón, que incluso me dolía. Sus dientes lo rozaron y mordisquearon. Después el otro. Arqueé la espalda, presa de un magnífico placer. Me moví hacia delante y hacia atrás, tratando de notar su erección a través de los vaqueros.

—Tienes una piel muy suave —jadeó en mi oído, y encogí los hombros debido a las cosquillas.

Sus dedos buscaron el botón y la cremallera de mis pantalones. Tuve que levantarme a desgana para quitármelos. Siguió cada uno de mis movimientos, hasta que me quedé solo en ropa interior. Me desabroché el sujetador y lo dejé caer al suelo. Su mirada ascendió desde mi vientre hasta los pechos desnudos y, a continuación, volvió a bajar a mis muslos. Advertí en sus ojos un deseo contenido que en cuestión de segundos explotaría. Me hacía sentir hermosa y sexual. Esperé a que también se deshiciera de sus vaqueros. Nos besamos y acariciamos de pie, arrimando nuestros cuerpos cada vez más. Sus manos revoloteaban por cada una de las partes de mi ser, envolviéndome toda. Se afanaban en mis pechos y después en mi vientre, y luego acariciaban mis nalgas, y se internaban en mi cabello suelto y hasta dibujaban los contornos de mis tatuajes.

—Quiero tenerte dentro de mí —le susurré. Nunca unas palabras sonaron tan ansiosas y ciertas en mi boca.

Me tumbó en el sofá totalmente desnuda y me penetró con ímpetu. Sentí que aquel era un sexo animal, feroz, desmedido. Por suerte nos quedaba todavía un poco de cordura para recordar que no llevaba condón. Isaac no tardó ni un minuto en regresar, pero cuando lo hizo yo estaba tocándome y se quedó plantado frente a mí para observarme. Estimulé mi clítoris mientras él se colocaba el preservativo y me dedicaba miradas lascivas. A continuación empezó a masturbarse, y aceleré el ritmo al contemplar su mano subiendo y bajando.

Me corrí mucho antes de lo esperado, acariciándome. Isaac gruñó al ser espectador de mi estallido. Y entonces se tumbó encima de mí y me penetró de nuevo, deslizándose a la perfección gracias a la reciente humedad. Me separó los muslos tanto que su pene colisionó en lo más profundo de mis entrañas. Y así lo quería, que se adueñara de todo mi ser.

—Me vuelves loco, Carolina... —jadeó embistiéndome una y otra vez.

Sus palabras me aceleraron. Le tiré del cabello y le clavé las uñas en el trasero, empujándolo más contra mí. Las penetraciones eran tan duras, tan violentas y, al mismo tiempo, placenteras, que en el pequeño salón resonaba la humedad de nuestros sexos y el golpeteo de nuestras caderas y nuestros vientres. No tardé mucho en tener un nuevo orgasmo, a pesar de que antes me costaba un mundo. Pero Isaac sabía cómo moverse, qué zonas tocarme, de qué manera mirarme cuando detenía los besos. Grité mientras estallaba, rodeándolo con todas mis fuerzas. Isaac bufó, dio unas cuantas estocadas más y, segundos después, también terminó.

—Dios, Carolina… Siempre dispongo de palabras para mis historias y, en cambio, ahora no tengo ninguna para describir esto.

Lo acallé con un beso profundo y húmedo porque lo que había ocurrido no necesitaba más que silencio.

Esa noche no cenamos. La pasamos completa explorando nuestros cuerpos. Lo hicimos una vez más en el salón, tras caernos en el suelo y morirnos de risa, y otra en la cama diminuta de su dormitorio hasta que rechinaron los muelles y pensamos que iba a romperse. Tal vez pareciera que solo era eso: sexo duro, animal, primitivo. Por mi parte, creo que nunca lo fue. Ni siquiera al principio, por mucho que me lo pareciera. Ya en la madrugada, contemplando su ancha espalda mientras él dormía, llegué a la conclusión de que ya no quería luchar más. Que me apetecía abandonarme, aceptar cada una de las sensaciones que Isaac despertaba en mí. Abrir todo el corazón y no dejar ni una rendijita. Permitir que me arrastrara la corriente, si tenía que ser.

—Eres una de esas personas peligrosamente inolvidables —susurré a su espalda, consciente de que el hecho de estar pronunciando esas palabras en voz alta lo convertía todo en real.

2

La mañana del domingo veinticuatro de diciembre la recibí con la cabeza de Isaac hundida entre mis piernas. Sumida todavía en un estado de somnolencia, se me cruzó por la mente que era un buen regalo de Navidad por adelantado. Me eché a reír sujetándome a la almohada, e Isaac detuvo los lametones. Abrí los ojos y agaché el rostro para mirarlo. La visión de sus labios húmedos y enrojecidos fue la que despertó en mí el deseo definitivo. Sin decir nada, agarré unos cuantos mechones de su pelo y guie su cabeza de nuevo hasta mi sexo. Tuve que taparme con la almohada para ahogar los gemidos. Isaac era capaz de separar mis pliegues con su lengua de una manera deliciosa. Y luego los lamía de arriba abajo, dibujándolos a la perfección con ella, y terminaba sorbiendo la punta de mi clítoris hasta que las piernas me temblaban de placer.

Tuve un orgasmo en el momento justo en que introducía su anular en mí, mientras con el pulgar me estimulaba. No se detuvo hasta que mis gemidos bajaron de volumen y entonces, haciendo malabares a causa del tamaño de la cama, se tumbó boca arriba y me sentó sobre él. Me incliné hacia delante balanceando los pechos ante sus ojos. Esbozó una sonrisa juguetona e intentó alcanzar uno de mis pezones. Me eché hacia atrás para que no lo lograra. Lo repetí un par de veces más, hasta que su deseo venció y me sujetó de la espalda para que no me apartara. Lamió uno de mis pechos con glotonería mientras con la otra mano me estrujaba el otro. Unos calambres eléctricos descendieron desde mi vientre hasta mi sexo.

—No me canso de esto... —murmuró con los labios apretados en uno de mis pezones. Acarició el otro trazando círculos hasta que se me puso tan duro que dolía. Un jadeo escapó de mi garganta—. Me pasaría las horas llenándolas de ti. —Paseó la nariz desde mis pechos hasta mi cuello, donde aspiró—. De tu olor. —Sus labios se pegaron a los míos con hambre e iniciaron una danza cuya música fueron nuestros resuellos—. De tu sabor —musitó cuando se separó para coger aire—. Me excitas demasiado.

Esa mañana se me antojó que el sexo era distinto. Más lento, más suave, conmigo encima muy pegada a su cuerpo. Y con él abrazándome de tal manera que era imposible querer parar. Así que duró mucho. Tal vez una hora, o más. Aun así, me pareció poco porque, tal como él había dicho, yo tampoco me cansaba de eso. Me habría pasado el día mirándolo a los ojos mientras me movía y lo notaba en mi interior y nos besábamos de vez en cuando con las bocas abiertas, las lenguas lánguidas, los gemidos anclados en la garganta.

Nos duchamos por turnos y nos terminamos la sopa de Izaskun. Vimos la típica película navideña de sobremesa y, cuando se terminó, charlamos de aquellas pelis que no nos habían gustado nada. Después Isaac me enseñó lo que había comprado para la cena: un poco de marisco para picar y carne como plato principal. Tenía también vino de la Rioja Alavesa para acompañar la comida y *patxaran* para brindar después. Antes de ponernos a la faena de preparar la cena nos pasamos por uno de los bares del centro, donde habíamos quedado con su mejor amigo.

—Se empeñó en conocerte. Espero que no te importe.

En realidad, me ilusionaba sobremanera porque me parecía que, de esa forma, me introducía un poco más en esa vida que guardaba con tanto recelo. Y sentía gran curiosidad por saber cómo sería él, por qué lo había elegido Isaac.

Cuando entramos en el bar, Ander todavía no había llegado. El ambiente estaba animado, con unas cuantas mesas ocupadas, sobre todo por jóvenes que aprovechaban las últimas horas antes de la cena familiar. Isaac me puso al corriente sobre su amigo: era policía nacional en San Sebastián y residía allí desde hacía unos años, pero en cuanto tenía unos días libres se pasaba por Irún porque extrañaba muchísimo su ciudad.

—No nos vemos mucho por su trabajo, mis viajes, etcétera. Pero siempre ha estado ahí para mí.

Unos diez minutos después apareció Ander. Llevaba el cabello muy corto, casi al cero, y era muy blanco de piel con ojos oscuros y rasgados. Poseía un cuerpo poderoso, de enormes músculos y gran altura. Fue Ander quien se abalanzó hacia Isaac y le dio unas tremendas palmadas en la espalda, y luego me sonrió abiertamente cuando Isaac nos presentó. Desprendía vitalidad y buen rollo, y todo indicaba que debía de ser una persona muy risueña. Quizá por eso eran amigos, para contrarrestar.

—No me creo todavía que hoy tenga libre —nos explicó una vez que nos sirvieron una nueva ronda de sidras—. Desde hace tres años me toca trabajar todas las nochebuenas. —Se dirigió a mí y chasqué la lengua indicándole que lo sentía—. Imaginé que quedaríamos este buen hombre y yo para ponernos al día, pero está claro que tiene mejores planes.

—Por mí no... —intervine, avergonzada.

—Tranquila, si no se trata de una costumbre ni nada. —Ander dio un buen trago a la sidra y luego clavó los ojos en Isaac—. ¡Si es increíble que este granuja esté por aquí una Navidad! Qué cabrón...

Le palmeó la mejilla, e Isaac esbozó una sonrisa apretada, aunque en el fondo se notaba que la actitud de Ander no le molestaba, más bien al contrario.

—¿Y desde cuándo os conocéis? —pregunté sonriente. La presencia de ese chico me animaba.

—Pues hace ya, ¿eh? En una época un tanto extraña para los dos. —Como arqueé una ceja, sin entender, Ander se apresuró a añadir—: De críos, entrando casi en la pubertad. —Miró a Isaac de manera cómplice—. Isaac es un tío estupendo, de verdad. Aunque al principio cuesta cogerle el puntillo, ¿no? Pero al final uno se da cuenta de que es un *coitao*.

—¿Un qué? —Me incliné hacia Ander porque no sabía si había oído mal o acaso el significado de esa palabra se me escapaba.

—Significa que, de lo bueno que es, es tonto. Ya, ya sé que no te lo parece —añadió al ver que lanzaba una mirada sorprendida a Isaac—, pero suele pasar con mucha gente, que así de buenas a primeras aparenta una cosa que no es —agregó, y se llevó una colleja por parte de Isaac que nos arrancó carcajadas a Ander y a mí.

Me cayó genial y me reí muchísimo por su graciosa manera de hablar y su acento, que me encantó. Me lo pasé tan bien que hasta sentí pena cuando nos despedimos de él. Prometimos que volveríamos a quedar antes de que me marchara. Se notaba que era una de esas personas en las que podías confiar. Era transparente, vivaracho, optimista, y seguramente el contrapunto perfecto para Isaac.

Ya en su casa, mientras preparábamos juntos la cena, me interesé por lo que Ander había dicho en el bar.

—¿De verdad es tan raro que estés durante estas fiestas en Irún?

Isaac cesó en la limpieza de los mejillones y se quedó pensativo. Luego apartó la mirada del bol para clavarla en mí. Se la devolví, imaginando lo que iba a decirme y lo que eso significaba.

—Suelen pillarme viajando.

—No las has pasado últimamente en familia.

—No —respondió muy seco.

Había tocado, de nuevo, un tema espinoso. ¿Por qué me empeñaba en conocer una parte de él de la que le costaba hablar? ¿Acaso no había decidido yo, mucho tiempo atrás, que tampoco hablaría con nadie de cosas que me dañaran, como lo de Gabriel? Me regañé en silencio por comportarme de manera tan impetuosa. Terminé de echar pimienta a la carne y me acerqué a él despacio. Isaac levantó la cabeza de los mejillones y me miró con cautela.

—A veces hablo más de lo que debería o hago preguntas incómodas.

—No, no te preocupes. —Tiró los restos del marisco a la basura y después abrió un pequeño armario y sacó una olla en la que vertió aceite de oliva, colocó dos dientes de ajo chafados y los mejillones. Todo ello en cuestión de segundos, con movimientos nerviosos—. ¿Y tú cómo sueles celebrar la Navidad?

—Pues la celebraba casi siempre con la tía. Me encantaba reunirme con ella. Cuando todavía vivía en su propia casa, esta olía a sus guisos y dulces, no como el piso maloliente que yo compartía en mi época universitaria. —Me reí y me apoyé en la encimera, apartando la vista de Isaac—. Después, cuando empezó a sentirse mal e ingresó en la residencia, no podía pasar todo el tiempo con ella como habría querido. Pero igualmente iba a La Puebla. Podría haberla sacado de allí esos días, pero lo rechazaba casi siempre porque decía que no le gustaba ser una carga. Tan solo una Navidad aceptó, y mi ex y yo nos la llevamos a Toledo. Se negaba a viajar hasta Barcelona. La pobre enfermaba en los transportes. Solía bromear con que, de pequeña, hasta se mareaba montando en bici. —Me toqueteé el labio, con la mirada perdida, navegando entre pensamientos—. Cuando falleció, pensé que ya nunca querría celebrar la Navidad sin ella.

—¿Y qué es lo que te ha hecho cambiar de idea?

Isaac se acercó a mí y estudió mi rostro desde su altura. Sus ojos de tempestad brillaron todavía más. Hubo un estallido en mi pecho. Quizá fue mi corazón al comprender lo que podía llegar a sentir por ese hombre. El mismo corazón que intuía que un sentimiento como ese podía ser también peligroso.

—Me di cuenta de que a veces hay que hacer las cosas, aunque te asusten. Y si tienes miedo, incluso hacerlas con él. Porque el miedo puede provocar que perdamos más de lo que quizá ganaríamos —le dije esbozando una sonrisa melancólica.

Me contempló tan serio y durante tanto rato que una vaga inquietud se apoderó de mí. Había algo en la tensión de sus rasgos que me indicaba que no todo estaba bien. Sin embargo, no pude pensar mucho cuando me cogió de la cintura y me pegó a su cuerpo. Y se me olvidó en cuanto sus manos se acoplaron a mis mejillas y me besó. Fue uno de esos besos que te hace sentir que, aunque una pieza del puzle falle, al final logrará formarse del todo. Uno de los que te hace entender que, a pesar de haber besado otras bocas, ese beso es el primero. Y fue de esos muy pequeños y, al mismo tiempo, grandes porque a veces las cosas no se miden por su tamaño, sino por su intensidad.

No esperamos a intercambiar regalos hasta la mañana siguiente. Tras la cena, durante la que bromeamos y charlamos sobre los anuncios navideños que más odiábamos, nos los dimos. Yo le había comprado una chaqueta de cuero y una libreta para que anotara en ella las ideas que se le ocurrieran. Me puse nerviosa como una chiquilla mientras desenvolvía el paquete. Su cara de sorpresa me hizo reír con alivio. Después fue su turno, y rasgué el papel sin disimular la emoción. Era uno de esos mapas enormes en los que vas marcando los países que has visitado.

—Hacía muchísimo que no regalaba nada a nadie, a excepción de Izaskun o Ander —me confesó, y algo en mi pecho vibró con suavidad—. No soy muy bueno haciendo regalos. —Se encogió de hombros y señaló el mapa—. Pero vi esto y pensé que te vendría bien. Para que lo llenes, aunque sea poco a poco —murmuró.

No le dije que sentía que completándolo con él seguramente sería mucho más emocionante. Ni siquiera quise pensar en que ya me había imaginado viajando juntos a algún lugar.

El día de Navidad comimos los restos de la noche anterior y después decidimos salir para que yo conociera un poco más de Irún. Como los museos se hallaban cerrados, paseamos por las calles y plazas, y vimos desde fuera la ermita de Santa Elena y la iglesia de Santa María del Juncal, símbolo del Irún romano. Isaac me habló un poco de su historia y luego pasamos a charlar de lugares arquitectónicos que nos habían impresionado. Al regresar, Izaskun nos oyó hablar y abrió la puerta para animarnos a entrar en su casa y comer algo dulce. Aunque pensamos que ya se encontraría sola, todavía quedaban allí dos de sus hijos y los respectivos nietos. Durante más de una hora escuchamos con atención sus relatos acerca de la posguerra. Isaac tenía razón en que era una mujer increíble y entendí que la considerara una amiga. Me pregunté si también la llevaba en su corazón como a una abuela.

Dos días después recibí el pedido de una nueva traducción y, con toda mi pena, tuve que aceptarlo. Isaac me aseguró que no le importaba y que aprovecharía para trabajar en su novela. Se fue a la habitación rodeada de libros. Imaginé que allí le resultaba más sencillo encontrar la inspiración. Ocupé la mesa del salón durante unas cuantas horas, hasta que aparté los ojos de la pantalla del ordenador y descubrí que había anochecido. Eché un vistazo a la hora en el móvil y encontré un mensaje de Cristina felicitándome las fiestas. Escribí una respuesta repleta de corazoncitos y besos. Ella, que no tenía ni un pelo de tonta, enseguida supo lo que ocurría y me deseó que disfrutara mucho.

Desde el pasillo se acercaba flotando la melodía de una canción. Pensé que sería Jake Bugg, pero la voz era mucho más grave. Me levanté de la mesa y me aproximé para escucharla mejor. Un intenso olor a tabaco me hizo arrugar la nariz. No me agradaba nada, si bien comprendía que para Isaac era un paliativo de los nervios. La música estaba puesta a un volumen bajo, pero no se oía ningún otro sonido, como el de las teclas. Me arrimé un poco más, con sigilo, hasta asomarme a la puerta. Me sorprendí al verlo sentado a oscuras, iluminado tan solo por el brillo de la pantalla. Tenía la cabeza oculta entre las manos, los hombros abatidos. Desprendía derrotismo. ¿Qué le ocurría? ¿Otra de esas escenas que se le atragantaban?

La canción que salía de los altavoces era triste y pensé que también lo sería la historia que en esos momentos estaría escribiendo. «*It's just my name. It's just my skin holding a boulder. Can you swim? Oh, as we fall through the water you find a piece within, and you know it's just your skin.*» («Es solo mi nombre. Es solo mi piel sosteniendo una piedra. ¿Puedes nadar? Cuando caemos a través del agua, encuentras que falta una pieza y sabes que es solo tu piel.»)

Me apoyé en el marco de la puerta con los brazos cruzados, sopesando si marcharme y dejarlo a solas o preguntarle qué le ocurría. No me dio tiempo a tomar una decisión, porque justo en ese instante reparó en mí. Lo que hallé en sus ojos me asustó. Una mirada cargada de sufrimiento. Le brillaba y, en un primer momento, imaginé que sería por la luz de la pantalla, pero luego comprendí que se trataba de lágrimas. Mi corazón se aceleró al no comprender qué le pasaba. Se frotó los ojos con violencia.

—Lo siento. No pretendía espiarte —susurré, temiendo que se cabreara. Ya sabía lo susceptible que era con las cuestiones de la escritura.

—No importa —respondió con voz ahogada, y sacudió la otra mano ante el ordenador—. De todos modos, iba a dejarlo ya.

—Parecías muy metido en la historia —comenté, tratando de ignorar sus lágrimas.

—Sí, pero… —Soltó un bufido—. He rehecho esta escena como unas cinco veces y, aun así, no sale como la imagino en mi cabeza.

—Al final saldrá, ya verás —dije para animarlo, todavía apoyada en la puerta, aunque dubitativa.

Isaac tan solo me dedicó una última mirada triste y después la apartó. Dirigí la mía hacia el cenicero, repleto de colillas.

Me dolía verlo tan frustrado y me enfadé conmigo misma por no ser capaz de encontrar las palabras adecuadas. Abandoné el quicio de la puerta para acercarme a él. Apoyé una mano en su espalda y se la froté al tiempo que él se tensaba en su asiento. No pretendía meter la nariz allí donde no me llamaban, pero en la pantalla estaba abierto el Word y mis ojos se deslizaron sin querer hacia el documento, en el que había unas cuantas frases, como una especie de notas. Alcancé a leer algunas palabras como «violencia escolar y juvenil», «depresión», «adolescentes». Isaac reparó en la dirección de mi mirada y, de manera apresurada y brusca, bajó la pantalla.

—Solo son algunas ideas —comentó con sequedad.

Asentí y le indiqué con un gesto de la mano que me marchaba. En el pasillo se me pasó por la cabeza si todos los escritores serían tan recelosos con su trabajo antes de tenerlo terminado.

Me dirigí al dormitorio y saqué de la maleta el libro de Isaac que estaba leyéndome. Era bastante duro y provocaba inquietud, y aun siendo una historia de terror y fantasía, parecía muy real. En mi opinión, era bueno como novelista, a pesar de que yo no contaba con una gran experiencia.

—¿Carolina? —Su voz me sorprendió y me di la vuelta con la novela entre las manos para descubrirlo apoyado en el quicio de la puerta. Tenía un aspecto decaído. Lo miré en silencio y se toqueteó la barbilla antes de preguntarme—: ¿Te has enfadado?

—¿Qué? ¡No! ¿Por...?

—Como te has ido...

—Pensé que necesitabas estar solo. —Y entonces las palabras subieron por mi garganta y se desbordaron en mi boca. Me sentía preocupada—. Isaac... —Me mordí el labio inferior antes de proseguir—. Te he visto llorando.

Fingió extrañeza y rascó el marco de la puerta con una uña. En ese momento me pareció mucho más joven, casi un niño, uno que se sentía indefenso y aturdido.

—¿Llorando? No, tal vez fuera por el ambiente cargado a causa del humo...

—No pasa nada, en serio. —Me acerqué a él y noté que su pecho se inflaba a la defensiva—. Todos, en alguna ocasión, lo hacemos. La tía me lo enseñó cuando yo quería hacerme la valiente. No somos más débiles por ello. —Alcé una mano y le acaricié la mejilla. Se tensó ante ese gesto que, quizá, le pareciera mucho más íntimo y dulce de lo habitual. No retrocedí, como habría hecho meses atrás, sino que le dediqué una sonrisa—. ¿Era por la novela? No sé lo que hay en ella, ni siquiera entiendo nada sobre eso, pero tal vez deberías dejarla aparcada un tiempo y dedicarte a otra.

Supuse que me reprocharía que yo no era nadie para darle consejos sobre escritura, que sacaría su talante arisco, frío, receloso. No obstante, me sorprendió cogiéndome de las manos y acercándoselas a la boca para depositar un beso en el dorso.

Cuando alzó la mirada y la clavó en mí, hallé una tremenda batalla en ella que no atiné a entender. Sin embargo, me provocó un escalofrío que me recorrió la espalda.

—¿Te has dado cuenta de que me ayudas a sobrellevarme? —inquirió, y me dejó estupefacta. Alcé la barbilla y lo miré fijamente. Dudé unos segundos. Ese Isaac era uno mucho más tierno que de costumbre, y no me tenía demasiado familiarizada con ello—. La novela estaba asqueándome, y has aparecido tú y no he estallado. Más bien al contrario, me he tranquilizado.

—Eso es bueno, ¿no? —contesté en voz muy baja y con el pulso acelerado.

No dijo nada, dando a entender que no estaba seguro de la respuesta correcta. Me observó con esa lucha que entreveía en sus ojos, como si prefiriera al Isaac que lo pasaba mal con la escritura o como si temiera sentirse sereno con mi presencia. Supe que había algo que se me escapaba... Una parte de mí creía que ocultaba algo, pero no era capaz de adivinar qué y eso me frustraba un poco.

—¿A quién escuchabas? —le pregunté, por cambiar de tema y distender el ambiente, que se había cargado y no de tensión sexual precisamente, como en tantas ocasiones.

Me acarició un mechón de pelo de manera distraída.

—¿Te gustaba? Era George Ezra, un joven con mucho talento.

—¿He de preocuparme por esa obsesión tuya con los jóvenes músicos? —bromeé, y le arranqué una pequeña sonrisa.

El resto de las fiestas transcurrió con tranquilidad. Isaac optó por no escribir mientras me tuviera allí, para no estresarse, y yo aparqué las traducciones. Visitamos el museo romano de Irún y quedamos una vez más con Ander en el mismo bar que días atrás.

—Dime, Carol, ¿ya has conocido al Isaac antipático?

—¿Cuál es ese? —Me hice la tonta, achispada porque habíamos tomado unas cuantas sidras.

Ander lanzó una mirada de reojo a Isaac y este juagueteó con su vaso.

—El que le sale cuando algo en sus historias le falla. Una vez fui a su casa para invitarlo a tomar algo y me encontré con Shrek en lugar de con Isaac. Hasta se había vuelto verde.

Me eché a reír sin poder evitarlo, aunque no deseaba que Isaac se molestara. Sin embargo, se unió a nuestras carcajadas. Ander lo convertía en una persona mucho más animada y desenfadada. Aunque conmigo también bromeaba no era igual, y me pregunté si yo conseguiría también sacar a ese Isaac relajado algún día. Por otra parte, me tranquilizaba saber que no actuaba de esa forma gruñona solamente conmigo.

Isaac levantó las manos, sacudiendo la cabeza como dando la razón a su amigo.

—Vale, estás en lo cierto. La escritura saca lo peor de mí.

—Pero también lo mejor. Ha conseguido que me enganchara a sus historias, hasta de ciencia ficción. Nunca he sido una persona de leer mucho, y mira que mi tía era una gran lectora. Intentó transmitirme su pasión… sin mucho éxito. Y debido a mi trabajo, se me cansa mucho la vista y al final del día ya no me apetece leer. Pero… gracias a sus libros, ahora sí quiero. Y ya no solo los suyos, sino que siento ganas de leer otros. Supongo que eso es admirable, conseguir despertar en alguien la afición por la lectura con algo de lo que uno escribe —expliqué a Ander, animada por las bebidas.

Noté que Isaac me miraba sorprendido, con los labios apretados, y que después su gesto se convertía en uno de agradecimiento. Ander nos interrumpió para pedir una botella de sidra más.

—Me alegra haberte conocido, Carol —me dijo al cabo de un rato, y se despidió con un abrazo ante la puerta del bar—. Espero volver a verte por aquí.

—Yo también lo espero —respondí, observando de reojo a Isaac.

Las mejillas se me encendieron. No solo por el frío ni por el hecho de imaginar que volvería a Irún. También porque sentía en mi cuerpo, en mi piel, que ese Isaac que me contemplaba fijamente con las manos en los bolsillos de su abrigo me deseaba.

No llegamos al dormitorio. Apoyada en el respaldo del sofá, Isaac me desabrochó la chaqueta con premura y la dejó caer al suelo. El resto de la ropa la siguió. Y la suya voló a su espalda. Ni siquiera había encendido la calefacción y hacía mucho frío. Sin embargo, su cuerpo ardía y, al rodearme con él, dejé de temblar. Su mano enterrada en el hueco de mi sexo me cortó la respiración. El medio minuto que tardó en ir a por un preservativo y volver me resultó interminable. Se metió en mí apoyándome en el respaldo del sofá y me entregué a él con un orgasmo que paladeé hasta que su lengua acalló mis gemidos.

Decidimos pasar la Nochevieja en su casa y, tras tomar las uvas y andar un poco achispados, le pregunté si podía poner a Bruno Mars y enseguida me animó a hacerlo. Nos distrajimos un rato con canciones como *Just The Way You Are*, *Grenade* o *Uptown Funk*, aunque en realidad era yo quien bailoteaba por el salón mientras él me miraba divertido con una copa en la mano. Cuando sonó *Count On Me*, me animé todavía más sin poder evitarlo, ya que me encantaba. Me acerqué a él y, sin apartar mi mirada de la suya, lo cogí de una mano y empecé a canturreársela con unos cuantos gallos.

—«*You can count on me like one, two, three. I'll be there. And I know when I need it I can count on you like four, three, two you'll be there. Cause that's what friends are supposed to do...*» («Puedes contar conmigo uno, dos, tres, y estaré ahí para ti. Y sé que si necesitara contar contigo, cuatro, tres, dos, uno, tú estarías ahí porque es lo que se supone que hacen los amigos.»)

Isaac se llevó la otra mano a la cara y sus hombros se agitaron con la risa. Lo zarandeé al ritmo de la música, riéndome también.

—¿Qué pasa? ¿Te doy vergüencita? Pues no he cogido el mando de la tele como micrófono... Era lo que hacíamos la tía y yo —bromeé.

A continuación, me atreví a hacer algo que llevaba pensando desde que me habló del recuerdo de sus padres bailando. Quería ofrecerle algo similar. Me acerqué al portátil y mientras me miraba con curiosidad puse la canción con la que me había dado a conocer a Jake Bugg: *A Song About Love*. Me arrimé de nuevo a él moviéndome suavemente al compás de la música, y sus ojos destellaron. Lo insté a levantarse del sofá y le pasé las manos por mi cintura. Me apreté contra él y apoyé la cabeza en su pecho. La vida se abrió paso a través de los latidos de su corazón y se filtró por las rendijas del mío. Alcé el rostro y lo observé poniendo cara de niña buena.

—¿Y esto? —me preguntó con las cejas arqueadas y el cuerpo muy rígido, casi como un robot.

—Te dije que podíamos bailar como tus padres lo hacían, aunque no signifique lo mismo para ti.

«*Hold you and your eyes fall down. You barely even make a sound. Crying in the peaceful night, showing all the things you hide. But out there in the future, maybe you're the rainbow…*» («Te abrazo y tus ojos se derrumban. Apenas emites un sonido. Llorando en la tranquila noche, mostrando todas las cosas que escondes. Pero ahí fuera, en el futuro, quizá tú seas el arcoíris.»)

Isaac guardó silencio y acabó siguiendo mis movimientos. Fuera llovía, pero sentí que en el salón también aparecía un arcoíris, como Jake decía en su canción. Volví a alzar el rostro y lo miré con una sonrisa esperanzada. En esa época todavía no quería darme cuenta de que deseaba ser su historia. La persona con la que bailara tras un día duro. Esa con la que vivir algo tan bonito como sus padres habían tenido o tenían. Pero lo que sí sabía era que no lo presionaría en nada. La tía me había enseñado que cuando alguien te importaba debías apoyarlo, escucharlo, aconsejarlo… pero siempre desde la libertad. Y yo tenía claro que jamás habría atado a Isaac si él no lo deseaba. Me reveló sus pensamientos mientras nos movíamos lentamente al compás de la música.

—No puedo quererte. Lo sabes, ¿no, Carolina? No al menos de la manera en que… —Se cortó porque apoyé un dedo en sus labios.

—¿Hay acaso una manera concreta de querer, Isaac? ¿No son los sentimientos tan distintos, en cada persona, que hasta a los escritores debe de resultaros complicado describirlos? —susurré aparentando tranquilidad, pero notaba un cosquilleo nervioso en el estómago a causa de sus palabras y, también, porque si se había dado cuenta de lo que para mí significaba ese baile era porque yo estaba siendo demasiado transparente. De cualquier modo, al menos se había sincerado. Podría haber fingido y haberme creado falsas expectativas o ilusiones—. Además, ¿me ves como alguien que necesite ser querida, amada o lo que sea? Me basto conmigo misma. ¿Bailar con una chica te hace creer que ya va a pedirte matrimonio? ¡Se lo tiene usted muy creído, señor Salazar! —intenté bromear.

—No lo entiendes, Carolina —replicó con cierta molestia.

—Entonces explícamelo —lo animé.

—No pretendo comportarme como un capullo, es solo que no me gustaría hacerte daño y soy una persona que lo hace…

—Ten por seguro que, si yo pensara que quieres hacerme daño, ya habría salido escopetada —lo interrumpí—. Cuento con algo de amor propio. Estoy bien así, Isaac, y más después de haber acabado con una relación. Esto que hay entre nosotros me gusta. Charlamos, disfrutamos, tenemos sexo… Es genial —dije, aunque noté que mi voz no sonaba tan segura como había pretendido. Me lamí los labios resecos y añadí—: Solo estamos bailando. Así que relájate, Isaac. O te daré tal pisotón que no podrás caminar bien en unos cuantos días.

Me observó con los párpados entornados, y entreví en sus ojos un ápice de admiración que me provocó un pinchazo en el pecho. Le gustaba que le diera libertad, eso estaba claro.

Pero… mis palabras no habían sido del todo francas, y él tampoco se me antojaba sincero por completo porque me parecía que sentía algo por mí que, de alguna manera, se empeñaba en desterrar. Y me convencía de que no pasaba nada, de que había aceptado nuestra situación porque era capaz de sobrellevarla. El problema residía en que Isaac había aprendido a apagar su corazón y yo, en cambio, no contaba con un interruptor para controlar el mío.

3

Al día siguiente me desperté muy temprano, a pesar de que nos habíamos acostado tarde. Sin embargo, tenía un tren que coger y, si me demoraba, podía perderlo. Me ladeé en la cama para observar a Isaac, quien dormía de espaldas a mí, pues si bien me había dicho cuando llegué que él pasaría las noches en el sofá, al final no lo cumplió en ninguna. Algunas madrugadas sí que abandonaba la cama —yo suponía que se iba a escribir—, pero acababa regresando.

Le toqué la piel desnuda lentamente, trazando una línea a lo largo de su columna vertebral. No se despertó y, ante el silencio de la alcoba, por mi cabeza navegaron las frases que él había pronunciado horas antes. Me obligué a ignorarlas todo lo posible y aparté las mantas para levantarme. Eché un vistazo a la hora en el reloj y, como no tenía claro si el tiempo me alcanzaría para darme una ducha, decidí hacerlo cuando llegara a Barcelona. Abrí el armario con sigilo, tratando de no despertar a Isaac. Mientras ponía mis prendas en la maleta, no pude evitar lanzarle unas cuantas miradas de reojo. Me gustaba contemplarlo cuando dormía porque se le relajaban tanto las facciones que adquiría un aspecto inocente y juvenil. Las diminutas pecas de su nariz me sacaron una sonrisa.

Pocos minutos después cerré la maleta y me senté en mi lado de la estrecha cama para calzarme las botas. Entonces noté que unos dedos me sujetaban de la cintura, y la voz somnolienta y ronca de Isaac me causó un revoloteo en el estómago.

—¿Ibas a marcharte sin decirme nada?

—Claro que no —negué, aunque, para ser sincera, se me había pasado por la cabeza, y no entendía muy bien por qué—. Es que estabas durmiendo tan a gusto... ¡Menudos ronquidos! —le tomé el pelo.

Me ladeé para descubrir a tiempo la curva de una pequeña sonrisa en la comisura de la boca de Isaac. Ardí en deseos de besársela, de llevarme conmigo el exquisito sabor de sus labios. Él pestañeó un par de veces y luego abrió por completo los ojos.

—Dame unos minutos para tomarme un café y despejarme, y te acompaño a la estación.

—No hace falta. Estarás cansado, que anoche nos acostamos tarde —respondí, sin mencionar el hecho de que lo había oído abandonar el dormitorio en algún momento de la madrugada y que, poco después, las teclas resonaban en el silencio de la casa.

—No pienso dejar que vayas sola —replicó colocándose boca arriba para estirar las extremidades.

—Si no me voy ya, no llegaré a tiempo —le expliqué, y noté un vacío en la zona de la cintura donde sus dedos habían estado apoyados.

—¿Por qué no me has avisado antes?

—Porque soy mayorcita y puedo ir hasta la estación por mí misma.

Me levanté con resolución y lo miré desde arriba. La manta se le había deslizado hacia abajo y la visión de su pecho desnudo me secó la garganta. Maldito Isaac, lo poco —o nada— que tenía que hacer para atraerme tanto.

Se incorporó y me miró con el ceño fruncido, quizá preguntándose si ocurría algo. Ni siquiera yo sabía bien qué era, pero desde luego me notaba extraña. Apoyé las manos en las caderas y dibujé una sonrisa nerviosa.

—¡Bueno! Me lo he pasado genial —murmuré apartando la vista. Isaac continuaba estudiándome fijamente—. Da un beso a Izaskun de mi parte, ¿vale?

Y cogí el asa de mi maleta y salí del dormitorio como alma

que llevara el diablo. Me sentí ridícula y pensé en que parecía una de esas personas que se avergonzaban de lo que habían hecho durante una noche de borrachera. No tenía claro si todo residía en haber pasado tantos días al lado de Isaac, sin que él se hubiera mostrado demasiado arisco, frío o malhumorado. Tan solo la noche anterior había dicho aquello que, en el fondo, no me había pillado desprevenida. El resto del tiempo había sido amable, atento, incluso... dulce. Y eso estaba bien, por supuesto. Hasta cierto punto.

Había alcanzado casi el final de la larga y vacía calle cuando oí el eco de unas pisadas a mi espalda. Al volverme, descubrí a Isaac corriendo hacia mí, con una de sus acostumbradas cazadoras de cuero. No se había detenido ni para coger el abrigo y estaría muriéndose de frío. Me envolvió una oleada de ternura.

—Eres un cabezota —lo chinché.

—Y tú también.

Traté de disimular una sonrisa. De camino a la estación no hablamos apenas. Las temperaturas habían bajado con respecto a los días anteriores y hasta con mi gruesa chaqueta estaba tan helada que me castañeteaban los dientes. Una vez en la estación, esperamos el aviso del tren lanzándonos miradas disimuladas. Cuando lo anunciaron, me quedé sin palabras. Isaac se acercó un poco y se inclinó hacia mí sin decir nada. Y yo, presa de un anhelo, solté la maleta para abrazarlo y hundí la nariz en el hueco de su cuello. Se quedó quieto en un principio, con todos sus músculos rígidos, pero después se relajó y me envolvió entre los suyos de manera un poco torpe. Seguramente ambos nos sentíamos raros porque habíamos conocido mucho más de nosotros. Lo había visto en su día a día, en las relaciones con su vecina y con su amigo.

—¿Me avisarás cuando llegues a Barcelona?

Asentí y me aparté de mala gana. Su olor me atraía de una forma apabullante. Supe que intentaría guardarme ese aroma para recordarlo hasta la próxima vez que nos viéramos. Porque yo deseaba que hubiera otra como esa. Me di la vuelta un par de veces antes de subir al tren y lo descubrí observándome con una ligera sonrisa, con esa costumbre suya que yo ya había empezado a adorar de meterse las manos en los bolsillos. Levanté un brazo en señal de despedida.

Tal como había intuido, cuando entré en mi piso vacío me noté muy diferente. La verdad era que iba a echar de menos a Isaac y ya no era capaz de ignorarlo. Durante las fiestas me había propuesto que nada ni nadie me las estropearan, por eso no quise hablar con Isaac más sobre lo que me había confesado mientras bailábamos. Pero ya en el tren, habían empezado a rondarme preguntas: «¿Por qué no puedes quererme, Isaac? ¿Es porque rompo tus planes? ¿Porque en lo que tú deseas hacer no quepo yo? ¿Nadie? ¿O porque tienes miedo de algo, tal como te planteé en aquella ocasión en la que iba achispada? ¿Tienes miedo de cambiar lo que siempre te ha llenado porque ya no es suficiente? ¿Temor a no controlar tus sentimientos?». Bueno, en realidad era suponer mucho.

En cuanto a las otras cuestiones, nada más retomar mi rutina empecé a ponerme al día. Ya había tomado una decisión: vender las posesiones de la tía. El tres de enero me puse en contacto con el notario y con el abogado para comunicárselo, y coloqué varios anuncios en páginas online. En cuanto tuviera tiempo, me acercaría de nuevo a La Puebla para adjuntar unas fotos del local y de la casa. Por otra parte, me centré en mis clases de salsa y en el trabajo. Por suerte, también tenía a Cristina, a pesar de que ya no se comportara de la misma manera que antes. Pero lo entendía, estaba preocupada, y yo también. Charlábamos sobre los proyectos que nos enviaban, de moda y de cosas del día a día para que no pensara demasiado en su embarazo. En cuanto nos habíamos incorporado el dos de enero, me había pedido que la distrajera, aunque fuera con tonterías.

—Entonces... ¿estáis saliendo? —me preguntó una mañana.

—No, claro que no —contesté, como si eso jamás fuera posible.

—Pero durante la Navidad habéis hecho cosas de pareja —observó.

—Yo no lo veo así. Pueden ser cosas de amigos con derechos.

—¿Y es lo que tú quieres?

—Pues sí. ¿Por qué no? —repliqué a la defensiva.

La muy maldita no añadió nada más, tan solo se dedicó a mirarme por encima de su taza de manzanilla, pero de una manera que transmitía más que mil palabras.

Yo estaba más taciturna de lo habitual porque, por algún motivo que no atinaba a entender, de repente añoraba muchísimo más a la tía. Me sorprendía hojeando un álbum de fotos que había portado conmigo a Barcelona cuando me había mudado años atrás y se me llenaban los ojos de lágrimas al recordarla. Tal vez se debía al hecho de ser consciente de que había sido mi primera Navidad sin ella. Con Isaac me había sentido tranquila y alegre, pero en las solitarias noches en mi piso no había nadie con quien ponerme a charlar, aunque fuera sobre nimiedades. En realidad, él y yo habíamos seguido comunicándonos. A veces uno le daba los buenos días al otro, o las buenas noches. Nos preguntábamos por el trabajo y nos pasábamos enlaces de música. Y, sin embargo, empezaba a tomar conciencia de que... me apetecía tener algo más con él. Y me asustaba pensar en ello.

A finales de enero Cristina se sometió a una prueba para detectar anomalías en el bebé antes del nacimiento. Damián y ella habían reflexionado mucho sobre si llevarla a cabo, ya que conllevaba un pequeño riesgo de aborto. Todavía recuerdo la llamada que el marido de mi amiga me hizo unos cinco o seis días después de la prueba: estaban en el hospital porque Cristina había tenido pérdidas. Me lancé a coger un taxi sin ni siquiera darme cuenta de que calzaba las zapatillas de andar por casa, unas comodísimas y peluditas con orejas de burro. Cuando me asomé a la habitación en la que la habían ingresado, me encontré con una Cristina muy pálida y ojerosa que señaló mis pies y susurró:

—¿Así te has puesto para venir a verme?

Miré hacia abajo con susto y, al descubrir mi calzado, me eché a reír. Cristina se unió a mí. La abracé con mucho cuidado y aprecié cómo temblaba.

—¿Va todo bien? —le pregunté con temor.

—No ha sido nada —me dijo con la boquita pequeña.

—¿Pero...?

—Lo más probable es que tenga que cogerme la baja pronto. El médico no quiere correr más riesgos. Tendré que pasarme la mayoría del tiempo en reposo. —Compuso un gesto de resignación.

Esa noche llamé a Isaac porque todavía me cosquilleaban los nervios en el estómago. Él me había enviado por la tarde un escueto mensaje, tras preguntarle cómo le iba, en el que me explicaba que en breve se reuniría en Madrid con sus editores y no le hacía mucha gracia porque no tenía la novela encauzada. Me contestó a la llamada con voz seca, pero empecé a relatarle todo lo ocurrido con Cristina porque necesitaba desahogarme.

—¿Sabes? A veces pienso que hay gente que no debería tener hijos —dijo de repente, después de unos segundos de silencio—. No lo digo por tu amiga, por supuesto, es simplemente algo en lo que a veces he pensado —se excusó—. Hablo de esas situaciones en las que no puede ofrecérseles una buena vida.

—Pero les dan una. Y eso ya es una oportunidad —lo contradije.

—¿Y los niños cuyos padres son alcohólicos o drogadictos? ¿Y aquellos que no son amados por sus progenitores? ¿Los que son maltratados por ellos? Dime, ¿esas personas también deberían procrear? —escupió Isaac con rabia a través del teléfono.

—No es lo mismo... —Intenté hacerle ver mi perspectiva, un poco confundida por sus palabras—. Está claro que no eliges a la familia, y que se heredan muchas cosas de ella. Algunas no puedes cambiarlas. Pero otras, y sobre todo si son malas, puedes modificarlas con tus propias decisiones y emprender tu propio camino. —Me mantuve a la espera de lo que Isaac tuviera que decir, pero como guardó silencio proseguí—: A mí me gustaría tener hijos. Enseñarles experiencias positivas... Como la tía hizo conmigo.

—A mí no —intervino él con un tono grave—. Solo podría ofrecerles oscuridad.

—Eso no es verdad, Isaac. Y déjame decirte que esa autocompasión no te pega nada.

—Carolina... Hay demasiadas cosas que aún desconoces de mí.

«Pues permíteme conocerlas», pensé. Quería hacerlo. Deseaba tener a Isaac frente a mí en esos momentos para observar su rostro mientras hablaba sobre ese tema, intentar entender sus motivos y rechazos, descubrir qué había sucedido en su familia. ¿Algo relacionado con nuestra conversación?

Me moría de ganas de reflejarme en sus ojos y, sin meditarlo mucho, le pregunté:

—¿Tienes que hacer algo?

—¿Por...?

—¿Y si cenamos juntos? —inquirí con esperanza e ilusión.

El tintineo de su risa se abrió paso a través de la línea telefónica, inundando mis oídos. Cerré los ojos y supe que aquello tomaba unos derroteros más acordes con lo que Cristina insinuaba que con lo que yo misma me decía. Esperé con nerviosismo su respuesta, que tardaba más de lo que me habría gustado.

—Dame un rato. Te aviso, ¿vale? —aceptó al fin, y asentí una y otra vez, aunque no pudiera verme.

Ya había preparado la cena —una ensalada y una tortilla de patatas— cuando Isaac me envió un mensaje confirmándome que estaba listo. Su videollamada entrante me aceleró el corazón. Me di cuenta de que me ocurría cada vez que iba a contemplar sus ojos, aunque fuera a través de la pantalla.

—Hola, Carolina —me saludó, con la cabeza ladeada y aspecto fatigoso.

—¿Estás cansado? Si quieres lo dejamos para otro momento...

—No, qué va. —Se frotó los ojos y luego los abrió mucho,

como dispuesto a prestarme toda la atención posible—. Ya está. Es que anoche me la pasé despierto con un capítulo.

—¿Otro duro?

—No sabes lo jodido que era, el muy cabrón. Pero lo he terminado.

—Me alegro mucho —dije con sinceridad.

Durante las últimas semanas yo también me quedaba despierta hasta tarde porque me había enganchado totalmente a su novela de terror —aunque me daba miedo— y no había parado hasta terminarla.

—¿Qué has preparado hoy para cenar? —me preguntó, sacándome de mis pensamientos.

Sonreí y cogí el plato con la tortilla para mostrárselo.

—¿Y tú?

—¡Vaya! Hemos coincidido —repuso de manera inocente. Ladeó la pantalla y apareció una masa informe y algo quemada que me arrancó una carcajada—. Ya sé que no tiene una forma perfecta, pero la he hecho muy aprisa.

—Voy a tener que darte unas clases —bromeé.

—Te imagino en la cocina, medio desnuda, batiendo unos huevos y… Me desbordo, Carolina —confesó, y bajó la voz para pronunciar mi nombre.

Me froté un poco en la silla, apreciando el efecto que tenían en mí sus palabras.

—¿Medio desnuda y en la cocina? Una imagen un tanto machista, ¿no?

—No. —Movió la cabeza, poniéndose serio. Luego acercó los labios a la pantalla, hasta que solo pude verlos a ellos y su incipiente barba—. Porque yo estaría detrás de ti, ayudándote a batirlos. Y completamente desnudo.

—Vale… Vamos mejorando —opiné divertida, siguiéndole el juego.

Las tortillas se quedaron frías e intactas en los platos. Charlamos tanto que el tiempo transcurrió sin que fuéramos conscientes de ello. Isaac habló sobre filosofía, política, educación. Me transmitió con ojos brillantes el amor que sentía por las palabras. Me recitó frases de libros y versos que se sabía de memoria. Yo le tararee mi canción favorita de U2, *One Love*, y le confesé que había visto *Grease* al menos una docena de veces. Me pidió que le dijera algunas frases en italiano —yo tenía un nivel C1— y me correspondió soltando algo en vasco que no entendí y no quiso traducirme. Luego conversamos en inglés porque se empeñó en ello y me sorprendió su soltura. Le hablé de los meses de verano en que viajé a York para perfeccionar la lengua antes de terminar la carrera. Cuando mencioné Inglaterra, su gesto pareció cambiar, como si se oscureciera. Me quedé callada unos segundos, aturdida, pero enseguida esbozó una sonrisa y susurró con un tono sensual que le ponía mi acento al hablar inglés.

Sonreí muchísimo. Tanto que, cuando me fui a dormir avanzada la madrugada —no podría dormir ni cuatro horas—, me dolía la mandíbula. Pero era un dolor de esos que no te importa sentir.

A mediados de febrero le dieron la baja a Cristina. En cuanto me lo comunicó, me sentí triste. La oficina no iba a ser la misma sin mi amiga, pero, por otra parte, tenía que hacer lo mejor para ella y su futuro bebé. Justo ese fin de semana decidí visitarla. Me pasé por una floristería y le compré un ramo enorme. Mientras lo contemplaba en el metro de camino a su casa no pude dejar de pensar en la tía y en cuánto amaba las flores, en cómo hablaba con ellas porque aseguraba que la entendían y de esa forma las ayudaba a crecer más hermosas.

Fue Damián quien me recibió en la puerta con una gran sonrisa. Me dio un abrazo y luego me invitó a pasar. Se marchó a la cocina a por unas bebidas y me asomé al salón. Mi amiga reposaba en el sofá, con aspecto aburrido. Se le iluminaron los ojos en cuanto me vio y, emocionada, me agradeció las flores.

—El miércoles es el cumpleaños de Damián. ¿Y si te vienes a cenar? Así nos resarcimos por lo que ocurrió en el tuyo —me propuso.

—Claro que sí —asentí contenta—. ¿Traigo algo?

—Pues... —Estiró el cuello para asegurarse de que su marido seguía en la cocina y no nos oía—. A Damián le gusta mucho leer. He pensado que quizá podrías pedir a Isaac que te envíe alguno de sus libros firmado. Seguro que le encanta tener un libro con la dedicatoria del autor. Yo te lo pago.

—Eso está hecho. ¿Quieres alguno en especial? Solo me he leído dos, pero son geniales —comenté con emoción. Tardé unos segundos en apreciar la miradita que Cris me lanzaba—. Oye, hablo como lectora —me defendí, pero se limitó a esbozar una sonrisa pícara.

Me quedé un par de horas con ella, charlando sobre cómo le iba el embarazo y lo aburrida que estaba, a pesar de haber pasado solo unos días. Cuando regresé a mi piso, telefoneé a Isaac para pedirle alguno de sus libros.

—Es que tengo un cumpleaños, el del marido de mi amiga Cristina —lo informé—. ¿Podrías enviarme un ejemplar tuyo firmado? Te lo pagamos, claro.

—Por supuesto. Y no hace falta que me lo paguéis.

—¡Eh, eso sí que no! —exclamé, simulando estar enfurruñada—. Tenemos que darte de comer, ¿no?

Isaac se rio con suavidad al otro lado de la línea. Me parecía que, desde la última vez que nos habíamos visto, lo hacía mucho más. Y me gustaba. Me gustaba demasiado.

—¿Cuál quieres?

—Elige tú. Por cierto, tus historias son muy visuales, podrían hacer películas de ellas. El año pasado fui al cine a ver una peli basada en una trilogía de una escritora española.

—¿La del Baztán?

—¡Sí, esa! ¿Conoces cada libro con tan solo darte un pequeño detalle de ellos? —exclamé entre risas.

—Por supuesto. Y también puedo decirte cuál es con que me leas una frase cualquiera de entre sus páginas —me siguió la broma. Me encantaba cuando Isaac se tornaba más despreocupado.

El martes llegó la caja con puntualidad. Isaac se había molestado en envolver el libro en papel de regalo —o quizá lo había ayudado Izaskun—, de modo que no pude leer la dedicatoria. Había otro paquete con mi nombre en una etiqueta. Al abrirlo me encontré con una bufanda de colores y con aspecto de ser bien calentita. «Izaskun se ha empeñado en que te envíe esto. La ha hecho expresamente para ti. Espera que te guste. Ya le dije que yo habría preferido que te hiciera un picardías provocativo», leí en una nota. Solté una carcajada, sin saber muy bien si aquello era verdad o se lo había inventado. Quizá sí tenían ese grado de confianza y la mujer, a pesar de su edad, era bastante moderna. Como la tía. Suspiré al notar un pinchazo en el pecho.

Cuando el miércoles, durante la cena, Cristina y yo entregamos el regalo a Damián y este lo desenvolvió, esbozó una cara de sorpresa total.

—¡No puedo creérmelo! —exclamó al tiempo que contemplaba el libro con los ojos muy abiertos—. ¿De verdad lo conoces?

—No me digas que es tan famoso, porque él asegura que no —repliqué con una media sonrisa.

—Bueno, tiene su público, y eso es complicado en terror, fantasía y ciencia ficción en España. Lo sigo desde hace ya un par de años, pero hace más que publicó su primer libro. Es uno de relatos de fantasía que no he podido conseguir porque está descatalogado. Creo que a muchos de sus seguidores nos gustaría saber quién se esconde detrás de ese pseudónimo.

—Quizá algún día tengas la oportunidad de conocerlo —lo animé, consciente de que yo misma también me emocionaba al imaginar el posible escenario: Cristina, su marido, Isaac y yo en una cena.

En ese momento Cristina apareció con una tarta en la que había colocado unas velas con la edad de Damián. Este se levantó de inmediato para ayudarla.

—Felicidades, cariño —le dijo Cris, y posó un suave beso en sus labios.

Sonreí, pero aparté la mirada unos segundos. Me habría gustado que Isaac estuviera allí con nosotros. Y entonces, justo en el instante en que Damián soplaba sus velas y pedía un deseo en silencio tal como Cristina le había sugerido, me acordé de algo.

El cumpleaños de Isaac. Casi a finales de ese mes.

Y se me ocurrió una idea algo descabellada pero que, al mismo tiempo, me provocaba una gran ilusión. Una idea que me demostraba que Isaac era más importante para mí de lo que me empeñaba en creer. Pero la primera noche en su casa, acurrucada en su cama, yo ya había empezado a fluir. Y si yo misma le había dicho que teníamos que hacer las cosas, incluso con miedo... Pues las haría.

4

Con disimulo, pregunté a Isaac si iba a celebrar su cumpleaños. Caía en jueves, por lo que intenté indagar si ese fin de semana tenía algún plan. Me contestó que hacía mucho que no preparaba nada porque algunos lo pillaban viajando y otros, simplemente, no le apetecía. Para él, cumplir años no era ningún evento especial. De modo que me propuse que ese año sí lo fuera. Había pensado en ir a Irún el sábado bien temprano, justo dos días después de su cumple, para darle una sorpresa. No sabía cómo se lo tomaría, pero la ilusión era mayor que el temor. Tan solo podría quedarme el sábado y la mañana del domingo, pero no me importaba. Estaba bien cometer alguna locurilla de vez en cuando para alterar un poquito la rutina.

Quería comprarle un regalo, pero no se me ocurría nada. Él solía escuchar la música a través de Spotify, donde tenía una suscripción, y de esa manera podía acceder también desde el móvil, por lo que un CD sobraba. Ya le había regalado la libreta para cuando le llegara la inspiración, así que de cogerle otra cosa relacionada con la escritura me tildaría de poco original. En cuanto a libros, me parecía algo muy personal. De manera que envié mensajes a Cristina y a Daniela. La primera, con su sarcasmo habitual, me respondió que un conjunto sexy de ropa interior sería lo que más agradecería él. Dani, en cambio, me preguntó en una videollamada qué le gustaba aparte de la música, escribir y viajar.

—Las series —respondí, tras pensarlo.

—Seguro que hay alguna de la que es un ferviente seguidor.

—Me comentó que estaba enganchado a *Juego de Tronos* —recordé.

—¡Como Oliver! —exclamó emocionada—. Dame un momento —me pidió, y se puso a trastear por la red hasta dar con un Monopoly de la serie.

Me preocupaba no recibirlo a tiempo, pero, por suerte, el producto estaba en *prime* y me llegó en un par de días. La tarde del viernes me acerqué a casa de Cristina, pues me había enviado un mensaje en el que me rogaba que fuera a verla antes de marcharme. Sabía que lo que le pasaba era que se sentía sola porque Damián trabajaba.

—Mira, esto es lo que le he comprado —le dije con una enorme sonrisa, y saqué de una bolsa la caja del Monopoly. Esa noche pensaba envolverlo con esmero—. Ayer le mandé un mensaje para felicitarlo y me contestó con un simple gracias. Es que no le gustan los cumpleaños. Pero va a tener que aguantarse, porque este año lo disfrutará. Te lo aseguro yo —solté a toda prisa, emocionada.

Mi amiga fingió que miraba el juego, pero enseguida me preguntó:

—¿Habéis hablado sobre lo vuestro?

—No hay nada de lo que hablar, Cris —respondí suspirando. Metí el regalo en la bolsa y me recosté en el sofá—. Tengo claro que esto será algo pasajero y ya está. Algún día se marchará a dar la vuelta al mundo y me olvidará. Las cosas funcionan así, y ya somos adultos. De momento quiero disfrutar porque me siento bien a su lado.

—Y ya que las cosas funcionan así, como tú dices, te dolerá cuando se vaya —replicó observándome con insistencia—. Ya has sufrido bastante en la vida, Carol.

—También se puede sufrir por no haber hecho o no haber vivido algo. Y yo prefiero que duela habiéndolo hecho o vivido.

Pero también había algo más, y era que me notaba exactamente como Baby en *Dirty Dancing* cuando le dice a Johnny que tiene miedo de salir del dormitorio del chico y no sentirse el resto de su vida tal como se siente cuando está con él. Eso me ocurría a mí: que Isaac, incluso con su mal humor del principio, sus respuestas bruscas y su hermetismo, es decir, con sus cosas buenas y malas, me había despertado. Había traído de vuelta a la Carolina a la que tanto querían la tía y mi viejo amigo. Y aquella que se quería a sí misma y a la vida.

—Yo solo me preocupo por ti, Carol —murmuró Cristina, y alargó un brazo para cogerme la mano—. Me gustaría que todo te fuera bien.

—Gracias, mami —contesté poniendo los ojos en blanco de broma—. No, en serio. Lo sé. Pero no debes preocuparte. En el momento en que notara que me duele o creyera que no podría soportarlo… entonces lo detendría.

Cristina guardó silencio apretándome los dedos, y luego me preguntó si ya había comprado condones y ambas nos reímos a carcajadas hasta que le dio flato. Me llevó la mano a su barriga abultada y me emocioné al apreciar la vida que crecía allí dentro de manera tan mágica.

Esa noche me costó pegar ojo y no oí la alarma a primera hora de la mañana. Así que tuve que ducharme a toda prisa, me vestí con lo primero que pillé y me lancé a la calle con una pequeña bolsa de viaje para coger un taxi en dirección a la estación. Había buscado por activa y por pasiva algún vuelo, pero no iban directos y encima costaban un ojo de la cara. Aunque el avión era rápido, por supuesto, prefería no gastarme más de doscientos euros para solo dos días. Tenía por delante casi siete horas de viaje, pero a medio trayecto caí rendida debido a no haber dormido apenas. Cuando desperté, tan solo quedaba media hora para llegar a Irún y el corazón me saltó en el pecho. Eché una ojeada al móvil y descubrí un whatsapp de Isaac, con lo que el pulso se me aceleró. Era una foto de una enorme tarta de la que todavía quedaba la mitad. «La ha hecho Izaskun. ¿Crees que puedo comerme esto yo solo? Y mira que ayer ya nos empachamos casi», decía el mensaje. Al menos contaba con la seguridad de que estaba en casa. No pude evitar esbozar una sonrisa al imaginarme compartiéndola con él, y me pregunté qué cara pondría cuando abriera la puerta y me encontrara allí plantada. ¿Debía gritarle «¡Sorpresa!» o eso le resultaría incómodo dado que, en ocasiones, era tan sosainas?

Una vez que pisé la estación de Irún, el mundo se me cayó a los pies. Llovía a mares, y a mí ni se me había pasado por la cabeza coger un paraguas. Sopesé telefonear a Isaac, pero me parecía que de esa forma la sorpresa no tendría el mismo impacto. Cogí aire, puse dentro de la bolsa de viaje la de plástico en la que llevaba el regalo y eché a andar soltando un par de maldiciones. Las gruesas gotas me golpearon en la cara con inusitada fuerza y se me escapó un gritito mientras esquivaba unos cuantos charcos.

De camino a casa de Isaac me perdí, a pesar de que pensaba que sería capaz de localizarla a la perfección. No obstante, la lluvia era tan intensa que apenas lograba ver unos pasos más allá. Tuve que preguntar a un par de personas que, por suerte, me dieron unas indicaciones precisas de manera muy amable.

Cuando divisé su barrio y me interné en su calle, el corazón se me aceleró. Me planté ante la puerta y tomé y solté el aire un par de veces para tranquilizarme. En esos instantes estaba entrándome algo de miedo, aparte de que los nervios me recorrían el estómago sin darme tregua. Sin embargo, al llamar nadie abrió. Había dado por hecho que estaría en casa terminando la novela. ¿Y si al final había quedado con alguien, como su amigo Ander? Me volví hacia la puerta de Izaskun y me refugié debajo de la cornisa. Pocos segundos después de tocar el timbre, la mujer me abría y se llevaba una mano a la boca.

—*Kaixo!* —Me echó un vistazo de arriba abajo y exclamó—: ¡Madre mía, estás empapada!

Me llevé una mano al pelo y aprecié lo mucho que goteaba. Si de esa no pillaba una gripe, me hacía inmune para siempre. La anciana deslizó los ojos hasta mi cuello, donde se topó con la bufanda que me había tejido. Dibujó una sonrisa tierna. Ladeó el cuello y gritó hacia el interior de la casa:

—¡Isaac, ven!

Las hormiguitas de mi estómago caminaron con más ímpetu. El corazón me latía a mil por hora. Enseguida apareció Isaac, quien esbozó un gesto de sorpresa. Dibujé una sonrisa temblorosa y, como él no decía nada, pregunté a la anciana:

—¿Cómo se dice «Feliz cumpleaños»? —Ella se arrimó a mi oído para chivármelo. Alcé el rostro hacia Isaac y le susurré, con voz trémula—: *Zorionak.*

Esperé en silencio, hasta que noté que el ambiente se enrarecía. Isaac no apartaba los enormes ojos de mí, pero no abría la boca. Apretó los labios, y los huesos de su mandíbula se tensaron. Estaba haciéndose realidad lo que me había preocupado y había intentado ignorar: que a Isaac no le hacía ninguna gracia que me hubiera plantado allí sin previo aviso.

Y sin soltar ni mu y ni siquiera rozarme, pasó por mi lado y, antes de que pudiera darme la vuelta, oí que se cerraba la puerta de su casa. Me quedé estupefacta, seguramente con el desconcierto pintado en el rostro. Para ser sincera, experimenté unas cuantas emociones en tan solo unos segundos: cabreo, desilusión, tristeza. La anciana no sabía qué decir, y me miró con una sonrisa dulce y con ojos amables y comprensivos.

—No le ha gustado la sorpresa —susurré sin pestañear—. Debería irme, ¿no? No pinto nada aquí.

—¡No, no! —exclamó ella de inmediato, haciendo aspavientos con las manos. Me cogió la bolsa de viaje y me instó a que pasara a su casa. Negué con la cabeza, y me mordí los labios para que no se me saltaran las lágrimas—. ¡Venga, entra! Que te vas a resfriar. Es que Isaac es a veces un *txoriburu.* —Se echó a reír cuando le dediqué una mirada de incomprensión—. Significa que hace las cosas sin pensar —me explicó.

Una agradable calidez se filtró por mi abrigo empapado cuando pasé al interior de la casa. Mi ropa y mi cabello goteaban, y estaba mojándole el suelo a la pobre mujer. No obstante, no pareció importarle porque me encaminó hacia el salón y señaló la chimenea, que se encontraba encendida. Me acerqué y dejé caer la bolsa al suelo. Me incliné hacia delante, apoyando las manos en las rodillas, y el calor del fuego acarició mi cara. Cerré los ojos, agradecida. De repente me entró un enorme cansancio y, por unos segundos, deseé no haber sido tan impulsiva y no haber viajado hasta allí. Había creído que, a pesar de su carácter, mi sorpresa agradaría a Isaac. Menuda estúpida. Me había dejado claro que tan solo me buscaba cuando le apetecía. Pues le podían dar bien por saco. Izaskun me sacó del ensimismamiento con unos toquecitos en el hombro.

—Sígueme y te llevo al cuarto de baño, ¿vale? Y así te cambias, que vas a pillar una pulmonía.

La casa de Izaskun era más grande que la de Isaac, aunque también bastante modesta. Los muebles eran oscuros y antiguos y, a pesar de ello, desprendían calidez. En el cuarto de baño había una bañera en la que deseé meterme.

—¿Te apetece? —me preguntó con una sonrisa pilla. Al parecer, era muy observadora.

—No quiero causarle molestias...

—¡Ninguna, hija! Venga, mientras te quitas esa ropa, se llena.

Salió del cuarto de baño sin darme opción a replicar. Regresó con dos toallas gruesas que desprendían un intenso pero atrayente aroma a suavizante.

—Cuando termines, vente para el salón que estaremos más calentitas. ¡Y charlamos un poquito y nos comemos un dulce!

Diez minutos después me encontraba estirada en la bañera. El cuerpo, que se me había congelado durante el camino, poco a poco se me calentó hasta provocarme una sensación de lo más placentera. Me habría quedado bastante más, pues hacía mucho que no me daba un baño, pero no quería abusar de la hospitalidad de Izaskun. Además, ciertamente yo no pintaba nada allí si no estaba Isaac. Al pensar en él, me entró un fuerte cabreo unido a una gran decepción. «Estúpido, capullo, antipático...», pensé.

Cuando salí, vestida con unos vaqueros y un jersey grueso, Izaskun se encontraba sentada a la mesa con un enorme pastel frente a ella que tenía una pinta estupenda. A pesar de lo que había ocurrido, el estómago me rugió y la mujer se apresuró a servirme. Decidí olvidarme del gilipuertas de Isaac durante un ratito y le di un buen mordisco al dulce.

—¿Te gusta? Se llama *pantxineta*. Es típico de San Sebastián. Lleva hojaldre y almendras, y está relleno de crema. —Señaló el plato, en el que todavía me quedaba un trozo—. ¿Te pongo más?

No me dejó responder y me puso otro pedazo enorme. Justo en ese momento noté un golpe en el tobillo y me topé con Ágata, que me miraba con sus ojazos. Entreabrió la boca y soltó un suave maullido. Luego cerró los ojos y volvió a frotarse en mi pierna.

—Le gustas a la tontita esta —dijo Izaskun, entre risitas—. Y aunque parezca cariñosa, no lo es, ¿eh? A mi hijo mayor le tiene una rabia... Pero mira, tú le has caído bien. Igual que Isaac. Bueno, de Isaac está enamorada perdida...

—Pues pobrecita —murmuré sarcástica, y mordí el pastel con rabia. Izaskun soltó una risita.

—Sí, ya sé lo que piensas. Y no te quito razón, porque en ocasiones Isaac es un joven desconcertante. Me costó muchísimo que se abriera a mí, pero poco a poco lo hizo. Carga con un gran lastre, hija.

Izaskun observó mi reacción con sus grandes ojos. Aparté la mirada, todavía enfadada. Vale, podía ser que la vida de Isaac no hubiera sido fácil. Pero si no me había contado nada, ¿cómo iba a entenderlo? ¿Por qué debía seguir dándole oportunidades si él no me las ofrecía?

—Estoy segura de que le ha gustado que hayas venido hasta aquí, lo que pasa es que para él habrá sido un choque tremendo. No está acostumbrado a estas cosas, ¿sabes, cariño? Esto significa que alguien se preocupa por él, y le supone un reto. Puede parecerte extraño, pero...

—La verdad es que no sé nada —comenté sacudiendo la cabeza con tristeza.

—Entiendo que te resulte complicado. Y sé que la vida es muy corta para perder el tiempo. Pero... si esperas un poquito más... —La mujer apoyó su arrugada mano sobre la mía—. Seguro que se abre a ti. En realidad, ya lo ha hecho, aunque tú no seas consciente de ello. Yo, que lo he visto en sus peores momentos, te aseguro que sí. Antes podía pasarse semanas sin salir de su casa para escribir y escribir. No se relacionaba con nadie más que con Ágata y conmigo, y como mucho con su amigo Ander y sus editores. Y entonces, cuando ya no aguantaba más, cogía una mochila con cuatro cosas y se iba por el mundo. Y, aunque siempre lo ha negado, se marchaba para no encontrarse consigo mismo entre esas cuatro paredes.

Dejé el tenedor en el plato y miré el resto del dulce que me quedaba. Izaskun parecía saber muchas cosas de Isaac, lograba entenderlo... y yo también quería hacerlo. Es más: lo necesitaba.

—Me habla de ti, ¿sabes, cariño? Me habla de ti con unos ojos que nunca le he visto —continuó la anciana, y alcé la cabeza sorprendida y la observé con el pulso retumbándome—. Nunca me ha hablado de ninguna otra mujer. Eso debe de significar algo, ¿no? No es que sea experta en el amor, pues solo estuve con mi difunto marido. Pobre, que en paz descanse, lo bueno que era... En fin, que me voy por las ramas. Que hasta yo me he dado cuenta de que eres especial para él. Y eso le cuesta. En su mundo solo había unas pocas personas y ahora tiene que dejarte hueco a ti también... y tú no requieres de uno pequeño, cariño. Ni uno igual al mío, por ejemplo.

El corazón me palpitó de una forma extraña en el pecho, como a trompicones. Justo en ese momento llamaron a la puerta y di un brinco en la silla. Izaskun me lanzó una mirada emocionada y se fue a abrir a una velocidad que jamás habría imaginado en una anciana. Oculté las manos bajo la mesa porque me temblaban. Segundos después, aprecié su presencia a mi espalda sin tener que volverme. Su aroma llegó hasta mí, causándome un retortijón nervioso en el estómago. Notaba su mirada clavada en mi nuca.

—Voy a la cocina y preparo unos cafés calientes —dijo Izaskun, y nos dejó solos.

Me mantuve de espaldas a él, observando las migas del dulce con un nudo doloroso en la garganta. Le había dicho a Cristina tan solo un día antes que, en cuanto me doliera, saldría por patas. Y, sin embargo, no quería marcharme. Deseaba escuchar lo que Isaac tuviera que decirme.

—Carolina… —murmuró con su voz grave.

Me puse recta, con los hombros a la defensiva, todavía sin darme la vuelta.

Entonces él rodeó la mesa y se colocó frente a mí. Vi sus brazos, colgándole a los costados, y sus dedos moviéndose nerviosos. Fui subiendo con la mirada hasta alcanzar su cuello, donde la marcada nuez le bailó. Mi cuerpo se desperezó al contemplar su barbilla, sus labios carnosos. Mi piel despertó en cuanto divisé su nariz y sus mejillas sonrosadas. Y mi pecho explotó al encontrarse con sus grandes ojos, que me observaban como un mar embravecido en el que anhelaba hundirme y nadar. Parecía avergonzado e inquieto, pero me mostré muy seria y un poco enfadada.

—Si no quieres que esté aquí, dímelo y me largo —le solté a bocajarro.

Isaac carraspeó, me miró fijamente y, a continuación, negó con la cabeza.

—¿Por qué coño te has marchado de esa manera? —lo ataqué, y me levanté de la mesa para hablarle a su altura—. ¿Tanto te ha jodido que viniera? ¡Vamos, dilo! —Mi voz estaba cargada de rabia, pero también de desilusión—. Creí que te gustaría, que sería una bonita sorpresa. Pero por lo visto a ti lo único que te parece bien es que nos veamos cuando te apetece. Cuando necesitas desahogarte o requieres de información para la novela o te aburres, ¿no?

—No, no es eso. De verdad que no…

Me asombró que se le trabaran las palabras, a pesar de ser un mago de ellas.

—Quizá tendría que haberte avisado, pero quería sorprenderte. Es lo que hacen los amigos, ¿sabes? —dije, desinflándome al reflejarme en sus ojos culpables.

—Y me ha sorprendido, Carolina. Me ha sorprendido tanto que…

—¡¿Qué?! —exclamé con los brazos abiertos.

Isaac me miró con tiento, con su pecho subiendo y bajando. Tragué saliva y noté el pastel pesado en mi estómago.

—He sentido miedo —respondió en voz muy baja.

—¿Miedo?

—Sí —contestó, y asintió con la cabeza despacio.

Estaba a punto de preguntarle de qué tenía miedo y asegurarle que yo también lo tenía, pero justo en ese momento Izaskun apareció portando una bandeja con tres tazas y un azucarero. Nos estudió a ambos, que habíamos enmudecido, y nos dedicó una sonrisa amable.

—Venga, vamos a tomarnos esto que está bien calentito.

Obedecí para no resultar una maleducada, pero Isaac no movió ni un solo músculo y continuó observándome con gravedad. Izaskun ladeó la cabeza hacia él y arqueó una ceja.

—¿Y tú qué? ¿Te quedas o te vas?

Isaac parpadeó, y fue como si saliera de una burbuja. Se sentó lentamente, sin apartar su mirada de la mía. Una muy intensa. Esa que, en algunas ocasiones, parecía que me confesaba que era importante, especial. Izaskun también se dio cuenta y, en cuanto él se distrajo sirviéndose un poco de azúcar, ladeó la cabeza hacia mí y me guiñó un ojo como diciéndome: «¿Ves? Yo estaba en lo cierto. Aquí lo tienes».

5

Como solo había comido los trozos de pastel que Izaskun me había puesto, no rechacé su oferta de quedarnos a cenar. Habíamos pasado la tarde escuchándola hablar sobre la Guerra Civil, en la que perdió a un hermano. Su voz estaba teñida de una gran pena, y los ojos se me llenaron de lágrimas mientras nos contaba su infancia con ese chico que murió tan joven. No pude evitar acordarme de Gabriel y el estómago se me encogió.

—Era muy bueno, ¿sabéis? Solo quería proteger a su familia de lo que creía que se avecinaba. Yo solo tenía seis años cuando se marchó y siete cuando nos dieron la noticia de que había muerto. Siempre me sonreía, eso lo recuerdo muy bien a pesar de ser tan pequeña.

Izaskun se enjugó las lágrimas con una servilleta y, en ese momento, Isaac alargó una mano y le cogió la suya. Izaskun lo miró agradecida, y supe lo mucho que él apreciaba a esa mujer. «Eres frío y fuego a la vez, Isaac. Eres luz y oscuridad, tal como me dijiste», pensé contemplando sus manos unidas.

Cenamos muy temprano, pero como estaba hambrienta, las lubinas al horno que Izaskun cocinó me supieron a gloria. Mientras la ayudaba a fregar los platos, la anciana me preguntó si prefería quedarme esa noche allí.

—No es por nada, ¿eh? En verdad, seguro que Isaac quiere que te vayas con él.

—Sí, creo que es lo mejor. Me gustaría hablar con él.

Así que, quince minutos después, cuando daban las nueve

menos cuarto de la noche, Isaac y yo cruzamos la calle a toda prisa para resguardarnos de la lluvia que continuaba cayendo sin piedad. Encendió las luces del comedor y del pasillo, y me indicó con un gesto la dirección de su dormitorio para que dejara mi bolsa de viaje.

—Llevo tu regalo —le dije un poco nerviosa—. No sé si quieres abrirlo...

—Sí, claro que sí —respondió.

Saqué la bolsa de plástico de la de viaje y se la tendí. Isaac la tomó entre sus manos y la observó con el ceño fruncido, entre sorprendido y confuso, como si fuera la primera vez que veía un regalo de cumpleaños. Se sentó en una silla y tomé asiento frente a él, estudiando todos sus gestos mientras lo desenvolvía de manera delicada. Se le dibujó una pequeña sonrisa al descubrir de qué se trataba.

—Si no te gusta, puedo devolverlo...

—¿Cómo no va a gustarme? —Se quedó pensativo unos segundos y luego susurró—: «Las cosas que amamos siempre acaban por destruirnos».

Lo contemplé con los ojos muy abiertos, intentando entender lo que pretendía decirme. Isaac alzó la barbilla y, cuando nuestras miradas se cruzaron, volvió a sonreír.

—Es una frase de la serie. ¿Quieres jugar? —Dio unos toquecitos en la caja con los dedos.

—Nunca he sido muy buena en el Monopoly —reconocí, sin poder dejar de pensar en lo que había dicho. Una frase de la serie, vale. Pero ¿con segundas intenciones o qué? Ese fin de semana Isaac iba a volverme loca.

Él ya había abierto la caja, y estaba sacando el tablero y los paquetes con las tarjetas y las figuritas. Lo miró todo con asombro y admiración. Por su semblante iluminado como el de un chiquillo, comprendí que le gustaba. Y mucho.

—Está genial —musitó, y distribuyó los objetos por la mesa—. Mira, en lugar de casas y hoteles hay aldeas y torreones. Y se compran y venden lugares de la serie —comentó paseando la mirada por el tablero.

No sabía si me hablaba del juego porque quería evitar

la conversación pendiente o porque ciertamente le gustaba mucho.

—Entonces no voy a enterarme de nada —comenté, y me encogí de hombros.

Sin embargo, a medida que los minutos fueron transcurriendo, noté que me lo pasaba bien. En especial, porque a mitad del juego estaba ganando a Isaac y él se mostraba muy competitivo, algo que me divertía.

—¿Sabes lo que me dijo mi tía cuando me mudé a Barcelona? —solté de repente mientras atravesaba una vez más la casilla de salida y recibía mi dinero. Puesto que Isaac no contestaba, alcé la cara del tablero y descubrí que ya me miraba con atención, como todas esas veces en las que parecía importarle lo que tuviera que decirle—. Sus palabras exactas fueron: «Carolina, tesoro, acuérdate de esto: lo importante no es el lugar donde vivimos. Lo importante es sentir que en el corazón de otra persona hay un hogar para ti». He pensado en sus palabras al ver cómo te relacionas con Izaskun. La verdad es que es una mujer muy especial y me recuerda a mi tía. Y entiendo que te sientas bien con ella. Creo que es porque sabes que te cedió un hueco en su corazón de manera incondicional, sin presiones, sin preguntas. Después de todos tus viajes, cuando regresas aquí tienes un hogar.

Isaac deslizó los ojos por mi rostro hasta alcanzar mis labios, donde los dejó unos segundos de más. Y, aunque no contestó porque quizá ni él mismo lo sabía, yo sí sabía que tenía razón. Cogí la botella de vino que él había sacado para tomárnosla mientras jugábamos y me serví un poco más. Bebí unos sorbitos sin dejar de observarlo. Isaac fingía estudiar el tablero, pero yo tenía claro que estaba dando vueltas a mis palabras. Me incliné hacia delante, todavía con la copa en la mano, dispuesta a preguntarle lo que no había podido horas antes debido a la interrupción de Izaskun. Isaac se tensó y, como si supiera que se avecinaba uno de esos momentos que trataba de evitar a toda costa, echó hacia atrás la silla y dijo, con voz ronca:

—Se ha hecho tarde y estarás cansada. ¿Por qué no nos acostamos?

Me levanté al mismo tiempo que él y lo ayudé a guardar todas las cosas del juego, que se había quedado a medias. Cuando metió la caja en la bolsa de plástico, me arrimé y me coloqué muy cerca de él, tanto que aspiré el aroma de su piel. Isaac agachó la cabeza y me dedicó una mirada contrariada. Entonces empecé a hablar muy bajito.

—Nunca te pido explicaciones, pero ahora me apetece que me des alguna. A lo mejor piensas que no tienes por qué dármelas ya que no somos nada. Aun así, en primer lugar, creo que somos amigos. Tú mismo lo dijiste. Y es eso lo que hacen los amigos, ¿no? En segundo lugar, he venido hasta aquí porque consideraba que te merecías un cumpleaños bonito. No sé si te lo habrá parecido, pero bueno, al menos lo he intentado. —Me frené para coger aire y él separó los labios, pero volvió a juntarlos al darse cuenta de que iba a continuar—. Tú viniste dos veces a Barcelona y quería ser yo quien te sorprendiera esta vez. Antes me has dicho que has sentido miedo. ¿Por qué, leches? —Esbocé una sonrisa que procuraba ser tranquilizadora, aunque estaba un poco nerviosa.

Isaac se pasó la lengua por los labios agrietados. Le tendí la copa de vino y se bebió lo que quedaba de un trago. Lo insté a que hablara con un movimiento de cejas.

—He sentido miedo porque al verte en casa de Izaskun de repente he sido consciente de que podría acostumbrarme a que sucediera esto cada año.

—¿El qué? —Fruncí el ceño, aturdida.

—Celebrar mi cumpleaños contigo, Carolina —confesó, y en su voz aprecié un matiz tembloroso.

El corazón se me arrugó como una bolita de papel. Noté una emoción inusitada, una chispita de luz, pero enseguida me llené de desmoralización.

—Ya. —Asentí un par de veces mientras no apartaba los ojos de los míos. Apoyé las manos en las caderas—. Y como tú quieres ser libre por el mundo, esto no te vendría nada bien, ¿a que no? Pero no te preocupes, Isaac. Puedo mandarte regalitos allí donde estés —añadí, y soné mucho más mordaz de lo que pretendía y él sacudió la cabeza, un tanto molesto.

—No es tan sencillo. Tal vez para ti sí.

—Oh, no, querido. Eso es lo que te parece a ti, o lo que tú crees, que todo es sumamente complicado para ti y jodidamente fácil para los demás. Pues te equivocas. Lo que pasa es que tienes un miedo atroz a que te duela.

—Puede ser. ¿Y qué? —me contestó a la defensiva, aunque mucho menos combativo que meses atrás, como si su hielo estuviera derritiéndose, como si su escudo ya se hubiera abollado un poco.

—Joder, eres un cobarde.

Sonreí, aunque un poco triste.

—Quizá tú seas demasiado valiente.

—Qué va, Isaac. Solo soy una chica que también tiene miedo, pero que sabe que la vida está llena de días, horas y semanas que no significan nada y que, en cambio, hay momentos que lo son todo.

Nos miramos durante un buen rato, retándonos el uno al otro. «Dime que te importo, vamos. Solo eso. No necesito un "Te quiero"», susurró una voz en mi cabeza. Sin embargo, lo que Isaac hizo fue levantar un brazo y posar una mano en mi mejilla. Me la acarició con mucha delicadeza, y me permití disfrutarla unos instantes y, después, me aparté.

—Voy a dormir.

Isaac abrió la boca como para decirme algo, pero al final optó por callarse. Le sonreí como diciéndole: «¿Ves? Yo no soy la valiente, quizá es que tú eres demasiado cobarde».

—¿Me acuesto aquí en el sofá? —le pregunté señalándoselo.

—Claro que no. Descansarás más en el dormitorio.

Asentí y lo dejé en el salón, con las manos en los bolsillos y gesto pensativo. Una vez en su habitación, me desvestí a toda prisa porque hacía un frío de mil demonios, y me enfundé un pijama bien gordo y calentito. Me metí en la cama y di unas cuantas vueltas tratando de encontrar la postura más cómoda, pero no había manera. Por mi cabeza rondaban un sinfín de asuntos que me preocupaban: el embarazo de Cristina, la venta de las propiedades de la tía, el vacío que había notado en el pecho cuando Izaskun había hablado de su hermano y eso me había recordado a Gabriel. Isaac y sus extrañas reacciones. Isaac y sus palabras desconcertantes. Isaac y su mirada intentando decirme muchas cosas que, finalmente, no me alcanzaban. Isaac y el misterio que lo rodeaba. Isaac... y yo.

No supe cuánto tiempo había pasado, pero tenía claro que esa noche no iba a conciliar el sueño. No al menos allí sola, con una cama que se me antojaba enorme, a pesar de su pequeño tamaño. Tras las preocupaciones, los pensamientos iniciales sobre Isaac habían derivado a otros mucho más íntimos. Íntimos de sensuales. De sexis. De calientes. Porque así me sentía. Hambrienta de Isaac, como de costumbre. Nuestras mentes no siempre conectaban, pero sí nuestros cuerpos, y no conseguía ignorarlo.

Cuando ya no aguanté más, aparté las mantas a patadas y salí de la cama. No me había llevado calcetines porque no dormía cómoda con ellos, pero apenas fui consciente de lo helado que estaba el suelo. Abrí la puerta y caminé descalza y silenciosa hacia el salón, de donde provenía una diminuta luz titilante. Al parecer, Isaac también continuaba despierto. Me asomé con cautela y lo descubrí frente al portátil acariciando las teclas, pero sin escribir nada. Deseé que me acariciara a mí de esa manera y que creara hermosas historias en mi piel. Del ordenador salía una suave música que al poco reconocí porque tiempo atrás yo había escuchado bastante a ese grupo: Florence + The Machine, además con una de sus canciones más tristes, *Wish That You Were Here*. Me cogí al marco de la puerta, intentando controlar mi corazón palpitante, controlarme a mí misma. «*And I never minded being on my own. Then something broke in me and I wanted to go home to be where you are. But ever closer to you, you seem so very far.*» («Nunca me importó estar sola. Entonces algo se rompió dentro de mí y quise ir a casa para estar donde tú estás. Pero incluso cerca de ti, pareces estar muy lejos.»)

Isaac se rascó la barbilla, luego se frotó la frente y los ojos y se cubrió la cara con las manos. Lo oí suspirar frustrado desde donde me encontraba. Algo se rompió dentro de mí también al verlo de esa forma que nunca se atrevía a mostrarme. Pero a ese Isaac también lo deseaba, quizá incluso más. Así que tomé aire y abandoné el quicio de la puerta para dirigirme hacia él.

—Es un poco melancólica esa canción —le susurré.

Esa vez no hizo amago de bajar la pantalla como en aquella ocasión en La Puebla. En realidad, tampoco había nada que ver pues, en lugar del Word, tenía abiertas unas cuantas ventanas sobre viajes. El pecho me dolió, pero no me importó. Isaac apartó el rostro del portátil y me miró con expresión entre confundida y abatida. Me arrimé más y, como si hubiera estado planeado, abrió los brazos y yo también lo rodeé con los míos. Su cabeza reposó en mi vientre, provocándome una apabullante oleada de ternura.

—Gracias.

—¿Por qué? —inquirí aturdida.

—Has venido aquí para pasar solo un día. ¿Quién cojones hace eso? —preguntó sorprendido y, al mismo tiempo, un poco molesto, me pareció, como si pensara que no era justo que yo le diera tanto si él no podía...

—Alguien que aprecia a otra persona —le dije a la defensiva—. Vamos, ahora dime que no debo apreciarte tampoco.

Se apartó un poco para alzar el mentón y mirarme. Mi pulso latía como un animal salvaje.

—Quiero que lo hagas, Carolina. Quiero que me aprecies —afirmó, y sostuvo mi mirada con una especie de vulnerabilidad dolorosa.

Sus manos descendieron por la parte baja de mi espalda, rozaron mis nalgas arrancándome un tenue suspiro y luego se posaron en mis muslos. Me los acarició con suavidad, sin dejar de mirarme. Hice lo mismo con su frente, su nariz, sus labios, que me encantaban. Me besó en la punta del índice de manera fugaz. En silencio, llevé mis manos hasta el borde de mi camiseta del pijama y me la quité. Las pupilas de Isaac se dilataron al contemplar mis senos desnudos. A continuación, me bajé los pantalones despacio, alcé un pie y después el otro. Por su mirada, adiviné que me necesitaba. Y yo a él.

En un movimiento rápido, me sentó a horcajadas sobre sus piernas. Cuando su sexo se rozó con el mío, eché la cabeza hacia atrás y gemí sin control.

—Carolina... —jadeó.

Balanceé las caderas hacia delante y luego hacia atrás. Sus manos recorrieron mis muslos hasta alcanzar mis nalgas, que me apretó con fuerza.

—No sé si...

—Calla.

—Pero... ¿quieres? —me preguntó dudoso.

Le tapé la boca con una mano y me moví un poco más rápido, con lo que pude notar mejor su erección.

—Claro que me apetece.

Esa afirmación bastó para que se lanzara hacia mi boca, y todas las emociones contenidas en mi piel se desataran. Le desabroché los vaqueros, pues él todavía no se había cambiado, mientras nuestras lenguas se enredaban la una en la otra. Alzó un poco el trasero para ayudarme a bajarle los pantalones. Sujeté su miembro y fui consciente, por primera vez en todo ese tiempo, de que era grande y suave pero también duro. Por mí. Solo por mí. Una de sus manos se coló por entre mis braguitas y, con un simple roce, se adueñaron de mí cientos de sensaciones. Lo besé con más ganas, a la vez que lo tocaba. Isaac gruñó en mi boca, y moví la mano de arriba abajo, completamente excitada. Lo masturbé despacio, mientras él hacía lo propio en el hueco húmedo y cálido entre mis muslos. Entonces dejó de besarme y aspiró en mi cuello, para luego suspirar.

—Me encanta tu olor —susurró contra mi piel.

—¿Y a qué huelo? —le pregunté medio en broma, medio en serio.

Volvió a hundir la nariz en mi cuello y fue ascendiendo hasta mi cabello, donde enterró una mano. Docenas de alas se abrieron paso en mi estómago. La cercanía y las caricias de Isaac ya no solo despertaban anhelo y deseo en mí, sino también una apacibilidad infinita.

—Hueles a limón. Pero también a besos... y a abrazos. Hueles a mis momentos favoritos. También me gusta tu sabor.

—¿A lubina? —bromeé con el corazón a mil por hora.

—Sabes como un amanecer. —Calló unos segundos para besarme de nuevo y me aferré a él con más fuerza para que no acabara—. Sabes como siempre he querido que supieran mis labios y mi lengua.

¿Por qué me decía todas esas cosas justo en momentos como esos? ¿Solo se debía a la excitación? ¿O a algo más... que le daba miedo? ¿Se servía de su faceta de escritor?

—Eh, ¿en qué piensas? —me preguntó zarandeándome con suavidad.

Le sonreí y solté un suspiro.

—En que eso no vale —respondí en voz baja, aunque lo que pensaba en realidad era algo muy distinto: «No me digas esas cosas, Isaac. No quiero salir huyendo porque me duela, y esas palabras son de las que pueden llegar a convertirse en una gran herida»—. ¿Y ahora yo qué te digo? —disimulé.

—No lo sé. —Se encogió de hombros y bajó las manos hasta mi trasero. Me lo estrujó al tiempo que me apretaba contra su cuerpo, que me reclamaba—. Pero puedes decírmelo a besos.

Y así lo hice. Nos levantamos en un lío de brazos, pieles y labios, y nos dirigimos a su dormitorio. Una vez tumbados en la cama, su lengua descendió desde mi cuello hasta mis pechos y se dedicó a mis pezones un buen rato mientras, de nuevo, me acariciaba por encima de las braguitas. Se deshizo de su camiseta y de los calzoncillos, y me limité a contemplar en silencio su cuerpo desnudo y atlético, que provocó en mi sexo una deliciosa contracción de deseo. Me di cuenta de que estaba muy húmeda, de que anhelaba tenerlo dentro de mí.

Se acercó a la mesita de noche en silencio, abrió un cajón y sacó un preservativo. Se tumbó sobre mí, y me besó en el cuello y lamió el lóbulo de mi oreja mientras sus manos dibujaban todo mi cuerpo, arrancándome un gemido tras otro.

Isaac solía ser rudo y un poco brusco en el sexo y, en el fondo, eso me volvía loca. Sin embargo, esa noche me pareció distinto porque, de repente, se mostraba más delicado, llevándome a un estado de excitación increíble. Mientras me masturbaba, internando sus dedos en mí de esa manera que me desproveía de cordura, susurró mi nombre una y otra vez, y me sonó diferente, como si hubiera un significado nuevo. Me corrí de tal manera que pensé que hasta Izaskun, al otro lado de la calle, habría oído mis gritos.

Cuando me tranquilicé, quise otorgarle el mismo placer, pero entonces me pidió que me diera la vuelta. Sin decir nada, me tumbé boca abajo mientras mi respiración volvía a acelerarse. Esperé impaciente y, en cuanto oí el rasgado del envoltorio del condón, empecé a humedecerme de nuevo. Me separó las piernas y luego me cogió de las caderas y me las subió un poco. Nunca había hecho la postura del perrito, pero en realidad no era lo que Isaac buscaba.

—Ven. Siéntate sobre mí —me indicó, y al ladear la cabeza descubrí que él ya se había sentado también y que su sexo erecto me aguardaba.

Me ayudó a acomodarme y, a continuación, me dejé caer poco a poco sobre su miembro. Apoyó una mano en mi vientre, para luego subirla hasta mis pechos y cubrirme uno de ellos.

—Así, muy bien… —jadeó junto a mi oído, volviéndome loca.

—Vamos… hazlo ya —le rogué.

Empujó mi cuerpo hacia abajo, y noté que entraba rápido y fácil. Gemí y él gruñó en mi cuello, causándome un escalofrío. Jamás había sentido aquello, pues en esa postura notaba a Isaac muy dentro de mí, llenándome en cada rincón. Cerré los ojos y me dejé llevar por las oleadas de placer que inundaban mi cuerpo. Estar con él siempre era como satisfacer un deseo postergado durante mucho tiempo.

Isaac salió, dejándome un vacío que duró muy poco porque enseguida volvió a entrar en mí, pero que me pareció mucho. Me acarició el pecho, me pellizcó los pezones y lamió mi cuello con ansia. Eché una mano hacia atrás y me enganché a su pelo, tirando de él con cada uno de los empellones. Me di cuenta de lo mucho que le excitaba esa postura, esa forma de tenerme toda para él, de abarcar mi cuerpo al completo.

—Isaac... No puedo más —gemí, sorprendida de que un nuevo orgasmo se abalanzara sobre mí.

Él no dijo nada, tan solo puso una mano entre mis piernas y jugueteó con mi clítoris mientras continuaba follándome con todas sus fuerzas. Sin embargo, su otra mano en mi vientre y su nariz hundida en mi cuello se me antojaban dulces. Susurró mi nombre en mi oído entre gruñidos y jadeos, y entonces estallé con un grito contenido e Isaac no tardó en correrse también.

—Joder, Carolina... —murmuró a duras penas.

Y lo supe. Lo supe mientras cada una de las letras de mi nombre se deslizaba por su lengua. Me estaba enamorando de Isaac. Y quería estarlo, aun corriendo el riesgo. Lo asumía.

Todavía hoy no sé si podría haberlo evitado de algún modo. Porque el amor no se compra, no se vende, no se impone; no lo eliges tú, él te elige a ti. No se planea. No se comprende ya que, a veces, simplemente no hay nada que entender. El amor... sucede. Como las mejores cosas de la vida.

Y aunque no nos pusiéramos una etiqueta, aunque nunca habláramos de que algún día quizá seríamos una pareja al uso, yo aceptaba sentir todo lo que ya corría por mis venas. Quizá él podría llegar a amarme en silencio porque le asustaban los «te quiero». Pero no me importaba si, al final, se acumulaban en su garganta y en su lengua, y acababan estallando en todos esos besos que deseaba que continuara dándome.

En algún momento la desconfianza asomaba, después de la traición de mi ex, aunque intentaba evitarla. Primero me tocaba un ex con la bragueta suelta y después, para rematar, conocía a un hombre libre con miedo al amor. Y a mí me apetecía lanzarme al vuelo sin red de seguridad, a pesar de todo.

Tal vez yo estaba un poco chiflada. Pero la tía siempre me había dicho, aludiendo a Lewis Carroll y su *Alicia en el país de las maravillas*, que la locura es el estado en el que la felicidad deja de ser inalcanzable.

6

Regresé a Barcelona con sensaciones dispares. A pesar de todo, había sido un buen fin de semana. Isaac me había acompañado a la estación, al igual que en Año Nuevo, y me besó en los labios a modo de despedida, lo que constituyó una gran sorpresa para mí, aunque maravillosa. Me comentó que la semana siguiente tenía la reunión con sus editores en Madrid y que, en algún momento de marzo, quería viajar a Barcelona para exponer unas dudas a su antigua editora. Volví a sentir ese pinchacillo en el pecho que avecinaba celos... Y no, por nada del mundo. Jamás había sido celosa, y me negaba a serlo por Isaac. Siempre había defendido que una pareja gozara de libertad —hasta cierto punto, claro— y que su relación se basara en el respeto y la confianza mutuos. La cuestión radicaba en que Isaac y yo no conformábamos una pareja al uso, o puede que, directamente, no lo fuéramos. Por ello, a pesar de que me moría de ganas, no le pregunté si durante esa visita relámpago a Barcelona me había incluido en sus planes.

Marzo llegó con cierto caos en la oficina. Cristina solía dedicarse a traducir temas más complicados y también le adjudicaban los textos en lengua china, ya que era la que tenía el nivel más alto de todos los miembros del equipo de la empresa. Habíamos oído a nuestro jefe maldecir en más de una ocasión debido a que necesitaba contratar a alguien con esos conocimientos para cubrir la baja de Cris —el pobre hombre no se la esperaba tan pronto—, y de momento desde el departamento de Recursos Humanos todavía no se habían decidido por nadie.

Así que la primera semana de ese mes, Pedro me llamó a su despacho. Aunque manteníamos una buena relación, siempre me ponía nerviosa cuando me demandaba así, de improviso, y desde que vivía sola me preocupaba mucho más la estabilidad laboral. Dos compañeros chismosos alzaron levemente su cabeza cuando pasé por su lado en dirección al despacho de Pedro. Los ignoré con toda la serenidad que pude y me planté ante la puerta de mi jefe. Golpeé despacio con los nudillos y aguardé a que me invitara a entrar.

—Buenos días, Carol. Siéntate, por favor —me pidió con un tono más seco que de costumbre. Estaba ojeroso y llevaba el cabello como si esa mañana no se hubiera peinado.

—Usted dirá —dije una vez que hube tomado asiento, y traté de esbozar una sonrisa.

—La baja de Cristina me tiene muy preocupado porque además, y esto no se lo comentes a nadie, por favor, un miembro del equipo está estudiando la posibilidad de pedirse la jubilación anticipada. —Cruzó las manos frente a él y soltó el aire por la nariz con resignación—. Y luego lo de cubrir el puesto de Cristina, que todavía andamos sin un empleado... —Sacudió la cabeza como si no entendiera nada.

Asentí, en señal de comprensión, y Pedro posó su mirada en la mía y se quedó muy serio. El cosquilleo nervioso en el estómago se acrecentó. ¿Qué tenía que decirme?

—Carol, ya sé que andas con mucho trabajo, que el fallecimiento de tu tía fue un duro golpe para ti... Y me preguntaba si te sientes bien.

Lo miré sin entender. Dibujé una sonrisa inquieta y me revolví en el asiento.

—Sí, sí, estoy bien. ¿Ocurre algo? ¿He hecho mal alguna traducción? —pregunté con el corazón acelerado. A comienzos de octubre mi rendimiento había bajado un poco por lo sucedido. Sin embargo, desde entonces había trabajado duro.

—No, por supuesto que no. —Pedro sacudió una mano,

como restando importancia—. Al contrario, los clientes están muy satisfechos con todas tus traducciones. Mira, voy a ir al grano: me preguntaba si querrías dedicar algo más de tu tiempo a la empresa.

—¿En qué sentido? —Fruncí el ceño.

—No creo que tarden mucho más en contratar a alguien para la baja de Rivelles —me informó Pedro, aunque no tenía por qué darme esas explicaciones. Que, por cierto, la tal Rivelles era mi amiga Cris, claro—, pero el último día de este mes necesitamos entregar una traducción a un cliente sumamente importante, y me preocupa que no lleguemos a tiempo.

—Yo no tengo ni idea de chino. Solo sé decir «Hola» y «Gracias» —intervine, asustada.

Pedro lanzó una carcajada que, al menos, distendió el ambiente y relajó su semblante preocupado.

—Carol, conozco a la perfección tu currículum. No se trata de eso, sino de unos artículos sobre basura espacial.

—¡¿Basura espacial?! —inquirí alzando un poquito la voz—. Pero... ¿el léxico no será muy complicado?

—Bueno, vosotras dos os lleváis bien, ¿no? Quiero decir que, si aceptas, podrías preguntar a Rivelles y que te instruyera un poco en el tema. De todos modos, ella empezó la traducción sin saber nada sobre eso.

Yo todavía no había llegado a ese nivel en la empresa. Hasta entonces, había traducido sobre temas y cuestiones de las que poseía ciertos conocimientos. Titubeé unos segundos: aparte de los textos de allí, había recibido también unos documentos jurados con los que debía ponerme en breve. Sin embargo, me sabía mal decir que no a Pedro, pues lo veía estresado.

—De acuerdo. Lo haré —respondí al final.

Mi jefe esbozó una ancha sonrisa y estiró las manos para agradecérmelo.

—Los tendrás hoy mismo en tu correo, ¿de acuerdo? ¿Crees que Rivelles podrá ponerte al día... o no se encuentra bien?

—Me imagino que sí. Y si no, no se preocupe, que me informo.

Nada más salir del despacho, corrí a mi cubículo y escribí a Cris para exponerle la situación. Me contestó poco después, manifestando su alegría por el hecho de que me encargaran a mí la petición de ese cliente. «En serio, prefiero que lo hagas tú antes que otros. Y no es nada complicado, aunque sí bastante aburrido.»

Esa tarde, tras avanzar en otra traducción y después de haberme leído el email de mi amiga con un montón de información, decidí desestresarme un poco en clase de salsa. Mientras me cambiaba en el vestuario, llegó María, que era la que había acabado cayéndome mejor de las tres chicas, y me saludó con una sonrisa.

—¿Y las demás? —le pregunté, pues solían acudir juntas.

—Susana está con la regla hoy y Olga no está de humor —me informó al tiempo que se ponía la ropa de deporte. Dudó unos instantes y luego añadió—: Es que al final no ha salido bien la cosa con ese tipo al que conoció en el club. Lo recuerdas, ¿verdad?

—El hombre de su vida.

—Sí. —Se echó a reír, aunque enseguida se puso seria, como si se sintiera culpable—. Yo no veía mucho futuro en ellos, pero bueno... De todos modos, se recuperará pronto.

Nos dirigimos juntas a la sala donde daban la clase y, antes de llegar, me preguntó:

—¿Nos tomamos algo después?

—Me encantaría, pero tengo un montón de trabajo. Debo hacer el mío y, aparte, me han encargado el de otra compañera.

María se encogió de hombros, sin borrar su dulce sonrisa.

—En otra ocasión. Cuando las chicas propongan salir, te avisamos si quieres.

—Claro, me parece genial.

Acabé exhausta de la clase, sudando a mares. María, en cambio, estaba más fresca que una lechuga. Yo ya llevaba unos cuantos meses allí y, sin embargo, todavía me costaba aguantar y seguir el ritmo del instructor, quien además había decidido darnos más caña.

Al llegar a casa me preparé un poco de pan tostado con pechuga de pavo y me lo comí mientras echaba un vistazo a uno de los artículos sobre basura espacial. Cristina estaba en lo cierto: no era complicado, pero sí profundamente tedioso. Me dormí en algún momento sin darme cuenta, ya que me desperté con la cara casi en el teclado del ordenador, debido a una vibración al lado de mi oreja. El corazón se me encabritó al descubrir que se trataba de Isaac. «Todo OK en la reunión con los editores. Les ha gustado lo que he escrito hasta ahora, aunque tengo que revisar un par de escenas.»

No pude evitar alegrarme, aunque estaba segura de que a él aquello no le parecía un triunfo total. Isaac habría deseado que todo hubiera quedado perfecto. No obstante, yo imaginaba que, en un trabajo como el suyo, la perfección era complicada. No era lo mismo, pero en la mayoría de las ocasiones, yo tenía que revisar mis traducciones un par de veces, y en alguna que otra ocasión, unas cuantas más.

Aguardé un par de días para telefonearlo y felicitarlo. A pesar de lo que había creído, parecía animado. Estuvo contándome que sus editores ya le habían sugerido un nuevo proyecto después de ese, aunque él todavía no les había dado una respuesta afirmativa debido a sus planes de viajar durante bastante tiempo.

—Bueno, quizá mientras vas de aquí para allá puedas escribir —le propuse con desenfado.

La realidad era que, cuando me había mencionado de nuevo ese largo viaje, mi estómago se encogió. Fui consciente de que no verlo durante muchos meses me resultaría muy duro. ¿Y si Cristina tenía razón y era hora de poner distancia entre nosotros? No obstante, se me antojaba que Isaac había comenzado a cambiar... Me ilusionaba imaginar que estaba empezando a mostrarse más, a dejarse llevar como yo había hecho, que había conseguido algo y me apetecía continuar experimentando sus cambios. Y lo que me dijo después borró de un plumazo la idea de alejarme un poco.

—A mediados de este mes acudiré a Barcelona, por la reunión que te comenté con mi antigua editora.

—Ah, sí —repuse, y luego me callé.

—En un principio había planeado pasar allí solo un viernes y parte del sábado siguiente, pero ya que voy podría alargar la estancia y disfrutar de la ciudad...

Guardó silencio, y me cambié el móvil de oreja porque me la notaba muy caliente. Quería proponerle que se quedara a dormir en mi piso si le apetecía. «Quédate conmigo. Me da igual que sea un único día, o que al final prefieras que sea más... o para siempre. Tan solo quédate», se me pasó por la cabeza.

—¿Me recomiendas algún hotel que no sea muy caro?

—¿Mi apartamento? Hasta hay desayuno incluido. —Había intentado sonar despreocupada, no anhelante, que era como me sentía por dentro.

Isaac se echó a reír, como si se lo hubiera dicho en broma. A continuación, carraspeó y me preguntó:

—¿No te molestaré?

—¿Por qué ibas a hacerlo? Dispones de mi piso al completo para hacer lo que quieras. Escuchar música, escribir, pasearte desnudo si es lo que te gusta...

Soltó otra carcajada y me uní a él, un poco nerviosa. De haber pensado en alejarlo, pasaba a proponerle algo que, quizá, le parecía muy serio. Pero no se trataba de eso, sino de que ansiaba verlo, compartir con él más que llamadas, mensajes o charlas por Skype.

—Lo meditaré con la almohada, ¿vale?

Sabía lo que ocurría. No hacía ni tres semanas que había aparecido por sorpresa para su cumpleaños, y aunque nos conociéramos de más tiempo, se cumplían solo dos meses desde que habíamos pasado unos días juntos por Navidad. Seguramente para él todo eso era demasiado, a pesar de que no hubiera entre nosotros ningún compromiso.

—Pero avísame, no vengas así de repente, que soy capaz de tener solo queso en la nevera. Últimamente estoy cargada de trabajo y apenas dispongo de tiempo para ir al supermercado.

—Claro, sí... —Lo noté titubeante—. Yo te digo.

Tras colgar, llegué a la conclusión de que se quedaría un fin de semana únicamente o que, si optaba por más, reservaría una habitación en un hotel. Por eso, cuando me telefoneó unos días después y me informó de que mi propuesta le parecía bien, mi corazón brincó de alegría.

—Comenté a Izaskun mis planes y estuvo dándome la lata con que para qué iba a gastarme dinero si contaba con tu invitación —me explicó—. Es un poco tacaña... Pero luego recordé mi viaje y... Bueno, me vendría bien ahorrar.

—Esa mujer tiene razón —asentí, muy seria, aunque por dentro soltaba gritos emocionados.

Me importaba un comino que me dijera eso porque, en realidad, me sonaba a excusa. Me convencí de que tenía ganas de verme, de quedarse en mi apartamento y disfrutar conmigo. «Bendita seas, Izaskun. Eres la repanocha», pensé riéndome ante mi ocurrencia.

Los días me resultaron más tediosos en la oficina, ya que notaba muchísimo la ausencia de Cristina. Ya no había nadie allí que me chinchara con sus réplicas a mis notitas optimistas de «Buenos días», y no me apetecía almorzar o comer durante la pausa con otros compañeros. Además, me llevaba a casa parte del trabajo que no había conseguido terminar, por lo que me acostaba bastante tarde. Isaac sabía de mis trasnoches, de modo que me enviaba algún que otro mensaje dándome ánimos y comunicándome que él también andaba escribiendo. Por ello, porque lo notaba mucho más cercano y porque en breve lo tendría en mi apartamento, iba ojerosa cada mañana a la oficina, sí, pero con una sonrisa enorme en la cara.

Quedamos en que cuando llegara a Barcelona, primero acudiría a la reunión con su editora y, ya por la tarde, cuando yo saliera del trabajo, iría a mi casa. De modo que ese día, nada más apagar el ordenador, salí a toda prisa de la oficina y me pasé por el supermercado. Compré unas cuantas latas de cerveza, dos botellas de vino —buenas, que me había informado por internet— y comida. Al doblar la esquina de mi calle, atisbé una figura solitaria de espaldas a mí, esperando delante del portal de mi edificio. El pulso se me aceleró al descubrir de quién se trataba. Apreté el paso cargada con las bolsas.

—¡Isaac! —exclamé, incapaz de contenerme.

Se dio la vuelta y esbozó una sonrisa. Una que fue abierta, natural, sincera. Una que me provocó un cosquilleo en el estómago... y más arriba, hacia el lado izquierdo del pecho. Mientras me acercaba comprobé que, además de su bolsa de viaje, llevaba otras de plástico.

—No me digas que también has ido a comprar... —Me reí, y echó un vistazo a las mías.

—No iba a venir con las manos vacías, ¿no? —replicó sin borrar la sonrisa.

Parecía contento y eso provocó en mí una especie de sentimiento de felicidad.

—Yo ya gorroneé en tu casa, y hasta en la de Izaskun.

—Me preocupaba que, por chincharme, compraras solo queso —bromeó.

Sin lograr aguantarme más, sin pensar en cómo reaccionaría Isaac y recordando el beso de despedida que me había dado en Irún semanas atrás, dejé las bolsas en el suelo y me arrimé. Me dedicó una mirada confusa antes de que me lanzara a sus labios. Le rodeé el cuello con los brazos y me derretí cuando, tras unos segundos que se me antojaron muy largos, él también soltó sus cosas y me tomó de la cintura. Me daba igual que no hubiéramos definido con palabras lo que éramos. En esos momentos, mientras me besaba con un ardor inaudito y, al mismo tiempo, con dulzura, ni siquiera pensé, como otras veces, en que aquello podía tener fecha de caducidad.

Esa noche charlamos sobre su antigua editora mientras nos tomábamos una copa del vino que yo había comprado sentados en mi sofá. Isaac lo había olfateado como un experto y luego lo había paladeado. Me había observado con los ojos entornados mientras yo aguardaba su veredicto: «Delicioso». Iba aprendiendo.

—¿Cuántos años tiene? —le pregunté de repente, un poco achispada.

—¿Quién? ¿Mi editora? Bueno, exeditora.

Asentí, y me miró con el ceño fruncido y un atisbo de sonrisa sardónica en los labios.

—Unos cincuenta y algo —respondió al fin—. Me conoció hace ya bastante. Me publicó mi primer libro, el de relatos, cuando nadie habría dado nada por mí y mucho menos con ese género.

—Sería porque vio algo —opiné, y en mi interior noté una sensación de orgullo y admiración.

—O le di pena.

Se encogió de hombros al tiempo que yo chascaba la lengua.

—Quiero comprar otro libro tuyo, pero no he tenido tiempo de ir a la librería.

—Yo te los daré, tengo ejemplares en casa.

—Pero me apetece adquirirlos. Es importante para vosotros —insistí poniéndome más cómoda en el sofá.

Isaac había tomado asiento a mi lado, un poco separado, pero en ese instante nuestros muslos se rozaron y sentí que mi vello se erizaba. Lo miré con una sonrisa —quizá de tonta— y me correspondió. Joder, estaba tan contenta de tenerlo allí... Ni siquiera habíamos hablado de cuántos días se quedaría, pero para mí carecía de importancia en ese momento. Tan solo el hecho de que hubiera decidido dormir en mi casa... ya decía mucho.

—Una venta menos no marcará la diferencia.

—No me quites la ilusión, anda.

Alcancé mi servilleta de papel, hecha una bolita, y se la lancé. Isaac la esquivó, todavía sonriendo.

Me parecía increíble la situación: recostados en mi sofá, charlando con esa familiaridad que iba aumentando, con un Isaac relajado y dispuesto a hablar.

—¿Y por qué dejó de ser tu editora? —le pregunté con curiosidad.

—Porque pensó que me merecía algo más.

—¡Uau! Eso sí es ser una buena persona.

—Ahora tengo un contrato exclusivo con mi editorial actual, pero, antes de firmarlo, les puse como condición que me dejaran ceder una última novela a ella. Fue la que leíste de ciencia ficción, cuando ya había vendido bastante con ellos. Me pareció una manera de devolverle la ayuda que me había dado.

—Los dos tuvisteis gestos preciosos —convine.

Isaac me contempló durante unos segundos con expresión pensativa. Y, de repente, manteniéndose en su lado del sofá y sin mover un solo músculo, como si la cosa no fuera con él, murmuró:

—Tú eres preciosa.

Mi corazón trazó unas cuantas volteretas y, para cuando Isaac se arrimó a mí —muy despacio, como un depredador felino se avecina a su presa— y atrapó mis labios, ya se me había lanzado a la carrera.

El sábado lo pasamos casi entero en la cama, deshaciéndola, imprimiendo nuestras huellas, dejando su olor entre mis sábanas. A media tarde Cris me telefoneó para preguntarme si me apetecía pasarme por su casa al día siguiente. No le había comentado que Isaac estaba en mi apartamento, ya que no nos habíamos escrito durante unos días porque yo quería que descansara. Cuando se lo comuniqué en la cocina entre susurros, soltó una exclamación y casi me obligó a que cenáramos juntos los cuatro.

—No sé si él querrá… —murmuré asomándome al salón, donde Isaac miraba una película insulsa.

—Lo coges del pescuezo y lo traes. ¿No te presentó él a su amigo? Pues que él conozca a los tuyos. No puede ser eso de pasarse todo el día en la cama retozando como dos adolescentes. —Se cortó y suspiró—. O sí. Qué bonito y maravilloso es eso, Carol. Pero, de todas formas, os venís.

—Luego te digo.

—¡Ya sabes que a Damián le haría una ilusión tremenda! —chilló antes de que le colgara.

Regresé al salón y me quedé mirando a Isaac, quien apartó los ojos de la pantalla y arqueó las cejas, preguntándose qué ocurría. Ya no se trataba de lo que quizá Cristina había pensado, es decir, que a lo mejor Isaac no quería quedar con mis amigos porque eso sería ir más allá, ni de lo que yo habría creído apenas unas semanas atrás. No, ya no me parecía que para Isaac eso fuera un obstáculo. Lo que ocurría, y que yo había llegado a entender al charlar con Izaskun y desde que conocía mucho más de Isaac, era que para él las relaciones sociales eran complicadas. Me quedaba descubrir los motivos todavía.

Sin embargo, a pesar de mostrarse muy serio y dudoso durante unos instantes cuando se lo planteé, accedió.

—No vamos a quedarnos mucho rato porque Cris debe hacer reposo. Pero a su marido le encantará. Los libros que me enviaste eran para él.

—Está bien, Carolina. Me parece perfecto —dijo volviendo a sonreír, aunque un poco forzado, y me incliné y lo besé. Despacio. Suave. Con emoción.

Damián cocinó unos jugosos filetes de ternera, unas patatas asadas y una ensalada deliciosa. Una hora después Isaac y él habían congeniado, y salieron al balcón para fumar y tomarse una copa mientras charlaban sobre literatura. Damián se había dado cuenta pronto de que Isaac no era como esos escritores a los que les agrada que les regalen los oídos, por lo que le dedicó algún que otro halago, pero sin pasarse para no incomodarlo. Cuando ya no podían oírnos, Cristina aprovechó para arrimarse a mí y cotillear.

—Me gusta para ti ese Salazar —comentó divertida.

—El embarazo te ha convertido en una persona menos cínica —repliqué en plan bromista—. Según tú, ¿no era de esos palomos que se van volando a la que menos te lo esperas?

—A ver, no lo conocía hasta hoy, tan solo por lo que me contabas. Pero no me parece nada frío. Un poco serio, sí...

—Es complicado. —Me encogí de hombros—. Ha cambiado, de eso me he dado cuenta. Pero... no sé, Cris, no sé.

—Está aquí ahora, ¿no? —Estiró el cuello hacia el balcón—. Aguantando los rollos de Damián. Y eso sí es complicado —asintió como para dar convicción a su opinión, y ambas nos echamos a reír.

Isaac se quedó cinco días más, que pasaron muy rápidos y se me antojaron distintos a los otros. Me despertaba temprano para marcharme a trabajar y él permanecía un rato más en la cama porque había estado escribiendo por la noche. Una tarde me esperó a la salida del trabajo y me propuso ir al cine, con lo que experimenté una alegría inusitada. Otra, llegué a casa y lo pillé con un libro entre las manos completamente absorto y lo miré durante un buen rato, con el corazón lleno de emociones que ni siquiera podía explicarme. Me fascinaba contemplar a Isaac leyendo y que luego me explicara docenas de aspectos sobre su lectura. En una ocasión me acompañó al supermercado a por fruta y me sorprendí con un cosquilleo en el estómago simplemente por estar compartiendo algo tan normal como elegir las mejores manzanas. Algo tan sencillo, tan cotidiano. En tan solo esos días me habitué a la música que me llegaba flotando cuando abría la puerta, tras una jornada dura. Isaac fue descubriéndome a Bon Iver, Iron & Wine, Devendra Banhart y los hice también míos. Me enamoré de sus despertares y de su hábito de tomar café muy fuerte, sin nada de azúcar. Grabé en mis ojos los contornos de su cuerpo y de su rostro y en mis dedos el suave tacto del fino y escaso vello de su pecho. Antes de dormir hablábamos sobre cómo nos había ido la jornada, al igual que una pareja normal. Así me permití sentirlo durante esos días, a pesar de no serlo. Pero no le pregunté si se sentía distinto también, si había algo más en él, porque me daba miedo estirar la relación que teníamos y romperla. No era tan valiente como Isaac me había dicho.

—Oye, ¿cuál es tu canción favorita? —le pregunté una noche tumbada en su pecho, escuchando el retumbar de sus latidos. Ya no se mostraba incómodo si, después de acostarnos, reposaba sobre él. Y yo había decidido que me encantaba esa postura. Alcé un dedo, en señal de advertencia—. Solo una, ¿eh?

No contestó de inmediato y supuse que estaba pensando. Su pecho subía y bajaba de manera rítmica, y cerré los ojos, empezando a adormecerme.

—*A Song About Love* —respondió muy bajito al cabo de un rato.

Entreabrí los ojos, con el pulso palpitándome de manera enloquecida. Esa era la canción de Jake Bugg que habíamos bailado en Nochevieja porque yo quería que se sintiera como sus padres. Cuando me había dicho que no podía quererme. Me quedé observando la oscuridad del dormitorio en silencio, sin atreverme a preguntarle los motivos por los que había escogido esa canción. Me provocaba temor cualquiera de las dos respuestas que podía darme: si era su favorita de antes o desde esa noche.

No, desde luego no era tan valiente.

7

Después de esos días y de esa noche, pensé mucho. Sobre todo en lo que yo había sentido cuando me había confesado cuál era su canción favorita y en el momento de despedirnos. Me habían entrado unas incontrolables ganas de llorar, aunque al final conseguí aguantar las lágrimas. Eso sí, el molesto nudo en la garganta no me lo quitó nadie. Y no supe si estaba triste porque se iba o porque me preocupaba que unos días como esos no volvieran a repetirse.

Isaac continuó comportándose de manera afable, jovial; podría decirse que incluso dulce. Tal como yo le había comentado a mi amiga, había cambiado. Y traté de convencerme de que eso era un gran paso, de que debía alegrarme por ello. Isaac había cambiado para bien. Y lo había hecho él solo. Hacía tiempo me había asegurado que le gustaba la persona en la que yo lo convertía. Y estaba bien saberlo. Pero… yo iba queriendo más cada vez. Y tenía claro que, si Isaac acababa dándomelo —lo veía difícil— sería muy poco a poco. Miguita a miguita. Sin embargo, lo que me preocupaba por encima de todo era su viaje alrededor del mundo. Uno en el que, seguramente, no me incluiría.

—¿Y por qué no? —me preguntó Daniela en una de nuestras charlas por Skype.

Ay, la inocente y romántica Dani, siempre viendo las maravillas del amor y la vida.

—Porque no es tan sencillo. En realidad, es bastante complicado —repliqué al tiempo que entraba en mi correo electrónico para descargar un nuevo documento que contenía un texto para traducir. Cuando abrí de nuevo la ventana del Skype, hallé a Daniela con los brazos cruzados y expresión ceñuda.

—Complicado no significa imposible. Mírame, aquí en Australia. ¿Te lo imaginabas cuando me conociste? —Negó con la cabeza y su largo flequillo revoloteó—. En absoluto, querida Carol. Ni yo.

—¿Y qué hago? ¿Le digo: «¿Eh, vámonos juntos a donde quieras?». Claro, como además tengo tantísimo dinero para ir de país en país...

—Hoy te encuentro muy sarcástica, *neni*. Existen los viajes de mochilero. ¿O es que también quieres un hotel de cinco estrellas con jacuzzi? —replicó con una sonrisilla.

—No se trata de eso, joder. Ni siquiera sé con exactitud su plan, no me lo ha contado. Solo sé que tiene previsto dar la vuelta al mundo y punto. Y que eso le llevará muchísimo tiempo... Y Carol ni quedará en el recuerdo.

—Eso es de lo que tratas de convencerte porque a lo mejor la que tiene miedo eres tú —apuntó mi amiga arqueando las cejas. Su voz se distorsionó un poco, pero llegué a entender también las últimas palabras.

—Pues quizá, Dani. Y ese es el problema. ¿No debería ser el amor la ausencia de miedo? En ocasiones incluso siento vértigo.

—Las cosas más geniales de la vida lo dan, como las montañas rusas.

—Para ti, porque a mí no me gustan nada —le llevé la contraria, y se echó a reír.

—Carol... —Había pronunciado mi nombre poniéndose seria, y me planté como si fuera mi coronel. Dani chascó la lengua, pero supe que le resultaba divertido—. Probablemente tengas razón en lo de que, si tienes miedo, es difícil amar. Por ello, debes ser tú la que tenga el valor de permitírtelo.

Y yo quería, me lo había dicho tiempo atrás. Y también había recriminado cosas a Isaac que yo misma sentía ahora. Como que era mejor hacer algo con miedo que no hacerlo.

—Pero ¿y si la otra parte no quiere permitírselo? —Fingí un puchero.

—¿Él? —Mi amiga me miró como si estuviera loca—. Por todo lo que me has relatado, *neni*, ese hombre no se lo permite porque está cagado. Y lo está porque tiene sentimientos hacia ti. ¿Cuáles? Eso exactamente ya no lo sé. Pero haberlos haylos.

Oí una voz a lo lejos y atisbé una figura que se acercaba. Era Oliver, que llevaba a Daniela una taza de café. Apoyé el codo en la mesa y reposé la barbilla en la palma de la mano, sopesando lo que me había dicho.

—Carol... —Dani interrumpió mis pensamientos. Devolví la mirada a la pantalla y descubrí que Oliver ya se había ido y que ella se mostraba reflexiva—. He llegado a la conclusión de algo: es inevitable tener miedo. Así que... lo que me parece es que la valentía no es no tenerlo, sino triunfar sobre él. Triunfar sobre el miedo.

Pues sí, era lo que me habría gustado. Y lo que ya había hecho en más de una ocasión. Porque durante mi vida había tenido miedos, por supuesto. Cuando de pequeña pensaba que la tía se iría y me quedaría completamente sola. Cuando Gabriel dejaba de hablarme porque se enfadaba. Cuando la tía me miraba con decepción. Cuando Gabriel murió y me estalló en la cara la certeza de que la vida era más corta de lo que había creído. Cuando durante un tiempo, tras su marcha, me despertaba de madrugada empapada en sudor debido a las pesadillas. Pero había conquistado el miedo en cada una de esas ocasiones. Y algunas habían resultado tremendamente complicadas. ¿Por qué, con Isaac, sentía que me costaba más o no veía la cima para plantar mi bandera?

Marzo transcurrió con los vaivenes de mis arrolladores pensamientos. Con las frenéticas clases de salsa y alguna quedada que otra con las tres chicas para tomar algo. Con los tediosos artículos sobre basura espacial, de cuyo tema al final iba a hacerme una experta. Con las visitas —aunque menos de las que habría deseado— a Cristina y su panza, pues me encantaba notar las patadas y los movimientos de ese futuro bebé. Damián y ella no querían saber si venía niño o niña, pero Cristina afirmaba con rotundidad que, fuera lo que fuese, saldría muy peludo porque le entraban ardores horribles tras las comidas.

—Mi médico afirma que se debe a la progesterona, pero ya te digo yo que no, que realmente es porque tendrá bastante pelo. A mi tía le pasó con mi primo, y a mi abuela con ella.

Y yo la miraba en silencio, ojiplática, sintiendo una ternura infinita por esa mujer tan inteligente que, sin embargo, creía firmemente en ciertos mitos que se transmiten de generación en generación. Además, de tanto repetírmelo, terminé imaginando a un nene o una nena con una mata de pelo a lo afro.

Y marzo se fue también entre mensajes, audios y llamadas de o a Isaac. Charlábamos de nada y de todo al mismo tiempo. Me tumbaba en la cama mientras hablábamos por teléfono y cerraba los ojos para plasmarlo en mi mente, con sus aires de escritor maldito, con ese rostro angelical que, sin embargo, contaba con unos ojos que a veces transmitían frío y otras calidez o fuego. Recreaba en mi pensamiento sus caricias, sus besos y su manera de mirarme; cómo se movían sus labios cuando pronunciaba mi nombre, a qué sonaba al deslizarse por su lengua y luego, cuando colgaba, yo susurraba el suyo; esas arruguitas que se le formaban en los ojos cuando sonreía... El sonido de su risa. Su olor, tan adictivo. El sabor de su boca, tan necesario. Leches, estaba perdida, tonta e irremediablemente enamorada. Enamorada como nunca lo había estado de un hombre que, por lo que me había insinuado, no creía o no quería creer en el amor.

A principios de abril contactaron conmigo desde una de las páginas en la que había puesto el anuncio de la casa y el local de La Puebla. Para ser sincera, lo había borrado de mi cabeza y me sentí un poco mal. La mujer que me llamó insistió en que deseaba verlas cuanto antes. Le expliqué que yo residía en Barcelona, pero que quizá podía acudir al pueblo durante las fiestas de Semana Santa. Desde luego había tenido una gran suerte con mi empresa puesto que, además de las vacaciones estipuladas por contrato, también gozábamos de todos los festivos correspondientes. Y, como había entregado a tiempo

—dos días antes, de hecho— los artículos de basura espacial, Pedro estaba muy contento conmigo. Si me apresuraba, quizá hasta podía pedirle un par de días de las vacaciones de ese año, siempre y cuando otros no los hubieran solicitado antes, y quedarme en La Puebla para ir al cementerio y saludar a César. Y así también descansar del ajetreo de la ciudad.

En el momento en que me habían llamado solicitando una visita, me había ilusionado. Después, por el contrario, había notado una punzada en el pecho. Vender la casa de la tía, de la que se sentía tan orgullosa pues la había comprado con el sudor de su frente. Vender la floristería —aunque en realidad no existiera ya—, donde había pasado tantas horas transmitiendo al pueblo su pasión por las plantas. Aquello me provocaba cierta nostalgia dolorosa, y también el hecho de que volver a poner el pie en aquella casa despertaría en mí todas las emociones contenidas. Sin embargo, había tomado esa decisión y debía ser consecuente. Que unas personas fueran a ver la casa y el local tampoco significaba que quisieran comprarlos de inmediato. No me había encontrado nunca en esa situación, pero sabía que la crisis había provocado que la venta de inmuebles fuera más complicada.

Pedro me concedió también tres días después del lunes de Pascua, que yo le agradecí ofreciéndome a traducir otros artículos que correspondieran a Cristina. Me aseguró que, de momento, todo iba bien. Habían contratado ya para cubrir el puesto de mi amiga a un chico bastante joven que tenía un nivel de traducción de chino sorprendente. De modo que decidí marcharme a La Puebla tranquila, sin textos extra que me robaran un tiempo que deseaba para relajarme.

—Me llamó una mujer para ver la casa de la tía. Su marido y ella están interesados en comprarla —le informé a Isaac en una de nuestras llamadas, cuando se acercaban los festivos.

Él calló durante un rato bastante largo que me dejó desconcertada. Esa vez no había planeado invitarlo, aunque sintiera enormes deseos de verlo. Aunque los días se hicieran muy largos sin su presencia.

—Carolina...

Incluso a través de la línea telefónica, me palpitaba el corazón al oír mi nombre pronunciado por él.

—Dime.

—¿Te importa si te acompaño? Y si va a resultarte incómodo que me quede allí, me pillo el hostal de la otra vez.

—No... Es que yo... No te había dicho que vinieras porque creí que como este año Semana Santa coincide con Sant Jordi...

—¿Y qué?

—¿Tú no...?

—Si lo que piensas es si estaré firmando allí, la respuesta es no. Hasta ahora no lo he hecho porque sentía que me sobrepasaría. Ya quedé con mis editores en que lo haría, posiblemente, con mi próxima novela. Estuve una vez como lector. Me gustó mucho el ambiente que se respiraba, pero prefiero ir a La Puebla. Hay algunos aspectos de la novela que quiero contrastar de nuevo.

—Vamos, que no es por verme a mí, sino para sacar beneficio —le dije en tono bromista, aunque por dentro pensar que pudiera ser así me molestaba un poco.

—Eh, Carolina... Por supuesto que me apetece verte. —Le oí soltar el humo a través del altavoz. Cuando yo estaba presente, ya no fumaba y también me había confesado que, incluso estando solo, no le apetecía tanto—. Y otras cosas —añadió.

—¿Siempre andas pensando en eso? —lo chinché.

—Hummm... —Fingió que pensaba y luego contestó, provocándome un cosquilleo en el bajo vientre—: Sí, contigo sí.

—Tráeme mazapán de algún convento de Toledo, que están de muerte —me pidió Cristina cuando la visité una vez más antes de marcharme.

—Sabes que no puedes comerlo —le recordé. La pobre tenía diabetes gestacional y debía llevar una dieta bastante estricta.

—¡No seas aguafiestas! —Me dio un golpecito en el hombro—. Ya me lo comeré después.

Así que hice una maleta pequeña y el Jueves Santo me planté en La Puebla con una mezcla de emociones. Nerviosa por la cita con los posibles compradores, inquieta por saber cómo iba a volver a sentirme en casa de la tía tantos días sin ella, ilusionada ante la perspectiva de tener a Isaac conmigo a partir del día siguiente.

Había comprado unas flores para dejarlas en el nicho de Matilde, de modo que me dirigí al cementerio, antes de nada. Hablé un poco con su foto, relatándole todo lo que había vivido durante esos meses, y luego me marché con un peso en el estómago. Me detuve ante la casa y contemplé las ventanas, un poco sucias. Tenía que limpiar bastante para cuando la pareja llegara. Un fuerte olor a cerrado invadió mis fosas nasales en cuanto abrí la puerta. Me agaché para recoger la correspondencia atrasada, aunque casi todos los sobres anunciaban publicidad. Avancé un par de pasos, a tientas, con los brazos estirados hacia delante. Cogí aire una vez que pisé el último escalón. En realidad, todo estaba igual que unos meses antes, pero cubierto por una capa de polvo. Rocé los muebles y los marcos de fotos con las yemas de los dedos, como si quemaran. Miré de reojo el televisor frente al sofá y oteé la cocina. También tenía que ir al supermercado y comprar comida. Escudriñé en silencio el cuarto de baño, en el que aún reposaba un vaso de plástico con un cepillo de dientes rosa que había pertenecido a la tía. Después me asomé a su dormitorio con un molesto pálpito en el pecho. Podía verla allí, sentada frente a su antiguo tocador, recogiéndose el cabello en un moño y dándose un toque de carmín en los labios. Como una sonámbula, caminé hacia el armario y lo abrí de golpe. Aún había un par de vestidos de Matilde, coloridos y preciosos. Descolgué uno, le quité la percha, regresé al tocador y lo sostuve delante de mí. Después me lo acerqué a la nariz y lo olisqueé, imaginando un aroma a flores y a dulces. Joder, estaba siendo más duro que meses atrás. Había creído que el dolor se había marchado, pero permanecía ahí oculto entre sombras. Las lágrimas se me agolparon en los ojos y susurré al cuarto vacío:

—Pues ya estoy aquí de nuevo, tía.

Justo en ese instante apareció en mi mente otro recuerdo, asociado a Gabriel. Casi lo vi ahí plantado también, ofreciendo su opinión sobre los vestidos. Y Matilde se reía y aseguraba que Gabriel tenía mejor gusto que yo. Me senté en la cama, con la prenda entre las manos, y sollocé con más fuerza. Me dije que debía ser fuerte, por lo que me levanté pocos minutos después, guardé el vestido y caminé hasta el cuarto de baño para llenar un cubo y limpiar la casa. Cuando ya lo tenía casi hasta arriba, me di cuenta de que no había friegasuelos. Y rompí a llorar de nuevo como una cría. Corrí hacia el salón, donde había dejado mi bolso y, con manos temblorosas, telefoneé a Isaac.

—Soy una estúpida —murmuré entre hipidos, una vez que descolgó—. He visto el dormitorio de la tía y sus vestidos, y me he puesto a llorar. Y luego, cuando ya me había calmado, he llenado un cubo y he descubierto que no tenía friegasuelos y he llorado otra vez. Por esa tontería, ya ves.

—Carolina… —me interrumpió, de una manera tan dulce que me causó más nostalgia—. No pasa nada porque llores.

—¡Dios! ¡Creía que se me había pasado un poco, pero la echo tanto de menos…! —exclamé, y me limpié la nariz con la manga de la camisa.

—La muerte no nos roba a nuestros seres queridos, ¿vale? Los inmortaliza en nuestro recuerdo —susurró Isaac.

Esa noche soñé con la tía y con mi viejo amigo de cabellos de fuego. Éramos unos niños y nos sentíamos felices. Al despertar, deseé retroceder tantos años atrás para intentar cambiar lo que aquella vez no pude. Hice de tripas corazón, pero, como no me apetecía ir hasta el supermercado, pedí un poco de friegasuelos a la vecina.

Ya no vivía allí la panadera, e incluso habían cerrado el horno. Constaté que la vida había seguido en La Puebla para todos, pero no para Gabriel, y eso me entristeció todavía más.

A media mañana llamaron al timbre y pensé que se trataría de Isaac, pero, al abrir la puerta, me encontré con César. Me dedicó una sonrisa luminosa y yo, algo sorprendida, no atiné a invitarlo a pasar.

—¿Cómo sabía que estaba aquí? —le pregunté con curiosidad.

—Toño, el del bar, te vio ayer y me lo dijo. Me imaginé que tendrías cosas que hacer, por lo que he esperado hasta hoy. —Me acarició la mejilla con gesto paternal—. ¿Cómo te sientes?

—Ayer fue duro, pero hoy estoy mejor.

Me animó a que fuera a su casa a comer. Tere había preparado potaje de garbanzos y espinacas, bacalao y, de postre, torrijas. La tía también solía cocinar esos platos durante la Semana Santa y, en cuanto los sabores se mezclaron en mi boca, la vi en mi cabeza canturreando en la cocina mientras embadurnaba el pan con leche y miel.

—¿Cree que hago bien en querer vender la casa y el local? —pregunté en voz baja a César mientras Tere fregaba sola los cacharros, pues había rehusado mi ayuda.

—Alhaja, eso es algo que solo puedes saber tú. Aquí... —Se palmeó el pecho. Después chasqueó los dedos, como si recordara algo importante, y me dijo—: ¿Sabes que han vendido la casona de las afueras? —Titubeó unos segundos.

—¿La de Julio? —inquirí con una sensación extraña en el estómago.

—Sí. Hace una semana estuvieron ya de mudanza. Con el tiempo que llevaba siendo del banco...

Simplemente asentí, fingiendo indiferencia, aunque por dentro se me hubiera desatado un remolino de emociones. Hacía mucho tiempo que la casa de Gabriel estaba en venta, y la gente del pueblo ya se había hecho a la idea de que nadie la compraría. No pude evitar preguntarme, una vez más, qué habría sido de su madre y su tío. Debían de haberlo perdido todo para que la casa acabara siendo del banco, con tanto dinero que una vez habían poseído. Al pensar en ese hombre, sentí una rabia irrefrenable. Tan solo la tía y yo lo sabíamos todo. Todo lo que en realidad había ocurrido. Toda la verdad. Y la culpabilidad de tantísimos años atrás volvió a mí.

Me marché poco después, con la excusa de que tenía que limpiar. En realidad, se me habían quitado las ganas de permanecer más tiempo con César y Tere, a pesar de su amabilidad. De camino a casa, eché un vistazo al móvil y descubrí un mensaje de Isaac. Me lo había enviado diez minutos antes y en él me comunicaba que en una media hora llegaría a La Puebla. Lo esperé en la puerta de casa, impaciente y emocionada, olvidándome de cómo me había sentido un rato antes. En cuanto lo vi doblar la esquina, me acerqué a él a toda prisa. Lo abracé con todas mis fuerzas, ignorando su cuerpo en tensión. No me importaba, necesitaba sentirlo. Me perdí en el aroma que emanaba de su cuello y, al final, logré serenarme.

—¿Todo bien? —me preguntó aturdido.

—Todo bien. —Y era cierto, porque por fin estaba allí conmigo, aunque quizá se debiera a que quería documentarse para la novela—. ¿Me acompañas a por agua? No tengo en casa. Anoche me terminé la botella que había comprado en la estación de Barcelona.

Isaac asintió y nos dirigimos en silencio hacia alguna tienda abierta. Caminábamos cerca, de manera que en un momento dado nuestras manos se rozaron y ardí en deseos de coger la suya. Decidí conquistar el temor, tal como Daniela me había dicho, y entrelacé mis dedos con los de Isaac. Para mi sorpresa, no se soltó, a pesar de que al principio me pareció que hacía amago... o tal vez fuera mi imaginación. Con un revoloteo de alas en mi estómago, continuamos el camino agarrados.

Tal como había previsto, la tienda en la que había comprado el vino cuando conocí a Isaac se hallaba abierta a pesar de ser festivo. Cuando nos acercábamos a la puerta, atisbé una figura que me resultó familiar. La respiración se me aceleró al reconocer a esa chica de cabello pajizo. Ella me miró con los ojos entornados y una especie de sonrisa extraña. Estaba casi igual, a excepción de que se había quitado los piercings de la nariz y del labio y había adelgazado un poco. Las otras veces que había ido a La Puebla nunca me había topado con ella, y la tía me había asegurado que se había mudado a Madrid. Lo que menos me apetecía, después de haber pensado en Gabriel y en Julio, era encontrarme con esa chica.

—¿Carol? —Para mi sorpresa, se arrimó y me dio dos besos. Aprecié su perfume dulzón y noté que el estómago se me revolvía—. Siento muchísimo lo de tu tía, era una mujer muy buena. Habría ido al entierro, pero ese día no estaba.

Andrea, que así se llamaba, siempre había hablado por los codos, como me ocurría a mí. Aunque, en realidad, con ella se me cortaban las palabras mucho tiempo atrás, y lo mismo me pasaba en ese instante.

—Gracias... —atiné a contestar.

—Hola —saludó a Isaac, con la sonrisa más ancha.

Por unos segundos, me pareció que lo conocía. Pero eso era imposible, ¿no? O quizá lo había visto por La Puebla aquella vez en que él había ido.

—Este es Isaac —le presenté.

Se inclinó para besarlo también, pero él se apresuró a adelantar una mano y se la estrechó ante la estupefacción de ella. No obstante, de inmediato se recompuso, no sin antes lanzarle otra mirada curiosa, y se dirigió a mí:

—¿Vas a vivir aquí ahora? Yo volví hace ya casi un año. Ya ves, cosas que pasan...

Sus palabras me llegaban desde muy lejos. Tan solo podía mirarla, pero no la veía. Muchos años atrás la había detestado. Ese sentimiento había ido evaporándose con el paso del tiempo, pero, aun así, me costaba hablar con ella de manera normal.

—No, solo he venido para enseñar la casa de la tía.

—Oh, ¿vas a venderla? Qué pena —Formó un mohín con la boca—. Bueno, tengo que irme. Mi madre me espera. Está enferma y odia quedarse sola. Me ha gustado verte, Carol. Quizá, si estás unos días aquí, podamos tomar algo y ponernos al corriente de nuestras vidas...

Asentí, aunque sabía que no lo haría. No quería contarle nada de mi vida. Hacía mucho que habíamos dejado de ser amigas, si es que lo habíamos sido alguna vez. Andrea no tenía por qué ser amable, cuando antes no lo había sido. Bajó la mirada hasta mi mano, que todavía se encontraba enlazada a la de Isaac, dibujó esa sonrisita de suficiencia suya y, a continuación, se marchó.

Me entraron unas prisas terribles y me abalancé hacia la tienda, con Isaac detrás. Compré una garrafa de agua de cinco litros, patatas, una lechuga y unas cuantas hortalizas para la cena de esa noche y la comida del día siguiente. Salí en silencio, con Isaac a mi lado. Él tampoco había abierto la boca, pero, a medio camino, me preguntó lo que me había temido:

—¿Quién era?

Titubeé unos segundos y apreté el paso. Cogí aire antes de responder.

—Una vieja conocida.

—No me habías hablado de ella —repuso.

—No salió el tema —repliqué, a pesar de que ambos sabíamos que sí le había mencionado a otros chicos del pueblo además de a Gabriel.

Isaac no comentó nada más. Tan pronto como llegamos a casa de la tía, me enfrasqué en la tarea de limpiarla.

Pero en mi cabeza resonaban las palabras de Andrea y me acordé, inevitablemente, del verano en que la conocí más y de sus consecuencias.

8

Andrea y yo nos hicimos amigas durante el verano en el que Gabriel se marchó a Madrid. La conocía de vista de antes, claro está. ¿Quién no sabía de Andrea en La Puebla? Pero nunca nos habíamos dirigido la palabra, ni siquiera para saludarnos.

Andrea no era un modelo a seguir y casi nadie miraba con buenos ojos a sus progenitores. Su padre realizaba trabajos ocasionales cuando no se pasaba el día medio borracho en algún bar y su madre era bien conocida por sus botas altas y sus minifaldas. En Madrid habría sido una más. En La Puebla, en cambio, era motivo de constantes chismorreos. Incluso una vez corrió el rumor de que había seducido al profesor de Matemáticas para que aprobara a su hija. Gabriel y yo estuvimos comentándolo una tarde, y él me dijo que no le parecía bien, que detestaba que la gente tuviera tantos prejuicios. Mi amigo deseaba un mundo en el que se aceptara a los demás independientemente de su raza, sus creencias o su orientación sexual. Lo que a él le preocupaban eran las personas que provocaban daño a los demás.

Durante un tiempo pensé que quizá Andrea era como era por su vida. Que tal vez causó todo para apartar la atención de su persona, para que alguien más soportara la humillación que su familia recibía. Yo siempre había imaginado que era una chica fuerte, pero hasta los más valientes tienen miedo y debilidades, y se caen en alguna ocasión. Desde pequeña se había metido en líos. Cuando éramos niñas, sentía cierta admiración hacia ella. Andrea hacía lo que quería, cuando quería. Era más alta y fuerte que algunos de los chicos de su clase. Se metía en peleas, desafiaba a los adultos que la miraban de reojo.

Con el paso de los años se convirtió en una joven bonita. Decían que se había acostado con muchos chicos, incluso de cursos superiores. Se juntaba con muchachos mayores que ella y tenían mala fama por participar en botellones en las afueras del pueblo. Pero ella, a diferencia de otros, nunca había dicho nada a Gabriel, por eso lo que hizo después me pilló por sorpresa. Aunque se había fijado en él, eso sí, porque a veces nos la topábamos por la calle y ella se lo quedaba mirando con una expresión difícil de descifrar.

Ese verano de mis dieciséis, Gabriel me dejó un vacío que no lograba llenar con nada. Al principio esperaba al cartero con ilusión, por si me traía una carta suya. Con el paso de las semanas, dejé de hacerlo. Se me cruzaban ideas de que su tío lo habría convencido de que yo no era una buena compañía para él y, por tanto, ya no quería saber de mí. Y eso me provocaba un dolor sordo en el pecho. Me desesperaba pasarme las horas metida en casa o en la floristería estudiando. Y, como por casualidad, Andrea entró en mi vida.

Fue una tarde, cerca del anochecer, cuando salí de casa con la cabeza repleta de fórmulas químicas. Paseé sin rumbo fijo, hasta que llegué a la plaza y la vi en el bar donde trabajaba de camarera desde hacía un verano. Llevaba unos vaqueros cortos muy ajustados y una camiseta negra bastante escotada. Le brillaban los aros de las orejas y el piercing de la nariz. Los chicos decían que tenía otro en la lengua con el que hacía magia. Estaba mascando chicle con fuerza, algo habitual en ella, al tiempo que charlaba con un grupito de chicos.

Sin apenas ser consciente, me acerqué a la terraza. Andrea reparó en mí y masticó con más ímpetu, con la boca medio abierta. Era el tipo de chica que Julio detestaba. A lo mejor también la dejé entrar en mi vida como una venganza hacia él. Se despidió de los chicos y me indicó con un gesto de la mano que me aproximara. Su coleta se bamboleó al darme dos besos.

—Eres Carol, ¿no? Yo Andrea. —Formó una pompa con el chicle y, cuando explotó, sonrió—. Este año iré a tu clase. Repito. —Arrugó la nariz en señal de disgusto.

Era un año mayor que yo, pero una estudiante pésima.

—¿A que me ayudarás a aprobar? —dijo con desenvoltura. Esbocé una sonrisita. Si creía que yo sacaba buenas notas, iba lista—. ¿Te pongo algo? ¿Una cerveza?

—No llevo dinero.

—¡Yo invito!

No me concedió tiempo a decirle que nunca había bebido alcohol y que prefería un refresco. Podría habérselo dicho cuando regresó, pero me callé y acepté el botellín que me tendía.

—Ahora que no está el jefe… —Escupió la goma de mascar y dio un buen trago a su cerveza. Después se llevó una mano a la espalda y se arqueó hacia delante, con lo que sus prominentes pechos despuntaron hacia el cielo. Reparé en que los chicos de la terraza no le quitaban el ojo de encima—. Estoy cansada ya… Y qué calor hace.

—Sí —murmuré.

Me miró de arriba abajo sin ningún disimulo. Me pregunté por qué estaba hablándome, precisamente a mí. Andrea estaba a otro nivel, a ese de las chicas mayores guais.

—Oye, mañana vamos a hacer botellón. ¿Te apuntas?

La noche siguiente experimenté mi primera borrachera. Fue muy rápida, solo tres cubatas. Andrea me apartó el pelo para que no me lo manchara al vomitar. Después me frotó la espalda y me preguntó que dónde estaba mi amigo el pelirrojo. Era normal, casi siempre andábamos juntos.

—En Madrid. Suele irse los veranos a ver a la familia que su tío tiene allí.

—Pero ¿es tu novio?

—Solo somos amigos —repliqué.

Sin embargo, no pareció creerme y decidí no dar más explicaciones. Seguramente era una de esas personas que consideraban que un chico y una chica no podían tener una gran amistad sin que llegaran a enamorarse.

—¿Qué es lo que te gusta de él? No sé, con todas esas pecas... Tan pálido y delgaducho y el pelo panocho... —Sacó un
cubito de hielo del vaso de tubo de plástico y lo lamió—. A mí
es que me gustan más los tíos grandes, con músculos y barba...
Mira, como ese. —Me dio la vuelta de manera nada disimulada para que me fijara en un tipo, quizá de unos veinte años,
que llevaba comiéndosela con los ojos toda la noche—. Es de
otro pueblo, pero hace tiempo que viene con nuestro grupo.
En un par de semanas cae, te lo aseguro.

Me preguntaba qué habría hecho Andrea con los chicos.
¿Sería virgen? Me imaginaba que no.

—Gabriel y yo nos queremos mucho, pero solo como amigos. Es como mi hermano pequeño —aclaré, un poco enfadada por todas las cosas que había soltado de él.

Andrea me miró con mala cara y luego se dirigió balanceando las caderas hacia un grupito de chicos.

Cuando la tía se enteró de que había estado con ella, no se
molestó en ocultar su enfado. No me dijo que no saliera con
Andrea, pero yo no lo necesitaba. Lo sabía. Y, a pesar de ello,
continué haciéndolo porque en el fondo me divertía y me apetecía experimentar con cosas distintas. Durante todos los sábados de ese verano quedé con Andrea y, poco a poco, empecé
a considerarla una amiga. A veces, entre semana, me escapaba
de las horas de estudio e iba al bar, donde nos tomábamos
unos tercios y regresaba a casa apestando a cerveza y sin hambre. Con ella también me fumé mi primer cigarro a través de
muchas toses. Y el primer porro. Cuando llegaba a la floristería, la tía me miraba de reojo y torcía el gesto, aunque continuaba sin decir nada.

Andrea solía contarme anécdotas que me sonrojaban, casi
todas relacionadas con chicos. Yo, desde aquella ocasión en
que me había largado en moto con un muchacho mayor que
yo y este me había dejado plantada por no haberle permitido
tocarme un pecho, no me había encandilado de ningún otro.
Me había fijado en algún que otro compañero, claro, y había
opinado con otras chicas de clase sobre algunos estudiantes de
los cursos superiores. Incluso Gabriel y yo habíamos cotillea-

do sobre eso porque, a diferencia de los demás tíos, a él no le avergonzaba darme la razón en si alguno era guapo o no. Pero yo no había pasado de un par de besos en la boca y Andrea, en cambio, parecía haber hecho tantas cosas... Me enseñó su piercing en la lengua y me explicó lo que hacía con él. Me presentó a un amigo suyo al que, según ella, yo le gustaba. No me había fijado en él, pero no podía decirse que fuera feo y, a esa edad, las hormonas andan revolucionadas. Al final acepté quedar con él, aunque al principio siempre íbamos acompañados de Andrea y uno de sus ligues. Nos liamos en una ocasión, aunque no pasamos de unos cuantos besos, mientras Andrea se encerraba en su dormitorio con uno de sus múltiples novios.

No vi a Gabriel hasta el primer día del nuevo curso y he de reconocer que, con el paso de las semanas y debido a la compañía de Andrea y sus fiestas, me olvidé un poco de él. Me había enterado unos días antes de que había vuelto porque paseando por el pueblo había descubierto el coche de su tío. Pero como Gabriel no se había tomado la molestia de pasarse por la floristería a saludarme, traté de hacerme la indiferente. No obstante, en el colegio ya no me aguanté más, en realidad me apetecía verlo y hablar con él. Lo busqué por entre las caras conocidas hasta que divisé a lo lejos su cabello. Llevaba la misma mochila de siempre, esa antes enorme que se bamboleaba a cada paso que daba y que ahora se veía pequeña y demasiado infantil para un adolescente.

—¡Gabi! —Lo atrapé de la bolsa escolar y, cuando se dio la vuelta, esbocé una sonrisa.

Sin embargo, se me borró al descubrir su semblante grave, más pálido que tiempo atrás. Parecía muy cansado y triste. No pude evitarlo y lo abracé con todas mis fuerzas, y él tembló entre mis brazos y me apartó con suavidad.

—¿Por qué no me escribiste más? ¿Qué pasó?

—No pude. Lo siento.

—¿Cómo estás? ¿Y tu madre? ¿Mejor?

Se encogió de hombros, con indiferencia. El timbre del inicio de las clases resonó con fuerza por todo el patio. Hizo amago de entrar en el edificio, pero lo retuve de un brazo. No,

Gabriel no era igual. Me parecía mucho más serio y apenado que de costumbre, muy lejano. Entendí que algo había ocurrido durante esos dos meses y medio que habíamos estado separados, pero no sabía qué.

—¿Quieres que quedemos esta tarde? Puedes enseñarme algunos pasos nuevos si...

—No he inventado ninguno —replicó en tono seco. De inmediato fue consciente de su cortante respuesta y añadió—: No puedo quedar.

—¿Por qué?

—Repaso, ya sabes.

—Si ni siquiera ha empezado el curso de manera oficial... —Dibujé unas comillas en el aire con los dedos.

—Ya, pero mi tío se ha empeñado.

—Pues este fin de semana, ¿no? Vienes a mi casa y vemos una película, o lo que sea.

—No lo sé, ¿vale? Quizá tenga que estar con mi madre.

Guardé silencio, empezando a pensar que la relación de amistad casi fraternal entre Gabriel y yo estaba cambiando. Entonces una figura corrió hacia nosotros y aprecié que Gabriel me lanzaba una mirada incómoda.

—¡Gabi! Estaba esperándote en la escalera. ¿Vienes ya o qué? —le preguntó un chico alto y rubito, de nariz respingona y pómulos altos. Yo lo conocía. En realidad, todas las chicas del colegio sabían de él, incluso las más mayores. Se llamaba Pablo y era uno de esos jóvenes por los que volvías la cabeza para contemplarlo bien. Vivía en el pueblo de al lado, pero sus padres habían decidido apuntarlo a nuestro colegio. Se decía que su familia era muy rica y que tenían una casa enorme, casi como un palacio—. ¡Eh, hola! —me saludó con una sonrisa afable—. Eres Carol, ¿verdad?

Asentí, aturdida. Pablo iba a la misma clase que Gabriel, pero nunca los había visto juntos porque él no solía juntarse con nadie. Noté una punzada de celos, de esos que se producen cuando comprendes que tu amigo de toda la vida ha encontrado a alguien mejor que tú. Me dije que era una chorrada, que tanto Gabriel como yo podíamos tener todos los amigos que quisiéramos —yo había pasado el verano con Andrea y otros chicos— y, aun así, seguiríamos unidos.

—¿Vamos? El timbre sonó hace un rato —recordó Pablo al pelirrojo, y este asintió, no sin lanzarme una última mirada.

—Hasta luego —me despedí, con un murmullo.

Y entonces oí que Pablo le decía:

—Entonces ¿esta tarde paso a por ti después del repaso o al final te irás con tu tío?

El pinchazo en el pecho aumentó y, con una rabia sorda al comprender que Gabriel me había mentido, me di la vuelta y, en lugar de ir a clase, me pasé la mañana deambulando por el pueblo. Al día siguiente, como no llevé un justificante por mi ausencia, mi tutor escribió una notita a la tía.

—¿Dónde estuviste ayer? —Andrea me pilló al salir porque me había quedado esperando en la puerta por si veía a Gabriel—. Si tenías pensado hacer novillos, podrías haberme avisado. Nos habríamos fumado un canuto. —Caminó un rato conmigo, a pesar de que en ese momento su compañía no me era grata—. Por cierto, tu amiguito el pecoso no se separa de Pablo. Ya sabes que me gustan mayores, pero joder, cómo está ese tío. De todas formas, aparenta más, ¿no? Hasta yo le haría un favor.

Pasé por alto su comentario y me despedí de ella en cuanto tuve la ocasión. Me tiré la tarde intentando falsificar la firma del justificante para que la tía no se enterara de que había hecho pellas.

Ese fin de semana esperé que Gabriel viniera a casa, pero no lo hizo. En un arrebato me acerqué a la suya, aunque no me atreví a llamar a la puerta. Lo quería, por encima de todo, y no deseaba hacer nada que molestara más a su tío y repercutiera en él.

Por esa época empecé a acudir al colegio todavía con más apatía. Gabriel no aparecía por el patio y, al final, me cansé de buscarlo. En especial, porque si en alguna ocasión bajaba, lo hacía en compañía de Pablo. Temía que me hubiera sustituido por él, pero una parte de mí quería creer que tan solo se debía a las órdenes de su tío. De cualquier forma, me uní al grupo de

Andrea durante los recreos. Salía con ella y sus amigos los sábados y, en el fondo, me lo pasaba bien, pero también echaba de menos a Gabi. Algunas tardes, en lugar de quedarme en casa haciendo los deberes, me iba a la de Andrea, pero siempre acabábamos escuchando música o ella se pasaba las horas parloteando de chicos, moda y sexo. Sus padres casi nunca estaban en casa y la teníamos toda para nosotras dos. Me reveló uno de sus secretos mejor guardados: a veces se atiborraba de comida y después la vomitaba. Se empeñó en enseñarme a hacerlo, pero me negué. Un día comentó que quizá debía hacerlo también para sentirme mejor conmigo misma. Por un momento me vi haciéndole caso. Por suerte, me di cuenta a tiempo de que aquello era una tremenda estupidez, una locura.

—No deberías ir con esa chica —me dijo la tía una madrugada. Había estado esperando a que llegara y eso me provocó rabia. La ignoré, y Matilde se levantó del sillón y me cogió del brazo. Me obligó a volverme y la miré con gesto hastiado—. No es una buena compañía, tesoro.

—¡Solo estoy divirtiéndome! Ya soy mayor, tía —protesté, ya que sentía que continuaba considerándome una niña pequeña—. Y, además, ¿por qué no es buena compañía? —repliqué alzando la voz—. ¿Quién lo es, según tú?

—Ya sabes quién.

Me solté de su agarre y me metí en mi dormitorio. La tía me siguió a toda prisa y se quedó plantada en el umbral de la puerta, observándome pensativa.

—¿Ocurre algo con Gabi?

—Para tu conocimiento, tu querido Gabriel me ha dado de lado. Ahora tiene otro amigo.

—Tesoro… No digas tonterías…

Le cerré la puerta en las narices. No tardé en arrepentirme porque, en el fondo, una parte de mí sabía que no la había tratado bien. Aun así, no consideraba estar haciendo nada malo: solo deseaba pasármelo bien y Gabi me había medio abandonado, de modo que no quería quedarme sin amigos. Pero años después, viéndolo desde una perspectiva de adulta, también la comprendí a ella.

En cuanto a mi amigo, una tarde me siguió desde el colegio en lugar de irse directo al repaso. Debería haberme dado cuenta de lo que significaba, de que se atrevió a romper las normas de Julio porque estaba preocupado por mí. Pero en esa época, enfadada como estaba, pensé que tan solo lo hacía porque la tía se lo había pedido.

—¡Carolina! —me llamó, cuando ya entraba en mi calle.

—Vaya, ¡mira quién me digna con su real presencia! —respondí de manera irónica. Advertí su mirada triste y el corazón se me arrugó un poco.

—¿Por qué vas con Andrea?

—¿Qué? —Abrí mucho los ojos y me eché a reír—. ¿Acaso te importa, Gabi? ¿Y qué tienes en contra de Andrea? —le pregunté, sorprendiéndome a mí misma al defenderla ante mi amigo de siempre.

—No tengo nada en contra de ella, pero me importa si es malo para ti.

—¿Malo por qué? —Alcé los brazos soltando un bufido exasperado—. En serio, no sé qué te habrá contado la tía, pero es una exagerada. Me hacéis sentir una estúpida. ¡Ni que Andrea me obligara a algo! Hago lo que me da la gana. Fumo y bebo porque me lo paso bien —me defendí mientras él me observaba con una expresión extraña en el rostro. Y, de pronto, me sentí más enfadada que semanas atrás—. Además, ¿vas a darme lecciones tú? —lo ataqué, y noté que me ponía roja a causa de la rabia—. ¿El cobarde que se aparta de mí porque su tío se lo pide? O quizá solo sea que te cansaste de mí. Supongo que te lo pasas mejor con Pablo, así podéis hablar de chicas, tetas y lo que os dé la gana.

—Carolina, no es eso...

—¿Y qué es? —inquirí acercándome. Negó despacio con la cabeza, y dejé escapar una risa amarga—. ¿Ves? Siempre es lo mismo, Gabi. Nunca me cuentas nada. Y jamás te lo había reprochado porque sé que eres un chico al que le cuesta abrirse. Pero al final me he cansado. Se supone que los amigos se cuentan sus cosas, sus secretos. Yo siempre te lo he explicado todo.

—Pero yo no puedo contártelo. No ahora.

—¡Pues entonces no vengas a decirme con quién tengo que ir! —exclamé sin poder contenerme—. Que te quede claro: voy con quien me da la gana, igual que tú. Fuiste tú quien, el primer día de clase, me mintió con que no podía quedar conmigo. Pues haberme dicho que ya tenías planes y punto.

Esperé unos segundos a que abriera la boca, pero no añadió nada. Me di la vuelta y caminé en dirección a la floristería. Cuando giré la cabeza y eché un vistazo con la esperanza de que Gabriel todavía estuviera allí, descubrí desolada que ya se había marchado.

Un par de horas más tarde la tía cerró la tienda y subió a casa. Yo estaba sentada a la mesa coloreándome las uñas con un esmalte rojo que Andrea me había prestado en lugar de hacer los deberes. Matilde se situó a mi lado y, al levantar la cabeza, vi que me miraba con seriedad y tristeza. Me levanté en silencio y me marché al dormitorio. Ese fin de semana volví a salir con Andrea y bebí, de nuevo, un poco más de la cuenta. Vomité tanto que la tía se despertó y acudió al cuarto de baño.

—¿Ves lo que te digo, Carolina? No puedes seguir así...

—¡Basta, me encuentro mal! —chillé. Matilde se quedó a mi espalda, contemplando cómo me enjuagaba la boca y me lavaba la cara. La miré a través del espejo y susurré—: ¿Por qué hablaste con Gabi?

—Estaba preocupada y pensé que él...

—No vuelvas a hacerlo —le espeté.

—Ratón...

—¡No me llames así! ¡Que ya te dije que no soy una niña!

Me encerré en mi dormitorio con unas terribles náuseas y un horrible mareo que no me dejaron apenas dormir. Me desperté con la mayor resaca de mi vida, y la tía, en lugar de regañarme, me llevó a la cama un vaso de zumo de naranja y un paracetamol. Me encogí entre las mantas, con los ojos cerrados, avergonzada por haberle gritado la noche anterior.

Tal como le había dicho a Gabriel, Andrea nunca me había obligado a nada. Yo podría haber rechazado todo. Nunca me instó a fumar o a beber. Lo hacía porque me apetecía, porque me sentía más mayor y rebelde de esa forma. Sin embargo, eso cambió una noche en que Andrea me ofreció una pastilla en uno de los botellones. Fue durante mi decimoséptimo cumpleaños y era la primera vez en mucho tiempo que lo celebraba sin Gabriel. La tía me había propuesto que lo invitara a comer con nosotras, pero me negué. Estaba segura de que rechazaría la invitación, o bien que su tío no le permitiría venir a casa.

Esa noche Andrea se acercó y me enseñó la pastilla. Me negué y ella insistió. Le repetí una y otra vez que no quería tomar nada de eso y al final se puso violenta. Ella había bebido mucho y quizá ya se había tomado algo. Trató de metérmela en la boca a la fuerza hasta que lo consiguió, pero la escupí. Me había tirado de la manga de la chaqueta hasta rompérmela en la zona del hombro.

—¿De qué vas, tía? ¿Sabes lo que cuestan esas *pastis*? —me espetó.

—No quiero esa mierda, ¿entiendes? —Era la primera vez que me empujaba a hacer algo y me sentí mal, decepcionada. No me había agradado su exagerada reacción, pero imaginé que no estaba acostumbrada a que la rechazaran de ninguna forma—. Me voy a casa.

—¡Eres una aburrida y una niñata! —me gritó—. ¡Cuando ibas con ese pecoso de mierda, dabais pena! Yo te ofrecí la oportunidad de molar, tía.

Le hice un corte de mangas sin darme la vuelta. A los pocos minutos la tenía a mi lado. Había corrido hasta atraparme. Me abrazó y se echó a llorar.

—Porfa, no te vayas. Perdóname, voy fatal. Eres mi mejor amiga, Carol.

Su comportamiento conmigo cambió. Continué yendo con su grupo un poco más, pero Andrea ya no me trataba de la misma manera. No se acercaba tanto a mí, y en ocasiones ni siquiera me dirigía la palabra. Poco a poco dejé de fumar y de beber porque de pronto, sin la compañía de Andrea y nuestras locuras juntas, ya no me parecía divertido. Quise recuperar la confianza y la relación que había tenido con la tía.

Intenté aplicarme con los estudios y ayudar también a Andrea, pero siempre me ponía excusas para no quedar. Fue alejándose de mí, hasta que un buen día ya no me esperaba a la entrada de la escuela y ni siquiera me hablaba en clase. Me dio rabia, pero me dije que, si me había dado de lado solo por el tema de la pastilla, no merecía la pena ir con ella. No iba a hacer lo que Andrea quisiera, y mucho menos con algo malo.

Por otra parte, reconocí que seguía echando de menos a Gabriel. Deseaba demostrarle que ya no estaba enfadada con él, que había entendido su situación. Quizá, para no sentirse tan solo, se había hecho amigo de Pablo. Estaba claro que necesitaba a alguien si su tío no le permitía encontrarse conmigo. En cualquier caso, estaba decidida a recuperarlo, de modo que empecé una nueva rutina. En los recreos, si alguna vez lo veía por los pasillos, alzaba la mano y lo saludaba o le sonreía. Pasó un tiempo, pero un día me correspondió.

Alguna que otra tarde me acercaba a su calle y aguardaba también. Normalmente su tío lo recogía en la academia, y cuando me veía cerca de su casa apretaba los labios y el paso. Gabriel solo miraba hacia delante, como si no me reconociera. A pesar de todo, no desistí. Y una tarde, al acercarse diciembre, mi viejo amigo se dio la vuelta y me dedicó una sonrisa. Ese fue mi regalo anticipado de Navidad y mi esperanza. En un par de ocasiones fui a su casa antes de la cena y me quedé fuera, tiritando, para ver si él me veía por la ventana y se asomaba. En una de ellas me descubrió allí, con el rostro hacia arriba, muerta de frío. Sacudió la mano a modo de saludo y desapareció unos instantes para luego regresar con un papel que pegó a la ventana. «Gracias, Carolina. Ya queda menos», leí. «¿Ya queda menos para qué?», pensé.

No entendí lo que mi amigo intentaba confesarme. ¿Cómo podría haberlo hecho si se guardó todo muy adentro? Aunque pareciera extraño o exagerado para la época en la que vivíamos, existen muchos casos como el de Gabriel, también hoy. Familias en las que hay un peligroso grado de represión. Jóvenes que sobreviven en una cárcel que debería ser un hogar. Y si yo hubiera sabido todo lo que se escondía en el corazón de Gabriel, habría dado lo que fuera por ayudarlo y sacarlo de allí.

9

Tras la limpieza y haber estado pensando tanto en Andrea, Pablo y Gabriel, me fui directa a la cama sin cenar. Isaac dudó en acompañarme, pero tal vez vio en mi cara que no era el momento adecuado y se excusó alegando que le apetecía adelantar un poco de su novela. Me limité a asentir y lo dejé en el salón. Aprecié que, antes de abandonarlo, me lanzaba una extraña mirada que no atiné a descifrar.

Me estiré en la cama con la ropa puesta y me quedé contemplando el techo. Se me pasó por la cabeza lo que había pensado durante el encuentro con Andrea: que parecía conocer a Isaac. No, no lo parecía, estaba segura de ello. Andrea lo había mirado con un atisbo de reconocimiento, y esa sonrisa no había sido de amabilidad, sino como un «¡Eh! ¡Pero si eres tú!». Aunque no hacía frío en la casa de la tía, noté un estremecimiento. Cerré los ojos, con los brazos cruzados sobre el pecho a lo vampiro, y traté de vaciar la mente. Había ido a La Puebla para relajarme, no para recordar un pasado que a veces era luminoso y otras, en cambio, triste.

Seguramente me amodorré porque, cuando quise darme cuenta, Isaac se encontraba sentado en la cama a mi lado. Portaba en las manos una bandeja con dos vasos de agua y dos platos con tortillas francesas y un poco de ensalada. Me observaba circunspecto, con suma atención, y me incorporé un poco incómoda. Abstraída como estaba, en ese instante ni siquiera caí en la cuenta de que Isaac había cocinado para mí.

—No sé si tendrás hambre, pero deberías comer algo. Lo he traído aquí, aunque si quieres nos vamos al comedor.

—No, tranquilo, aquí me vale.

Adelanté un brazo cuando me tendió mi plato. Isaac depositó la bandeja en la mesilla de noche y cogió también el suyo.

—¿Te encuentras bien? —me preguntó con la cabeza gacha. Estaba partiendo un pedazo de tortilla, y luego se lo llevó a la boca y lo masticó con lentitud.

—Sí, ¿por...?

—Te has mostrado rara desde que he llegado. —Alzó el mentón y me estudió con una ceja arqueada—. Mejor dicho, desde que nos hemos encontrado con esa chica.

—Solo estoy cansada —me excusé. Por unos instantes creí que Isaac sabía toda la verdad por la forma en la que dejó el tenedor en el plato, como si fuera a reprocharme algo. Antes de que pudiera hacerlo, me adelanté—: ¿Conoces a Andrea?

—¿Cómo? —Pestañeó confuso.

—¿La viste alguna vez cuando viniste aquí el año pasado? —insistí.

—No sé... La verdad es que, si nos cruzamos o algo, no la recuerdo. —Se encogió de hombros y continuó comiendo, esa vez la ensalada.

Estudié sus gestos y también su rostro, tratando de decidir si me decía la verdad. Parecía sincero y aun así...

Comimos unos minutos en silencio, hasta que Isaac lo rompió y me preguntó:

—¿Te gustaba vivir aquí?

—¿En La Puebla, quieres decir? —Como asintió, esbocé una suave sonrisa—. Sí, claro. Realmente era lo único que conocía de niña. No había visitado casi nada. El pueblo de al lado un par de veces con la tía y ya está. Matilde no tenía coche y trabajaba demasiado para que pudiéramos ir a algún sitio.

—¿Y no te aburrías durante el verano? Para una chiquilla, debía de ser tedioso en ocasiones. ¿O todos tus amigos se quedaban aquí también?

—Algunos veraneaban en las costas. —Pinché un tomate cherry y me lo llevé a la boca, pero noté que Isaac me miraba fijamente.

—¿Y tu amigo? ¿Pasaba el verano contigo?

—¿Te refieres a Gabriel? —La mera mención de su nombre me entristeció. Quería pensar en él sin ninguna alteración, pero achaqué mi estado al encuentro con Andrea y a lo fuerte que era la ausencia de la tía—. No, creo que ya te lo comenté. Su familia y él solían irse a Madrid en verano, y en Navidad también.

—¿En verano a Madrid? —Isaac compuso un gesto de tedio—. No hay playa ni nada. Madrid en verano es un horror.

—Ya, pero iban a ver a la familia que tenían allí.

—¿Los conocías también a ellos?

Me incliné para dejar mi plato vacío en la bandeja que reposaba en la mesita y, a continuación, contemplé a Isaac con curiosidad. Siempre me hacía tantas preguntas sobre mi infancia... Preguntas que no lograba entender por qué le interesaban. Él parecía aguardar mi respuesta y yo no sabía cómo sortearla.

—No, qué va —contesté al fin encogiéndome de hombros—. La tía y yo solo conocíamos a su madre y a su tío.

—¿A Gabriel le gustaba marcharse a Madrid? Con lo amigos que erais, seguro que prefería quedarse contigo.

—Supongo que no le gustaba mucho. Porque, además, las últimas veces lo hicieron por la enfermedad de su madre.

Isaac terminó su cena, recogió la bandeja y salió del dormitorio dejándome con una extraña sensación. Al regresar, se había encendido un cigarro, sin ni siquiera preguntarme si estaba de acuerdo. Opté por no regañarlo, ya que me sentía demasiado cansada.

—¿Te hablaba de su familia de Madrid?

Fruncí el ceño y, muy despacio, sacudí la cabeza. Isaac soltó una vaharada de humo que llenó la habitación. Recordé que me había dicho que últimamente solo fumaba cuando estaba nervioso. ¿Significaba aquello que lo estaba en ese momento?

—¿No te parece extraño que nunca te dijera nada de ellos en todo ese tiempo que fuisteis amigos?

—Pues no, Isaac —respondí un poco a la defensiva. Joder, yo no le cuestionaba nada de su vida, a pesar de morirme de ganas—. Gabriel era el chico más reservado que puedas imaginarte. —Me encogí de hombros, restándole importancia, aunque yo misma me había hecho esa pregunta años atrás—. Tú tampoco me has contado nada sobre tu familia, ¿no? Mira, al menos él sí me hablaba mucho de su padre.

—¿Crees que no te decía nada porque los rechazaba? —inquirió, ignorando mi pulla.

—¿Y yo qué sé? Si eran como su tío, es comprensible. Tan cerrado y estricto...

—¿De verdad piensas que lo era tanto?

—No es que lo piense, Isaac. Lo era. Son dos cosas muy distintas. Puedes preguntárselo a César, o a la tía si estuviera aquí... Pero las señoras religiosas del pueblo, en cambio, te dirían que era la mejor persona del mundo. A veces, Isaac, la verdad es aquello en lo que elegimos creer. Y, por eso, cada uno tiene la suya.

Me observó con los ojos vidriosos. En esos momentos, se me antojaba muy lejano. Salí de la cama apresuradamente, con la intención de esquivar más preguntas. Me molestaba un poco darle tantas explicaciones y que él, sin embargo, continuara sin abrirse con respecto a su pasado, a su familia o a su vida en general.

—Voy a fregar los platos —susurré. Y abandoné el dormitorio notando la intensa mirada de Isaac clavada en mi espalda.

—La verdad es que es una casa bonita —oí que la mujer decía a su marido. Bajó la voz, pero la oí de todos modos—. Necesita alguna reforma, pero aun así...

Era sábado y los posibles compradores —Judith y Fran, se llamaban— habían llegado a La Puebla de manera puntual. El matrimonio estaba escudriñando el dormitorio de la tía mientras yo los observaba desde el umbral de la puerta. Me habían contado que se habían casado hacía unos meses y que no pensaban comprarse una vivienda para no meterse en una hipoteca, pero ella se había quedado embarazada y necesitaban más espacio para el futuro bebé. Les agradaban los lugares tranquilos y, por ello, habían convenido en que La Puebla sería un buen sitio para criar al niño.

Mientras cuchicheaban asomados a la ventana, el móvil me vibró en el bolsillo trasero de los vaqueros. Lo saqué y abrí la aplicación de WhatsApp. Isaac quería saber cómo iba la cosa. Se había marchado a dar una vuelta por el pueblo para que yo pudiera enseñar la casa con tranquilidad. No habíamos hablado mucho esa mañana, pues se había levantado tarde después de trasnochar con la novela y yo, en cambio, había madrugado con tal de limpiar un poco más y mostrar una casa decente. Escribí apresurada que todavía estaban viéndola y me guardé de nuevo el teléfono cuando el matrimonio se daba la vuelta y se acercaba a mí. Ella ya lucía una pequeña barriga y a mí la vista se me había ido al bulto en un par de ocasiones.

—Carol, ¿podemos ver el local otra vez? —me preguntó Fran con una sonrisa.

Bajamos la escalera en silencio y abrí la puerta de la tienda con una sensación extraña en el estómago. Me parecía que en cualquier momento la tía nos asaltaría para mostrarnos un enorme ramo que habría preparado con todo su cariño. No era que Matilde creyera que yo iba a continuar con el negocio tras su jubilación o su muerte, pero una parte de mí se sentía culpable. Había estado segura de que quería vender la casa y la tienda hasta que el matrimonio había llamado al timbre. Ahora que esas personas se encontraban allí observando todo con interés, un puño invisible tiraba de mí con anhelo. La pareja china nos observó con recelo cuando entramos en la tienda. Ya les había explicado que mi intención era venderla también.

Fran y Judith caminaron por el local echando ojeadas a las paredes y al suelo. Al frente de la estancia se hallaba el mostrador en el que la tía atendía a sus clientes con sus sonrisas.

—¿Habría posibilidad de negociar? —inquirió Fran, que se había vuelto para mirarme.

—Podríamos hablar sobre ello si al final os interesa —respondí distraída. Un aroma imaginario a flores me envolvía y me hacía retornar a tiempos pasados.

—Es que se nos va de precio y el local no nos interesa —me confesó Judith con una sonrisa tímida—. Si pudiéramos comprar solo la casa...

—Bajarlo mucho no, pero lo de la tienda tal vez... —Me encogí de hombros.

—Necesitamos pensarlo —intervino Fran acercándose a mí—. Nos gusta mucho, ¿eh? La casa es bonita, espaciosa y está en un buen lugar. Pero tenemos que sacar cuentas.

—Claro, lo entiendo —asentí, y forcé una sonrisa.

Unos minutos después se despidieron de mí asegurándome que, en un par de semanas como mucho, me darían una respuesta. Entré en casa al tiempo que enviaba un mensaje a Isaac para informarlo de que ya se habían ido. Atravesé el pasillo hacia el dormitorio de la tía y lo contemplé desde el umbral de la puerta. Dios, no sabía qué hacer. Necesitaba hablar con ella de la única forma en que podía hacerlo. Corrí hasta el recibidor y cogí mi chaqueta del perchero. En nada, me encontraba atravesando las calles camino del cementerio. Cuando estaba en Barcelona, me resultaba más fácil. En La Puebla, ansiaba sentirme cerca de Matilde. Me planté ante su nicho y me quedé un buen rato allí, comunicándole en silencio todas mis dudas, preguntándole si le parecía bien cuanto me había propuesto, si le dolería que vendiera la casa y el local y explicándole que el dinero me vendría bien. La tía no podía contestarme, por supuesto. Posé un beso en su foto y abandoné esa calle en dirección a la salida.

Y entonces, lo vi. Isaac, abandonando también el cementerio. Un peso incomprensible se formó en mi estómago. ¿Qué hacía allí? ¿Acaso me buscaba? No era posible, pues se me había pasado comunicarle adónde había ido. Pero quizá había vuelto a casa y, al no encontrarme en ella, se le había ocurrido que andaría visitando a la tía. Cogí aire y me encaminé hacia él a grandes zancadas con tal de alcanzarlo. Cuando lo hice y lo tomé del brazo, pareció asustarse.

—Eh, soy yo —murmuré.

—Joder... —Esbozó una sonrisa que se me antojó nerviosa—. No te había visto.

—¿Qué hacías aquí? —Señalé el cementerio a mi espalda y él volteó la mirada hacia los altos y frondosos árboles.

—Estaba paseando —respondió—. A los escritores de terror nos atraen mucho estos lugares —dijo con una risa ronca.

No contesté. Me quedé mirándolo con atención, un tanto contrariada. Echamos a andar en silencio, y a medio camino me confesó que había encontrado el nicho de la tía.

—Era una mujer muy guapa.

Asentí con un nudo en la garganta. No sabía explicarme qué, pero sentía que de verdad Isaac me ocultaba algo. Me obligué a olvidar el asunto, a no dar tantas vueltas a la cabeza. En cuanto llegamos a casa de la tía, me metí en la cocina para preparar la comida. A mitad, Isaac entró, me rodeó la cintura y me la acarició con los dedos al tiempo que apoyaba la nariz en mi nuca desnuda pues me había recogido el cabello en un moño. Inspiró, y mi vientre se encogió con un cosquilleo. No habíamos estado tan cerca desde su llegada, tan solo nos habíamos dado un beso y un abrazo el día anterior y, a pesar de mis dudas, el calor que su piel desprendía me despertaba. Me dio la vuelta con suavidad y me dedicó una sonrisa, de esas dulces que habían empezado a asomar en su rostro de un tiempo a esa parte. Se la devolví y entreabrí la boca cuando se arrimó. Recibí sus labios con ganas. Tenía los suyos húmedos, sabrosos, y empecé a olvidarme de todo cuando su lengua azotó la mía sin piedad.

—No era capaz de aguantarme más, Carolina —jadeó en mi oído, para luego tirar del lóbulo de mi oreja.

Nos encaminamos a mi dormitorio entre besos y manos que buscaban aquí y allá. En la puerta lo detuve y me apresuré a quitarle el jersey. Recorrí su pecho con los dedos y bajé hasta su vientre, donde sus músculos se contrajeron. Me concentré en el sabor de su boca y el adictivo aroma que emanaba de su piel. Me apetecía tomar el mando, disfrutar de una vez por todas como me había propuesto. Lo empujé hacia la cama y se dejó caer sobre ella mirándome con deseo. Me deshice de mi blusa y contempló mis pechos con hambre. Plantada ante él, me desabroché también los pantalones y me los quité de la manera más sensual posible. Isaac adelantó los brazos para acogerme en ellos, y sus manos subieron por mis muslos hasta alcanzar mis nalgas. Me las manoseó mientras dejaba suaves besos alrededor de mi ombligo. Eché la cabeza hacia atrás al notar su nariz presionando en la tela de mis braguitas.

—Tu olor me vuelve loco —susurró con su voz ronca.

Dibujé una sonrisa pícara al tiempo que apartaba sus manos de mi trasero y se las llevaba a la cama.

—No puedes tocarme —le ordené, y sus ojos destellaron de lujuria.

Me incliné para desabrocharle los vaqueros y, a continuación, los deslicé por sus muslos hasta las rodillas. Me agaché y se los bajé del todo, y se quedaron arrugados en sus tobillos. Isaac alzó una pierna para ayudarme, después la otra. En cuanto estuvo desnudo, a excepción del bóxer, le separé las piernas, me puse de cuclillas y me situé entre ellas. Isaac contemplaba cada uno de mis movimientos entre estupefacto e impaciente, con una mirada cargada de deseo contenido. Supe que le gustaba verme allí, dispuesta a darle el máximo placer. Introduje una mano en sus calzoncillos y palpé, sin ningún reparo, su erección. Al llegar a la punta, mis dedos se impregnaron de humedad y algo palpitó entre mis piernas. Cogí el borde de su ropa interior y se la deslicé por los muslos. La tenía muy dura, brillante y sonrosada. Noté que mi entrepierna también se humedecía. Apoyé una mano en uno de sus muslos mientras con la otra apresaba su sexo y se lo acariciaba. Isaac dejó escapar una especie de siseo y me miró excitado. Entonces me acerqué a su polla, saqué la lengua y pasé la punta por ella. La recorrí de arriba abajo con los ojos cerrados. Al abrirlos, vi que se había echado un poco hacia atrás y que estaba disfrutando muchísimo.

—Lo haces genial… Eres jodidamente excitante —gruñó, y me arrancó una sonrisa.

Continué a lo mío, poniendo todas mis ganas en masturbarlo con la boca y con la mano. Él apoyó la suya en mi cabeza para ayudarme a marcar el ritmo. Me la metí más y lo oí gemir. Su sexo vibraba en mi lengua, rozaba mis dientes, se humedecía con sus fluidos y con mi saliva.

—No pares. Haces que me ponga a mil —murmuró. Me miraba con un rubor encantador en las mejillas, y me afané todavía más, succionando con delicadeza, moviendo la mano con rapidez, trazando círculos con la lengua—. Joder, voy a correrme...

Vi que entornaba los ojos a causa de la inminente explosión. Sin embargo, logró mantenerlos abiertos y supe que deseaba observarme hasta el final. Le dediqué una mirada sexy y de mis labios salieron unos cuantos gemidos al darme cuenta de lo mucho que le gustaba. Aceleré el ritmo con mi mano y mi boca y, pocos segundos después, Isaac estalló. Noté su sabor salado extendiéndose por mi paladar. Él gruñó y soltó un par de palabrotas.

No le permití tomar aire. Me senté a horcajadas sobre él, le tomé la mano y la guie hasta mis bragas. En cuanto introdujo un par de dedos en mí, alcancé las estrellas, las toqué, me fundí con ellas. Eché la cabeza hacia atrás, balanceándome al mismo ritmo que Isaac sacaba y metía sus dedos en mi sexo. Con el pulgar, acariciaba mi clítoris de tal forma que un sinfín de oleadas de placer recorrían mi cuerpo. Agachó la cabeza para mordisquearme los pezones y lamérmelos, y lo apreté contra mí, presa de un deseo infinito. Necesitaba desahogarme, fundirme con él una vez más. No tardé mucho en sucumbir a un orgasmo que iluminó mi piel, me la erizó y me arrancó unos cuantos gritos incontenibles. Isaac los acalló besándome con hambre, abrazándome contra él. Aprecié su pene duro de nuevo, buscándome. Y, de un modo totalmente sencillo, se coló en mí y me permití olvidarme de todo durante ese rato.

Esa tarde dejé a Isaac enfrascado en su novela y salí a dar un paseo y airearme. No pensé ni por un segundo que podía encontrarme de nuevo a Andrea. Sin embargo, al pasar por la taberna de Rafita, alguien me llamó y, cuando volví la cabeza, la divisé en la terraza con una mujer que debía de ser su madre, aunque había cambiado muchísimo. Me detuve para no hacerle un feo y ella se levantó y se acercó a mí.

—¿Quieres tomarte algo con nosotras? —me preguntó con amabilidad.

Supuse que lo que quería era curiosear.

—Están esperándome —mentí.

—¿Tu chico? —Dibujó una sonrisa que se me antojó artera. No respondí, tan solo la miré con seriedad—. Sois novios, ¿no? Perdona, es que... el otro día ibais cogidos de la mano y... —Como yo continuaba sin contestar, Andrea se rascó el cuello, dubitativa—. Él no es de aquí, ¿no? Pero lo he visto últimamente en un par de ocasiones por el pueblo...

De ahí seguramente se debía aquella mirada que le había echado. Pero... ¿en qué momento había ido Isaac a La Puebla? Yo tan solo tenía constancia de que había estado cuando nos habíamos conocido, pero no me había comentado que hubiera hecho otras visitas con posterioridad. Volví a sentir que me ocultaba algo. Quizá mucho. Empecé a ponerme nerviosa.

—Disculpa, pero tengo que irme —dije a Andrea—. Si nos vemos otro día, nos tomamos algo, ¿vale?

No tenía ninguna intención de hacerlo, por supuesto. Andrea se encogió de hombros y se despidió de mí con la mano. Caminé en el sentido opuesto, alejándome tanto de esa chica que me traía malos recuerdos que, cuando quise darme cuenta, había llegado a la calle donde Gabriel vivió. Recordé entonces que César me había dicho que habían vendido la casa y, con una gran curiosidad, me acerqué un poco más. Divisé una figura fuera del imponente caserón y, por unos segundos, la mente me jugó una mala pasada y creí ver a Gabriel con su cabello fulgurante.

10

Me quedé de pie unos segundos, incapaz de reaccionar. Lo vi como ese chico larguirucho y pecoso de dieciséis años cuyo recuerdo mantenía en mi cabeza, soñando con cumplir los dieciocho y volar muy lejos para comenzar una nueva vida. Si no hubiera muerto, quizá habría conseguido todas sus aspiraciones. A lo mejor habría empezado la carrera de Derecho, como Julio quería, y después habría encontrado un trabajo como instructor de baile y la habría dejado y, de esa forma, alcanzar su deseo. Cerré los ojos y los apreté con fuerza para no pensar en él y que su recuerdo dejara de pincharme en la mente.

Al abrirlos y arrimarme un poco más a la casa, descubrí que la figura pertenecía a una chica rubia de unos dieciocho o diecinueve años. Estaba metiendo cajas que parecían muy pesadas. Sin pensarlo mucho, corrí hacia ella para ofrecerle mi ayuda. La muchacha esbozó un gesto de sorpresa al verme, pero de inmediato compuso una sonrisa de dientes blancos y perfectos.

—¡Hola! —exclamó—. Muchísimas gracias, eres muy amable —dijo cuando alzamos juntas una caja. Pesaba mil demonios y caminamos muy lentas, a trompicones. Al fin, la dejamos en el umbral de la puerta y, por unos instantes, ardí en deseos de ver cuánto había cambiado la casa de Gabriel. Sin embargo, la chica volvió a salir y me apresuré a seguirla—. Por cierto, me llamo Laura. —Me tendió una mano, y se la estreché, algo aturdida.

—Carol.

—Encantada. Imagino que vives aquí, ¿no?

—En realidad estoy intentando vender la casa de mi ti... Mi casa. —No me hacía a la idea.

—Uf, ya. —Chascó la lengua y se cruzó de brazos—. Es que este lugar es un tostón. Sabía que no iba a gustarme, pero... ¿Qué iba a hacer? Mi madre se empeñó en que nos mudáramos aquí. Todos mis amigos están en Talavera. Menos mal que hoy en día tenemos WhatsApp, ¿eh? Pero vamos, que, si en verano encuentro un trabajo en Talavera, me piro otra vez y busco un piso para compartir. Me sabe mal por mi madre, tan sola aquí... —Se encogió de hombros.

Su afabilidad me agradó. Contaba con un rostro muy bonito y unas suaves facciones que transmitían serenidad. Recuerdo que pensé que no era tan malo que ella ocupara el antiguo hogar de Gabriel, que una chica como esa podía dotarlo de paz.

—¿Me ayudas también con esta, por favor? —Me miró con cierta timidez y asentí de inmediato—. Es que mi madre ha tenido que irse un momento por una urgencia y me ha dejado con todo esto... —Soltó un jadeo cuando ambas levantamos la caja.

—No te preocupes —la tranquilicé, y me agaché a la vez que ella para depositar el enorme bulto en el suelo.

La vista se me desvió hacia el recibidor. Habían colocado una gran mesa de color caoba y aspecto elegante. Enseguida volví a posar la mirada en la chica, pues me observaba con atención, los puños apoyados en las caderas.

—Oye, ya que me has ayudado... ¿Quieres tomar algo? ¿Un té? ¿Café? ¿Coca-Cola?

—Una Coca-Cola estará bien.

—Pasa —dijo, me indicó con un gesto que me adentrara un poco más y luego cerró la puerta.

Me quedé allí plantada, con las manos cruzadas a la espalda y sin saber muy bien qué hacer. Me animó a seguirla y me llevó al salón. Al salón donde había pasado aquella Navidad con Gabriel. Pero, a diferencia de antes, ahora el caserón estaba más luminoso, vivo, con muebles elegantes y caros y un enorme y cómodo sofá a un lado. De las paredes pendía algún que otro cuadro de un hermoso paisaje en lugar de las escenas religiosas de Julio. Se respiraba calidez en aquel lugar, y un sentimiento de nostalgia se apoderó de mí al pensar que aquello le habría gustado más a mi viejo amigo. Le habría gustado porque lucía como un auténtico hogar.

—¿Qué te parece? —me preguntó Laura al reparar en mi escrutinio.

—La verdad es que está decorado con muy buen gusto —reconocí.

—Pues todo lo ha elegido mi madre. Le encanta restaurar y decorar, y le pareció perfecto para adecentarlo a su gusto... —Alzó ambos dedos índices y exclamó—. ¡Espera! Voy a por los refrescos. Siéntate, si quieres.

Me señaló el espacioso sofá y esbocé una sonrisa, pero preferí mantenerme de pie.

Pocos minutos después Laura regresó con una bandeja en la que había dos vasos con Coca-Cola y un pequeño cuenco con patatas fritas. Lo colocó en la gran mesa del centro, se sentó y luego me hizo aspavientos con una mano para que la imitara.

—¿Adónde quieres mudarte? —me preguntó una vez que tomé asiento.

—Lo cierto es que vivo en Barcelona desde hace años, pero mi tía falleció hace unos meses y voy a vender la casa —le expliqué.

—Oh, lo siento. —Me lanzó una mirada apenada que me pareció muy sincera. Después cogió una patata frita y se la comió de manera muy refinada—. En realidad, esto no está tan mal, ¿no? A ver, no es que haya muchas cosas para hacer... —Asentí, como coincidiendo con ella, aunque llevaba mucho tiempo fuera e ignoraba qué avances se habían producido en el pueblo—. La gente de aquí es bastante amable, como tú, que me has visto y enseguida te has ofrecido a ayudarme. —Se volvió hacia el gran ventanal y comentó—: El otro día una anciana también vino a saludarnos. Vive al final de la calle, a lo mejor la conoces. Se me ocurrió que era como antiguamente y hasta se lo comenté a mi madre. Hoy en día cada cual va a la suya en las ciudades, ¿no? Pero aquí hay relaciones más estrechas, supongo.

—Sí, es cierto. Aquí casi todos nos conocemos.

Di un trago a la Coca-Cola. Se me antojaba sorprendente sentirme tranquila en aquella casa donde habían ocurrido cosas terribles. Tiempo atrás había creído que jamás podría volver a entrar en ella. Sin embargo, sabía que se debía a Laura. Desprendía magnetismo, jovialidad, fuerza, y pensé que era de esas personas que te hacen sonreír con tan solo mirarla.

—Quizá puedas pasarte por aquí alguna tarde —comentó de repente.

—¿Cómo?

—Sé que mi madre no querría que te contara esto, pero al final acabará agradeciéndomelo. Lo hago por su propio bien. —Eso último lo había dicho bajando la voz, como si quisiera que compartiéramos un secreto. Deslizó la mirada hasta el cuenco de patatas e hizo amago de coger una, pero luego apartó la mano como si se lo hubiera pensado mejor. Cuando levantó la barbilla estaba un poco más seria—. Es que está en proceso de separación de mi padre. Aunque, bien mirado, ya ni me apetece llamarlo así. Prefiero referirme a él como «maldito cabrón salido».

Abrí mucho los ojos, movida por la sorpresa, y se me escapó una carcajada que traté de acallar con una mano porque pensé que molestaría a Laura. No obstante, compuso de nuevo una bonita sonrisa.

—Por eso paso de los hombres. No saben mantener la cosita dentro de los pantalones. —Se señaló la entrepierna como para matizar, y después suspiró con los ojos en alto, casi de manera teatral. La situación parecía un tanto descabellada, pero quizá lo único que Laura necesitaba era soltar el lastre con una desconocida. A veces es mucho más sencillo desnudarte ante alguien que no sabe realmente quién eres—. Mi pobre madre currando como una jabata y él haciendo turismo por el cuerpo de otra.

Me mordí el carrillo, divertida. A punto estuve de confesarle que entendía a su madre porque mi expareja también se había dedicado a ese «turismo».

—Lo siento —murmuré al fin.

Laura sacudió una mano como restando importancia al asunto.

—En el fondo creo que así está más tranquila. Vamos, que se ha quitado un peso de encima. —Esa vez sí que cogió una patata, se la metió en la boca y, tras masticarla y tragársela, clavó la luminosa mirada en mí—. Pero ahora tiene que empezar una vida nueva y aquí no conoce a nadie. Por eso te decía... A ver, eres bastante más joven, pero a lo mejor te apetece venir a tomar un café con ella alguna tarde. No le vendría mal una amiga. Nosotras nos llevamos muy bien, pero no es lo mismo.

—Claro, tal vez. Aunque me marcho dentro de pocos días.

—Bueno, si estás muy ocupada, no pasa nada.

—Seguro que puedo sacar algún momento —accedí. Me apetecía conocer a la madre de esa muchacha peculiar. Si era como ella, nos llevaríamos bien.

—En serio, trabaja demasiado y necesita más diversión. Mira, ahora mismo está ultimando las obras de su negocio. Va a abrir una clínica dental, la que teníamos en Talavera, cerca de la plaza Mayor.

Asentí con una sonrisa y después volví a pasear la mirada por el bonito salón. Reviví en mi mente la comida navideña con Gabriel y no pude evitar ponerme seria y notar un vacío en el pecho. A pesar de todo, regresar a ese lugar era duro. Laura se fijó en mi gesto y ladeó la cabeza.

—¿Sabes? Aquí vivía mi mejor amigo.

—¿De verdad? —Abrió mucho los ojos—. Pues la casa llevaba muchísimo tiempo en venta, según me contó mi madre. El banco no paraba de rebajarla y, aun así, no se vendía. Cuando llegamos, estaba fatal. Me resultaba un poco fea... Lo siento —se apresuró a disculparse—. A mí al principio me parecía como la típica casa de las películas de terror. Sabes lo que quiero decirte, ¿no? —Se rio y me uní a ella. De repente, chasqueó los dedos como si recordara algo—. Hablando de eso de las pelis de terror, hace unas semanas nos pasó algo increíble.

—¿Sí? —La miré con una tenue sonrisa, esperando que me relatara alguna historia sobre fenómenos paranormales o algo así.

—Fue justo la mañana que nos trajeron los muebles. Estábamos abriendo algunas cajas como posesas —añadió, y recreó sus palabras con gestos efusivos. Mi sonrisa se hizo más grande. Esa chica era un rayo de luz, tan repleta de energía—. Y de repente sonó el timbre. Mi madre creyó que los de la mudanza se habrían dejado algo en el camión. Me mandó a que abriera, y me topé con un tipo alto, con unos vaqueros negros y una chupa de cuero.

La sonrisa se me congeló en la cara, pero Laura no reparó en ello y continuó hablando.

—Total, que me explicó que era escritor y que estaba escribiendo un libro ambientado en este pueblo. ¿A que es increíble? Me inquieté un poco porque, claro, un desconocido... Pero mi madre apareció justo en ese instante y, como es tan confiada, lo dejó pasar cuando él nos lo pidió. Empezó a contarnos que estaba documentándose y que si nos importaba que echara un vistazo a la casa. Mi madre hasta se ofreció a preparar café, pero él aseguró que no quería ser una molestia y que se marcharía enseguida. Como en una peli de asesinos en serie, ¿eh? Aunque reconozco que era guapo.

Me lanzó una mirada cómplice y forcé una sonrisa.

—¿Y... y qué escribe? —le pregunté fingiendo curiosidad.

—Pues creo que historias de miedo... A mí es que no me gusta mucho leer, pero le regaló a mi madre un par de sus libros como agradecimiento.

Noté en la boca un sabor amargo. Primero Andrea me decía que lo había visto por el pueblo en un par de ocasiones, y luego Laura me contaba aquello. Traté de convencerme de que, en el fondo, no era extraño, pues Isaac ya me había explicado que estaba documentándose sobre La Puebla. Pero ¿por qué le interesaba la antigua casa de Gabriel? Y lo que más dudas me provocaba era que no me hubiera contado nada. Sí, él era cerrado. Lo había sido durante muchos meses. Sin embargo... ¿por qué continuaba callando? De repente, sentí unas tremendas ganas de largarme de allí para pedirle explicaciones. Eché un vistazo al reloj y simulé que se me había hecho tarde.

—Tengo que irme. Gracias por el refresco.

Me levanté y Laura hizo lo propio. Me acompañó hasta la puerta y me preguntó:

—Entonces ¿te parece bien lo de pasarte a tomar un café con mi madre?

Asentí y salí a toda prisa. Eché a caminar a paso rápido, con la cabeza a mil por hora. Mi parte racional me repetía una y otra vez que no había nada extraño en lo de Isaac y, en cambio, la parte desconfiada me aseguraba que pasaba algo. ¿Iba a interrogarlo sobre sus visitas al pueblo y a la casa de Gabriel o me callaría y fingiría que no ocurría nada? En realidad, me importaba. Me alteraba, aunque no comprendía los motivos.

Encontré a Isaac todavía frente al portátil. En cuanto reparó en mi presencia, bajó un poco la pantalla y dibujó una escueta sonrisa.

—¿Qué tal el paseo?

—Bien —respondí de manera seca, a lo que él reaccionó arqueando una ceja.

—¿Ocurre algo?

—¿Por qué nunca me hablas de tu novela? ¿Por qué siento que me la escondes?

Me miró con semblante imperturbable y tuve que aguantarme mucho para no soltarle que sentía que me ocultaba algo más que la novela.

—Me cuesta hablar de mis historias —respondió con tranquilidad.

—Ya. Te cuesta tanto todo... —repliqué molesta. Cogí aire y lo solté poco a poco, intentando serenarme, olvidarme de las palabras de Andrea y de Laura—. Voy a ducharme.

—Espera, Carolina —me llamó Isaac, pero no me di la vuelta.

Me hallaba desvistiéndome en mi dormitorio cuando entró y se quedó observándome durante unos segundos.

—Habla sobre la violencia infantil y juvenil en un pueblo pequeño y con ideas antiguas —dijo inesperadamente.

De repente me sobresaltó, trayéndome a la memoria algo que no quería recordar. Lo miré atónita, sin atinar a responder. Isaac se acercó unos pasos más y me contempló desde su altura. Notaba en su mirada una especie de molestia, enfado, incluso un reproche velado.

—Sucede mucho. También en la actualidad. ¿No crees, Carolina? Pueblos en los que la gente sabe de todos y rechaza a quienes no son iguales.

—También sucede en las ciudades —objeté, si bien con una voz muy fina. El pulso me latía en las venas.

—Pero en un lugar como este puede ser peor. Una pesadilla —continuó él, con un tono duro y tajante.

—¿Se metieron contigo de pequeño, Isaac? —me atreví a preguntarle.

—¿Y contigo? ¿O viceversa? —replicó de repente.

Di un respingo al oírlo. Alcé un poco más la barbilla, como a la defensiva, y sacudí la cabeza.

—Por supuesto que no... Jamás habría hecho algo así. De niña intentaba defender a los más débiles. Hasta la tía se preocupaba por si alguna vez me ocurría algo malo.

—Lo sé. Ya me contaste que defendías a tu amigo.

El pulso me retumbó con más fuerza, extendiéndose hasta mi corazón. Isaac me miraba de una manera que me confundía y me alteraba —y no de manera positiva— a partes iguales.

—Es una novela muy dura —siguió, sin apartar los ojos, que se le habían vuelto muy fríos, de los míos—. Hay cosas horribles en ella. Ni te lo imaginas. Y es real porque muchos chavales pasan por eso, de ahí que sea peor. No como las otras que has leído, que se trataba de ficción. Así que... ¿quieres leerla, Carolina?

Pestañeé, tratando de soltarle algo ingenioso o alguna broma para distender el ambiente. Porque en la lengua me quemaban numerosas dudas que quizá iniciarían una discusión.

—Tal vez... —contesté retándolo con la mirada.

Y, sin añadir nada más, pasé por su lado de manera brusca y salí del dormitorio en dirección al baño.

Ahí tenía lo que había deseado, ¿no? Saber algo más de la novela. Pero ahora... ahora que sabía más, no podía evitar recordar de nuevo a Gabriel. Una parte de su dolor. Todo su dolor.

11

Un día, de repente, Gabriel apareció. Era un sábado de diciembre y me encontraba en la floristería ayudando a la tía a diseñar centros para el belén de la iglesia. El párroco era un anciano muy aficionado a las plantas que, cada Navidad, creaba su propia versión del nacimiento decorándolo con numerosas flores. La tía se afanaba por mejorar sus creaciones año tras año.

Recuerdo que vi una figura familiar oteando el escaparate y el rostro se me iluminó al comprender de quién se trataba. Matilde también se dio cuenta y me indicó con un gesto que saliera. Dejé las flores sobre la mesa y corrí al exterior. En cuanto mi amigo clavó su mirada en mí, me lancé contra él sin pensar en nada más. Durante unos segundos se tensó, como solía suceder, pero luego me rodeó con un brazo ya que en la otra mano llevaba una bolsa.

—¿Qué haces aquí? —le pregunté pletórica.

—He vuelto a aprobar todas, aunque con suficientes raspados... Pero Julio está menos enfadado y me ha dejado salir a dar una vuelta.

—¿Y tu madre? ¿Está mejor?

Una sombra oscureció sus ojos. Me dije que había metido la pata una vez más.

—No, pero Julio ha contratado a una mujer para que la cuide. Quiere que me centre en los estudios porque el bachillerato será difícil.

—¡Dímelo a mí! —Estaba ya harta del curso y hacía bachillerato por la tía. Había suspendido unas cuantas asignaturas, aunque menos de las que había esperado—. Siento lo de tu madre...

—Esa mujer la cuidará bien. Por cierto, ahora Julio va a dar clases de catecismo.

Puse los ojos en blanco y no pude evitar reírme. Gabriel no acostumbraba a bromear, y que lo hiciera en ese momento me alegraba.

—Entonces ¿vuelve a dejarte que vayas conmigo? —le pregunté esperanzada.

—No me lo ha dicho claramente, pero supongo que no se enfadará si paseamos por el pueblo o algo así. Creo que lo que le preocupa es que... Bueno, él piensa que estábamos haciendo algo... —Se calló y me tendió la bolsa que sostenía—. Esto es para ti. Es tu regalo de cumpleaños atrasado y, de paso, también de los Reyes.

Que Gabriel fuera mi amigo de nuevo era el mejor regalo para mí. Aun así, saqué el paquete con ansias y rasgué el papel de colores a toda prisa. Apareció un suéter rojo muy bonito, con motivos navideños. Pero lo que más me gustó fue el otro regalo: la cinta VHS de *Grease*, tan importante para él, ya que era la de su padre. La apreté contra mi pecho al tiempo que se la agradecía, emocionada.

—Robé el dinero a Julio para el suéter —me confesó con timidez y, al mismo tiempo, una expresión de orgullo.

—¡¿Y si se entera?! Se enfadará de nuevo...

—No creo que se dé cuenta, siempre lleva muchos billetes en la cartera.

Volví a abrazarlo con todas mis fuerzas. Que se arriesgara por mí me demostraba que todavía seguía considerándome su amiga del alma, su hermana.

El sábado siguiente merendamos juntos en la plaza Mayor unos bocadillos que la tía nos preparó. Gabriel me puso al corriente de todo lo acontecido, de que en Madrid su madre había pasado el verano en una clínica mientras él estudiaba para las recuperaciones. Leía en sus ojos el dolor que le provocaba hablar de ella, así que decidí no volver a mencionarla.

Aun así, mi amigo parecía un poquito más animado. Quizá que otra persona cuidara a su madre lo libraba de una gran carga. Por ello, aunque se me pasó por la cabeza la vez en que volvió a hablarme de aquel superhéroe con un tono extraño y creí oír que decía que tenía miedo, no le pregunté nada acerca del tema.

El fin de semana siguiente acudió con Pablo. Al principio me sentí incómoda, pero me dije que debía comportarme como una persona madura. Compartiendo horas con él, me di cuenta de que era un buen chico y llegó a caerme muy bien.

Un nuevo año llegó y poco a poco fui acostumbrándome a pasar los fines de semana con los dos. Ocupábamos las tardes en pasear por el pueblo y, de cuando en cuando, nos quedábamos cerca de casa de Gabi sentados en un banco. Otras nos íbamos hasta el otro extremo del pueblo para que nos enseñara a Pablo y a mí algún baile nuevo que había inventado, aunque cada vez lo hacía menos, como si la danza ya no lo calmara tampoco, como si no le importara tanto... Me preocupaba que su tío hubiera logrado arrebatarle esa pasión, pero no mencionaba nada para no hacerlo sentir mal. Algunos días comprábamos pipas y chucherías y nos dedicábamos a charlar sobre películas, estudios, música... Gabriel en esos momentos aparentaba ser un chico de dieciséis años que no tenía ningún problema más allá del acné o las matemáticas. En los recreos, volvimos a juntarnos. Los tres. En ocasiones, durante las clases, descubría a Andrea observándome muy seria desde su pupitre. Desde que me había negado la palabra no me había atrevido a dirigirme a ella. Sin embargo, una mañana decidí preguntarle cómo le iba. Era cierto que no habíamos pasado mucho tiempo juntas, y tampoco la echaba de menos. Había sido ella la que había roto nuestra amistad y yo de adolescente era un pelín orgullosa. Pero intuía que no le hacía ninguna gracia que compartiera mi tiempo de nuevo con Gabriel.

—¡Andrea! —la saludé, tratando de mostrarme afable. Se dio la vuelta con lentitud y se quedó mirándome como si no me reconociera. Me sentí algo rara, pero me armé de valor y le pregunté—: ¿Cómo estás?

—Yo muy bien —contestó con la barbilla alzada—. Y ya veo que tú también. Entre dos chicos. —Su tono había adquirido un ligero retintín en las últimas palabras.

—Si algún día te apetece quedar... —le propuse, aunque sabía que ni a Pablo ni a Gabriel les haría gracia.

Andrea arqueó una ceja, y luego esbozó una sonrisa repleta de dientes y cargada de suficiencia.

—A mí comer pipas en un banco no me va. Dejé de hacer eso cuando cumplí los trece.

Me molestó, pero no le repliqué. Estaba claro que le fastidiaba que ya no fuera con ella y, aunque me había asegurado que era su mejor amiga, nunca había hecho nada de verdad que me lo demostrara. Lo que ocurrió unos días después, me lo confirmó. Al entrar al aula todos los ojos se posaron en mí. Andrea me sonreía desde su mesa. Me pregunté qué ocurría, y entonces deslicé la vista hasta la pizarra y leí lo que ponía: «Carol se lo monta con dos chicos a la vez». Recuerdo que me sonrojé hasta las orejas y me apresuré a borrarlo antes de que el profesor entrara.

—¿Y ellos también se morrean? —dijo uno de mis compañeros, el que muchos años atrás había lanzado la pelota a la cara a Gabriel.

—Vete a la mierda —le solté enfadada.

Unos cuantos se echaron a reír. Pasé por al lado de Andrea, quien me miró con una sonrisa y unos cuantos pestañeos. Deseé darle un puñetazo y borrársela, tirarle del pelo hasta deshacerle su perfecta coleta. No conté nada a Gabriel y Pablo porque sabía que, aunque el primero callaría, el segundo sería capaz de enfrentarse a Andrea. Y yo no quería malos rollos. Además, hacía años que nadie acosaba a mi amigo. Lo último que me apetecía era que volviera a pasarlo mal por eso, de modo que rogué en silencio para que solo se metieran conmigo.

Una semana después alguien me dejó en la mesa un dibujo explícito de dos chicos y una chica acostándose. Mostré mi mejor cara e intenté pasarlo por alto. Pero entonces empezaron los susurros por la espalda, cosas como «¡Qué guarra!» o

«Fijo que se la tiran a la vez». Y Andrea siempre me observaba sonriente, seguramente feliz de que los cuchicheos versaran, por una vez, sobre alguien que no fuera ella. La rabia fue acumulándose en mi interior, alimentada por su soberbia.

Una mañana, mientras Gabriel, Pablo y yo charlábamos en la entrada del colegio, se acercó con un par de amigas. Nos miraron y se echaron a reír, y una se llevó el puño a la boca y simuló hacer una felación. Mis amigos me preguntaron qué ocurría, y yo tan solo apreté los dientes hasta que me rechinaron y me alejé de ellos para seguir a Andrea y sus amigas. No quería meterme en líos, pero la furia bullía en mí. Me sentía traicionada y me preocupaba que los chicos se enteraran de lo que ocurría. Necesitaba proteger a Gabriel porque él ya tenía bastante con sus problemas en casa.

En el pasillo Andrea se separó de sus amigas y la seguí a cierta distancia. Entró en los aseos de las chicas y esperé un par de minutos para comprobar que no había nadie más dentro. Estaba retocándose el maquillaje y, cuando me situé detrás de ella, me miró a través del espejo y esbozó su característica sonrisita altiva.

—¿Necesitas un tampón? —se mofó.

—Tienes que parar.

Se dio la vuelta y apoyó el trasero respingón en el lavamanos al tiempo que jugueteaba con el pintalabios. Me miró de una forma distinta a tiempo atrás y hubo algo que me inquietó.

—¿Parar qué? —Hizo un mohín con los labios que dotó a su rostro de cierta inocencia.

Su fingida ignorancia me enfadó todavía más y di un paso hacia ella.

—Ya lo sabes. Lo que estás haciendo.

—¿Pintarme los labios?

Batió las pestañas con una nueva sonrisa, y tuve que hacer un gran esfuerzo para no soltarle una bofetada allí mismo.

—Si vuelves a mandarme notitas, a escribir algo en la pizarra o a extender rumores falsos...

—¿Estás amenazándome, Carol?

Se separó del lavamanos y se acercó hasta que nuestras

caras quedaron muy cerca. Le dediqué una mirada furiosa, con los puños apretados.

—No te he hecho nada para que te comportes de ese modo —le recordé.

Andrea guardó silencio sin borrar su sonrisita prepotente, y al final decidí que no valía la pena y que ya se cansaría de su juego, que se daría cuenta de que actuaba como una cría. Salía por la puerta cuando me atrapó del brazo con tanta fuerza que me hizo daño.

—Me diste de lado en cuanto apareció el gilipollas pelirrojo.

—Eso no es verdad. Tú ya empezaste a ignorarme antes de que Gabi y yo volviéramos a ir juntos. Quise quedar contigo en otras ocasiones y fuiste tú quien no aceptó. Un día llegué a clase y ni me miraste, así sin más. ¿Por qué? ¿Porque me negué a tomar aquella pastilla? ¿O porque en realidad tu intención era que te siguiera como un perrito y entendiste que no lo haría? Me caías bien, Andrea, pero me defraudaste. —La reté con la mirada y me observó con cierto desdén.

Forcejeé para soltarme y ella se lanzó hacia delante para atraparme de nuevo. En ese momento oímos algo en el pasillo: una suave risa masculina, unos susurros alterados. Nos callamos las dos, conteniendo la respiración. Si yo no hubiera avanzado, habría permanecido oculta por el umbral de la puerta de los aseos, como Andrea. Pero yo estaba a la vista y ella no.

Pablo y Gabriel salían de los aseos de los chicos en ese momento. No habían reparado en mí, y a punto estuve de llamarlos. Pero entonces, Pablo se acercó a mi amigo y le acarició la mejilla mientras juntaba sus labios a los de él de manera rápida y nerviosa. Gabi titubeó unos segundos, y después se apartó y lo miró con los ojos muy abiertos. Los contemplé en silencio, rígida, sin atinar a hacer nada. Ni siquiera aprecié que Andrea me soltaba y que la puerta del aseo se cerraba a mi espalda. Fue ese sonido el que alertó a los chicos. Miraron a un lado y a otro del pasillo hasta que repararon en mí. Pablo se sonrojó y Gabriel me contempló con aspecto avergonzado y nervioso. El corazón me latía apresurado, me sentía presa de la confusión y, en lugar de quedarme y saludarlos como si nada, eché a correr.

El resto de la semana no me reuní con ellos en el patio. Ni siquiera era consciente de las miradas burlonas que Andrea me dedicaba cada vez que entraba en clase. Me pasaba los minutos pensando lo que Gabriel había estado ocultándome todo ese tiempo. Me acordé, poco a poco, de gestos que había pasado por alto y a los que ahora encontraba una explicación. Porque por las mañanas, aunque quedábamos en las verjas de la escuela, ellos siempre entraban antes alegando que preferían llegar con tiempo a clase. Porque cuando los fines de semana ocupábamos un banco, siempre se sentaban uno al lado del otro muy arrimados. Porque en ocasiones se miraban y, de repente, soltaban risitas. Y comprendí que esa forma de mirarse encerraba deseo y amor juvenil.

A partir de entonces, Andrea detuvo sus ataques y sus burlas. Me extrañó, pero pensé que se debía a que le había plantado cara. Además, creía que solo yo había visto a Gabi y a Pablo. Ya que de haber sabido lo contrario...

Todo pareció volver a la normalidad, aunque por dentro volvía a sentirme enfadada. En un par de ocasiones Pablo y Gabriel fueron a la floristería a buscarme, pero pedí a la tía que les dijera que estaba ocupada.

—¿Habéis vuelto a enfadaros? —me preguntó una vez, sin entender mis excusas.

—A Gabriel le gustan los chicos —acabé confesándole.

No pareció sorprenderse como yo. Dejó el paño que sostenía entre las manos y tomó asiento frente a mí. Estudió mi rostro con atención y luego me apartó un mechón de pelo con ternura.

—Pero es él, tesoro. Es Gabriel.

—¿Crees que no lo sé? No se trata de eso. No tengo ningún problema al respecto. Puede gustarle quien sea. Me conoces, tía. Eso no es lo importante ni lo que me molesta, sino el hecho de que no me lo dijera, como si yo ya no fuera nada para él.

—Tesoro, quizá ni él mismo lo sabía. Recuerda cómo es su vida, las dificultades que hay en su familia, cómo es Julio... A lo mejor le provocaba cierto reparo o temor.

—Pues lo habría defendido. Y, si hubiera estado en su lugar, él habría sido el primero en saberlo. Siempre le conté todo. Todo, tía.

—Carolina, no puedes juzgar a los demás desde tus sentimientos porque no siempre entendemos los motivos o las decisiones de los otros.

Esa tarde me preparó mi pastel favorito y la pasamos charlando sobre viejos recuerdos: sobre mi madre, sobre la infancia de las dos, la primera vez que vio mi carita y lo que sintió cuando se enteró de la muerte de su hermana y de que tendría que hacerse cargo de mí.

—Yo también detestaba que tu madre me mintiera. Que me ocultara cosas, ya que no las comprendía —me reveló sosteniendo una de mis manos—. Y si me hubiera deshecho de esa negatividad a tiempo, no me habría sentido culpable durante tantos años.

Sus palabras me conmovieron y poco a poco hicieron mella en mí. La tía siempre acababa abriéndome los ojos, logrando que viera la vida desde otra perspectiva más humana, comprensiva y empática. Y, por encima de todo, existía la única verdad: que yo quería a Gabriel tanto que lo único que deseaba era que fuera feliz. La confusión, el enfado y la defraudación que sentía no desaparecieron de inmediato, pero fueron mitigándose poco a poco. Decidí disculparme, de modo que una tarde de mediados de febrero en que mi amigo iba a repaso lo intercepté por el camino. Gabriel me miró con los ojos muy abiertos y después agachó la cabeza.

—Lo siento —murmuró.

—No, yo sí lo siento —dije cogiéndole de la barbilla para subírsela—. Tan solo quiero que me cuentes la verdad.

—¿Cuál? —me preguntó frunciendo el ceño.

—Que te gustan los chicos.

—¿Acaso tú necesitas ir diciendo que eres heterosexual? —me espetó.

Sus palabras me sorprendieron porque en ellas se escondía una profunda verdad. ¿Necesitaba yo etiquetarlo de alguna forma? No, él era Gabriel tal como me había dicho la tía, y punto. Mi Gabriel. El chico con la mirada más impactante que había visto jamás, el del cabello de fuego, el que soñaba con triunfar en los escenarios. Era el que había jugado conmigo desde niños, al que le había contado secretos, con el que había llorado y reído. Mi amigo. Mi hermano, aunque no compartiéramos la misma sangre.

—Sé lo que crees —susurró de repente—. Piensas que no quería contarte nada porque no te considero mi amiga. —Jugueteó con los tirantes de su mochila de manera nerviosa—. Pero la única verdad es que nunca planeé eso. Fue Pablo el que me besó. Pero si yo no entiendo nada, ¡ni a mí mismo! No sé quién soy. —Me dedicó una mirada suplicante que me trastocó. Yo tampoco comprendía nada—. ¡No sé nada, Carolina! ¡Acabaré volviéndome loco! —exclamó casi gritando. Y tiempo después yo entendería que, sin ser capaz, intentaba decirme muchas cosas.

Tragué saliva, contemplándolo asustada. Tuve que apartar la vista de sus intensos ojos, que desprendían una enorme tristeza. Estaba muy alterado, pero segundos después su respiración se apaciguó.

—Nunca quise hacer nada que dañara a nadie. Pero, al parecer, es lo único que hago…

—No, no es cierto —balbuceé con la boca pastosa—. No me has dañado, Gabi. Es solo que no supe cómo reaccionar porque me pilló por sorpresa. Pero… —Le cogí una mano. La tenía cubierta de un sudor frío—. Necesito que sepas que, si sientes cosas por Pablo, estaré ahí apoyándote. Enfrentándome a tu tío junto a ti.

—No sé lo que siento, ya te lo he dicho.

—Entonces te ayudaré igualmente, ¿entiendes? Te ayudaré en lo que sea.

De súbito, mi amigo rompió a llorar y se aferró a mí. Dejé escapar una exclamación y lo envolví entre mis brazos, intentando calmar sus temblores e hipidos.

—Perdóname por no haberte contado lo que ocurría. Pero yo mismo huía de mí. Es lo único que hago… Lo único que he hecho siempre.

—Gabi... —susurré totalmente confundida.

En el interior de Gabriel se escondían sentimientos profundos y complicados que, de adolescente, yo no podía comprender. Estaba muy desorientado y no era capaz de encontrarse, y entre unos y otros lo confundimos cada vez más.

—¿Podrás perdonarme? —La súplica en su voz me descolocó.

—No tengo nada que perdonarte.

Gabriel se separó de mí y se frotó los ojos para limpiarse las lágrimas. Asintió, con el rostro congestionado, y después se disculpó porque llegaba tarde al repaso y no quería que Julio se enterara. Esa noche, en mi cama, reflexioné muchísimo sobre cómo poder ayudar a mi amigo, que sus dudas se disiparan, que fuera feliz. Por ello, centrada en él, me olvidé de Andrea. Pero ella no se había olvidado de nosotros. Tan solo aguardaba el momento idóneo de vengarse de mí sin caer en la cuenta de que eso podía arrastrar a mucha más gente. Y, aparte de la venganza, también estaba el hecho de que le disgustaban quienes eran distintos a ella. No le agradaban las personas de otra raza, y siempre se quejaba de que había muchos extranjeros en el pueblo y quitaban el trabajo a los españoles. Se metía con la gente de color porque decía que olían mal. Nunca había probado la comida china porque aseguraba que cocinaban gatos. No era extraño que tampoco aceptase a Gabriel y a Pablo. Y no solo ella, sino algunos más. Como aquellos chicos que habían acosado a Gabriel años atrás simplemente por ser el nuevo, por tener el pelo rojo o por su aspecto aniñado. Si se habían metido con él por eso, ¿acaso iban a entender lo otro?

Ocurrió un día de principios de marzo. Como cada viernes por la mañana los estudiantes, por cursos, teníamos que reunirnos en la capilla para celebrar misa. Habían pasado un par de semanas desde la conversación entre Gabriel y yo, pero todavía veía en mi cabeza sus ojos tristes y asustados y oía esas palabras que me ponían nerviosa. Aunque había intentado mantener la misma relación con Pablo y con él, mi amigo me esquivaba un poco y eso también me preocupaba porque pensaba que quizá sentía vergüenza.

Esa mañana de marzo, mientras bajábamos a la capilla, Andrea se puso a caminar muy cerca de mí, con intención de pegarme algún pisotón por detrás. Decidí ignorarla, a pesar de que empezaba a enfadarme. Reparé en que cuchicheaba con uno de los chicos que de pequeño se había metido con Gabriel. En cuanto me vieron, se callaron y se echaron a reír. Me puse nerviosa al pensar que quizá retomaban las burlas hacia mí.

Justo cuando alcanzamos la puerta de la capilla, la clase de mis amigos salió de la misa y, de inmediato, Gabriel reparó en mí. Me dedicó una pequeña y dulce sonrisa que me recompuso el corazón. Y entonces, todos lo oímos. Lo dijo el chico que había estado murmurando con Andrea.

—¿Ya os habéis confesado por los besuqueos que os dais en los aseos?

Nos dimos cuenta de a quiénes miraba. Unos cuantos ojos curiosos se posaron en Pablo y Gabriel, quizá en busca de alguna señal. Los cuchicheos se alzaron como pájaros hambrientos. Risas, sorpresa, incredulidad, algunas caras serias y hastiadas. Y ellos allí, sin saber muy bien qué hacer, contemplándome. Porque se suponía que solo yo lo sabía y, al comprender que Andrea también los había descubierto, el pulso se me aceleró y sentí ganas de cogerla y zarandearla. Y quise gritar a mi amigo: «Eh, Gabi, ¿qué importa? Que digan lo que quieran, ya se cansarán. Sabes que puedes contar conmigo, que te defenderé siempre». No me salió la voz porque una certeza acudió a mi mente: lo que le asustaba a mi amigo no era que reanudaran el acoso, sino que los rumores llegaran a su tío. Entonces aquella rabia que me asolaba de pequeña volvió a aferrarse a mí y, sin poder contenerme, corrí hacia aquel chico estúpido y le propiné un empujón tan fuerte que trastabilló. Se dio la vuelta dispuesto a pelear, pero justo en ese momento apareció una profesora y se detuvo. Era la del curso de Gabriel, llamando a sus alumnos para que regresaran al aula. Cuando mi amigo pasó por mi lado intenté rozar su mano, pero, para mi sorpresa, la apartó. Un vacío se apoderó de todo mi ser. «Yo no he sido, Gabriel. Yo no he abierto la boca», traté de decirle con los ojos. Apartó los suyos, en los que había atisbado de manera fugaz una gran decepción.

A partir de ahí, todo volvió a cambiar a peor. Envié mensajes de texto a Pablo asegurándole que no había dicho nada, pero nunca me los contestó. No le confesé que Andrea también los había visto porque me preocupaba que se metiera en algún lío. Pablo era tan impulsivo como yo. Por eso me callé, aunque creo que obré mal. Pero pensaba que Pablo se vengaría de Andrea, y ella tenía muchos amigos mayores. Y tal vez también guardé silencio por miedo a que no me creyeran. De adolescente ya no era tan valiente como de niña. Me asustaba pensar que había perdido del todo a Gabriel.

Y la verdad es que empezó un infierno para él y para Pablo. Los rumores se habían extendido al resto de los cursos de secundaria y, aunque no todos participaban en humillarlos, la mayoría sí. Recuerdo las risas, los comentarios insultantes, las historias que se inventaban como que se masturbaban en el aula por debajo de la mesa. Yo intentaba defenderlos delante de mis compañeros de clase, pero el resto escapaba a mi control. Tanto que, en una de las misas, el cura nos recordó que ser homosexual era una enfermedad. Ese comentario ignorante tan solo provocó más rechazo y burlas.

Yo sufría también, pero mis antiguos amigos me alejaron y, si intentaba hablar con ellos o acercarme tan solo, se marchaban. Supuse que me odiaban. Y, en parte, yo también me sentía enfadada conmigo misma por haberme hecho amiga de Andrea —a pesar de que, en realidad, pensar eso era una tontería— y no haber visto lo que se avecinaba.

Se acercaban las vacaciones de Pascua cuando Pablo recibió una paliza. Aunque lo golpearon fuera del instituto, sabíamos que habían sido estudiantes. Quiénes, nunca se descubrió. Fui la primera en enterarme, ya que vino a la floristería con el labio partido y la sangre deslizándosele por la nariz. La tía quiso curarlo, pero él se negó. Se limitó a mirar con desprecio y escupió con tono triste:

—Gracias por todo. Gracias.

Las lágrimas se me agolparon en los ojos y salí de la tienda llamándolo a gritos.

—¡Os ayudaré, os lo prometo! Todavía no sé cómo, pero…

Pablo se dio la vuelta y me lanzó una mirada cargada de rabia que me dejó muda.

—No necesitamos nada de ti. No lo queremos, ¿entiendes?

Y entonces aprecié un movimiento en la esquina de la calle y descubrí allí a Gabriel, observándonos en silencio. Apartó sus ojos de los míos, y el estómago se me contrajo. Estaba claro que él tampoco quería ya nada de mí, de modo que acepté que debía retirarme y entré en la tienda buscando el consuelo de la tía, pero ella solo me estudió muy seria y musitó:

—Ve a tu dormitorio.

No me rebelé. Ni siquiera Matilde me creía en ese momento. Y lo que había ocurrido hasta entonces era tan solo el inicio de la mecha: hay fuegos que se propagan con mucha rapidez.

12

No era yo la única que se comportaba de manera ausente, porque desde el sábado Isaac también lo estaba y ya era lunes de Pascua. El domingo lo habíamos pasado cada uno a la suya: él encerrado en la antigua habitación de planchar de la tía dándole a las teclas y yo leyendo, cocinando o traduciendo un nuevo texto que me habían enviado días antes. Ese lunes le propuse hacer algo para no permanecer todo el tiempo en la casa y, aunque al principio me miró como si no le apeteciera, al final accedió.

—Podemos ir al sotobosque de Gramosilla y almorzar allí. Es bastante bonito.

La idea pareció agradarle porque apagó el portátil y me ayudó con los preparativos del picnic. Nos quedaban tan solo un par de días juntos y yo quería aprovecharlos, que se me pasara la nostalgia que se había apoderado de mí al pensar tanto en Gabriel, olvidarme también de las dudas que se me habían creado con todo el tema de Isaac. A él le gustaba mucho descubrir nuevos lugares, por lo que discurrí que ese sotobosque despertaría su curiosidad y que ambos disfrutaríamos.

Fuimos en su coche y, una vez allí, caminamos durante un ratito en un silencio cómodo y tranquilo, apreciando los parajes. El entorno ambiental del Tajo siempre había sido de mis preferidos, a pesar de que no fuera tan famoso como otros. Le enseñé la mina de agua y el antiguo horno de ladrillos, de los que sacó unas cuantas fotos. Me comentó que los elementos de arqueología industrial siempre le habían llamado mucho la atención porque avivaban su imaginación. Me sentí más serena y contenta al apreciar que había regresado el Isaac más cariñoso y afable de los últimos meses. Incluso nos cogimos de la mano durante un trecho hasta llegar a la presa.

Me encontraba observándola y pensando en la tía cuando Isaac me rodeó la cintura desde atrás y apoyó la barbilla en mi nuca. Cerré los ojos unos instantes, intentando convencerme de que no me ocultaba nada, de que todas mis sospechas y elucubraciones eran infundadas y ridículas.

—¿Estás bien? —me preguntó suave al oído.

—Me siento bien en este lugar —susurré, y apoyé la espalda en su pecho.

—Sí, yo también —coincidió rozando su nariz en mi piel—. ¿Quieres que almorcemos por aquí?

Asentí y buscamos un espacio en el que extender la sábana que me había llevado. Una vez que encontramos uno en el que no hubiera tanta vegetación, nos sentamos y empecé a sacar la comida de la mochila. Unos sándwiches de jamón para Isaac y unos de jamón y queso para mí, un paquete de patatas fritas, unas aceitunas, dos latas de cerveza y una botella de agua.

—¿Venías aquí con tu tía? —me preguntó mientras desenvolvía uno de sus bocadillos.

—Algún domingo que otro, en especial en Pascua. —Abrí la lata de aceitunas y se la tendí. Isaac cogió una y me miró sin comérsela. Se me pasó por la cabeza que volvería a preguntarme sobre mi viejo amigo, así que me adelanté para que no empezara—. ¿Te ha gustado, entonces?

—Creo que necesitábamos salir de casa —opinó, y luego dio un gran mordisco al sándwich—. Empezaba a agobiarme.

—Ya, si no estás acostumbrado, a veces un pueblo puede causar esa sensación...

—No, realmente se debía a la novela y... —Se interrumpió y, en lugar de continuar, se metió un par de patatas fritas en la boca.

—¿Y qué? —inquirí con curiosidad.

No respondió. Se limitó a sacudir una mano como si no importara y halagó la comida, a pesar de que era simple. Pero había que reconocer que nos sentíamos hambrientos después de haber caminado toda la mañana. Tras terminar, guardamos el papel de aluminio, las latas y el plástico en la bolsa para tirarlo después. Isaac se tendió sobre la sábana y, para mi sorpresa, tiró de mí y me tumbó a su lado. Permanecimos en silencio un largo rato, oteando las blancas nubes que se deslizaban con lentitud por el cielo. De pequeña, la tía y yo buscábamos formas en ellas, y sonreí ante ese tierno recuerdo. Oímos el canto de un ave en algún lugar cercano, y solté un suspiro y me acurruqué junto a Isaac. Me acarició el brazo de manera distraída, y moví la cabeza y la apoyé sobre su pecho. Su corazón latió junto a mi oído, de manera pausada.

—Lo de la novela... —empezó, pero se calló. Carraspeó con fuerza y luego añadió—: No pretendía ser un estúpido, es que... no suelo enseñársela a nadie más que a mis editores. No tengo lectores cero.

—¿Qué es eso?

—Leen los manuscritos antes de que pasen por la editorial y dan su opinión constructiva.

—Quizá yo pueda serlo para ti en un futuro —le propuse esbozando una sonrisa que él no podía ver. No contestó, y sentí un vuelco en el pecho—. Te vas a ir al final, ¿no?

—¿Qué quieres decir?

—Darás tu vuelta al mundo.

—He estado planeándola durante mucho tiempo —respondió, como defendiéndose.

—Lo sé. Lo entiendo, y debes hacerla. Sé que significa mucho para ti. —Subí una mano para acariciarle el cabello, con un vacío en el estómago al entender que él no había llegado a sentir lo mismo por mí, que seguramente me olvidaría en su viaje, que nunca me susurraría un «Te quiero». Pero no podía retenerlo, no era justo para ninguno de los dos, en realidad. Tragué saliva y dije—: Tal vez yo pueda hacerla alguna vez también.

—Te he notado rara estos días —murmuró de repente.

—Yo a ti también —confesé.

—¿Te ocurre algo?

Hundí el rostro en el hueco de su cuello y aspiré con fuerza. Su aroma me tranquilizaba y no quería volver a sentirme nerviosa.

—No. ¿Y a ti? —mentí.

—Quizá me he mostrado así porque me parecía que tú lo estabas.

—Pues… lo siento.

—¿Te has sentido triste por tu tía?

—Tal vez —respondí—. Vale, sí, un poco. Y… no sé, he recordado otras cosas también. Mi infancia, la gente que me rodeaba en esa época…

—¿A tu amigo?

Abrí los ojos y los fijé en la chaqueta de Isaac. Volví a cerrarlos y los apreté con fuerza, al igual que los labios. A lo mejor… A lo mejor debía hablar de él con alguien al fin. Hablar con toda la verdad. En los últimos meses, en concreto desde que la tía había muerto y yo había pisado ese cementerio, a veces el nombre de mi amigo me pesaba en la garganta y en el pecho.

—¿Está enterrado aquí?

No contesté, tan solo asentí levemente con la cabeza. Isaac continuaba rozándome el brazo de manera distraída.

—Nunca me has explicado cómo murió.

Como impulsada por una fuerza escondida dentro de mí, susurré:

—Murió de las palabras que nunca dijo.

—¿Qué?

Isaac ladeó el rostro y se me quedó mirando extrañado. Su boca se encontraba muy cerca de la mía y le di un beso con suavidad, aunque no hizo amago de devolvérmelo.

Paseé una mano por su vientre y subí por su pecho. Un pinchazo me atravesó el corazón. Noté que el suyo había acelerado el ritmo, y el mío iba por el mismo camino.

—Ya te dije que Gabriel murió muy joven —murmuré con un nudo en la garganta—. Pero… fue él… Él lo decidió. —Esa última palabra me había sabido amarga.

Pestañeé un par de veces. Sí, dolía justo en el pecho. Sin

embargo, no dolía tanto como había imaginado. Podía sobrellevarlo, no como años atrás. Meses después de la ausencia de Gabriel, cuando todavía rompía a llorar en el momento que menos lo esperaba, la tía me dijo: «Las heridas van cosiéndose con las agujas del reloj». Y llevaba razón en parte, pero por otra, esas heridas del alma y del corazón no se curan solas, sino que cada quien se las cura a sí mismo con el paso del tiempo. Y, aunque la tía y el psicólogo coincidieron en que bastaba soltarlo todo con ellos dos... Me había dado cuenta de que no. De que quizá debería haberlo pronunciado en voz alta alguna vez más, al menos para normalizarlo. Había tenido una buena vida, claro. Había sonreído, caminado hacia delante, me había sacado una carrera, me había levantado cada mañana. Había continuado sin mi viejo amigo. Era lo que tenía que hacer. No obstante, una parte de mí había llegado a la conclusión de que contar con el valor suficiente para enfrentarse a ello de una vez por todas era lo mejor.

Isaac recorría todo mi rostro con sus ojos y, al apreciar mi silencio, dijo:

—Carolina, si no quieres seguir...

Pero me di cuenta de que sí quería; más aún: lo necesitaba. Me incorporé un poco y clavé la vista en la de Isaac, quien se quedó tumbado con una mirada extraña.

—Gabriel acabó con su vida él mismo. Se suicidó. Gabriel se suicidó —repetí de forma mecánica.

Ya estaba. Había desprendido de mi garganta, paladar y lengua esa palabra que tanto miedo me había dado tiempo atrás y que había arrinconado en mi mente y en mi vida.

Isaac se incorporó también y me observó con un rostro en el que no fui capaz de leer nada de lo que pensaba o sentía en ese instante.

—Se suicidó cuando solo tenía dieciséis años —le confesé, sorprendida conmigo misma de estar diciéndolo. Jamás había pronunciado esa palabra, «suicidio», desde que había ocurrido—. Lo encontré yo, ¿sabes? Había conseguido olvidarlo de alguna forma, aunque no era verdad, claro. Pero, si cierro los ojos, ahora puedo verlo.

Isaac se inclinó hacia delante y creí que me abrazaría, pero tan solo se me quedó mirando con seriedad.

—Él estaba mal. Sufría mucho por lo de su madre, el control de su tío... Y por esa época sucedió algo que, imagino, también lo afectó.

Alcé la barbilla hacia Isaac y me observó con el ceño fruncido.

A punto estuve de mencionarle a Andrea, de lo que había hecho: se vengó de mí y de Gabriel dejando unas horribles pintadas en una de las paredes de la fachada de la casa de Julio. Había escrito «maricón de mierda», «comepollas» y cosas así. Me había insinuado que me uniera porque mi amigo me había dado de lado, pero la mandé a la mierda. Creí que no se atrevería. Sin embargo, cuando recibí su mensaje diciendo: «Por ti», fui consciente de que era capaz de cualquier cosa y de que mi negativa la había cabreado más. Y, cuando llegué a la casa de Gabriel, ya estaba todo hecho. Desesperada, intenté borrar las pintadas con las mangas de mi camisa. Entonces Julio... me pilló. Y creyó que yo lo había hecho. Le grité que no había sido, pero me ignoró, y cuando Gabriel salió de casa le soltó una bofetada, y lo cogí del brazo y chillé que parara y que acabaría de limpiarlo. Me caí al suelo y me arrastró. Ni siquiera Gabriel me hizo caso. Me dedicó una mirada con los ojos muy abiertos, y acto seguido Julio lo metió en la casa y ya no volví a verlo hasta el fatídico día.

Ni siquiera la tía me creyó en un principio, y aún menos después de que Julio fuera a verla para despotricar sobre mí. Gabriel faltó a clase durante casi tres semanas —pregunté a una profesora y me dijo que estaba enfermo— y, poco a poco, empecé a sentirme mal yo también. Me peleé con Andrea y sus amigas, y acabaron dándome una paliza, con lo que llegué a casa con un labio partido. Nunca más volví a hablar con ella, ni siquiera soportaba su presencia en clase. Pablo me rehuía. Nada más verme, aunque fuera a lo lejos, echaba a correr. Me miraba de tal manera que podía sentir todo su odio hacia mí. Una mañana le grité: «¡Yo no lo hice!», y unas cuantas voces, de los matones de la escuela, empezaron a corearme. Resolví que nadie iba a creerme, mucho menos cuando también había corrido el rumor falso de que Julio me había pillado escribiendo esos insultos.

Matilde se sentó una mañana a charlar conmigo y, al fin, me atreví a confesarle la verdad. Hacía tiempo que no compartíamos esos instantes ya que, en cierta forma, nos habíamos alejado la una de la otra. Yo por vergüenza. Ella porque tal vez pensaba que no conocía a su sobrina. «Hace un par de días me encontré con Rosario, la mujer que los ayuda en la casa —me dijo, y levanté la barbilla y la contemplé con cautela—. Han vuelto a llevarse a su madre a Madrid. Está muy mal. Julio y Gabriel se han quedado aquí porque él tiene que terminar el curso, pero Rosario me ha explicado que está bastante pachucho. Lo que yo creo que le pasa es que se siente muy triste.» Las palabras de Matilde se me engancharon a la garganta y no atiné a articular nada. Me temblaron los labios antes de echarme a llorar. La tía alargó una mano y cogió la mía. «Tesoro, si me cuentas la verdad, intentaré ayudarte. ¿Por qué hiciste eso? ¿Tan enfadada estabas con Gabi? A veces las personas, por rabia o despecho, hacemos cosas que dañan a los demás... ¿Te acuerdas de lo que te he dicho en algunas ocasiones sobre lo del plato que rompiste aquella vez de pequeña? ¿Justo el día que íbamos a conocer a Gabi?» «¿Cómo puedes creer que fui yo?», le pregunté, bañada en llanto.

La tía se disculpó por haber desconfiado en algún momento cuando se lo conté todo, y me propuso ir a ver a Gabriel. Yo sabía que su tío no nos lo permitiría, pero ella me reveló que la mujer que cuidaba a su madre le debía algún que otro favor y añadió que nos ayudaría sin que Julio se enterara. Y así quedamos... Sin embargo, la mañana anterior al día en que visitaríamos a Gabriel recibí un mensaje de un móvil que no reconocí: «Lo siento mucho. Espero que puedas perdonarme». En un principio pensé que sería de Andrea, pero tuve un pálpito. Nada más salir de clase corrí a casa de la tía. Matilde se preocupó al verme tan nerviosa, y buscó en su teléfono y descubrimos que el número pertenecía a Rosario, la señora que trabajaba en casa de Julio.

Rogué a la tía que no esperáramos y que nos acercáramos de inmediato. Me parecía que había algo extraño en ese mensaje, y no me importaba encontrarme con Julio. Matilde se quitó el delantal sin perder un segundo y sin añadir ninguna palabra, y salimos a la calle. Me aferré a su mano como si fuera una niña pequeña y asustada. No me soltó ni siquiera cuando llegamos y llamó al timbre. Pocos segundos después unos pasos apresurados se acercaron a la puerta y el rostro sonrosado de Rosario nos recibió con sorpresa. Por suerte, Julio había salido a hacer unos recados. La mujer nos informó de que Gabriel se encontraba arriba durmiendo porque tenía fiebre y que no le había dejado el móvil, pero tampoco había caído en la cuenta de que no lo llevaba encima, por lo que quizá el chico lo había cogido. La tía le pidió que me dejara subir y, aunque a Rosario le imponía su jefe, accedió.

Subí la escalera a toda prisa y me encontré la puerta del dormitorio de Gabriel cerrada. Como no contestaba, abrí. Me sorprendió muchísimo encontrar la alcoba vacía. Me acerqué a la cama revuelta y entre las sábanas hallé un móvil, que supuse que sería el de Rosario. Lo cogí y, movida por un impulso, lo desbloqueé. Por aquel entonces no había contraseñas de seguridad. Entré en la bandeja de mensajes enviados y vi el que yo había recibido. Pero debajo había otro, uno más extraño, a un número que me sonaba. Adiviné que era el de Pablo. Lo leí con las manos tan temblorosas que al final el móvil se me cayó al suelo. Apenas hizo ruido por la alfombra que había bajo mis pies. «¿Alguna vez has deseado morir? Lo siento», decía el mensaje. Entonces oí algo. Parecía un grifo abierto. Estiré el cuello y descubrí una puerta entornada de la que salía luz. Avancé despacio, asustada, y me planté ante la madera. Al abrir me topé con el que debía de ser el dormitorio de la madre de mi amigo. Al lado de la enorme cama se alzaba un alto espejo de pie que reflejaba parte de un cuarto de baño. Oí un chapoteo al avanzar y, al deslizar la mirada por el suelo y ver que el agua se había desbordado hasta el dormitorio, supe con certeza que nada marchaba bien. Continué avanzando y me asomé. No había nadie, tan solo la bañera rebosante.

Pero entonces, al darme la vuelta, lo vi tendido en el suelo boca abajo, con la cabeza hacia un costado. Tenía los ojos cerrados y, durante unos segundos, creí que estaba dormido. Di un par de pasos, hasta rozar la cama con las rodillas, para verlo mejor. Justo al lado de su boca, descubrí un pequeño charco de vómito blanco. Todo ocurrió muy deprisa, y todavía hoy tengo imágenes confusas a partir de ese momento. Creo que me acuclillé y abracé a Gabriel. Lo zarandeé, lo llamé a gritos una y otra vez. Unos pasos apresurados entraron en el dormitorio y las paredes se colapsaron con más chillidos. El rostro de la tía contraído por el miedo apareció ante mi vista y sus manos me sacudieron. Recuerdo que intentó taparme los ojos para que no mirara, pero la empujé y me resistí. Y vi que Rosario levantaba a Gabriel del suelo y abandonaba el dormitorio con él en brazos, exclamando que todavía respiraba. Yo no cesaba de gritar que quería ir con él, pero al final acabé desmayándome. Cuando me desperté, me encontraba en la cama del hospital y Gabriel ya había muerto.

Mientras pensaba en aquel terrible día aprecié una humedad en mis mejillas. Eran lágrimas. Después de tantísimos años, volvía a llorar por mi amigo. Regresé al instante en el que me hallaba y ladeé la cara hacia Isaac, quien me observaba con una mezcla de tristeza e incredulidad. Necesitaba que me abrazara, pero no lo hizo.

—¿Y su... familia? ¿Qué pasó con ellos? —me preguntó.

—Se mudaron a Madrid después del entierro. No asistí porque sufrí una crisis nerviosa justo ese día. Me sentía muy culpable, ¿sabes? No entendía nada, pero pensaba que podría haberlo ayudado. —Me pasé los dedos por los ojos para enjugarme las lágrimas—. Ojalá hubiera sido más fuerte para poder ir.

—¿Por qué crees que hizo algo así? —inquirió Isaac con una voz tan gutural que me sorprendió. No me atreví a mirarlo.

—Gabriel había vivido demasiadas cosas. Fue un cúmulo, demasiado para un adolescente de su edad encerrado en un mundo pequeño —contesté.

No le conté la verdad. Esa no podía. Esa me asfixiaba, me resultaba horrible pronunciarla en voz alta. Y, de todos modos, Isaac no necesitaba saber esa parte de la vida de mi amigo. Porque, aunque los ataques por su homosexualidad y que lo de las pintadas quizá hubieran sido un agravante, algo que tanto yo, en un principio, como todos en el pueblo creímos, en realidad Gabriel no había terminado con su vida por eso, sino por algo mucho peor. Y cuando me enteré yo también me hundí en un pozo, si bien, por suerte, logré salir.

—¿Y tú...? ¿Qué hiciste...? —Isaac no fue capaz de terminar la frase.

—Caí en una profunda depresión, pero conseguí superarla. La tía me llevó a un psicólogo porque tenía muchas pesadillas y lloraba y estaba casi siempre ausente. Cuando me recuperé un poco, me animó a continuar los estudios y me propuso terminar el bachillerato en Toledo. Sabía que lo hacía porque no soportaba las miradas de la gente, como acusándome de la muerte de Gabriel. Aunque pronto pasó... El pueblo decidió que había sido una desgracia y punto, que nadie tenía la culpa realmente. No obstante, yo también quería alejarme de aquí y cursé bachillerato en Toledo. Me lo saqué con buenas notas, ya que deseaba que mi amigo, allá donde se encontrara, estuviera orgulloso de mí. Y lo demás ya lo sabes. Me mudé a Barcelona y... hasta ahora.

—¿Cómo conseguiste superarlo, olvidarte de él?

Volví el rostro hacia Isaac y lo miré con detenimiento, pues había notado algo en su voz.

—En realidad no me olvidé. Está en mi cabeza. Y en mi corazón. Durante años lo eché tanto de menos que creí que me volvería loca o que no podría continuar sin él. Pero lo hice —pronuncié con un tono de orgullo—. La tía me ayudó. Y yo también me ayudé. Gabriel habría querido eso. ¿Es que acaso soy una mala persona por querer vivir mi vida? —Le lancé una mirada molesta, y la nuez le bailó en la garganta.

—Desde luego que no, pero es algo tan duro...

—¿Crees que no lo sé? Pasé meses convertida en un fantasma andante. Gabriel lo era todo para mí. Y, además, imagina lo que significa para una adolescente de diecisiete años encontrar a su amigo muerto —le solté. Me sorprendía que Isaac se mostrara tan frío, en lugar de abrazarme y calmarme—. Soltar no significa olvidar, sino avanzar. Que no piense en él a cada momento no quiere decir que lo haya olvidado. Era mi mejor amigo, un hermano, ¡joder! Que él se fuera no implica que yo no tenga derecho a ser feliz —repliqué a la defensiva.

—Lo entiendo, pero no sé si yo podría vivir sabiendo que mi mejor amigo se suicidó...

—Yo no tuve nada que ver con sus decisiones. Me sentí culpable, claro que sí, y ojalá hubiera sido capaz de detectar a tiempo lo que iba a hacer e impedírselo. Pero no pude, y tenía que seguir... —Miré a Isaac con tristeza, el pulso latiéndome a mil por hora, y entonces adiviné muchas cosas que ya se me habían pasado por la cabeza antes, si bien había decidido callarlas porque no me sentía con fuerza para pronunciarlas—. Experimenté numerosas fases: culpabilidad, al preguntarme si yo podría haber evitado algo y al pensar que, tal vez, mi compañía y mi cariño no eran lo suficientes para él. También estuve enfadada con él, ¿sabes? Por haber hecho eso y haberme dejado de ese modo. A veces, cuando me despertaba por las pesadillas, gritaba a la nada que por qué lo había hecho. Y tristeza sentí también, mucha tristeza. E incomprensión. Es difícil de entender cuando no se ha vivido algo así.

Isaac me miró con la respiración agitada y, unos segundos después, apartó la vista y la clavó en el horizonte. Un vientecillo frío agitó la vegetación y me provocó un escalofrío.

—Quiero irme a casa —murmuré.

Tenía la sólida sensación de que, en efecto, algo no marchaba bien en Isaac.

13

Estaba en la azotea de la casa de la tía, donde ella solía subir para tender la ropa. De niña me encantaba asomarme por allí cuando había sábanas para juguetear entre ellas, rozar la suavidad que desprendían y empaparme del agradable aroma. Sonreí al imaginar a Matilde tarareando y moviendo las caderas al tiempo que trabajaba. Suspiré, y me llevé la lata de cerveza a los labios y le di un trago. En ese instante oí unos pasos y, pocos segundos después, una sombra apareció ante mí. Alcé el rostro y me topé con el de Isaac, muy serio. Me encontraba sentada en el suelo, apoyada en una de las paredes, y él se acuclilló, colocó las manos en las rodillas y se me quedó mirando con expresión grave. Desde que habíamos vuelto del campo, no nos habíamos dirigido la palabra. Me había metido en la ducha nada más llegar y él había cogido un libro y fingido leer, aunque me había dado cuenta de que seguía mis movimientos de manera disimulada. Me había sentido dolida, así que preferí que se me pasara ese sentimiento antes que mantener otra conversación que no llegara a buen puerto. Isaac desconocía la auténtica historia de mi viejo amigo, de modo que opinar sobre ella e incluso juzgarnos me parecía una intrusión de mal gusto.

—No están siendo nuestros mejores días —susurró con la cabeza gacha, mirando al suelo.

—Bueno, también los hemos tenido peores —repliqué encogiéndome de hombros.

—Yo desde luego —contestó, y alzó la barbilla para mirarme.

—¿La quieres? —Le señalé una lata de cerveza sin abrir a mi lado—. Me la había subido por si acaso, pero todavía me queda la mitad de esta y va a calentarse.

Isaac la observó unos segundos y, a continuación, adelantó el brazo y la cogió. Se arrastró por tierra para sentarse a mi lado, aunque mantuvo una pequeña distancia, quizá porque notaba que yo estaba algo distante. Abrió la cerveza con suavidad y bebió un par de tragos antes de ladear el rostro hacia mí y mirarme.

—Siento lo de antes —dijo en voz baja—. Joder, siempre ando disculpándome. Creo que aparenté lo que no quería. No estaba juzgándote, Carolina.

—No sería la primera vez... —Mantuve mi semblante de indiferencia, pero por dentro ansiaba que Isaac me tomara de la mano, me abrazara o lo que fuera y me dijera que había hecho lo mejor, lo correcto—. La gente, en ocasiones, no ve más allá de sus narices. Se creen lo primero que les cuentan y ya está. —Isaac me miró con incomprensión, y bebí con ganas echando la cabeza hacia atrás y cogí aire—. Me acuerdo de una tarde en que Gabriel bailó justo aquí. Una canción de Michael Jackson. Lo adoraba tanto... Era su ídolo. Y Gabi bailaba genial. La tía decía que lo hacía con el corazón, y creo que es la mejor definición. Podría haber llegado lejos, estoy segura. Hay personas que poseen magia y luego hay otras como Gabriel... que lo son. Son magia.

Isaac me contempló durante unos instantes cuando me callé y, acto seguido, dijo con un hilo de voz y cierto tono de sorpresa:

—Lo querías. Muchísimo.

Volví la cara hacia él y asentí muy despacio. Flexioné las rodillas y apoyé la cabeza en ellas, sin dejar de mirar a Isaac, quien tenía un aspecto extraño: entre serio y vulnerable.

—Tenías razón en lo de antes —musitó de repente, haciendo que alzara la cabeza.

—¿A qué te refieres? —pregunté.

—A lo que has comentado de que soltar no significa olvidar, sino avanzar. —Se rascó el brazo por encima del jersey, distraído—. A veces me das miedo.

—¿Por qué? —inquirí totalmente sorprendida.

—Porque, en lo que concierne a mí, sueles estar en lo cierto. Y eso da pánico, Carolina. Al menos a mí me lo da.

Era yo quien había requerido de cierto cariño o atención un rato antes. No obstante, al apreciar el gesto abatido de Isaac, estiré una mano y tomé la suya. Enlazó sus dedos a los míos de inmediato.

—En ocasiones siento que me ocultas cosas, Isaac.

—¿Qué? —Me miró con un par de pestañeos rápidos.

—No lo sé. No sé el qué, pero tengo esa sensación. Cuando hablamos de la infancia, de la familia o incluso de Gabriel... es como si algo cambiara en ti. —Carraspeé y entonces me atreví a preguntarle—: ¿Te ves identificado con él o algo? ¿Alguno de tus parientes o algún compañero de clase fue... duro contigo?

—Es demasiado complicado de explicar —contestó, y noté que me apretaba los dedos con fuerza.

—Me di cuenta, por ejemplo, cuando no quisiste hablar de tus padres y también de cuando lo hiciste, aunque fue muy poco. Aun así, hablabas de ellos como si los quisieras y los odiaras a partes iguales.

Isaac me miró en tensión. Su mandíbula se contrajo al apretar los labios. Me dije que quizá me había excedido, pero ¿qué más daba? Él también me había prejuzgado de algún modo.

—Puede ser —aceptó al cabo de unos segundos que se me antojaron eternos—. No soy como tú, tan vital y optimista...

—No eres como yo porque nadie es igual. La única diferencia entre nosotros es que yo supe cuándo soltar la mochila llena de piedras y tú continúas cargándola, sea con lo que sea. Pero te la veo, veo cómo te pesa. La noto por cómo me hablas a veces, por tu manera de ser incluso. Reconozco la culpa en ti porque yo también la viví, pero tú no intentas abandonarla, es como si quisieras llevarla encima para castigarte. Y debe de haber alguna forma de decirle adiós. Siempre la hay, Isaac.

—¿La hay también cuando las cicatrices no se curan? —inquirió, casi escupiendo las palabras. Le molestaba que me metiera en su vida, en su manera de actuar, pero no se daba cuenta de que él había hecho lo mismo conmigo.

—Pues aprendes a vivir incluso con ellas. ¿Sabes qué es lo peor? Permitir que las heridas te conviertan en alguien que no eres. Y tocarlas una y otra vez, porque de esa manera no se curan.

—¿Y si yo soy este, Carolina? —me espetó, dándose unos golpecitos en el pecho—. ¿Y si no hay otro? ¿Qué pasa si me gusta tocármelas, ser de esa forma? ¿Continuarías aceptándome? ¿Seguirías viéndote conmigo?

—Sí, lo haría.

—¿Por qué? ¿Crees que podría cambiar?

—No se trata de eso. —Sacudí la cabeza—. Tan solo querría ayudarte a hacer que te sintieras mejor.

—A veces eres demasiado condescendiente, Carolina. —Apartó la mirada y soltó una especie de gruñido—. O tal vez inocente.

—No sé con cuál quedarme, ¿eh? —respondí en broma, pero Isaac no sonrió. Todavía teníamos las manos enlazadas y le acaricié el dorso con suavidad—. Tú mismo me dijiste que desconocía muchas cosas de ti —le recordé, volviendo al tema que me preocupaba.

—Carolina, si te soy sincero, sabes más de mí que nadie.

Pero pensé que aun así no era suficiente porque sentía, muy adentro, que me ocultaba algo grande. Algo que tal vez lo avergonzaba o le dolía demasiado.

—Aunque tienes razón al respecto de que no he superado la relación con mis padres. En realidad, mi padre murió hace mucho tiempo y mi madre nunca se preocupó demasiado por mí. Pasé la mayor parte de mi infancia solo.

Cuando terminó de hablar, el pulso ya se me había acelerado. Me arrimé a él y apoyé una mano en su pecho. El corazón le danzaba apresurado, un golpeteo de un tambor a un ritmo vertiginoso. Estaba claro que le costaba un mundo hablar de ellos. Y tal vez eso era lo único que me ocultaba. Puede que solo requiriera de tiempo para soltarlo o quizá nunca lo hiciera si se marchaba antes. ¿Era necesario para mí saber lo que latía bajo su piel? Tiempo atrás no, pero más adelante...

Me deslicé por el suelo hasta colocarme ante Isaac, quien separó las piernas y me permitió situarme en medio. Me puse de rodillas y, movida por un irrefrenable sentimiento de ternura, le acaricié las mejillas. En esos instantes, con el sol del atardecer a mi espalda e incidiendo en su rostro, volví a apreciar que lo quería. Cada vez más, incluso con sus defectos. Reseguí las líneas de su cara con los dedos, empapándome de su mirada, que no se apartaba de la mía. En ciertos momentos como ese, sus rasgos y sus ojos se tornaban cálidos como los de un niño. Isaac contaba con la capacidad de no transmitir nada con el rostro en muchas ocasiones. Pero en otras... En otras podía desarmarte con esa expresividad que aparecía en su mirada. Y, al haberme hablado un poco más de sus padres, fui consciente de su vulnerabilidad y sufrimiento. Quería borrárselo, que tuviera unas tremendas ganas de vivir, como yo. Que, cuando se fuera a su próximo viaje, soltara poco a poco todas sus piedras.

Me tomó de la cintura y me arrimó a él. Esbozó una sonrisa que me pareció triste. Se la devolví y le aparté uno de los mechones que caía por su rostro. Al apretujarme contra su cuerpo, nuestros corazones se juntaron y retumbaron en el pecho del otro. Me quedé sin respiración. Lo amaba. Amaba a Isaac. ¿Y él a mí? A veces me parecía que él sentía algo o que podía llegar a sentirlo, y me ilusionaba. Otras, en cambio, pensaba que no sentía nada. Me asustaba quererlo yo, quererlo tan mío y tan de nadie... Lo quería libre, por supuesto, y yo me quería libre también... pero con él.

—Siento cosas por ti —le confesé en un susurro ahogado. Isaac me contempló, fue bajando por mi nariz hasta alcanzar mis labios. Abrió los suyos, pero posé el dedo índice en ellos—. Si vas a decir que no debería sentirlas, mejor cállate. No decides por mí. Ni siquiera yo tengo control en eso. —Moví la mano hasta su mejilla y él cerró los ojos—. La tía leía muchísimo, sobre todo novelas románticas. Pero también tenía clásicos, y había uno, en especial, que adoraba. Me explicó que, por mucho que dijeran, ese también encerraba una gran historia de amor.

Isaac abrió los ojos y me observó con curiosidad.

—Se titula *Rayuela*. Estará aún por aquí. ¿Sabes cuál es?

—Sí, pero no lo he leído.

—A veces Matilde me recitaba fragmentos, aunque yo solía ignorarla. Pero hubo uno que me repitió en más de una ocasión y que, al final, se me quedó grabado. —Medité unos instantes y luego empecé a enunciar—: «Lo que mucha gente llama amar consiste en elegir a una mujer y casarse con ella. La eligen, te lo juro, los he visto. Como si se pudiese elegir en el amor, como si no fuera un rayo que te parte los huesos y te deja estaqueado en la mitad del patio. Vos no elegís la lluvia que te va a calar hasta los huesos cuando salís de un concierto».

Callé y estudié las reacciones de Isaac. Asintió, y sus comisuras volvieron a curvarse en una sonrisa, aunque tristona.

—Yo, a veces, me siento de esa forma cuando me miras. Con los pies clavados en el suelo, sin ser capaz de reaccionar. Sin haber contado con la oportunidad de elegir.

Y entonces Isaac se inclinó hacia delante y me besó con fuerza. Me estrechó entre sus brazos con una delicadeza inaudita, como si tuviera miedo de quebrarme. Duró mucho, aunque menos de lo que yo habría querido. Cuando nos separamos, el corazón me latía hasta en la garganta.

—Debería haberte abrazado antes, Carolina. Cuando en el campo me has hablado de tu amigo.

Hundí el rostro en su jersey y aspiré el aroma que desprendía. Me tranquilizaba, siempre lo hacía. Había aprendido a amar su olor, se había pegado a mi piel y no quería que se me borrara. Me envolvió un poco más, apretándome en su torso, intentando traspasarme su calor. Volvimos a juntar los labios con tiento. El beso se tornó más y más apasionado, hasta que nuestras respiraciones se aceleraron y sus manos se deslizaron hacia mi trasero. Me sentó a horcajadas sobre él y aprecié una tremenda erección. Acercó la nariz a mi cuello y me lo acarició.

—Perdona, perdona... —Soltó un suspiro—. No es un buen momento, ¿no? Quiero decir... Yo siempre te deseo. Te tengo ante mí y me cuesta un mundo resistirme a besarte, abrazarte o simplemente tocar tu piel.

Con el estómago dándome vueltas y el corazón palpitante, me aparté para mirarlo muy de cerca. Sus ojos se convirtieron en uno y me hizo esbozar una sonrisa. Interné los dedos en su cabello y se lo revolví un poco más de lo que ya estaba. Junté mi boca con la suya de nuevo y aspiré su respiración, su aliento. Isaac me recostó en el suelo y se puso sobre mí, sin dejar de besarme y de tocar cada una de las partes de mi cuerpo. Nos besamos durante un buen rato, entre gemidos, suspiros y jadeos.

—¿Estás cómoda aquí? —me preguntó al notar que me removía.

—Se me está clavando un poco el suelo... —reconocí riéndome.

Sin añadir palabra alguna, Isaac se levantó y me tendió una mano para ayudarme a hacer lo propio. Me propulsó con fuerza y, cuando quise darme cuenta, me había cogido en volandas y mis piernas rodeaban su cintura. Me eché a reír con desenvoltura cuando Isaac descendió la empinada escalera conmigo en brazos, muy despacio para no caernos. Una vez que llegamos abajo, me enganché a su cuello y le besé la nariz.

Me llevó hasta mi dormitorio y se sentó en la cama, todavía conmigo encima. Aquel día yo me había puesto un vestido de la tía, pues siempre me había gustado muchísimo, y unas medias, de modo que Isaac metió una mano por debajo de mi vestido y me acarició el trasero.

—Carolina...

Cada vez que susurraba mi nombre de ese modo, me arrancaba una pequeñita parte de mí y se la llevaba con él. Moví las caderas por instinto e Isaac, de inmediato, se ajustó a mi ritmo y logró que su miembro se rozara entre mis piernas. Danzamos al unísono, casi masturbándonos todavía con la ropa puesta, como dos adolescentes sobrehormonados. Su aliento chocaba en mis labios, excitándome todavía más. Depositó un beso hambriento en mi cuello que terminó en un mordisco y luego me miró con ojos empañados de deseo.

—¿Cómo puedo desearte tanto?

—Serán las medias. A los tíos suelen gustaros mucho —bromeé.

Isaac esbozó una sonrisa que aniñó sus rasgos. Ese tipo de sonrisas que son luz, a pesar de que su portador no lo sepa. Esas sonrisas que son un hogar donde quedarte a vivir para siempre.

—No son las medias. Es tu cuerpo. Tu cara. Tu pelo. Tus ojos. Tu sonrisa. Tus lunares. Tú.

Y, antes de que yo lograra asimilar cada una de sus palabras, me besó con anhelo al tiempo que bajaba la cremallera de la espalda de mi vestido. En cuanto lo deslizó por mis brazos, enterró la cabeza en mis pechos y los lamió, los mordió, me arrancó un gemido tras otro.

A continuación, se detuvo y me levantó para depositarme en la cama. Bajó mi vestido con suma lentitud con una mano mientras que con la otra me quitaba las Converse. Nada más deshacerse también de mis medias, estudió con sus ojos cada rincón de mi cuerpo desnudo, a excepción de las braguitas, y, no entendí muy bien por qué, me pareció entrever en ellos la cercanía de una tormenta. Sin embargo, sus esponjosos y húmedos labios no me dieron una tregua para pensar más en ello. Me besó durante lo que a muchos les parecería un rato eterno, si bien a mí me supo a muy poco. Se me antojaban besos muy distintos, nuevos, cautelosos. Y después de que sus labios se aprendieran de memoria los míos, los deslizó por cada milímetro de mi piel. Descubrió lunares de los que ni siquiera yo tenía constancia, y también pecas e impurezas y, a pesar de todo, me sentí la mujer más perfecta y pura del universo.

Su mano derecha se deslizó por entre mis piernas para encontrarse con mi humedad. Las junté de manera inconsciente, para atrapar todo el placer que sentía, y lancé un suspiro. Se detuvo unos instantes y me miró con gesto asustado.

—¿Estás bien? —me preguntó.

—Joder, Isaac... ¿Te parece que no lo estoy?

Sus dedos hundiéndose en mi interior acallaron mi voz y sacaron mis gemidos. Primero internó uno y lo movió en círculos, hasta que le supliqué que quería más, y más rápido. Un segundo dedo se unió para provocarme un grito. Cerré los ojos y yo misma me acaricié los pezones. Cuando los abrí, Isaac me miraba con los labios entreabiertos, su lengua rosácea asomando en ellos, causándome más excitación. A continuación, sacó los dedos y me deslizó las braguitas por los muslos con una lentitud dolorosa, me pareció, pues lo necesitaba dentro de mí. Tras terminar, acercó el rostro a mi sexo y sopló. Su aliento, en contraste con la humedad de mi sexo, produjo una explosión que se extendió por mis extremidades. Introdujo la lengua tan despacio que creí morir. Lo sujeté de la cabeza, apreciando los movimientos, mientras lo miraba. Sus manos ascendieron por mi vientre hasta alcanzar mis pechos. Me acarició los pezones con los pulgares y me removí, intentando aguantar para no correrme tan pronto. Lamió cada uno de mis recovecos y, al fin, me provocó un orgasmo que me supo a una vida mucho más apacible.

No me dejó otorgarle placer, sino que en cuanto absorbió todo el mío se colocó de nuevo encima de mí y se frotó. Me instó a darme la vuelta, y enseguida aprecié su erección en las nalgas, protegida todavía por sus pantalones. Sacudí el trasero contra su entrepierna, perdida en un millón de sensaciones.

—Quítatelos... —le pedí, alargando una mano para tirar de ellos.

Poco después, su pene rozó la piel de mi trasero. Me moví con él, tratando de acoplarme. Me separó las piernas un poco y me sentí tan húmeda, tan abierta y expuesta para él... Sin casi darnos cuenta, la punta se coló en mi interior. Me quedé muy quieta, con el rostro congestionado contra la almohada, mientras él acercaba su rostro a mi cuello y aspiraba en él. Fueron sus caderas las que empujaron para internarse poco a poco en mí. Me acarició la mejilla con una mano, y ladeé el rostro y entreabrí los labios para mordisquear su dedo, que acabó dentro de mi boca. Su erección fue adaptándose a mis paredes haciéndome jadear. Lo sentí vibrar a medida que avanzaba con tiento, hasta terminar en una fuerte embestida. Levanté el trasero para notarlo más, todo. Me agarró el cabello, enrollándose un mechón entre los dedos, al tiempo que volvía a penetrarme. Su gruñido y mi gemido resonaron en el silencio matutino.

—Quiero verte —le pedí con voz ahogada.

Hicimos malabarismos para que no saliera de mi interior. Me situé boca arriba y separé las piernas, recibiéndolo de nuevo entre temblores debido a la excitación. Isaac me indicó con un gesto que esperara y salió de mí dejándome una sensación de vacío. Abandonó el dormitorio con jersey y el trasero al aire, y esa imagen tan familiar y sencilla me hizo reír. Al regresar iba completamente desnudo, a excepción del preservativo que ya se había puesto. Volvió a colocarse sobre mí, apoyándose con las manos a ambos lados de mi cuerpo. Pasé los brazos alrededor de su cuello y lo atraje hacia mí. Los suyos se colaron por debajo de mis muslos para elevarme un poco, presionándome contra él. Cada vez que me acostaba con Isaac, me sentía invadida por unas emociones que tiempo atrás no habría reconocido. Y es que lo quería, lo quería de verdad. Le dediqué una sonrisa trémula mientras pensaba en ello y él se movía de manera rítmica. Aceleró las embestidas y sus jadeos aumentaron. Adoraba ese sonido. Me elevaba a un lugar donde no existíamos nadie más que él y yo. Sin miedos, sin dudas, sin peros.

Nos besamos todo el rato… y juro que fue mucho, y recuerdo que pensé que Isaac no deseaba que ese instante acabara y yo tampoco. Nos besamos todo el tiempo en que permaneció dentro de mí, meciéndose sobre mi cuerpo como una balsa en un mar calmado. Noté sus dedos dibujando mis tatuajes y aprendiéndose el tacto de mi piel. Y cada vez que su sexo avanzaba dentro del mío hasta no poder más, de mi boca escapaba un jadeo que él correspondía con un nuevo beso.

—Eres mi debilidad, Carolina… —murmuró como si eso le molestara, y me mordisqueó el labio inferior.

Me aferré a su espalda con todas mis fuerzas y sacudí las caderas para que me lo hiciera más rápido y duro. Ansiaba alcanzar otro orgasmo que me otorgara alivio y paz. Isaac aumentó el ritmo de las embestidas y rodamos por la cama hasta que quedé sentada sobre él de nuevo. Hincó las yemas de los dedos en mis caderas y me alzó en vilo unas cuantas veces al tiempo que yo echaba la cabeza hacia atrás con los ojos cerrados y sentía que podía volar.

Tras terminar, nos quedamos acurrucados en la cama desnudos, con su cabeza apoyada en mi pecho, mientras yo le acariciaba el cabello y trataba de no pensar en nada más que en lo que experimentaba a su lado. Un rato después levantó el rostro y me miró muy serio, tanto que me asustó. Había algo en sus ojos... ese algo extraño y oscuro que ya había visto tiempo atrás, que había vuelto en los últimos días, y que me preocupaba, que me avisaba de que sí escondía muchas cosas.

14

El miércoles llegó, y fue entonces cuando me di cuenta de que el tiempo había pasado veloz. Tenía mi billete de vuelta a Barcelona para el día siguiente y regresaría al trabajo y a mi rutina que, de cualquier forma, era por fin la que yo quería.

Me levanté temprano esa mañana para preparar una de las deliciosas recetas de la tía: bollitos de manteca. Había comprado los ingredientes el día anterior porque me apetecía que Isaac se llevara unos cuantos para Izaskun y para él. Cuando entró en la cocina me hallaba estirando la masa con un rodillo, y me volví hacia él para darle los buenos días y, de paso, un beso. No obstante, Isaac se había quedado parado en el umbral de la puerta, con las manos en los bolsillos. Me miraba con una expresión circunspecta. Arqueé una ceja, sin entender, y me limpié en el delantal.

—¿Quieres un café? —Le señalé la cafetera y asintió. Introduje la cápsula y coloqué una taza pequeña. Una vez preparado, se lo tendí—. Sin nada de azúcar. Bien fuerte, como te gusta. —Le guiñé un ojo, pero no me rio la broma—. ¿Pasa algo?

Se bebió el resto del café de un trago y estiré el brazo para cogerle la tacita, sin dejar de mirarlo.

—Mis editores me han llamado. Antes de venir les comenté que estaría por la zona... En mala hora se lo dije. —Rechinó los dientes y luego clavó sus ojos en mí—. Tienen ya la portada y la sinopsis y les gustaría mostrármelas.

—Bien, ¿no? —contesté dibujando una sonrisa cautelosa.

—Quieren que me acerque a Madrid para hablar en persona. Les parece mejor.

—Oh, entiendo. —Apoyé el trasero en la encimera, tratando de mantener la sonrisa—. ¿Y qué hay de malo en ello?

—Me sabe mal porque es el último día que pasaré aquí.

—El trayecto es solo una hora y pico. Puedes ir y volver. Si te apetece, claro —le propuse.

—Claro, eso… eso había pensado.

—¿Entonces…? —Me mostré animada e Isaac se mordió el labio inferior.

—Nada… es… es todo lo que concierne a esta novela, que me pone nervioso.

Me aparté de la encimera y me acerqué a él. Le pasé los brazos alrededor de la cintura y noté que de verdad estaba tenso.

—Es normal… Ya has escrito bastantes y cada vez hay más presión y expectativas, pero todo saldrá bien.

—A veces pienso que no debería publicarla.

—¿Por qué dices eso?

Isaac agachó la cabeza y me miró como si no estuviera allí. Tal vez andaba pensando en sus cosas. Me acarició la espalda de manera distraída y luego me separó de él muy suavemente.

—Pues me marcho ya, ¿vale? Así quizá a la hora de comer ya he regresado.

—¿Me haces un favor? —Abrí un cajón y encontré lo que buscaba: un bloc pequeño donde la tía, muchos años atrás, escribía la lista de la compra. Anoté una dirección rápidamente—. ¿Podrías pasarte por aquí? Es un convento donde venden mazapán. Cristina me pidió, y yo no he podido ir…

—¿Quieres acompañarme? —me preguntó Isaac de repente.

Por unos segundos estuve tentada de aceptar, para sentirme más cercana a él, a sus proyectos, a su trabajo, a su vida. Sin embargo, sabía que yo no podría unirme a la reunión con sus editores y tampoco me apetecía pasear por Madrid sin rumbo. Además, me parecía que me lo había dicho por cordialidad.

—Me quedaré aquí, terminaré esto y a lo mejor hago una visita a César para despedirme.

Isaac asintió y estiré el cuello para darle un beso. El suyo fue muy rápido, casi como por compromiso.

—Carolina… —murmuró clavando sus ojos en los míos—. Cuando vuelva, me gustaría hablarte de algo.

Una sensación incómoda se instaló en mi pecho al notar una especie de alerta en su voz. Cuando oí el sonido de la puerta avisándome de que se había marchado, me quedé unos minutos contemplando todos los cachivaches que había diseminado por la encimera, hasta que suspiré y me puse manos a la obra de nuevo con los dulces.

Una vez que les di la forma, los introduje en el horno y me quité el delantal. Salí de la cocina para meterme en la ducha y desentumecer los músculos. Cuando terminé, me sentía mucho mejor y me puse ropa cómoda para acabar con la faena. Me encontré unos bollitos de manteca con una pinta deliciosa y que olían de maravilla. Los saqué del horno y los dejé reposando en la encimera mientras me dedicaba a curiosear en el dormitorio de la tía. Unos veinte minutos después, encontré el libro de Julio Cortázar, *Rayuela*, para enseñárselo a Isaac. Era una edición muy bonita que Matilde siempre había cuidado mucho.

Se acercaba el mediodía cuando recibí un whatsapp suyo avisándome de que había concluido la reunión. Me dijo que si tenía hambre no lo esperara para comer, pero lo cierto era que a mí me apetecía compartir ese tipo de momentos con él. Ya no sabía cuándo volveríamos a vernos. Si habían preparado la portada y la sinopsis del libro, eso significaba que todo iba mucho más avanzado de lo que Isaac me había comentado. Y también quería decir que, en cualquier momento, se marcharía a dar la vuelta al mundo que tenía prevista. Quizá a eso se refería con que quería hablar conmigo. Un doloroso pinchazo me atravesó el pecho y, para olvidarme de ello, me calcé los botines dispuesta a visitar a César y entretenerme un rato.

Estaba a punto de salir por la puerta, con las llaves en la mano y el móvil en el bolsillo trasero de los vaqueros, cuando sonó el timbre. Eché un vistazo a la hora en mi reloj: Isaac no podía ser ni mucho menos, o me había mentido en cuanto a su salida de Madrid. Mi sorpresa fue mayúscula al encontrarme a Laura, la chica que se había mudado a la antigua casa de Gabriel, y a su lado una mujer a la que se parecía mucho.

—¡Hola! —exclamó la muchacha, sonriente—. Perdona que te molestemos así, a lo mejor tenías algo planeado...

—No, no, tranquila. —Alterné la mirada entre las dos.

—Esta es mi madre, Anabel.

La mujer se acercó para darme dos besos.

—Mi hija me comentó que vendes tu casa.

—Esta casa era de mi tía, aunque me la dio a mí. Murió hace unos meses —le confesé, estudiando a la mujer que tenía ante mí. Era bastante alta y con buen porte. Llevaba ropa costosa, un peinado perfecto y unas gafas de pasta que le conferían un aspecto culto. Me recordaba a Cristina—. Yo vivo en Barcelona.

—¡Me encanta esa ciudad! —exclamó sonriente—. Pero ¿sabes lo bueno de estar aquí? —me preguntó, como dispuesta a soltarme una confidencia—. Que apenas tendré competencia.

Le devolví la sonrisa, aunque me sentía un poco aturdida por su visita inesperada. Recordé entonces que Laura me había animado a acercarme a su casa para tomar un café con su madre y, como no lo había hecho, tal vez habían decidido ellas tomar las riendas.

—¿Queréis pasar? —les ofrecí señalando el interior de la casa. Me sabía mal tenerlas allí fuera y ya me despediría de César por la tarde en un momento.

Las acompañé al salón y les dije que se acomodaran. Preparé los cafés y dispuse unos cuantos bollitos de manteca en un plato. Eran sumamente amables, espontáneas y abiertas, con lo que la sorpresa inicial se me borró con rapidez. Charlamos sobre La Puebla y Talavera. Anabel me habló de su clínica dental y me dijo que, si quería, me pasara por allí para una revisión.

—Gratis, por supuesto. —Se rio. Luego se puso seria y me explicó el motivo de su visita—. Te preguntarás qué hacemos aquí y cómo sabemos dónde vives. Nos lo dijo César, el de la tienda que está cerca de la plaza. Es un hombre fenomenal. Y a Laura su hijo… —Antes de que terminara, la chica le dio un codazo y me eché a reír—. Bueno, que se llevan bien. Y hablando yo con César de esto y de lo otro, saliste tú como tema. Pero todo bueno, ¿eh? Es que Laura quería entregarte una cosa. Pensó en dársela a César, pero él prefirió que fuera ella quien te la trajera.

Cuando su madre calló, la chica se inclinó y recogió del suelo una bolsa blanca en la que yo no me había fijado.

—Lo hemos encontrado de casualidad —me explicó una vez que cogí la bolsa—. Estaba en el armario de mi madre, en lo alto del todo. —La señaló y luego bajó la voz, aunque Anabel podía oírla a la perfección—. Es una maniática de la limpieza y estaba frotando la madera como una loca y, ¡pum!, de repente una balda se ha soltado y se ha caído esto. Estaba como escondido, porque no lo habíamos encontrado hasta ahora.

—¡Oye, Laura! —exclamó la mujer dándole un golpecito en el hombro—. Si tú limpiaras más…

Me dediqué a mirarlas atónita, sin comprender nada. De repente, Laura se puso colorada.

—No es que quisiera cotillear, ¿sabes? Pero bueno, una no se encuentra cosas así todos los días… y he abierto la caja y he visto lo que había dentro, y como me dijiste que allí había vivido tu amigo, caí en la cuenta de que sería suyo.

—Pues… gracias —murmuré. Para entonces las manos ya habían empezado a sudarme.

—No he visto todo, ¿eh? Solo un par de fotos.

—Vale, no te preocupes.

Se marcharon tan solo diez minutos después, pero a mí se me antojaron casi horas. A lo mejor Laura se equivocaba y no era de Gabriel. ¿Por qué iba a esconder una caja y unas fotos? ¿Acaso eran de Pablo y él y por eso lo había hecho, para que su tío no se las pillara?

Contemplé la bolsa con el ceño fruncido. Algo en mi interior me decía que destapar aquella caja no traería nada bueno, que sería como la de Pandora. Pero una parte de mí deseaba descubrir todo lo que Gabriel había guardado, como si de esa forma pudiera sentirme más cerca de él. Al final me armé de valor y me asomé a la bolsa. En el interior había una caja de galletas antiguas, de esas danesas que César vendía y que la tía compraba para Gabriel porque le gustaban mucho. Un pinchazo me atravesó el pecho y de repente sentí unas irrefrenables ganas de llorar. Cogí aire y saqué la caja con cuidado, como si fuera a romperse, y luego me senté en el sofá con ella en mis piernas. Al destaparla, el corazón me brincó. La primera foto era de Michael Jackson, supuestamente firmada por el cantante. Recordé que había salido en una revista de la época y que Gabriel la compró a escondidas de su tío. Cuando vi la segunda, esbocé una sonrisa nostálgica. Una copia de la que yo tenía, la de Gabriel, la tía y yo. La pasé a toda prisa, deseosa de mirar las otras. La siguiente era más antigua, se notaba por la calidad y porque Gabriel era más pequeño. Aparecían su madre y él delante de su casa, muy serios, como si no les agradara estar allí o que les tomaran la foto. Caí en la cuenta de que dataría del año en que se habían mudado a La Puebla. Lo siguiente no era una foto, sino una hoja de papel amarillenta con algo escrito. No entendí lo que quería decir en esa nota y, a pesar de todo, un escalofrío me recorrió la espalda.

Tienes que venir a por mí. No me enfadaré si no lo haces hoy ni mañana, pero hazlo este año. Por favor. No puedo estar aquí, no puedo...

Las letras finales parecían escritas a toda prisa o con descuido y no había nada más.

La última foto me aceleró el corazón. Me la acerqué mucho a los ojos, como intentando comprobar que lo que estaba viendo era real y no una ilusión. En ella estaba la madre de Gabriel, muy joven, con una apariencia totalmente distinta a la que yo había conocido. Llevaba el cabello recogido en un moño estirado y sonreía de manera abierta. Le brillaban los ojos. Unos ojos muy azules, como los de Gabriel. Deduje que había sacado de ella ese color tan particular, aunque cuando yo la había conocido ya se le habían apagado. En sus brazos se encontraba un Gabriel muy pequeño, de unos cuatro años. También aparecía un hombre apuesto, bien vestido, que supuse que sería el padre de Gabriel por el gran parecido que ambos tenían. Pero algo no encajaba en la foto y era el otro chiquillo que salía en ella, abrazado al hombre. Rubio, con los ojos tan azules como la mujer también, con unas cuantas pequitas en la nariz, aunque no tantas como mi viejo amigo. Y no cuadraba porque había algo en él que me resultaba muy familiar, tanto que las manos me temblaron y solté la foto como si quemara. Cayó al suelo en silencio y me recosté en el sofá, aturdida y mareada, sintiendo que la respiración me faltaba. Cuando logré serenarme, me incliné, la miré de nuevo y pensé otra vez lo mismo: en los rasgos de ese niño se escondía alguien muy familiar para mí. Alguien con quien había hecho el amor, del que me había enamorado. Y supe entonces por qué, desde el primer momento, había sentido que lo conocía. No se parecía en nada al hombre de la foto, pero sí a la mujer. Y pensé que cualquier cosa que me dijera a mí misma sería una mentira. No podía negar la verdad. Y esa era que Isaac debía de tener un parentesco con Gabriel y con Mercedes, su madre. ¿Un primo? Intenté convencerme de que sería eso. Sí, solo eso... No obstante, mi pulso latiendo a la carrera me avisaba de que había más, mucho más. Todo un secreto enorme encerrado en algo tan pequeño como una foto.

Y entonces la rabia empezó a apoderarse de mí. La desilusión. El hecho de sentirme engañada como una tonta. El timbre volvió a sonar, arrancándome un gritito. Ladeé el rostro hacia el pasillo. Ese debía de ser Isaac. ¿Cómo iba a mirarlo a la cara? ¿Y él? ¿Cómo se atrevía a mirarme a mí? Todavía hoy no sé cómo me levanté del sofá y recorrí el pasillo con la caja en las manos temblorosas. Al abrir la puerta y oír los pasos de Isaac subiendo la escalera, el corazón me brincó con más fuerza. Me di cuenta de que habían empezado a dolerme todos los músculos del cuerpo, como si estuviera incubando una gripe. Él apareció ante mí y, al verme —seguramente con el rostro desencajado—, me miró con expresión interrogante.

—¿Qué...?

Isaac me había mentido. Lo había hecho durante todo ese tiempo. ¿Por qué? ¿Qué significaban aquellas fotos? Pensé que en realidad yo no conocía a ese hombre, que no sabía nada de él. El cuerpo comenzó a temblarme con violencia y agité la caja, furiosa.

—¡¿Por esto no querías hablar de tu familia?!

Me miró unos segundos sin entender. Abandonó el quicio de la puerta y se acercó a mí, pero di unos pasos hacia atrás, internándome en la casa.

—¡Contesta! —le grité.

—No sé a qué te refieres...

No le otorgué tiempo para que continuara. Estiré los brazos y le tendí la caja. Isaac dudó, pero después la cogió y la contempló durante lo que me pareció un momento eterno. Aprecié que los labios le temblaban mientras la destapaba. Me di la vuelta, incapaz de soportarlo. El silencio se tornó abrumador y denso y, de espaldas a él, supe que estaba mirando las fotos. Cerré los ojos y cogí aire, conté hasta seis y me perdí. Noté que Isaac se acercaba y, cuando posó una mano en mi hombro, di un brinco y me aparté como si me chamuscara. Apreté los ojos con todas mis fuerzas y al tragar saliva me dolió debido al nudo que se me había formado en la garganta.

—Carolina...

—¿Qué significa eso? —logré preguntarle, aunque mi propia voz me sonó lejana.

—Es una larga historia.

—¿De verdad? —Me volví y me encaré a él, apreciando que las mejillas me ardían. Isaac me miró con estupor—. ¿Tan larga como para no poder contármela? —musité entre dientes, consciente de que cada una de mis palabras salía empañada de rabia—. ¿Eres tú, Isaac? Dime, ¿ese niño eres tú? —Le señalé la caja que él ya había cerrado, como si no soportara ver lo que había en su interior.

La nuez le bailó en la garganta y un profundo dolor se instaló en sus ojos. Me quebré durante unos segundos, pero de inmediato me sobrepuse. Estaba enfadada. ¡Más, más que eso! Estaba furiosa con Isaac.

—¡Habla! —chillé dando un paso hacia delante para acercarme a él—. Ese hombre al que estás abrazando es el padre de Gabriel, ¿a que sí? Nunca vi fotos de él porque Gabriel me decía que Julio no le permitía tenerlas para que no lo dañaran, pero me he dado cuenta de que se parecían mucho. Lo que no entiendo, Isaac... Lo que no entiendo es por qué sales tú en la foto. Y por qué, de niño, eras idéntico a su madre —casi susurré, sintiéndome derrotada. No sabía si sería capaz de aguantar una nueva discusión. Al menos una como esa, con tanta traición y dolor.

—¿Podemos sentarnos? —me rogó con cautela, señalándome el pasillo. Me crucé de brazos y negué con la cabeza. Empezaba a sentir que no soportaba la idea de que Isaac pisara más el suelo de esa casa—. Si quieres que te explique todo, es mejor que lo haga cuando estés calmada.

—¿No ves que lo estoy? —repliqué mordaz. Deslicé la mirada por su ropa, por todo su cuerpo, y la detuve en sus ojos, insistiéndole—. ¡Contesta de una puñetera vez! —lo increpé, escupiendo con veneno cada una de las palabras.

—Sí, soy yo.

—¿Por qué? ¿Eh? ¡¿Por qué estás con ellos en la foto?!

—Carolina, tú ya lo has adivinado...

Quería que me lo dijera él, que saliera de su boca de una vez por todas. Se mordió el labio inferior y me observó con los ojos teñidos de sombra. Al fin, separó los labios, y algo me crujió en el pecho cuando susurró:

—Mercedes es mi madre.

15

Los ojos me picaron y me los froté hasta que me hice daño. Trastabillé hacia atrás al tiempo que el mundo parecía dar vueltas a mi alrededor. Me apoyé en la pared justo en el momento en que Isaac adelantaba un brazo para cogerme. Se lo aparté con brusquedad y negué con la cabeza.

—Gabriel... ¿Gabriel era tu hermano? —¿Esa era mi voz? ¿Era yo la que pronunciaba esas palabras? Me sentía como la protagonista de una telenovela mala, aunque aquello era la maldita vida real, aquello pasaba—. Pero él nunca me dijo nada... Nunca habló de ti...

¿O sí? Me tapé la cara unos segundos, intentando recordar. Y entonces caí en la cuenta. La vez que insinuó que tenía un familiar que era un superhéroe y que la tía concluyó que sería un amigo imaginario... Y yo me burlé. Y todas aquellas ocasiones en las que me decía que alguien iría a por él para ayudarlo. La última vez que mencionó a ese tal Linterna Verde diciendo, desilusionado, que no se preocupaba por él. Dios... ¿Se refería a Isaac?

—Sí, lo era.

—No tenéis los mismos apellidos. ¿O es que me mentiste en eso también?

—No. Gabriel era mi medio hermano. Teníamos padres biológicos diferentes. Fue una noche loca de mi madre: se quedó embarazada cuando era bastante joven y, aunque estuvieron juntos hasta que tuve unos seis meses, después se separaron y ya no supo más de él. Mi madre nunca le reclamó una pensión ni nada. Supongo que jamás hubo amor entre ambos y conoció al padre de Gabriel y no le importó nada más. Y la verdad es que a mí también me daba igual porque él fue mi auténtico padre. Cuidó de mí hasta que murió. Puede sonar raro, pero creo que hasta me quería más que mi propia madre.

Le pedí que callara con una mano en alto y me di un masaje en las sienes con tal de aplacar el dolor de cabeza que me amenazaba. En esos momentos no podía oír todo eso porque iba a explotar de un instante a otro. Alcé la barbilla y miré a Isaac con desolación. En cierto modo, la rabia se hallaba todavía ahí, pero la tristeza era mucho más poderosa.

Necesitaba sentarme porque todo me daba vueltas. Caminé por el pasillo en dirección al salón y, nada más dejarme caer en el sofá, apareció Isaac, pero se quedó de pie a una distancia prudente. Me incliné hacia delante y escondí la cabeza entre las piernas, con un sinfín de palabras escociéndome en la garganta. Conté hasta diez, cogí aire y alcé el rostro para encararme a él. Me miraba con aspecto culpable, pero no me importó porque lo era. Era culpable de haberme tenido engañada todo ese tiempo, de traicionarme, de haber permitido que hablara de Gabriel, de mi vida, de mi privacidad. Y él lo sabía, lo sabía todo y, aun así, siguió. ¿Había sido un juego para él, o qué?

—¿Por qué coño no me lo explicaste todo? ¿A qué esperabas, Isaac? No entiendo nada... Todas esas preguntas que me hacías, como si no conocieras a Gabriel. Y yo te creí, ¡joder! —Me golpeé el pecho con fuerza y él se sobresaltó—. ¡Te creí cuando me asegurabas que se debía solo a la novela! Qué estúpida he sido...

—Y era por la novela —susurró.

—¿En serio? —Solté una risa sardónica—. Pero entonces ¿por qué no me contaste la verdad? ¡Me has mentido todo este tiempo, Isaac! Has ocultado quién eras, permitiste que me desnudara ante ti teniendo ventaja, dejaste que sintiera cosas hacia ti. Dios... —Me froté los ojos, que los tenía húmedos.

—Reconozco que debería habértelo dicho...

—Eres un puñetero cobarde —lo corté—. Eso es lo que eres. Y un maldito...

—Tú tampoco me has contado la verdad al completo —me espetó de súbito.

—¿Qué? —Alcé la barbilla y lo miré confusa—. ¿Qué quieres decir? ¡Por supuesto que te la he contado! Sabes más de mí que nadie. ¡Jamás había confesado a ninguna persona cómo murió Gabriel! ¡Te hablé de mis malditos sentimientos! ¿Cómo puedes acusarme de...?

—Pero te callaste lo ocurrido con Andrea —musitó, interrumpiéndome.

Me levanté del sofá y me volví hacia él, mirándolo con la boca abierta. Me observaba con los ojos entornados y la respiración acelerada. Su pecho subiendo y bajando a una velocidad vertiginosa. Tenía los puños apretados y le temblaban.

—¿Cómo? ¿Qué...?

—No me hablaste del acoso. De lo que hicisteis esa chica y tú. Por algo sería, ¿no?

—Pero ¡¿qué estás diciendo?! —grité, perdiendo los papeles.

—Me hablaste de la muerte de Gabriel, pero no de sus motivos. Me dijiste que no los sabías ¡y era una puta mentira! —Isaac también había elevado el tono de voz.

—¿De verdad estás insinuando lo que creo?

—¿Acaso no participaste en ello? ¡¿No dejaste aquellas pintadas en su casa?! —continuó increpándome—. ¿No le rompiste su maltrecho corazón? ¡Lo destrozaste!

Guardé silencio unos segundos, intentando asimilar sus acusaciones, y después di unos pasos hacia él. Isaac mantuvo la frente alta, con los labios apretados, mirándome con una expresión entre enfadada y dolida. ¿Cómo sabía lo de las pintadas? De cualquier modo, era lo que menos me importaba en esos instantes.

—No puedo creer que pienses que yo habría hecho daño a Gabriel. Él era todo para mí. Quizá me equivoqué al relacionarme con Andrea, pero traté de defenderlo. Siempre lo hice.

—¡Estás mintiendo! —prorrumpió, aunque de inmediato pareció arrepentirse y bajó la voz—. Te sientes avergonzada y culpable, y por eso te escudas en esa chica. Gabriel te quería, Carolina, y tú no sé por qué participaste en aquello...

—Pero ¿qué coño dices, Isaac? ¡¿De dónde has sacado esas ridículas ideas?! ¿Cómo te atreves siquiera a…?

—Julio me lo dijo —confesó cortándome, y noté una sacudida en el estómago al oír ese nombre—. Que habíais sido Andrea y tú. No me reveló el nombre de ella, pero sí el tuyo y me habló un poco sobre ti. Cuando nos encontramos con esa chica y vi cómo te comportabas, deduje quién era.

—¿Y lo creíste así tan fácil? ¿Sigues creyéndolo después de haberme conocido? —Aprecié que mi voz había empezado a apagarse, a perder fuerza.

Algo cruzó por sus ojos y entendí. De repente, un sinfín de pensamientos terribles y dolorosos acudieron a mi cabeza, iluminándome, y miré a Isaac con horror.

—Tú sabías quién era yo antes de que te hablara de Gabriel —murmuré.

Isaac se mordió el labio inferior, luego se rascó la barbilla de manera nerviosa y, al fin, respondió:

—Cuando te recogí, no. Fue pura casualidad. Pero… ese fin de semana, cuando hablamos, empecé a atar cabos.

—Joder…

Volví a dirigirme hacia el sofá y me senté, tapándome la boca con las manos. Isaac se acercó a paso lento y, para mi sorpresa, ocupó el otro lado. Ni siquiera me aparté, a pesar de que tenía ganas de cogerlo por los hombros y zarandearlo al tiempo que le gritaba.

—Carolina… —Le tembló la voz, y ladeé el rostro y lo observé con enojo—. Yo… siento… siento algo por ti.

—¿En serio? ¿Qué sientes? ¿Pena por lo tonta que he sido? ¿Quién puede sentir algo bueno por alguien y ocultarle tantas cosas importantes? No logro entender tus motivos, Isaac…

—Estos no eran mis planes, Carolina. Al principio… —Cerró los ojos, y vi en sus rasgos un atisbo de dolor y culpa—. Cuando descubrí quién eras, no atinaba a saber cómo sentirme o actuar. Se me pasaba por la cabeza que deberías sentir algo del dolor que Gabriel sintió y, en cambio, te mostrabas muy feliz, habías hecho tu vida. Joder, no… es que… sé que suena fatal, horrible, que no es una excusa, pero llevaba años enfadado con las personas que habían provocado la muerte de mi hermano y...

—Esto es una puta broma —susurré, y solté una risa incrédula.

—Por favor, escúchame —me interrumpió—. No buscaba sentir nada por ti, no quería, es verdad. Pero poco a poco empezaste a atraerme más y más, y me cabreaba conmigo mismo al no poder controlarme...

—¡¿Por eso te comportabas de ese modo tan... tan...?! —exclamé, sin ser capaz de terminar la frase ya que se me antojaba profundamente dolorosa—. ¿Era por eso, Isaac? ¿Pretendías planear una especie de venganza hacia mí porque estabas convencido de que empujé a tu hermano al suicidio? Suena muy de esas novelas tuyas, sí... —Se me escapó una risa nerviosa. Sin embargo, al ver su cara, me di cuenta de que esa era la única verdad de todo su silencio, de sus extrañas actitudes—. Oh, Dios mío. Eso era lo que ibas a hacer. Pretendías enamorarme y después darme la patada, como un castigo.

—¡No! Carolina, claro que no... —gritó, y trató de agarrarme el brazo. Lo aparté con unos cuantos manotazos, echándome hacia atrás. Él me dedicó una mirada desesperada—. Maldita sea, Carolina... Lo único que ocurría es que, después de tanto tiempo odiando a las personas que habían dañado a mi hermano, no sabía cómo actuar teniendo a una de ellas delante. No te conocía realmente, joder. Había supuesto cosas sobre ti... Luego me di cuenta de mi error. De que eres una buena persona... Y, aunque lo hicieras, no importa. A veces cometemos estupideces de jóvenes. Yo hice muchas. He comprendido que tú querías a mi hermano...

—Estás empeorándolo, Isaac. Continúas culpándome de algo que no hice —solté entre dientes, a punto de romper a llorar—. Y no voy a permitirlo, ¿sabes? No voy a aguantar que me acuses de algo tan horrible ni que me hables de ese modo.

—Estoy enamorado de ti, Carolina —susurró, como si sus propias palabras le sorprendieran.

Esa confesión me golpeó muy fuerte en el estómago y en el pecho, y fue cuando mis lágrimas se derramaron. Me tapé la cara, sollozando con más fuerza de la que habría querido, pues no deseaba que ese hombre que había jugado conmigo me viera caer.

—Y, aun así, me has acusado de dañar a tu hermano —dije entre hipidos—. ¿Y si no hubiera encontrado esas fotos, Isaac? ¿Me habrías contado la verdad algún día o te habrías largado a dar tu maldita vuelta al mundo dejándome en la ignorancia y enamorada de ti como una tonta?

—Carolina, creo que los dos necesitamos tranquilizarnos... Hablar detenidamente, pensar sobre...

—No. No te creo. En nada, Isaac. Y mucho menos en eso de que estás enamorado de mí. Y aunque fuera cierto... No quiero continuar con esto. No me siento capaz.

—¿Qué? —Pestañeó un par de veces.

Me levanté en silencio, con las lágrimas deslizándose por mi rostro hasta llegar a mis labios. Me las lamí con rabia al tiempo que entraba en el dormitorio de la tía. Sabía dónde guardaba lo que quería mostrar a Isaac. ¿Él pretendía hacerme daño? Entonces yo se lo devolvería. Descubriría la auténtica verdad, pero una verdad que le dolería. Podría haberlo echado de casa sin que la viera, pero... estaba tan furiosa, defraudada, dolorida... Abrí el armario de la tía y miré una a una las cajas de sus zapatos. A la cuarta, lo encontré. Un pedazo de papel amarillento doblado hasta hacerlo minúsculo. Matilde me lo había guardado muchísimos años atrás para que yo no lo leyera, pues de adolescente lo había hecho en infinidad de ocasiones, y con cada lectura me dañaba más.

Regresé al salón a toda prisa, donde me esperaba un Isaac pálido y de ojos enrojecidos. Le cogí el brazo y le abrí la mano, donde deposité el papel. Él me dedicó una mirada confundida.

—Ahí tienes toda la verdad. Gabriel la escribió antes de morir para confesármela. Y si sigues sin creerla, es que estás ciego. Pero mucha gente lo está durante toda su vida.

Aguardé a que Isaac desdoblara el papel, que se convirtió en un folio arrugado. Estudié cada uno de los gestos de su rostro a medida que sus ojos recorrían las palabras que Gabriel había dejado plasmadas en un papel. Su respiración se aceleró todavía más, como si fuera a sufrir un ataque de un instante a otro, tanto que incluso me asusté. Al terminar, alzó la cabeza y me contempló con un horror profundo. Le devolví la mirada más impasible que pude, a pesar de que por dentro me moría. Para mi sorpresa, Isaac se enfrascó en una segunda lectura. Y, de repente, se volvió hacia la pared y lanzó un fuerte puñetazo con la mano derecha, acompañado de una especie de grito gutural. Me tapé los ojos, impresionada, escuchando los golpes de Isaac. Cuando aparté las manos de mi rostro y lo miré, descubrí que tenía los nudillos destrozados. Por unos segundos deseé abrazarlo, aliviar su dolor, pero me recordé que ese hombre me había engañado, que había planeado una venganza. Aseguraba que no la había llevado a cabo porque se había enamorado de mí, pero yo ya no sabía qué creer.

—Carolina... —susurró con una voz muy ronca.

Mi nombre en su boca todavía me provocaba un cosquilleo, pero, al mismo tiempo, un pinchazo. Él tenía los ojos inyectados en sangre y adiviné que iba a echarse a llorar de un momento a otro. No quería que estuviera a mi lado cuando sucediera porque, seguramente, derribaría mis muros.

Le arranqué la nota de las manos, la doblé y me la metí en el bolsillo de los vaqueros. Me pertenecía a mí. Gabriel la había escrito para mí. La mañana después del incidente, Rosario había encontrado en el dormitorio de mi amigo un sobre en el suelo con mi nombre. Se lo entregó a la tía y ella esperó a que yo me sintiera un poco mejor para dármelo. Se trataba de la despedida de Gabriel. La tía siempre respetó mi intimidad y fui la primera en leerlo. Después, cuando el dolor fue tan hondo que necesité compartirlo, la leímos juntas. Creo que, en alguna ocasión, a Matilde se le pasó por la cabeza que debíamos hacer pública esa nota. Sin embargo, nunca lo mencionó porque sabía lo que yo pensaba. Yo entendía lo que quería Gabriel. En esa carta había contado sus secretos más dolorosos, esos que en vida no se había atrevido a confesar, y no le pertenecían a nadie más que a él. Yo no me sentía con ánimos de hacerlos públicos. Ya no iba a servir de nada y estaba segura de que Gabriel lo habría preferido así.

—Vete —rogué a Isaac.

—No, yo… Yo te quiero, Carolina…

—¡Vete! —alcé la voz, que me temblaba—. ¿Que me quieres? Pues parece que te has dado cuenta demasiado tarde. —Sacudí la cabeza, apenada—. Tú me has acusado de algo horrible, y ahora te pregunto yo, Isaac, aunque ya no me importa, pero… ¿dónde estabas cuando tu hermano te necesitó todo ese tiempo?

No había terminado de pronunciar la frase cuando ya había empezado a arrepentirme. Aprecié cómo mis palabras golpeaban a Isaac, cómo su rostro se arrugaba movido por un profundo dolor. Sus ojos se enrojecieron más todavía y se tambaleó hacia atrás, sin apartar su abatida mirada de la mía.

—No podemos permitir que esto termine así…

—Claro que sí, Isaac —murmuré con amargura—. Por supuesto que esto se termina aquí. Es lo que deseabas, ¿no? Me siento… —Solté un rugido y me aparté el cabello de la cara, dando vueltas sobre mí misma. Aprecié que el pecho de Isaac subía y bajaba de manera descontrolada y recordé esas contadas ocasiones, que fueron convirtiéndose en todo para mí, en las que había reposado mi cabeza ahí, que había pensado que ese podía llegar a ser mi hogar, y una profunda desolación me inundó—. Vete. Márchate de mi vida. Y puedes llevarte eso si quieres. —Apunté hacia la caja con un dedo tembloroso.

Me abracé a mí misma en busca de un poco de calor. Se me habían helado el cuerpo y el corazón. La sangre de mis venas ya no ardía de amor por ese hombre, sino de furia. Ladeé el rostro mientras Isaac aguardaba alguna reacción más por mi parte. Unos eternos e insoportables minutos después, tomó la caja. Noté su mirada clavada en mí, pero yo no se la devolví. Me temblaba todo… ¡Joder!, me temblaba la vida. Me encerré en el cuarto de baño mientras él iba al dormitorio y empacaba sus cosas. Un rato después oí sus pasos acercarse. Se quedó fuera, sin llamar. Me mordí el puño para no gritar hasta que me cercioré de que se alejaba. Y, en una lucha interna, me rebelé contra mí misma y abandoné el cuarto de baño. Trastabillé por el pasillo y me asomé para verlo delante de la puerta abierta de la calle, como esperándome. Me aguardaba, sí, pero yo no podía ofrecerle nada más porque me lo había arrebatado todo.

Y luego se fue. Se fue y yo me deslicé pared abajo hasta derrumbarme en el suelo. Siempre había creído que, después de lo ocurrido con Gabriel, nunca lloraría tanto. Pero tras la marcha de Isaac derramé muchas más lágrimas. Es extraño porque las personas que usualmente te lastiman son las que una vez prometieron no hacerlo jamás. No era que Isaac me hubiera dicho algo así, pero era lo que yo había asumido, que con él ya no habría más dolor. No al menos uno tan fuerte.

En ese instante alcé el trasero y me saqué del bolsillo la nota de mi viejo amigo. Me daba miedo leerla, a pesar de que la recordaba a la perfección. Al final, la desdoblé y, rodeada de un profundo silencio, me empapé de sus palabras.

Querida Carolina:

Espero que puedas perdonarme por lo que voy a hacer. Imagino que piensas que estoy enfadado contigo, pero no es cierto. Pablo cree que tú fuiste quien escribió aquellas cosas, pero yo sé que no. Y siento no haber estado a tu lado durante todo este tiempo, que te hayas sentido culpable de alguna manera, pero he llegado a un punto en el que no puedo hablar contigo, ni mirarte casi. No quería que vieras el miedo, la vergüenza y la tristeza en mis ojos una vez más. No soy el mismo, y no quería que lo supieras. No podías saber lo que he dejado que me hagan por miedo y cobardía. Hasta ahora había podido aguantar, pero he acabado siendo una sombra del Gabriel que tú conociste. Solo deseo que recuerdes al Gabriel feliz, con el que jugabas de niña, ese que se reía con tu tía y con el que bailaste tantas veces. Necesito que sepas que tenerte a mi lado todos estos años ha dado calor a un frío que siempre me ha calado los huesos. Necesito que entiendas que te quiero mucho, que siempre te he considerado mi mejor amiga, mi hermana.

Muchas veces he pensado en confesarte toda la verdad, pero nunca me había atrevido porque me atemorizaba pensar que mi tío te hiciera daño y por otros motivos. No quiero que Julio haga daño a nadie más. Es muy malo, Carolina, lo es. Sin embargo, ahora que voy a marcharme, siento que debo confesar. Esa verdad me provoca tanto daño y vergüenza que me arde en la garganta. Pero, por favor, no hagas nada de lo que luego te arrepientas. No le cuentes nada a nadie.

Quizá pienses que debería esperar hasta cumplir los dieciocho y luego largarme de aquí. Carolina, sé que nunca podré ser libre. Mi cabeza y mi cuerpo nunca lo serán, y mucho menos mi corazón. Siempre estarán llenos de asco y de vergüenza, incluso de miedo. Sé que no sería capaz de vivir de esa forma. ¿Cómo miraría en el futuro a la gente ocultando mi secreto si ahora ni siquiera puedo mirarte a ti? Jamás podré amar a nadie, Carolina. Ni formar una familia. Lo noto dentro de mí. Y no lo soporto más.

Por favor, nunca te sientas culpable. Tú no podías saber nada porque no te lo conté. De verdad, no fuisteis vosotros. Me sentí abandonado en más de una ocasión por algunas personas, pero... tampoco tienen la culpa. La tengo yo, por no haber hablado antes, por seguir siendo incapaz. Y la tiene Julio. Soy consciente de que tú sospechabas algo, pero... Había mucho más, Carolina. Julio me maltrató y abusó de mí. No sé cuándo empezó todo porque no lo recuerdo bien, quizá mi mente lo borró, pero tengo claro que fue desde muy pequeño. Julio me quería, pero me quería de una manera que me destrozó. Me rompió. Y la única salida que encuentro es esta, aunque te parezca egoísta. No puedo ni mirarlo, ¿entiendes? Me entran náuseas y temblores cada vez que oigo que abre la puerta de casa. Me aterroriza imaginar que, por la noche, volverá a aparecer por mi dormitorio como tantos años atrás. Porque en ocasiones me vienen imágenes a la cabeza que, al principio, creí que eran sueños... Pero no lo son, amiga, son reales. Y lo sé porque, cuando fui un poco más mayor, también me hizo cosas... no tan directas ni tan horribles, pero ahí están. A veces sueño con matarlo, ¿sabes? Que sufra como yo. Pero luego me muero de miedo. Es tan cruel... Me ha amenazado en muchas ocasiones, y considero que es capaz de cumplirlo todo... porque ya llevó a cabo algo. He vivido cada día con un miedo atroz. Miedo a sus miradas, a sus palabras, a sus pisadas. He intentado rebelarme, como me dijiste, y me enfrenté a él en alguna ocasión, pero no sirvió de nada. Tan solo para enfurecerlo y que me prohibiera más cosas y me robara lo que quería. Y soy débil en el fondo. Lo soy, Carolina. Ya no me veo escapando porque cuando me mire en el espejo recordaré todo lo que ha ocurrido y lo que permití por ser un cobarde, y me daré asco a mí mismo.

Antes pensaba en mi madre porque la dejaría sola con él, pero hace unas semanas oí que Julio mencionaba a Rosario la idea de ingresarla en una clínica de forma permanente. Y sé que allí mamá estará mejor. Pero yo no, Carolina, yo me quedaré a solas con él. Y solo de pensarlo siento ganas de vomitar, de gritar, de morirme. Así que, ya no logro preocuparme más por los demás porque solo puedo centrarme en este dolor que siento en mi interior, que es insoportable. Perdóname por ser egoísta, querida amiga, perdóname.

Te lo ruego, sé feliz. Sonríe como siempre has hecho. Vive y baila, baila por mí. Gracias por haber sido mi mejor amiga, por quererme y dejarme ser yo mismo. En serio, sed felices. No habéis tenido ninguna culpa. Te quiero. Os quiero.

GABRIEL

CUARTA PARTE

1

El tiempo pareció detenerse con la ausencia de Isaac. Me levantaba muy temprano porque no podía dormir bien por las noches y prefería estar ocupada y distraerme. En la oficina me afanaba con las traducciones y pedí más a la escuela de idiomas para la que trabajaba de manera extra, en un intento por conseguir dinero más rápido y, de esa forma, largarme de vacaciones a Australia cuanto antes. Necesitaba ver a Daniela, explicarle todo cara a cara y, además, alejarme de España, aunque fuera durante solo dos semanas.

Un día después de que lo echara de casa, Isaac empezó a llamarme por teléfono. Como no se lo cogía, me enviaba mensajes. En todos ellos se disculpaba, confesaba sus errores, me rogaba que nos viéramos para explicarse. Me decía que no importaba si no era en una semana o en dos, que comprendía que necesitaba tiempo, pero que en algún momento teníamos que hacerlo.

Conté lo ocurrido a Cristina, empezando por el principio: la verdad sobre la muerte de Gabriel y su parentesco con Isaac. Tampoco quería mostrarle lo mal que me sentía porque ella cada vez tenía más molestias y tanto Damián como mi amiga estaban preocupados, a pesar de que el médico les aseguraba que todo iba bien y que era normal en un embarazo como el suyo.

Intenté refugiarme en las chicas de salsa, pero tampoco conseguía divertirme con ellas. Mentiría si dijera que olvidé a Isaac de un plumazo. Antes de regresar a Barcelona había sido eso lo que me había prometido a mí misma. Lo odiaba, ¿no?

Me había estafado, traicionado. Me había hecho vivir en una burbuja que me había estallado en la cara. Pero dicen que las cuestiones del corazón son las más complicadas, que no entiende de razones. Porque uno puede elegir el camino, pero no a las personas que va a conocer en él. Puedes escoger a las personas que te rodean, pero no a aquellas que te iluminan el pecho. Quizá incluso puedes elegir con quién estar, pero no de quién te enamoras. Y es que el amor no es lo que tú quieres sentir, sino lo que sientes sin querer.

Por eso, estaría engañando al mundo y, sobre todo a mí misma, si dijera que dejé de amarlo. En realidad, lo que más me asustaba era el hecho de que continuaba haciéndolo. Porque después de atenuarse la rabia y la incomprensión, se alzó el doloroso vacío de su ausencia. Y me enfadaba conmigo misma por permitirle espacio en mi cabeza y en mi corazón. Pero dolía, demasiado... Hasta acabé sintiéndome arrepentida de haberle enseñado lo que de verdad le ocurrió a su hermano porque seguramente le habría causado dolor. Desconocía la relación que había tenido con Gabriel, pero le había visto la cara al leer la carta. Había sido como si se le rompiera el corazón en mil pedazos.

Y sucedió que quizá Isaac sí se cansó de intentar llamar mi atención. Acabé borrando todos sus mensajes y hasta di a Damián los libros que me había regalado para no tener ninguna cosa suya que me hiciera pensar en él. Tal vez nunca había sentido nada por mí, por mucho que insistiera en que me quería durante aquella horrible discusión. Pero como Antonio Machado decía, «Caminante no hay camino, se hace camino al andar», y me obligué a ser fuerte, a continuar viviendo sin Isaac, a sobreponerme a su traición, a tratar de olvidar lo ocurrido. Sin embargo, cuando paseaba por la ciudad solía acordarme de él. De su manera de abrazarme y besarme; de su forma de mirarme como si nada, pero como si todo al mismo tiempo; de nuestras charlas; de las tardes que pasamos escuchando su música favorita. Rehuía las librerías. En cuanto divisaba una a lo lejos, me daba la vuelta o apartaba la mirada si no tenía otra opción que pasar por delante. Cuando llegaba hasta mi calle, el corazón me daba un vuelco si descubría una figura alta y masculina detenida en el portal. Porque me imaginaba que era Isaac, que había vuelto con la excusa de que había bebido de la fuente. Nunca fue él. Y hoy sé que actuó bien porque, de otra forma, habría dado la vuelta y habría salido despavorida, incapaz de enfrentarme a aquello que sabía que me faltaba. En ocasiones me preguntaba cosas sobre él, sobre su pasado, dónde había estado durante toda la infancia de Gabriel —¿con algún otro familiar?—, y acababa acordándome de cómo me había atacado con lo de Andrea y las pintadas, y me convencía de que lo que había hecho era lo correcto. Aun así, el corazón se me encogía.

Y todo eso fue lo que hizo que me diera cuenta de que dejarlo de querer iba a convertirse en una ardua tarea. Que simplemente intentaba respirar sin que me doliera un mundo. El que había atisbado a duras penas con él. Un mundo lleno de posibilidades que se había esfumado y me pesaba en el pecho.

Fue un viernes de finales de mayo cuando recibí una sorpresa maravillosa. Había salido del trabajo y me había demorado un poco más en llegar a casa porque hacía buen tiempo. Los rayos de sol calentaban mi rostro y me sacaban unas cuantas sonrisas. Hacía tan solo un mes y poco más que Isaac se había marchado de mi vida, pero me parecía muchísimo. Me había recuperado un poco, que no del todo, aunque luchaba por ello. Achacaba el hecho de sentirme peor a haber terminado lo nuestro por su maldita traición.

Al doblar la esquina de mi calle, divisé unas figuras que se me antojaron familiares, aunque en un principio me dije que los ojos me engañaban. Se trataba de un chico y una chica: él muy alto, rubio y de piel bronceada; ella, bajita y de aspecto aniñado. Al acercarme, el corazón por poco se me salió de la boca al comprender que sí, que era ella.

—¿Daniela?

Se dio la vuelta y, en cuanto me reconoció, esbozó una enorme y cálida sonrisa. Los ojos ya se me habían llenado de lágrimas antes de que mi amiga echara a correr hacia mí. Se me lanzó con tanta fuerza que trastabillé hacia atrás, con sus piernas enroscadas a mi cuerpo.

—¡Carol! —exclamó, su carita hundida en el hueco de mi cuello.

La apreté contra mí fuertemente y aspiré el aroma de su cabello: igual que el de antes, una mezcla de Nenuco y de un perfume que me hacía pensar en inocencia. Empecé a llorar como una cría y ella, al bajar al suelo, chascó la lengua y me limpió las lágrimas, a pesar de que también moqueaba.

—¿Qué hacéis aquí? —le pregunté.

Alcé el rostro y vi que Oliver se arrimaba a nosotras con sus andares de surfero sexy.

—Si tenía que esperar a que fueras tú a Australia, me habrían salido canas —bromeó.

—¡Oye! Llevo meses y meses ahorrando. Es que te fuiste al culo del mundo, y por unas cosas y otras aplacé lo de la venta de la casa. —Fingí un puchero, y Daniela se echó a reír y se me enredó una vez más como un koala.

Oliver nos alcanzó en ese momento y se inclinó para darme dos besos y un abrazo. Qué alto. Y qué guapo. Qué bronceado. Hasta mi amiga, que siempre había tenido la piel pálida —por poco no brillaba como el vampiro de *Crepúsculo*—, había adquirido un precioso color.

—Estoy muy contento de verte de nuevo. Ha pasado mucho tiempo —me dijo Oliver con una sonrisa de dientes limpísimos. Seguro que se hacía blanqueamientos cada año, a mí no me engañaba.

—¡Vaya! Si tu acento es realmente bueno… —comenté boquiabierta.

—Porque practicamos cada día. Aunque ya no le imparto yo las clases. El amor y el trabajo no deben mezclarse. Ahora tiene otra docente —me explicó Dani con una sonrisa.

—Pero no es tan bonita como ella —la halagó Oliver esbozando un gesto seductor.

Las dos nos reímos y mi amiga puso los ojos en blanco.

—Sigue igual de don Juan —me susurró y, a continuación,

se volvió hacia él—. Amor, ¿no entiendes que ya no necesito todo eso?

—¿Cuánto vais a quedaros? —pregunté a Daniela.

—Unos diez días. He finalizado mi proyecto, pero, en dos semanas, me toca empezar a revisar otro. En Australia no es verano... Y no sabes todo lo que tenemos que hacer aquí, la cantidad de gente que visitar. —Daniela soltó un suspiro exasperado, con sus manitas apoyadas en las caderas—. Llegamos ayer por la noche bien tarde, pero necesitaba venir a verte.

—Oh, Dani... —La abracé de nuevo y ella me frotó la espalda con ternura—. Muchísimas gracias, de verdad. Ha sido una sorpresa maravillosa.

—Últimamente apenas hemos conversado y, aun así, te he notado un poco marchita. ¿Te ocurre algo? —inquirió separándose un poco, pero tomándome de las manos.

—¿Marchita? Oye, que no soy una planta. —Se me escapó una carcajada. La época de la universidad con Dani había sido de mis mejores, sin duda. Cuánto echaba de menos su manera de hablar—. Pues estoy algo raruna, pero se trata de una historia larguísima —murmuré poniéndome seria.

—Cariño, ¡ya sabes que esas son las que más me gustan! Y si contienen algún caballero andante y damas en apuros que al final se convierten en guerreras, muchísimo mejor.

—Con todo lo que tienes que hacer...

—Lo que hoy tengo que hacer realmente es cenar contigo. —Dibujó una sonrisa radiante de oreja a oreja—. Oliver ha quedado con unos amigos de cuando vivió aquí. Así que disponemos de una noche de chicas.

—Me parece estupendo —asentí completamente emocionada.

Antes de que Oliver se marchara con sus colegas, nos dirigimos a uno de los bares cercanos a mi casa para tomar unas cañas. El novio de mi amiga siempre había sido bastante chistoso, por lo que acabamos riéndonos a carcajadas gracias a unas cuantas anécdotas que nos contó. Una vez que se hizo la hora de su cita se despidió de nosotras, y lo seguí con una mirada contentilla a causa de las cervezas.

—Está potente, ¿eh? —Daniela me dio un codazo al reparar en mi mirada.

—Qué raro que no digas que es un efebo apuesto o algo así...

—Eso no podría ser porque un efebo es un adolescente y Oliver ya dejó esa época dorada bastante atrás.

—En realidad, lo miraba de esa forma porque siempre que estoy junto a vosotros me siento genial. Y lo necesitaba, Dani. No sabes cuánto.

—Bueno, pues entonces debes contarme de una vez por todas qué sucede. ¿Adónde vamos a cenar?

—¿Qué tal a un japo auténtico?

Daniela dio un par de palmadas a la vez que profería unas exclamaciones. Nos terminamos las cañas y nos fuimos caminando hacia el FAN Shoronpo, un restaurante japonés que no nos pillaba muy lejos del barrio. Mi amiga siempre había sido una superfán del anime y el manga, así como de la cultura y la gastronomía japonesas. En una ocasión, Samuel y yo visitamos el Shoronpo con su grupo de amigos y pensé de inmediato en Dani.

A Daniela le encantaron las cortinas con motivos japoneses que habían colocado en la entrada. Tuvimos una gran suerte porque solo les quedaba una mesa y, aunque estaba reservada para las diez y media de la noche, nos dijeron que podíamos sentarnos si acabábamos a tiempo. Yo no quería irme sin que mi amiga probara la comida de allí y ella tampoco parecía dispuesta a marcharse. Echamos un vistazo rápido a la carta, pero Daniela me animó a elegir yo, ya que lo había probado antes. Me decanté por unos shoronpos (de ahí venía el nombre del restaurante) que eran como unas empanadillas al vapor con caldo dentro, un plato de ramen para compartir entre las dos y unas gyozas. Para beber, las dos elegimos cerveza japonesa.

Durante la cena apenas hablamos porque contábamos con tan solo una hora y cuarto, y también porque Dani parecía hambrienta y todo el rato tenía la boca llena. Decidí esperar a llevar un poco más de alcohol en el cuerpo para relatarle lo mío, de modo que fue ella la que charló sobre su vida en Australia, a pesar de que por Skype ya solía ponerme al corriente.

Tras terminar, dimos una vuelta de camino a mi casa. Todavía era pronto, de modo que la invité a subir con la excusa de que tenía guardadas un par de botellas de vino blanco desde hacía tiempo y era hora de gastarlas.

—Está bueno —comentó haciendo girar la copa entre sus deditos—. ¿De dónde es?

—Es un vino valenciano. Me lo recomendaron en la tienda. Lo reservaba para celebrar con una cena el nacimiento del bebé de mi amiga Cristina.

—¡Oh! ¡Entonces deberías haberlo guardado! No era necesario que lo abrieras...

—Nada, nada. —Sacudí la mano, restando importancia—. Compro más y ya está. También tenemos que celebrar tu visita. Y, para tu información, tengo, además, una botella de cava...

Dani se echó a reír, se descalzó y subió sus pequeños pies al sofá. Me dedicó una mirada alegre y luego me apuntó con la copa medio vacía.

—Venga, suéltalo ya. ¿Qué es lo que ocurre? Está relacionado con ese hombre, ¿verdad?

—¿Cómo lo sabes?

—Porque no lo has mencionado desde que he llegado. Y antes solías metérmelo hasta en la sopa. De hecho, hace tiempo que no me hablas de él, y yo no quería ser inoportuna.

La observé unos segundos y me bebí de un trago lo que me quedaba de vino. Me serví un poco más y también a ella. Estiré el brazo con la intención de brindar y, tras entrechocar las copas, volví a tragarme el vino como si fuera agua. Daniela me miraba como si estuviera viendo un alienígena.

—¡Madre del amor hermoso! ¿Quién eres? Mi amiga Carol se bebía el alcohol a sorbitos de pájaro.

—Para explicarte todo, necesito más de esto.

Alcé la botella y la zarandeé. Quedaba el culo, y me apresuré a correr a la cocina en busca de la otra. Andaba eligiendo las palabras correctas para empezar. Regresé al salón con el vino, me dediqué unos segundos a abrirlo bajo la atenta mirada de mi amiga y, al fin, tras sacar el tapón y servirme un poquito más, susurré:

—Ya no estamos juntos.

—Entonces ¿lo estabais? ¿Erais pareja? Porque me decías que no...

—Pareja, pareja al uso... no. Pero había algo, Dani. Algo que a mí me iluminaba el pecho y me hacía sonreír. Y creí que por su parte también. —Clavé los ojos en ella, y me ofreció una dulce sonrisa—. Me dijo que me quería, que estaba enamorado de mí.

—¡Pero eso es maravilloso, cariño! —exclamó mi amiga incorporándose de golpe, a punto de derramar el vino—. ¿No me digas que esta vez fue a ti a la que le entró el pánico y salió corriendo?

—No, no... —Suspiré y bajé la mirada hasta la copa—. Es sobre Gabriel...

—¿Gabriel?

Pareció confundida. Aunque yo le había hablado de él, hacía muchísimo tiempo de eso. Además, no se trataba de un tema tan habitual entre nosotras como para que recordara su nombre.

—Sí, mi viejo amigo.

En ese instante Daniela comprendió y, de inmediato, estiró el brazo libre y me cogió de la mano.

—Pero... ¿qué tiene que ver él con esto?

—Todo, Dani, todo...

Y entonces empecé a explicárselo desde el principio. Volví a hablarle de Gabriel y le confesé cómo había muerto de verdad. La informé del parentesco que los unía a él y a Isaac. Al fijar la vista en la nariz de Daniela y contemplar sus diminutas pecas, me acordé de las de mi viejo amigo. Hablé y hablé, y Dani no abrió la boca en ningún momento, tan solo me miró y asintió. Y cuando se dio cuenta de que se avecinaban lágrimas, dejó su copa de vino y se acercó para estrecharme entre sus brazos. Me acunó mientras yo, entre sollozos, mocos e hipidos, me dedicaba a maldecir a Isaac, a soltar improperios y a exclamar que me había engañado como a una gilipollas.

—Cariño... —me llamó mi amiga poco después de que me callara. Alcé el mentón y me encontré con su eterna sonrisa, que me calmaba—. Escribimos a Almudena Grandes y de esto nos saca un novelón.

La miré con los ojos muy abiertos y, a continuación, prorrumpí en risas. Conocía a Grandes porque Dani me había prestado varios libros suyos durante la carrera. Había leído un par, pero, como solía pasarme, me cansé pronto. Me acordé de lo mucho que Isaac amaba la lectura y me imaginé hojeando alguna historia de Almudena entre sus brazos, mientras comentábamos aspectos sobre los personajes. Isaac me había despertado la pasión por la lectura. Volví a sentir un pinchazo en el pecho y se me escapó un sollozo. Daniela me acarició la espalda como si estuviera untándome Vicks VapoRub.

—Va, ahora me pongo seria, Carol. Todo lo que me has contado es increíble y, siéndote sincera, hasta yo, que a veces vivo en el Mundo de los Unicornios... —Calló unos segundos al apreciar mi gesto sorprendido, pues siempre era yo la que sacaba esa broma a relucir, y se rio—. Sí, cariño, que sé cómo soy. Pero lo que te decía, que hasta yo, que siempre he soñado con caballeros andantes y que creo en el amor infinito, reconozco que se ha pasado.

—Pues por eso estoy hecha una puñetera mierda —me quejé, y me incliné hacia delante para agarrar la copa. De cava ya. Las dos de vino nos las habíamos pimplado. Y a mí me había entrado un desagradable ardor en el estómago, pero no estaba segura de su origen—. Porque querría odiarlo, ¿sabes? Que se fuera a la mierda de una vez por todas. Pero lo tengo clavado aquí. —Me di unos golpecitos en la sien—. Y aquí también. —Me toqueteé la parte izquierda del pecho—. Y aquí es peor, en serio. Joder, de verdad. Querría poder olvidarme de él, borrarlo de mi corazón, quitar de mi boca su dulce sabor. No echarlo de menos al llegar la noche...

—¿No es esa una canción de Luis Fonsi? —inquirió Dani con una ceja arqueada y gesto divertido. Iba tan achispada como yo, o incluso más.

—Sí, creo que sí. Me ha salido sin pretenderlo. Pero toma,

ponla. —Le tendí mi móvil y ella lo miró con el ceño fruncido—. Venga, búscala en el YouTube y la cantamos.

—Mejor *Despacito*, nena. Que la otra es muy triste y no te va bien a ti eso ahora.

Dos minutos después bailoteábamos por el apartamento —copas de cava en alto, por supuesto— y cantábamos a grito pelado la canción de Fonsi. A Daniela le gustaba más el rock, pero cuando bebía se pasaba por el forro los gustos y todo la apañaba. Continuamos luego con la de *Échame la culpa*, y me puse a berrearla como si me fuera la vida en ello mientras mi amiga golpeaba con su trasero el mío. De repente oímos un gran estrépito que no pertenecía a la música. Indiqué a Dani con gestos que la bajara y, en cuanto lo hizo, apreciamos que los golpes provenían del piso de arriba. Los vecinos estaban quejándose. Claro, a pesar de ser viernes, las horas no nos acompañaban. Me apresuré a quitar la canción y luego Daniela se dejó caer en el sofá muerta de risa, y me tiré encima de ella y me uní a sus carcajadas. Cuando nos calmamos, mi amiga me abrazó y pegó su rostro al mío. Olía a alcohol, pero también a su limpio perfume. Sus rizos me hicieron cosquillas en la nariz.

—Echaba esto de menos —murmuró con voz pastosa debido al alcohol.

—Y yo —coincidí dejando escapar un suspiro de tranquilidad—. ¿A qué hora tiene que pasar Oliver a por ti? —le pregunté al tiempo que echaba un vistazo al reloj: las dos de la madrugada.

—¿Quieres que le envíe un whatsapp y me quede a dormir aquí contigo? Él puede irse a casa de algún amigo suyo —propuso Dani.

Asentí una y otra vez con la cabeza, emocionada. Me apetecía que Daniela me acompañara durante esa noche para no volver a pensar en Isaac ni en todo lo ocurrido. Como habíamos cenado pronto, nos metimos en la cocina y preparé unos sándwiches de jamón y queso que nos tragamos como si no hubiéramos comido en semanas y nos supieron a gloria. Al poco rato nos acostamos en mi cama y nos quejamos al unísono de que todo daba vueltas.

—No me emborrachaba desde hacía mucho —confesó mi amiga, que llevaba puesta una de mis camisetas de dormir. Le quedaba larguísima y la dotaba de un aspecto más infantil si cabía. La miré con cariño—. Eres una mala compañía.

—Te quiero mucho, Dani.

—¡Fase de exaltación de amistad! —exclamó, con un puño en alto.

—De verdad.

Me arrimé a ella y me acurruqué contra su cuerpecillo.

—Ya lo sé, tonta. Yo también te quiero —asintió, y posó un beso baboso en mi frente—. Y oye, quizá en esto no debería meterme porque es más serio que otros asuntos, y al final depende de ti, pero... Tú sigues sintiendo algo por ese hombre.

—Pero ese hombre fue un gilipuertas —balbuceé, notando que el sueño me arrastraba.

—Sí, eso también, pero ¿te acuerdas de lo que te dije sobre el miedo? Pues ahí lo tienes, que no ha sabido conquistarlo aún. Por todo lo que me contaste anteriormente, durante los meses que pasaste a su lado, me parecía que era un buen tipo. —Se quedó pensativa—. Sí, tal vez es solo un buen tipo que tenía miedo y vergüenza —concluyó.

—¿Y de qué?

—De hacerte daño, Carol. ¿De qué va a ser?

Alcé la cabeza, y Daniela me miró con los ojos entornados y borrosos. Bostezó ruidosamente, y luego dio un beso al aire y se dio la vuelta. Me quedé contemplándola un ratito más al tiempo que rumiaba sobre lo que me había dicho. Al poco se durmió y me abracé a su espalda y no tardé también en caer en un sueño que me trajo unos ojos tan azules como el mar en tempestad.

2

Daniela tuvo que irse al pueblo para visitar a sus familiares y me quedé con mis traducciones, mis días duros en la oficina, mis canciones nostálgicas por la noche, mis clases de salsa, mis mojitos con las chicas del gimnasio para distraerme, mis películas, mis whatsapp a Cristina.

Y mis pensamientos hacia Isaac.

Cuando se avecinaban, como una tormenta, me apresuraba a desterrarlos con cualquier actividad o lo que fuera que tuviera cerca. Sin embargo, casi todo me recordaba a él. Por ejemplo, una tarde me acerqué al Mercadona y estaba sonando una canción de LP. Maldije por lo bajini porque menuda maldita casualidad. O yo había viajado a un mundo paralelo o jamás había sido consciente de que en ese supermercado también ponían ese tipo de música aparte de lo de «Mercadona, Mercadona...». En otra ocasión me apeteció tomar algo en un Starbucks y el tipo de delante de mí se pidió un café solo sin azúcar, muy muy fuerte. Y como esas un par más, porque supongo que todos conocemos la jodida ley de Murphy.

Se lo contaba a Cristina, y ella se reía mucho y luego me pedía que parara de decirle estupideces como esas porque le entraba dolor en los riñones. Estaba a punto de reventar, la pobre. De tripa nada más, en realidad, ya que había perdido bastante peso por la estricta dieta. Pero la barriga... A veces me imaginaba que de ahí saldría un crío o una cría que tendría ya diez años, por lo menos. Cris pasaba tremendos calores y apenas lograba levantarse de la cama. Bueno, eso y que el médico se lo había prohibido. Debía acudir cada dos por tres a revisiones y me aseguraba que estaba hasta los ovarios —nunca mejor dicho— de que conocieran al milímetro sus intimidades. La parte positiva era que Damián en lugar de irse a Latinoamérica, como le habían propuesto, se había quedado en España y, además, había conseguido una reducción de la jornada laboral para cuidarla.

Un sábado de mediados de junio las chicas y yo quedamos para tomarnos nuestro ya habitual mojito. Se había convertido en una rutina y lo agradecía un montón, puesto que me distraía bastante de mis pensamientos. Daniela se había marchado ya a Australia, además, y me había pasado casi medio día lloriqueando por las esquinas tras su ausencia.

—Oye, pues vente a verme en cuanto puedas —me animó Dani en el aeropuerto antes de irse, dado que había decidido acudir por sorpresa para despedirla.

—Tienes razón —asentí, y la tomé de las manos—. He dejado de lado lo de la casa de la tía, pero debo ponerme con ello a la de ya.

—¿De verdad quieres venderla? —me preguntó mi amiga observándome con atención.

En realidad, no sabía nada de lo que quería desde que había ocurrido aquello con Isaac, pero intentaba buscarlo. De lo poco que sí tenía claro era que deseaba viajar a Australia para pasar un tiempo con mi amiga y, ¡quién sabía!, a lo mejor encontraba una nueva vida allí como le había ocurrido a ella. Me convencía de que me curaría, que no necesitaba a ningún hombre para seguir adelante. Pero no se trataba de eso... Lo que ocurría era que continuaba enamorada de él, y punto, y no estaba relacionado con ninguna necesidad.

—Carol, esta noche andas en las nubes. —Olga se coló en mis pensamientos y me devolvió a esa madrugada de mediados de junio—. ¿Qué te ocurre?

—¡Pero si va así desde hace ya tiempo! —exclamó Susana, y colocó su escotazo ante mi cara para observarme como si fuera un espécimen raro—. ¿En serio que no se debe a ningún mal de amores?

A ellas no les había contado nada de lo de Isaac porque, aunque poco a poco consideraba que iban convirtiéndose en mis amigas, era una historia demasiado complicada. Y porque resultaba dolorosa de explicar. Ya había tenido que soltarla dos veces, una a Cris y otra a Daniela.

—¿Es por tu amiga? ¿Estás nerviosa? —se interesó María ofreciéndome una de sus dulces sonrisas.

Lo que sí había compartido con ellas era mi preocupación respecto al embarazo de Cristina. Las últimas semanas estaban siendo muy duras y ya no sabía cómo consolarla.

—Todo irá bien, ya lo verás. ¿Cuánto le queda? —volvió a preguntarme María.

—Chicas, ¿vosotras os habéis imaginado con una panza? —intervino Susana en ese momento.

—Si no puedo cuidar de mí misma apenas, ¿cómo iba a hacerlo de un crío? —bromeó Olga—. Además, todavía quiero la compañía de este más tiempo. —Y dio un buen trago a su mojito.

—A mí sí me gustaría —opiné con la barbilla apoyada en el hueco de la mano.

—Pues entonces hay que poner solución a eso de estar soltera —replicó Olga, que por nada del mundo era mala chica, pero no tenía pelos en la lengua y, en ocasiones, soltaba lo primero que se le pasaba por la cabeza. Sin mala intención, claro.

La miré fijamente durante unos segundos, con un extraño nudo en el estómago.

—No es necesario un hombre para tener un hijo —contesté un poco seria.

Las tres chicas guardaron silencio unos segundos, aunque aprecié que Susana y Olga me observaban con curiosidad. María, que era la más empática y comprensiva, alargó una mano y cogió la mía.

—Pues claro que no, Carol. Opino lo mismo que tú.

Volvimos a callarnos unos instantes, hasta que un tipo bastante atractivo pasó por nuestro lado y a Susana se le fueron los ojos.

—Tenéis razón, pero para lo que a mí me apetece ahora mismo sí me vendría bien un hombre... —soltó con su habitual picardía—. Si me disculpáis, corazones... —Nos guiñó un ojo, tomó su mojito y se fue en busca de lo que le apetecía.

Las tres que nos quedamos nos echamos a reír, rompiendo el ambiente tenso que se había creado minutos antes. Olga me lanzó unas cuantas miradas de reojo y al fin se atrevió a decir:

—Carol, perdona por lo de antes. Hay temas que no deben tratarse así, a la ligera...

—No, tranquila. —Me encogí de hombros. Esas chicas me caían bien y, justo en ese instante y con la euforia del segundo mojito, sentí que quería explicarles a ellas también lo que me había ocurrido—. En realidad, si he estado seria ha sido por mal de amores, como pensabais.

Olga formó un mohín con los labios y María me dedicó de nuevo una de sus sonrisas apaciguadoras. La primera se levantó como movida por un resorte en cuanto sonaron las primeras notas de *Flames*, la nueva canción de Sia y David Guetta. Nos atrapó tanto a María como a mí de las manos y nos instó a incorporarnos.

Y en esas andábamos, dirigiéndonos hacia la pista, cuando noté que el móvil me vibraba. Me extrañó que me llamaran a esas horas, pues eran las tres de la madrugada, así que me solté de Olga y lo saqué del bolso. En cuanto vi el nombre de Cristina en la pantalla, el corazón me dio un vuelco.

—¿Sí? —contesté, y animé a las chicas a que se fueran a la pista.

—Cristina se ha puesto de parto. Creemos que va a ser complicado —me informó Damián.

—¿Puedo ir? —pregunté con ansiedad.

—Por supuesto, Carol. Ella querría que vinieras.

Busqué a las chicas, pero tan solo pude despedirme de Olga y María, pues Susana había desaparecido. Salí de la discoteca con la intención de coger un taxi, pero a esas horas mucha gente quería uno también. Me atreví a colarme y unas adolescentes empezaron a gritarme. Menos mal que conseguí meterme en el coche, porque ya me veía atacada. Me pareció que el taxista daba más vuelta de la que tocaba y le grité que fuera más rápido.

Nada más llegar, pregunté por la sala de espera de maternidad y, al asomarme, descubrí a Damián acompañado de un anciano con el que guardaba un gran parecido. Supuse que se trataría de su padre. Me dirigí hacia ellos a grandes zancadas y, en cuanto el marido de mi amiga me vio, se levantó y me miró con gesto preocupado.

—¿Qué pasa? Dime, ¿cómo va la cosa? ¿Y Cristina? ¿Ha nacido ya el bebé?

Damián alzó los brazos ante mi bombardeo de preguntas. El anciano me observó con disgusto y me disculpé.

—Están intentando hacer lo posible para que todo salga bien. Van a realizarle una cesárea.

—¿Y eso? —pregunté dejándome caer en uno de los incómodos asientos.

—Es mejor así. Todo irá bien —se limitó a contestar Damián.

Unos quince minutos después se unió a nosotros su madre. Estaba muy seria, pero no de preocupación, sino que no parecía contenta por el inminente parto. Aunque yo no la conocía, no me inspiraba simpatía, en especial por las veces en que Cristina me había hablado de su suegra. Esa mujer no apoyaba la decisión de su hijo ni de su nuera, pero yo le había asegurado a Cristina que, en cuanto viera la carita de su nieto, se le pasarían las tonterías. Ahora ya no me sentía tan segura porque la verdad era que la mujer mostraba una cara de amargura...

—¿Os apetece un café? —pregunté al cabo de un ratito. En realidad, deseaba escaparme un poco de allí, ya que el ambiente estaba tenso. Damián y su madre no se habían dirigido la palabra desde que ella había aparecido.

Anoté mentalmente lo que querían y me dirigí a la máquina. Estaba sacando el tercer café cuando noté una presencia a mi lado. Se trataba de Damián. Cogió los vasitos que ya estaban listos y susurró:

—Disculpa a mi madre. Es un poco complicada.

—Oh, no te preocupes. Entiendo que no es un momento para dar botes de alegría.

—Es que... a ella no le parecía esto bien.

Miré al marido de mi amiga con ternura. Era un buen hombre. Y estaba segura de que sería también un buen padre.

—Le parecerá, ya lo verás.

Una vez que el niño nació, Damián me informó de que debía quedarse en la incubadora durante un tiempo. Tenía poco peso y necesitaba oxígeno, aunque los médicos no veían un gran riesgo. Cristina trató de mostrarse tranquila cuando me permitieron entrar a verla a la habitación. Presentaba buen aspecto, pero su mirada era triste. Me dedicó una sonrisa y, de inmediato, me preguntó con voz ansiosa:

—¿Lo has visto ya?

—Quería visitarte primero a ti.

—Es un chico, Carol. Y es muy guapo. Tiene la nariz chata de Damián. —Se le borró la sonrisa al segundo siguiente—. Pero tendrá que quedarse un tiempo aquí, y no sé cómo voy a aguantar eso.

—Pues vas a soportarlo como has hecho todos estos meses. Eres una mujer muy fuerte y tu bebé te necesita.

Alargué una mano y Cris, de inmediato, me la cogió. La tenía sudada.

—Ya verás cuánto pelo tiene. Por eso me entraban los ardores, te lo dije.

Se me escapó una suave risa y le besé el dorso de la mano.

—Va a ponerse bien, ¿verdad? —inquirió ladeando la cabeza.

—Por supuesto que sí, Cris. Ya lo tenemos aquí y va a quedarse.

Tengo claro que mi amiga lo pasó bastante mal el tiempo que Leo, que fue como Cristina llamó a su hijo, permaneció en la incubadora, a pesar de que fue menos del que habíamos creído porque mejoró mucho más rápido de lo esperado. Después de que dieran el alta a mi amiga, Damián y ella acudían cada tarde al hospital en busca de buenas noticias. Los primeros días resultaron muy duros para Cris, ya que me decía que no se sentía como su madre, sino como una visita con derecho a hacerle compañía. Damián me comentó que también le dolían mucho los puntos, pero para Cristina al final eso era lo de menos. Lo peor para ella era el miedo, a pesar de que los médicos le aseguraban que el niño estaba sano a excepción de ese problema respiratorio, ya que temía que no se le curara y que el nene tuviera que convivir con él. Se sentía impotente por no poder ejercer como madre. Deseaba estar a solas con su pequeño, hablarle sin que nadie más oyera las palabras que le dedicaba, consolarlo si lloraba u ofrecerle el pecho cuando tenía hambre. Pero debía pedir permiso para cogerlo en brazos y eso le rompía el corazón porque se decía a sí misma que no era una buena madre. Sufrió también ansiedad por la necesidad de saber cada día el peso que el bebé había ganado. Y, sobre todo, remordimientos por tener que marcharse cada día sin él.

Sin embargo, ese niño era un luchador, tanto como su madre, y a mediados de julio le dieron el alta completamente sano y una Cristina triunfante abandonó el hospital con su hijo en brazos. A mí me gustaba pasar tiempo con ellos, y mi amiga siempre me lo agradecía, pero en realidad no sabía lo mucho que me ayudaba a mí. Cuando me centraba en Cristina o aspiraba el aroma a inocencia del bebé, no pensaba en mí. Ni en Isaac. Aunque, para ser sincera, continuaba clavado en lo más hondo del pecho casi tres meses después de la despedida.

Una tarde de finales de julio, mientras mecía a Leo para que se quedara dormido y así Cris descansara, me dio una noticia que, en el fondo, había esperado todo ese tiempo sin ser plenamente consciente.

—Va a sacar nuevo libro dentro de unos meses.

El corazón se me echó a latir tan rápido que me llevé una mano al pecho como queriendo detenerlo. ¿Sería el libro que había estado escribiendo mientras salíamos? ¿El del chico que sufría acoso? ¿El que, en realidad, al final yo había supuesto que hablaba de Gabriel? ¿Qué diría de él? ¿Y de mí, hablaría de mí de alguna forma?

—Dicen que no es una obra de ficción.

Y ahí quedó la cosa, ya que no pude componer ninguna

palabra. Por las noches me despertaba con el corazón palpitante y miraba el móvil por si había recibido una llamada de alguien a quien había echado de mi vida. Hasta que un día, al regresar del trabajo, me encontré con un aviso que disparó todas mis pulsaciones. Pensé en dejarlo en el buzón, también en romperlo en mil pedacitos, pero hice todo lo contrario: me lo subí a casa. Se lo conté tanto a Daniela como a Cristina, quienes me animaron a ir a buscar el paquete.

—Si no quieres ir tú, me firmas un permiso y voy yo —propuso la segunda—. ¿De verdad no sientes curiosidad por saber lo que te ha enviado?

Sin embargo, cierta curiosidad sí se había despertado en mí porque algo en el interior me susurraba que sabía lo que contendría ese paquete. Y fui. Lo sostuve entre manos temblorosas todo el camino de regreso a casa. Por unos instantes pensé en abrirlo delante de Cristina, para que me ayudara a sobrellevar mejor algo que creía que iba a dolerme.

En la caja había una ingente cantidad de folios y adiviné que se trataba de una copia del manuscrito de la novela, ya que todavía no había salido a la venta. Leí el título con el pecho encogido: *El chico que bailaba con el corazón*. De modo que sí que había escrito un libro sobre Gabriel. Y con ese título, lo que yo le había confesado que la tía decía sobre la forma de bailar de mi viejo amigo. El corazón me dio un vuelco al sacar el pesado fajo de folios y ver que un sobre se deslizaba hasta el suelo. Me acuclillé para recogerlo con un cosquilleo en el estómago. Me senté en el sofá y lo rasgué con impaciencia. Dentro había una carta. Había aguantado todo ese tiempo, pero... ahora ardía en deseos de conocer lo que Isaac tenía que decirme. Cogí aire y empecé a leerla con manos temblorosas.

3

Querida Carolina:

Solo dos veces me ha resultado horriblemente difícil empezar a escribir. Una fue cuando decidí sumergirme en mi nueva novela, la que tienes ahora ahí y que saldrá en poco tiempo. Esa que me dio tantos quebraderos de cabeza y que, en alguna ocasión, también te perjudicó a ti. Y la otra, ahora. Llenar esta carta me retuerce las entrañas por diversos motivos. Uno de ellos es que significa que ya no estás conmigo. No creas que no imaginé que llegaría este día, pero pensé que sería mucho antes y que se debería a que te había echado de mi vida y que, bajo ningún concepto, me dolería. Pero al final, lo hizo. Porque apareciste como si nada y acabaste siéndolo todo. A regañadientes, me convertí en un adicto al olor y el sabor de tu piel, y ya sabes cómo es de complicado para mí abandonar las adicciones. Pero es que, además, me mostraste un aspecto de mí mismo que no creía poseer, uno al que no estaba acostumbrado: que podía sonreír, divertirme, disfrutar de la compañía de otra persona sin fruncir el ceño. En definitiva, intentar ser feliz de nuevo.

Si te soy sincero, no te conocí, te reconocí. Llevaba años pensando en las personas que supuestamente habían destrozado a mi hermano, y no de una manera muy agradable. La última vez que estuvimos juntos, en nuestra despedida, ya te comenté algo... pero quiero que sepas más. No te pido que lo entiendas, que me perdones ni nada por el estilo. Tan solo necesito confesarme. ¿Sabes lo que me sorprendió en nuestra discusión cuando descubriste quién era y que yo, en cambio, supiera, desde hacía tiempo, quién eras? Que no me preguntaras el cómo. Tal vez todo ocurrió demasiado rápido. Yo también me habría derrumbado, seguramente. Pero quiero creer que, en cualquier caso, sí te lo preguntaste. Y por eso, en esta carta, voy a contártelo todo, y podrás juzgarme y continuar odiándome como hasta ahora si es lo que tienes que hacer.

Primero debo remontarme a la historia de mi familia, la que ignorabas. Como te dije, Gabriel y yo éramos hijos de la misma madre, aunque de distinto padre. Nunca me importó no conocer a mi padre biológico, ya que, como te dije, consideraba a Ignacio, el padre de Gabriel, el mío también. ¿Recuerdas lo que te conté sobre que adoraba mirar a escondidas cómo bailaban mis padres? Hablaba de ellos. Ahora puedes entender de dónde sacó Gabriel ese amor y pasión por la danza. Cuando era muy muy pequeño, ya se le iban los pies y nuestro padre lo animaba. Éramos felices, Carolina, no tienes idea de cuánto. Cada día estaba lleno de sonrisas. Cuando Ignacio murió de un inesperado infarto, tan joven, la vida se desmoronó y el mundo se convirtió en algo gris. Mi madre jamás logró recuperarse, por mucho que lo intentara. La muerte de su marido llegó de súbito, e imagino que por eso le resultó más difícil de aceptar todavía. Creo que siempre se sintió culpable por no haber estado en casa cuando a Ignacio le dio el ataque al corazón. Quizá pensaba que podría haberlo salvado. Amaba demasiado a Ignacio y, sin él, se quedó como una cáscara vacía. Era yo el que cuidaba de Gabriel. El que lo levantaba por las mañanas y lo bañaba y vestía, antes de marcharme a la escuela.

Les prometí a ambos que siempre cuidaría de ellos. Pero no fui fiel a mi palabra. Y ahí entra la persona a la que imagino que odiarás. Yo nunca lo aprecié tampoco, ¿sabes? Pero jamás se me pasó por la cabeza que sería capaz de hacer… lo que hizo. Estoy hablando de Julio, el tío de Gabriel, el hermano de Ignacio, tan distintos física como psicológicamente. Un hombre con el que nunca logré llevarme bien. Gabriel y yo éramos muy diferentes también. Él había heredado el carácter de Igna-

491

cio: callado, tímido, tranquilo, obediente, complaciente. Y yo, quizá, el de mi padre biológico: testarudo, desobediente, contestón. Yo no quería que Julio se mudara a vivir con nosotros. Era yo el que debía cuidar de mi familia, no él. Pero mamá aceptó antes de perder la cordura por completo. Intentó hacerme entender que era lo mejor para nosotros, que yo todavía era un niño, demasiado joven para cargar con una responsabilidad tan grande. Y al final tuve que aceptarlo porque, de todos modos, mi palabra de crío no servía para nada y porque mi madre tenía razón. Al principio fue bien, para ser sinceros. Tenía más tiempo para mi vida de niño y, por otra parte, había un adulto en casa que cuidaba de Gabriel y vigilaba a mamá.

Durante un tiempo pensé que Julio se había mudado con nosotros porque estaba secretamente enamorado de ella. Hasta se me pasó por la cabeza que mamá acabaría casándose con él. Y yo, a pesar de ser tan pequeño, detestaba imaginarla con él, abrazándolo o bailando como hacía con Ignacio. De modo que empecé a actuar de manera rebelde. Contestaba siempre a Julio con malas formas. Me llevaba continuas regañinas y castigos, y mamá nunca se imponía. Ya no tenía fuerzas para ello, vivir le resultaba un suplicio. Igualmente, como te dije, yo nunca le había importado mucho. No solía comportarse conmigo como una madre... A lo mejor le recordaba al hombre que la abandonó.

Dejando eso aparte, que no es lo importante, Julio tampoco era nada amable conmigo. Se metía con todo lo que hacía y solía decir que me parecía a mi auténtico padre, aunque no lo había conocido. Como ves, ninguno nos caíamos bien. En cambio, con Gabriel era amable y atento. Quizá esto te suene extraño, porque, por lo que supe, tú también conociste a ese Julio déspota y extraño. Pero imagino que lo que mostraba ante los demás era una máscara que se encargó de modelar de manera espléndida para no desvelar su auténtico rostro.

A mí me gustaba provocarlo, ser consciente de que lo sacaba de sus casillas. Y aunque Gabriel era muy pequeño y no lo entendía, se reía de mis gracias y eso todavía me hacía sentir mejor. Me metía en toda clase de líos con tal de joderlo, pero al final era mi madre la que pagaba las consecuencias y, demasiado tarde, me di cuenta de que estaba cagándola. La fastidié por completo. Me siento culpable cada día porque tal vez... Dios, me he preguntado cientos de veces desde que leí la nota que me enseñaste si podría haber evitado todo lo que sobrevino después. Aunque en otras ocasiones pienso que Julio habría actuado igual, que de cualquier forma me habría alejado de ellos. Al fin y al cabo, yo era un muro que debía derribar y, en cambio, mi madre era una tabla desgastada que podía doblar con facilidad y Gabriel era tan solo un niño al que consiguió anular.

Una tarde, tras avisar desde la escuela de que había vuelto a meterme en una pelea, Julio me llevó hasta el salón donde ya se encontraba mamá con su mirada perdida de los últimos tiempos. «Isaac, debemos hablar», comentó Julio. Le solté alguna bordería, y entonces él se levantó y con brusquedad me sentó en la silla y siseó entre dientes: «¿No ves que enfermas más a tu madre con tu actitud?». No tuve valor para replicarle, porque en parte tenía razón. Y luego soltó algo que me hizo temblar: «Hemos decidido que es mejor que estudies fuera». «¿Fuera?», le pregunté aturdido. Desvié la vista hacia mamá y la descubrí con la cabeza gacha y los hombros hundidos, sumida en su tétrico mundo. «No podemos seguir aguantando tus impertinencias. Eres un rebelde, Isaac, y si no te ponemos freno, acabarás como tu padre. Tu madre necesita tranquilidad. Además, no eres un buen ejemplo para Gabriel, que es un niño tan inocente y dulce.» Le lancé una mirada cargada de odio. Creí que quería a mamá para él solo. «¿No te gusta que esté aquí, mamá?» Pero ella alzó la vista y la clavó en la mía con gesto confuso. Julio volvió a tomar la palabra: «Ya está todo arreglado. En dos semanas te marcharás. Es por tu bien, Isaac, para que te conviertas en un joven con estudios y en un hombre de provecho». Y así fue como Julio se deshizo de mí. Gracias al dinero que él había ganado como prestigioso cirujano y a que sus padres les habían dejado en herencia una buena fortuna a Ignacio y a él, pudo enviarme a escuelas acreditadas y caras, aunque a mí eso me daba igual. Pasé dos años en un internado en Madrid, durante los que pude mantener un contacto más cercano con mi familia, aunque esporádico… Y en cuanto cumplí doce años, me separó totalmente de ellos. Gabriel tenía, por aquel entonces, seis.

Cuando pisé por primera vez Winchester y su internado, se me antojó despiadado, inhóspito, tan alejado de mi hogar. En cuanto Julio sacó las maletas, empecé a suplicar. Nunca más volví a hacerlo, pero ese fue uno de los días en que pasé más miedo. No quería separarme de Gabriel ni de mamá. Ella ni lloró, y creo que ahí empecé a odiarla, a pesar de que sabía que estaba condicionada por su enfermedad, pero yo era tan solo un chiquillo. Sin embargo, Gabriel… Todavía recuerdo su carita roja por el esfuerzo, empapada en lágrimas, antes de abandonar Madrid. Estábamos en el aeropuerto y se aferró a mí con sus manitas y no había manera de quitármelo de encima. Yo tampoco quería alejarme de su piel cálida y de su olor. Luego se enfadó y empezó a pegarme y a chillarme. Al fin y al cabo, era tan pequeño que no entendía nada. Julio tiró de él, y le susurré al oído, antes de que me lo arrebatara: «Gabi, pórtate bien. Volveré, de verdad. Enseguida estaré contigo otra vez, ya lo verás». Pero como veía que no se calmaba, me inventé una historia para que sobrellevara todo mejor y no se sintiera tan triste por mi ausencia. Le aseguré que en realidad iba a vivir y a estudiar en una escuela para jóvenes con superpoderes, pero que debía guardarme el secreto porque solo lo sabía mamá. «¿Te acuerdas de los cómics que te leía por la noche? Son reales. Mi nombre de superhéroe es Linterna Verde. Puedes llamarme así, si quieres. Algún día tú también serás uno, Gabi», añadí para dar más credibilidad a mi historia. Y se lo creyó, Carolina. Porque era muy imaginativo e inocente y, sobre todo, porque seguramente ya estaba lleno de dolor, aunque yo jamás lo hubiera imaginado, así que necesitaba aferrarse a algo comprensible para su mundo de niño. Y me aborrezco por no haber cumplido esa promesa de volver a estar con él.

Los primeros meses en el internado fueron una pesadilla. La lengua, los nuevos compañeros, la rectitud y las reglas que tanto me costaban acatar, saber de mamá y de Gabriel únicamente una vez cada quince días y por carta, y encima al principio solo a través de Julio, porque Gabi era tan pequeño que no podía escribirme. Julio me contó que iban a mudarse a un pueblo no muy alejado de Madrid para que mamá estuviera en un entorno más tranquilo que la capital y que estaban ocupados.

En el internado conocí a Ander. Pronto nos hicimos inseparables, y de ahí que después yo decidiera también mudarme a Irún, de donde era él. Todos proveníamos de familias muy adineradas, aunque algunos como yo no estábamos allí por voluntad propia. Pero, al final, a pesar de nuestras diferencias, acabamos formando una piña. Supongo que porque nos sentíamos las ovejas negras de la familia. Por ejemplo, los padres de Ander esperaban que se convirtiera en un gran empresario y acabó dándoles la espalda y haciéndose policía.

Quizá lo que te cuente a partir de ahora no te parezca del todo bien, pero me gustaría que te pusieras en mi lugar. Que intentes recordarte con unos doce o trece años y luego como una adolescente. La cuestión es que, aunque al principio fue duro adaptarme al internado, al final lo hice y comencé una nueva vida con los amigos y la gente que conocí allí. A Ander le gustaba estudiar y, como yo lo admiraba, empecé a portarme mejor y a aplicarme en los estudios.

Y justo al transcurrir ese año, Julio fue a verme. Esa sería la única visita que recibiría por parte de mi familia, en realidad. Me dijo que mamá no había podido ir porque se trataba de un viaje muy largo y necesitaba cuidarse, pero que se estaba recuperando. «Tu tutor me ha comentado que estás portándote mejor... Enhorabuena», me felicitó con su seriedad habitual. A pesar de que no parecía contento y mucho menos amable y, aunque hasta entonces lo había detestado, también me gustó que alguien, aunque fuera él, me dijera que estaba haciendo las cosas bien. «¿Y Gabriel? ¿Me echa de menos?», pregunté, y omití el hecho de que, aunque en ocasiones yo pensaba en él, lo hacía con menos frecuencia y me sentía un poco culpable. Un año en un crío de doce es como mucho tiempo, Carolina. «Oh, está bien. Ya casi no habla de ti, así que no te preocupes. Ha hecho otros amigos en el pueblo.» Me quedé un poco más tranquilo, y ahora pienso que tal vez esa era su estrategia: domar a la fiera para poder hacer lo que quería con Gabriel.

Poco después mi hermano empezó a escribirme cartas de vez en cuando. Al principio todavía se creía la historia de la escuela de superhéroes, porque en una de sus primeras misivas me preguntó si no podía volar como Superman hasta La Puebla. Aun así, aunque más de una vez me preguntó cuándo iba a ir a verlos, no llegué a pensar nunca que pasara nada malo. Simplemente era lo habitual para un niño de su edad, ¿no? Hacer preguntas. También me contó que había conocido a una niña que se había hecho su amiga. Yo lo animaba a bailar, y siempre me respondía que no debía hacerlo, aunque no me explicaba el porqué de esa decisión si tanto le gustaba. Nunca mencionaba a Julio, tan solo me hablaba de él mismo y me decía que a veces se sentía triste por lo mal que mamá se encontraba, pero que te tenía a ti. Eran de las pocas cartas más largas y detalladas, porque cuando se trataba de ti, se animaba. Me explicaba casi todo lo que hacíais y cómo eras. Por eso, Carolina, cuando Julio me dijo que habías sido tú quien había llevado a Gabriel al suicidio, me resultó raro. Pero en ocasiones estamos ciegos, como tú dices, y nos decantamos por la opción que nos resulta menos dolorosa y más sencilla.

Y de esa manera transcurrieron mis años en Inglaterra. Algunos chavales regresaban a casa los fines de semana o en los períodos festivos, pero yo no, pues estaba allí en régimen total. De modo que los sábados y los domingos me quedaba en el internado con mi tutor y otros compañeros como Ander. Sin embargo, dos años después de llegar me buscaron una familia de acogida con la que pasar fechas señaladas a la que cogí muchísimo cariño y con la que todavía mantengo el contacto. Obtuve una excelente educación, me hice bilingüe y, gracias a uno de los profesores, aprendí a amar la literatura y descubrí que me apasionaba inventar historias. Había allí una enorme biblioteca en la que me sumía en otros mundos la mayoría de los fines de semana. Los sábados, en ocasiones, hacíamos competiciones deportivas con otras escuelas. Muchos padres acudían, pero no los míos, claro. Otros sábados nos llevaban a ciudades cercanas para ir al cine, al teatro o a hacer caminatas por el bosque. Los veranos, Julio me trasladaba a campamentos. No fue tan terrible. De hecho, estaba bien. Me adapté a esa nueva vida y nunca llegó a parecerme mala. Era feliz como cualquier adolescente. Tenía amigos, estudiaba en una buena escuela, pasaba las vacaciones con una familia que me trataba con cariño, no como Julio y mamá, pues sentía que incluso ella se había olvidado de mí. Si había alguien a quien podía echar de menos realmente era a mi hermano, y ya está. Pero reconozco que pensé que él también me había olvidado, sobre todo porque cada vez respondía a menos de mis cartas y, al final, dejó de hacerlo.

Carolina, ojalá puedas entenderlo. Cuando Gabriel y yo nos separamos, ambos éramos pequeños. Vivimos vidas distintas y, aunque sintiera cierta añoranza de mi hermano, yo tan solo era un adolescente y también tenía otra gente, otros amigos y otro entorno.

Tras leer la nota que te dejó lo entiendo todo, Carolina, por mucho que me resulte extremadamente doloroso: lo que Julio deseaba era lograr que de verdad Gabriel se olvidara de mí y tenerlo solo para él. Imagino que por eso al principio le permitió tener contacto conmigo y luego, de repente, se lo arrebató. Eso sí, mintiéndole. Con un plan perfecto que lograra que Gabriel se enfadara conmigo al creer que ya no los quería, que tenía otra vida. Y planeó lo mismo conmigo para así enemistarnos a los dos de forma que no nos diésemos cuenta. Era un cabrón demasiado inteligente, y eso es muy peligroso. Supongo que te resultará incomprensible que piense así, pero sigue leyendo.

Cuando quedaba poco para que cumpliera la mayoría de edad, recibí una llamada de Julio en la que me ofrecía seguir estudiando en Inglaterra. Lo medité unos días porque, en realidad, se trataba de una buena oportunidad para mí. Sabía que Julio pagaría mis estudios en una buena universidad. Eso sí, en ningún momento mencionó la posibilidad de volver a España, ni siquiera de vacaciones. Por ello, algo en mí se rebeló como tantos años atrás. Me apetecía saber de Gabriel, poder preguntarle al menos qué tal le iba. En todos esos años le había enviado alguna carta más, interrogándolo sobre si tenía correo electrónico y prefería que nos comunicáramos por ese medio —en el internado nos dejaban conectarnos una hora a la semana para realizar alguna tarea y muchos de los chavales se habían hecho cuentas de correo; incluso yo, a pesar de que no tenía a nadie a quien escribir—. Sin embargo, mi hermano tampoco había contestado a esas cartas. Así que cuando Julio volvió a llamarme para conocer mi respuesta, le dije que aceptaba su propuesta de continuar en Inglaterra, pero que quería hablar con mi hermano. Él titubeó unos instantes, aunque luego accedió. Había transcurrido tanto tiempo que incluso me puse nervioso. Traté de imaginar a Gabriel en mi mente como un chico de unos doce años. La última vez que lo había visto él era un niño de seis, Carolina. Apenas sabía ya de él, era casi un desconocido para mí. Seguramente tú sabías muchas más cosas de él en esa época. «¡Eh, Gabi! ¿Cómo estás?», le pregunté, ilusionado, cuando me saludó con una tenue vocecilla. «El tío me ha dicho que puedo quedarme aquí a estudiar en la universidad, que él me la pagará. Es genial, ¿no? ¿Cómo está mamá? ¿Y tú, Gabi? Venga, dime…» Pero él no respondió hasta unos segundos después y lo que me dijo me estrujó los intestinos: «No quiero saber nada de ti, Isaac». «¿Qué? Pero, Gabriel…» Ni siquiera me salían las palabras. Su voz realmente sonaba enfadada, y me reprochó no haberle escrito más y que tuviera otros planes lejos de él, me aseguró que ya no me necesitaba y que no volviera. No me dio tiempo a replicar porque colgó.

Durante unos días me sentí extraño, dolido en cierta forma. Me había molestado y sorprendido a partes iguales que mi hermano me espetara que no quería saber nada de mí y no acababa de entender esas acusaciones de que no le hubiera escrito más. ¡Pero si había sido él el que había dejado de enviarme cartas!

Al final acabé pensando que el tiempo y la distancia sí hacen el olvido por mucho que aseguren que no, y que era eso lo que había ocurrido con nuestra familia. Acepté cursar mis estudios universitarios en Inglaterra porque, al fin y al cabo, en cierta forma ya no me unía nada a España. Supongo que ahora pensarás que fui un egoísta, un orgulloso, que debería haberme cuestionado más esa actitud de Gabriel... Quizá sí, Carolina. No supe reaccionar. Pero todavía era un adolescente, uno al que le parecía que esas personas de España ya no eran su familia.

El verano antes de empezar la universidad conseguí un trabajo. Mi tutor en el internado me recomendó como canguro y profesor de unos chiquillos de familia acomodada, y hasta me ofrecieron dormir allí. De esa forma conseguí desvincularme un poco de Julio pues tampoco quería que me pagara todo; deseaba demostrarle que podía ser independiente. Y gracias a ese sueldo también me compré un móvil con tarjeta prepago. No sé por qué, movido por un impulso y quizá con cierta culpabilidad, escribí una carta a Gabriel con mi número, por si algún día me necesitaba.

Y así también pasó el tiempo, y terminé mis estudios en la universidad y logré entrar como becario en una empresa. Un día, recibí una llamada y supe que era mi hermano, aunque no tenía guardado ese número. Podía contar con los dedos de las manos las personas que tenían mi teléfono. Llevaba de nuevo cuatro años sin saber de él, desde que me había colgado tan enfadado. A punto estuve de no cogerle la llamada, pues no sabía cómo hablarle. Pero se me cruzó por la cabeza que a lo mejor les había ocurrido algo a Julio o a mamá. Y, en cuanto descolgué y oí un sollozo prolongado al otro lado de la línea, sentí la premonición de que algo no marchaba bien. Fue como un relámpago en todo mi cuerpo, ¿sabes? Cuando se calmó un poco, Gabriel empezó a hablar muy bajito, como si no quisiera que lo oyeran. «Isaac, siento lo que te dije. Estaba enfadado. Pero no era la verdad. Sí quiero verte. Y quiero que vuelvas con nosotros. Por favor, ven a por mí. No lo aguanto más. Voy a morirme si no vienes ya. Aquí todo es una mierda. No tengo a nadie, a nadie.» «¿Y Carolina?», le pregunté. Su silencio me sobresaltó. Tal vez por eso fue fácil que después Julio me convenciera de que tú, junto con Andrea y algunos chicos del colegio, habíais provocado la muerte de mi hermano. «¿Qué ha pasado, Gabi? Tranquilízate», le pedí. Y él no paraba de jadear al otro lado de la línea. «No tengo tiempo para explicarte ahora. Si Julio se entera, se enfadará mucho.» «¿Por qué iba a enfadarse?», le pregunté aturdido. «Lo siento, de verdad. Creí que eras tú el que se había olvidado de mí porque no contestabas a mis cartas, pero he descubierto algo horrible. Las que te escribí nunca salieron de esta casa, así que entiendo que no me respondieras. Por suerte, también he podido encontrar las tuyas y por eso tengo tu número... Perdóname por todo, pero tienes que venir ya y sacarme de aquí», continuó. «Espera, Gabi, espera... No entiendo nada. ¿Qué quieres decir con eso de las cartas?» «Las tenía escondidas, no entiendo por qué, pero las encontré y ahora él lo sabe y...» Gabriel se atragantó con su propia saliva y tuvo que dejar de hablar. Pero luego cogió aire y repitió de nuevo que fuera a por él. «De acuerdo, Gabi. Tengo que pedir permiso en el trabajo, pero te prometo que en cuanto lo solucione voy, ¿vale? Dame unos días», le pedí. Gabriel se calló y lloró durante unos segundos, hasta que soltó un gemido ahogado. Me preocupé todavía más. «¿Qué pasa?», inquirí. «Tengo que colgar», me avisó. «¿Puedo llamarte a este número?», le pregunté. «No, no es mío. Yo te llamaré.»

Pero no me llamó, y lo que pasó luego ya lo sabes. Tan solo un par de días después Gabriel se suicidó. Esa fue una llamada desesperada, y yo tampoco fui capaz de reaccionar a tiempo, como años atrás. Tendría que haberle dicho que lo quería, que seguía siendo mi hermano y que no me había olvidado de él. Volar de inmediato a España. Cuestionarme más lo que me había dicho en esa llamada. Pensé que sería uno de esos días duros que los adolescentes tenemos de vez en cuando. Yo también los había tenido. De esos en los que todo lo ves negro, desde esa perspectiva juvenil que nos hace exagerar. Nunca llegué a imaginar que la tristeza de Gabriel iba más allá, que era pura desesperación. Ojalá me lo hubiera planteado... Pero cómo, ¿Carolina? Ni siquiera tú te diste cuenta aun viviendo cerca de él —no pienses que estoy reprochándote nada—. Ninguno de nosotros podía saberlo. Ojalá me hubiera contado algo. O a ti. Sé que tu tía y tú lo habríais ayudado de alguna forma. Y ahora Gabriel estaría aquí. Riendo. Bailando. Viviendo.

Carolina, yo sabía que Julio era estricto, pero jamás se me habría pasado por la cabeza lo que le hizo a mi hermano. ¿Cómo podía imaginarlo si, delante de mí, aunque fuera rígido conmigo, siempre se había portado muy bien con él? Por eso, cuando me dijo que Gabriel se había suicidado por culpa del acoso escolar en el pueblo, cuya principal causante eras tú, lo creí. Era impensable para mí que él tuviera algo que ver con la desgracia de mi hermano. Pero Carolina, tú me dijiste que la verdad es aquello que elegimos creer, y me he dado cuenta muy tarde y mal de que es cierto. Porque el corazón, en el fondo, te manda señales. Porque no es lo mismo saber con la cabeza que con el corazón. Mi hermano siempre me había hablado de ti con mucho cariño, y por eso me enfurecía más el pensar que tú podrías haberlo dañado. Sin embargo, al conocerte, poco a poco fui dándome cuenta de que algo fallaba y, por ello, además de por la novela, te hacía tantas preguntas. Me sentía cada vez más confundido. Lo que tú me contabas, la manera en que hablabas de Gabriel, el amor que leía en tus ojos… no concordaba con lo que Julio me había dicho.

He comprendido lo mucho que mi hermano te quería. Y que tú jamás le habrías hecho daño. Maldita sea, si te confesó su secreto a ti, solo a ti. Estaba claro en quién confiaba y quién le falló. Fuiste una hermana para él, no yo, que jamás estuve ahí. He vivido sintiéndome culpable durante todos estos años por haberme «olvidado» de él en cierta manera, de haber permitido que la distancia y el tiempo nos separaran, de no haber ido en su busca enseguida. Y ahora que sé la verdad, todavía me siento más enfurecido. Me he dado cuenta, tras leer la nota de suicidio de mi hermano, de que enviarme fuera obedeció a un horrible y grotesco plan premeditado de Julio para deshacerse de mí y, de esa manera, abusar de Gabriel. Como lo que mi hermano me dijo de las cartas, ¿sabes? Y que en su momento tampoco entendí, pero luego caí en la cuenta. Imagino que poco a poco Julio fue interceptándolas. Las que le enviaba a

Gabi y las que él me escribía. A lo mejor le daba miedo que Gabriel pudiera confesarme algo. Y, además, de esa manera logró distanciarnos del todo.

He pasado mucho tiempo aislado en el dolor, ahogándome en él y haciéndolo mi dueño, hasta que casi me quedé vacío de todo. Porque, en cierto modo, sí que tuve parte de culpa. Sin embargo, a veces el dolor puede ser la mecha que encienda algo bueno. Tras regresar a Irún por nuestra ruptura, las musas se adueñaron de mí y empecé a reescribir todo el libro. Por eso ha tardado todavía más en salir, pero al final lo he terminado. ¿Y sabes por qué? Creo que ha sido porque, por fin, he logrado averiguar quién fue el auténtico culpable de la muerte de Gabriel, que era lo que tanto me carcomía. Era la enorme piedra en mi mochila.

Carolina, quiero que sepas que nunca te he odiado, por mucho que intentara convencerme de que sí. En realidad, detestaba a la versión de ti que había creado en mi mente durante años. Me comportaba de ese modo porque me resultaba más fácil que admitir que podía haberme engañado alguien que era de nuestra familia, que empezaba a sentir cosas por ti o que, con el paso de los meses, te extrañaba. Sí, es mucho más sencillo intentar verter tu rabia e incomprensión en otra persona, pero cuando dicha persona comienza a ser importante en tu vida... ¿qué haces? Ahora comprendo que jamás te habría dañado porque, incluso al principio, cuando pensaba en ello... se me revolvían las entrañas. Durante muchos años soñé con vengarme de alguna forma con quienes habían destrozado a mi hermano, o que el karma les hubiera dado su merecido, pero... tampoco habría servido de nada. Yo no habría conseguido traer de vuelta a Gabriel. Siendo sinceros, cuando descubrí quién eras pensé: «Es una puñetera casualidad, una señal después de tanto tiempo. Si ha aparecido en mi camino es por algo, para, de algún modo "joderla"». (Y lamento haber pensado esa horrible palabra, pero es que llevaba años no sintiendo nada, estaba hueco por dentro, ¿sabes?) En mis viajes a La Puebla ya había preguntado alguna vez por ti, aunque es posible que no lo hiciera a las personas correctas.

En cualquier caso, también es normal desconfiar de un desconocido. La cuestión es que la única información que saqué era que ya no vivías allí, así que imagínate cuando, de repente, te cruzaste en mi camino... Pero ni siquiera la primera noche que nos besamos en La Puebla, y después ocurrió lo demás, pude refrenar la atracción que ya sentía hacia ti. Sí, era solo atracción, aunque tan distinta... Tan ineludible, como una especie de rayo. No entendía nada. ¿Cómo era posible que me atrajera una de las personas que, se suponía, había hecho eso a Gabriel? Y esa atracción fue aumentando, ¿entiendes? Me asustaba. Me enfadaba, me mortificaba sentir algo por quien se suponía que había causado, en cierto modo, la muerte de mi hermano. Lamento todo lo que te hice, Carolina. Siento haber callado durante todo ese tiempo, no haberte confesado la verdad. Cuando quise hacerlo... me pareció que ya me había liado en un sinfín de mis propias mentiras y tuve tanto miedo de perderte... Porque ya no quería... ya no quería que te marcharas de mi vida. Lamento haber sido testarudo, frío, incomprensible, jodidamente difícil. Haberte dañado. Es como si hubiera algo en mí que impide que se queden aquellos que me quieren o, en su defecto, a los que quiero yo. Porque te quiero, Carolina. Estoy perdidamente enamorado de ti. Y tengo que decirte que me has despertado y hecho sentir mucho, que me has ayudado a sonreír y a contar con motivos para levantarme por las mañanas. Que me has mostrado que hay gente buena en el mundo y que yo, todavía, tenía un corazón. Por ello, deseo que seas la primera persona que lea el manuscrito, antes de que el libro salga a la venta. He intentado que no sea una historia demasiado dolorosa, mostrar algo de esperanza en ella.

Te he escrito esta carta también para darte las gracias. Por tantas cosas... Por aguantarme. Querer a mi hermano y haber estado siempre ahí con él. Contarme la verdad. Quererme a mí con todas mis manías, fallos y defectos. Gracias, Carolina. De todo corazón. Y perdón, perdón por haberte provocado dolor. Podría decir que me arrepiento de habernos conocido, pero... No, Carolina. Porque durante unos meses fui feliz y eso era lo que había estado buscando desde que mi hermano murió.

Hasta pronto. O hasta nunca. Lo que tú prefieras.

Isaac

PD: Ander me propuso una idea loca: ir a buscarte a Barcelona a lo *Pretty Woman*, y sé que esa película te gusta mucho. Sin embargo, esa opción me parece una forma de coartar tu libertad de decisión, es como obligarte... Porque sí, eres tú la que debe decidir si te apetece verme, tomar un café y charlar... Lo dejo en tus manos.

4

No voy a negar que la carta de Isaac me dejó atontada durante unos días. No podía dejar de pensar en ella y confieso que la releí en más de una ocasión.

Todo lo que me había contado me resultaba sorprendente, casi como la historia de una de esas películas de sobremesa que le gustaban a la tía. Pero también me había hecho abrir los ojos. Esas cosas sucedían en la vida real. Le habían ocurrido a mi mejor amigo de la infancia. Y a Isaac, el hombre al que había amado. No todo el mundo contaba con la suerte de tener a alguien que lo quisiera. Yo había tenido a la tía, quien habría dado la vida por mí. Isaac y Gabriel también habían tenido a alguien tiempo atrás: a su madre. También a Ignacio. Pero la muerte se lo había arrebatado tal como había hecho con mis padres. Yo había caído en manos de la tía, un ángel. Y ellos habían ido a parar con un hombre que, más bien, era un monstruo.

Isaac al fin me había contado toda la verdad, se había abierto a mí, aunque continuaba doliendo. Y creo que también me dolía más porque imaginaba lo que había sido para él descubrir lo que en realidad le había ocurrido a su hermano. Isaac me había asegurado en la carta que lo había ayudado a superar lo que llevaba dentro, pero me sentía un poco culpable por haberle mostrado esa horrible verdad.

Por otra parte, el manuscrito no lo había empezado todavía. Lo que iba a encontrarme entre sus páginas me asustaba, en cierto modo. Isaac escribía muy bien, lograba meterte de lleno en sus historias, por lo que sabía que sería como revivir a Gabriel, y me daba miedo.

Un día Cris y yo salimos a dar una vuelta con Leo. A mí me gustaba coger el cochecito mientras mi amiga se detenía en los escaparates. Y, cómo no, tuvo que pararse en el de una librería. Anunciaban en ella el inminente lanzamiento de la nueva novela de Isaac, que ya no publicaba con pseudónimo, sino con su nombre real. Me quedé a unos pasos de distancia, fingiendo que hacía unas carantoñas a Leo, cuando en realidad no podía apartar la vista del título del libro y su portada. Cuando Cristina se unió a nosotros, no abrió la boca. Se lo agradecí. Le había relatado todo lo que Isaac me había contado en la carta y ella tan solo me había escuchado con atención y luego me había abrazado.

No obstante, sacó el tema otro día en que fui a su casa para tomar un café.

—¿Te molestaría que le regalara el libro a Damián? —me preguntó de manera disimulada—. Ahora no tenemos tiempo para nada, pero sé que le gustaría… —Estiró los dedos de una mano, mientras en el otro brazo sostenía al pequeño Leo, que mamaba con los ojos entrecerrados—. Mira cómo tengo las uñas. Con lo bien que las llevaba yo siempre —se quejó. Y, a pesar de ello, yo era consciente de lo feliz que estaba, del amor con que miraba a su niño.

—Claro que puedes regalárselo, Cris —asentí esbozando una leve sonrisa.

Guardé silencio y me dediqué a contemplar la preciosa carita de Leo. Cristina esperó unos minutos para susurrar:

—A lo mejor, solo a lo mejor, deberías llamarlo.

—No puedo, Cris. Es demasiado para mí. Y… ¿por qué iba a hacerlo? Me dañó, joder. Me mintió… Me acusó de algo horrible.

Y ella me apoyó en mi decisión, como siempre había hecho, y yo traté de olvidar. La carta. El manuscrito. Todo. Pero las hojas me llamaban. La historia de mi viejo amigo que Isaac había querido mostrar a todo el mundo me esperaba. De modo que, al final, una noche me serví una copa de vino y me senté en el sofá con el manuscrito entre las manos, dispuesta a sumergirme en él.

Un par de días después de haberlo empezado, fui a visitar a Cristina de nuevo. La pobre ya tenía bastante con Leo, pero a mí se me había instalado un peso en el estómago que no lograba quitarme de encima. El bebé se había quedado dormido, con lo que gozamos de tiempo y silencio para confesarle que había empezado a leer el manuscrito.

—¿Y qué te parece? —me preguntó—. ¿Has avanzado mucho?

—Algunas páginas. Pero me resulta duro, ¿sabes? Isaac ha conseguido crear un personaje tan real que parece que Gabriel esté a mi lado mientras me enfrasco en la lectura.

—Eso significa que es bueno —asintió mi amiga.

—Sí, pero me da miedo. En la carta me dijo que, aunque había tratado de hacer una historia esperanzadora, también había partes dolorosas.

—Normal, porque la vida de Gabriel lo fue. Pero tú ya lo sabes, no hay nada nuevo que vayas a descubrir. Estás preparada para ello seguro. Eres fuerte, Carol.

—¿No será una historia triste? —inquirí al tiempo que me estremecía.

—No lo creo. Porque a él también le habría dolido muchísimo hacerla así. Vamos, guapa, estoy convencida de que se ha centrado en las cosas bonitas de la vida de tu amigo. También habrá hablado de lo de su tío, por supuesto, pero eso puede ayudar a algunas personas, ¿no? Porque esas cosas suceden cada día, por mucho que nos cueste aceptarlo. Es una manera de criticar esas actitudes aberrantes.

—Sí, lo sé…

Cris asintió y seguimos a lo nuestro, que era doblar un montón de ropita de bebé. Sabía que le quedaba más por decir, así que me incliné y le di unos toquecitos en el hombro. Se dio la vuelta y escrutó mi rostro.

—Venga, suéltalo… —la animé forzando una sonrisa.

—Es que, a ver, te veo la cara y no has pegado ojo, y está claro por qué te has levantado así.

—Ya hemos hablado antes de esto.

—No, solo he hablado yo. Tú nunca me has contado cómo te sientes de verdad. Y, de todos modos, no me has hecho caso. Lo que creo es que deberías cambiar tu vida de ahora por la de hace unos cuantos meses. Desde octubre del año pasado hasta abril de este, para ser exactos. Eras mucho más feliz —replicó con toda su sinceridad que, a pesar de ser una de las cosas que más me gustaban de ella, en ocasiones escocía. Y cómo.

—En esa época vivía en una mentira —le recordé con cierto tono molesto.

—Siempre he pensado que la verdad duele, que la mentira quizá puede matar, pero... la duda tortura.

—Tía Matilde, ¿te has metido en el cuerpo de Cris? —intenté bromear.

Cristina chascó la lengua y posó una de sus manos en mi hombro derecho.

—Carol, que así me sentí yo cada día hace poco: torturada, al no saber lo que iba a ocurrir. Lo recuerdas, ¿no?

—¿Y qué tiene eso que ver conmigo?

—Pues que no sabes si funcionaría o no, pero no te atreves a descubrirlo.

—¿Descubrir qué? —Me hice un poco la tonta, y Cris dejó escapar un pequeño suspiro.

—La vida con Isaac. Antes era buena, ¿por qué no podría serlo también en el futuro?

—Porque ahora sé cosas que antes no sabía. Porque me traicionó...

—Y también se ha disculpado. Joder, te ha contado su vida con pelos y señales... Que, por cierto, en el fondo también ha sido una mierda, con perdón, pobrecillo. Se ha confesado. Ha reconocido todos sus errores y ser culpable. ¡Te ha dicho que está enamorado de ti! —Cristina me golpeó suavemente con unos calcetines diminutos—. Y, además, ahora también sientes lo que trato de decirte, ¿o no? Por eso estás así, porque no paras de dudar. Estás dejándote vencer por el orgullo, quizá por el miedo, y en realidad ese miedo se acaba cuando te das cuenta de que solo está en tu mente. —Deslizó la mano hasta mi sien y me dio unos toquecitos con el índice—. ¿No ves que todo aquello que uno quiere siempre se encuentra al otro lado del miedo?

—Eso lo has leído en algún lado —me quejé en un intento de desviar el tema.

—¿Qué importa? —Posó los puños en las caderas y su rostro se tornó más serio—. ¿Por qué leches no te has comunicado con Isaac si es lo que estás deseando?

—¡Porque no es fácil, Cristina! —exclamé, empezando a ponerme nerviosa.

—¡Es que lo bueno generalmente no es fácil! Pero, joder, ¿sabes lo orgullosa que se siente una cuando lo alcanza?

—Me queda un poco de amor propio todavía —espeté entre dientes.

Cristina sacudió la cabeza, resignada. Oímos los gimoteos de Leo a través de la radio monitor y mi amiga se apresuró a ir al dormitorio. Solía inquietarse rápidamente, pero la entendía. Al comprobar que el nene se encontraba bien, soltó un suspiro de alivio. Regresamos al salón, aunque Cris pasó antes por la cocina y sacó un paquete de patatas fritas y dos refrescos.

—Yo no sabía cómo iba a terminar todo con Leo, pero quise creer que saldría bien. Y, en ocasiones, siento miedo. Aun así, he leído que es normal cuando tienes un hijo, que eres más consciente de la muerte. —Le tembló la voz y yo, sin pretenderlo, empecé a llorar. No solo por lo mal que lo pasaron Leo, Damián y ella hacía tan poco tiempo, sino también por mí, por Isaac, por la tía y por Gabriel, que ya no estaban. Cristina me pasó los pulgares por debajo de los ojos para enjugar mis lágrimas—. Lo que quiero decirte es que la vida cambia muy aprisa, Carol. Tú misma lo sabes a la perfección. Y está llena de momentos. Buenos, malos, que vienen y van. Pero los buenos, la mayoría de las veces, no hay que esperarlos. Hay que salir a buscarlos y luchar por ellos.

—Tienes muchísima razón —acerté a murmurar con la voz pastosa.

—No pretendo ser dura diciéndote esto, de verdad. Pero,

Carol… Perdiste a quienes querías muy pronto y, aun así, has resistido. Y está bien que llores, que estés triste, que tengas miedo. Está permitido ser humano. —Bajó las manos hasta las mías y me las tomó. La veía borrosa a través de las lágrimas y ella también se había desmoronado. Me jodía hacerla sufrir—. Sé que piensas que estás haciendo lo correcto: estar alejada de Isaac porque te mintió y te acusó de aquello. Pero ahora ya sabes sus razones. Quizá no las entiendas o sigan doliéndote. En el fondo, creo que no estás solo enfadada con él, sino que también lo has estado con Gabriel todo este tiempo. Porque piensas que te abandonó y nunca te contó la verdad, tampoco a ti, te ocultó durante toda su vida que tenía un hermano. Y te sientes furiosa contigo también por no haberlo sabido todo, por no haber hecho algo cuando lo descubriste… Pero por eso no te culpes, Carol, que no estaba en tus manos. Y también te reprochas, a pesar de todo, continuar amando a Isaac. Es así, ¿no? —Clavó sus brillantes ojos en los míos.

—Sí, sí lo quiero —acepté.

—No puedes estar enfadada para siempre, eso es toda una vida y es demasiado. Guapa, después de saber lo que es perder a tus seres queridos, ¿estás dispuesta a dejar marchar a otro más?

Sus palabras me golpearon tan duro que, sin apenas ser consciente, me eché hacia atrás. La contemplé boquiabierta, con un temblor subterráneo que se propagaba desde mi vientre hasta mi pecho y ascendía por mi garganta deseando salir en quejido, en lloro, en grito. Sin despedirme, abandoné el salón de Cristina y me fui corriendo del piso. Corrí y corrí por las calles de Barcelona con el bolso golpeándome el costado, sin rumbo fijo. Cuando me cansé, me senté en un banco y telefoneé a Cristina y le pedí perdón por haberme marchado de esa forma.

—Él no querrá verme —musité.

—¿Es eso lo que te preocupa?

—No… Hay muchas cosas más.

—¿Cuáles?

—Ni yo misma las sé por completo. No sé a qué tengo miedo.

—Yo sí. Tienes miedo a que el mundo estalle en pedazos una vez más.

Y mi amiga tenía razón. El silencio inundó la llamada y no supe qué más decir.

—Tú haz lo que quieras, Carol. Pero ten en cuenta solo una cosa: intenta ser feliz. Es lo que tu tía y Gabriel querrían. También Isaac. Estoy segura.

Colgamos y me quedé mirando el vaivén de personas que caminaban a lo suyo. Cada una con sus problemas, sus manías, sus alegrías, sus sueños, sus secretos.

5

Allí estaba, pero no había nadie en la casa. Había pasado solo una semana desde que Cristina y yo mantuviéramos aquella charla. Semana en la que había dormido junto al manuscrito y la carta que Isaac me había enviado, debatiéndome sobre lo que debía hacer y, sobre todo, lo que quería. Tanto Cris como Daniela estuvieron dándome la lata. De hecho, hasta hicimos un Skype juntas porque ambas querían conocerse, ya que coincidían con todo lo que me decían. Durante la videoconferencia largaron de mí como si no estuviera presente y escuchándolas con mis propios oídos.

—Está cagada. —Esa era Cris, claro.

—Ya veo, ya. Pues mira yo, que me mudé a Australia sin tener claro si lo mío con mi pareja iba a funcionar. Estaba totalmente segura de lo que yo sentía, pero nunca sabes al completo lo que experimentan los demás. Y opino que eso es precisamente lo que le ocurre a nuestra estimada amiga. —Esa era Daniela, por supuesto.

—Y a esta Irún no le pilla tan lejos. —No necesito decir de quién se trataba, ¿no?

—Unas horitas en tren, y en avión mucho menos…

—¡Eh, chicas! Sigo aquí. Me llamo Carol y se supone que soy vuestra amiga, ¿os acordáis? —grité a la pantalla, donde las dos dirigieron la vista a mi imagen—. Os he pedido consejo, no que despotriquéis contra mí.

—Eso entra en la petición de consejo, guapa —soltó Cristina. Tenía en brazos a Leo, quien hacía gorgoritos y estiraba las manitas para coger el cabello de su madre.

—Carol, es que ya no sabemos qué más decirte. Jamás habías sido tan indecisa. Solías hacer las cosas sin pensar. Me agradaba mucho esa amiga impulsiva.

—Vale, vale. Lo sé, pero...

—Piensa que las cosas no pasan porque sí, aunque eso sea lo que creamos. Yo, tantos años sin hijos y sin buscarlos, y de repente llega Leo con todas sus complicaciones. Y aquí lo tengo, que me va a arrancar el pelo, coño. ¡Tú quieres dejar a tu madre calva! —exclamó mirando al niño, quien se removió entre sus brazos. Cris volvió a levantar la cabeza para mirarme a través de la pantalla—. Tú, de repente, te encuentras y conoces una noche a un hombre que resulta ser el medio hermano de tu mejor amigo de la infancia. ¿Cómo llamas a eso? Yo, destino.

Daniela dio unas cuantas palmas cuando Cristina terminó su discurso. Suspiré, y a punto estuve de echarme a llorar porque fui consciente de lo mucho que las quería y lo mucho que tenía que agradecerles que estuvieran siempre ahí. Habían llegado a ser como mis hermanas, al igual que Gabriel. Gracias a ellos tres había entendido que los amigos son la familia que escoges.

Y, al final, en cuanto a mi lucha... El corazón ganó. Quizá fuera imposible ir contra él. Luchar contra mis sentimientos no se me daba del todo bien y, al parecer, intentar desterrar a Isaac de mi vida tampoco. Había vuelto a él. ¿Lo había perdonado? Todavía no estaba segura, pero sí sabía que necesitaba verlo, comprobar lo que sentía al mirarlo a los ojos.

Así que allí me encontraba, ante la puerta de su casa, pero nadie me abría. En ese instante lo que más temí era que ya no siguiera allí y estuviera viajando por el mundo, que no pudiera contactar nunca más con él porque quizá hubiera cambiado de teléfono e incluso de vida y entonces yo no podría corroborar si merecíamos una segunda oportunidad. Llamé otra vez al timbre y esperé unos segundos más, pero no oí ni un solo ruido al otro lado de la puerta. Las persianas estaban bajadas y la casa parecía más abandonada que nunca. Recogí mi mochila del suelo, en la que tan solo había metido una muda de ropa interior, unos vaqueros y una camiseta, y me dispuse a marcharme. No obstante, aprecié un aleteo en las cortinas de la casa de enfrente. Cogí aire y me acerqué. Antes de que pudiera pulsar el timbre, Izaskun me abrió la puerta con una sonrisa de oreja a oreja. Y con esa imagen, que me trajo recuerdos hermosos, me quedé sin habla. La anciana se apresuró a tomarme de la cintura y a meterme en su casa. No dijo nada, únicamente me encaminó hasta el salón y me sentó en un pequeño sillón. Me dejó sola unos instantes y enseguida regresó con un vaso de agua. Me lo llevé a la boca a toda prisa y bebí hasta que me atraganté.

No podía hablar. Las palabras se me habían congelado en la garganta, en la que unos molestos alfileres me pinchaban. Me recosté en el sillón con los ojos entornados y vi, a duras penas, que Izaskun volvía a abandonar el salón. Al parecer me amodorré porque noté unos toquecitos en el antebrazo y al abrir los ojos me topé con un tazón ante la cara. Lo cogí con ambas manos y me lo acerqué a la nariz. Era una crema de marisco que olía deliciosamente y mi estómago soltó un rugido.

—Pareces famélica —observó Izaskun con una tenue sonrisa.

No había comido nada desde el día anterior debido a los nervios y al bajar del tren ya había sufrido un leve mareo. Tampoco había dormido apenas y el cansancio estaba pasándome factura. Izaskun no apartó la mirada de mi cara mientras me tomaba la sabrosa crema sin pausa.

—¿Quieres que te prepare algo más? —se ofreció.

—¡No! Gracias. Ya ha hecho usted bastante, que yo he venido aquí sin ser invitada…

—A mi casa siempre serás bienvenida —dijo con tono amable.

Esbozó una sonrisa más ancha. Su rostro arrugado desprendía bondad y deseé devolverle el gesto, pero el corazón se me había arrugado en el pecho. No sabía cómo explicarle las razones por las que me encontraba allí.

—Izaskun, es que… Isaac y yo…

—Niña, lo sé todo. —Se le achinaron los ojos al contemplar mi gesto sorprendido—. ¿Qué te crees? Para Isaac soy como su *amona*. Hablamos largo y tendido sobre lo que sucedió. La verdad es que se comportó como un *kakati*. —La anciana se dio cuenta de mi rostro asustado y sonrió—. Un cobarde, quiero decir. Pero... bueno, yo tampoco soy nadie para juzgar. Le entendí a él y te entendí a ti...

—Me gustaría perdonarlo, pero no sé si...

—¿Crees que no lo has hecho ya? —Izaskun ensanchó la sonrisa y su carita arrugada rebosó ternura—. ¡Pero si estás aquí, *laztana*! Pedir perdón es de valientes, pero perdonar lo es todavía más. Perdonar no cambiará el pasado, pero sí el futuro.

—A veces pienso que es síntoma de debilidad...

—Pues yo creo todo lo contrario: demuestra que eres lo bastante inteligente para entender que las personas se equivocan.

El estómago lleno empezaba a hacer su efecto, unido a mi agotamiento. Los párpados me pesaban tanto que varias veces cabeceé, hasta que Izaskun se levantó de su silla y se acercó a mí.

—Venga, échate un rato.

—No quiero abusar de su hospitalidad...

—Has hecho un largo viaje —me apremió, y me guio hasta un dormitorio muy bonito.

Abrió las sábanas y me indicó con un gesto que me tumbara. Era increíble que me sintiera tan cómoda con esa mujer a la que apenas había visto. No obstante, me hacía pensar en mi tía y en su calidez. Me acurruqué entre las suaves sábanas y entorné los ojos. Izaskun bajó las persianas y, antes de que saliera por la puerta, susurré:

—Lo he perdido, ¿verdad? Lo quería, pero no pude soportarlo y lo dejé marchar...

—Puedes querer a alguien y, aun así, dejarlo marchar. *Ondoloin*.

—¿Qué? —murmuré con voz pastosa.

—Que duermas bien.

Desperté sobresaltada y con el corazón martilleándome en

el pecho. En un primer momento, desorientada y aturdida todavía por el sueño, paseé la mirada por la penumbra del dormitorio sin reconocerlo. Segundos después recordé dónde me encontraba y algo similar a la vergüenza se adueñó de mí. Esperé a espabilarme un poco y luego salí de la cama. Fuera ya había oscurecido, pero no había ningún reloj en la habitación que me indicara la hora y me había dejado el móvil en el salón, dentro de la bolsa de viaje. Abrí la puerta y oí el sonido inconfundible de un programa de televisión. Al asomarme al salón encontré a Izaskun tejiendo sentada en el sillón. Fue una tierna estampa que también me trajo a Matilde a la cabeza.

—Hola —saludé en voz baja, pero la mujer no dio muestras de haberme oído—. ¡Hola! —alcé un poco la voz, y la anciana ladeó la cabeza y me sonrió.

—¿Has descansado?

—La verdad es que sí. Muchas gracias.

Me senté en la silla más cercana al sillón y me quedé callada, sin saber qué decir.

—Estoy haciendo unas bufandas para mis nietos —me explicó.

—Le quedan muy bien.

Me froté las rodillas con nerviosismo. No podía permanecer allí, pero tampoco sabía cómo marcharme sin parecer una desagradecida.

—Antes me salían mejor, pero cada vez veo menos.

Aguanté unos diez minutos, simulando que miraba el programa de la tele, al que Izaskun apenas prestaba atención. Cuando me armé de valor, murmuré:

—No quiero molestarla. Creo que sería mejor que me marchara.

—Claro, sí, llevas razón —comentó ella distraída.

Me levanté y cogí mi bolsa de viaje que reposaba en otra silla. Me acerqué a Izaskun y me incliné para darle dos besos y un abrazo.

—Muchas gracias por recibirme. Cuídese mucho.

Me miró sorprendida. Se incorporó también y me sujetó de las muñecas.

—Pero ¿adónde vas?

Fruncí el ceño. Quizá esperaba que pasara la noche con ella si se sentía tan sola. Sopesé la posibilidad, pero quedarme allí recordando que la casa de Isaac se hallaba a tan solo unos pasos con todos los recuerdos que me traía era demasiado.

—Me vuelvo a Barcelona.

Me tomó de la mano y me llevó hasta la ventana que daba a la calle. Apartó las cortinas y apuntó al frente con su dedo arrugado. Estiré el cuello y divisé un coche muy familiar detenido justo enfrente. Había luz en esa casa que hacía unas horas parecía tan desierta. El corazón se me aceleró y sofoqué un gritito.

—¿No tienes una tarea pendiente, niña?

Me dejé llevar por la emoción y abracé a Izaskun con tanta fuerza que creí que le había roto algún hueso. Ella me dio un par de palmadas en la espalda mientras dejaba escapar unas risitas, y luego la solté y corrí hacia la puerta. Salí a la calle como un vendaval, con la mente convertida en un ciclón y las piernas temblándome. Isaac había vuelto de donde estuviera, y yo pondría todas mis cartas sobre la mesa y esperaba que él pusiera también las suyas. Llamé al timbre con un dedo que había empezado a sudarme. Esperé unos minutos antes de llamar otra vez, con más insistencia. Cuando estaba mirando hacia abajo, la puerta se abrió y tuve ante mis ojos unos botines familiares. Recorrí sus vaqueros desgastados con la mirada, la deslicé por su camiseta de color azul marino y acabé posándola en esos ojos que me observaban con auténtica sorpresa y algo que no logré identificar. Sentí miedo de que, en realidad, estuviera saliendo con alguien e Izaskun no se hubiera atrevido a decírmelo. Ninguno de los dos abrió la boca en un instante que me pareció eterno. Escruté el rostro de Isaac, esas facciones duras que se relajaban cuando me acariciaban o besaban, la arruga que se le formaba en la frente al preocuparse. Su mirada de tormenta tampoco se apartaba de la mía y comprendí que mi vida empezaba en esos ojos porque me parecían los más hermosos del mundo y porque en ellos existía también el mundo más bonito, aunque él no lo supiera. Y, de repente, sonrió y los motivos por los que había ido hasta allí cobraron sentido.

—No te alegres tan rápido —le solté, sin embargo, intentando hacerme la dura.

—¿Quieres pasar? —me invitó. Su voz ronca de siempre, el hoyuelo de su mejilla...

Se hizo a un lado, y di unos pasos y me adentré en esa casa que durante un tiempo muy corto había sentido como mi hogar. Caminé hacia el salón, con Isaac a mi espalda, y lo encontré todo igual que antes y el estómago me burbujeó. En la mesa reposaba su portátil e imaginé que lo había pillado escribiendo. Una suave melodía salía del altavoz. La reconocí: era *I Want To Know What Love Is* de Foreigner. Me detuve en el centro de la estancia y, casi a cámara lenta, me di la vuelta. Isaac me observaba de un modo imposible de descifrar. Me moría de ganas de decirle todo lo que había pensado, lo que se me había quedado dentro y estaba enquistándose, pero no era capaz. Lo había ensayado sola, también con las chicas, pero no era tan difícil como en ese momento. Al final, como él no se atrevía tampoco a hacer o decir nada, cogí aire y empecé:

—Te conté tantas cosas, Isaac... Ni siquiera, aún hoy, sé por qué. Pero me di cuenta, con tan solo unos minutos a tu lado, de que te habría contado todos mis aciertos y mis errores, mis secretos y mis sueños, toda mi vida entera si me lo hubieras pedido. —Callé unos segundos, atenta a las reacciones de Isaac. Tenía los ojos muy abiertos y se mordisqueaba el labio inferior en un gesto nervioso—. Ansiaba que tú hicieras lo mismo sin tener que preguntarte. ¿Eso es amor? Quizá no, o quizá sí, pero seguro que se le acerca. Eso de desnudarte ante la otra persona... tanto física como psicológicamente.

—Carolina...

—Espera, déjame terminar —le pedí alzando una mano. Asentí un par de veces antes de proseguir—. Y sí, has acabado contándome todo... pero un poco tarde, ¿no? —Clavé los ojos en los de Isaac, cargados de algo que parecía miedo y ternura al mismo tiempo—. Aunque... dicen que nunca es tarde para empezar a hacer las cosas bien. —Aprecié que el rostro de

Isaac cambiaba de mostrar temor a esperanza—. Y tampoco nunca es tarde para convertirse en quien siempre quisiste ser. Y a mí lo que me gustaría es que fueras, así, sin más. Pero conmigo. Como meses atrás. Ese Isaac cálido y sonriente que me descubriste. Que abandonaras tus cargas y tu culpabilidad. Que te dejases llevar.

Callé y lo miré, con la garganta muy seca. Se arrimó un poco y el pulso se me aceleró. Me observaba de esa forma en que el mundo tiembla en un instante.

—Carolina, ¿quiere eso decir que me perdonas?

—Puede. Pero tienes que trabajártelo, ¿entiendes? Intentar ser feliz, sonreír.

—¿Por qué sigues pensando en mí cuando quien sufrió aquí fuiste tú?

—Bueno, he de reconocer que estuve bastante enfadada. Me hiciste daño al acusarme de todo aquello, ¿sabes? Pero... —Titubeé unos segundos—. Al final lo entendí. Tú no lo sabías, no podías saberlo. Y estabas roto de dolor, así que... Todos merecemos recibir un abrazo que recomponga nuestros pedazos rotos.

Y de verdad deseaba lanzarme a sus brazos y preguntarle si había alguna manera de quedarme entre ellos para siempre sin que doliera, aunque no sabía cómo hacerlo. Pero, para mi sorpresa, fue él quien lo hizo. Se acercó y me abrazó, al principio un poco tenso, dubitativo, al igual que yo. De inmediato, sin embargo, nuestras pieles se reconocieron y nos relajamos, y levanté los brazos y los pasé alrededor de su espalda y me tomó de la cintura y me apretó a su cuerpo. Como si lo tuviéramos planeado, comenzamos a movernos al ritmo de la música, tal como habíamos hecho en más de una ocasión. No era nuestra canción, pero sí era la de aquel momento, la del reencuentro, la de una ventana que se abría con esperanza. Isaac se inclinó y rozó su mejilla con la mía. Su aroma me envolvió al completo y confirmé que quería llenar mi ropa, mi cama, mi cuerpo, mi vida de su olor. Era increíble lo natural que sentía acurrucarme entre sus brazos, como si aquel fuera el fin al que estábamos destinados.

«In my life there's been heartache and pain. I don't know if I can face it again. Can't stop now, I've traveled so far to change this lonely life. I wanna to know what love is, I want you to show me. I wanna feel what love is, I know you can show me.» («En mi vida ha habido tristeza y dolor. No sé si puedo enfrentarme a ellos otra vez. No puedo parar ahora, he viajado muy lejos para cambiar esta vida solitaria. Quiero saber lo que es el amor, quiero que tú me lo enseñes. Quiero sentir lo que es el amor, sé que tú puedes mostrármelo.»)

Bailamos en el centro del salón de manera pausada, con las mejillas juntas, los corazones galopantes en nuestros pechos. Cuando la canción terminó, continuamos moviéndonos hasta que Isaac susurró:

—Tras conocerte, supe que jamás habría querido hacerte daño. Perdóname, Carolina. Perdóname.

—Realmente ya lo he hecho, ¿no lo ves? Perdóname tú a mí también por haberte echado y no haber querido escucharte. Pero... no podía, Isaac. Me dolía.

—Lo entiendo —asintió hundiendo la nariz en mi cuello. Seguía meciéndome, como si tan solo él oyera la música—. Te he extrañado. —Depositó un beso suave en mi piel—. Solo quiero bailar si es contigo.

Y ahí supe que sí se había enamorado. Un simple «Quiero bailar solo contigo» y un «Te he echado de menos». Había aprendido a decírmelo... Y sí, entendí que eso era amor. Su forma de decírmelo.

—No estaba completamente seguro de que volvieras. —Esbozó una sonrisa temblorosa. Estaba tan nervioso como yo.

—Mi tía decía que uno siempre vuelve a los lugares en los que fue feliz.

—¿Será ella la que, de algún modo, te ha traído hasta aquí?

—En realidad dos petardas. Una que vive en Barcelona y otra en Australia —bromeé.

Aproveché su cara de circunstancias para ponerme de puntillas y acercar mis labios a los suyos. No hizo falta más: los juntamos de inmediato. Suave y de manera tímida al principio, tanteando nuestras bocas para ver en ellas si nos reconocíamos; como en un arrebato pocos segundos después. La respiración de ambos se aceleró, y supe que mi cuerpo ya no sería capaz de unirse al de ningún otro hombre más que al de él. Isaac me atrapó de las mejillas y me las acarició mientras me besaba. Paladeé de nuevo su sabor y la forma tierna y pasional al mismo tiempo que tenía de adueñarse de mis labios.

Caminamos hacia atrás y acabamos tropezándonos con una silla. Nos echamos a reír sin despegar nuestros labios, y me frotó la parte baja de la espalda, donde me había golpeado. Mis manos recorrieron su pecho en el corto paseo hasta el dormitorio. Lancé una mirada de reojo a la cama en la que tiempo atrás habíamos hecho el amor y el corazón me palpitó. Y, aunque no hablamos, supe que con ese beso y con las caricias estábamos diciéndolo todo. Yo le decía sin palabras que no había dejado de amarlo y que de verdad lo perdonaba. Él me agradecía en silencio, con el sonido húmedo de sus besos, que le hubiera mostrado la verdad sobre la muerte de su hermano.

Me quitó la camiseta y la dejó caer al suelo. Cuando le subí la suya y deslicé mis manos por su pecho, me dedicó una mirada cargada de deseo contenido. Sus dedos temblorosos no acababan de desabrocharme los vaqueros, de modo que lo ayudé. Mis bailarinas volaron por los aires para deshacerme del pantalón. El suyo tuvo el mismo destino.

—Estás muy callado —murmuré con una voz que no me reconocí.

—Tú me quitas las palabras, y eso que siempre han sido mis mejores amigas.

Sonreí enlazando las manos en torno a su cuello. Su cuerpo irradiaba calor bajo mis palmas. Él hundió la nariz en mi garganta y aspiró, como en tantas ocasiones anteriores, y cerré los ojos y permití que me tomara en brazos y me llevara hasta la cama.

—Recordaba a la perfección cómo olía tu cuello cuando lo besaba. —Jadeó, y aspiré el aire que salía de su boca—. Todo este tiempo he pensado que fui un auténtico cobarde y un cabrón y que tú deberías estar aquí... —Se apuntó el lado izquierdo del pecho—. Aquí, que es donde te quiero, no en un lugar donde te extrañaba.

Sus palabras me conmovieron y lo atraje hacia mí con ímpetu para devorar su boca. Me subió las manos por encima de la cabeza y entrelazó sus dedos con los míos. La fricción de su entrepierna en mi muslo provocó que ambos deseáramos más y empezamos a movernos a un ritmo más rápido. Se apartó un poco, pero de inmediato volví a atraerlo hacia mí. No quería que el aire se colara entre nosotros ni que su cuerpo se separara más del mío. Metió un dedo bajo el tirante del sujetador y lo deslizó hacia abajo. Mis pezones erectos lo esperaban, e Isaac se inclinó y lamió ambos por encima de la tela, humedeciéndola. Arqueé la espalda debido al placer y aprovechó para desabrochármelo. En cuanto mis pechos quedaron desnudos, su boca me los cubrió. Jugueteó con uno, muy despacio, y después con el otro al tiempo que sus dedos trazaban círculos en los huesos de mis caderas. Y cada vez me sentía más excitada, más necesitada de él, más expuesta, más consciente de que esa era la elección acertada.

Apoyé las manos en su trasero y se lo estrujé. No esperé mucho más para bajarle el bóxer. La imagen de su pene erecto me hizo desearlo todavía más y elevé las caderas en su busca. Isaac me atrapó de las nalgas y me empujó contra él. Su sexo desnudo se aplastó contra mis bragas húmedas y dejé escapar un gemido que reverberó en las paredes del dormitorio. Lo necesitaba dentro y se lo demostré abrazándolo con todas mis fuerzas. Sentí la calidez de su piel desnuda contra la mía y ambos emitimos un gemido, mirándonos con la certeza de que no había otro lugar perfecto más que el cuerpo del otro. Y de repente lo noté por todas partes. En mi cabello que empezaba a enredarse, en mi cuello, en los pechos y en el vientre.

Me ardía la sangre en las venas con cada uno de sus besos, de sus lametones en el lóbulo de la oreja e incluso en la barbilla. Allí mismo, me di cuenta de que en ese instante yo era un libro abierto, en blanco, en el que Isaac deseaba imprimir toda su historia, sus miedos, sus deseos, sus pasiones, sus fallos y sus aciertos. Quería escribirme, hacerme su libro favorito. Y yo anhelaba que me leyera línea por línea y me convirtiera en una novela llena de sentimientos.

Apreté sus nalgas, palpé sus brazos y su espalda, apreciando ese placer que otorga tocar a aquel que amas. Alcé el rostro y descubrí sus ojos brillantes. Isaac apartó la mirada unos segundos para inclinarse a un lado y estirar el brazo hacia la mesilla de noche. Mientras sacaba un preservativo rodeé su miembro duro y lo acaricié hasta arrancarle un gruñido. Me apartó la mano y, al fin, se puso de rodillas entre mis piernas. El sonido del envoltorio del condón me provocó un cosquilleo en el estómago, el de la anticipación. Se tendió sobre mí mirándome fijamente, muy serio. Ambos contuvimos la respiración por unos segundos y después me sonrió. Magia. Explosiones en cada uno de los rincones de mi cuerpo. Me separó más las piernas y, con mucho cuidado, como si temiera quebrarme, fue adentrándose en mí. Dejé escapar un ronroneo de placer. La primera acometida fue muy suave, tierna, casi inexistente. Isaac trazó círculos con las caderas para amoldarse a mis paredes y, cuando estas fueron reconociéndolo, dio una embestida más fuerte. Cerré los ojos y aprecié la nariz de Isaac justo en mi sien, y un pequeño beso que duró mucho.

—¿Estás bien? —preguntó con voz temblorosa. Yo también me sentía trémula bajo sus brazos.

—Dios, Isaac… Claro que estoy bien. Mejor que nunca.

Deslicé una mano en busca de la suya y una vez que la encontré, se la apreté. Él volvió a empujar con más fuerza y el cabecero de la cama chocó con la pared. Abrí los ojos y me reí, e Isaac se unió a mí y le besé esa sonrisa y me bebí el sonido que reverberó en mi garganta.

Sus caderas se movieron con destreza, y todo fue familiar, sencillo. Quería susurrarle un millón de palabras y no era capaz de articular una sola. Mantenerme cuerda bajo esa mirada de tempestad se me hacía complicado. Comprendí que esperaba que le diera todo y que él iba a entregarse al completo de una vez y para siempre.

—Dime algo, Carolina —murmuró. Mi nombre en su boca era lo más hermoso que podía oír.

—¿Qué?

—Que quieres hacer esto. Que no estoy equivocándome de nuevo.

—Quiero hacerlo. Y que lo hagas. Y no solo hoy, Isaac. También mañana. Y pasado. Todas las noches.

Me soltó la mano para pasarla por debajo de mis muslos y alzarme un poco. Su pene se adentró más en mí, sacándome un gemido. Movió una vez más las caderas, y contemplé con deleite las contracciones de sus músculos en tensión, el rubor que teñía sus mejillas. Me apreté a él de tal forma que creí que nos fundiríamos. Como dos adolescentes nos acariciamos con los cuerpos. Una nueva embestida me provocó tal placer que pensé que me echaría a llorar. Y empecé a sentir que las fuerzas me abandonaban. El sudor de nuestras pieles hacía que nos resbaláramos y conformaba un sonido que se me antojó perfecto. Me levantó las piernas hasta colocárselas en los hombros. Estudió mi rostro acalorado mientras se mecía con mayor ímpetu. Traté de aguantar el orgasmo para que ese momento no se terminara nunca.

—No quiero que esto se acabe —dijo, como si adivinara mis pensamientos.

Me bajó las piernas y se acopló a mí. Nuestras mejillas quedaron pegadas y su respiración chocó en mi oreja, provocándome un escalofrío. Le busqué la boca, y nuestras lenguas se ataron y desataron. Aprecié que Isaac también empezaba a descontrolarse, que sus acometidas eran más rápidas y menos coordinadas. Y con la siguiente embestida sentí que me convertía en nada porque estaba dándoselo todo. Me agarré a sus hombros con los dientes apretados, tratando de contener el grito que crecía en mi garganta. Sin embargo, terminó por salir para desbordarme. Descubrí que estaba completamente enamorada de Isaac y que no bastaba. Me precipité por un desfiladero bañado de luz, de placer, de felicidad infinita. Logré mantener los ojos abiertos para comprobar que él también se deshacía entre mis manos. Su cuerpo tembló bajo mis dedos y lo acaricié, lo besé para que entendiera que ya no pensaba irme ni dejarlo marchar, que ambos nos cuidaríamos. Abandoné sus labios y pegué la boca a su frente mientras los dos sentíamos los últimos cosquilleos del orgasmo. Segundos después se apartó para no aplastarme con su peso y me puse de lado. Me envolvió entre sus brazos y me sentí viva con la vida que oía en su pecho.

6

No supe cuánto tiempo me quedé dormida, pero al despertar continuaba siendo de noche y los ojos de Isaac estaban fijos en mi rostro. Le sonreí y me restregué mimosa en su
cuerpo.

—¿Te sientes bien? —me preguntó un poco preocupado.

—No dudes más, Isaac. Estoy perfectamente. He hecho lo
que quería.

—Ha sido sencillo, ¿no? Quiero decir que... pensaba que
sería más complicado esto. Pero he sentido como que hacer el
amor contigo es lo más natural del mundo.

Aprecié que nos había tapado con las sábanas y emití un
largo suspiro de placer. Estaba tranquila por primera vez en
mucho tiempo. Y comprendí que, en realidad, hacía demasiado que el enfado se me había pasado.

—Me gustaría que habláramos —me pidió.

—Lo sé. —Le acaricié el pecho de manera distraída—. Yo
también lo quiero. Lo necesito.

—¿Leíste el libro?

—Estoy en ello. —La voz se me estranguló.

—Lo siento mucho.

—No, en realidad está bien. No es tan terrible como había
pensado. Es solo que... parece que Gabriel esté conmigo cuando lo leo.

—Me pasaba lo mismo cuando estaba escribiéndolo...
Quizá por eso me costó tanto. Bueno, y que realmente no sabía toda la verdad.

—Imagino que sufriste mucho al enterarte.

—Sí, pero también ha sido una especie de liberación. No te negaré que de solo pensarlo siento náuseas. Pero ya está. Ahora, en cierta forma, podré vivir en paz.

—¿Lo echas de menos, Isaac? —le pregunté en voz baja acariciándole el pecho.

—Lo he echado de menos cada maldito día de mi vida desde que murió, a pesar de haber pasado menos tiempo con él que tú. Así que no puedo imaginar cómo te sentiste. Lo único que me consuela es saber que durante los momentos que pasaba contigo experimentaba un estado cercano a la felicidad.

—Todavía hay algo que me pregunto: si de verdad llegó un punto en el que tu enfado desapareció y sabías que no serías capaz de hacerme daño y te enamoraste de mí... ¿por qué no me dijiste quién eras? —Alcé la barbilla y lo miré con curiosidad.

—Ya te comenté que alcancé una red de mentiras demasiado grande. Y además... Mira, antes en cierto modo me avergonzaba de mi familia, incluso de mi madre. Llegué a odiarla por haberse convertido en una sombra que no le permitió descubrir nada. Jamás hablé a nadie de ellos, tan solo a Ander mientras vivimos en el internado y un poco a Izaskun. Yo quería ser alguien distinto... No recordar que era una persona que había dejado morir a su hermano. Y, cuando te miraba, lo recordaba. Eso era algo que también me hacía retroceder. —Se frotó los ojos brillantes—. Y añádele el miedo, Carolina. El miedo a contártelo y que te marcharas. Tú ya te diste cuenta de ello: soy un cobarde.

—No, no es la verdad. Y todo lo demás, lo de Gabriel, tampoco es así. —Apoyé una mano en su brazo y acerqué mi rostro al suyo. Noté algo húmedo en la piel y, sorprendida, alcé la cara y comprobé que estaba llorando. El corazón se me hizo una bolita en el pecho—. Eh, Isaac, tú no podías saberlo. Te encontrabas muy lejos y era normal que fuerais distanciándoos. Pero sé, y tú también lo sabes, que querías a Gabriel.

—Cuando Julio me dijo que Gabriel había muerto... creí que el corazón se me detendría. Ni siquiera llegué al entierro porque el muy hijo de puta no me avisó con el tiempo suficiente. Y cuando fui a Madrid y me dijo que en realidad se había suicidado... Joder, fue demasiado, Carolina. Al principio no quiso confesarme los motivos, me aseguró que no los sabía. Y yo necesitaba conocerlos, entender por qué mi hermano, casi un niño, había hecho eso. Entonces acabó diciéndome lo que tú ya sabes, que Gabriel había sufrido acoso en el pueblo por su homosexualidad y que no había resistido más. Me explicó que un par de chicas habían realizado unas pintadas horribles en la fachada de su casa... y que una de ellas, el artífice, había sido su mejor amiga. —Me miró como en una disculpa, y negué con la cabeza y lo besé en la comisura de los labios—. Le pregunté el nombre, ya que sospechaba algo, y me dio el tuyo. Y, poco a poco, empecé a sentirme furioso con esa supuesta gente que había roto a mi hermano. Aunque, quizá, más conmigo que con nadie. Sentí que yo también tenía una gran parte de culpa por no haber ido a por Gabriel a tiempo, tal como me pidió. Por no haberlo echado de menos mucho más, por no haberme preocupado...

—Eh... —Le besé las mejillas—. Tú no eras más que un adolescente que estaba lejos de su casa... Únicamente actuaste como cualquiera de esa edad lo habría hecho.

—Ni siquiera tuve la oportunidad de decirle que no estaba solo y que lo quería muchísimo. —Cerró los ojos y suspiró largamente.

—Yo tampoco la tuve —contesté, empezando a sentir que el nudo en la garganta se me aflojaba.

—En realidad, es como si el destino nos hubiera unido, Carolina. Si te soy sincero, visité La Puebla muchas veces antes de empezar a escribir la novela, porque ya estaba gestándose en mí la idea de compartir la historia de Gabriel con el mundo, y nunca te vi. Y luego nos encontramos aquella madrugada. Al principio no imaginé que fueras tú, pero me dijiste tu nombre, el de tu tía y fui atando cabos... —Cogió aire al tiempo que se frotaba los ojos para secarse las lágrimas—. No creo en el destino, Carolina, pero la verdad es que durante este tiempo he pensado que quizá nos habríamos cruzado por ahí sin vernos, distraídos, o no haber pasado por ese lugar a la hora en que lo hicimos y jamás nos habríamos conocido. Pero ¿no lo ves? Hubo algo, una casualidad planificada, diría, que provocó que nos cruzáramos tú y yo entre toda la gente… Tú y yo, que en el fondo tenemos algo en común. ¿Conoces la palabra «serendipia»? Lo nuestro fue eso, ¿sabes? Un hallazgo inesperado y valioso de manera accidental. Encontrar algo en el momento en que buscas una cosa distinta. Yo buscaba sentido a la muerte de mi hermano de alguna forma y me buscaba a mí. Y tú… necesitabas encontrarte también. —Me tomó de la barbilla y me dedicó una sonrisa—. Puede que las cosas malas sucedan por casualidad, o no. Pero lo que ahora pienso es que las cosas magníficas, grandes, las que te hacen temblar y las que te dan miedo se dan por casualidad… Como las grandes amistades o los amores eternos. Por eso no quiero que te vayas.

Me apretujó contra él y rechiné los dientes para contener el llanto, pero de todas formas se me escapó un sollozo. Lo cierto era que Isaac tenía razón. Que, después de tanto tiempo siendo unos desconocidos el uno para el otro a pesar de tener algo en común nos encontráramos… daba que pensar.

—Necesito contar con alguien —me susurró al oído con voz trémula—. Descansar en alguien. ¿Crees que es demasiado egoísta?

—No, Isaac, me parece que es lo que ambos debemos hacer.

—Eres inevitable para mí —susurró—. Me he pasado años corriendo para escapar y, de repente, apareciste tú y me atrapaste.

Dormitamos durante esa madrugada, pero de vez en cuando despertábamos y, adormilados, nos rozábamos con la nariz o con los labios y nos sumíamos en un beso somnoliento y torpe, hasta que iba tornándose apasionado y acabábamos enraizados uno en el cuerpo del otro. Hicimos el amor dos veces más antes de que amaneciera. Me puse arriba y me mecí mientras Isaac se aprendía los secretos de mi cuerpo. Nos tocamos tanto que pensé que nos desgastaríamos las huellas y aparecerían en el otro. La segunda vez lo hicimos de lado, de manera muy suave y tierna, observándonos en silencio —en algún momento interrumpido por un gemido o jadeo o una frase excitante o una cariñosa—, como si quisiéramos aprender a escucharnos con la mirada. Isaac se detuvo unos instantes para explorarme con su lengua y, en cuanto se adentró entre mis pliegues, el mundo danzó alrededor de nosotros y el techo del dormitorio se convirtió en un cosmos. Me olvidé de todo lo que había pasado, de quiénes éramos Isaac y yo, y pensé, en cambio, en lo que podíamos llegar a ser. Me retorcí apretando su cabeza entre mis piernas al tiempo que su dedo revoloteaba por mi sexo y su lengua bailaba en mi clítoris. Me fui en su boca entre espasmos, con un grito que Isaac me cortó colocándose sobre mí. Nos situamos de lado de nuevo y, sujetándome de las nalgas, me hizo el amor hasta que su tormenta también se desencadenó.

Dormimos hasta casi mediodía, cuando el timbre nos despertó. Isaac salió de la cama a regañadientes y se puso tan solo un pantalón de pijama corto. Desde el lecho oí la voz de Izaskun y las risas de Isaac. Regresó minutos después y asomó la cabeza por el quicio de la puerta.

—¿Tienes hambre?

Me di cuenta de que estaba hambrienta y asentí con vigor. Isaac estiró un brazo ofreciéndome la mano y salté de la cama, me puse su camiseta y corrí hacia él. En la cocina nos esperaban unas empanadas que Izaskun había preparado.

—Esa mujer es un ángel —comenté relamiéndome.

—Ella me dijo que volverías algún día, que te diera tiempo. Que necesitabas respirar —me confesó Isaac.

Me quedé mirándolo con el plato en alto, pensativa.

—¿O a ti te parece que desistí muy pronto? —me preguntó.

—No, creo que Izaskun tenía razón y que hiciste bien lo que tenías que hacer. Primero debíamos curarnos por separado y darnos tiempo para ello.

A media tarde nos acurrucamos en el sofá para mirar una película. Descansando entre sus brazos sentí que ese era uno de los findes más perfectos desde hacía muchísimo tiempo.

—Jamás llegaremos a saber todo lo que Gabriel sufrió —murmuró Isaac de repente con los ojos fijos en la pantalla—. ¿Por qué se guardó tantos secretos?

—Creo que a veces los tenemos no para ocultarnos a otras personas... sino precisamente para protegerlas. —Levanté la barbilla para observarlo. Isaac me dedicó una mirada melancólica—. Cuando nos enteramos de lo que le había ocurrido a Gabi, decidí que debíamos guardarle su secreto. Que era mejor seguir nuestras vidas como él nos había pedido. Pero a veces he pensado si hice bien, si Julio podría haber...

—Hicisteis lo correcto, Carolina —me interrumpió Isaac—. No podíais ayudar a Gabriel.

Me acarició la mejilla con ternura.

—Tal vez ahora tu libro pueda hacerlo. —Suspiré, y posé mi mano sobre la suya—. Yo también he pensado mucho en cómo pudo ocultarte durante tanto tiempo, no hablar de ti en toda su vida...

—Supongo que tenía muchísimo miedo a Julio. Si hasta vosotras lo temíais, Carolina. O quizá se acostumbró... Era muy pequeño cuando me fui. Tal vez fue eso, y por ello me he sentido culpable siempre, porque Gabriel seguramente llegó a considerar que nunca había tenido un hermano.

—No, Isaac. —Me arrimé tanto a él que nuestras narices se rozaron. Noté su cálido aliento en la piel—. Estoy segura de que lo que ocurría era que te quería, y temía hablar de ti. Recuerdo que una vez, ya con quince años, quiso decirme algo acerca de Linterna Verde; es decir, de ti... Parecía tener dudas, muchas, y miedo. Lo vi reflejado en sus ojos cuando oyó los pasos de Julio acercarse a la puerta. Así que imagino que con su silencio intentaba protegerse y, de alguna manera, protegerte a ti también. Ya leíste en su nota que Julio lo amenazó con dañar a sus seres queridos.

—Debería haberlo protegido yo, de todo. De todas las mierdas que sufrió. Debería haber estado con él en todos los momentos difíciles.

—Pero a veces simplemente no se puede. Así de jodida es, en ocasiones, la vida. No siempre consigues proteger o salvar a quien más quieres, por mucho que lo intentes.

—¿Qué le diría ese cabrón a Gabriel para amenazarlo y que tuviera tanto miedo de contar la verdad? —exclamó Isaac, aunque la pregunta parecía lanzada al vacío—. ¿Para conseguir que me ocultara? Desde que me enseñaste su nota, he investigado sobre todo eso. Hay algo que los expertos denominan «secreto de familia», y existe muchísima gente que pasa o ha pasado por lo mismo. —Se llevó las manos al cabello y se lo echó hacia atrás—. Todo el mundo pensaba que Julio era un santo. Pero era un puto monstruo.

—¿Qué fue de...? —Se me atascó el nombre en la garganta, pero Isaac supo a quién me refería.

—Murió hace unos años a causa de un infarto, como Ignacio. Se fue sin que se supiera todo lo que hizo. Ignoro si alguna vez se culpabilizó, pero espero que sí, que se sintiera horriblemente mal. Meses antes de que falleciera fui a visitarlo a Madrid y lo encontré enfermo. Se arruinó, ¿sabes? Por eso le quitaron la casa de La Puebla. El piso donde vivía era diminuto y estaba lleno de suciedad y de botellas de cerveza esparcidas por las mesas y el suelo. Fui a verlo para comunicarle que estaba pensando escribir una novela sobre Gabriel y que empezaría a investigar. Se puso pálido, los ojos muy abiertos, e insistió en que no era una buena idea, que debía dejar descansar a los muertos. Ahora entiendo por qué... Le preocupaba que descubriera la verdad. Quizá pensaba que mi hermano alguna vez te contó algo, a ti o a alguien...

—De la nota no sabía nada, de eso puedes estar seguro. Me la entregaron antes a mí, y menos mal que Rosario la encontró a tiempo.

—¿Crees que he hecho bien en contar la historia de mi hermano tantos años después? —me preguntó Isaac con aspecto preocupado.

—Estoy segura de que sí. Sé que le habría gustado gritar, que alguna petición de ayuda saliera de su garganta. Y ya que Gabriel no fue capaz de hacerlo, está bien que alguien se atreva a hacerlo por él al fin, aunque sea tantos años después. ¿Y quién mejor que su hermano?

Me acurruqué entre sus brazos, e Isaac me apretó con todas sus fuerzas y me besó en el cabello.

—De todos modos, Isaac, tú también debiste de sufrir muchísimo. —Pasé mis dedos suavemente por su barbilla—. Ese hombre te separó de tu familia cuando tan solo eras un chiquillo. Es horrible hacer algo así. Por mucho que tu vida en Inglaterra no te parezca mala, podría haber sido de otra forma... —Posé un beso en la comisura de sus labios.

—No sé, Carolina... Tal vez estaba escrita una historia así para Gabriel y para mí.

Se encogió de hombros fingiendo indiferencia, aunque estaba clarísimo que todavía, después de tantos años, continuaba afectándole.

—¿Y tu madre? ¿Qué fue de ella? Mi tía y yo le perdimos el rastro...

—Está internada y no reconoce a nadie.

—¿Te importaría llevarme a verla... algún día?

—Claro.

—¿Y...? ¿Quieres que vayamos juntos, algún día, a visitar a Gabriel?

—Por supuesto, Carolina. —Esbozó una dulce sonrisa.

Nos quedamos en silencio unos segundos, hasta que una idea que ya había estado rumiando volvió a cruzarse por mi mente.

—He llegado a una conclusión, Isaac. Sobre la nota que me dejó Gabriel. A ratos y, sobre todo en el final al despedirse, hablaba en plural. Antes pensaba que se refería a la tía y a mí. Pero... no sé, con todo esto de las casualidades, del destino... ¿Y si iba dirigida también a ti? ¿Y si era a ti a quien le pidió que no se sintiera responsable de lo ocurrido? ¿Y si nos hablaba a nosotros, esas dos personas a las que quería y que creía que se sentirían mal y culpables tras su marcha? ¿Y si su imaginativa mente soñaba con que en un futuro tú y yo nos conociéramos, y era feliz con esa ilusión?

Isaac me contempló con un rostro que reflejaba una gran tristeza, pero, segundos después, dibujó una sonrisa brillante, como si mis palabras le infundieran luz.

—Te quiero, Carolina —susurró—. Te quiero como no he sabido querer a nadie desde que lo perdí todo.

Epílogo

Un año y medio después y un poco más...

Lo tienes todo, seguro? —le pregunto a Isaac una vez más. Puede que sea la novena o la décima.

Él me mira con los ojos entornados y el ceño fruncido, un poco serio, pero después deja escapar una risa que me alegra a mí también.

—¿De qué te ríes, maldito? —Le asesto un golpe en el brazo con el biquini que sostengo en las manos.

Aquí, en España, estamos muriéndonos de frío porque es pleno invierno, pero... ¡En Australia nos espera un veranazo! Daniela ya me ha dicho que hace un tiempo fantástico y que me llevará a todas las playas que me apetezcan. Pienso regresar aquí con un bronceado perfecto. Y sí, nos vamos a visitar a mi amiga. Isaac y yo. Juntos. De la manita. ¿Se nota mi alegría?

—Es que estás de los nervios —apunta Isaac al tiempo que cierra su maleta.

Yo todavía tengo la mía a medias. Tan solo vamos quince días, pero metería en ella todo lo que pillara en el armario. Hasta un abrigo, a pesar de las altas temperaturas de Australia.

—Porque me muero de ganas de conocerla ya —respondo con una sonrisilla.

Isaac termina de cerrar su maleta, rodea la cama y se acerca a mí. Como me hallo de espaldas, me rodea entre sus brazos y aprecio el latir de su corazón en uno de mis omóplatos.

—Se parece bastante a él, ¿no? —opina meciéndome con suavidad.

Continúo a lo mío, que es doblar una prenda tras otra, casi todas bañadores y biquinis monísimos.

—Sí, pero tiene los ojos de mi amiga.

Daniela dio a luz hace cinco meses y, al fin, vamos a poder conocer a Aremi, su perfecta bebé. Le pusieron ese nombre porque así se llamaba la bisabuela de Oliver. Es un nombre aborigen y su significado me resulta precioso: Mágico.

En realidad, ya visité a Dani tal como le prometí. Lo hice sin Isaac porque necesitaba pasar tiempo a solas con mi amiga y él lo comprendió, pero ahora queremos hacerlo juntos. Bajo la cabeza y contemplo sus masculinas manos. Observo con una sonrisa de tonta el anillo que porta en el dedo anular de la izquierda. Isaac y yo nos prometimos unos meses después de reencontrarnos y nos casamos hace poco más de medio año. No niego que me sorprendiera, más aún debido a ese carácter impetuoso y libre que le achacaba, si bien, en el fondo, se debía más a todo su pasado y a la culpabilidad que sentía. Con todo, fue él el que me lo pidió. Cuando regresamos opté por no cuestionarle sobre cuándo se marcharía a dar su vuelta al mundo. La temía, para qué mentir. Llevaba viviendo conmigo en mi piso de Barcelona relativamente poco, lo que todavía me resultaba extraño, y un buen día fue a buscarme a la oficina con el rostro desencajado. El mundo se me cayó a los pies. «Ya está. Viene a decirme que se va.» Pero no, en realidad estaba tan nervioso porque iba a proponerme matrimonio. Me quedé muda, blanca, paralizada... y lo único que se me ocurrió preguntarle fue: «¿Y ese viaje tuyo?». Isaac me miró con las cejas arqueadas y la cajita del anillo de prometida en la mano y contestó: «Carolina... si te soy sincero, en ningún lugar he encontrado lo que siento aquí, junto a ti. Me perdí muchas veces intentando encontrarme, y lo hice aquí contigo. Así que... deberíamos hacer ese viaje juntos». Se me escapó una risa nerviosa y, cuando las piernas me respondieron, me lancé a sus brazos y rodamos como dos protas de una película pastelosa de esas que le gustaban a la tía.

Fue una ceremonia muy íntima, pero bonita y especial. Fue Leo el que portó los anillos con sus andares de patito. No nos casamos en Barcelona, sino en un hermoso pueblo cercano a San Sebastián, por lo que Izaskun también pudo acompañarnos. No gozamos de luna de miel porque Isaac llevaba ya un tiempo con una larguísima e importante gira de su libro, por eso ahora aprovecharemos este viaje a Australia como nuestra luna de miel.

Porque sí, con el libro logró triunfar a un nivel como hasta entonces no lo había hecho. Se convirtió en un best seller en un abrir y cerrar de ojos. Copaba las librerías y, sin embargo, los ejemplares se terminaban de nuevo pocos días después. Ibas en el metro y veías a gente sumergida en su lectura. Se tradujo a más de quince idiomas y se distribuyó a más de cuarenta países. Isaac firmó un contrato para adaptarlo a la gran pantalla, pero todavía andamos esperando —yo me impaciento, pero él asegura que esos asuntos son muy lentos—. Muchos se atrevieron a desnudarse gracias a la historia de mi viejo amigo. Se creó un programa de televisión en el que asistían todo tipo de personas maltratadas en su infancia. En las redes sociales los usuarios también empezaron a revelar su pasado, y ya no tenían miedo de contar todo lo que sufrieron y que, durante años, llevaron como un estigma en sus pieles. Se compartían una y otra vez los *hagstags* #yotehabríacreídoGabriel #yotambiénsoyGabriel. Isaac hasta salió en un programa de televisión hablando sobre su experiencia, animando a la gente a romper el silencio aun con miedo y a hacer ver a los niños y los adolescentes que no están solos. Intentó hacer reflexionar a cuantos se hallan alrededor de esos adultos y los niños maltratados para que abran bien los ojos y los ayuden.

Yo también decidí hacer algo para ayudar a esas personas. Quizá no sea mucho, y tal vez debí hacerlo muchísimo antes, pero lo único que sé es que me siento bien sabiendo que estoy intentando escuchar y proteger a niños y jóvenes. Me formé en un voluntariado contra el maltrato y el abuso infantil y para la atención de la infancia y la adolescencia en riesgo. En la asociación a la que pertenezco llevamos a cabo diversas actuaciones, desde contar con una línea telefónica de ayuda, a colaborar con Unicef, Save The Children y muchas otras, hasta realizar campañas, programas y conferencias por numerosas ciudades. Es necesario que la sociedad se conciencie de que el maltrato es una realidad mucho más frecuente de lo que se reconoce. Por mi parte, tengo claro que Gabriel nunca volverá, pero me gustaría vivir sabiendo que puedo conseguir, en cierto modo, que muchos otros niños se queden aquí y logren crecer felices o que, incluso, frenemos a tiempo el maltrato.

En cuanto a Isaac, me contó muchísimas más cosas sobre su vida desde que retomamos la relación. Nunca recibió el cariño de una madre, tan solo el de Ignacio, el padre de Gabriel. Incluso me confesó que este quería ponerle su apellido, pero a Mercedes no le hacía gracia, como si renegara de Isaac y pensara que no merecía llevar el apellido de Ignacio. Durante mucho tiempo Isaac odió a Mercedes por no haber sido más fuerte tras la muerte de su marido y haber permitido que Julio se apropiara de sus vidas, por no haberlo amado y tratado como a un hijo. No quería ni podía visitarla debido a esa rabia que albergaba en su interior. No obstante, acabó entendiendo que todos habían sido víctimas de los astutos y crueles planes de Julio. Una y otra vez traté de hacerle ver que tan solo era un chiquillo que necesitó acostumbrarse a una nueva vida lejos de su familia. Hace ya años, antes de conocerme a mí y tras dejar atrás el rencor y el odio, decidió visitarla. La halló perdida en los recónditos lugares de su mente, y tuvo claro que a partir de ese momento acudiría a verla a menudo y le leería libros, le contaría historias. Cuando retomamos la relación, optamos por visitarla los dos.

Respecto a mí, durante un tiempo continué dedicándome a la traducción para la misma empresa. Sin embargo, poco a poco empecé a darme cuenta de que ya no me llenaba tanto como antes. Un día, Isaac me interrogó acerca del local de la tía, que estaba vacío pues la pareja china había vuelto a su país.

—¿Y si lo abrimos de nuevo?

—No funcionará. Yo no tengo esa pasión por las flores.

—No me refiero a eso, Carolina...

Me explicó su idea y, antes de que terminara, yo ya sabía

que aquello era lo que a mí me apetecía también. El local vacío se convirtió en una librería. Isaac me había transmitido su amor por los libros y, en cierto modo, también fue una forma de rememorar lo mucho que a Matilde le gustaba leer. Dejé el trabajo, nos mudamos ambos a La Puebla —ahora él tiene alquilada su casa en Irún— y dedicamos muchísimas horas al nuevo negocio. En un principio creí que una librería no funcionaría en un lugar tan pequeño como La Puebla, pero sucedió todo lo contrario. Creo que el éxito se debió, en gran parte, a Isaac. Supo impregnar en cada uno de los rincones su pasión por los libros. Ahora organizamos clubes de lectura, talleres de escritura para niños y adolescentes y otras actividades. Hay un rincón con sillones en el que tomar un café o un té mientras lees. Es como un segundo hogar para mí. El primero se halla en los ojos de Isaac.

Respecto a nosotros dos... no negaré que los primeros meses sentí cierto temor. A que regresara aquel Isaac voluble, a que se cansara de la vida a mi lado, a que la escritura lo martirizara. Sin embargo, al parecer soltar todo el lastre que llevaba dentro y conocer la verdad de su hermano lo cambió muchísimo. En alguna que otra ocasión se encerró como al principio, pero era un Isaac totalmente distinto. Él siempre asegura que yo lo salvé. Poco a poco comprendí que el amor que sentía hacia mí era sincero. En el fondo, fue sencillo recuperar lo que habíamos tenido. Isaac siempre dice que tal vez nunca lo perdimos. Pero yo me di cuenta de que solemos dar muchas cosas por sentado, en especial en el amor, pues en ocasiones solo luchamos por él cuando somos plenamente conscientes de que vamos a perderlo. En su lugar, hay que mantenerlo día a día.

—Estoy agotada y mañana el vuelo sale tempranísimo. —Suelto un suspiro y me tiro encima del colchón.

Isaac me lanza una mirada divertida y se pone a cerrar también mi maleta, mucho más llena que la suya. Tiene que forcejear un poco, pero al fin lo consigue. La deja al lado del escritorio, junto a la suya. Luego se acerca con sus andares de depredador hacia mí, y se me escapa un chillido de jolgorio cuando se sube a la cama y gatea por ella. Me toma de las caderas y me estampa contra su cuerpo, mirándome con esa sonrisa ladeada que continúa despertando cosquilleos por todo mi cuerpo.

—Oye... No estaría mal que nosotros nos pongamos a la faena también, ¿no? —susurra con la voz que le sale cuando quiere ser seductor.

—¿Te refieres a hacer bebés? —pregunto fingiendo inocencia.

—El proceso es lo más divertido, ¿no crees?

En alguna ocasión había sido yo quien había sacado el tema si veíamos a críos por la calle o si visitábamos a Cristina, Damián y Leo. Por eso me sorprende y emociona a partes iguales que sea él quien lo mencione esta vez.

—Sí... Tienes razón —respondo, y estiro el cuello para que deposite un beso en mis labios—. Ya he pensado hasta el nombre —digo medio en broma, aunque también hay algo de verdad.

—Ah, ¿sí? ¿Cuál?

—Gabriel si es chico. Gabriela si es una niña. —Lo miro con cautela, pues se ha quedado callado de repente. Esbozo una sonrisa—. Son muy bonitos, ¿no? A mí, al menos, me gustan...

Al fin, Isaac reacciona y frota su nariz con la mía de modo cariñoso.

—Sí lo son. Preciosos.

Me recuesto a su lado y me acaricia el cabello muy despacio, internando los dedos en el cuero cabelludo y provocándome cosquillas.

—Soy muy feliz, ¿sabes, Isaac? —suelto de súbito con el pecho iluminado.

Isaac cesa en sus caricias y me coge de la barbilla para que alce el rostro y lo mire. Su sonrisa es enorme, mágica, tan brillante que me deslumbra. Y me la ha mostrado en muchas ocasiones desde que volvemos a estar juntos. Doy las gracias de que la recuperara, porque su risa vivía escondida en su pecho y, al fin, escapó.

—Y yo también, mi vida. —Me lleva la mano a su pecho y me la apoya en el lado izquierdo. Pum, pupum. Fuerte, rápido. Su corazón retumbando como el mío, casi acompasados—. ¿No lo notas? —me pregunta.

—¿Qué? —inquiero muy cerca de sus labios.

—Esto… Esto es la felicidad, Carolina. Siéntela.

Lo miro durante unos segundos completamente emocionada, y luego me inclino y lo beso con todas mis ganas, que siempre son muchas. Suspiro, amodorrada, y me deslizo un poco hacia abajo para reposar la cabeza en su pecho. Porque sí, él me dijo que después de toda una vida huyendo yo lo había atrapado. Y yo había encontrado por fin el lugar más bonito y seguro del mundo. ¿Dónde?

En el pecho de Isaac, donde, como él me había dicho, se hallaba la felicidad en un latido.